人物書誌大系 41

吉村　昭

木村暢男編

日外アソシエーツ

●制作担当●岩崎 奈菜

写真提供：新潮社

昭和11年頃 弟と

昭和20年 開成中学の親友と
（中央）

昭和48年 蒐集した凧と
写真提供：文藝春秋

昭和46年 『背中の勲章』取材のため岩手県沼宮内へ
写真提供：新潮社

平成8年 田野畑村文学碑の
除幕式にて津村節子と

平成5年 書斎にて
撮影：榊原和夫

年譜の重み

　夫、吉村昭は、木村暢男氏が編まれた年譜が送られてきた時、初めは気味悪がっていた。

　かれの出生や、肉親たちや、家庭環境や、かれが若年の頃生死の境までいった病気については、吉村自身がさまざまな形で書いているし、同人雑誌時代やその後文芸雑誌に作品を発表するようになってからの記録は調べればわかるが、新聞・雑誌での対談・鼎談・座談会のテーマや出席者、ラジオ・テレビ出演の折のテーマや聞き手、文芸作品の書評、殆ど人目に触れることが少い地方の小さなタウン誌や、企業のPR誌などに書いたエッセイや対談、業界主催の講演会など、本人が全く忘れてしまっているものまで拾い上げられていて、その克明、詳細、正確なことに驚いていた。

　気味が悪いというのは、身辺を見張られているような気がしたのかもしれない。吉村は、逃亡する人間をよく書くので、夜中にうなされることがあり、私が起して「また捕方ですか」とからかうことが多かった。

　年譜は、年が変れば新しく書いた作品、あるいは語ったテーマや、取材記事などが加わり、前号で見落していた記録が挿入されたものが届く。この人は本気で自分のことを記録に遺すつもりらしい、と吉村は感謝の気持を抱くようになった。

　しかも年譜にはその時にあった事件まで添えられており、吉村の作品が書かれた当時の世相、歴史が一目でわかる心配りがなされていて、木村氏の並々ならぬ情熱が感じ取れる。

　この厖大な年譜は、すべて木村氏の自費によって制作され、各図書館や大学などに寄贈されていることを知った時、私は木村暢男という人物の吉村昭に対する並々ならぬ傾倒に心打たれ、わが夫を見直した。これ

だけの年譜を編み続けて貰える作家は、文壇で二人といないだろう、と思ったほどである。

　吉村の遺言で葬式は家族葬であったが、病気を完全に秘していたので死亡記事が新聞に掲載されると、あまりに突然だったため連日のように追悼文や関連記事が載り、弔問客が絶えず、これでは納まりがつかない、と親しかった出版社五社と日本文藝家協会が「お別れの会」をして下さった。大勢の方が出席して下さったので一人一人御挨拶はし切れなかったが、あとで出席者が記帳された名簿の中に、木村暢男という名前があった。

　吉村が亡くなったあとも遺されていた生原稿や未発表の作品があり、それらの著作物は三年経つとそれぞれ文庫化されるので、この年譜の完了はいつになるかと心配になった。吉村昭研究会なる会も発足し、雑誌は平成二十一年十二月で第八号になる。

　私が初めて木村氏にお会いしたのは、吉村のお悔みに来宅された折で、その時吉村と私の対談が掲載されている『旅』という雑誌のコピーを持参された。

　吉村は二人に同じ雑誌から原稿を依頼されると、下駄ではあるまいし、と苦笑して絶対引き受けなかった。まして夫婦対談など引き受けるはずはないのだが、対談の証拠写真も載っているし、話題は吉村が小説を書きたいために兄の紡績会社を辞め、自分で始めた商売に失敗して新婚間もなく二人で東北、北海道の町々を流離った行商（かれは"旅あきない"と言えと言っていた）の旅について語っているもので、「心ひかれる北国の風景」（昭和四十五年七月号）のカラーコピーである。いま実物を見せても、かれは信じないだろう。

　私は夫の発病前から刊行され始めていた「津村節子自選作品集」の巻末の自伝…「私の文学的歩み」を、夫の死後「ふたり旅」と題して出版した折、出版社の希望でこのさい果てのふたり旅をラストに載せた。

　木村氏は定年退職され、今後は吉村昭年譜に打ち込むと言っておられたが、もう付け加える作品がなくなってしまったことを思うと、残念で

ならない。
　お別れの会の時に、日本藝術院代表　中村稔氏、文藝家協会代表　高井有一氏、丹羽文雄氏主宰同人雑誌「文学者」以来の一番古い友人大河内昭爾氏、そして二人ともまだ漸く飛び立とうとしていた頃からお世話になってきた編集者大村彦次郎氏に弔辞をいただいた。
　仕事なかばで、吉村を愛して下さった大切な理解者の方々と別れねばならなかった吉村の心中を思うと胸がしめつけられる。

　平成二十二年春

津村　節子

凡　例

Ⅰ．概　要
　　本書は、作家・吉村昭の全著作（単行本未収録も含む）及び、吉村昭とその作品についての研究文献・批評・記事・文庫解説などの参考文献を網羅する個人書誌である。構成は下記の通り。
　　　Ⅰ　生涯と業績
　　　Ⅱ　著書・作品
　　　Ⅲ　座談・対談・インタビュー・その他
　　　Ⅳ　書評・関連記事
　　　Ⅴ　文庫解説
　　　Ⅵ　追悼編
　　　Ⅶ　索　引

Ⅱ．収録期間
　　原則として平成21年11月末日までに発表された著書・作品及び参考文献を対象とした。

Ⅲ．記載順序
　　原則としてすべて発表された順序に従った。但し、正確な時期が未詳のものについては妥当と思われる時期に配列した。また、各編所収のすべての著書・作品および参考文献にそれぞれの整理番号（No.）をつけた。

Ⅳ．資　料
　　基礎資料として次のものを参考とした。
　　1）『吉村昭自選作品集』（新潮社）別巻所収の
　　　　自筆年譜
　　　　著書目録
　　　　著作年表

2）文藝年鑑（日本文藝家協会編）
　　昭和33年版〜平成21年版
3）文庫巻末の著者自筆年譜
4）『私の文学漂流』（新潮社）

V．留意事項

1. 初収単行本については、各作品について確認できたもののうちアンソロジーを含めて最初に刊行されたものを「初収」とした。
2. 原則として表記は原典の記載に従った。
3. 記載事項の詳細については、各編の中扉に示した。

目　次

年譜の重み（津村節子） .... (1)
凡　例 .... (4)

Ⅰ　生涯と業績 1
Ⅱ　著書・作品 27
Ⅲ　座談・対談・インタビュー・その他 245
Ⅳ　書評・関連記事 263
Ⅴ　文庫解説 401
Ⅵ　追悼編 409
Ⅶ　索　引 421

あとがきに代えて（木村暢男） 459

Ⅰ 生 涯 と 業 績

1. 生涯と業績をまとめた年譜である。
2. 「●」は吉村昭の身辺の出来事を、「▷」は主要著書・作品を示す。
   また、末尾に社会の出来事を示した。
3. 年譜作成にあたっては、主として次の資料を参考とした。
   ・吉村昭自筆年譜　『吉村昭自選作品集』別巻　資料編　新潮社
   ・『私の文学漂流』新潮社
   ・『自伝抄』読売新聞社
   ・読める年表『日本史』自由国民社
4. 文中敬称略。

I 生涯と業績

昭和2(1927)年

- 5月1日、東京府北豊島郡日暮里町谷中本788番地(現東京都荒川区東日暮里6丁目50番の3)に、父隆策、母きよじの八男として生まれる。兄二人は夭折、姉一人、兄五人がいた。父は製綿工場を経営。

  社会

  3月、銀行とりつけ騒動が起こり、金融界はパニック状態に陥り、遂に若槻内閣は総辞職に追い込まれた。

昭和4(1929)年　　2歳

- 8月、ドイツの世界一周飛行船ツェペリン号が東京上空を飛行。この時の情景が幼時の最初の記憶となる。
- 9月、弟隆生まれる。

  社会

  定期航空路線が始まる。日本航空輸送株式会社が、東京 - 大阪 - 福岡間の定期旅客輸送を開始。

昭和6(1931)年　　4歳

- 8月、姉富子七歳で死す。唯一人の女児であった姉の死を、母は狂ったように嘆き悲しみ、その激しさに恐怖を感じた。

  社会

  9月、十五年戦争の始まりとなる満州事変が起こる。この年、金田一京助の「アイヌ叙事詩ユーカラの研究」が出版される。

昭和8(1933)年　　6歳

- 4月、根岸の神愛幼稚園に入園。入園手続きは、母の手を煩わすことなく、自分でやった。幼稚園はカソリック系であったので、賛美歌を唱った。これほど美しい旋律があるのかと思い、家に帰ってもしばしば唱った。

  社会

  1月、国際連盟を脱退。8月、東京で防空演習がおこなわれる。

昭和9(1934)年　　7歳

- 4月、東京市立第四日暮里尋常小学校(現ひぐらし小学校)入学。
- 12月、三兄英雄が満州に出征。

  社会

  12月、プロ野球チームが誕生。「株式会社大日本東京野球倶楽部」と称し、沢村栄治、スタルヒン、三原脩など、後世に名を残す選手を擁した。

3

Ⅰ 生涯と業績

昭和10（1935）年　　　8歳
- 1月、静岡県下の菩提寺に墓参の折、前年開通したばかりの東海道線丹那トンネルを通過。
- 11月、父経営の紡績工場が全焼。日暮里の大火として新聞の記事となる。

    社会
    9月、芥川賞、直木賞の第一回授賞が発表された。

昭和11（1936）年　　　9歳
- 8月、足立区梅田町に紡績工場が再建される。三兄英雄、帰還。

    社会
    2・26事件事件が起き、騒然となる。

昭和15（1940）年　　　13歳
- 4月、私立東京開成中学校に入学。徒歩で通学する。
- 作文で「ボートレース」を書き、後「校友会雑誌」に掲載された。

    社会
    10月、大政翼賛会生まれる。

昭和16（1941）年　　　14歳
- 4月、母きよじ、子宮癌の診断を受け、大塚の癌研究所附属病院に入院。9月下旬退院。
- 8月10日、四兄敬吾、中国戦線で戦死、23歳。
- 12月8日、太平洋戦争勃発、翌日、兄の遺骨、家に帰還。
- 12月中旬、二学期定期試験の前日に肋膜炎を発病、病臥する。五番目の兄健造に召集令状が来て、中国戦線に出征。

昭和17（1942）年　　　15歳
- 1月下旬、小康を得て学校に通いはじめる。落第を覚悟していたが、4月、三学年に進級。
- 4月28日、物干台で凧をあげている時、東京初空襲の米軍機B25一機を目撃。

昭和18（1943）年　　　16歳
- 父が日暮里町4丁目995番地に新築した隠居所に、弟と移る。
- この年、微熱を発すること多く、29日間、病気欠席する。

4

Ⅰ　生涯と業績

　社会
　　4月、海軍の山本五十六長官はラバウル基地からブーゲンビルに飛び、着陸寸前、アメリカ機に撃墜され、死亡。

昭和19（1944）年　　　17歳
- 中学生の勤労動員が実施され、隅田川ぞいの日本毛皮革株式会社で獣皮のなめし作業に従事。
- 4月下旬から微熱で体がだるく工場を欠勤することが多かったが、5月上旬、作業中に高熱と激しい胸痛におそわれて帰宅し、病臥。肺浸潤と診断される。
- 8月4日、母死去。

　社会
　　6月、九州地区に中国基地から発進したアメリカ爆撃機の来襲が報じられ、米軍のサイパンへの上陸も伝えられた。11月、マリアナを基地とするB29による東京空襲がはじまる。

昭和20（1945）年　　　18歳
- 1月から病気欠席。
- 3月、病気欠席が授業（出席）日数241日中132日にも及んだため、落第することが決定していたが、戦時特例で4年生が繰上げ卒業となったので卒業することができた。上級学校への進学は内申書の内容で合否がきまり、内申書は、最も重視されていた教練が10点中4点で、進学できず。
- 4月13日、夜間空襲により家が焼失。浦安町の江戸川ぞいの長兄経営の造船所に勤務し、少年工とともに労働に従事。
- 8月上旬、徴兵検査を受け、第一乙種合格。
- 8月15日、浦安町の路上で、天皇の終戦を告げる放送を聞く。翌月足立区梅田町の紡績工場社宅に移る。
- 11月上旬、お茶の水駅近くにある予備校の正秀英語学校に通いはじめる。
- 12月23日、父、癌のため根津の日本医科大学附属病院で死去。

昭和21（1946）年　　　19歳
- 1月、兄健造復員。
- 2月、学習院高等科文科甲類の入学試験に合格したが、入学式に出席せず。焼跡のひろがる岡山市の第六高等学校理科を受験、不合格となり、再び予備校に通う。

　社会
　　11月、日本国憲法が公布され、翌年5月施行された。

昭和22（1947）年　　　20歳
- 4月、学習院高等科文科甲類に入学。
- 秋頃より激しい疲労と微熱で勉学が出来なくなる。

5

Ⅰ　生涯と業績

　　社会
　　　水泳の古橋広之進が大活躍。泳ぐ度に世界新記録を更新し、国民をおおいに鼓舞した。

昭和23（1948）年　　　　21歳
- 1月5日、喀血。絶対安静の身となり病臥。結核菌は腸をもおかし、甚だしい消化不良におちいる。
- 8月13日、東京大学医学部附属病院分院に入院、諸種の検査、大量輸血を受ける。
- 9月17日、田中大平講師の執刀で胸郭成形術の手術をうけ、左胸部の肋骨5本を切除される。局部麻酔による苛酷なものであった。
- 11月5日、退院。

　　社会
　　　極東軍事裁判の判決が出る。25人全員有罪（絞首刑7人、終身禁固16人、有期刑2人）。

昭和24（1949）年　　　　22歳
- 5月より10月まで、栃木県奥那須にて療養。

　　社会
　　　戦後の混乱を象徴する「下山事件」、「三鷹事件」、「松川事件」が相次いで発生。

昭和25（1950）年　　　　23歳
- 4月、健康が恢復したので学習院大学文政経学部に入学。
- 文芸部に所属し、「學習院文藝」に放送劇「或る幕切れ」を発表。11月、大学の講堂で真船豊作「たつのおとしご」一幕七景を演出したが、肺炎を発病して舞台を観ることはできなかった。

　　社会
　　　4月、山本富士子が第一回ミス日本に選ばれる。6月、朝鮮戦争が始まる。

昭和26（1951）年　　　　24歳
- 体調復して4月から学校に通いはじめ、家庭教師をして生活費を得る。
- この頃から文学を志す。
- 10月、古今亭志ん生らの落語家をまねいて文芸部主催の古典落語鑑賞会を開催。以後4回実施。
- ▷「土偶」、「死まで」、「優等賞状」、「河原燕」を「學習院文藝」第3号、第5号、第6号、第7号に発表。

　　社会
　　　9月、対日講和条約、日米安全保障条約調印される。

I 生涯と業績

昭和27(1952)年　　25歳
- 「學習院文藝」を「赤繪」と改称、文芸部委員長となる。
- 川端康成の短篇小説に自分の進むべき道を見出だし、しきりに筆写する。
▷ 「死体」、「虚妄」、「金魚」を「赤繪」8号、9号、10号に発表。

　社会
　　3月、映画「羅生門」にアカデミー外国作品特別賞が授与される。

昭和28(1953)年　　26歳
- 1月、同人雑誌「環礁」に参加。
- 3月、大学を中退。三兄英雄の経営する紡績会社に入社。
- 「環礁」を退会。
- 10月末、会社を退社。自分で紡績糸を販売することを思い立つ。
- 11月5日、同じ文芸部員であった北原節子(後・津村節子)と上野精養軒で挙式し結婚。池袋のアパートに居を定める。
▷ 「白い虹」、「初産」を「環礁」第一号、第3輯に発表。

昭和29(1954)年　　27歳
- 8月、同人雑誌「炎舞」を創刊。
- 9月下旬、仕事に行き詰まり、東北地方、北海道に放浪に似た旅をし、妻も途中から加わり、大晦日に帰郷。
▷ 「緑雨」を「炎舞」創刊号に発表。

昭和30(1955)年　　28歳
- 1月、繊維関係の団体事務局に勤務。
- 西武線練馬駅に近い家に間借りし、ついで狛江町のアパートに転居。
- 丹羽文雄主宰の同人雑誌「文学者」に参加。
- 10月5日、長男司誕生。
- 12月、「文学者」休刊。小田仁二郎主宰の同人雑誌「Z」に参加。
▷ 「青い骨」、「蒼蘚」を「文学者」7月号、11月号に発表。

昭和31(1956)年　　29歳
- 妻・津村節子も「Z」の同人となる。
- この頃、梶井基次郎の新鮮で鋭い表現に感嘆し、文章の基本とする。
▷ 「無影燈」、「昆虫家系」、「白衣」を「Z」創刊号、第2号、第4号に発表。

　社会
　　7月、「経済白書」発表。「もはや戦後ではない」が流行語になる。

昭和32(1957)年　　30歳

- 晩秋、「Z」廃刊となる。同人雑誌「亜」を主宰。
- 東京都渋谷区幡ヶ谷原町900番地のアパートに転居。
- ▷「さよと僕たち」を「Z」第5号に発表。

　　社会
　　　松本清張「点と線」、井上靖「天平の甍」出版される。

昭和33(1958)年　　31歳

- 5月、「文学者」復刊。
- 6月、「週刊新潮」に短篇「密会」が掲載、初めて稿料を手に入れる。
- 10月、「亜」を廃刊。
- ▷2月、短篇集『青い骨』を自費出版。
- ▷「密会」を「週刊新潮」6月30日号、「鉄橋」を「文学者」7月号、「服喪の夏」を「亜」第3輯に発表。

昭和34(1959)年　　32歳

- 1月、「鉄橋」が第40回芥川賞候補作となり、選にはもれたが、「文藝春秋」に転載された。
- 6月、東京都北多摩郡保谷町上保谷千駄山523番地に家を新築、転居。
- 7月、「貝殻」が第41回芥川賞候補作となったが、落選。
- ▷「貝殻」を「早稲田文学」3月号、「極点」、「少女架刑」を「文学者」6月号、10月号、「貝の音」を「文學界」9月号に発表。
- ▷11月、「密会」が日活で映画化され、原作料が家の新築費の一部となる。

昭和35(1960)年　　33歳

- 4月13日、長女千夏生まれる。
- ▷「星と葬礼」を「文學界」3月号、「ニュースの一画面から」を「文学者」6月号に発表。
- ▷8月、放送劇「海岸道路」を「文化放送」で放送。

　　社会
　　　10月、社会党・浅沼委員長刺殺事件おこる。12月、所得倍増の第二次池田内閣発足。

昭和36(1961)年　　34歳

- 勤め先をやめる。「文学者」編集長に推され、投稿原稿をしきりに読む。
- ▷「墓地の賑い」、「透明標本」を「文学者」4月号、9月号に発表。

　　社会
　　　3月、三島由紀夫「宴のあと」が単行本となり、元外相有田八郎が「プライバシーの権利を侵害された」と東京地裁に提訴。「プライバシー」という概念が知れ渡るきっかけとなる。

I　生涯と業績

昭和37（1962）年　　　35歳
- 1月、「透明標本」が第46回芥川賞候補となり、一時他作品との同時受賞と内定するも土壇場で惜しくも落選。
- 7月、「石の微笑」が第47回芥川賞候補作となったが、落選。
- ▷「石の微笑」、「鷺」を「文學界」4月号、7月号、「動く壁」、「夜の饗宴」を「オール讀物」5月号、11月号、「茸」を「文学者」10月号に発表。

昭和38（1963）年　　　36歳
- 1月、生活に窮し、次兄武雄経営の繊維会社に勤務。
- 2月、南北社の大竹延と評論家の尾崎秀樹が来訪し、大竹は評論家の林富士馬の推挙で、作品集を同社で出版したい旨を告げた。文芸雑誌で没となり、同人雑誌評でも取り上げられなかった「少女架刑」を収めることを望み、「鉄橋」、「貝殻」、「星と葬礼」、「墓地の賑い」を収録し、短篇集の標題を『少女架刑』として出版することになった。
- ▷「非情の系譜」を「芸術生活」4月号、「ベンチ」を「円卓」8月号、「電気機関車」を「宝島」夏号に発表。
- ▷7月、短篇集『少女架刑』を南北社より出版。

昭和39（1964）年　　　37歳
- 『孤独な噴水』の背景であるボクシング界の調査をするとともに、しきりにボクシングの試合を観に行く。
- 10月、東京オリンピックが開催され、入場式の切符を入手したが、社務のため観に行かれなかった。
- 11月、妻・津村節子の「さい果て」が新潮社の「同人雑誌賞」を受賞。
- ▷「背中の鉄道」を「現代の眼」1月号、「煉瓦塀」を「文學界」7月号に発表。
- ▷9月、書下ろし長篇『孤独な噴水』を講談社から出版。

昭和40（1965）年　　　38歳
- 会社の仕事に専念。激務のため夜遅い帰宅がつづき、創作意欲は減退。
- 7月、妻・津村節子「玩具」で第53回芥川賞受賞。
- 8月末、兄の会社を退職。
- 9月、三陸海岸に一人旅をして再び創作意欲を取り戻し、この旅が刺激になって「星への旅」を書く。
- ▷「刑務所通い」を「円卓」5月号に発表。

昭和41（1966）年　　　39歳
- 長崎に一週間滞在して、戦艦「武蔵」の建造について調査。

Ⅰ　生涯と業績

- 6月、「星への旅」が第二回太宰治賞を受賞。ついで長篇「戦艦武蔵」が「新潮」9月号に一挙掲載され、ようやく文筆生活をする自信めいたものをいだく。
- 9月、戦艦「武蔵」の建造技師、乗組員たち31名を目白の椿山荘に招き、懇談会を開く。
- ▷『戦艦「武蔵」取材日記』を「プロモート」20号より5回連載。
- ▷「小説と私」を「文学者」3月号、「キトク」を「風景」7月号、「星への旅」を「展望」8月号に発表。
- ▷8月、短篇集『星への旅』を筑摩書房より出版。
- ▷9月、『戦艦武蔵』を新潮社より出版。ベストセラーとなる。

昭和42（1967）年　　　40歳

- 復帰前の沖縄に鹿児島から船で渡り、那覇市に一ヶ月滞在して沖縄戦を調査。戦場跡を歩きまわり、八十余名の戦闘に従事した人たちに会う。
- この頃から原稿依頼が増し、戦史小説を本格的に書きはじめる。
- ▷「水の葬列」を「展望」1月号、「高熱隧道」を「新潮」5月号、「白い道」を「季刊芸術」秋季号、「殉国」を「展望」10、11月号、「野犬狩り」を「文藝春秋」11月号に発表。
- ▷「大本営が震えた日」を「週刊新潮」12月16日より連載。
- ▷3月、短篇集『水の葬列』を筑摩書房より出版。
- ▷6月、『高熱隧道』を新潮社より出版。
- ▷10月、『殉国』を筑摩書房より出版。

昭和43（1968）年　　　41歳

- 戦史小説の証言者と会うための旅行が多く、精力的に歩き、執筆する。
- 9月、心臓移植調査のため初めての海外旅行に出かける。南ア・ケープタウンに赴き、世界初の心臓移植手術を執刀した外科医C.バーナードはじめ医師、心臓提供者、移植患者その他の関係者の証言を得る。
- 南アには17日間滞在し、ロンドン経由でニューヨークにおもむく。世界第二例目の手術の執刀医等に会い、資料収集。45日間の旅であった。
- ▷「海の奇蹟」を「潮」1月号に発表。
- ▷「零式戦闘機」を「小説新潮」1月号より連載。
- ▷「日本医家伝」を「CREATA」No.10より連載。
- ▷7月、『零式戦闘機』を新潮社より出版。
- ▷7月、短篇集『海の奇蹟』を文藝春秋より出版。
- ▷11月、『大本営が震えた日』を新潮社より出版。

昭和44（1969）年　　　42歳

- 7月、東京都三鷹市井の頭5丁目16番地8号に家を新築し、転居。
- 若い頃から尾崎放哉を主人公とした小説を書きたいと思いつづけていた。放哉が死んだ42歳と同年になったこの年、南郷庵を訪れ、さらに放哉の生活の面倒

をみた俳人の井上一二とも会った。
▷「行列」を「月刊ペン」2月号、「ハタハタ」を「文學界」4月号、「青い街」を「世界」6月号、「顛覆」を「小説新潮」7月号、「水の匂い」を「早稲田文学」8月号、「礫」を「別冊文藝春秋」109号に発表。
▷『「戦艦武蔵」取材日記』を「月刊ペン」3、4月号に連載。
▷「神々の沈黙」を「朝日新聞」日曜版3月16日より連載。
▷10月、短篇集『彩られた日々』を筑摩書房より出版。
▷12月、『神々の沈黙』を朝日新聞社より出版。

昭和45(1970)年　　43歳

- 前年に「ハタハタ」を発表したが、この年は「小説新潮」に「軍鶏」、「羆」等を書き、以後、動物小説を書くようになる。
- 5月、終始、見守ってくれた三兄英雄が、五十五歳で胃癌のため死去。
▷「軍鶏」、「蘭鋳」、「羆」を「小説新潮」3月号、7月号、11月号に発表。「細菌」を「現代」4月号より連載。「海と人間」(後「海の史劇」と改題)を「高知新聞」他に11月27日より連載。
▷5月、『陸奥爆沈』を新潮社より出版。
▷7月、『海の壁』(後『三陸海岸大津波』と改題)を中公新書で出版。
▷7月、『戦艦武蔵ノート』を図書出版社より出版。
▷9月、『空白の戦記』を新潮社より出版。
▷11月、『細菌』(後『蚤と爆弾』と改題)を講談社より出版。

　社会
　　3月、日航機「よど号」ハイジャック事件が起こる。3月、大阪万博が開催され6ヶ月間で6,400万人の入場者があった。

昭和46(1971)年　　44歳

- これまで戦史小説の関係者の証言をノートで書きとめてきたが、テープレコーダーを併用することが多くなった。
▷「蝸牛」を「小説新潮」2月号、「総員起シ」を「別冊文藝春秋」115号、「剃刀」を「オール讀物」3月号、「逃亡」を「文學界」8月号、「烏の浜」を「別冊文藝春秋」117号、「鵜」を「小説現代」10月号に発表。
▷2月、短篇集『羆』を新潮社より出版。
▷4月、『消えた鼓動』を筑摩書房より出版。
▷4月、短篇集『密会』を講談社より出版。
▷8月、『日本医家伝』を講談社より出版。
▷9月、『逃亡』を文藝春秋より出版。
▷10月、短篇集『鉄橋』を読売新聞社より出版。
▷11月、『めっちゃ医者伝』を「新潮少年文庫」で出版。
▷12月、『背中の勲章』を新潮社より出版。

Ⅰ 生涯と業績

社会
　10月、「小説の神様」志賀直哉死去。

昭和47（1972）年　　　45歳

- 「海の鼠」の調査のため宇和島市沖の戸島、日振島に渡り、以後、宇和島にしばしばおもむく。初めての長篇歴史小説「冬の鷹」を書いたが、戦史小説を書いていたためか、史料収集、時代考証も自然に行うことができた。
- 12月、「深海の使者」により第34回文藝春秋読者賞を受賞。
- ▷「手首の記憶」を「小説新潮」1月号、「霧の坂」を「風景」3月号、「炎と桜の記憶」を「別冊文藝春秋」119号、「下弦の月」を「小説新潮」4月号、「海の鼠」を「別冊小説新潮」夏号に発表。
- ▷「深海の使者」を「文藝春秋」1月号より連載。
- ▷「関東大震災」を「諸君!」5月号より連載。
- ▷「冬の鷹」を「月刊エコノミスト」11月号より連載。
- ▷1月、短篇集『総員起シ』を文藝春秋より出版。
- ▷9月、随筆集『精神的季節』を講談社より出版。

社会
　2月、第11回冬季オリンピック札幌大会開催。スケートのジャネット・リン、ジャンプの笠谷幸生などが話題になった。8月、第20回オリンピック・ミュンヘン大会開催。

昭和48（1973）年　　　46歳

- 「深海の使者」執筆に際して、多くの証言者の高齢化による死を痛感し、戦史小説の執筆を断つ。
- 10月、『戦艦武蔵』、『関東大震災』など一連のドキュメント作品により第21回菊池寛賞受賞。
- ▷「魚影の群れ」を「小説新潮」2月号、「海軍乙事件」を「別冊文藝春秋」123号に発表。
- ▷「一家の主」を「毎日新聞」夕刊6月1日より連載。
- ▷2月、短篇集『下弦の月』を毎日新聞社より出版。
- ▷4月、『深海の使者』を文藝春秋より出版。
- ▷5月、短篇集『海の鼠』を新潮社より出版。
- ▷8月、『関東大震災』を文藝春秋より出版。
- ▷9月-10月、ビクターからLP5枚組の『吉村昭と戦史の証言者たち』を出す。

社会
　8月、金大中事件起こる。

昭和49（1974）年　　　47歳

- 文芸雑誌からの作品依頼が多く、6篇の短篇小説を書く。
- 苦しくはあったが、これが生き甲斐だ、とも思った。

I 生涯と業績

- この年の春から足に激痛が走り、歩行が不可能な状態になる。バージャー病と診断される。足部切断も覚悟したが、薬の効用で快方にむかう。
▷ 「休暇」を「展望」1月号、「コロリ」を「別冊文藝春秋」127号、「蛍」を「文芸展望」夏号、「海の絵巻」を「別冊小説新潮」秋号、「動く牙」を「別冊文藝春秋」130号、「帽子」を「オール讀物」12月号に発表。
▷ 「蜜蜂乱舞」を「地上」1月号より連載。
▷ 「北天の星」を地方紙に連載。
▷ 3月、『一家の主』を毎日新聞社より出版。
▷ 7月、『冬の鷹』を毎日新聞社より出版。
▷ 11月、随想集『患者さん』を毎日新聞社より出版。
▷ 12月、短篇集『螢』を筑摩書房より出版。

　社会
　「文藝春秋」11月号に「田中角栄研究 —その人脈と金脈」が発表され、話題となる。

昭和50(1975)年　　48歳

- 長篇「漂流」執筆調査のため高知市におもむいた後、八丈島に飛ぶが、天候不良のため島に足どめされ、帰京が二日間おくれた。
▷ 「船長泣く」を「群像」8月号に発表。
▷ 「漂流」を「サンケイ新聞」夕刊2月26日より連載。
▷ 「ふぉん・しいほるとの娘」を「サンデー毎日」6月29日より連載。
▷ 3月、短篇集『磔』を文藝春秋より出版。
▷ 11月-12月、『北天の星』を講談社より出版。

　社会
　8月、日本赤軍クアラルンプールでアメリカ・スウエーデン大使館を占拠する。

昭和51(1976)年　　49歳

- この年も文芸雑誌に短篇6篇を書く。
- 「赤い人」、「羆嵐」執筆調査のため、しばしば北海道へ旅をする。
▷ 「凧」、「少年の夏」を「文學界」1月号、10月号、「メロンと鳩」を「群像」2月号、「手首 —海軍甲事件」を「別冊文藝春秋」135号に発表。
▷ 「亭主の家出」を地方紙に連載。
▷ 5月、『漂流』を新潮社より出版。
▷ 7月、短篇集『海軍乙事件』を文藝春秋より出版。

　社会
　2月、ロッキード事件起こる。7月、田中角栄前首相逮捕。

Ⅰ 生涯と業績

昭和52(1977)年　　50歳

- 若い頃からの念願であった俳人尾崎放哉を主人公とした小説「海も暮れきる」執筆を思い立ち、放哉の足跡をたどって京都、明石、鳥取、小豆島を訪れる。
- ▷「苺」、「蜻蛉」を「文學界」4月号、12月号、「島の春」、「鳳仙花」を「群像」5月号、11月号に発表。
- ▷「海も暮れきる」を「本」8月より連載。
- ▷3月、『亭主の家出』を文藝春秋より出版。
- ▷5月、『羆嵐』を新潮社より出版。
- ▷11月、『赤い人』を筑摩書房より出版。

昭和53(1978)年　　51歳

- 「遠い日の戦争」執筆のため、B29からパラシュート降下したアメリカ兵士を終戦時に斬首した元陸軍将校二名に会って、証言を得る。
- ▷「名刺」を「室内」1月号、「破魔矢」、「虹」を「群像」3月号、9月号、「炎天」を「文學界」10月号に発表。
- ▷1月、『吉村昭自選短編集』を読売新聞社より出版。
- ▷1月、短篇集『星と葬礼』を集英社文庫で出版。
- ▷3月、『ふぉん・しいほるとの娘』を毎日新聞社より出版。
- ▷4月、短篇集『海の絵巻』(後『鯨の絵巻』と改題)を新潮社より出版。
- ▷6月、短篇集『メロンと鳩』を講談社より出版。
- ▷9月、短篇集『帽子』を集英社より出版。
- ▷10月、『遠い日の戦争』を新潮社より出版。

　　社会
　　2月、「嫌煙権」の確立をめざす運動がはじまった。8月、「日中平和友好条約」調印される。

昭和54(1979)年　　52歳

- 3月、書下ろし長篇『ポーツマスの旗』現地調査のため、ポーツマスに一週間の旅をする。
- 3月、ポーツマス滞在中に、『ふぉん・しいほるとの娘』により第13回吉川英治賞文学賞受賞の知らせを受ける。
- ▷「焰髪」を「新潮」1月号、「初富士」を「海」2月号、「青い水」を「すばる」10月号に発表。
- ▷「北海道取材ノートから」を「月刊ダン」1月号より連載。
- ▷2月、随筆集『白い遠景』を講談社より出版。
- ▷8月、短篇集『月夜の魚』を角川書店より出版。
- ▷9月、エッセイ集『蟹の縦ばい』を毎日新聞社より出版。
- ▷9月、連作短篇集『熊撃ち』を筑摩書房より出版。
- ▷12月、『ポーツマスの旗』を新潮社より出版。

社会
　　1月、グラマン疑惑、発覚。

昭和55（1980）年　　　53歳

- 3月、東映のテレビ作品として現地の北海道苫前町で行なわれた「羆嵐」のロケーションに立ち会う。主演三國連太郎。
- 5月、「海流」（後「破船」と改題）の現地調査のため佐渡島に旅をする。
- 8月、弟隆、築地の癌センターで肺癌のため片肺切除。弟に癌であることを知らせぬことを決意、苦しい日々がはじまる。
- 毎年、東京場所の大相撲を観に行くが、九月に美保ヶ関部屋の朝稽古を初めて見る。
- この年、文芸雑誌に七篇の短篇を書く。
▷ 「雲母の柵」、「脱出」を「新潮」2月号、12月号、「マッチの話」、「講演会」、「北陸の女」を「ミセス」3月号、4月号、8月号、「鮫釣り」、「帰郷」を「文學界」3月号、10月号、「月下美人」を「群像」5月号、「地球の一点」を「オール讀物」7月号、「食品売場」を「食 食 食」夏号、「黄水仙」を「海」11月号に発表。
▷ 「光る壁画」を「読売新聞」4月19日より連載。
▷ 「海流」を「ちくま」7月号より連載。
▷ 3月、『海も暮れきる』を講談社より出版。
▷ 5月、取材紀行『冬の旅』を筑摩書房より出版。
▷ 9月、『虹の翼』を文藝春秋より出版。

社会
　　大平首相の急死と衆参同時選挙が行われる。鈴木総裁、内閣の成立。東京銀座で、史上最高の拾い物1億円があり、結局落とし主は現れず。

昭和56（1981）年　　　54歳

- 3月、弟、大宮市の宇治病院に入院。しばしば見舞い、大宮市内のビジネスホテルに泊まることをつづける。
- 6月、『漂流』が東宝で映画化され、公開される。
- 8月、弟死去。
- 12月、『ポーツマスの旗』をNHK　TV で6時間のドラマとして放映。
- 弟の苦しみにみちた闘病生活と死で、精神、肉体の両面で消耗し、体調が極度に悪化したが、年末にいたって、ようやく復調する。
▷ 「秋の街」を「文學界」2月号、「沢蟹」を「海」3月号に発表。
▷ 「間宮林蔵」を「北海道新聞」他に11月1日より連載。
▷ 2月、歴史紀行『歴史の影絵』を中央公論社より出版。
▷ 2月、連作短篇集『炎のなかの休暇』を新潮社より出版。
▷ 3月、随筆集『実を申すと』を文化出版局より出版。
▷ 5月、『光る壁画』を新潮社より出版。
▷ 9月、『戦史の証言者たち』を毎日新聞社より出版。

社会
　3月、神戸市主催の「神戸ポートアイランド展」が開催され、予想を大きく上回る、1,620万人が入場。

昭和57（1982）年　　　55歳

- 2月、長崎造船所でおこなわれた「武蔵」戦死者慰霊祭に出席。
- 6月、東京港から近海郵船フェリー「まりも」に乗り、釧路まで33時間の船旅をする。イルカの群れを三度見る。
- 短篇をしきりに書き、その間に長篇『破獄』執筆調査のため、秋田、青森、札幌、網走の各市をはじめ北海道にしばしばおもむく。
▷「破獄」を「世界」6月号より連載。
▷2月、『破船』を筑摩書房より出版。
▷4月、短篇集『遅れた時計』を毎日新聞社より出版。
▷7月、短篇集『脱出』を新潮社より出版。
▷9月、『間宮林蔵』を講談社より出版。

昭和58（1983）年　　　56歳

- 前年後半より『長英逃亡』執筆のため史料を求めて全国各地を旅する。長英もよく逃げたものだ、と感嘆しながら旅をつづける。
- 3月、順天堂大学医学部附属病院に入院。幼時に患った慢性中耳炎が三年前に再発、町医に治療を受けていたが、手術法確立を知って、鼓膜移植の手術をうける。一ヶ月後退院。
- 6月、松竹映画『魚影の群れ』製作発表会が撮影現場の下北半島突端の大間町でおこなわれ、出席。10月、封切られる。
▷「欠けた月」を「文藝」1月号、「冬の道」を「群像」4月号、「さそり座」を「新潮」8月号に発表。
▷「長英逃亡」を3月末より「毎日新聞」夕刊に連載。
▷「東京の下町」を「オール讀物」9月号より連載。
▷「花渡る海」を「海」10月号より連載。
▷8月、短篇集『月下美人』を講談社より出版。
▷11月、『破獄』を岩波書店より出版。

社会
　5月、カンヌ映画祭で、今村昌平の「楢山節考」がグランプリを受賞。

昭和59（1984）年　　　57歳

- 6月、大学を卒業した長女千夏と二人だけの旅。北海道の富良野市に行き、夜、シナリオライターの倉本聰の家でバーベキューの馳走をうけ、ついで、妻も来て小清水町の竹田津実を訪ね、早朝、キタキツネを見に行く。

I 生涯と業績

- 7月、弟の死を主題とする『冷い夏、熱い夏』を出版。私小説としては初めての長篇小説。
- 9月、妻と仕事に無関係の福井、伊賀上野への二泊三日の旅をする。今までにない悠長な旅。
- 文芸雑誌に短篇小説五篇書く。『海の祭礼』執筆調査のため初めて北海道利尻島へ渡る。
- 12月、吉祥寺にある行きつけの小料理屋で飲んでいる時、『冷い夏、熱い夏』の第26回毎日芸術賞受賞の知らせを受ける。正式発表は翌年1月。
- ▷「白い壁」、「果物籠」を「文學界」2月号、9月号、「花曇り」を「文藝」4月号、「飛行機雲」を「群像」6月号、「欠けた椀」を「新潮」11月号に発表。
- ▷「海の祭礼」を「文藝春秋」8月号より連載。
- ▷7月、『冷い夏、熱い夏』を新潮社より出版。
- ▷9月-10月、『長英逃亡』毎日新聞社より出版。
- ▷11月、短篇集『秋の街』を文藝春秋より出版。

  社会
  この年、脳死判定をめぐって議論が盛んに行われた。

昭和60(1985)年　　　58歳

- 1月、近所の鮨屋で一人飲んでいる時、第36回読売文学賞に『破獄』が決定したとの電話を受ける。正式発表は2月。
- 2月、『破獄』により、59年度芸術選奨文部大臣賞受賞。
- 相つぐ受賞に呆然とし、反動でなにか凶事が起こらぬようにと、近くの井の頭弁才天に賽銭を投げて拝礼。
- 4月、大阪拘置所で刑務官に講演。その夜、NHK TVで二時間ドラマとして放映された『破獄』をホテルで観る。主演緒形拳。
- 8月、小村寿太郎の生地日南市と講和会議のおこなわれたポーツマス市の姉妹都市締結記念講演に招かれ、宮崎市で講演。
- ▷「秋の声」を「文學界」2月号、「霰ふる」を「群像」5月号、「鋏」を「すばる」8月号、「標本」を「文藝」11月号に発表。
- ▷6月、随想集『お医者さん・患者さん』を中公文庫で出版。
- ▷7月、随筆集『東京の下町』を文藝春秋より出版。
- ▷11月、『花渡る海』を中央公論社より出版。

  社会
  3月、科学万博つくば'85開幕。8月、日本航空ジャンボ機墜落事故、死者520人。9月、メキシコ大地震。

昭和61(1986)年　　　59歳

- 丹那トンネルを素材にした「闇を裂く道」の調査のため、しばしば静岡県下におもむく。
- 6月、日本文藝家協会 常務理事に就任。

I　生涯と業績

- 8月、胸、肩に痛みが走り、深夜もしばしば起きる。諸種の検査の結果、異常なしと診断されるが、食事も横になったままとるまでに悪化。専門医の診断で単純な筋肉痛とわかり、いやすための運動を行い、三ヶ月後に痛み消える。
- 8月、日本近代文学館主催の文学教室で『森鷗外、「歴史其儘」の道』と題する講演を行う。
▷ 1月、NHK TV 2時間ドラマとして『海も暮れきる』を放映。
▷「歸艦セズ」を「新潮」1月号、「不思議な世界」、「緑雨」を「文學界」2月号、7月号、「油蟬」を「群像」4月号に発表。
▷「闇を裂く道」を「静岡新聞」4月1日より連載。
▷ 8月、エッセイ集『万年筆の旅』作家のノートIIを文春文庫で出版。
▷ 10月、『海の祭礼』を文藝春秋より出版。

　　社会
　　　1月、東京サミット開催。4月、ソ連チェルノブイリ原子力発電所大事故。

昭和62（1987）年　　　　60歳

- 3月、新潟市での講演のため上越新幹線に乗っている時、車内放送で電話がかかっているのを知る。不吉な予感がし、受話器をとると妻からで、第43回日本芸術院賞受賞内定の報せがあった由。思いがけぬことに驚く。受賞理由は、作家としての業績に対して、ということであった。
- 4月1日、早朝旅先の長崎で長兄利男の死を報せる電話を受け、帰京。
- 5月、長男司結婚。
- 6月1日、上野の芸術院で天皇御臨席のもとに芸術院賞授賞式。
- 8月、日本近代文学館主催の夏の文学教室で「志賀直哉・暗夜行路」について講演。
- 9月、「海の祭礼」の舞台になった北海道利尻島で講演。
- 山の上ホテルで催された「臼井吉見さんを偲ぶ会」の司会をする。
▷「銀杏のある寺」を「すばる」2月号、「凍った眼」を「群像」3月号、「再婚」を「オール讀物」5月号、「貸金庫」を「小説新潮」9月号、「鯊釣り」を「中央公論」12月号に発表。
▷ 4月、『蜜蜂乱舞』を新潮文庫で出版。
▷ 5月、私家版句集『炎天』を発行。
▷ 6月、『闇を裂く道』を文藝春秋より出版。

　　社会
　　　4月、国鉄分割、JRグループ発足。

昭和63（1988）年　　　　61歳

- 「桜田門外ノ変」の史料収集・取材のため各地に旅行する。
- 2月、長男夫婦に女子誕生。朝香と名づく。
- 4月、次兄武夫執筆の吉村一族の記録『雑木林』を私家版としてつくることに協力する。

Ⅰ　生涯と業績

- 7月、「海馬」執筆調査のため北海道の羅臼町におもむく。海をへだてて近々とみえる国後島に、歴史的に日本領であることをあらためて感じ、複雑な思いであった。
- 8月、日本近代文学館主催の夏の文学教室で『川端康成の眼 ―「死体紹介人」と「雪国」をめぐって』と題して講演をおこなう。
▷ 「煤煙」、「屋形船」を「群像」1月号、10月号、「白足袋」を「新潮」1月号、「海馬」を「小説新潮」10月号に発表。
▷ 「桜田門外ノ変」を「秋田魁新報」夕刊他に10月11日より連載。
▷ 4月、純文学書下ろし作品『仮釈放』を新潮社より出版。二年間にわたって執筆をつづけ、ようやく書き上げることができた。この出版に関連して、保護司、教誨師等の催しにしばしば招かれ講演する。
▷ 7月、短篇集『帰艦セズ』を文藝春秋より出版。

　社会
　　3月、青函トンネル鉄道開業。4月、瀬戸大橋開通。9月、ソウルオリンピック、日本選手不振。

昭和64/平成元(1989)年　　62歳

- 2月、自宅にファックスを備える。東伏見在住時代には家に電話がなく、電車に乗って都内の公衆電話で出版社に連絡をとったことを思い起こし、通信機器の発達と普及にあらためて驚く。
- 3月、長女結婚。
- 8月、日本近代文学館主催の夏の文学教室で『川端康成 ―「千羽鶴」の美』と題して講演をおこなう。
- 8月、長男夫婦、長女夫婦と孫とともに熱海のホテルに行き、花火を観る。二十一歳の折に肺結核で死んでいれば、長男、長女、孫もこの地球上に存在しないことを思い、胸が熱くなる。
- 新潮社より自選作品集の出版が決定し、その準備に入る。
▷ 「チロリアンハット」を「新潮」1月号、「海猫」を「文藝春秋」1月号に発表。
▷ 「黒船」を「中央公論」1月号より連載。
▷ 「白い航跡」を「産経新聞」夕刊7月10日より連載。
▷ 1月、短篇集『海馬』を新潮社より出版。
▷ 6月、随筆集『旅行鞄のなか』を毎日新聞社より出版。
▷ 11月、短篇集『死のある風景』を文藝春秋より出版。

　社会
　　1月7日、天皇崩御。元号、平成となる。4月、消費税実施。

平成2(1990)年　　63歳

- 6月、第二回北海道文学集会に招かれ、「私と北海道」と題して講演。
- 7月、「神戸夏季大学」で、「歴史小説うらばなし ―小さな記述に大きな発見」と題する講演をおこなう。

- 8月、岩手県田野畑村名誉村民となる。田野畑101年祭記念式典にて授与。
- 10月、『吉村昭自選作品集』全15巻、別巻1の第一回配本となる第一巻を新潮社より出版。以降順次毎月一巻を平成4年1月まで配本。
▷ この年、初めての外国語訳となる『ポーツマスの旗』の仏訳 "Les Drapeaux De Portsmouth" を Editions Philippe Picquier より出版。
▷ 3月、『透明標本』―吉村昭自選短篇集を學藝書林より出版。
▷ 8月、『桜田門外ノ変』を新潮社より出版。
▷ 8月、エッセイ集『月夜の記憶』を講談社文庫で出版。
▷ 10月、『吉村昭自選作品集』第一巻を新潮社より出版。

社会
　2月、株価の暴落はじまり、バブル（泡）現象露呈。10月、ドイツ統一成る。

平成3（1991）年　　　64歳

- 『吉村昭自選作品集』刊行つづく。
- 「オール讀物」、「クレア」、「東京新聞」にエッセイを連載。
- 前年につづき、この年も小説の外国語訳を出版。
▷ 「幻」を「新潮」1月号、「飲み友達」を「中央公論文芸特集」春号、「パラシュート」を「文藝春秋」5月号に発表。
▷ 「昭和の下町」を「オール讀物」1月号より連載。
▷ 2月、随想集『史実を追う旅』を文春文庫で出版。
▷ 4月、『白い航跡』を講談社より出版。
▷ 9月、『黒船』を中央公論社より出版。
▷ 10月、『戦艦武蔵』の英訳 "Build The Musashi" を Kodansha International より出版。同上普及版は、"Battleship Musashi" と改題して、平成11年7月に出版された。

社会
　4月、ソ連のゴルバチョフ大統領が来日。8月、ソ連共産党解体。12月、ソ連邦消滅、独立国家共同体創設。

平成4（1992）年　　　65歳

- 1月、都民文化栄誉章受章。
- 4月、荒川区　区民栄誉賞受賞。
- 7月、日本近代文学館主催の文学教室で、「女性作家の強烈な個性―岡本かの子・平林たい子・林芙美子」と題して講演。
▷ 「秋の旅」を「新潮」1月号、「或る町の出来事」、「果実の女」を「小説新潮」1月号、9月号、「牛乳瓶」を「中央公論文芸特集」秋号、「法師蝉」を「文學界」11月号に発表。
▷ 「昭和歳時記」を「オール讀物」5月号より連載。
▷ 「ニコライ遭難」を「世界」7月号より連載。
▷ 「天狗争乱」を「朝日新聞」夕刊10月1日より連載。

▷ 11月、『私の文学漂流』を新潮社より出版。

社会

5月、国連平和維持活動（PKO）法成立。9月、米シャトルの宇宙実験（日本人毛利衛同乗）成功。

平成5（1993）年　　66歳

- 1月15日、NHK TV 歴史ドキュメント「桜田門外の変・時代と格闘した男」に出演。
- ▷「銀狐」を「新潮」1月号、「受話器」、「寒牡丹」を「中央公論文芸特集」春号、冬号、「顔」を「別冊文藝春秋」204号、「遠い星」を「文藝」秋季号に発表。
- ▷ 3月、『私の引出し』を文藝春秋より出版。
- ▷ 7月、短篇集『法師蟬』を新潮社より出版。
- ▷ 9月、『ニコライ遭難』を岩波書店より出版。
- ▷ 11月、『昭和歳時記』を文藝春秋より出版。

社会

1月、大関の曙の横綱昇進と関脇の貴花田の大関昇進が同時決定した。7月、北海道西沖地震。8月、細川政権が成立。9月、イスラエルとパレスチナ解放機構（PLO）相互承認。

平成6（1994）年　　67歳

- 3月、久留米市民図書館（現・久留米市立中央図書館）「録音図書製作500タイトル記念講演」に招かれ「歴史小説余話」と題して、講演。
- 4月、小豆島で催された「放哉忌」で、「小豆島と放哉」と題し、講演。
- 10月、『天狗争乱』により第21回大佛次郎賞受賞。
- ▷「光る藻」を「新潮」1月号、「時間の尺度」を「文學界」10月号に発表。
- ▷「落日の宴」を「群像」1月号より連載。
- ▷「彦九郎山河」を「東京新聞」3月23日より連載。
- ▷ 5月、『天狗争乱』を朝日新聞社より出版。

社会

5月、ユーロトンネル開通。6月、景気回復基調にのる。9月、関西空港開港。12月、大江健三郎ノーベル文学賞受賞。

平成7（1995）年　　68歳

- 3月、夫妻で田野畑村を訪れ、佐渡での講演以来28年ぶりで夫婦講演会を行う。演題は夫が「歴史小説うらばなし」、妻は「創作ノートについて」。
- 5月、全国広告連盟の大会に招かれ、長崎市公会堂で、「日本の夜明けと長崎」と題して、講演。
- ▷「梅の蕾」を「別冊文藝春秋」213号に発表。
- ▷ 3月、短篇集『再婚』を角川書店より出版。
- ▷ 6月、『プリズンの満月』を新潮社より出版。
- ▷ 9月、『彦九郎山河』を文藝春秋より出版。

社会
　1月、阪神大震災が起こり、人的・物的被害甚大。

平成8（1996）年　　　69歳

- 6月、日本文藝家協会 副理事長に就任。
- 9月、岩手県田野畑村鵜の巣断崖園地内に、吉村昭文学碑が建立され、除幕式が行われる。
- この年から、毎年小説の外国語訳が出版されるようになる。
▷「観覧車」を「小説新潮」1月号、「眼」を「季刊文科」7月号、「クルージング」を「新潮」9月号に発表。
▷「生麦事件」を「新潮」1月号より連載。
▷ 4月、『落日の宴』を講談社より出版。
▷ 9月、随筆集『街のはなし』を文藝春秋より出版。
▷ この年、『零式戦闘機』の英訳 "Zero Fighter" を Praeger, USA より出版。『破船』の英訳 "Shipwrecks" を Harcourt Inc. より出版。ペーパーバックは平成14年に発行された。

社会
　7月、病原性大腸菌O157が発生し、全国で患者6,000人を超す。12月、ペルーの日本大使公邸で人質事件が起こる（翌年4月解放）。

平成9（1997）年　　　70歳

- 5月、「闇にひらめく」を原作とする映画「うなぎ」がカンヌ国際映画祭で最優秀賞を受賞。
- 12月、日本芸術院会員となる。
▷「朱の丸船印」（後「朱の丸御用船」と改題）を「文學界」4月号に発表。
▷「天に遊ぶ」を「波」1月号より連載。
▷「史実を歩く」を「カピタン」7月号より連載。
▷『朱の丸御用船』を文藝春秋より出版。
▷『破船』のオランダ語訳 "Schipbreuk" を Van Gennep, Amsterdam より出版。

社会
　秋田新幹線、長野新幹線が開通。

平成10（1998）年　　　71歳

- 2月、「長崎奉行」に任命される。
- 3月、妻・津村節子芸術選奨文部大臣賞受賞。
- 6月、日本文藝家協会 副理事長に再任される。
▷「夜明けの雷鳴」を「文藝春秋」1月号より連載。
▷「アメリカ彦蔵」を「読売新聞」夕刊3月2日より連載。
▷ 梶井基次郎、太宰治に関する講演を行う（11月）。

I 生涯と業績

- ▷1月、短篇集『遠い幻影』を文藝春秋より出版。
- ▷5月、随筆集『わたしの流儀』を新潮社より出版。
- ▷9月、『生麦事件』を新潮社より出版。
- ▷10月、『史実を歩く』を文春新書で出版。
- ▷この年、『破船』の独訳 "Schiffbruch" を Rowohlt,Berlin より出版。

平成11（1999）年　　　72歳

- ●7月、日本文藝家協会 理事長代行に就任。
- ●故江藤淳の日本文藝家協会葬で葬儀委員長をつとめる。
- ▷「光る干潟」、「都会」を「文學界」1月号、3月号、「碇星」を「群像」1月号、「梅の刺青」を「新潮」7月号、「敵討」を「新潮」9月号、「島抜け」を「新潮」臨時増刊号（11月）で発表。
- ▷2月、短篇集『碇星』を中央公論社より出版。
- ▷5月、超短篇集『天に遊ぶ』を新潮社より出版。
- ▷5月、『わが心の小説家たち』を「平凡社新書」で出版。
- ▷10月、『アメリカ彦蔵』を読売新聞社より出版。
- ▷この年、『破船』の仏訳 "Naufrages" を Actes Sud,Arles より出版。

　　社会
　　　9月、東海村燃料工場で臨界事故。

平成12（2000）年　　　73歳

- ●6月、第四回海洋文学大賞特別賞受賞。
- ▷「時間」、「漁火」を「文學界」1月号、4月号に発表。
- ▷「東京の戦争」を「ちくま」7月号より連載。
- ▷8月、『島抜け』を新潮社より出版。
- ▷10月、随筆集『私の好きな悪い癖』を講談社より出版。
- ▷この年、『破船』のポーランド語訳 "Zaglada" を Proszynaski S-ka より出版。『仮釈放』の英訳 "On Parole" を Harcourt Inc.より出版。

　　社会
　　　2月、大阪府知事に女性初の太田房江。5月、ロシア大統領にプーチン就任。6月、南北朝鮮首脳平壌で初会議。7月、九州・沖縄サミット開催。

平成13（2001）年　　　74歳

- ●6月、日本芸術院 第二部（文芸）部長代行に就任。
- ●8月、NHK TV「その時歴史が動いた」に出演。
- ●11月、妻・津村節子 秋の叙勲で勲四等宝冠章受章。
- ▷「最後の仇討」を「新潮」2月号に発表。
- ▷「大黒屋光太夫」を「毎日新聞」夕刊10月1日より連載。
- ▷1月、『夜明けの雷鳴』を文藝春秋より出版。

- ▷2月、『敵討』を新潮社より出版。
- ▷6月、『仮釈放』の仏訳 "LIBERTÉ CONDITIONNELLE" を Actes Sud.より出版。
- ▷7月、『東京の戦争』を筑摩書房より出版。
- ▷この年、『遠い日の戦争』の英訳 "ONE MAN'S JUSTICE" を HARCOURT INC. より出版。翌年、同上ペーパーバックを出版。

平成14（2002）年　　　75歳

- ●この年も、『少女架刑』の仏訳、『仮釈放』の独語訳、仏訳および西語訳、『戦艦武蔵』のポーランド語訳、『破船』のヘブライ語訳、『ニコライ遭難』の露訳等外国語訳の出版がつづいた。
- ▷「消えた町」、「資料の処分」を「新潮」1月号、3月号、「夜光虫」を「文學界」6月号に発表。
- ▷7月、短篇集『見えない橋』を文藝春秋より出版。
- ▷10月、短篇集『少女架刑』の仏訳 "LA JEUNE FILLE SUPPLICIÉE SUR UNE ÉTAGÈRE" を ACTES SUD より出版。
- ▷この年、『戦艦武蔵』のポーランド語訳 "Pancernik Musashi" を Oficyna Wydawnicza、『破船』の英訳 "Shipwrecks" を Canongate Pub. GBR、『仮釈放』の独語訳 "UNAUSLOSCHLICH" を C.H.BECK、同じく『仮釈放』の西語訳 "Libertad bajo palabra" を emecé editores、『破船』のヘブライ語訳を SCHOCKEN Publishing House、『ニコライ遭難』の露訳 "ПОКУШЕНИЕ" を Муравей より出版。露訳に当たっては国際交流基金の助成を受け、日本政府からクレムリンに寄贈された。

　　社会
　　12月、ノーベル賞ダブル受賞―小柴昌俊（物理学賞）・田中耕一（化学賞）。

平成15（2003）年　　　76歳

- ●3月、妻・津村節子恩賜賞芸術院賞受賞。
- ●9月、吉村昭企画展「吉村昭 歴史小説の世界」が二週間に亘って、長崎県立図書館で開催される。
- ●9月、「薩英交流140周年シンポジウム」で基調講演をおこなう。演題は「生麦事件と薩英戦争」。
- ●12月、妻・津村節子芸術院会員に選ばれる。現会員の吉村昭と夫婦で会員になる。
- ▷「回り灯籠」を「ちくま」5月号より連載。
- ▷1月、エッセイ集『縁起のいい客』を文藝春秋より出版。
- ▷2月、『大黒屋光太夫』を毎日新聞社より出版。
- ▷4月、『漂流記の魅力』を新潮新書で出版。

平成16（2004）年　　　77歳

- ●2月、「日露戦争100周年記念シンポジウム」で「ポーツマス会議」と題して講演。

- 5月、『長英逃亡』により第7回「高野長英賞」受賞。
- 10月、日本芸術院 第二部（文芸）部長に就任。
▷ 「小説に書けない史料」を「新潮」6月号に発表。
▷ 「暁の旅人」を「群像」1月号より翌年2月号まで連載。
▷ 『アメリカ彦蔵』の英訳 "Storm Rider" を "The Daily Yomiuri" 9月4日より連載。
▷ 「彰義隊」を「朝日新聞」夕刊10月18日より連載。
▷ この年、『アメリカ彦蔵』の英訳 "Storm Rider" を HARCOURT INC. より、『遠い日の戦争』の仏訳 "La guerre des jours lointains" を ACTES SUD より出版。

　　　社会
　　　12月、スマトラ沖巨大地震・津波発生。死者・不明者30万人を超える。

平成17（2005）年　　　78歳
- 1月頃、舌の痛みを感じ始める。口内炎と診断される。
- 2月、舌癌を宣告され、放射線治療のため年内に三度入院。
- 痛みが薄らぐと、公式行事、講演会、サイン会等に出席。
- その間、筑摩書房『事物はじまりの物語』、講談社「群像」連載の「暁の旅人」、朝日新聞連載の「彰義隊」と書き続け、推敲を重ね、ゲラの校正を続ける。
- 11月、北海道文学館にて講演。妻も原田康子展に出席同行。
▷ 1月、ちくまプリマー新書創刊、『事物はじまりの物語』を出版。
▷ 1月、「井の頭だより」の連載を再開（「別冊文藝春秋」）。
▷ 4月、『暁の旅人』を講談社より出版。
▷ 7月、『遠い日の戦争』の西訳 "JUSTICIA DE UN HOMBRE SOLO" Emecé Editores より出版。
▷ 11月、『彰義隊』を朝日新聞社より出版。
▷ 12月、『わたしの普段着』を新潮社より出版。

　　　社会
　　　4月、JR西日本の福知山線で脱線事故発生。死者百人超、負傷者五百人を超える大惨事となる。4月、丹羽文雄死去。9月、総選挙で、小泉自民が圧勝。11月、横綱朝青龍が優勝、前人未到の7連覇と年6場所完全制覇を達成。

平成18（2006）年　　　79歳
- 正月、生まれ育った日暮里にある諏方神社にお参りし、戦災で焼失した家の跡地に立てられた駅前のホテルラングウッドで食事をする。これが夫妻にとっての最後の初詣でとなった。
- 2月2日、完全に取り切れなかった舌癌と、PETの検査によって新たに病巣が発見された。膵臓全摘の手術が行われた。
- 3月10日、退院し、自宅療養の日々を送る。書斎にはいり遺作となった「死顔」の推敲が何よりの支えになった。
- 病気について親戚にさえも知らせぬよう厳命。完全に家族のみの秘事とされた。

25

I　生涯と業績

- 7月10日、最後の入院。
- 7月24日、本人の強い希望により、予定を早めて退院。
- 遺作「死顔」が完了していないことを気にかけていた。
- 7月30日、自らの意志で「命の綱」カテーテルポートの針を抜き、家族の深い悲しみの中で、最後の数時間を過ごす。
- 7月31日、死去。未明の2時38分であった。享年79。
- 8月24日、「吉村昭さん お別れの会」が出版各社と日本文藝家協会の企画で東京・日暮里のホテルラングウッドで開催された。会場は予想を大きく超える関係者・読者であふれる。
▷「井の頭だより」を引き続き連載(「別冊文藝春秋」)。
▷「山茶花」を「新潮」6月号に発表。
▷「一人旅」を「図書」6月号に発表。
▷「死顔」を「新潮」10月号に発表。
▷11月、『死顔』を新潮社より出版。
▷12月、『回り灯籠』を筑摩書房より出版。

平成19(2007)年
▷7月、随筆集『ひとり旅』を文藝春秋より出版。
▷12月、対談集『歴史を記録する』を河出書房新社より出版。

平成21(2009)年
▷2月、『時代の声、史料の声』を河出書房新社より出版。
▷4月、『吉村昭歴史小説集成』第一巻を岩波書店より出版。全八巻を毎月逐次刊行。
▷7月、俳句集『炎天』を筑摩書房より出版。
▷8月、エッセイ集『七十五度目の長崎行き』を河出書房新社より出版。

Ⅱ 著書・作品

1. 著作・作品を下記のように記載した。
   タイトル／初出年月日／初出掲載誌・図書／㊄初収単行本・文庫その他・収録作品　等／＊備考（再収単行本・文庫その他）
2. ゴシック体の表記は、著書を示す。
3. 初出年月日の前に付与した「◎」は編者が確認したことを示す。
   「☆」は確認の結果、既に発表されているものと「時期」または「誌紙名」が異なっていたことを示す。
4. 文中敬称略。

1 ボートレース
S16.?「開成中学校友会雑誌」
＊中学一年時の作文「私の処女作」(No.712)参照
2 ジュリアン・デュヴィヴィエについて
◎S22.11「新生」4号
3 放送劇「或る幕切れ」
◎S25.6「學習院文藝」創刊号
＊S25.7 研究発表会にて上演
＊演出：増沢常夫
4 雪
◎S25.10「學習院文藝」第二号
5 たつのおとしご(演出)
S25.11 学習院大学文化祭
＊原作：真船 豊
6 放送劇雑感
◎S25.12「たつのおとしご」創刊号
7 "尻切れトンボ"
◎S26.?「学習院国劇部創立四周年記念特輯」(パンフレット)
＊発行月日不明
8 土偶
◎S26.1「學習院文藝」第三号
9 俳句
◎S26.5「學習院文藝」第四号
＊吉村 昭作四句収録
10 死まで
◎S26.6「學習院文藝」第五号
11 優等賞状
◎S26.9「學習院文藝」第六号
12 編集後記
◎S26.9「學習院文藝」第六号
13 河原燕
◎S26.10「學習院文藝」第七号
14 編集後記
◎S26.10「學習院文藝」第七号
15 死體
〔後：死体〕
◎S27.4「赤繪」春号 8号(「學習院文藝」を改称 号数継続)
[収]S33.2『青い骨』小壺天書房
＊S48.4『青い骨』角川文庫
＊H2.10『吉村昭自選作品集』1 新潮社
＊H7.4『私の文学漂流』新版 新潮文庫
＊H15.10『私の文学漂流』電子文庫パブリ

II　著書・作品

　　　＊H15.10『私の文学漂流』Shincho On Demand Books
　　　＊H16.10『青い骨』五月書房
16　編集後記
　　　◎S27.4「赤繪」春号 8号
　　　＊無署名なれど、編集人の吉村 昭と推定される
17　赤繪随感 —誌名に因んで—
　　　◎S27.4「赤繪」春号 8号
　　　＊ペンネーム「英慶一郎」で執筆
18　虚妄
　　　〔後改題：夜の道〕
　　　◎S27.7「赤繪」夏号 9号
　　　㊊H14.7『見えない橋』文藝春秋
　　　＊H17.7『見えない橋』文春文庫
　　　＊H19.1『季刊文科』
19　編集後記
　　　◎S27.7「赤繪」夏号 9号
　　　＊無署名なれど、編集人の吉村 昭と推定される
20　金魚
　　　◎S27.10「赤繪」秋号 10号
　　　＊同じ標題の別作品あり（No.623, 764 & 1444）
21　編集後記
　　　◎S27.10「赤繪」秋号 10号
　　　＊無署名なれど、編集人の吉村 昭と推定される
22　白い虹
　　　☆S28.4「環礁」第一号
　　　㊊S33.2『青い骨』小壺天書房
　　　＊S48.4『青い骨』角川文庫
　　　＊H16.10『青い骨』五月書房
23　猫
　　　◎S28.4「環礁」第一号
24　初産
　　　◎S28.8「環礁」第3輯
　　　㊊H20.2『文藝別冊 吉村昭』河出書房新社
　　　＊作者名「匿名（D）」として発表
25　緑雨
　　　◎S29.8「炎舞」創刊号
　　　＊同じ標題の別作品あり（No.1114）
26　編輯後記
　　　◎S29.8「炎舞」創刊号
27　青い骨
　　　☆S30.7「文学者」
　　　㊊S33.2『青い骨』小壺天書房

II 著書・作品

　　　＊S48.4『青い骨』角川文庫
　　　＊S51.11「別冊小説推理」'76秋季特別号
　　　＊H2.10『吉村昭自選作品集』1 新潮社
　　　＊H7.4『私の文学漂流』新版 新潮文庫
　　　＊H15.10『私の文学漂流』電子文庫パブリ
　　　＊H15.10『私の文学漂流』Shincho On Demand Books
　　　＊H16.10『青い骨』五月書房
28　蒼蘚
　　　◎S30.11「文学者」
29　無影燈
　　　◎S31.3「Z」第1号
　　　㊃S33.2『青い骨』小壺天書房
30　山下清作品展を觀て
　　　◎S31.3「Z」第1号
　　　＊無署名で発表（吉村 昭本人であることを確認済み）
31　昆虫家系
　　　◎S31.6「Z」第2号
　　　㊃S33.2『青い骨』小壺天書房
32　人形に心あり
　　　◎S31.6「Z」第2号
33　文学の陰湿部
　　　◎S31.9「Z」第3号
34　白衣
　　　◎S31.11「Z」第4号
　　　㊃S33.2『青い骨』小壺天書房
　　　＊S48.4『青い骨』角川文庫
　　　＊H16.10『青い骨』五月書房
35　さよと僕たち
　　　◎S32.3「Z」第5号
　　　㊃S33.2『青い骨』小壺天書房
　　　＊S48.4『青い骨』角川文庫
　　　＊S53.1『吉村昭自選短編集』読売新聞社
　　　＊S55.11『少女架刑』成瀬書房
　　　＊S55.12『少女架刑』成瀬書房 私家本
　　　＊H2.10『吉村昭自選作品集』1 新潮社
　　　＊H4.5『星と葬礼』文春文庫
　　　＊H16.10『青い骨』五月書房
36　骨
　　　◎S32.7・9月「Z」第6・7号
　　　＊未完長篇
37　短篇集『青い骨』

㉔S33.2 小壺天書房 自費出版［作品］青い骨(No.27)、さよと僕たち(No.35)、死体(No.15)、白い虹(No.22)、無影燈(No.29)、白衣(No.34)、昆虫家系(No.31)
　＊S48.4 角川文庫［作品］青い骨(No.27)、さよと僕たち(No.35)、死体(No.15)、白い虹(No.22)、白衣(No.34)、墓地の賑い(No.54)
　＊H16.10 五月書房［作品］死体(No.15)、さよと僕たち(No.35)、青い骨(No.27)、白い虹(No.22)、白衣(No.34)、墓地の賑い(No.54)

38　編集後記
　◎S33.3「亜」第1輯

39　編集後記
　◎S33.6「亜」第2輯
　＊署名は(Y)。吉村 昭と思われる

40　密会
　◎S33.6.30「週刊新潮」
　㉔S46.4『密会』講談社
　＊S34.11 日活映画化上映
　＊H1.5『密会』講談社文庫
　＊「週刊新潮」掲載で初めて原稿料を入手(一枚 1,500円)

41　鉄橋
　◎S33.7「文学者」
　㉔S34.3「文藝春秋」加筆・削除して転載
　㉔S38.7『少女架刑』南北社
　＊S34.1 第40回芥川賞候補
　＊S46.10『鉄橋』読売新聞社
　＊S49.2『星への旅』新潮文庫
　＊S53.1『吉村昭自選短編集』読売新聞社
　＊S54.5『スポーツ小説名作選』井上ひさし編 集英社文庫
　＊H2.3『透明標本 —吉村昭自選短篇集』學藝書林
　＊H2.10『吉村昭自選作品集』1 新潮社
　＊H5.2『星への旅』新潮文庫改版

42　服喪の夏
　◎S33.9「亜」第3輯
　㉔S42.3『水の葬列』筑摩書房
　＊S53.1『星と葬礼』集英社文庫
　＊H2.10『吉村昭自選作品集』1 新潮社
　＊H4.5『星と葬礼』文春文庫

43　編集後記
　◎S33.9「亜」第3輯
　＊無署名なれど、吉村 昭と推測される

44　喪主
　＊S34.1「文學界」に出稿するも没となる

45　貝殻

◎S34.3「早稲田文学」
[収]S38.7『少女架刑』南北社
＊S34.7 第41回芥川賞候補
＊S46.6『少女架刑』三笠書房
＊H7.4『私の文学漂流』新版 新潮文庫
＊H15.10『私の文学漂流』電子文庫パブリ
＊H15.10『私の文学漂流』Shincho On Demand Books

46　極点
◎S34.6「文学者」
[収]S47.9『精神的季節』講談社
＊H2.8『月夜の記憶』講談社文庫

47　特集 気になる作家 読むのが恐い
◎S34.8「文学者」
＊吉行淳之介について

48　貝の音
◎S34.9「文學界」
[収]S43.7『海の奇蹟』文藝春秋
＊S49.9『海の奇蹟』角川文庫

49　少女架刑
◎S34.10「文学者」
[収]S38.7『少女架刑』南北社
＊S34.3「文學界」に出稿するも没となる
＊S41.8『星への旅』筑摩書房
＊S46.6『少女架刑』三笠書房
＊S49.2『星への旅』新潮文庫
＊S53.1『吉村昭自選短編集』読売新聞社
＊S55.11『少女架刑』成瀬書房
＊S55.12『少女架刑』成瀬書房 私家本
＊S63.10『昭和文学全集』26 小学館
＊H2.3『透明標本 ―吉村昭自選短篇集』學藝書林
＊H2.10『吉村昭自選作品集』1 新潮社
＊H5.2『星への旅』新潮文庫改版
＊H14.10 仏訳 “LA JEUNE FILLE SUPPLICIÉE SUR UNE ÉTAGÈRE” ACTES SUD
＊H18 フランスで演劇化 好評を博す
＊H19 上記再演が決定 公演時期未詳
＊H20.1『名短篇、ここにあり』北村 薫、宮部みゆき編　ちくま文庫
＊H21.12.4～6「一人芝居」出演：諏訪友紀

50　星と葬礼
◎S35.3「文學界」
[収]S38.7『少女架刑』南北社
＊S46.6『少女架刑』三笠書房

```
        ＊S53.1『星と葬礼』集英社文庫
        ＊H2.10『吉村昭自選作品集』1 新潮社
        ＊H4.5『星と葬礼』文春文庫
        ＊H9.10『少年の眼』川本三郎選 光文社文庫
 51  ニュースの一画面から
        ◎S35.6「文学者」
        ㋐S47.9『精神的季節』講談社
        ＊H2.8『月夜の記憶』講談社文庫
 52  放送劇「海岸道路」
        ◎S35.8.20「文化放送」で放送
        ＊新聞の番組欄で放送日時のみ確認
 53  同人雑誌評 迷う道とうその面白さ
        ◎S35.9「文学者」
 54  墓地の賑い
        ◎S36.4「文学者」
        ㋐S38.7『少女架刑』南北社
        ＊S46.6『少女架刑』三笠書房
        ＊S48.4『青い骨』角川文庫
        ＊H2.10『吉村昭自選作品集』1 新潮社
        ＊H4.5『星と葬礼』文春文庫
        ＊H16.10『青い骨』五月書房
 55  ヘッドライト
        ◎S36.4～S37.3「たのしい六年生」講談社 12回連載
        ＊筆名：速水敬吾
 56  透明標本
        ◎S36.9「文学者」
        ㋐S37.3「文藝春秋」転載
        ㋐S43.7「海の奇蹟」文藝春秋
        ＊S36 最初「文學界」に出稿するも没となる
        ＊S37.1 第46回芥川賞候補：一時他作品との同時受賞と内定するも土壇場
            で惜しくも落選
        ＊S49.2『星への旅』新潮文庫
        ＊H2.3『透明標本 —吉村昭自選短篇集』學藝書林
        ＊H2.10『吉村昭自選作品集』1 新潮社
        ＊H5.2『星への旅』新潮文庫改版
        ＊H18.10『星への旅』仏訳 "Voyage vers les étoiles" ACTES SUD
 57  真昼の花火
        ◎S37.2「文学者」
        ㋐H22.2『真昼の花火』河出書房新社
 58  鯛
        ◎S37.3「れもん」
 59  石の微笑
```

◎S37.4「文學界」
㊷S41.8『星への旅』筑摩書房
＊S37.7 第47回芥川賞候補
＊S49.2『星への旅』新潮文庫
＊H2.3『透明標本 ―吉村昭自選短篇集』學藝書林
＊H5.2『星への旅』新潮文庫改版
＊H14.10 仏訳 "LA JEUNE FILLE SUPPLICIÉE SUR UNE ÉTAGÈRE" ACTES SUD

60 墳墓の谷
〔後・改稿・改題し「水の墓標」『水の葬列』(No.111)参照〕
◎S37.4「文学者」

61 骨との訣別
◎S37.4「円卓」

62 ぼくらの非常線 第二話 放火犯人
◎S37.4～S37.6「たのしい六年生」講談社 3回連載
＊筆名：速水敬吾

63 動く壁
◎S37.5「オール讀物」
㊷S46.4『密会』講談社
＊H1.5『密会』講談社文庫
＊H6.1.21 フジ・関西系TV放映

64 小説 早春の旅
◎S37.6「芸術生活」

65 鷺
◎S37.7「文學界」
㊷S41.8『星への旅』筑摩書房
＊S49.9『海の奇蹟』角川文庫
＊H1.5『下弦の月』文春文庫

66 小説 緋目高
◎S37.7「芸術生活」

67 ぼくらの非常線 第三話 にせさつ事件
◎S37.7～S37.9「たのしい六年生」講談社 3回連載
＊筆名：速水敬吾

68 「乱世詩人伝」について（書評）
◎S37.8「文学者」
＊『乱世詩人伝』野村尚吾著

69 茸
◎S37.10「文学者」
㊷S47.9『精神的季節』講談社
＊H2.8『月夜の記憶』講談社文庫

70 大森光章「名門」（書評）
◎S37.10「大衆文学研究」

71 ぼくらの非常線 第四話 のろわれたT旅館
◎S37.10〜S37.12「たのしい六年生」講談社 3回連載
＊筆名：速水敬吾
72 夜の饗宴
◎S37.11「オール讀物」
[収]S46.10『鉄橋』読売新聞社
＊H7.3『再婚』角川書店
＊H10.1『再婚』角川文庫
73 これが事実だ —第1話— ねこは知っていた
◎S38.1「たのしい六年生」講談社
＊筆名：速水敬吾
74 これが事実だ —第2話— 空からの侵入者
◎S38.2「たのしい六年生」講談社
＊筆名：速水敬吾
75 これが事実だ —第3話— ひきにげ犯人をさがせ
◎S38.3「たのしい六年生」講談社
76 十枚小説 春の雪
◎S38.3「文芸朝日」
77 非情の系譜
◎S38.4「芸術生活」
[収]S46.4『密会』講談社
＊H1.5『密会』講談社文庫
78 短篇集『少女架刑』
[収]S38.7 南北社［作品］鉄橋（No.41），星と葬礼（No.50），貝殻（No.45），少女架刑（No.49），墓地の賑い（No.54）
＊S46.6 三笠書房［作品］少女架刑（No.49），白い道（No.131），星と葬礼（No.50），貝殻（No.45），墓地の賑い（No.54）
＊S55.11 成瀬書房 183部限定出版［作品］さよと僕たち（No.35），少女架刑（No.49）
＊S55.12 成瀬書房 私家本17部 奥付を除き上記と同じ
＊H14.10 仏訳“LA JEUNE FILLE SUPPLICIÉE SUR UNE ÉTAGÈRE” ACTES SUD［作品］少女架刑（No.49），石の微笑（No.59）
79 ベンチ
◎S38.8「円卓」
[収]S47.9『精神的季節』講談社
＊H2.8『月夜の記憶』講談社文庫
80 電気機関車
◎S38.8「宝島」夏号 日大文芸科研究室発行
[収]S46.4『密会』講談社
＊H1.5『密会』講談社文庫
＊H2.10『吉村昭自選作品集』1 新潮社
81 会員通信 一筆

◎S38.8「文藝家協会ニュース」
＊「IV 書評・関連記事」No.38 参照

82 評論 雲母の城
◎S38.9「文学者」

83 背中の鉄道
◎S39.1「現代の眼」
[収]S44.10『彩られた日々』筑摩書房
＊S51.1『水の葬列』新潮文庫
＊H2.10『吉村昭自選作品集』1 新潮社

84 掌片シリーズ 媒酌人
◎S39.3「プロモート」創刊号
＊同じ標題の別作品あり（No.1543 & 2128）

85 煉瓦塀
◎S39.7「文學界」
[収]S41.8『星への旅』筑摩書房
＊S53.1『星と葬礼』集英社文庫
＊S53.1『吉村昭自選短編集』読売新聞社
＊H2.3『透明標本 —吉村昭自選短篇集』學藝書林
＊H2.10『吉村昭自選作品集』1 新潮社
＊H4.5『星と葬礼』文春文庫

86 **『孤独な噴水』**
[収]S39.9 講談社 書下ろし長編
＊S53.7 講談社文庫（「自筆年譜」付記）
＊S61.4 講談社文庫新版（「自筆年譜」付記）
＊H8.2 文春文庫

87 文壇 妻の受賞を祝す
◎S40.1「新潮」
＊妻・津村節子の「さい果て」が新潮社の「同人雑誌賞」を受賞したことに関連して

88 刑務所通い
◎S40.5「円卓」
[収]S47.9『精神的季節』講談社
＊H2.8『月夜の記憶』講談社文庫
＊H12.7『誤植読本』高橋輝次編著 東京書籍

89 山川方夫の遺作集
◎S40.5.1「図書新聞」
＊山川方夫著『愛のごとく』書評

90 星
◎S40.6「文学者」

91 週刊日記 妻の芥川賞受賞
◎S40.8.7「週刊新潮」

92 或る夫婦の話

◎S40.12「プロモート」No.18

93　子供たちと温泉

◎S40.12「温泉」

94　小説と私

◎S41.3「文学者」

[収]S47.9『精神的季節』講談社

＊H2.8『月夜の記憶』講談社文庫

＊H4.1『吉村昭自選作品集』別巻 新潮社

＊同じ標題の講演あり（No.670 & 1159）

95　戦艦「武蔵」取材日記

〔後改稿・改題：「戦艦武蔵ノート」〕

◎S41.3〜S42.5「プロモート」No.20〜24 5回連載

＊S44.3 & 4 大幅加筆・改題して「月刊ペン」に発表「戦艦武蔵」取材日記（No.193）

96　メリーゴーラウンド

〔後：めりーごーらうんど〕

◎S41.4「新婦人」

[収]S46.4『密会』講談社

＊H1.5『密会』講談社文庫

97　自薦短篇 キトク

◎S41.7「風景」

[収]S44.10『彩られた日々』筑摩書房

＊S53.1『星と葬礼』集英社文庫

＊H2.10『吉村昭自選作品集』1 新潮社

＊H4.5『星と葬礼』文春文庫

＊H12.8「季刊文科」

98　星への旅

◎S41.8「展望」

[収]S41.8『星への旅』筑摩書房

＊筑摩書房の新人賞（太宰治賞）に「北原昭」名で応募

＊S41.6 太宰治賞受賞（発表は本名で）

＊S49.2『星への旅』新潮文庫

＊S55.3『新潮現代文学』66 新潮社

＊S63.10『昭和文学全集』26 小学館

＊H2.10『吉村昭自選作品集』1 新潮社

＊H5.2『星への旅』新潮文庫改版

＊H18.10 仏訳 “Voyage vers les étoiles” ACTES SUD

＊同じ標題の別作品あり（No.1664）

99　受賞のことば

◎S41.8「展望」

＊第二回太宰治賞を受賞して

100　短篇集『星への旅』

II 著書・作品

　　　㊹S41.8 筑摩書房［作品］星への旅(No.98)、石の微笑(No.59)、鷺(No.65)、煉瓦塀(No.85)、少女架刑(No.49)
　　　＊S49.2 新潮文庫［作品］鉄橋(No.41)、少女架刑(No.49)、透明標本(No.56)、石の微笑(No.59)、星への旅(No.98)、白い道(No.131)
　　　＊H5.2 新潮文庫改版［作品］旧版と同じ
　　　＊H18.10 仏訳 "Voyage vers les étoiles" ACTES SUD［作品］星への旅(No.98)、透明標本(No.56)

101 『戦艦武蔵』
　　　◎S41.9「新潮」
　　　㊹S41.9 新潮社
　　　＊S43.10 新潮小説文庫
　　　＊S45? 石原プロにより映画化を企画、シナリオまでできたが実現しなかった(No.215参照)
　　　＊S46.8 新潮文庫
　　　＊S48.12『戦艦武蔵』、『関東大震災』などドキュメンタリー作品により第21回菊池寛賞受賞
　　　＊S55.3『新潮現代文学』66 新潮社
　　　＊S62.6 新潮文庫改版
　　　＊H2.11『吉村昭自選作品集』2 新潮社
　　　＊H3.10 英訳 "Build The Musashi" Kodansha International
　　　＊H7.12『CD-ROM版 新潮文庫の100冊』に収録
　　　＊H11.7 前記 "Build The Musashi" の普及版を "Battleship Musashi" と改題出版
　　　＊H14 ポーランド語訳 "Pancernik Musashi" Oficyna Wydawnicza FINNA

102 《随想》果物と軍艦
　　　◎S41.9「文学者」

103 釣糸
　　　◎S41.9「栄養と料理」
　　　㊹S54.9『蟹の縦ばい』毎日新聞社
　　　＊H5.7『蟹の縦ばい』中公文庫

104 オトコ科・オンナ科
　　　◎S41.9「現代の眼」
　　　㊹S47.9『精神的季節』講談社
　　　＊H2.8『月夜の記憶』講談社文庫

105 笑い上戸
　　　◎S41.10「酒」
　　　㊹S47.9『精神的季節』講談社
　　　＊H2.8『月夜の記憶』講談社文庫

106 戦争論は人間論　「戦艦武蔵」と私の立場
　　　◎S41.10.15「産経新聞」夕刊

107 月夜の記憶
　　　◎S41.11「新潮」

㊲S47.9『精神的季節』講談社
　　　＊H2.8『月夜の記憶』講談社文庫
　　　＊H4.1『吉村昭自選作品集』別巻 新潮社
108　いやな街好きな街
　　　◎S41.11「銀座百点」
109　現代の世話女房 仕事に溺れぬ健気な妻
　　　〔後改題：健気な妻〕
　　　◎S41.12「婦人生活」
　　　㊲S54.9『蟹の縦ばい』毎日新聞社
　　　＊H5.7『蟹の縦ばい』中公文庫
110　霊柩車
　　　◎S41.12「小説新潮」
　　　㊲S46.10『鉄橋』読売新聞社
111　水の葬列
　　　◎S42.1「展望」「墳墓の谷」(No.60)を改稿、「水の墓標」と改題し、「星への旅」とともに「太宰治賞」応募作品として筑摩書房へ郵送。二作とも候補作として選ばれたが、協議の結果「星への旅」を残す。再度改作・改題のうえ「水の葬列」として「展望」に発表
　　　㊲S42.3『水の葬列』筑摩書房
　　　＊S51.1『水の葬列』新潮文庫
　　　＊S53.5『筑摩現代文学大系』93 筑摩書房
　　　＊H3.12『吉村昭自選作品集』15 新潮社
112　身延線
　　　◎S42.1「南北」
　　　㊲S42.3『水の葬列』筑摩書房
　　　＊S51.1『水の葬列』新潮文庫
　　　＊S53.8『滝田ゆう名作劇場』(漫画)文藝春秋
　　　＊H3.11『吉村昭自選作品集』14 新潮社
　　　＊H14.1 上記『滝田ゆう名作劇場』講談社漫画文庫
113　弔鐘
　　　◎S42.1「別冊小説現代」新春号
　　　㊲H22.2『真昼の花火』河出書房新社
114　家族交歓② 一家四人で　圧倒的に強い女族の勢力
　　　◎S42.1.7「東京新聞」夕刊
115　K君の個展
　　　〔後改題：H君の個展〕
　　　☆S42.2「文学者」
　　　㊲S47.9『精神的季節』講談社
　　　＊H2.8『月夜の記憶』講談社文庫
116　目撃者
　　　◎S42.3「小説現代」
　　　㊲S46.4『密会』講談社

II 著書・作品

　　　＊H1.5『密会』講談社文庫
　　　＊同じ標題の別作品あり(No.1931)
117　短篇集『水の葬列』
　　　◎S42.3　筑摩書房［作品］水の葬列(No.111)、服喪の夏(No.42)、身延線(No.112)
　　　＊S51.1　新潮文庫［作品］水の葬列(No.111)、身延線(No.112)、彩られた日々(No.151)、トラック旅行(No.201)、背中の鉄道(No.83)、行列(No.184)
118　『武蔵』と私
　　　◎S42.3.10「朝日新聞」夕刊
119　『沖縄戦』と私
　　　◎S42.4.19「琉球新報」
120　『高熱隧道』
　　　◎S42.5「新潮」
　　　�収S42.6　新潮社
　　　＊S50.7　新潮文庫
　　　＊H2.3　新潮文庫改版
　　　＊H3.2『吉村昭自選作品集』5 新潮社
121　「沖縄戦」を取材して
　　　◎S42.5.3「琉球新報」
　　　�収S47.9『精神的季節』講談社
　　　＊H2.8『月夜の記憶』講談社文庫
122　三日間の旅
　　　◎S42.6「小説新潮」
123　創作と記録
　　　◎S42.6.3「朝日新聞」夕刊
　　　�収S47.9『精神的季節』講談社
　　　＊S61.8『万年筆の旅』作家のノートII 文春文庫
124　掌の記憶
　　　S42.7「フェアレディ」
125　「高熱隧道」を取材して
　　　〔後改題：「高熱隧道」の取材〕
　　　◎S42.7.16「北日本新聞」
　　　�収S47.9『精神的季節』講談社
　　　＊S61.8『万年筆の旅』作家のノートII 文春文庫
126　作家の眼　陸橋と飛行機
　　　◎S42.8「新潮」
127　二つの椅子　五時間五十分
　　　◎S42.8「CREATA」No.6
128　小説と読者
　　　S42.9「NJC JOURNAL」
　　　�収S54.2『白い遠景』講談社
129　軍歌と若き世代

41

◎S42.10「現代の眼」
130　忘れられない眼
　　　◎S42.10「主婦の友」
　　　㊉H5.3『私の引出し』文藝春秋
　　＊H8.5『私の引出し』文春文庫
131　白い道
　　　◎S42.10「季刊芸術」秋季号
　　　㊉S43.7『海の奇蹟』文藝春秋
　　＊S46.6『少女架刑』三笠書房
　　＊S49.2『星への旅』新潮文庫
　　＊H5.2『星への旅』新潮文庫改版
　　＊同じ標題の別作品あり（No.1540）
132　黒部峡谷の秋
　　　◎S42.10「旅」
133　『殉国』
　　　◎S42.10 & 11「展望」
　　　㊉S42.10 筑摩書房（『殉国』として）
　　＊S47.8 角川文庫（『殉国』として）
　　＊S57.6 加筆改題『陸軍二等兵比嘉真一』筑摩書房
　　＊S60.7『殉国 ―陸軍二等兵比嘉真一―』集英社文庫
　　＊H3.11『殉国 陸軍二等兵比嘉真一』文春文庫
134　野犬狩り
　　　◎S42.11「文藝春秋」
　　　㊉S43.7『海の奇蹟』文藝春秋
　　＊S49.9『海の奇蹟』角川文庫
135　告白
　　　◎S42.11「文學界」
　　　㊉S47.9『精神的季節』講談社
　　＊S61.8『万年筆の旅』作家のノート II 文春文庫
136　〈随想〉癖
　　　◎S42.11「文学者」
137　沖縄をこう考える それはかつて"県"だった
　　　◎S42.11「潮」
138　戦後っ子におくる夜話 戦後は終らない
　　　◎S42.11「芸術生活」
　　　㊉S54.2『白い遠景』講談社
139　ルポ 実験動物の世界
　　　◎S42.11.6/7/9/13/16/18「東京新聞」夕刊 6回連載
　　　㊉S47.9『精神的季節』講談社
　　＊S60.6『お医者さん・患者さん』中公文庫
　　＊H2.8『月夜の記憶』講談社文庫
140　小説家の矛盾

II 著書・作品

　　　　◎S42.12 地方各紙
　　　　㊳S47.9『精神的季節』講談社
　　　　＊H2.8『月夜の記憶』講談社文庫
141　『大本営が震えた日』
　　　　◎S42.12.16〜S43.4.20「週刊新潮」19回連載
　　　　㊳S43.11 新潮社
　　　　＊S56.11 新潮文庫
　　　　＊H15.7 新潮文庫改版
142　海の奇蹟
　　　　◎S43.1「潮」
　　　　㊳S43.7『海の奇蹟』文藝春秋
　　　　＊S49.9『海の奇蹟』角川文庫
　　　　＊S53.1『吉村昭自選短編集』読売新聞社
　　　　＊H1.5『下弦の月』文春文庫
143　『零式戦闘機』
　　　　◎S43.1〜S43.5「小説新潮」5回連載
　　　　㊳S43.7 新潮社
　　　　＊S53.3 新潮文庫
　　　　＊S63.7 新潮文庫改版
　　　　＊H8 英訳 "Zero Fighter" Praeger, USA
144　作品の背景 集団自殺のもつ意味　星への旅『死のう団』にヒント
　　　　◎S43.2.20「東京新聞」
145　「ハイッ」
　　　　S43.4「いけぶくろ」
　　　　㊳S54.9『蟹の縦ばい』毎日新聞社
　　　　＊S58.8『蟹の縦ばい』旺文社文庫
　　　　＊S62.1『東京百話』地の巻 種村季弘編 ちくま文庫
　　　　＊H5.7『蟹の縦ばい』中公文庫
146　旅の記憶
　　　　◎S43.4「オール讀物」
　　　　㊳S46.4『密会』講談社
　　　　＊H1.5『密会』講談社文庫
147　会ってみたい人
　　　　◎S43.4「別冊小説新潮」
148　通夜
　　　　◎S43.4「風景」
　　　　㊳S47.9『精神的季節』講談社
　　　　＊H2.8『月夜の記憶』講談社文庫
149　文章について 私の文章修行
　　　　◎S43.5.1「週刊言論」
150　お大事に……
　　　　◎S43.6「新潮」

[収]S47.9『精神的季節』講談社
＊S60.6『お医者さん・患者さん』中公文庫
＊H2.8『月夜の記憶』講談社文庫
＊H4.1『吉村昭自選作品集』別巻 新潮社

151　彩られた日々
◎S43.7「文學界」
[収]S44.10『彩られた日々』筑摩書房
＊S51.1『水の葬列』新潮文庫

152　日本医家伝(一) 相良知安
◎S43.6「CREATA」No.10
[収]S46.8『日本医家伝』講談社
＊S48.12『日本医家伝』講談社文庫
＊H14.1『日本医家伝』講談社文庫 新装版

153　**短篇集『海の奇蹟』**
[収]S43.7 文藝春秋［作品］海の奇蹟(No.142), 白い道(No.131), 野犬狩り(No.134), 貝の音(No.48), 透明標本(No.56)
＊S49.9 角川文庫［作品］海の奇蹟(No.142), 鷺(No.65), 貝の音(No.48), 野犬狩り(No.134)

154　戦没者によせて 率直な感懐
◎S43.8「展望」

155　地の果て・陸中海岸の明暗
〔後：海辺・高原 陸中海岸の明暗〕
◎S43.8「旅」
[収]S44.3『旅のこころ』「10冊の本」第七 主婦の友社
＊H21.8『七十五度目の長崎行き』河出書房新社

156　「ダルタニャン物語」の魅力
S43.8『ダルタニャン物語』(全十一巻)第一巻配本付録チラシ

157　直言曲言 スパルタ教育のすすめ
◎S43.8.9「週刊朝日」

158　心臓移植に思う
◎S43.8.12「朝日新聞」夕刊

159　玄人と素人「死の認定」をめぐって再び
◎S43.8.21「朝日新聞」夕刊

160　直言曲言 夜の銀座は精神病地帯だ
〔後改題：夜の銀座〕
☆S43.8.23「週刊朝日」
[収]S47.9『精神的季節』講談社
＊H2.8『月夜の記憶』講談社文庫

161　少年の旅
◎S43.9「小説新潮」
[収]S46.10『鉄橋』読売新聞社

162　人間の無気味さ

◎S43.9「南北」
[収]S54.2『白い遠景』講談社
163 日本医家伝(二) 山脇東洋
◎S43.9「CREATA」No.11
[収]S46.8『日本医家伝』講談社
＊S48.12『日本医家伝』講談社文庫
＊H14.1『日本医家伝』講談社文庫 新装版
164 ペテン
◎S43.9「魚菜」
165 直言曲言「左右を見ないで渡れ」
◎S43.9.6「週刊朝日」
[収]S54.2『白い遠景』講談社
166 直言曲言 男はライオン、女は豹
◎S43.9.20「週刊朝日」
167 直言曲言 男はタテに、女はヨコに
◎S43.9.27「週刊朝日」
168 母
◎S43.10「新潮」
[収]S44.10『彩られた日々』筑摩書房
169 まんがと私 コーちゃん
◎S43.10「COM」
170 直言曲言 親切な運転手もいる
◎S43.10.11「週刊朝日」
171 直言曲言 外国人に恥かしい
〔後：外国人に恥かしい?〕
◎S43.11.15「週刊朝日」
[収]S47.9『精神的季節』講談社
＊H2.8『月夜の記憶』講談社文庫
172 直言曲言 芸術を投資の対象にする輩
〔後改題：投資家たち〕
◎S43.11.22「週刊朝日」
[収]S47.9『精神的季節』講談社
＊H2.8『月夜の記憶』講談社文庫
173 直言曲言「ダメ」と「かんにんえ」
〔後改題：「ダメ」〕
◎S43.11.29「週刊朝日」
[収]S47.9『精神的季節』講談社
＊H2.8『月夜の記憶』講談社文庫
174 作家の眼 蝸牛の旅
☆S43.12「新潮」
[収]S54.9『蟹の縦ばい』毎日新聞社
＊S58.8『蟹の縦ばい』旺文社文庫

＊H5.7『蟹の縦ばい』中公文庫

175 二つの精神的季節
◎S43.12「展望」
[収]S47.9『精神的季節』講談社
＊H2.8『月夜の記憶』講談社文庫
＊H4.1『吉村昭自選作品集』別巻 新潮社

176 艦首切断、流失せり
〔後改題：艦首切断〕
◎S43.12「小説新潮」
[収]S45.9『空白の戦記』新潮社
＊S56.4『空白の戦記』新潮文庫
＊H2.11『吉村昭自選作品集』2 新潮社

177 日本医家伝（三） 楠本いね
◎S43.12「CREATA」No.12
[収]S46.8『日本医家伝』講談社
＊S48.12『日本医家伝』講談社文庫
＊H14.1『日本医家伝』講談社文庫 新装版

178 舞台再訪 戦艦武蔵
◎S43.12.11「朝日新聞」
[収]S46.7『舞台再訪』―私の小説から 三笠書房

179 直言曲言 とかくメダカは群れたがる
◎S43.12.13「週刊朝日」

180 直言曲言「古い」の乱用をなげく
◎S44.1.3「週刊朝日」

181 直言曲言 生活にけじめをつけよ
〔後改題：生活のけじめ〕
◎S44.1.24「週刊朝日」
[収]S47.9『精神的季節』講談社
＊H2.8『月夜の記憶』講談社文庫

182 古本と青春時代
S44.2「エポック」
[収]S54.2『白い遠景』講談社
＊H4.2『古書』「日本の名随筆」別巻12 作品社

183 上野と私
◎S44.2「うえの」118号
＊同じ標題の別作品あり（No.2190）

184 行列
◎S44.2「月刊ペン」
[収]S44.10『彩られた日々』筑摩書房
＊S51.1『水の葬列』新潮文庫
＊S54.8『月夜の魚』角川書店
＊H2.9『月夜の魚』中公文庫

＊H3.11『吉村昭自選作品集』14 新潮社
＊同じ標題の別作品あり（No.492）

185 最初の稿料
◎S44.2「風景」

186 犬を飼う人格
◎S44.2「銀座百点」

187 直言曲言「車」に征服された人間
◎S44.2.14「週刊朝日」

188 小説とこわれた頭
◎S44.2.26「東京新聞」夕刊

189 直言曲言 マイホーム 亭主と悪妻の関係
◎S44.2.28「週刊朝日」

190 軍艦と少年
◎S44.3「小説現代」
[収]S45.9『空白の戦記』新潮社
＊S56.4『空白の戦記』新潮文庫

191 日本医家伝（四）笠原良策
◎S44.3「CREATA」No.13
[収]S46.8『日本医家伝』講談社
＊S48.12『日本医家伝』講談社文庫
＊H14.1『日本医家伝』講談社文庫 新装版

192 陸中海岸の岬
◎S44.3『旅情』④ 主婦と生活社

193 《私の中の戦争》「戦艦武蔵」取材日記
〔後改題：**『戦艦武蔵ノート』**〕
◎S44.3 & 4「月刊ペン」
[収]S45.7『戦艦武蔵ノート』図書出版社
＊「戦艦『武蔵』取材日記」を大幅加筆し改題
＊S60.8『戦艦武蔵ノート』作家のノートⅠ文春文庫　上記の「資料篇」を削除し、関連エッセイを増補 ［増補作品］城下町の夜（No.211），下士官の手記（No.278），消えた「武蔵」（No.751）
＊H7.10『文学、内と外の思想』おうふう　秋山 駿、大河内昭爾、吉村 昭共著
＊H21.7 上記文春文庫版を親本として、リブロより増刷

194 次の日曜版小説 作者のことば
◎S44.3.2「朝日新聞」
＊『神々の沈黙』連載開始にあたって

195 **『神々の沈黙』**
◎S44.3.16～S44.11.30「朝日新聞」日曜版 38回連載
[収]S44.12 朝日新聞社
＊初めての新聞連載
＊S47.12 角川文庫

＊S59.12『神々の沈黙』心臓移植を追って 文春文庫
196 直言曲言 飢餓の不安におののく
〔後改題：メンチ、コロッケ〕
◎S44.3.21「週刊朝日」
[収]S47.9『精神的季節』講談社
＊H2.8『月夜の記憶』講談社文庫
197 ハタハタ
◎S44.4「文學界」
[収]S46.2『羆』新潮社
＊S51.3〈土とふるさとの文学全集〉6 家の光協会
＊S53.1『吉村昭自選短編集』読売新聞社
＊S53.5『筑摩現代文学大系』93 筑摩書房
＊S60.7『羆』新潮文庫
＊H3.8『吉村昭自選作品集』11 新潮社
＊H12.9『羆』電子文庫パブリ
＊H12.9『羆』Shincho On Demand Books
198 日本脱出—3 外国礼讃に抵抗する
〔後改題：海外旅行〕
◎S44.4「旅」
[収]S54.2『白い遠景』講談社
199 直言曲言 奇妙な大人への過保護
〔後改題：大人への過保護〕
◎S44.4.4「週刊朝日」
[収]S47.9『精神的季節』講談社
＊H2.8『月夜の記憶』講談社文庫
200 直言曲言 平手打ちを食わす勇気
◎S44.4.25「週刊朝日」
[収]S47.9『精神的季節』講談社
＊H2.8『月夜の記憶』講談社文庫
201 トラック旅行
◎S44.5「展望」
[収]S44.10『彩られた日々』筑摩書房
＊S51.1『水の葬列』新潮文庫
202 直言曲言 何とかしたい「結婚式」
〔後改題：簡単ながら……〕
◎S44.5.9「週刊朝日」
[収]S47.9『精神的季節』講談社
＊H2.8『月夜の記憶』講談社文庫
＊同じ標題の別作品あり（No.332）
203 ジジヨメ食ッタ
☆S44.5.10「週刊新潮」
[収]S46.4『密会』講談社

II 著書・作品

　　＊H1.5『密会』講談社文庫
204　直言曲言「飲酒指南番」のすすめ
　　〔後改題：飲酒指南〕
　　◎S44.5.23「週刊朝日」
　　㊉S47.9『精神的季節』講談社
　　＊H2.8『月夜の記憶』講談社文庫
205　日本医家伝(五) 高木兼寛
　　◎S44.6「CREATA」No.14
　　㊉S46.8『日本医家伝』講談社
　　＊S48.12『日本医家伝』講談社文庫
　　＊H14.1『日本医家伝』講談社文庫 新装版
206　青い街
　　◎S44.6「世界」
　　㊉S44.10『彩られた日々』筑摩書房
　　＊S53.1『星と葬礼』集英社文庫
　　＊H4.5『星と葬礼』文春文庫
　　＊H12.4『戦後短篇小説選』4 岩波書店
207　年来の畏友
　　◎S44.6「小説現代」
　　㊉S47.9『精神的季節』講談社
　　＊H2.8『月夜の記憶』講談社文庫
208　長火鉢への郷愁
　　〔別題：長火鉢〕
　　◎S44.6「酒」
　　㊉S47.9『精神的季節』講談社(「長火鉢」として)
　　＊S54.9『蟹の縦ばい』毎日新聞社(上記を改稿 「長火鉢への郷愁」として)
　　＊S58.8『蟹の縦ばい』旺文社文庫(「長火鉢への郷愁」として)
　　＊H2.8『月夜の記憶』講談社文庫(『蟹の縦ばい』と同じ 「長火鉢」として)
　　＊H5.7『蟹の縦ばい』中公文庫(単行本と同じ 「長火鉢への郷愁」として)
209　新日本ひとり旅 基地と橋と悲しみの島と 岩国
　　◎S44.6「家の光」
　　㊉H21.8『七十五度目の長崎行き』河出書房新社
210　直言曲言 夫、この物悲しい動物
　　◎S44.6.13「週刊朝日」
　　㊉S47.9『精神的季節』講談社
　　＊H2.8『月夜の記憶』講談社文庫
211　城下町の夜
　　◎S44.7「月刊ペン」
　　㊉S47.9『精神的季節』講談社
　　＊S60.8『戦艦武蔵ノート』作家のノートⅠ 文春文庫
212　人殺しの分母
　　◎S44.7「潮」

[収]S47.9『精神的季節』講談社
＊H2.8『月夜の記憶』講談社文庫

213 顛覆
◎S44.7「小説新潮」
[収]S45.9『空白の戦記』新潮社
＊S56.4『空白の戦記』新潮文庫
＊H2.11『吉村昭自選作品集』2 新潮社

214 独身男性のほんとうの悩み
◎S44.7「婦人公論」

215 原作者として
◎S44.7「戦艦武蔵シナリオ」
＊石原プロによる映画化企画にあたって（No.101 参照）

216 直言曲言 愚かしき猿芝居の季節
◎S44.7.4「週刊朝日」

217 直言曲言 戦死者を政治で汚すな
〔後改題：靖国神社〕
◎S44.7.18「週刊朝日」
[収]S47.9『精神的季節』講談社
＊H2.8『月夜の記憶』講談社文庫

218 焼跡保存遊園地
◎S44.8「諸君!」

219 水の匂い
◎S44.8「早稲田文学」
[収]S44.10『彩られた日々』筑摩書房
＊S53.1『星と葬礼』集英社文庫
＊H3.11「早稲田文学」再収
＊H4.5『星と葬礼』文春文庫

220 （「文学者」二百号）後記
◎S44.8「文学者」

221 タラバ蟹の記憶
◎S44.8「北の話」32号

222 直言曲言 果して戦争は終ったか
〔後改題：戦争は終ったか〕
〔後再改題：戦争は終わったか〕
◎S44.8.1「週刊朝日」
[収]S47.9『精神的季節』講談社
＊H2.8『月夜の記憶』講談社文庫

223 私の中の戦中・戦後
◎S44.8.14「産経新聞」夕刊
[収]S47.9『精神的季節』講談社
＊H2.8『月夜の記憶』講談社文庫

224 否定できぬ一種の賭け　ブレイバーグ氏の死に思う

◎S44.8.18「朝日新聞」夕刊
225 直言曲言「食物」の本質を悟れ
〔後改題：千円のライスカレー〕
◎S44.8.22「週刊朝日」
[収]S47.9『精神的季節』講談社
＊H2.8『月夜の記憶』講談社文庫
226 予想された“第二の心臓”の死　ブレイバーグ氏の悲報をきいて
◎S44.8.29「週刊朝日」
227 「文学者」との十五年間
◎S44.9「文學界」
228 磔
◎S44.9「別冊文藝春秋」109号
[収]S50.3『磔』文藝春秋
＊吉村 昭初めての歴史小説
＊S62.4『磔』文春文庫
＊H3.6『吉村昭自選作品集』9 新潮社
229 鳩
◎S44.9「小説新潮」
[収]S46.2『羆』新潮社
＊S60.7『羆』新潮文庫
＊H12.9『羆』電子文庫パブリ
＊H12.9『羆』Shincho On Demand Books
230 尿の話
◎S44.9「風景」
[収]S47.9『精神的季節』講談社
＊S60.6『お医者さん・患者さん』中公文庫
＊H2.8『月夜の記憶』講談社文庫
231 日本医家伝（六） 前野良澤
◎S44.9「CREATA」No.15
[収]S46.8『日本医家伝』講談社
＊S48.12『日本医家伝』講談社文庫
＊H14.1『日本医家伝』講談社文庫 新装版
232 生涯保存しておきたい本
S44.9『古典落語名人会』全十巻 筑摩書房 チラシ
233 直言曲言「どうも」ということば
〔後改題：「どうも」〕
◎S44.9.5「週刊朝日」
[収]S47.9『精神的季節』講談社
＊H2.8『月夜の記憶』講談社文庫
234 直言曲言 ああ“居候亭主”の嘆き
〔後改題：居候亭主〕
◎S44.9.19「週刊朝日」

[収]S47.9『精神的季節』講談社
＊H2.8『月夜の記憶』講談社文庫
235　短篇集『彩られた日々』
[収]S44.10 筑摩書房［作品］背中の鉄道(No.83), キトク(No.97), 彩られた日々(No.151), 母(No.168), 行列(No.184), トラック旅行(No.201), 青い街(No.206), 水の匂い(No.219)
236　直言曲言 英語の氾濫をいかる
〔後改題：バウ・ミュー・クリニック〕
◎S44.10.3「週刊朝日」
[収]S47.9『精神的季節』講談社
＊H2.8『月夜の記憶』講談社文庫
237　直言曲言 氾濫する悩みごと相談
◎S44.10.24「週刊朝日」
238　読書遍歴 戦後文学の強い刺激
◎S44.10.27「週刊読書人」
[収]S58.11『私の読書遍歴』かのう書房
239　心臓移植と狂気
◎S44.11「海」
240　直言曲言「若者の時代」は去った
◎S44.11.14「週刊朝日」
241　日本医家伝(七) 荻野ぎん
◎S44.12「CREATA」No.16
[収]S46.8『日本医家伝』講談社
＊S48.12『日本医家伝』講談社文庫
＊H14.1『日本医家伝』講談社文庫 新装版
242　わが愛する歌
☆S44.12.5「読売新聞」
[収]S47.9『精神的季節』講談社
＊H2.8『月夜の記憶』講談社文庫
243　直言曲言 現代語にひそむ卑しさ
〔後改題：現代語の卑しさ〕
◎S44.12.5「週刊朝日」
[収]S47.9『精神的季節』講談社
＊H2.8『月夜の記憶』講談社文庫
244　『神々の沈黙』を終えて
◎S44.12.6「朝日新聞」夕刊
245　死者が語るもの ―戦争から何を学ぶか―
◎S44.12.8「毎日新聞」夕刊
246　直言曲言 自ら法を破る政治家
◎S44.12.19「週刊朝日」
[収]S47.9『精神的季節』講談社
＊H2.8『月夜の記憶』講談社文庫

II 著書・作品

247 楕円の柩
　　◎S45.1「小説新潮」
　　㊉S46.4『密会』講談社
　　＊H1.5『密会』講談社文庫
248 特集 セックスはどこまで自由か 性的時代の主役と観客
　　◎S45.1「月刊ペン」
249 私の海
　　◎S45.1.1「サンケイ新聞」
250 編集者への手紙 ―物悲しい納得
　　◎S45.2「著者と編集者」
　　㊉S47.9『精神的季節』講談社
　　＊H2.8『月夜の記憶』講談社文庫
　　＊H4.1『吉村昭自選作品集』別巻 新潮社
251 百点句会
　　◎S45.2「銀座百点」
　　＊永井龍男、水原秋櫻子 他参加　吉村作三句を収録
252 軍鶏
　　◎S45.3「小説新潮」
　　㊉S46.2『熊』新潮社
　　＊S60.7『熊』新潮文庫
　　＊H12.9『熊』電子文庫パブリ
　　＊H12.9『熊』Shincho On Demand Books
253 電話はおそろしい
　　〔後改題：電話〕
　　◎S45.3「ダイアル」
　　㊉S47.9『精神的季節』講談社
　　＊H2.8『月夜の記憶』講談社文庫
254 喪中につき‥‥
　　◎S45.3「早稲田文学」
255 日本医家伝（八）秦 佐八郎
　　◎S45.3「CREATA」No.17
　　㊉S46.8『日本医家伝』講談社
　　＊S48.12『日本医家伝』講談社文庫
　　＊H14.1『日本医家伝』講談社文庫 新装版
256 三度会った男
　　◎S45.3.17「東京新聞」夕刊
　　㊉S47.9『精神的季節』講談社
　　＊H2.8『月夜の記憶』講談社文庫
257 文士の目 スイトン家族
　　◎S45.4「小説現代」
　　㊉S47.9『精神的季節』講談社
　　＊H2.8『月夜の記憶』講談社文庫

258 太陽を見たい
◎S45.4「別冊小説新潮」
[収]S45.9『空白の戦記』新潮社
＊S56.4『空白の戦記』新潮文庫
259 わが青春
◎S45.4「青春と読書」No.10
260 **『細菌』**
〔後改題：**『蚤と爆弾』**〕
◎S45.4～S45.10「現代」7回連載
[収]S45.11『細菌』講談社
＊S50.10『蚤と爆弾』講談社文庫
＊H1.8『蚤と爆弾』文春文庫
261 最後の特攻機
◎S45.5「太陽」
[収]S45.9『空白の戦記』新潮社
＊S56.4『空白の戦記』新潮文庫
262 少年の窓
◎S45.5「風景」
263 一升瓶を抱いて
◎S45.5「酒」
[収]S47.9『精神的季節』講談社
＊S54.10『酒呑みに献げる本』山本容朗編 実業之日本社
＊S60.11『酒呑みに献げる本』山本容朗編 光文社文庫
＊H2.8『月夜の記憶』講談社文庫
264 **『陸奥爆沈』**
[収]S45.5 新潮社 書下ろし
＊S54.11 新潮文庫
＊H2.11『吉村昭自選作品集』2 新潮社
＊H7.6 新潮文庫改版
265 手鏡と聖書
S45.5 地方各紙
[収]S47.9『精神的季節』講談社
＊H2.8『月夜の記憶』講談社文庫
266 敵前逃亡
◎S45.5.9「週刊新潮」
[収]S45.9『空白の戦記』新潮社
＊S56.4『空白の戦記』新潮文庫
267 短編小説 螢
〔後改題：螢籠〕
◎S45.6「月刊ペン」
[収]S54.8『月夜の魚』角川書店
＊H2.9『月夜の魚』中公文庫

＊同じ標題の別作品あり（No.508）
268　海の柩
◎S45.6「別冊文藝春秋」112号
[収]S47.1『総員起シ』文藝春秋
＊S53.1『吉村昭自選短編集』読売新聞社
＊S53.5『筑摩現代文学大系』93 筑摩書房
＊S55.12『総員起シ』文春文庫
＊H2.12『吉村昭自選作品集』3 新潮社
269　私の書斎
◎S45.6「中央公論」
270　日本医家伝（九） 中川五郎治
◎S45.6「CREATA」No.18
[収]S46.8『日本医家伝』講談社
＊S48.12『日本医家伝』講談社文庫
＊H14.1『日本医家伝』講談社文庫 新装版
271　医師の倫理
◎S45.6.25「朝日新聞」夕刊
272　蘭鋳
◎S45.7「小説新潮」
[収]S46.2『羆』新潮社
＊S60.7『羆』新潮文庫
＊H12.9『羆』電子文庫パブリ
＊H12.9『羆』Shincho On Demand Books
273　みつびし風土記 長崎文化
◎S45.7「三菱重工」No.20
274　**『海の壁』**
〔後改題：**『三陸海岸大津波』**〕
[収]S45.7『海の壁』中公新書 書下ろし
＊S59.8『三陸海岸大津波』中公文庫
＊H16.3『三陸海岸大津波』文春文庫
275　歩道橋への恨み
◎S45.8「文藝春秋」
276　六時十五分に帰宅する夫
S45.8「あさひ」
[収]S47.9『精神的季節』講談社
＊H2.8『月夜の記憶』講談社文庫
277　“歩行者天国”銀座を歩いて
◎S45.8.4「東京新聞」夕刊
278　下士官の手記
◎S45.9「歴史読本」
[収]S47.9『精神的季節』講談社
＊S60.8『戦艦武蔵ノート』作家のノート I 文春文庫

279 レイタス
◎S45.9「諸君!」
[収]S47.9『精神的季節』講談社
＊H2.8『月夜の記憶』講談社文庫
＊同じ標題の別作品あり(No.306)
280 マイ ファミリー マンガ家族
◎S45.9「小説新潮」
281 日本医家伝(十) 松本良順
◎S45.9「CREATA」No.19
[収]S46.8『日本医家伝』講談社
＊S48.12『日本医家伝』講談社文庫
＊H14.1『日本医家伝』講談社文庫 新装版
282 短篇集『空白の戦記』
[収]S45.9 新潮社［作品］艦首切断(No.176), 顛覆(No.213), 敵前逃亡(No.266), 最後の特攻機(No.261), 太陽を見たい(No.258), 軍艦と少年(No.190)
＊S56.4 新潮文庫［作品］単行本と同じ
283「心臓移植」取材ノートから
◎S45.9.21〜S45.10.26「週刊文春」6回連載
284 雪人氏との旅
◎S45.10「北の話」39号
[収]S47.9『精神的季節』講談社
＊H2.8『月夜の記憶』講談社文庫
285 遺体引取人
◎S45.10「別冊小説新潮」
[収]S46.10『鉄橋』読売新聞社
＊S57.4『遅れた時計』毎日新聞社
＊H2.1『遅れた時計』中公文庫
286 私の近況
◎S45.10「新刊ニュース」
287「事実」と「虚構」の視座
◎S45.10.5「週刊読書人」
288 批評'70 文字というもの
〔後改題：文字〕
◎S45.11「文学者」
[収]S47.9『精神的季節』講談社
＊H2.8『月夜の記憶』講談社文庫
＊H4.1『吉村昭自選作品集』別巻 新潮社
289 羆
◎S45.11「小説新潮」
[収]S46.2『羆』新潮社
＊S60.7『羆』新潮文庫
＊H3.8『吉村昭自選作品集』11 新潮社

＊H12.9『羆』電子文庫パブリ
＊H12.9『羆』Shincho On Demand Books

290 私が「和田教授を告発する会」に入らないわけ
〔後改題：心臓移植私見〕
◎S45.11「諸君!」
[収]S47.9『精神的季節』講談社
＊S60.6『お医者さん・患者さん』中公文庫
＊S61.8『万年筆の旅』作家のノート II 文春文庫

291 戦艦・陸奥とQ二等兵曹
◎S45.11「文藝春秋」臨増号

292 他人の城
◎S45.11「展望」
[収]S57.7『脱出』新潮社
＊S63.11『脱出』新潮文庫
＊H3.12『吉村昭自選作品集』15 新潮社

293 熊 第一話 朝次郎
〔後：連作標題を「熊撃ち」と改題〕
◎S45.11「月刊ペン」
[収]S54.9『熊撃ち』筑摩書房
＊S60.12『熊撃ち』ちくま文庫
＊H5.9『熊撃ち』文春文庫

294 海と人間
〔後改題：『海の史劇』〕
◎S45.11.27〜S46.10.11「高知新聞」夕刊 314回連載 最終回のみ朝刊掲載
[収]S47.12『海の史劇』前・後編 新潮社　加筆・訂正・削除・改題して刊行
＊S56.5 新潮文庫（全一冊）
＊S62.7『日本歴史文学館』33 講談社
＊H3.3『吉村昭自選作品集』6 新潮社
＊H15.2 新潮文庫改版

295 元海軍大佐P氏のこと
◎S45.11.30「週刊文春」
[収]S54.2『白い遠景』講談社

296 三色旗
◎S45.12「別冊文藝春秋」114号
[収]S50.3『礫』文藝春秋
＊S62.4『礫』文春文庫

297 某月・某日
◎S45.12「小説新潮」

298 熊 第二話 多 安彦
〔後改題：安彦〕
◎S45.12「月刊ペン」
[収]S54.9『熊撃ち』筑摩書房

*S60.12『熊撃ち』ちくま文庫
*H5.9『熊撃ち』文春文庫

299 日本医家伝(十一) 土生玄碩
◎S45.12「CREATA」No.20
[収]S46.8『日本医家伝』講談社
*S48.12『日本医家伝』講談社文庫
*H14.1『日本医家伝』講談社文庫 新装版

300 熊 第三話 与三吉
◎S46.1「月刊ペン」
[収]S54.9『熊撃ち』筑摩書房
*S60.12『熊撃ち』ちくま文庫
*H5.9『熊撃ち』文春文庫

301 日高の逞しさ
◎S46.1「オール讀物」

302 酒の肴
◎S46.1「別冊 小説新潮」

303 あすへの話題 親爺と現代
◎S46.1.6「日本経済新聞」夕刊

304 あすへの話題 昔の味・今の味
◎S46.1.13「日本経済新聞」夕刊

305 あすへの話題 父親の甲斐性
◎S46.1.20「日本経済新聞」夕刊

306 あすへの話題 レイタス
◎S46.1.27「日本経済新聞」夕刊
*同じ標題の別作品あり(No.279)

307 熊 第四話 菊次郎
◎S46.2「月刊ペン」
[収]S54.9『熊撃ち』筑摩書房
*S60.12『熊撃ち』ちくま文庫
*H5.9『熊撃ち』文春文庫

308 蝸牛
◎S46.2「小説新潮」
[収]S46.9『現代の小説』1971 日本文藝家協会
*S48.5『海の鼠』新潮社
*S52.6『男と女のいる風景』角川文庫 駒田信二、菊村 到、尾崎秀樹共編
*S58.7『魚影の群れ』新潮文庫
*H15.8『魚影の群れ』電子文庫パブリ
*H15.8『魚影の群れ』Shincho On Demand Books

309 沖縄への船旅・船上の旅情
◎S46.2「旅」
[収]H21.8『七十五度目の長崎行き』河出書房新社

310 わが愛する町 長崎

〔後改題：わが愛する町長崎〕
◎S46.2「アイ」
[収]S47.11『日本美の再発見』作家の旅 主婦の友社
311 やっと町を逃げ出す
〔後改題：谷中の墓地へ急ぐ〕
〔再改題：夜間空襲〕
◎S46.2『東京被爆記』朝日新聞社
＊S48.11『東京大空襲、戦災誌』第4巻（「谷中の墓地へ急ぐ」として）
＊S62.7『写真版 東京大空襲の記録』新潮文庫（「夜間空襲」として）
312 短篇集『羆』
[収]S46.2 新潮社〔作品〕羆（No.289），蘭鋳（No.272），軍鶏（No.252），鳩（No.229），ハタハタ（No.197）
＊S60.7 新潮文庫〔作品〕単行本と同じ
＊H12.9 電子文庫パブリ〔作品〕単行本と同じ
＊H12.9 Shincho On Demand Books〔作品〕単行本と同じ
313 あすへの話題 夫婦ゲンカ
◎S46.2.3「日本経済新聞」夕刊
314 あすへの話題 許さぬ
◎S46.2.10「日本経済新聞」夕刊
315 あすへの話題 収集家
◎S46.2.17「日本経済新聞」夕刊
316 あすへの話題 われらが大地
◎S46.2.24「日本経済新聞」夕刊
317 学生時代の同人誌
◎S46.3「風景」
[収]S47.9『精神的季節』講談社
＊H2.8『月夜の記憶』講談社文庫
318 詩人と非詩人
◎S46.3「文學界」
[収]S47.9『精神的季節』講談社
＊H2.8『月夜の記憶』講談社文庫
＊H4.1『吉村昭自選作品集』別巻 新潮社
319 総員起シ
◎S46.3「別冊文藝春秋」115号
[収]S47.1『総員起シ』文藝春秋
＊S55.12『総員起シ』文春文庫
＊H2.12『吉村昭自選作品集』3 新潮社
320 みちのく旅情
◎S46.3「別冊文藝春秋」115号
＊日本酒太平山の広告
321 剃刀
◎S46.3「オール讀物」

　　　　㊉S48.2『下弦の月』毎日新聞社
　　　　＊S55.12『総員起シ』文春文庫
322　熊 第五話 幸太郎
　　　　◎S46.3「月刊ペン」
　　　　㊉S54.9『熊撃ち』筑摩書房
　　　　＊S60.12『熊撃ち』ちくま文庫
　　　　＊H5.9『熊撃ち』文春文庫
323　日本医家伝（十二）伊東玄朴
　　　　S46.3「CREATA」No.21
　　　　㊉S46.8『日本医家伝』講談社
　　　　＊S48.12『日本医家伝』講談社文庫
　　　　＊H14.1『日本医家伝』講談社文庫 新装版
324　『人間生活をむしばむもの』
　　　　㊉S46.3 東京都公害局発行
　　　　＊中学生向け公害読本
325　丹羽文雄氏の貌
　　　　◎S46.3『新潮日本文学』28 丹羽文雄集
326　『背中の勲章』
　　　　◎S46.3〜5「小説新潮」3回連載
　　　　㊉S46.12 新潮社
　　　　＊S57.5 新潮文庫
　　　　＊H2.12『吉村昭自選作品集』3 新潮社
327　あすへの話題 微震、中震、強震
　　　　◎S46.3.3「日本経済新聞」夕刊
328　あすへの話題 夢を売る
　　　　◎S46.3.10「日本経済新聞」夕刊
329　公害教科書と私
　　　　◎S46.3.12「読売新聞」
330　あすへの話題 たぁー
　　　　◎S46.3.17「日本経済新聞」夕刊
331　あすへの話題 もしかすると
　　　　◎S46.3.24「日本経済新聞」夕刊
332　あすへの話題 簡単ながら……
　　　　◎S46.3.31「日本経済新聞」夕刊
　　　　＊同じ標題の別作品あり（No.202）
333　夜の海
　　　　◎S46.4「婦人之友」
　　　　㊉S54.8『月夜の魚』角川書店
　　　　＊H2.9『月夜の魚』中公文庫
334　熊 第六話 政一と栄次郎
　　　　◎S46.4「月刊ペン」
　　　　㊉S54.9『熊撃ち』筑摩書房

＊S60.12『熊撃ち』ちくま文庫
＊H5.9『熊撃ち』文春文庫
335 特集/人間教育の原点 エッセイ 親父と古さ
〔後改題：オヤジと古さ〕
◎S46.4「総合教育技術」
[収]S47.9『精神的季節』講談社
＊H2.8『月夜の記憶』講談社文庫
＊H4.1『吉村昭自選作品集』別巻 新潮社
336 **『消えた鼓動』**
[収]S46.4 筑摩書房 書下ろし
＊S61.6 ちくま文庫
＊H10.4 ちくま文庫 新装版
337 短篇集『密会』
[収]S46.4 講談社［作品］密会(No.40), 動く壁(No.63), 非情の系譜(No.77), 電気機関車(No.80), めりーごーらうんど(No.96), 目撃者(No.116), 旅の記憶(No.146), ジジヨメ食ッタ(No.203), 楕円の柩(No.247)
＊H1.5 講談社文庫［作品］単行本と同じ(「自筆年譜」付記)
338 あすへの話題 六尺ふんどし
◎S46.4.7「日本経済新聞」夕刊
339 あすへの話題 U氏の趣味
◎S46.4.14「日本経済新聞」夕刊
340 あすへの話題 古典落語
◎S46.4.21「日本経済新聞」夕刊
341 あすへの話題 新首都岩手論
◎S46.4.28「日本経済新聞」夕刊
342 熊 第七話 耕平
◎S46.5「月刊ペン」
[収]S54.9『熊撃ち』筑摩書房
＊S60.12『熊撃ち』ちくま文庫
＊H5.9『熊撃ち』文春文庫
343 夫からみた妻 妻津村節子の素気なさに脅える
〔後改題：妻〕
◎S46.5「婦人公論」
[収]S47.9『精神的季節』講談社
＊H2.8『月夜の記憶』講談社文庫
344 あすへの話題 顔を伏す
◎S46.5.12「日本経済新聞」夕刊
345 あすへの話題 生活費のために
◎S46.5.19「日本経済新聞」夕刊
346 あすへの話題「—のために」
◎S46.5.26「日本経済新聞」夕刊
347 或る小説の執筆まで

〔後改題：抜刀〕
　　◎S46.6「文化評論」
　　㊃S47.9『精神的季節』講談社（「抜刀」として）
　　＊S54.9『蟹の縦ばい』毎日新聞社（「或る小説の執筆まで」として）
　　＊H2.8『月夜の記憶』講談社文庫（「抜刀」として）
　　＊H5.7『蟹の縦ばい』中公文庫（「或る小説の執筆まで」として）

348 会員通信 文筆家の書簡売買禁止を
　　◎S46.6「文藝家協会ニュース」

349 江田島への旅
　　◎S46.6「船の雑誌」第二号

350 あすへの話題 酒は真剣に飲むべきもの
　　◎S46.6.2「日本経済新聞」夕刊

351 あすへの話題 住めば都
　　◎S46.6.9「日本経済新聞」夕刊

352 あすへの話題 だからと言って……
　　◎S46.6.16「日本経済新聞」夕刊

353 あすへの話題 あいよッ
　　◎S46.6.23「日本経済新聞」夕刊

354 あすへの話題 武士の情け
　　◎S46.6.30「日本経済新聞」夕刊

355 焼香客
　　◎S46.7「別冊小説新潮」
　　㊃S46.10『鉄橋』読売新聞社

356 吉村昭と7人の女性
　　◎S46.7「オール讀物」

357 政治家と公害
　　◎S46.7「都道府県展望」
　　㊃S47.9『精神的季節』講談社
　　＊H2.8『月夜の記憶』講談社文庫

358 高熱隧道をゆく
　　◎S46.7「文学の旅」第8巻 千趣会（東京）
　　＊書下ろし

359 視点 牛になる
　　◎S46.7.7「毎日新聞」夕刊

360 視点 捕虜
　　◎S46.7.14「毎日新聞」夕刊

361 私の取材ノート「零式戦闘機」
　　〔後改題：「零式戦闘機」取材ノート〕
　　◎S46.7.17/18/24/25/31「読売新聞」5回連載
　　㊃S47.9『精神的季節』講談社
　　＊S61.8『万年筆の旅』作家のノートⅡ 文春文庫

362 視点 不徳のいたすところ

◎S46.7.21「毎日新聞」夕刊
＊同じ標題の別作品あり（No.902）

363 視点 物故作家の手紙
◎S46.7.28「毎日新聞」夕刊

364 **『逃亡』**
◎S46.8「文學界」
[収]S46.9 文藝春秋
＊S53.4 文春文庫
＊H2.12『吉村昭自選作品集』3 新潮社

365 **『日本医家伝』**
[収]S46.8 講談社［作品］山脇東洋（No.163），前野良澤（No.231），伊東玄朴（No.323），土生玄碩（No.299），楠本いね（No.177），中川五郎治（No.270），笠原良策（No.191），松本良順（No.281），相良知安（No.152），荻野ぎん（No.241），高木兼寛（No.205），秦 佐八郎（No.255）
＊S48.12 講談社文庫［作品］単行本と同じ（「自筆年譜」付記）
＊H14.1 講談社文庫 新装版［作品］単行本と同じ

366 視点 日本の風土
◎S46.8.4「毎日新聞」夕刊

367 視点 旅の良さ
◎S46.8.11「毎日新聞」夕刊

368 敗戦前後 満干に伴い流れる死体群
◎S46.8.14「赤旗」

369 視点 空の記憶
◎S46.8.18「毎日新聞」夕刊

370 視点 泉筆・万年ピツ・万年筆
◎S46.8.25「毎日新聞」夕刊

371 烏の浜
◎S46.9「別冊文藝春秋」117号
[収]S47.1『総員起シ』文藝春秋
＊S55.12『総員起シ』文春文庫
＊S56.7『北海道文学全集』19 立風書房
＊S62.5『北海道文学百景』増毛 一部分のみ再録
＊H3.1『吉村昭自選作品集』4 新潮社

372 吉行氏の作品との出会い
◎S46.9『吉行淳之介全集』4 月報3 講談社

373 視点 食物の顔
◎S46.9.1「毎日新聞」夕刊

374 視点 文壇の電話番号
◎S46.9.9「毎日新聞」夕刊

375 佛心 墓地と息子
◎S46.9.10「浄土宗新聞」
[収]S47.9『精神的季節』講談社

＊H2.8『月夜の記憶』講談社文庫

376 視点 豊漁と天災
◎S46.9.16「毎日新聞」夕刊

377 視点 歴史という長い鎖
◎S46.9.22「毎日新聞」夕刊

378 視点 気づく
◎S46.9.29「毎日新聞」夕刊

379 死水
◎S46.10「風景」
[収]S47.9『精神的季節』講談社
＊H2.8『月夜の記憶』講談社文庫

380 鵜
◎S46.10「小説現代」
[収]S48.5『海の鼠』新潮社
＊S58.7『魚影の群れ』新潮文庫
＊H15.8『魚影の群れ』電子文庫パブリ
＊H15.8『魚影の群れ』Shincho On Demand Books

381 光る雨
◎S46.10「小説新潮」
[収]S49.12『螢』筑摩書房
＊H1.1『蛍』中公文庫

382 短篇集**『鉄橋』**
[収]S46.10 読売新聞社 ［作品］ 鉄橋(No.41), 少年の旅(No.161), 霊柩車(No.110), 焼香客(No.355), 遺体引取人(No.285), 夜の饗宴(No.72)

383 アンケート 私がもっとも影響を受けた小説
◎S46.11「文藝春秋」臨時増刊号
＊梶井基次郎の全作品および大岡昇平の『俘虜記』を挙げる

384 アイヌ猟師の教え —若者への提言
〔後改題：アイヌ猟師の教え〕
◎S46.11「学習のひろば」
[収]S47.9『精神的季節』講談社
＊H2.8『月夜の記憶』講談社文庫
＊H4.1『吉村昭自選作品集』別巻 新潮社

385 **『めっちゃ医者伝』**
〔後改題：**『雪の花』**〕
[収]S46.11 新潮少年文庫 書下ろし
＊S63.4『雪の花』新潮文庫 大幅加筆・改稿・改題
＊H21.10『吉村昭歴史小説集成』第七巻 岩波書店

386 私の処女作 処女作のない作家
◎S46.12「別冊文藝春秋」118号

387 散歩道 団子と櫛とせんべいと
〔後改題：団子とせんべい〕

◎S46.12「暮しの設計」
[収]S54.9『蟹の縦ばい』毎日新聞社
＊H5.7『蟹の縦ばい』中公文庫

388 わたしと古典 —伊勢物語
◎S46.12.16「サンケイ新聞」夕刊
[収]S47.9『精神的季節』講談社
＊H2.8『月夜の記憶』講談社文庫

389 手首の記憶
◎S47.1「小説新潮」
[収]S48.2『下弦の月』毎日新聞社
＊S55.12『総員起シ』文春文庫

390 背広と万年筆
◎S47.1「電々ジャーナル」
[収]S47.9『精神的季節』講談社
＊H2.8『月夜の記憶』講談社文庫

391 午前宅診・午后往診 殴る白衣の天使
◎S47.1「毎日ライフ」
[収]S49.11『患者さん』毎日新聞社
＊S60.6『お医者さん・患者さん』中公文庫

392 美味真味 カニと甘エビ〈福井〉
◎S47.1「酒」

393 協会にいま何を望むか
◎S47.1「文藝家協会ニュース」
＊アンケート

394 **『深海の使者』**
◎S47.1〜S48.3「文藝春秋」15回連載
[収]S48.4 文藝春秋
＊S48.1 第34回文藝春秋読者賞受賞
＊S51.4 文春文庫
＊H3.1『吉村昭自選作品集』4 新潮社

395 短篇集**『総員起シ』**
[収]S47.1 文藝春秋［作品］海の柩(No.268)，総員起シ(No.319)，烏の浜(No.371)
＊S55.12 文春文庫［作品］海の柩(No.268)，手首の記憶(No.389)，烏の浜(No.371)，剃刀(No.321)，総員起シ(No.319)

396 スポーツにも恋にも無縁だったが
S47.2「明日に向って」
[収]S54.9『蟹の縦ばい』毎日新聞社
＊H5.7『蟹の縦ばい』中公文庫

397 「杉田玄白 訳」の不思議
◎S47.2「歴史と人物」
[収]S47.9『精神的季節』講談社
＊S60.6『お医者さん・患者さん』中公文庫

＊H2.8『月夜の記憶』講談社文庫

398 午前宅診・午后往診 誤診と自転車屋
◎S47.2「毎日ライフ」
[収]S49.11『患者さん』毎日新聞社
＊S60.6『お医者さん・患者さん』中公文庫

399 焼跡の徴兵検査
◎S47.2『戦争文学全集』2 月報4 毎日新聞社刊

400 偽医者
◎S47.2.25「サンケイ新聞」

401 二日酔まで 虎穴に入らずんば……
◎S47.3「オール讀物」

402 霧の坂
◎S47.3「風景」
[収]S49.12『螢』筑摩書房
＊S53.1『星と葬礼』集英社文庫
＊H1.1『蛍』中公文庫

403 津軽で考えたこと
〔後改題：津軽と太宰治〕
◎S47.3『日本文学全集』月報10 集英社版
[収]S47.9『精神的季節』講談社
＊H2.8『月夜の記憶』講談社文庫

404 炎と桜の記憶
◎S47.3「別冊文藝春秋」119号
[収]S48.2『下弦の月』毎日新聞社
＊S53.1『星と葬礼』集英社文庫
＊H1.5『下弦の月』文春文庫

405 午前宅診・午后往診 禿に癌なし
〔後改題：禿頭に癌なし〕
◎S47.3「毎日ライフ」
[収]S49.11『患者さん』毎日新聞社
＊S60.6『お医者さん・患者さん』中公文庫

406 下弦の月
◎S47.4「小説新潮」
[収]S48.2『下弦の月』毎日新聞社
＊H1.5『下弦の月』文春文庫

407 津村節子/居候の盗み酒/
◎S47.4「酒」
[収]H20.2『文藝別冊 吉村昭』河出書房新社

408 午前宅診・午后往診 夜道と町医
◎S47.4「毎日ライフ」
[収]S49.11『患者さん』毎日新聞社
＊S60.6『お医者さん・患者さん』中公文庫

II 著書・作品

409 午前宅診・午后往診 意気地のない勇士だが
　　　◎S47.5「毎日ライフ」
　　　㊲S49.11『患者さん』毎日新聞社
　　　＊S60.6『お医者さん・患者さん』中公文庫
410 《随想》原稿用紙を綴じる
　　　〔後改題：綴じる〕
　　　◎S47.5「文学者」
　　　㊲S47.9『精神的季節』講談社
　　　＊H2.8『月夜の記憶』講談社文庫
411 『関東大震災』
　　　◎S47.5～S48.6「諸君!」14回連載
　　　㊲S48.8 文藝春秋
　　　＊S48.12 第21回菊池寛賞受賞(『戦艦武蔵』、『関東大震災』などドキュメンタリー作品による)
　　　＊S52.8 文春文庫
　　　＊H16.8 文春文庫 新装版
412 老人と鉄柵 ―閉塞意識への願望
　　　〔後：老人と鉄柵〕
　　　◎S47.5.8「朝日新聞」夕刊
　　　㊲S47.9『精神的季節』講談社
　　　＊H2.8『月夜の記憶』講談社文庫
　　　＊H4.1『吉村昭自選作品集』別巻 新潮社
413 執筆五分前 家庭サービス
　　　〔後改題：小説を書き出すまで〕
　　　〔別題：執筆五分前〕
　　　☆S47.6「別冊文藝春秋」120号
　　　㊲S47.9『精神的季節』講談社(「小説を書き出すまで」として)
　　　＊S54.9『蟹の縦ばい』毎日新聞社(「執筆五分前」として)
　　　＊S58.8『蟹の縦ばい』旺文社文庫(「執筆五分前」として)
　　　＊H2.8『月夜の記憶』講談社文庫(「小説を書き出すまで」として)
　　　＊H5.7『蟹の縦ばい』中公文庫(「執筆五分前」として)
414 午前宅診・午后往診 子供の頃の病気
　　　◎S47.6「毎日ライフ」
　　　㊲S49.11『患者さん』毎日新聞社
　　　＊S60.6『お医者さん・患者さん』中公文庫
415 愚かな父と愚かな母
　　　S47.6「レジャーと経営」
　　　㊲S47.9『精神的季節』講談社
　　　＊H2.8『月夜の記憶』講談社文庫
　　　＊H4.1『吉村昭自選作品集』別巻 新潮社
416 心の教育はどうすれば可能か 学校の教育と家庭の教育
　　　◎S47.6「総合教育技術」

417 ああ青春 彩り豊かな日々
〔別題：ああ青春〕
◎S47.7「小説新潮」
[収]S47.9『精神的季節』講談社（「ああ青春」として）
＊S54.9『蟹の縦ばい』毎日新聞社（「彩り豊かな日々」として）
＊S58.8『蟹の縦ばい』旺文社文庫（「彩り豊かな日々」として）
＊H2.8『月夜の記憶』講談社文庫（「ああ青春」として）
＊H5.7『蟹の縦ばい』中公文庫（「彩り豊かな日々」として）

418 戦記と手紙
◎S47.7「ポスト」
[収]S54.2『白い遠景』講談社
＊S61.8『万年筆の旅』作家のノート II 文春文庫

419 海の鼠
◎S47.7「別冊小説新潮」
[収]S48.5『海の鼠』新潮社
＊S58.7『魚影の群れ』新潮文庫
＊H3.8『吉村昭自選作品集』11 新潮社
＊H15.8『魚影の群れ』電子文庫パブリ
＊H15.8『魚影の群れ』Shincho On Demand Books

420 午前宅診・午后往診 細菌戦兵器と医師
◎S47.7「毎日ライフ」
[収]S49.11『患者さん』毎日新聞社
＊S60.6『お医者さん・患者さん』中公文庫

421 午前宅診・午后往診 木口小平とイエス・キリスト
◎S47.8「毎日ライフ」
[収]S49.11『患者さん』毎日新聞社
＊S60.6『お医者さん・患者さん』中公文庫

422 囲碁とオーバー
S47.9「レジャーと経営」
[収]S54.9『蟹の縦ばい』毎日新聞社
＊S58.8『蟹の縦ばい』旺文社文庫
＊H5.7『蟹の縦ばい』中公文庫

423 探す
◎S47.9「小説新潮」
[収]S48.21『下弦の月』毎日新聞社
＊H1.5『下弦の月』文春文庫

424 妙な友人
◎S47.9「オール讀物」

425 午前宅診・午后往診 一寸待て
◎S47.9「毎日ライフ」
[収]S49.11『患者さん』毎日新聞社
＊S60.6『お医者さん・患者さん』中公文庫

II 著書・作品

426 随筆集『精神的季節』
　㊄S47.9 講談社［作品］《文学》 創作と記録(No.123)、告白(No.135)、詩人と非詩人(No.318)、小説家の矛盾(No.140)、小説を書き出すまで(No.413)、「高熱隧道」の取材(No.125)、わが愛する歌(No.242)、この一書(No.2223)、わたしと古典 ―伊勢物語(No.388)、手鏡と聖書(No.265)、文字(No.288)、学生時代の同人誌(No.317)、刑務所通い(No.88)、極点(No.46)、ニュースの一画面から(No.51)、茸(No.69)、小説と私(No.94)、ベンチ(No.79)、老人と鉄柵(No.412)、H君の個展(No.115)、通夜(No.148)、津軽と太宰治(No.403)、三度会った男(No.256)、月夜の記憶(No.107)、綴じる(No.410)、投資家たち(No.172)、編集者への手紙 ―物悲しい納得(No.250) 《医学》 お大事に……(No.150)、尿の話(No.230)、「杉田玄白 訳」の不思議(No.397)、ルポ 実験動物の世界(No.139)、心臓移植私見(No.290)、対談 切った人・切られた人(「Ⅲ 座談・対談…」No.16) 《戦争》 二つの精神的季節(No.175)、私の中の戦中・戦後(No.223)、城下町の夜(No.211)、下士官の手記(No.278)、抜刀(No.347)、オトコ科・オンナ科(No.104)、靖国神社(No.217)、戦争は終ったか(No.222)、「沖縄戦」を取材して(No.121)、「零式戦闘機」取材ノート(No.361) 《社会》 レイタス(No.279)、政治家と公害(No.357)、人殺しの分母(No.212)、現代語の卑しさ(No.243)、自ら法を破る政治家(No.246)、飲酒指南(No.204)、大人への過保護(No.199)、生活のけじめ(No.181)、オヤジと古さ(No.335)、六時十五分に帰宅する夫(No.276)、アイヌ猟師の教え(No.384)、電話(No.253)、バウ・ミュー・クリニック(No.236)、千円のライスカレー(No.225)、簡単ながら……(No.202)、夜の銀座(No.160)、「どうも」(No.233)、外国人に恥かしい?(No.171)、平手打ちを食わす勇気(No.200)、「ダメ」(No.173) 《家庭》 ああ青春(No.417)、墓地と息子(No.375)、スイトン家族(No.257)、死水(No.379)、妻(No.343)、背広と万年筆(No.390)、長火鉢(No.208)、一升瓶を抱いて(No.263)、年来の畏友(No.207)、雪人氏との旅(No.284)、笑い上戸(No.105)、愚かな父と愚かな母(No.415)、居候亭主(No.234)、メンチ、コロッケ(No.196)、夫、この物悲しい動物(No.210)

427 本の中の人生 林芙美子の「骨」
　◎S47.9.1「読売ブッククラブ」
　㊄S54.2『白い遠景』講談社

428 家族旅行
　◎S47.9.9「読売新聞」

429 午前宅診・午后往診 病気と戦争と……そして食物
　◎S47.10「毎日ライフ」
　㊄S49.11『患者さん』毎日新聞社
　＊S60.6『お医者さん・患者さん』中公文庫

430 私と鉄道
　◎S47.10.14「読売新聞」
　㊄H1.5『旅行鞄のなか』毎日新聞社
　＊H4.8『旅行鞄のなか』文春文庫

431 流域紀行 石狩川

69

◎S47.10.20〜S47.11.6「朝日新聞」夕刊 10回連載
[収]S48.3『流域紀行』朝日新聞社
＊S51.8『流域紀行』朝日選書 69

432 動物園
◎S47.11「小説新潮」
[収]S48.2『下弦の月』毎日新聞社
＊H1.5『下弦の月』文春文庫

433 午前宅診・午后往診 病気見舞いと葬儀
〔後：病気見舞と葬儀〕
◎S47.11「毎日ライフ」
[収]S49.11『患者さん』毎日新聞社
＊S60.6『お医者さん・患者さん』中公文庫
＊H4.1『吉村昭自選作品集』別巻 新潮社

434 犬を引き取る
S47.11「教育技術」
[収]S54.9『蟹の縦ばい』毎日新聞社
＊H5.7『蟹の縦ばい』中公文庫

435 **『冬の鷹』**
◎S47.11〜S49.5「月刊エコノミスト」19回連載
[収]S49.7 毎日新聞社
＊初めての長篇歴史小説
＊S51.11 新潮文庫
＊S55.3『新潮現代文学』66 新潮社
＊S63.7 新潮文庫改版
＊H3.7『吉村昭自選作品集』10 新潮社
＊H8.12 上・下 埼玉福祉会 大活字本
＊H21.10『吉村昭歴史小説集成』第七巻 岩波書店

436 午前宅診・午后往診 最終回 小説家志望
◎S47.12「毎日ライフ」
[収]S49.11『患者さん』毎日新聞社
＊S60.6『お医者さん・患者さん』中公文庫

437 読経
◎S47.12「風景」
＊同じ標題の別作品あり(No.1739)

438 表紙の筆蹟(凛乎)
◎S47.12「波」

439 文藝春秋読者賞 受賞のことば
◎S48.2「文藝春秋」
＊「深海の使者」(No.394)が受賞して

440 特集 志賀直哉 暗夜行路の旅
◎S48.2「太陽」
[収]S54.2『白い遠景』講談社

II 著書・作品

＊H7.10『文学、内と外の思想』おうふう　秋山 駿、大河内昭爾、吉村 昭 共著

441 あの頃の私
　　◎S48.2「小説現代」
　　㊃S54.9『蟹の縦ばい』毎日新聞社
　　＊H5.7『蟹の縦ばい』中公文庫

442 魚影の群れ
　　◎S48.2「小説新潮」
　　㊃S48.5『海の鼠』新潮社
　　＊S58.7『魚影の群れ』新潮文庫
　　＊S58.10 松竹富士映画化上映（監督：相米慎二　出演：緒形拳、夏目雅子）
　　＊S58 ビデオ 140分 1巻 松竹ビデオ事業部　H17.9 DVD化
　　＊H3.8『吉村昭自選作品集』11 新潮社
　　＊H15.8『魚影の群れ』電子文庫パブリ
　　＊H15.8『魚影の群れ』Shincho On Demand Books

443 短篇集『下弦の月』
　　㊃S48.2 毎日新聞社［作品］下弦の月(No.406)、探す(No.423)、手首の記憶(No.389)、剃刀(No.321)、炎と桜の記憶(No.404)、動物園(No.432)、十点鐘(No.2221)
　　＊H1.5 文春文庫［作品］海の奇蹟(No.142)、鷲(No.65)、探す(No.423)、十点鐘(No.2221)、動物園(No.432)、炎と桜の記憶(No.404)、下弦の月(No.406)

444 グラビア 行きつけの店 センベイをかじる
　　◎S48.3「別冊文藝春秋」123号

445 海軍乙事件
　　◎S48.3「別冊文藝春秋」123号
　　㊃S51.7『海軍乙事件』文藝春秋
　　＊S57.8『海軍乙事件』文春文庫
　　＊H3.1『吉村昭自選作品集』4 新潮社
　　＊H19.6『海軍乙事件』文春文庫 新装版

446 座右の書 柳多留
　　◎S48.3.25「日本経済新聞」

447 禁煙の店
　　◎S48.4「小説新潮」
　　㊃S54.9『蟹の縦ばい』毎日新聞社
　　＊H5.7『蟹の縦ばい』中公文庫

448 板谷さんのこと
　　◎S48.4『天狗童子』板谷菊男著 図書出版社

449「要するに…」スミマセン
　　◎S48.4.4「朝日新聞」
　　㊃S54.2『白い遠景』講談社

450「要するに…」披露宴
　　◎S48.4.11「朝日新聞」

451　「要するに…」手洗いの電灯
◎S48.4.18「朝日新聞」
[収]H1.5『旅行鞄のなか』毎日新聞社
＊H4.8『旅行鞄のなか』文春文庫
452　「要するに…」K氏の怒り・その他
◎S48.4.25「朝日新聞」
[収]S54.2『白い遠景』講談社
453　駈けつけてはならぬ人
◎S48.5「現代」
[収]S54.2『白い遠景』講談社
454　最下位と最高点
◎S48.5「文学者」
[収]S54.2『白い遠景』講談社
455　一隻のボート
〔後改題：「海の史劇」ノートから（一）ロシア水兵の上陸〕
◎S48.5「東郷」
[収]S54.2『白い遠景』講談社
＊S61.8『万年筆の旅』作家のノート II 文春文庫
456　**短篇集『海の鼠』**
〔後改題：**『魚影の群れ』**〕
[収]S48.5『海の鼠』新潮社〔作品〕海の鼠（No.419），蝸牛（No.308），鵜（No.380），魚影の群れ（No.442）
＊S58.7『魚影の群れ』新潮文庫〔作品〕単行本と同じ
＊H15.8『魚影の群れ』電子文庫パブリ〔作品〕単行本と同じ
＊H15.8『魚影の群れ』Shincho On Demand Books〔作品〕単行本と同じ
457　すきな言葉・きらいな言葉 ハイ
◎S48.5/6合併号「暮しの手帖」
＊同じ標題の別作品あり（No.1450）
458　青春の名残り 谷中の墓地
☆S48.6「別冊小説宝石」
[収]S54.9『蟹の縦ばい』毎日新聞社
＊S58.8『蟹の縦ばい』旺文社文庫
＊H5.7『蟹の縦ばい』中公文庫
459　光る鱗
◎S48.6「小説新潮」
[収]S53.4『海の絵巻』新潮社
＊H2.11『鯨の絵巻』新潮文庫
＊H16.9『鯨の絵巻』電子文庫パブリ
＊H16.9『鯨の絵巻』Shincho On Demand Books
460　序「朝倉稔の作品について」
◎S48.6『朱の喪章』朝倉稔著 アグレマン社
461　**『一家の主』**

◎S48.6.1〜S48.12.27「毎日新聞」夕刊 175回連載
[収]S49.3 毎日新聞社
＊S53.8 文春文庫
＊H1.3 ちくま文庫
＊同じ標題のエッセイあり（No.507）

462 掌編小説 示談
◎S48.6.22「週刊朝日」
[収]S49.8『現代作家掌編小説集』上 朝日ソノラマ

463 わが沖縄・その原点とプロセス —取材ノートを中心に 殉国 ①〜③
〔後改題：「殉国」ノートから —比嘉真一陸軍二等兵〕
◎S48.6.26〜28「琉球新報」3回連載
[収]S54.2『白い遠景』講談社
＊S61.8『万年筆の旅』作家のノート II 文春文庫

464 二十歳の原点
◎S48.7「小説新潮」
[収]S54.9『蟹の縦ばい』毎日新聞社
＊H5.7『蟹の縦ばい』中公文庫

465 特集 人生論 調和が生まれるまでに
◎S48.8.25「微笑」

466 二日酔いをなおす秘伝 二日酔いの肩すかし法
◎S48.8.31「週刊小説」

467 グラビア ちょっと休筆 空襲の日も
◎S48.9「別冊文藝春秋」125号

468 講釈師と中学生
◎S48.9「うえの」173号

469 **『吉村昭と戦史の証言者たち』**
◎S48.9 1・3 & 4巻/S48.10 2 & 5巻
[収]第1巻 杉坂少佐事件 情報蒐集と単冠湾謎の集結, 第2巻 零式艦上戦闘機 東京初空襲, 第3巻 戦艦武蔵進水とその最後, 第4巻 戦艦陸奥爆沈事故, 第5巻 神風特別攻撃隊 潜艦伊401号の帰投
＊ビクターレコード全5巻

470 あの戦争の事実を証言者の肉声によって後世に残す……
◎S48.9 & 10『吉村昭と戦史の証言者たち』各巻 扉

471 関東大震災取材メモ すさまじい大旋風
〔後改題：「関東大震災」ノート（一）赤い鯉のぼり〕
◎S48.9.9「サンデー毎日」
[収]S54.2『白い遠景』講談社
＊S61.8『万年筆の旅』作家のノート II 文春文庫

472 アンケート・遊びの楽しみ プロベイヤー
◎S48.10「別冊小説新潮」

473 眩い空と肉声
◎S48.10.1「サンケイ新聞」夕刊

　　　　㉟S54.2『白い遠景』講談社
　　　　＊S61.8『万年筆の旅』作家のノートⅡ 文春文庫
474　黒部の思い出
　　　　◎S48.10.5「毎日新聞」
475　紫色幻影
　　　　◎S48.11「小説新潮」
　　　　㉟S53.4『海の絵巻』新潮社
　　　　＊H2.11『鯨の絵巻』新潮文庫
　　　　＊H16.9『鯨の絵巻』電子文庫パブリ
　　　　＊H16.9『鯨の絵巻』Shincho On Demand Books
476　まえがき
　　　　◎S48.11『現代の小説』1973前期
477　創作ノートから（講演）
　　　　S48.11.16 講演会
　　　　＊会場：角館 新潮社記念文学館
478　古今亭志ん生
　　　　◎S48.12「文學界」
　　　　㉟S54.9『蟹の縦ばい』毎日新聞社
　　　　＊S58.8『蟹の縦ばい』旺文社文庫
　　　　＊H5.7『蟹の縦ばい』中公文庫
　　　　＊H19.2『志ん生讃江』河出書房新社
479　初吹き込み
　　　　◎S48.12「文藝春秋」
　　　　㉟S54.9『蟹の縦ばい』毎日新聞社
　　　　＊S58.8『蟹の縦ばい』旺文社文庫
　　　　＊H4.1『吉村昭自選作品集』別巻 新潮社
　　　　＊H5.7『蟹の縦ばい』中公文庫
480　柳多留と私
　　　　◎S48.12「オール讀物」
　　　　㉟S54.2『白い遠景』講談社
481　第1回 吉村昭のみつびし余聞 牛と馬と団平船
　　　　◎S48.12「三菱重工」No.30
　　　　㉟H21.8『七十五度目の長崎行き』河出書房新社
482　緑色の墓標 記録小説への別れ
　　　　◎S48.12.3「読売新聞」
　　　　㉟S54.2『白い遠景』講談社
483　時間
　　　　◎S49.1「群像」
　　　　㉟S49.12『螢』筑摩書房
　　　　＊H1.1『蛍』中公文庫
　　　　＊同じ標題の別作品あり（No.1866）
484　休暇

　　　　◎S49.1「展望」
　　　　㊄S49.12『螢』筑摩書房
　　　　＊S53.5『筑摩現代文学大系』93 筑摩書房
　　　　＊H1.1「蛍」中公文庫
　　　　＊H3.12『吉村昭自選作品集』15 新潮社
　　　　＊H20 映画化（製作：「休暇」製作委員会　監督：門井肇　出演：小林薫、西島秀俊）
485　正月という外濠
　　　　☆S49.1「酒」
　　　　㊄S54.9『蟹の縦ばい』毎日新聞社
　　　　＊S58.8『蟹の縦ばい』旺文社文庫
　　　　＊H5.7『蟹の縦ばい』中公文庫
486　『蜜蜂乱舞』
　　　　◎S49.1～S49.12「地上」家の光協会 12回連載
　　　　㊄S62.4 新潮文庫
　　　　＊単行本を経ず文庫版で初刊行
　　　　＊S63.7「童謡物語」として松竹映画化（監督：森川時久　出演：井川比佐志、倍賞美津子）文部省選定
　　　　＊H9.4.20「日曜名作座」4回 NHKラジオ第1
　　　　＊H15.10.5 上記再放送
　　　　＊H15.11 電子文庫パブリ
　　　　＊H15.11 Shincho On Demand Books
487　選評
　　　　S49.1.1「人」
　　　　＊受刑者対象の「文芸コンクール」の選評
488　酒とテープレコーダー
　　　　◎S49.1.11「週刊小説」
　　　　㊄S54.9『蟹の縦ばい』毎日新聞社
　　　　＊S58.8『蟹の縦ばい』旺文社文庫
　　　　＊H5.7『蟹の縦ばい』中公文庫
489　『文学者』の終刊
　　　　◎S49.1.30「東京新聞」夕刊
490　新潮 路上に寝る
　　　　◎S49.2「新潮」
　　　　＊同じ標題の別作品あり（No.739）
491　喜劇役者の頭髪
　　　　◎S49.2「オール讀物」
　　　　㊄S54.9『蟹の縦ばい』毎日新聞社
　　　　＊S58.8『蟹の縦ばい』旺文社文庫
　　　　＊S62.2『東京百話』人の巻 種村季弘編
　　　　＊H5.7『蟹の縦ばい』中公文庫
492　行列

　　　　◎S49.2「海」
　　　　㊹S54.2『白い遠景』講談社
　　　　＊同じ標題の別作品あり（No.184）
493　コロリ
　　　　◎S49.3「別冊文藝春秋」127号
　　　　㊹S50.3『磔』文藝春秋
　　　　＊S50.5『代表作時代小説』昭和50年度 日本文藝家協会編 東京文芸社
　　　　＊S53.1『吉村昭自選短編集』読売新聞社
　　　　＊S62.4『磔』文春文庫
　　　　＊H3.6『吉村昭自選作品集』9 新潮社
　　　　＊H9.10『剣鬼無明斬り』日本文藝家協会編 光風社文庫
　　　　＊H10.5『新潮』臨増号「歴史小説の世紀」
　　　　＊H12.9『歴史小説の世紀』地の巻 新潮文庫
494　十字架
　　　　◎S49.3「小説新潮」
　　　　㊹S57.4『遅れた時計』毎日新聞社
　　　　＊H2.1『遅れた時計』中公文庫
495　酒のさかな 梅干しにカツオ
　　　　◎S49.3.3「朝日新聞」
496　グラビア 私の愛蔵 凧と土鈴
　　　　◎S49.3.29「週刊小説」
497　橋
　　　　◎S49.4「新潮」
　　　　㊹S49.12『螢』筑摩書房
　　　　＊H1.1『蛍』中公文庫
498　おしまいのページで 十七歳の少年
　　　　◎S49.4「オール讀物」
　　　　㊹S54.9『蟹の縦ばい』毎日新聞社
　　　　＊S54.9『おしまいのページで』文藝春秋
　　　　＊S58.8『蟹の縦ばい』旺文社文庫
　　　　＊S61.9『おしまいのページで』文春文庫
　　　　＊H5.7『蟹の縦ばい』中公文庫
　　　　＊H8.9『街のはなし』文藝春秋
　　　　＊H11.9『街のはなし』文春文庫
499　最後の編集
　　　　◎S49.4「文学者」
　　　　㊹H11.9『丹羽文雄と「文学者」』東京都近代文学博物館編・刊
500　第2回 吉村昭のみつびし余聞 フネの名産婆役
　　　　◎S49.4「三菱重工」No.31
　　　　＊H21.8『七十五度目の長崎行き』河出書房新社
501　老人と柵
　　　　◎S49.5「文學界」

[収]S49.12『螢』筑摩書房
＊H1.1『蛍』中公文庫

502 黒い蝶
◎S49.5「小説サンデー毎日」
[収]S54.8『月夜の魚』角川書店
＊H2.9『月夜の魚』中公文庫

503 聴衆
◎S49.6「銀座百点」
[収]S54.9『蟹の縦ばい』毎日新聞社
＊S58.8『蟹の縦ばい』旺文社文庫
＊H5.7『蟹の縦ばい』中公文庫

504 小さな欠伸
◎S49.6「オール讀物」
[収]S49.12『螢』筑摩書房
＊H1.1『蛍』中公文庫

505 日本人の風景② 烏と毬藻
〔後改題：「烏の浜」ノート 烏と毬藻〕
◎S49.6「野性時代」
[収]S54.2『白い遠景』講談社

506 特集 私の描いた日本の"人間" 孤然とした生き方 前野良沢
◎S49.6「歴史と人物」
＊H21.10『吉村昭歴史小説集成』第七巻 岩波書店

507 私の泣きどころ 一家の主
〔後改題：わたしの泣きどころ〕
◎S49.6「別冊文藝春秋」128号
[収]S54.9『蟹の縦ばい』毎日新聞社
＊H5.7『蟹の縦ばい』中公文庫
＊同じ標題の著書あり（No.461）

508 螢
◎S49.7「文芸展望」夏号
[収]S49.12『螢』筑摩書房
＊S53.1『吉村昭自選短編集』読売新聞社
＊H1.1『蛍』中公文庫
＊同じ標題の別作品あり（No.267）

509 文庫のすすめ ワイド特集 講談社文庫・私のすすめる7点
◎S49.7.29「週刊読書人」

510 無題（評）
◎S49.7『消霧燈』中山士朗著 三交社 帯

511 私の生れた家
◎S49.8「小説現代」
[収]S54.2『白い遠景』講談社
＊S62.1『東京百話』地の巻 種村季弘 ちくま文庫

512 月夜の魚
　　　◎S49.8「野性時代」
　　　㊲S54.8『月夜の魚』角川書店
　　　＊H2.9『月夜の魚』中公文庫
　　　＊H3.12『吉村昭自選作品集』15 新潮社
513 階段教室
　　　◎S49.8「風景」
　　　㊲H5.3『私の引出し』文藝春秋
　　　＊H8.5『私の引出し』文春文庫
514 時代動かした訳業
　　　◎S49.8.12「サンケイ新聞」夕刊
　　　＊副題：『解体新書』刊行二百年によせて
515 江戸時代の医家の生き方
　　　〔後改題：「北天の星」ノート（一）江戸時代の抵抗者〕
　　　◎S49.8.28「東京新聞」夕刊
　　　㊲S54.2『白い遠景』講談社
516 『北天の星』
　　　◎S49.8.30〜S50.9.23「中日新聞」夕刊他 317回連載
　　　㊲S50.11 上 / S50.12 下 講談社
　　　＊S55.3 講談社文庫 上・下（下巻に「自筆年譜」付記）
　　　＊H12.4 講談社文庫 新装版 上・下（下巻に「覚書」、《追記》あり）
517 眼
　　　◎S49.9「群像」
　　　㊲S49.12『螢』筑摩書房
　　　＊H1.1『螢』中公文庫
　　　＊同じ標題の別作品あり（No.1641）
518 オピニオン 食べれる、見れる
　　　◎S49.9「諸君!」
　　　㊲S54.2『白い遠景』講談社
519 第3回 吉村昭のみつびし余聞 巨大なモグラ
　　　◎S49.9「三菱重工」No.32
　　　＊H21.8『七十五度目の長崎行き』河出書房新社
520 海戦とアワビ
　　　〔後改題：「海の史劇」ノートから（二）握り飯〕
　　　◎S49.10「小説新潮」
　　　㊲S54.2『白い遠景』講談社
　　　＊S61.8『万年筆の旅』作家のノートⅡ 文春文庫
521 私の部屋
　　　◎S49.10「婦人公論」
522 海の絵巻
　　　〔後改題：鯨の絵巻〕
　　　◎S49.10「別冊小説新潮」秋号

[収]S53.4『海の絵巻』新潮社
＊H2.11『鯨の絵巻』新潮文庫
＊H16.9『鯨の絵巻』電子文庫パブリ
＊H16.9『鯨の絵巻』Shincho On Demand Books

523 特集＊歴史ブームと日本人 なぜ私は歴史小説を書くか
〔後改題:「冬の鷹」ノートから（一）戦史小説と歴史小説〕
◎S49.10「月刊エコノミスト」
[収]S54.2『白い遠景』講談社
＊S61.8『万年筆の旅』作家のノート II 文春文庫

524 わたしの有縁血縁
◎S49.11「オール讀物」

525 随想集『患者さん』
[収]S49.11 毎日新聞社［作品］殴る白衣の天使（No.391），誤診と自転車屋（No.398），禿に癌なし（No.405），夜道と町医（No.408），意気地のない勇士だが（No.409），子供の頃の病気（No.414），細菌戦兵器と医師（No.420），木口小平とイエス・キリスト（No.421），一寸待て（No.425），病気見舞と葬儀（No.433），小説家志望（No.436）
＊S60.6『お医者さん・患者さん』中公文庫（上記単行本を中心に編集）

526 わが心に残る教師像 駄作だが……
〔後：駄作だが〕
◎S49.12「文藝春秋」
[収]S54.2『白い遠景』講談社

527 帽子
◎S49.12「オール讀物」
[収]S53.9『帽子』集英社
＊H2.2『帽子』文春文庫
＊H15.9『帽子』中公文庫

528 受賞に賛成
◎S49.12「オール讀物」
＊第45回オール讀物新人賞 選評

529 動く牙
◎S49.12「別冊文藝春秋」130号
[収]S50.3『磔』文藝春秋
＊S62.4『磔』文春文庫

530 短篇集『螢』
[収]S49.12 筑摩書房［作品］休暇（No.484），眼（No.517），霧の坂（No.402），螢（No.508），時間（No.483），光る雨（No.381），橋（No.497），老人と柵（No.501），小さな欠伸（No.504）
＊H1.1『蛍』中公文庫［作品］単行本と同じ

531 弱兵
◎S50.1「風景」
[収]S54.8『月夜の魚』角川書店

*H2.9『月夜の魚』中公文庫

532 特集随筆 少年時代の遊び
◎S50.1「太陽」

533 アンケート・近況報告 禁煙一カ月
◎S50.1「別冊小説新潮」

534 張り切る卯年生まれの作家 女に惚れやすい
◎S50.1.10・17合併号「週刊小説」

535 年頭随想 店じまい
◎S50.1.24「週刊小説」
㊲S56.3『実を申すと』文化出版局
*S59.5『実を申すと』ケイブンシャ文庫
*S62.8『実を申すと』ちくま文庫
*同じ標題の別作品あり (No.1906)

536 青い絵
◎S50.2「文學界」
㊲H7.3『再婚』角川書店
*H10.1『再婚』角川文庫

537 おみくじ
◎S50.2「小説新潮」
㊲S53.4『海の絵巻』新潮社
*H2.11『鯨の絵巻』新潮文庫
*H16.9『鯨の絵巻』電子文庫パブリ
*H16.9『鯨の絵巻』Shincho On Demand Books

538 私の結婚式
◎S50.2.26「週刊文春」

539 『漂流』
◎S50.2.26〜S50.11.15「サンケイ新聞」夕刊 218回連載
㊲S51.5 新潮社
*S55.11 新潮文庫 上記を訂正・削除して上梓
*S56.6 東宝映画化上映（監督：森谷司郎　出演：北大路欣也）
*H1.9 新潮文庫改版

540 ……チウという也
〔後改題：「北天の星」ノート（二）チウという也〕
◎S50.3「オール讀物」
㊲S54.2『白い遠景』講談社

541 短篇集『礫』
㊲S50.3 文藝春秋 ［作品］礫 (No.228)、三色旗 (No.296)、コロリ (No.493)、動く牙 (No.529)
*S62.4 文春文庫 ［作品］礫 (No.228)、三色旗 (No.296)、コロリ (No.493)、動く牙 (No.529)、洋船建造 (No.793)

542 歴史散策⑯ 蘭学夢のあと
◎S50.4「文藝春秋」

543 買い物籠
◎S50.4「別冊小説新潮」
[収]S53.9『帽子』集英社
＊H2.2『帽子』文春文庫
＊H15.9『帽子』中公文庫
544 随筆 うどん
◎S50.4「季刊芸術」
＊同じ標題の別作品あり（No.1574 & 1644）
545 第4回 吉村昭のみつびし余聞 深海の旅人
◎S50.4「三菱重工」No.33
[収]H21.8『七十五度目の長崎行き』河出書房新社
546 解説
◎S50.4『花埋み』渡辺淳一著 新潮文庫
＊S62.3『花埋み』渡辺淳一著 改版
547 やぶにらみ 無駄ナ抵抗ハ……
◎S50.4.13「サンデー毎日」
548 動物よもやま噺 わが愛しの錦鯉
◎S50.5「太陽」
549 無題（推薦文）
◎S50.5『早雲の城』大栗丹後著 双葉社　帯
550 丁髷とスキー
〔後改題：『北天の星』ノート（三）丁髷とスキー〕
◎S50.5「月刊エコノミスト」
[収]S54.2『白い遠景』講談社
551 やぶにらみ 豚肉を喜ぶ
◎S50.5.25「サンデー毎日」
552 足と煙草
◎S50.6「文學界」
[収]S54.2『白い遠景』講談社
553 若さと才能
◎S50.6「オール讀物」
＊第34回オール讀物新人賞発表 選評
554 童子の梅
◎S50.6「開成会会報」第34/35合併号
555 無題（広告文）
◎S50.6.11「読売新聞」夕刊
＊サントリーの広告文
556 **『ふぉん・しいほるとの娘』**
◎S50.6.29～S52.10.30「サンデー毎日」123回連載
[収]S53.3 毎日新聞社 上・下
＊S54.3 第13回吉川英治文学賞受賞
＊S56.3.29～「日曜名作座」NHKラジオ第1 全10回放送

II　著書・作品

　　＊S56　講談社文庫　上(10月) 中(11月) 下(12月)（下巻に「自筆年譜」付記）
　　＊H5.3　新潮文庫　上・下
　　＊H12.3.26〜5.28　前記「日曜名作座」再放送
　　＊H21.9『吉村昭歴史小説集成』第六巻　岩波書店

557　牛乳
　　◎S50.7「オール讀物」
　　㊹S51.5『現代の小説』1975後期代表作　日本文藝家協会編　三一書房
　　＊S53.9『帽子』集英社
　　＊H2.2『帽子』文春文庫
　　＊H15.9『帽子』中公文庫

558　英語との出会い　フェートン号事件
　　◎S50.7『英語事始』日本英学史会編　ブリタニカ　非売品
　　＊上記初出図書の市販品初版は S51.6

559　アンケート　うちの子の場合は─　受験戦争に勝つ現実が……
　　◎S50.7.13「サンデー毎日」

560　シンデモラッパヲ
　　◎S50.7.31「週刊新潮」
　　㊹S51.7『海軍乙事件』文藝春秋
　　＊S57.8『海軍乙事件』文春文庫
　　＊同じ標題の別作品あり（No.2095）
　　＊H19.6『海軍乙事件』文春文庫　新装版

561　船長泣く
　　◎S50.8「群像」
　　㊹S59.11『秋の街』文藝春秋
　　＊S63.8『秋の街』文春文庫
　　＊H3.2『吉村昭自選作品集』5　新潮社
　　＊H4.4『秋の街』埼玉福祉会　大活字本
　　＊H16.8『秋の街』中公文庫

562　同級生交歓
　　◎S50.8「文藝春秋」
　　＊H18.7『同級生交歓』文春新書
　　＊同じ標題の別作品あり（No.893）

563　ほのぼのとした人の死
　　◎S50.8「野性時代」
　　＊S54.2『白い遠景』講談社

564　私の中の日本人　─吉村隆策─
　　◎S50.8「波」
　　＊S52.11『私の中の日本人』続　新潮社

565　一枚のレコード　長屋気分で可楽の「らくだ」
　　◎S50.8.10「読売新聞」

566　私の原風景　白い橋
　　◎S50.9「すばる」秋号

＊S54.2『白い遠景』講談社

567 早すぎること

◎S50.9「室内」
[収]S54.9『蟹の縦ばい』毎日新聞社
＊S58.8『蟹の縦ばい』旺文社文庫
＊H5.7『蟹の縦ばい』中公文庫

568 第5回 吉村昭のみつびし余聞 元祖写真術師 上野彦馬

◎S50.9「三菱重工」No.34
[収]H21.8『七十五度目の長崎行き』河出書房新社

569 私とNHK 災害・流言・ラジオ

◎S50.9.1「朝日新聞」
＊「サンケイ新聞」、「毎日新聞」にも掲載

570 夾竹桃

◎S50.10「中央公論」
[収]H10.1『遠い幻影』文藝春秋
＊H12.12『遠い幻影』文春文庫

571 味覚極楽

◎S50.10「小説新潮」

572 元横綱の眼

◎S50.10「小説宝石」
[収]S54.9『蟹の縦ばい』毎日新聞社
＊S58.8『蟹の縦ばい』旺文社文庫
＊S62.2『東京百話』人の巻 種村季弘編
＊H3.4『相撲』「日本の名随筆」別巻2 作品社
＊H4.1『吉村昭自選作品集』別巻 新潮社
＊H5.7『蟹の縦ばい』中公文庫

573 鳥と玉虫

◎S50.10「別冊小説新潮」

574 その一瞬

◎S50.10「風景」

575 中退 — 放浪 — 中小企業へ

◎S50.10「月刊エコノミスト」

576 味散歩 ぎょうざ

◎S50.10.2「朝日新聞」夕刊

577 忘れがたい作品　小説「北天の星」を終えて

◎S50.10.6「東京新聞」夕刊

578 味散歩 にぎりずし

◎S50.10.9「朝日新聞」夕刊

579 味散歩 コロッケ

◎S50.10.16「朝日新聞」夕刊

580 味散歩 ザルそば

◎S50.10.23「朝日新聞」夕刊

581 味散歩 きりたんぽ
　　　◎S50.10.30「朝日新聞」夕刊
582 「漂流」を書き終えて
　　　◎S50.11.17「サンケイ新聞」夕刊
583 柔軟さと弾力性
　　　◎S50.12「オール讀物」
　　　＊第47回オール讀物新人賞発表 選評
584 花、原野そして狐
　　　◎S50.12 季刊「アニマ」
585 牧草に燦く結晶
　　　◎S50.12 季刊「アニマ」
586 追悼
　　　◎S50.12「ミセス」愛蔵版 No.1
587 私と少年倶楽部
　　　◎S50.12.27「週刊読売」
588 凧
　　　◎S51.1「文學界」
　　　㊎S53.6『メロンと鳩』講談社
　　　＊H1.8『メロンと鳩』講談社文庫
　　　＊H3.11『吉村昭自選作品集』14 新潮社
　　　＊H10.4『メロンと鳩』文春文庫
　　　＊同じ標題の別作品あり（No.992）
589 雪の夜
　　　◎S51.1「野性時代」
　　　㊎S54.8『月夜の魚』角川書店
　　　＊H2.9『月夜の魚』中公文庫
590 強い個性の魅力
　　　◎S51.1「野性時代」
　　　＊第二回日本ノンフィクション賞 選評
591 踏切
　　　◎S51.1「小説新潮」
　　　㊎S53.9『帽子』集英社
　　　＊H2.2『帽子』文春文庫
　　　＊H15.9『帽子』中公文庫
592 高架線
　　　◎S51.1「季刊藝術」36号 冬号
　　　㊎S53.6『メロンと鳩』講談社
　　　＊H1.8『メロンと鳩』講談社文庫
　　　＊H10.4『メロンと鳩』文春文庫
593 アンケート・近況報告 ハシカと親知らず
　　　◎S51.1「別冊小説新潮」
594 石積み〈11〉八丈島の玉石垣

◎S51.1.11「サンケイ新聞」
　　　　　㊸S55.7『石積み』光風社出版
595　私のタイトル縁起 苦しいときの鮨だのみ
　　　　　◎S51.2「小説現代」
596　メロンと鳩
　　　　　◎S51.2「群像」
　　　　　㊸S53.6『メロンと鳩』講談社
　　　　　＊S52 第4回川端康成文学賞 最終候補作品
　　　　　＊H1.8『メロンと鳩』講談社文庫
　　　　　＊H3.12『吉村昭自選作品集』15 新潮社
　　　　　＊H10.4『メロンと鳩』文春文庫
597　連載＝第6回 吉村昭のみつびし余聞 鞍馬事件と名馬男女の川
　　　　　◎S51.2「三菱重工グラフ」No.35
　　　　　㊸H21.8『七十五度目の長崎行き』河出書房新社
598　『亭主の家出』
　　　　　☆S51.2.11〜S51.9.19「秋田魁新報」他 218回連載
　　　　　㊸S52.3 文藝春秋
　　　　　＊S52 日活ビデオ 60分
　　　　　＊S53.9 文春文庫
　　　　　＊S53.10.2〜S54.3.26 テレビ朝日で放送 26回
599　連載 ルポルタージュ にっぽん斜覧 13 第三次ブーム下のパチンコのメッカ
　　　　　◎S51.2.13「週刊小説」
600　連載 ルポルタージュ にっぽん斜覧 14 密輸と闘う羽田税関
　　　　　◎S51.2.20「週刊小説」
601　連載 ルポルタージュ にっぽん斜覧 15 カステラの手づくり三百五十年の味
　　　　　◎S51.2.27「週刊小説」
602　イカとビールとふぐ
　　　　　◎S51.3「酒」
　　　　　㊸S54.7『酒恋うる話』佐々木久子編 鎌倉書房
　　　　　＊S54.9『蟹の縦ばい』毎日新聞社
　　　　　＊S58.8『蟹の縦ばい』旺文社文庫
　　　　　＊S59.12『肴』「日本の名随筆」26巻 作品社
　　　　　＊H5.7『蟹の縦ばい』中公文庫
603　手首 ―海軍甲事件
　　　　　〔後改題：海軍甲事件〕
　　　　　◎S51.3「別冊文藝春秋」135号
　　　　　㊸S51.7『海軍乙事件』文藝春秋
　　　　　＊S57.8『海軍乙事件』文春文庫
　　　　　＊H1.3『山本長官機撃墜さる』実録・海軍甲事件 文春カセットライブラリー
　　　　　＊H19.6『海軍乙事件』文春文庫 新装版
604　連載 ルポルタージュ にっぽん斜覧 16 テレビマンガを作る人間集団
　　　　　◎S51.3.5「週刊小説」

605　朝食
◎S51.4「小説現代」
[収]S53.9『帽子』集英社
＊H2.2『帽子』文春文庫
＊H15.9『帽子』中公文庫
606　第7回 吉村昭のみつびし余聞 長崎はチンチン電車の展覧会
◎S51.4「三菱重工グラフ」No.36
[収]H21.8『七十五度目の長崎行き』河出書房新社
607　**『産業魂 茂木啓三郎の人と経営』**
[収]S51.4 日本能率協会
＊吉村 昭、佐藤良也共著
608　うまいもの一泊旅行 第2回 長崎半島でフグとカマボコ
◎S51.4.15「週刊文春」
609　作られた話と事実
〔後改題：「ふぉん・しいほると」ノート (一)史実と作り話〕
◎S51.4.19「読売新聞」夕刊
[収]S54.2『白い遠景』講談社
＊S61.8『万年筆の旅』作家のノート II 文春文庫
610　江戸の漂流者と元日本兵
〔後改題：「漂流」ノート —長平と元日本兵〕
◎S51.5「波」
[収]S54.2『白い遠景』講談社
＊S61.8『万年筆の旅』作家のノート II 文春文庫
611　立ってゐた人への手紙
〔後：立っていた人への手紙〕
☆S51.5「野性時代」
[収]S54.2『白い遠景』講談社
＊S61.8『万年筆の旅』作家のノート II 文春文庫
612　牛を持つ
◎S51.6「文藝春秋」
613　自然薯
◎S51.6「婦人公論」
[収]S56.3『実を申すと』文化出版局
＊S59.5『実を申すと』ケイブンシャ文庫
＊S62.8『実を申すと』ちくま文庫
614　歩道橋
◎S51.6「オール讀物」
[収]S53.9『帽子』集英社
＊H2.2『帽子』文春文庫
＊H15.9『帽子』中公文庫
615　妥当な結果
◎S51.6「オール讀物」

＊第48回オール讀物新人賞発表 選評
616 酒相拝見 朝の電話
◎S51.6「小説サンデー毎日」
617 舌の味
◎S51.6.3「週刊文春」
618 牛
◎S51.7「中央公論」
[収]H2.12『幕府軍艦「回天」始末』文藝春秋
＊H5.12『幕府軍艦「回天」始末』文春文庫
619 巻頭随想 書店との出会い 私と書店
◎S51.7「日販通信」443号
[収]S62.7『本屋さんとの出会い』洋泉社
＊H6.11『本屋さんとの出会い』合本
620「海軍乙事件」調査メモ
[収]S51.7『海軍乙事件』書下ろし
＊S57.8『海軍乙事件』文春文庫
＊H19.6『海軍乙事件』文春文庫 新装版
621 短篇集『海軍乙事件』
[収]S51.7 文藝春秋［作品］海軍乙事件(No.445), 海軍甲事件(No.603), シンデモラッパヲ(No.560),「海軍乙事件」調査メモ(No.620), 関連地図(中西部太平洋)
＊S57.8 文春文庫［作品］海軍乙事件(No.445), 海軍甲事件(No.603), 八人の戦犯(No.791), シンデモラッパヲ(No.560),「海軍乙事件」調査メモ(No.620), 関連地図(中西部太平洋)
＊H19.6 文春文庫 新装版［作品］旧版と同じ, 但し「解説」付き
622 遺骨と心臓
◎S51.7.15「東京新聞」夕刊
623 金魚
◎S51.8「群像」
[収]H1.11『死のある風景』文藝春秋
＊H4.11『死のある風景』文春文庫
＊同じ標題の別作品あり(No.20, 764 & 1444)
624 緑藻の匂い
◎S51.8「小説新潮」
[収]S53.4『海の絵巻』新潮社
＊H2.11『鯨の絵巻』新潮文庫
＊H16.9『鯨の絵巻』電子文庫パブリ
＊H16.9『鯨の絵巻』Shincho On Demand Books
625 連載=第8回 吉村昭のみつびし余聞「常陸丸」と海辺の墓標
◎S51.8「三菱重工グラフ」No.37
[収]H21.8『七十五度目の長崎行き』河出書房新社
626 良沢のこと

〔後改題:「冬の鷹」ノートから（二）良沢のこと〕
　　　　◎S51.8『日本思想大系/近世色道論』月報
　　　　㊉S54.2『白い遠景』講談社
　　　　＊S61.8『万年筆の旅』作家のノートⅡ 文春文庫
627　週刊新潮掲示板
　　　　◎S51.8.12「週刊新潮」
628　別れない理由 主婦でない妻
　　　　◎S51.9「別冊文藝春秋」137号
629　内藤さんのこと
　　　　◎S51.9『海軍技術戦記』内藤初穂著 図書出版社
630　『震災記念録』を読んで
　　　　◎S51.9.12「サンデー毎日」
631　食欲のある風景8 海・山の幸を大鍋に
　　　　◎S51.9.23「週刊文春」
632　少年の夏
　　　　◎S51.10「文學界」
　　　　㊉S53.6『メロンと鳩』講談社
　　　　＊H1.8『メロンと鳩』講談社文庫
　　　　＊H3.12『吉村昭自選作品集』15 新潮社
　　　　＊H10.4『メロンと鳩』文春文庫
　　　　＊H20.4『教科書に載った小説』佐藤雅彦編 ポプラ社
633　睡眠10分前 寝るのが惜しい
　　　　◎S51.10「小説現代」
634　蟹の縦ばい 夫の死と花笠音頭
　　　　◎S51.10「小説サンデー毎日」
　　　　㊉S54.9『蟹の縦ばい』毎日新聞社
　　　　＊S58.8『蟹の縦ばい』旺文社文庫
　　　　＊H5.7『蟹の縦ばい』中公文庫
635　随筆 宇和島の味
　　　　☆S51.10「四季の味」No.15秋
　　　　㊉S54.9『蟹の縦ばい』毎日新聞社
　　　　＊S54.12『日々これ好食』山本容朗編 鎌倉書房
　　　　＊H5.7『蟹の縦ばい』中公文庫
636　蟹の縦ばい 芸人の素顔
　　　　◎S51.11「小説サンデー毎日」
637　位牌
　　　　◎S51.11「野性時代」
　　　　㊉S54.8『月夜の魚』角川書店
　　　　＊H2.9『月夜の魚』中公文庫
638　おみこし
　　　　◎S51.11/12合併号「カッパまがじん」
639　一枚の地図〉4〈 長崎・出島 西洋文明の唯一の導入路

◎S51.11.7「サンケイ新聞」
[収]S53.3『一枚の地図』産経新聞社
＊H21.9『吉村昭歴史小説集成』第六巻 岩波書店

640 赤い月
◎S51.12「群像」
[収]S53.6『メロンと鳩』講談社
＊H1.8『メロンと鳩』講談社文庫
＊H10.4『メロンと鳩』文春文庫

641 蟹の縦ばい ある女の話
◎S51.12「小説サンデー毎日」
[収]S54.9『蟹の縦ばい』毎日新聞社
＊S58.8『蟹の縦ばい』旺文社文庫
＊H5.7『蟹の縦ばい』中公文庫

642 四十歳は不惑か?
〔後：四十歳は不惑か〕
◎S51.12.10「京都新聞」
[収]S54.9『蟹の縦ばい』毎日新聞社
＊H5.7『蟹の縦ばい』中公文庫

643 奇妙な旅
◎S52.1「小説新潮」
[収]S53.9『帽子』集英社
＊H2.2『帽子』文春文庫
＊H15.9『帽子』中公文庫

644 蟹の縦ばい 平均寿命の話
◎S52.1「小説サンデー毎日」
[収]S54.9『蟹の縦ばい』毎日新聞社
＊H5.7『蟹の縦ばい』中公文庫

645 力作ぞろいの候補作品
◎S52.1「野性時代」
＊第三回日本ノンフィクション賞 選評

646 冬の蝶 囚人の作品
◎S52.1「蝶」第六号
[収]S54.2『白い遠景』講談社

647 わたしと書物
◎S52.1.1「読売ブッククラブ」
[収]S54.2『白い遠景』講談社

648 このごろ スケジュールを決めて快調なリズムで執筆
◎S52.1.14「毎日新聞」夕刊

649 気まま連載/第1回 味と人情紀行 宇和島の不思議なうどん屋
◎S52.1.20「女性自身」

650 男体・女体
◎S52.2「新潮」

[収]S54.2『白い遠景』講談社
＊H4.1『吉村昭自選作品集』別巻 新潮社

651 随想 サバ釣り
◎S52.2「現代」
[収]S56.3『実を申すと』文化出版局
＊S59.5『実を申すと』ケイブンシャ文庫
＊S62.8『実を申すと』ちくま文庫

652 中村清二博士の報告（談）
◎S52.2「太陽」
＊大震災についての談話

653 雪の日
◎S52.2「オール讀物」
[収]S53.9『帽子』集英社
＊H2.2『帽子』文春文庫
＊H15.9『帽子』中公文庫

654 蟹の縦ばい 人相の話
◎S52.2「小説サンデー毎日」
[収]S54.9『蟹の縦ばい』毎日新聞社
＊S58.8『蟹の縦ばい』旺文社文庫
＊H4.1『吉村昭自選作品集』別巻 新潮社
＊H5.7『蟹の縦ばい』中公文庫

655 江戸時代の伝染病
◎S52.2.7・14合併号「週刊小説」
[収]H5.3『私の引出し』文藝春秋
＊H8.5『私の引出し』文春文庫

656 ふぉん・しいほるとの娘 あらすじ
◎S52.2.13「サンデー毎日」

657 蟹の縦ばい 将棋歴四十年
◎S52.3「小説サンデー毎日」
[収]S54.9『蟹の縦ばい』毎日新聞社
＊S58.8『蟹の縦ばい』旺文社文庫
＊H5.7『蟹の縦ばい』中公文庫

658 気まま連載/第2回 味と人情紀行・長崎編
◎S52.3.10・17合併号「女性自身」

659 卒業証書
◎S52.3.15「人」
[収]S54.9『蟹の縦ばい』毎日新聞社
＊S58.8『蟹の縦ばい』旺文社文庫
＊H5.7『蟹の縦ばい』中公文庫

660 苺
◎S52.4「文學界」
[収]S53.6『メロンと鳩』講談社

＊H1.8『メロンと鳩』講談社文庫
＊H3.11『吉村昭自選作品集』14 新潮社
＊H10.4『メロンと鳩』文春文庫

661 私の好きなもの 嫌いなもの 食べると食べられる
◎S52.4「別冊小説新潮」

662 蟹の縦ばい ほんのりしたチチ
◎S52.4「小説サンデー毎日」
[収]S54.9『蟹の縦ばい』毎日新聞社
＊S58.8『蟹の縦ばい』旺文社文庫
＊H5.7『蟹の縦ばい』中公文庫

663 『赤い人』
◎S52.4 & 7「文芸展望」17/18
[収]S52.11 筑摩書房
＊S59.3 講談社文庫（「自筆年譜」付記）
＊H3.2『吉村昭自選作品集』5 新潮社

664 島の春
◎S52.5「群像」
[収]S53.6『メロンと鳩』講談社
＊H1.8『メロンと鳩』講談社文庫
＊H3.12『吉村昭自選作品集』15 新潮社
＊H10.4『メロンと鳩』文春文庫

665 干潮
◎S52.5「野性時代」
[収]S54.8『月夜の魚』角川書店
＊H2.9『月夜の魚』中公文庫

666 ずいひつ スキーと私
◎S52.5「小説現代」

667 おしまいのページで ゆーっくり、ゆーっくり
◎S52.5「オール讀物」
[収]S54.2『白い遠景』講談社
＊S54.9『おしまいのページで』文藝春秋
＊H1.5『旅行鞄のなか』毎日新聞社
＊H4.8『旅行鞄のなか』文春文庫

668 蟹の縦ばい 仕上りの時期
◎S52.5「小説サンデー毎日」
[収]S54.9『蟹の縦ばい』毎日新聞社
＊H5.7『蟹の縦ばい』中公文庫

669 『羆嵐』
[収]S52.5 新潮社 書下ろし
＊S57.11 新潮文庫
＊H3.8『吉村昭自選作品集』11 新潮社

670 小説と私（講演）

S52.5.21 創立百周年記念 学習院公開講演会
[収]S53.10 創立百周年記念「学習院公開講演録」第一集
＊会場：石川県社会教育センター
＊同じ標題のエッセイと講演あり（No.94 & 1159）

671 「私の秘密」
◎S52.6「小説現代」

672 蟹の縦ばい ハシカと義歯
◎S52.6「小説サンデー毎日」
[収]S54.9『蟹の縦ばい』毎日新聞社
＊S58.8『蟹の縦ばい』旺文社文庫
＊H5.7『蟹の縦ばい』中公文庫

673 金魚の仔たち
◎S52.6.1「読売新聞」夕刊

674 二つの顔
◎S52.7「群像」
[収]S54.9『蟹の縦ばい』毎日新聞社
＊S58.8『蟹の縦ばい』旺文社文庫
＊H5.7『蟹の縦ばい』中公文庫

675 黒いリボン
◎S52.7「小説新潮」
[収]S53.9『帽子』集英社
＊H2.2『帽子』文春文庫
＊H15.9『帽子』中公文庫

676 蟹の縦ばい 酒癖二態
◎S52.7「小説サンデー毎日」
[収]S54.9『蟹の縦ばい』毎日新聞社
＊S58.8『蟹の縦ばい』旺文社文庫
＊H3.6『酒場』「日本の名随筆」別巻4 作品社
＊H5.7『蟹の縦ばい』中公文庫

677 羆の夢
〔後改題：「羆」ノート —人間と土〕
◎S52.7「新刊ニュース」
[収]S54.2『白い遠景』講談社

678 潮風のエッセー 小さなフネの旅
◎S52.7『世界船旅入門』朝日新聞社
＊H21.8『七十五度目の長崎行き』河出書房新社

679 関東大震災の歴史的意味
〔後改題：「関東大震災」ノート（二）その歴史的意味〕
☆S52.7「大地震展」その歴史・科学・災害・予知　朝日新聞社
[収]S54.2『白い遠景』講談社
＊S61.8『万年筆の旅』作家のノート II 文春文庫

＊「大地震展」：7.28〜8.2静岡、以降浜松、東京（8.11〜16）、名古屋、大阪で開催
680　週刊新潮掲示板
　　　◎S52.7.21「週刊新潮」
681　毬藻
　　　◎S52.8「文學界」
　　　㊉S53.6『メロンと鳩』講談社
　　　＊H1.8『メロンと鳩』講談社文庫
　　　＊H10.4『メロンと鳩』文春文庫
682　アンケート 非常持ち出し
　　　◎S52.8「小説新潮」
683　蟹の縦ばい 私のふるさと
　　　◎S52.8「小説サンデー毎日」
　　　㊉S54.9『蟹の縦ばい』毎日新聞社
　　　＊S58.8『蟹の縦ばい』旺文社文庫
　　　＊H5.7『蟹の縦ばい』中公文庫
684　もう一度行ってみたいところ 花と石だたみの町
　　　◎S52.8「別冊小説宝石」夏
　　　㊉H21.8『七十五度目の長崎行き』河出書房新社
　　　＊かつて取材のため訪れた南アのケープタウンについて
685　『海も暮れきる』
　　　◎S52.8〜S54.12「本」29回連載
　　　㊉S55.3 講談社
　　　＊S60.9 講談社文庫（「自筆年譜」付記）
　　　＊S61.1.4 NHK TV 2時間番組で放映
　　　＊H3.7『吉村昭自選作品集』10 新潮社
　　　＊H15.11.28〜12.8『海も暮れきる』を原作とする「春の山うしろから烟が出だした ―俳人・尾崎放哉伝―」劇団ステージステーション 公演
686　羆事件の苦前を訪れて
　　　〔後改題：胸打つ慰霊の踊り〕
　　　◎S52.8.3「北海道新聞」
　　　㊉S54.9『蟹の縦ばい』毎日新聞社
　　　＊H5.7『蟹の縦ばい』中公文庫
687　玄関拝見 吉村 昭氏
　　　◎S52.8.11「週刊現代」
688　シーボルトとしお
　　　〔後改題：「ふぉん・しいほると」ノート（三）シーボルトとしおその他〕
　　　◎S52.8.19「毎日新聞」夕刊
　　　㊉S54.2『白い遠景』講談社
　　　＊S61.8『万年筆の旅』作家のノートII 文春文庫
689　蟹の縦ばい お嬢さん

◎S52.9「小説サンデー毎日」
[収]S54.9『蟹の縦ばい』毎日新聞社
＊S58.8『蟹の縦ばい』旺文社文庫
＊H5.7『蟹の縦ばい』中公文庫

690　一泊旅行
◎S52.9「別冊文藝春秋」141号
[収]S54.9『蟹の縦ばい』毎日新聞社
＊S58.8『蟹の縦ばい』旺文社文庫
＊H4.1『吉村昭自選作品集』別巻 新潮社
＊H5.7『蟹の縦ばい』中公文庫

691　王選手の偉業 みとどける幸せ
◎S52.9.4「毎日新聞」
＊756号ホームラン達成に寄せて

692　おしまいのページで 遠い火事
◎S52.10「オール讀物」
[収]S54.9『おしまいのページで』文藝春秋
＊S61.9『おしまいのページで』文春文庫

693　気まま連載/味と人情紀行 美しき村に家族と遊ぶ
◎S52.10.13「女性自身」

694　[秘]スタミナ源公開 いつもゴロゴロ
◎S52.10.21「夕刊フジ」

695　鳳仙花
◎S52.11「群像」
[収]S53.6『メロンと鳩』講談社
＊H1.8『メロンと鳩』講談社文庫
＊H3.12『吉村昭自選作品集』15 新潮社
＊H10.4『メロンと鳩』文春文庫
＊H18.6「俳壇」再録・解説

696　私が子ども だったころ 映画にとりつかれて
〔後改題：先生〕
◎S52.11「教育の森」
[収]S54.9『蟹の縦ばい』毎日新聞社（一部削除して収録）
＊H5.7『蟹の縦ばい』中公文庫

697　ふぉん・しいほるとの娘 連載を終えて イネをめぐる男たち
〔後改題：「ふぉん・しいほると」ノート（二）イネの異性関係〕
◎S52.11.6「サンデー毎日」
[収]S54.2『白い遠景』講談社
＊S61.8『万年筆の旅』作家のノート II 文春文庫

698　最後の訪れ
◎S52.11.25「ひぐらし」
＊荒川区立日暮里第四小学校 創立六十周年記念誌

699　結婚披露宴

◎S52.12「文藝春秋」
＊同じ標題の別作品あり（No.847 & 1864）
700 蜻蛉
◎S52.12「文學界」
㊼S56.2『炎のなかの休暇』新潮社
＊S61.7『炎のなかの休暇』新潮文庫
＊H3.11『吉村昭自選作品集』14 新潮社
701 水の音
◎S53.1「小説新潮」
㊼S57.4『遅れた時計』毎日新聞社
＊H2.1『遅れた時計』中公文庫
702 私の記録 千鳥足の教訓
◎S53.1「別冊小説新潮」
703 名刺
◎S53.1「室内」
㊼S54.2『白い遠景』講談社
＊H4.1『吉村昭自選作品集』別巻 新潮社
＊同じ標題の別作品あり（No.1630）
704 指輪
◎S53.1「野性時代」
㊼S54.8『月夜の魚』角川書店
＊H2.9『月夜の魚』中公文庫
705 短篇集『星と葬礼』
㊼S53.1 集英社文庫［作品］星と葬礼（No.50）、煉瓦塀（No.85）、キトク（No.97）、服喪の夏（No.42）、青い街（No.206）、水の匂い（No.219）、霧の坂（No.402）、炎と桜の記憶（No.404）
＊H4.5 文春文庫［作品］ 服喪の夏（No.42）、煉瓦塀（No.85）、水の匂い（No.219）、さよと僕たち（No.35）、墓地の賑い（No.54）、キトク（No.97）、青い街（No.206）、星と葬礼（No.50）
706 『吉村昭自選短編集』
㊼S53.1 読売新聞社［作品］海の柩（No.268）、ハタハタ（No.197）、螢（No.508）、少女架刑（No.49）、海の奇蹟（No.142）、さよと僕たち（No.35）、鉄橋（No.41）、煉瓦塀（No.85）、コロリ（No.493）、巻末エッセイ 九篇の短篇小説と私（No.707）
707 巻末エッセイ 九篇の短篇小説と私
◎S53.1『吉村昭自選短編集』読売新聞社
708 月形という町
〔後改題：「赤い人」ノート ―北海道開拓と囚人〕
◎S53.1.5「朝日新聞」夕刊
㊼S54.2『白い遠景』講談社
709 懲りる
◎S53.3「文學界」
㊼S54.2『白い遠景』講談社

II 著書・作品

- 710 破魔矢
    - ◎S53.3「群像」
    - ㊳S53.6『メロンと鳩』講談社
    - *H1.8『メロンと鳩』講談社文庫
    - *H3.11『吉村昭自選作品集』14 新潮社
    - *H10.4『メロンと鳩』文春文庫
- 711 新連載 気がかりなこと
    - ◎S53.3「食 食 食」春 14号
    - ㊳S54.9『蟹の縦ばい』毎日新聞社
    - *S58.8『蟹の縦ばい』旺文社文庫
    - *H5.7『蟹の縦ばい』中公文庫
- 712 私の処女作
    - ◎S53.3「オール讀物」
    - *中学一年の時の作文「ボートレース」収録
- 713 ベエ独楽と私
    - ◎S53.3『伝承あそびの百科』小学館
- 714 「茜色の雲」
    - 〔後改題:『虹の翼』〕
    - ◎S53.3.5〜S53.12.31「京都新聞」他 295回連載
    - ㊳S55.9『虹の翼』文藝春秋
    - *S58.9『虹の翼』文春文庫
- 715 わたしの創作ノートから —シーボルトとその周辺—
    - S53.3.6 NHK文化講演会
    - ㊳S54.11『NHK文化講演会』1
    - *会場:福岡県福岡市民会館
    - *H20.2『文藝別冊 吉村昭』河出書房新社
- 716 酔いざめ日記 今年の酒
    - ◎S53.4「小説現代」
    - ㊳H3.5『また酒中日記』吉行淳之介編 講談社
- 717 予備校生
    - ◎S53.4「オール讀物」
    - ㊳S57.4『遅れた時計』毎日新聞社
    - *H2.1『遅れた時計』中公文庫
- 718 動物と私
    - ◎S53.4「波」
    - ㊳S54.2『白い遠景』講談社
    - *同じ標題の別作品あり (No.1224)
- 719 短篇集『海の絵巻』
    - 〔後改題:『鯨の絵巻』〕
    - ㊳S53.4『海の絵巻』新潮社 [作品] 海の絵巻 (No.522), 紫色幻影 (No.475), おみくじ (No.537), 光る鱗 (No.459), 緑藻の匂い (No.624)

＊H2.11 新潮文庫『鯨の絵巻』と改題［作品］単行本と同じ 但し、「海の絵巻」を「鯨の絵巻」と改題
＊H16.9 電子文庫パブリ［作品］文庫本と同じ
＊H16.9 Shincho On Demand Books［作品］文庫本と同じ

720 栄子ちゃん
◎S53.5「家庭と電気」東北電力発行
[収]S54.9『蟹の縦ばい』毎日新聞社
＊H5.7『蟹の縦ばい』中公文庫

721 **『筑摩現代文学大系』93** 吉村昭 金井美恵子 秦恒平
[収]S53.5 筑摩書房［作品］水の葬列（No.111），休暇（No.484），海の柩（No.268），ハタハタ（No.197）

722 土龍のつぶやき 将棋と煙草
◎S53.5.29「サンケイ新聞」夕刊
[収]S54.9『蟹の縦ばい』毎日新聞社
＊S58.8『蟹の縦ばい』旺文社文庫
＊H5.7『蟹の縦ばい』中公文庫

723 土龍のつぶやき お節介
◎S53.5.30「サンケイ新聞」夕刊
[収]S54.9『蟹の縦ばい』毎日新聞社
＊S58.8『蟹の縦ばい』旺文社文庫
＊H5.7『蟹の縦ばい』中公文庫

724 改札口
◎S53.6「野性時代」
[収]S54.8『月夜の魚』角川書店
＊H2.9『月夜の魚』中公文庫

725 短篇集**『メロンと鳩』**
[収]S53.6 講談社［作品］メロンと鳩（No.596），鳳仙花（No.695），苺（No.660），島の春（No.664），毬藻（No.681），凧（No.588），高架線（No.592），少年の夏（No.632），赤い月（No.640），破魔矢（No.710）
＊H1.8 講談社文庫［作品］単行本と同じ（「自筆年譜」付記）
＊H10.4 文春文庫［作品］単行本と同じ

726 土龍のつぶやき 一円硬貨
◎S53.6.3「サンケイ新聞」夕刊
[収]S54.9『蟹の縦ばい』毎日新聞社
＊S58.8『蟹の縦ばい』旺文社文庫
＊H5.7『蟹の縦ばい』中公文庫

727 土龍のつぶやき 無粋な男
◎S53.6.5「サンケイ新聞」夕刊
[収]S54.9『蟹の縦ばい』毎日新聞社
＊S58.8『蟹の縦ばい』旺文社文庫
＊H5.7『蟹の縦ばい』中公文庫

728 土龍のつぶやき デイゴの花

◎S53.6.6「サンケイ新聞」夕刊
[収]S54.9『蟹の縦ばい』毎日新聞社
＊H5.7『蟹の縦ばい』中公文庫
729 土龍のつぶやき 胃カメラ
◎S53.6.8「サンケイ新聞」夕刊
[収]S54.9『蟹の縦ばい』毎日新聞社
＊H5.7『蟹の縦ばい』中公文庫
730 土龍のつぶやき お巡りさん
◎S53.6.12「サンケイ新聞」夕刊
[収]S54.9『蟹の縦ばい』毎日新聞社
＊S58.8『蟹の縦ばい』旺文社文庫
＊H5.7『蟹の縦ばい』中公文庫
731 土龍のつぶやき タクシーの運転手
◎S53.6.14「サンケイ新聞」夕刊
[収]S54.9『蟹の縦ばい』毎日新聞社
＊S58.8『蟹の縦ばい』旺文社文庫
＊H5.7『蟹の縦ばい』中公文庫
732 土龍のつぶやき 三着の洋服
◎S53.6.15「サンケイ新聞」夕刊
[収]S54.9『蟹の縦ばい』毎日新聞社
＊S58.8『蟹の縦ばい』旺文社文庫
＊H5.7『蟹の縦ばい』中公文庫
733 土龍のつぶやき 味の散歩道
◎S53.6.19「サンケイ新聞」夕刊
[収]S54.9『蟹の縦ばい』毎日新聞社
＊S58.8『蟹の縦ばい』旺文社文庫
＊H4.1『吉村昭自選作品集』別巻 新潮社
＊H5.7『蟹の縦ばい』中公文庫
734 土龍のつぶやき 鰻と釣針
◎S53.6.20「サンケイ新聞」夕刊
735 土龍のつぶやき あしたのジョーは死んだのか
◎S53.6.22「サンケイ新聞」夕刊
[収]S54.9『蟹の縦ばい』毎日新聞社
＊H5.7『蟹の縦ばい』中公文庫
736 土龍のつぶやき 薬品と車
◎S53.6.26「サンケイ新聞」夕刊
[収]S54.9『蟹の縦ばい』毎日新聞社
＊H5.7『蟹の縦ばい』中公文庫
737 土龍のつぶやき 人に見られる職業人
◎S53.6.27「サンケイ新聞」夕刊
[収]S54.9『蟹の縦ばい』毎日新聞社
＊S58.8『蟹の縦ばい』旺文社文庫

＊H5.7『蟹の縦ばい』中公文庫

738 **『遠い日の戦争』**

◎S53.7「新潮」

[収]S53.10 新潮社

＊S54.9.3 テレビ朝日ドラマ放映

＊S59.7 新潮文庫

＊S63.10『昭和文学全集』26 小学館

＊H3.9『吉村昭自選作品集』12 新潮社

＊H13 英訳 “ONEMAN'S JUSTICE” HARCOURT INC.

＊H14 同上 PAPERBACK

＊H15 英訳 “ONEMAN'S JUSTICE” CANONGATE

＊H16 同上 PAPERBACK

＊H16.9 仏訳 “La guerre des jours lointains” Actes Sud

＊H17.7 西訳 “JUSTICIA DE UN HOMBRE SOLO” Emecé Editores. Buenos Aires

739 街の眺め 路上に寝る

◎S53.7「群像」

[収]S54.2『白い遠景』講談社

＊同じ標題の別作品あり(No.490)

740 御焼香

◎S53.7「俳句」

[収]S54.2『白い遠景』講談社

741 闇にひらめく

◎S53.7「小説新潮」

[収]H1.1『海馬』新潮社

＊H2.1.14「日曜名作座」NHKラジオ第1

＊H4.6『海馬』新潮文庫

＊H9.5 原作の映画『うなぎ』がカンヌ国際映画祭で大賞を受賞

＊H9.5 ビデオ 1巻 117分 ケイエスエス

＊H13.8 米国版ビデオ “EEL”

742 展望 見えない読者

◎S53.7「展望」

[収]S54.2『白い遠景』講談社

743 連載 2 味という不確かなもの

◎S53.7「食 食 食」夏 15号

[収]S54.9『蟹の縦ばい』毎日新聞社

＊S58.8『蟹の縦ばい』旺文社文庫

＊H5.7『蟹の縦ばい』中公文庫

744 国吉二等兵

◎S53.7『人物昭和史3』筑摩書房

745 土龍のつぶやき 姫路への旅

◎S53.7.1「サンケイ新聞」夕刊

[収]S54.9『蟹の縦ばい』毎日新聞社
＊H5.7『蟹の縦ばい』中公文庫

746 展望「闇」からの手紙
◎S53.8「展望」
＊S54.2『白い遠景』講談社

747 街の眺め 緑色の記憶
◎S53.8「群像」

748 太宰治という小説家
◎S53.8「桜桃」No.26夏号

749 敵と味方を分け過ぎる
◎S53.9「婦人公論」

750 虹
◎S53.9「群像」
[収]S56.2『炎のなかの休暇』新潮社
＊S61.7『炎のなかの休暇』新潮文庫
＊H3.11『吉村昭自選作品集』14 新潮社

751 消えた「武蔵」
◎S53.9「別冊文藝春秋」145号
[収]S54.2『白い遠景』講談社
＊S60.8『戦艦武蔵ノート』作家のノートＩ 文春文庫
＊H4.1『吉村昭自選作品集』別巻 新潮社

752 グラビア わたしの浅草
◎S53.9「オール讀物」

753 連載3 ソース
◎S53.9「食 食 食」秋 16号
[収]S54.9『蟹の縦ばい』毎日新聞社
＊S58.8『蟹の縦ばい』旺文社文庫
＊H5.7『蟹の縦ばい』中公文庫
＊同じ標題の別作品あり（No.771）

754 短篇集『帽子』
[収]S53.9 集英社［作品］帽子（No.527），買い物籠（No.543），牛乳（No.557），踏切（No.591），朝食（No.605），歩道橋（No.614），奇妙な旅（No.643），雪の日（No.653），黒いリボン（No.675）
＊H2.2 文春文庫［作品］単行本と同じ
＊H15.9 中公文庫［作品］単行本と同じ

755 私の原点 熱っぽい日日
◎S53.9.21「週刊文春」

756 炎天
◎S53.10「文學界」
[収]S56.2『炎のなかの休暇』新潮社
＊S61.7『炎のなかの休暇』新潮文庫
＊H3.11『吉村昭自選作品集』14 新潮社

＊同標題の句集あり（No.2212）
757 街の眺め 赤い旗
◎S53.10「群像」
㊸S54.2『白い遠景』講談社
758 図書館員の定年退職
◎S53.10「青春と読書」
㊸S54.9『蟹の縦ばい』毎日新聞社
＊S58.8『蟹の縦ばい』旺文社文庫
＊H5.7『蟹の縦ばい』中公文庫
759 アンケート いま私は— 心境の変化
◎S53.10「別冊小説新潮」
760 忘れられない 須賀川の雪道
◎S53.10.5「朝日新聞」夕刊
㊸H21.8『七十五度目の長崎行き』河出書房新社
761 あまくち・からくち 札幌の夜
◎S53.11「現代」
762 街の眺め 編棒
◎S53.11「群像」
763 史壇散策 川尻浦久蔵のこと
〔後改題：「北天の星」ノート（四）川尻浦の久蔵〕
◎S53.11「歴史と人物」
㊸S54.2『白い遠景』講談社
＊H14.12『幕末維新異聞』童門冬二 他著 中公文庫
764 街の眺め 金魚
◎S53.12「群像」
＊同じ標題の別作品あり（No.20, 623 & 1444）
765 ずわい蟹
〔後：ズワイ蟹〕
◎S53.12「中央公論」
㊸S54.9『蟹の縦ばい』毎日新聞社
＊S58.8『蟹の縦ばい』旺文社文庫
＊H5.7『蟹の縦ばい』中公文庫
766 米飯とフォーク
◎S53.12「税大通信」
㊸S54.9『蟹の縦ばい』毎日新聞社
＊S58.8『蟹の縦ばい』旺文社文庫
＊H5.7『蟹の縦ばい』中公文庫
767 武蔵竣工記念「香盒」について
◎S53.12.20
＊H15.9 吉村昭企画展（長崎）展示資料より
768 白い米
◎S54.1「文學界」

[収]S56.2『炎のなかの休暇』新潮社
＊S61.7『炎のなかの休暇』新潮文庫
＊H3.11『吉村昭自選作品集』14 新潮社

769 焔髪
◎S54.1「新潮」
[収]S57.7『脱出』新潮社
＊S59.11『秋の街』文藝春秋
＊S63.11『脱出』新潮文庫
＊H3.2『吉村昭自選作品集』5 新潮社
＊H7.7「文藝春秋」臨時増刊号 戦後五十年の作家たち〈短篇小説傑作選〉

770 わたしの朝食 片付かないから‥‥
〔後改題：わたしの朝食〕
☆S54.1「小説現代」
[収]S54.9『蟹の縦ばい』毎日新聞社
＊S58.8『蟹の縦ばい』旺文社文庫
＊H5.7『蟹の縦ばい』中公文庫

771 連載4 多くの能力を秘めた —米飯
〔後改題：多くの能力を秘めた米飯〕
〔後再改題：ソース〕
◎S54.1「食 食 食」冬 17号
[収]S54.9『蟹の縦ばい』毎日新聞社
＊S58.8『蟹の縦ばい』旺文社文庫
＊H1.1『アンチ・グルメ読本』日本ペンクラブ編 福武文庫
＊H5.7『蟹の縦ばい』中公文庫
＊同じ標題の別作品あり（No.753）

772 帰郷
〔後改題：駈落ち〕
◎S54.1「オール讀物」
[収]S57.4『遅れた時計』毎日新聞社（「駈落ち」として）
＊H2.1『遅れた時計』中公文庫
＊同じ標題（「帰郷」）の別作品あり（No.866）

773 『北海道取材ノート』から① 羆について
〔後改題：羆について —「熊撃ち」と「羆嵐」〕
◎S54.1「月刊ダン」
[収]S55.7『冬の海』筑摩書房
＊S61.8『万年筆の旅』作家のノート II 文春文庫

774 笑窪
◎S54.2「小説新潮」
[収]S57.4『遅れた時計』毎日新聞社
＊H2.1『遅れた時計』中公文庫

775 初富士
◎S54.2「海」

II 著書・作品

㊉H1.11『死のある風景』文藝春秋
＊H3.11『吉村昭自選作品集』14 新潮社
＊H4.11『死のある風景』文春文庫

776 『北海道取材ノート』から② 真珠湾攻撃艦隊の出撃
〔後改題：連合艦隊出撃の日 —「大本営が震えた日」〕
◎S54.2「月刊ダン」
㊉S55.5『冬の海』筑摩書房
＊S61.8『万年筆の旅』作家のノート II 文春文庫

777 笑う
◎S54.2「銀座百点」
㊉S54.9『蟹の縦ばい』毎日新聞社
＊S58.8『蟹の縦ばい』旺文社文庫
＊H5.7『蟹の縦ばい』中公文庫

778 随筆集『白い遠景』
㊉S54.2 講談社〔作品〕《戦争と〈私〉》白い橋(No.566), 戦後は終らない(No.138), 人間の無気味さ(No.162), 眩い空と肉声(No.473), 立っていた人への手紙(No.611),「殉国」ノートから(No.463), 戦記と手紙(No.418), 元海軍大佐P氏のこと(No.295),「海の史劇」ノートから(一)(No.455),(二)(No.520), 消えた「武蔵」(No.751) 《取材ノートから》「冬の鷹」ノートから(一)(No.523),(二)(No.626),「ふぉん・しいほると」ノート(一)(No.609),(二)(No.697),(三)(No.688),「漂流」ノート(No.610),「北天の星」ノート(一)(No.515),(二)(No.540),(三)(No.550),(四)(No.763),「赤い人」ノート(No.708),「羆」ノート(No.677),「鳥の浜」ノート(No.505),「関東大震災」ノート(一)(No.471),(二)(No.679) 《社会と〈私〉》ほのぼのとした人の死(No.563), 御焼香(No.740), 駈けつけてはならぬ人(No.453), ゆーっくり、ゆーっくり(No.667), 駄作だが(No.526), 最下位と最高点(No.454), 名刺(No.703), 赤い旗(No.757), 海外旅行(No.198),「左右を見ないで渡れ」(No.165), K氏の怒り・その他(No.452), スミマセン(No.449), 食べれる、見れる(No.518) 《小説と〈私〉》私の生れた家(No.511), 路上に寝る(No.739), 行列(No.492), 動物と私(No.718), 古本と青春時代(No.182), わたしと書物(No.647), 林芙美子の「骨」(No.427), 柳多留と私(No.480), 暗夜行路の旅(No.440), 男体・女体(No.650), 緑色の墓標(No.482), 小説と読者(No.128), 見えない読者(No.742),「闇」からの手紙(No.746), 囚人の作品(No.646), 懲りる(No.709), 足と煙草(No.552)

779 週刊新潮掲示板
◎S54.2.15「週刊新潮」
＊『ポーツマスの旗』取材協力依頼

780 書簡類の扱い
〔後改題：文豪の書簡〕
◎S54.3「日本近代文学館」
㊉H1.5『旅行鞄のなか』毎日新聞社
＊H4.8『旅行鞄のなか』文春文庫

103

II 著書・作品

- *781* 『北海道取材ノート』から③ 五寸釘寅吉
  〔後改題：五寸釘寅吉 ―「赤い人」〕
  ◎S54.3「月刊ダン」
  ㊃S55.7『冬の旅』筑摩書房
  ＊S61.8『万年筆の旅』作家のノートⅡ 文春文庫
- *782* 身構える
  ◎S54.4「群像」
- *783* 連載4「お父さん」の旅
  ◎S54.4「食 食 食」春18号
  ㊃S54.9『蟹の縦ばい』毎日新聞社
  ＊S55.4『食通に献げる本』山本容朗編著 実業之日本社
  ＊H5.7『蟹の縦ばい』中公文庫
  ＊連載回数：『連載4』と頭書されているが、当号は『連載5』が妥当とおもわれる。但し、次号以降も表記は「ママ」とする
- *784* 『北海道取材ノート』から④＆⑤ 小笠原丸の沈没
  〔後改題：小笠原丸の沈没 ―「烏の浜」〕
  ◎S54.4＆5月「月刊ダン」
  ㊃S55.7『冬の海』筑摩書房
  ＊S61.8『万年筆の旅』作家のノートⅡ 文春文庫
- *785* ふところ日記 焼酎のこと
  ◎S54.4.1「朝日新聞」
- *786* 桜の咲くころ
  ◎S54.4.2「読売新聞」夕刊
- *787* 吉川英治文学賞 受賞のことば
  ◎S54.4.12「週刊現代」
- *788* 吉川英治文学賞 受賞のことば
  ◎S54.5「現代」
  ＊内容は「週刊現代」(No.787)と同じ
- *789* 読書 人間である故に……
  ◎S54.5「新潮」
  ＊ユルゲン・トールワルド著「胸部外科の創始者ザウエルブルック 大外科医の悲劇」書評
- *790* 小村寿太郎の椅子
  ◎S54.5.12「毎日新聞」夕刊
  ＊同じ標題の別作品あり(No.822)
- *791* 八人の戦犯
  ◎S54.6「文藝春秋」
  ㊃S57.8『海軍乙事件』文春文庫
  ＊H19.6『海軍乙事件』文春文庫 新装版
- *792* 静養旅行
  ☆S54.6「小説新潮」
  ㊃H1.5『旅行鞄のなか』毎日新聞社

＊H4.8『旅行鞄のなか』文春文庫

793　洋船建造
◎S54.6「別冊文藝春秋」148号
[収]S62.4『磔』文春文庫
＊H21.7『吉村昭歴史小説集成』第四巻 岩波書店

794　『北海道取材ノート』から⑥ 偽造紙幣と観音像
〔後改題：偽造紙幣と観音像 —「赤い人」余聞〕
◎S54.6「月刊ダン」
[収]S55.7『冬の海』筑摩書房
＊S61.8『万年筆の旅』作家のノート II 文春文庫

795　都市再点検 連載 —⑥ 吉祥寺
◎S54.6 季刊「中央公論」夏

796　からまれる
◎S54.6「婦人公論」
[収]S56.3『実を申すと』文化出版局
＊S59.5『実を申すと』ケイブンシャ文庫
＊S62.8『実を申すと』ちくま文庫

797　隣国アメリカ
◎S54.6.29「東京新聞」夕刊
＊H21.8『吉村昭歴史小説集成』第五巻 岩波書店

798　初夏
◎S54.7「海」
[収]S56.2『炎のなかの休暇』新潮社
＊S61.7『炎のなかの休暇』新潮文庫

799　天地人 露地
◎S54.7「すばる」
[収]H5.3『私の引出し』文藝春秋
＊H8.5『私の引出し』文春文庫

800　『北海道取材ノート』から⑦ 足と北海道
〔後改題：冬の海 —「鳥と毬藻」余話〕
◎S54.7「月刊ダン」
[収]S55.7『冬の海』筑摩書房
＊S61.8『万年筆の旅』作家のノート II 文春文庫

801　研がれた角
◎S54.7「別冊小説新潮」
[収]H1.1『海馬』新潮社
＊H4.6『海馬』新潮文庫

802　人間の愚かしさ
◎S54.7「波」
＊青山光二著『闘いの構図』書評

803　連載 5 蝗の大群
◎S54.7「食 食 食」夏 19号

㊲S56.3『実を申すと』文化出版局
＊S59.5『実を申すと』ケイブンシャ文庫
＊S62.8『実を申すと』ちくま文庫

804 馬券を買う
◎S54.7「優駿」
㊲S60.5『競馬狂想曲』阿佐田哲也編著 廣済堂
＊H1.8『競馬狂想曲』阿佐田哲也編著 廣済堂文庫
＊H10.6『日本ダービー十番勝負』小学館文庫

805 丁髷と大相撲
◎S54.7.8「日本経済新聞」

806 『北海道取材ノート』から⑧＆⑨手のない遺体
〔後改題：手のない遺体 ―「海の柩」〕
◎S54.8＆9「月刊ダン」
㊲S55.7『冬の海』筑摩書房
＊S61.8『万年筆の旅』作家のノートII 文春文庫

807 短篇集『月夜の魚』
㊲S54.8 角川書店〔作品〕行列（No.184）蛍籠（No.267），夜の海（No.333），黒い蝶（No.502），月夜の魚（No.512），弱兵（No.531），雪の夜（No.589），位牌（No.637），干潮（No.665），指輪（No.704），改札口（No.724）
＊H2.9 中公文庫〔作品〕単行本と同じ

808 暦 ―中山義秀―昭44.8.19歿 若い日の出逢い
〔後：若き日の出逢い〕
◎S54.9「新潮」
㊲H1.5『旅行鞄のなか』毎日新聞社
＊H4.8『旅行鞄のなか』文春文庫

809 オルゴールの音
◎S54.9「小説現代」
㊲S57.4『遅れた時計』毎日新聞社
＊H2.1『遅れた時計』中公文庫

810 エッセイ集『蟹の縦ばい』
㊲S54.9 毎日新聞社〔作品〕《土龍のつぶやき》将棋と煙草（No.722），お節介（No.723），一円硬貨（No.726），無粋な男（No.727），デイゴの花（No.728），胃カメラ（No.729），お巡りさん（No.730），タクシーの運転手（No.731），三着の洋服（No.732），味の散歩道（No.733），あしたのジョーは死んだのか（No.735），薬品と車（No.736），人に見られる職業人（No.737），姫路への旅（No.745）《蟹の縦ばい》夫の死と花笠音頭（No.634），ある女の話（No.641），平均寿命の話（No.644），人相の話（No.654），将棋歴四十年（No.657），ほんのりしたチチ（No.662），仕上りの時期（No.668），ハシカと義歯（No.672），酒癖二態（No.676），私のふるさと（No.683），お嬢さん（No.689）《原稿用紙を前に……》執筆五分前（No.413），或る小説の執筆まで（No.347），早すぎること（No.567），胸打つ慰霊の踊り（No.686）《味のある風景》ズワイ蟹（No.765），イカとビールとふぐ（No.602），宇和島の味（No.635），釣糸

(No.103), 団子とせんべい(No.387), 気がかりなこと(No.711), 米飯とフォーク(No.766), ソース(No.753), 味という不確かなもの(No.743), 多くの能力を秘めた米飯(No.771),「お父さん」の旅(No.783), 酔中酔余(No.2224), 笑う(No.777) 《遥かな日々》 先生(No.696), 卒業証書(No.659), 谷中の墓地(No.458), 元横綱の眼(No.572), 二十歳の原点(No.464), スポーツにも恋にも無縁だったが(No.396), 彩り豊かな日々(No.417), 古今亭志ん生(No.478), あの頃の私(No.441) 《亭主の素顔》 わたしの朝食(No.770), わたしの泣きどころ(No.507), 正月という外壕(No.485), さか立ち女房(No.2222), 健気な妻(No.109), 四十歳は不惑か?(No.642), 初吹き込み(No.479), 酒とテープレコーダー(No.488), 栄子ちゃん(No.720),「ハイッ」(No.145), 喜劇役者の頭髪(No.491), 囲碁とオーバー(No.422), 十七歳の少年(No.498), 犬を引き取る(No.434), 一泊旅行(No.690), 聴衆(No.503), 蝸牛の旅(No.174), 禁煙の店(No.447), 二つの顔(No.674), 長火鉢への郷愁(No.208), 図書館員の定年退職(No.758)

＊S58.8 旺文社文庫 ［作品］ 《土龍のつぶやき》 将棋と煙草(No.722), お節介(No.723), 一円硬貨(No.726), 無粋な男(No.727), お巡りさん(No.730), タクシーの運転手(No.731), 三着の洋服(No.732), 味の散歩道(No.733), 人に見られる職業人(No.737) 《蟹の縦ばい》 夫の死と花笠音頭(No.634), ある女の話(No.641), 人相の話(No.654), 将棋歴四十年(No.657), ほんのりしたチチ(No.662), ハシカと義歯(No.672), 酒癖二態(No.674), 私のふるさと(No.683), お嬢さん(No.689) 《原稿用紙を前に……》 執筆五分前(No.413), 早すぎること(No.567) 《味のある風景》 ズワイ蟹(No.765), イカとビールとふぐ(No.602), 気がかりなこと(No.711), 米飯とフォーク(No.766), ソース(No.751), 味という不確かなもの(No.743), 多くの能力を秘めた米飯(No.771), 笑う(No.777) 《遥かな日々》 卒業証書(No.659), 谷中の墓地(No.458), 元横綱の眼(No.572), 彩り豊かな日々(No.417), 古今亭志ん生(No.478) 《亭主の素顔》 わたしの朝食(No.770), 正月という外壕(No.485), さか立ち女房(No.2222), 初吹き込み(No.479), 酒とテープレコーダー(No.488),「ハイッ」(No.145), 喜劇役者の頭髪(No.491), 囲碁とオーバー(No.422), 十七歳の少年(No.498), 一泊旅行(No.690), 聴衆(No.503), 蝸牛の旅(No.174), 二つの顔(No.674), 長火鉢への郷愁(No.208), 図書館員の定年退職(No.758)

＊H5.7 中公文庫 ［作品］ 単行本と同じ

811 連作短篇集**『熊撃ち』**

[収]S54.9 筑摩書房 ［作品］ 第一話 朝次郎(No.293), 第二話 安彦(No.298), 第三話 与三吉(No.300), 第四話 菊次郎(No.307), 第五話 幸太郎(No.322), 第六話 政一と栄次郎(No.334), 第七話 耕平(No.342)

＊S45.11〜S46.5「月刊ペン」に連載分を加筆、訂正、削除し、連作標題「熊」を「熊撃ち」と改題して刊行

＊S60.12 ちくま文庫 ［作品］ 単行本と同じ

＊H5.9 文春文庫 ［作品］ 単行本と同じ

812 自伝抄 私の青春**『自伝抄』VIII**

◎S54.9.13〜S54.10.8「読売新聞」夕刊 20回連載
㊹S55.2『自伝抄』VIII
＊読売新聞社『自伝抄』VIII：水上勉、遠藤周作、古山高麗雄 他との共著
813 青い水
　　◎S54.10「すばる」
　　㊹S56.2『炎のなかの休暇』新潮社
　　＊S61.7『炎のなかの休暇』新潮文庫
　　＊H3.11『吉村昭自選作品集』14 新潮社
814 『北海道取材ノート』から⑩ 口を寄せてチウ‥‥と云ふ也 ―中川五郎治について
　　〔後改題：中川五郎治について ―「北天の星」〕
　　◎S54.10「月刊ダン」
　　㊹S55.7『冬の海』筑摩書房
　　＊S61.8『万年筆の旅』作家のノート II 文春文庫
815 連載6 肥える・痩せる
　　◎S54.10「食 食 食」秋 20号
　　㊹S56.3『実を申すと』文化出版局
　　＊S59.5『実を申すと』ケイブンシャ文庫
　　＊S62.8『実を申すと』ちくま文庫
816 表情
　　◎S54.11「群像」
817 『北海道取材ノート』から⑪ 水鉄砲外科のこと ―中川五郎治について
　　◎S54.11「月刊ダン」
818 著者自評 七人の猟師と七つの物語　陽の目を見た『熊撃ち』
　　◎S54.11「50冊の本」玄海出版
　　＊H20.2『文藝別冊 吉村昭』河出書房新社
819 遅れた時計
　　◎S54.12「別冊文藝春秋」150号
　　㊹S57.4『遅れた時計』毎日新聞社
　　＊H2.1『遅れた時計』中公文庫
820 『北海道取材ノート』から⑫ 天下の一大事 ―中川五郎治について
　　◎S54.12「月刊ダン」
821 『ポーツマスの旗』
　　㊹S54.12 新潮社 書下ろし
　　＊S56.12.5 NHK TV 6時間ドラマ放映
　　＊S58.5 新潮文庫
　　＊S62.7『日本歴史文学館』33 講談社
　　＊H2 仏訳 "Les Drapeaux De Portsmouth" Editions Philippe Picquier
　　＊H3.4『吉村昭自選作品集』7 新潮社
　　＊H16.3.6〜3.27「思い出館」4回 NHK BS2
　　＊H21.11『吉村昭歴史小説集成』第八巻 岩波書店
822 歴史を歩く 小村寿太郎の椅子
　　◎S55.1「歴史と人物」

[収]S56.2『歴史の影絵』中央公論社
＊S59.1『歴史の影絵』中公文庫
＊H15.8『歴史の影絵』文春文庫
＊同じ標題の歴史エッセイあり（No.790）

823 〔実を申すと……一〕英語で話す
◎S55.1「ミセス」
[収]S56.3『実を申すと』文化出版局
＊S59.5『実を申すと』ケイブンシャ文庫
＊S62.8『実を申すと』ちくま文庫

824 「日本の作家」の横顔 丹羽文雄　青年のように……
◎S55.1「小説新潮」
[収]S61.3『作家の仕事場』新潮社

825 連載7 有難迷惑なサービス
◎S55.1「食 食 食」冬 21号
[収]S56.3『実を申すと』文化出版局
＊S59.5『実を申すと』ケイブンシャ文庫
＊S62.8『実を申すと』ちくま文庫

826 下町への鋭い凝視
◎S55.1『下町、ひと昔』田沼武能著 朝日ソノラマ

827 相撲 ―恩師と国技館
◎S55.1.11「週刊朝日」
[収]S56.1『値段の（明治・大正・昭和）風俗史』週刊朝日編 朝日新聞社
＊S62.3『値段の（明治・大正・昭和）風俗史』週刊朝日編 上 朝日文庫

828 雲母の柵
◎S55.2「新潮」
[収]S59.10『秋の街』文藝春秋
＊S63.8『秋の街』文春文庫
＊H3.12『吉村昭自選作品集』15 新潮社
＊H4.4『秋の街』埼玉福祉会 大活字本
＊H16.8『秋の街』中公文庫

829 歴史を歩く イネと娘高子
〔後改題：洋方女医楠本イネと娘高子〕
◎S55.2「歴史と人物」
[収]S56.2『歴史の影絵』中央公論社
＊S59.1『歴史の影絵』中公文庫
＊H15.8『歴史の影絵』文春文庫

830 湖のみえる風景
◎S55.2「小説新潮」
[収]H7.3『再婚』角川書店
＊H10.1『再婚』角川文庫
＊H10.12.13「日曜名作座」NHKラジオ第1

831 〔実を申すと……二〕マッチの話

　　　　◎S55.2「ミセス」
　　　　㊄S56.3『実を申すと』文化出版局
　　　　＊S59.5『実を申すと』ケイブンシャ文庫
　　　　＊S62.8『実を申すと』ちくま文庫
　　　　＊H4.1『吉村昭自選作品集』別巻 新潮社
832 惜別 新田次郎さん
　　　　◎S55.2.16「読売新聞」夕刊
833 鮫釣り
　　　　◎S55.3「文學界」
　　　　㊄S56.2『炎のなかの休暇』新潮社
　　　　＊S56.4『文学1981』日本文藝家協会
　　　　＊S61.7『炎のなかの休暇』新潮文庫
　　　　＊H3.11『吉村昭自選作品集』14 新潮社
　　　　＊同じ標題の別作品あり(No.1169)
834 ［実を申すと……三］夫婦同業のこと
　　　　◎S55.3「ミセス」
　　　　㊄S56.3『実を申すと』文化出版局
　　　　＊S59.5『実を申すと』ケイブンシャ文庫
　　　　＊S62.8『実を申すと』ちくま文庫
835 表紙の筆蹟（雨過天青）
　　　　◎S55.3「波」
836 歴史を歩く ロシア軍人の墓
　　　　◎S55.3「歴史と人物」
　　　　㊄S56.2『歴史の影絵』中央公論社
　　　　＊S59.1『歴史の影絵』中公文庫
　　　　＊H15.8『歴史の影絵』文春文庫
837 『新潮現代文学』66
　　　　㊄S55.3 新潮社［作品］戦艦武蔵(No.101)、冬の鷹(No.435)、星への旅(No.98)
838 酒のある話 増量作戦
　　　　◎S55.4「小説新潮」
839 早春
　　　　◎S55.4「海」
　　　　㊄H1.11『死のある風景』文藝春秋
　　　　＊H4.11『死のある風景』文春文庫
840 歴史を歩く 種痘の伝来
　　　　〔後改題：種痘伝来記〕
　　　　◎S55.4「歴史と人物」
　　　　㊄S56.2『歴史の影絵』中央公論社
　　　　＊S59.1『歴史の影絵』中公文庫
　　　　＊H15.8『歴史の影絵』文春文庫
841 ［実を申すと……四］講演会
　　　　◎S55.4「ミセス」

[収]S56.3『実を申すと』文化出版局
＊S59.5『実を申すと』ケイブンシャ文庫
＊S62.8『実を申すと』ちくま文庫
＊H4.1『吉村昭自選作品集』別巻 新潮社

842 連載 8 大学教授の悲しみ
◎S55.4「食 食 食」春 22号
[収]S56.3『実を申すと』文化出版局
＊S59.5『実を申すと』ケイブンシャ文庫
＊S62.8『実を申すと』ちくま文庫

843 くいしん坊画廊 井上悟氏と私
◎S55.4「食 食 食」春 22号

844 次の朝刊小説 光る壁画　作者のことば
◎S55.4.17「読売新聞」

845 **『光る壁画』**
◎S55.4.19〜S55.9.23「読売新聞」155回連載
[収]S56.5 新潮社
＊S59.11 新潮文庫

846 月下美人
◎S55.5「群像」
[収]S58.8『月下美人』講談社
＊S63.10『昭和文学全集』26 小学館
＊H2.1『月下美人』講談社文庫
＊H3.11『吉村昭自選作品集』14 新潮社
＊H13.10『月下美人』文春文庫

847 ［実を申すと……五］結婚披露宴
◎S55.5「ミセス」
[収]S56.3『実を申すと』文化出版局
＊S59.5『実を申すと』ケイブンシャ文庫
＊S62.8『実を申すと』ちくま文庫
＊同じ標題の別作品あり（No.699 & 1864）

848 歴史を歩く 軍用機と牛馬
◎S55.5「歴史と人物」
[収]S56.2『歴史の影絵』中央公論社
＊S59.1『歴史の影絵』中公文庫
＊H15.8『歴史の影絵』文春文庫

849 **『冬の海』**―私の北海道取材紀行
[収]S55.5 筑摩書房［作品］羆について ―「熊撃ち」と「羆嵐」（No.773），連合艦隊出撃の日 ―「大本営が震えた日」（No.776），五寸釘寅吉 ―「赤い人」（No.781），小笠原丸の沈没 ―「鳥の浜」（No.784），偽造紙幣と観音像 ―「赤い人」余聞（No.794），冬の海 ―「鳥と毬藻」余話（No.800），手のない遺体 ―「海の柩」（No.806），中川五郎治について ―「北天の星」（No.814）
＊S61.8『万年筆の旅』作家のノート II 文春文庫 全編収録

Ⅱ 著書・作品

850 ノーベル養鯉賞
　　◎S55.6「文藝春秋」
　　㊙S56.3『実を申すと』文化出版局
851 ［実を申すと……六］気が早い
　　◎S55.6「ミセス」
　　㊙S56.3『実を申すと』文化出版局
　　＊S59.5『実を申すと』ケイブンシャ文庫
　　＊S62.8『実を申すと』ちくま文庫
852 歴史を歩く 二宮忠八と飛行器
　　◎S55.6「歴史と人物」
　　㊙S56.2『歴史の影絵』中央公論社
　　＊S59.1『歴史の影絵』中公文庫
　　＊H15.8『歴史の影絵』文春文庫
853 三十年間親しんできたお酒
　　◎S55.6「中央公論」臨時増刊
　　＊PRグラビア
854 住み方の記
　　◎S55.6「小説現代」
855 『保健同人』と私
　　◎S55.6「暮しと健康」
856 新田次郎さん
　　◎S55.7「前進座」第五号
857 図書館
　　◎S55.7「群像」
　　㊙S55.10「図書館雑誌」
　　＊H5.3『私の引出し』文藝春秋
　　＊H8.5『私の引出し』文春文庫
　　＊同じ標題の別作品あり（No.1653）
858 おしまいのページで 地球の一点
　　◎S55.7「オール讀物」
　　㊙S56.3『実を申すと』文化出版局
　　＊S59.5『実を申すと』ケイブンシャ文庫
　　＊S61.9『おしまいのページで』文春文庫
　　＊S62.8『実を申すと』ちくま文庫
　　＊H4.1『吉村昭自選作品集』別巻 新潮社
859 ［実を申すと……七］旅に出る
　　◎S55.7「ミセス」
　　㊙S56.3『実を申すと』文化出版局
　　＊S57.7『文人が愛した風物と詩情』山本容朗編 実業之日本社
　　＊S59.5『実を申すと』ケイブンシャ文庫
　　＊S62.8『実を申すと』ちくま文庫
860 歴史を歩く キ - 77第二号機（A-26）

◎S55.7「歴史と人物」
[収]S56.2『歴史の影絵』中央公論社
＊S59.1『歴史の影絵』中公文庫
＊H15.8『歴史の影絵』文春文庫

861 連載 9 食品売場
〔後改題：食料品売場〕
◎S55.7「食 食 食」夏 23号
[収]S56.3『実を申すと』文化出版局
＊S59.5『実を申すと』ケイブンシャ文庫
＊S62.8『実を申すと』ちくま文庫
＊H4.1『吉村昭自選作品集』別巻 新潮社
＊H12.10『私の好きな悪い癖』講談社(「食品売場」として)
＊H15.11『私の好きな悪い癖』講談社文庫

862 海流
〔後改題：『破船』〕
◎S55.7〜S56.12「ちくま」18回連載
[収]S57.2『破船』筑摩書房
＊S60.3『破船』新潮文庫
＊H3.4『吉村昭自選作品集』7 新潮社
＊H8 英訳 “Shipwrecks” Harcourt Inc.
＊H14 同上 PAPERBACK
＊H9 オランダ語訳 “Schipbreuk” Van Gennep, Amsterdam
＊H10 独訳 “Schiffbruch” Rowohlt, Berlin
＊H11 仏訳 “Naufrages” Actes Sud, Arles
＊H12 同上 大文字版 A Vue d'oeil
＊H12 ポーランド語訳 “Zaglada” Proszynaski S-ka
＊H12 英訳 “SHIPWRECKS” Pub.Sagebrush Educ.Resources
＊H14 英訳 “Shipwrecks” Paperback Canongate Pub. GBR
＊H14 ヘブライ語訳 SCHOCKEN Publishing House Tel Aviv
＊H15 西訳 “Naufragios” Editoria Best-Sellers

863 ［実を申すと……八］北陸の女
◎S55.8「ミセス」
[収]S56.3『実を申すと』文化出版局
＊S59.5『実を申すと』ケイブンシャ文庫
＊S62.8『実を申すと』ちくま文庫
＊H4.1『吉村昭自選作品集』別巻 新潮社

864 歴史を歩く 潜水艦浮上す
〔後改題：伊号潜水艦浮上す〕
◎S55.8 & 9「歴史と人物」
[収]S56.2『歴史の影絵』中央公論社
＊S59.1『歴史の影絵』中公文庫
＊H15.8『歴史の影絵』文春文庫

865　［実を申すと……九］床屋さん
◎S55.9「ミセス」
[収]S56.3『実を申すと』文化出版局
＊S59.5『実を申すと』ケイブンシャ文庫
＊S62.8『実を申すと』ちくま文庫
＊H4.1『吉村昭自選作品集』別巻 新潮社
＊同じ標題の別作品あり（No.1972）
866　帰郷
◎S55.10「文學界」
[収]S59.11『秋の街』文藝春秋
＊S63.8『秋の街』文春文庫
＊H3.12『吉村昭自選作品集』15 新潮社
＊H4.4『秋の街』埼玉福祉会 大活字本
＊H16.8『秋の街』中公文庫
＊同じ標題（後改題）の別作品あり（No.772）
867　大学寄席
◎S55.10「別冊文藝春秋」153号
[収]S56.3『実を申すと』文化出版局
＊S59.5『実を申すと』ケイブンシャ文庫
＊S62.8『実を申すと』ちくま文庫
＊H4.1『吉村昭自選作品集』別巻 新潮社
＊同じ標題の別作品あり（No.1386）
868　連載10 わが家のすいとん
〔後改題：すいとん〕
◎S55.10「食 食 食」秋 24号
[収]S56.3『実を申すと』文化出版局
＊S59.5『実を申すと』ケイブンシャ文庫
＊S62.8『実を申すと』ちくま文庫
869　歴史を歩く 高山彦九郎の再評価
〔後改題：反権論者高山彦九郎〕
◎S55.10「歴史と人物」
[収]S56.2『歴史の影絵』中央公論社
＊S59.1『歴史の影絵』中公文庫
＊H15.8『歴史の影絵』文春文庫
870　［実を申すと……十］風呂好き
◎S55.10「ミセス」
[収]S56.3『実を申すと』文化出版局
＊S59.5『実を申すと』ケイブンシャ文庫
＊S62.8『実を申すと』ちくま文庫
871　螢の舞い
◎S55.10「別冊小説新潮」
[収]H1.1『海馬』新潮社

II　著書・作品

　　　＊H2.1.28「日曜名作座」NHKラジオ第1
　　　＊H4.6『海馬』新潮文庫
872　外国文学と私 偏った好み
　　　☆S55.11「群像」
　　　㊲H1.5『旅行鞄のなか』毎日新聞社
　　　＊H4.8『旅行鞄のなか』文春文庫
873　幼稚園
　　　◎S55.11「抒情文芸」16号
　　　㊲H5.3『私の引出し』文藝春秋
　　　＊H8.5『私の引出し』文春文庫
874　[実を申すと……十一] 嫁にやる・もらう
　　　◎S55.11「ミセス」
　　　㊲S56.3『実を申すと』文化出版局
　　　＊S59.5『実を申すと』ケイブンシャ文庫
　　　＊S62.8『実を申すと』ちくま文庫
875　黄水仙
　　　◎S55.11「海」
　　　㊲S56.2『炎のなかの休暇』新潮社
　　　＊S56 第8回川端康成文学賞 最終候補作品
　　　＊S61.7『炎のなかの休暇』新潮文庫
　　　＊H3.11『吉村昭自選作品集』14 新潮社
876　歴史を歩く 無人島野村長平
　　　◎S55.11「歴史と人物」
　　　㊲S56.2『歴史の影絵』中央公論社
　　　＊S59.1『歴史の影絵』中公文庫
　　　＊H15.8『歴史の影絵』文春文庫
877　小説家と銀行
　　　◎S55.11「室内」
　　　㊲H1.5『旅行鞄のなか』毎日新聞社
　　　＊H4.8『旅行鞄のなか』文春文庫
878　外国文学と私 出会い
　　　〔後改題：出逢い〕
　　　☆S55.12「群像」
　　　㊲H1.5『旅行鞄のなか』毎日新聞社
　　　＊H4.8『旅行鞄のなか』文春文庫
879　脱出
　　　◎S55.12「新潮」
　　　㊲S57.7『脱出』新潮社
　　　＊S63.11『脱出』新潮文庫
　　　＊H3.12『吉村昭自選作品集』15 新潮社
880　[実を申すと……最終回] ハゼ釣り
　　　◎S55.12「ミセス」

115

[収]S56.3『実を申すと』文化出版局
＊S59.5『実を申すと』ケイブンシャ文庫
＊S62.8『実を申すと』ちくま文庫

881 歴史を歩く 福井県と水戸浪士勢
〔後改題：越前の水戸浪士勢〕
◎S55.12「歴史と人物」
[収]S56.2『歴史の影絵』中央公論社
＊S59.1『歴史の影絵』中公文庫
＊H15.8『歴史の影絵』文春文庫

882 行事・しきたり
◎S55.12「建設業界」
[収]H5.3『私の引出し』文藝春秋
＊H8.5『私の引出し』文春文庫

883 弔問
◎S56.1「すばる」
[収]H20.2『文藝別冊 吉村昭』河出書房新社

884 連載 11 鮨と少年
◎S56.1「食 食 食」冬 25号
[収]S56.3『実を申すと』文化出版局
＊S59.5『実を申すと』ケイブンシャ文庫
＊S62.8『実を申すと』ちくま文庫
＊H1.1『アンチ・グルメ読本』日本ペンクラブ編 福武文庫
＊H4.1『吉村昭自選作品集』別巻 新潮社

885 秋の街
◎S56.2「文學界」
[収]S59.11『秋の街』文藝春秋
＊S63.8『秋の街』文春文庫
＊H4.4『秋の街』埼玉福祉会 大活字本
＊H16.8『秋の街』中公文庫

886 私の戦時体験（談）
◎S56.2「波」

887 歴史紀行『歴史の影絵』
[収]S56.2 中央公論社［作品］無人島野村長平（No.876），反権論者高山彦九郎（No.869），種痘伝来記（No.840），洋方女医楠本イネと娘高子（No.829），越前の水戸浪士勢（No.881），二宮忠八と飛行器（No.852），ロシア軍人の墓（No.836），小村寿太郎の椅子（No.822），軍用機と牛馬（No.848），キ－77第二号機（A-26）（No.860），伊号潜水艦浮上す（No.864）
＊S55.1～12「歴史と人物」に「歴史を歩く」として連載したものを単行本刊行にあたり、作品の配列をほぼ時代の順に配列し、篇名も一部改題
＊S59.1 中公文庫［作品］単行本と同じ
＊H15.8 文春文庫［作品］単行本と同じ

888 連作短篇集『炎のなかの休暇』

[収]S56.2 新潮社［作品］蜻蛉(No.700)，虹(No.750)，黄水仙(No.875)，青い水(No.813)，炎天(No.756)，白い米(No.768)，初夏(No.798)，鯊釣り(No.833)
＊S61.7 新潮文庫［作品］単行本と同じ

889 小説「漂流」の映画化
◎S56.2.14「サンケイ新聞」夕刊

890 沢蟹
◎S56.3「海」
[収]S58.8『月下美人』講談社
＊H2.1『月下美人』講談社文庫
＊H3.11『吉村昭自選作品集』14 新潮社
＊H13.10『月下美人』文春文庫

891 おしまいのページで マヨネーズと雑煮
〔後改題：マヨネーズ〕
◎S56.3「オール讀物」
[収]S61.9『おしまいのページで』文春文庫
＊H8.9『街のはなし』文藝春秋
＊H11.9『街のはなし』文春文庫

892 随筆集『実を申すと』
[収]S56.3 文化出版局［作品］《実を申すと》 英語で話す(No.823)，マッチの話(No.831)，夫婦同業のこと(No.834)，講演会(No.841)，結婚披露宴(No.847)，気が早い(No.851)，旅に出る(No.859)，北陸の女(No.863)，床屋さん(No.865)，風呂好き(No.870)，嫁にやる・もらう(No.874)，ハゼ釣り(No.880) 《箸休め》蝗の大群(No.803)，肥える・痩せる(No.815)，有難迷惑なサービス(No.825)，大学教授の悲しみ(No.842)，食料品売場(No.861)，すいとん(No.868)，鮨と少年(No.884) 《地球の一点》 地球の一点(No.858)，サバ釣り(No.651)，大学寄席(No.867)，店じまい(No.535)，自然薯(No.613)，からまれる(No.796)，ノーベル養鯉賞(No.850)
＊S55.1〜12「ミセス」に連載したものを中心に編集
＊S59.5 ケイブンシャ文庫［作品］単行本と同じ 但し「ノーベル養鯉賞」を割愛
＊S62.8 ちくま文庫［作品］単行本と同じ 但し「ノーベル養鯉賞」を割愛

893 同級生交歓
◎S56.4「文藝春秋」
＊同じ標題の別作品あり(No.562)

894 時計
◎S56.4「文藝」
[収]S58.8『月下美人』講談社
＊H2.1『月下美人』講談社文庫
＊H13.10『月下美人』文春文庫

895 連載 12 なんでも食べる
◎S56.4「食 食 食」春 26号
[収]H5.3『私の引出し』文藝春秋

＊H8.5『私の引出し』文春文庫
896 人間という動物
S56.4「ビジネス研究」
㊴H1.5『旅行鞄のなか』毎日新聞社
＊H4.8『旅行鞄のなか』文春文庫
897 胃カメラと私
◎S56.5「波」
㊴H5.3『私の引出し』文藝春秋
＊H8.5『私の引出し』文春文庫
898 大震災の教訓を生かせ（談）
◎S56.5「ALLOO-119」全国加除法令出版
899 《創作》蜜柑
◎S56.6「世界」
㊴H20.2『文藝別冊 吉村昭』河出書房新社
900 酒徒番付
◎S56.6「文藝春秋」
㊴H5.3『私の引出し』文藝春秋
＊H8.5『私の引出し』文春文庫
901 甲羅
◎S56.7「文學界」
㊴S58.8『月下美人』講談社
＊H2.1『月下美人』講談社文庫
＊H13.10『月下美人』文春文庫
902 連載13 不徳のいたすところ
◎S56.7「食 食 食」夏27号
＊同じ標題の別作品あり（No.362）
903 記録と小説
◎S56.7「波」
904 烏のいる村落
◎S56.7『北海道文学全集』第19巻月報
905 取材ノートから（講演）
S56.8.20 日本航空協会「卓和会」
＊講演録は作成せず
906 鯛の島
◎S56.9「新潮」
㊴S57.7『脱出』新潮社
＊S63.11『脱出』新潮文庫
907 『戦史の証言者たち』
㊴S56.9 毎日新聞社 書下ろし
＊H7.8 文春文庫
908 安政コロリ大流行（談）
◎S56.9『歴史への招待』16 日本放送出版協会

＊S55.7.24「歴史への招待」NHK TV 放送
＊H2.8『NHK歴史への招待』第18巻「江戸大地獄」
＊H6『NHK歴史への招待』第18巻「江戸大地獄」復刻版

909 連載 14 鯛の頭
◎S56.10「食 食 食」秋 28号
[収]H5.3『私の引出し』文藝春秋
＊H8.5『私の引出し』文春文庫

910 後姿に涙ぐむ
◎S56.10「ミセス」
[収]H5.3『私の引出し』文藝春秋
＊H8.5『私の引出し』文春文庫

911 推薦文
S56.10『鷗と白兵戦』大野文吉著 国際情報社　帯

912 不意の死
◎S56.11「群像」
[収]H5.3『私の引出し』文藝春秋
＊H8.5『私の引出し』文春文庫

913 史実と創作について ―戦史小説から歴史小説へ―
◎S56.11「世界」

914 自然の随想 今年の桜
〔後改題：桜〕
◎S56.11「自然と盆栽」
[収]H1.5『旅行鞄のなか』毎日新聞社（一部削除・改稿して収録）
＊H4.8『旅行鞄のなか』文春文庫
＊同じ標題の別作品あり（No.1425）

915 おしまいのページで 特技
◎S56.11「オール讀物」
[収]S61.9『おしまいのページで』文春文庫

916 『間宮林蔵』
◎S56.11.1～S57.6.13「北海道新聞」他 220回連載
[収]S57.9 講談社
＊S62.1 講談社文庫

917 歳末セール
◎S56.12「小説新潮」
[収]S57.4『遅れた時計』毎日新聞社
＊H2.1『遅れた時計』中公文庫

918 蟹のつぶやき スポーツ好き・嫌い
◎S56.12「CREATA」63号
[収]H5.3『私の引出し』文藝春秋
＊H8.5『私の引出し』文春文庫

919 随筆名人戦 玉川上水と駅名など
◎S57.1「別冊文藝春秋」158号

II 著書・作品

- 920 連載15 市場で朝食を…
  - ◎S57.1「食 食 食」冬 29号
- 921 選評
  - S57.1.1「人」No.2189
  - ＊受刑者対象の「文芸コンクール」の選評
- 922 蜘蛛の巣
  - ☆S57.2「オール讀物」
  - ㊃S57.4『遅れた時計』毎日新聞社
  - ＊H2.1『遅れた時計』中公文庫
- 923 珊瑚礁
  - ◎S57.3「新潮」
  - ㊃S57.7『脱出』新潮社
  - ＊S63.11『脱出』新潮文庫
- 924 蟹のつぶやき 早春の夜
  - 〔後改題：煙草と色紙〕
  - ◎S57.3「CREATA」64号
  - ㊃H1.5『旅行鞄のなか』毎日新聞社
  - ＊H4.1『吉村昭自選作品集』別巻 新潮社
  - ＊H4.8『旅行鞄のなか』文春文庫
- 925 楠本イネの生きた時代（講演）
  - S57.3.13 歴史シンポジウム
  - ㊃S57.11 歴史シンポジウム2『幕末維新の宇和島藩』
  - ＊シンポジウム 主催：愛媛県文化振興財団他 会場：宇和島市庁舎大ホール
- 926 秋の虹
  - ◎S57.4「群像」
  - ㊃S58.8『月下美人』講談社
  - ＊H2.1『月下美人』講談社文庫
  - ＊H13.10『月下美人』文春文庫
- 927 夢の鉄道
  - ◎S57.4「文藝」
  - ㊃S58.8『月下美人』講談社
  - ＊H2.1『月下美人』講談社文庫
  - ＊H13.10『月下美人』文春文庫
- 928 連載16 洋食屋らしい洋食屋
  - ◎S57.4「食 食 食」春 20号
- 929 短篇集『遅れた時計』
  - ㊃S57.4 毎日新聞社［作品］水の音（No.701），駈落ち（No.772），笑窪（No.774），蜘蛛の巣（No.922），オルゴールの音（No.809），遺体引取人（No.285），遅れた時計（No.819），十字架（No.494），予備校生（No.717），歳末セール（No.917）
  - ＊H2.1 中公文庫［作品］単行本と同じ
- 930 月夜の炎
  - ◎S57.5「海」

[収]H7.3『再婚』角川書店
＊H10.1『再婚』角川文庫

931 本 外交官と家族の悲劇
◎S57.6「新潮」
＊加賀乙彦著『錨のない船』書評

932 蟹のつぶやき 義妹との旅
◎S57.6「CREATA」No.65
[収]H1.5『旅行鞄のなか』毎日新聞社
＊H4.8『旅行鞄のなか』文春文庫

933 連載 17 風のうまさ
◎S57.6「食 食 食」夏 31号
[収]H5.3『私の引出し』文藝春秋
＊H8.5『私の引出し』文春文庫

934 **『破獄』**
◎S57.6〜S58.10「世界」17回連載
[収]S58.11 岩波書店
＊S60.2 第36回読売文学賞受賞
＊S60.3 第35回芸術選奨文部大臣賞受賞
＊S60.4 NHK TV 2時間番組放映
＊S61.12 新潮文庫
＊H3.9『吉村昭自選作品集』12 新潮社
＊H15.3 DVD NHKソフトウエア ファミリー倶楽部 上記 S60.4 放映したもののDVD
＊H17.9 大活字文庫 全4冊 底本：新潮文庫

935 船旅と蜜蜂
◎S57.6.23「北海道新聞」
[収]H1.5『旅行鞄のなか』毎日新聞社
＊H4.8『旅行鞄のなか』文春文庫

936 私の読書 読書への回顧
◎S57.7「図書」
[収]S58.10『私の読書』岩波新書
＊H1.5『旅行鞄のなか』毎日新聞社
＊H4.8『旅行鞄のなか』文春文庫

937 十四歳の陸軍二等兵
◎S57.7「ちくま」
[収]H1.5『旅行鞄のなか』毎日新聞社
＊H4.8『旅行鞄のなか』文春文庫

938 沖縄のビフテキ
◎S57.7「くりま」

939 短篇集**『脱出』**
[収]S57.7 新潮社［作品］脱出(No.879), 焔髪(No.769), 鯛の島(No.906), 他人の城(No.292), 珊瑚礁(No.923)

＊S63.11 新潮文庫〔作品〕単行本と同じ
940　丁髷と浣腸
〔後改題：水鉄砲と浣腸〕
◎S57.7.3「薬事日報」
㊙H5.3『私の引出し』文藝春秋
＊H8.5『私の引出し』文春文庫
941　おしまいのページで 道を引返す
◎S57.8「オール讀物」
㊙S61.9『おしまいのページで』文春文庫
942　北海道航路初乗船記
◎S57.8「旅」
㊙H21.8『七十五度目の長崎行き』河出書房新社
943　赤い眼
◎S57.9「文學界」
㊙S59.11『秋の街』文藝春秋
＊S63.8『秋の街』文春文庫
＊H4.4『秋の街』埼玉福祉会 大活字本
＊H16.8『秋の街』中公文庫
944　戦争体験記の変質
◎S57.9「新潮45＋」
945　蟹のつぶやき 網走へ
☆S57.9「CREATA」66号
㊙H1.5『旅行鞄のなか』毎日新聞社
＊H4.1『吉村昭自選作品集』別巻 新潮社
＊H4.8『旅行鞄のなか』文春文庫
946　連載 18 酒を飲めぬ人
◎S57.10「食 食 食」秋 32号
㊙H5.3『私の引出し』文藝春秋
＊H8.5『私の引出し』文春文庫
947　季語暦語 残されまして……
◎S57.10「群像」
948　水雷艇「友鶴」謎の転覆
◎S57.10「歴史への招待」23 日本放送出版協会
＊S56.9.19「歴史への招待」NHK TV 放送
949　季語暦語 衣更え
◎S57.11「群像」
950　櫛
◎S57.11「ショートショートランド」
951　おしまいのページで 役に立たぬ家庭医学書
◎S57.11「オール讀物」
㊙S61.9『おしまいのページで』文春文庫
952　北天の星 ―中川五郎治の事跡（講演）

　　　　　S57.11.23
　　　　　㊄S57.12『順天堂医学』
　　　　　＊同大学医学史学研究室20周年記念会
　　　　　＊会場：順天堂大学有山記念講堂
953　季語暦語 初湯
　　　　　◎S57.12「群像」
954　蟹のつぶやき 鮨屋の話
　　　　　◎S57.12「CREATA」67号
　　　　　㊄H5.3『私の引出し』文藝春秋
　　　　　＊H8.5『私の引出し』文春文庫
　　　　　＊H18.4『私の食自慢・味自慢』第一巻「すし」嵐山光三郎監修 リブリオ出版
955　作家の生活 おかしな世界
　　　　　◎S57.12「波」
956　人工心臓手術に思う 死生観の違い大きい
　　　　　◎S57.12.13「読売新聞」夕刊
957　むだにお飾りはくぐらない
　　　　　◎S57.12.25「シニア読本」1983(「中央公論」臨時増刊号)
　　　　　㊄H5.3『私の引出し』文藝春秋
　　　　　＊H8.5『私の引出し』文春文庫
958　尾行
　　　　　◎S58.1「オール讀物」
　　　　　㊄H10.1『遠い幻影』文藝春秋
　　　　　＊H12.12『遠い幻影』文春文庫
959　欠けた月
　　　　　◎S58.1「文藝」
　　　　　㊄S58.8『月下美人』講談社
　　　　　＊H2.1『月下美人』講談社文庫
　　　　　＊H3.11『吉村昭自選作品集』14 新潮社
　　　　　＊H13.10『月下美人』文春文庫
960　連載 19 苦手の店
　　　　　◎S58.1「食 食 食」冬 33号
961　私の吉川英治「武蔵は……」
　　　　　◎S58.1『吉川英治全集』第一巻 講談社
　　　　　＊巻末特集
962　忘れ得ぬ人「高熱隧道」富山と私
　　　　　〔後改題：高熱隧道と私〕
　　　　　◎S58.1.1「北日本新聞」
　　　　　㊄H1.5『旅行鞄のなか』毎日新聞社
　　　　　＊H4.8『旅行鞄のなか』文春文庫
963　鯨と鎖国
　　　　　◎S58.1.20「東京新聞」夕刊
　　　　　㊄H1.5『旅行鞄のなか』毎日新聞社

II 著書・作品

```
       ＊H4.8『旅行鞄のなか』文春文庫
 964 随想 バスとハイヤー
       ◎S58.2「現代」
 965 行きつけの床屋さん 二人の床屋さん
       ◎S58.3「小説現代」
 966 蟹のつぶやき 困った記憶
       ◎S58.3「CREATA」68号
       ㊳H5.3『私の引出し』文藝春秋
       ＊H8.5『私の引出し』文春文庫
 967 うまい地酒との出会い
       ◎S58.3「地酒と肴 '83」四季の味特選
       ㊳H20.2『文藝別冊 吉村昭』河出書房新社
 968 『長英逃亡』
       ◎S58.3.28～S59.8.21「毎日新聞」夕刊 421回連載
       ㊳S59.9 上／S59.10 下 毎日新聞社
       ＊S63.10 毎日新聞社 ミューノベルズ 上・中・下
       ＊H1.9 新潮文庫 上・下
       ＊H3.5『吉村昭自選作品集』8 新潮社
       ＊H9.7 愛蔵版 毎日新聞社（全一冊）
       ＊H21.6『吉村昭歴史小説集成』第三巻 岩波書店
 969 連載 20 燈台もと暗し
       ◎S58.4「食 食 食」春 34号
 970 冬の道
       ◎S58.4「群像」
       ㊳S58.8『月下美人』講談社
       ＊H2.1『月下美人』講談社文庫
       ＊H3.11『吉村昭自選作品集』14 新潮社
       ＊H13.10『月下美人』文春文庫
 971 蟹のつぶやき 熱い汁
       ◎S58.6「CREATA」69号
       ㊳H5.3『私の引出し』文藝春秋
       ＊H8.5『私の引出し』文春文庫
 972 おしまいのページで アル中患者
       ◎S58.7「オール讀物」
       ㊳S61.9『おしまいのページで』文春文庫
 973 連載 21 私と浅草
       ◎S58.7「食 食 食」夏 35号
 974 さそり座
       ◎S58.8「新潮」
       ㊳S59.11「秋の街」文藝春秋
       ＊S63.8『秋の街』文春文庫
       ＊H3.12『吉村昭自選作品集』15 新潮社
```

＊H4.4『秋の街』埼玉福祉会 大活字本
＊H16.8『秋の街』中公文庫

975 **短篇集『月下美人』**
[収]S58.8 講談社［作品］月下美人(No.846), 沢蟹(No.890), 時計(No.894), 甲羅(No.901), 秋の虹(No.926), 夢の鉄道(No.927), 欠けた月(No.959), 冬の道(No.970)
＊H2.1 講談社文庫［作品］単行本と同じ
＊H13.10 文春文庫［作品］単行本と同じ

976 春の入院
◎S58.9「群像」

977 新連載 東京の下町 夏祭り
◎S58.9「オール讀物」
[収]S60.7『東京の下町』文藝春秋
＊H1.1『東京の下町』文春文庫
＊H4.1『吉村昭自選作品集』別巻 新潮社

978 蟹のつぶやき 日暮里のお医者さん
◎S58.9「CREATA」70号
[収]H5.3『私の引出し』文藝春秋
＊H8.5『私の引出し』文春文庫

979 無題
S58.9 真打昇進口上書き
＊蝶花楼花蝶の真打ち昇進にあたって

980 日大文芸賞 審査員三氏に聞く 辞書を引く事が大切だ
◎S58.9.20「日本大学新聞」

981 連載 22 店主というもの
◎S58.10「食 食 食」秋 36号
[収]H5.3『私の引出し』文藝春秋
＊H8.5『私の引出し』文春文庫

982 東京の下町 其の二 黒ヒョウ事件
◎S58.10「オール讀物」
[収]S60.7『東京の下町』文藝春秋
＊H1.1『東京の下町』文春文庫
＊H4.1『吉村昭自選作品集』別巻 新潮社

983 私の近況 旅・音楽・酒
◎S58.10「新刊ニュース」

984 **『花渡る海』**
◎S58.10〜S59.5「海」
[収]S60.11 中央公論社 8回連載後、「海」休刊のため後半は書下ろし
＊S63.9 中公文庫
＊H16.3『川尻浦久蔵』(絵本) 川尻町立川尻小学校PTA

985 東京の下町 其の三 町の映画館
◎S58.11「オール讀物」

㉄S60.7『東京の下町』文藝春秋
＊H1.1『東京の下町』文春文庫
＊H4.1『吉村昭自選作品集』別巻 新潮社
＊同じ標題の別作品あり（No.1403）

986　東京の下町 其の四 火事
◎S58.12「オール讀物」
㉄S60.7『東京の下町』文藝春秋
＊H1.1『東京の下町』文春文庫
＊H4.1『吉村昭自選作品集』別巻 新潮社

987　蟹のつぶやき 危うく執筆違約のこと
◎S58.12「CREATA」No.71
㉄H1.5『旅行鞄のなか』毎日新聞社
＊H4.8『旅行鞄のなか』文春文庫

988　アンケート おたずねします あなたの二日酔
◎S58.12『世界の名酒事典』'84-'85 講談社

989　鴨
◎S59.1「小説新潮」
㉄H1.1『海馬』新潮社
＊H2.1.21「日曜名作座」NHKラジオ第1
＊H4.6『海馬』新潮文庫

990　東京の下町 其の五 物売り
◎S59.1「オール讀物」
㉄S60.7『東京の下町』文藝春秋
＊H1.1『東京の下町』文春文庫
＊H4.1『吉村昭自選作品集』別巻 新潮社

991　宇和島への二泊三日の旅
〔後改題：宇和島への旅〕
☆S59.1「ミセス」
㉄H1.5『旅行鞄のなか』毎日新聞社
＊H4.8『旅行鞄のなか』文春文庫

992　凧
◎S59.1.5「週刊新潮」
＊同じ標題の別作品あり（No.588）

993　悪くない文章感覚
◎S59.1.20「日本大学新聞」
㉄H17.3『日大文芸賞』1983-2004
＊第一回日大文芸賞選評

994　白い壁
◎S59.2「文學界」
㉄H1.11『死のある風景』文藝春秋
＊H3.11『吉村昭自選作品集』14 新潮社
＊H4.11『死のある風景』文春文庫

995 平和への祈り
　　　◎S59.2「歴史と人物」
　　　＊内藤初穂著『狂気の海』書評
996 東京の下町 其の六 町の正月
　　　◎S59.2「オール讀物」
　　　㊙S60.7『東京の下町』文藝春秋
　　　＊H1.1『東京の下町』文春文庫
　　　＊H4.1『吉村昭自選作品集』別巻 新潮社
997 酒の楽しみ、そして、しくじり
　　　◎S59.2「食 食 食」冬 37号
　　　㊙H5.3『私の引出し』文藝春秋
　　　＊H8.5『私の引出し』文春文庫
998 ウチのおたから 長火鉢
　　　◎S59.3「オール讀物」
999 東京の下町 其の七 町の小説家
　　　◎S59.3「オール讀物」
　　　㊙S60.7『東京の下町』文藝春秋
　　　＊H1.1『東京の下町』文春文庫
　　　＊H4.1『吉村昭自選作品集』別巻 新潮社
1000 蟹のつぶやき 私の特技
　　　◎S59.3「CREATA」No.72
　　　㊙S60.6『お医者さん・患者さん』中公文庫
　　　＊H4.1『吉村昭自選作品集』別巻 新潮社
1001 参ってまッ
　　　◎S59.3「翼」16号
　　　㊙H1.5『旅行鞄のなか』毎日新聞社
　　　＊H4.8『旅行鞄のなか』文春文庫
　　　＊H8.2『日本の心』続 牧野良祥編 光人社
　　　＊「翼」：航空自衛隊連合幹部会機関誌
1002 今月のエッセイ「赤い人」について
　　　◎S59.3「IN POCKET」
1003 私の学歴
　　　◎S59.4「文藝春秋」
　　　㊙S60.12『巻頭随筆』(Ⅳ) 文春文庫
　　　＊H5.3『私の引出し』文藝春秋
　　　＊H8.5『私の引出し』文春文庫
1004 花曇り
　　　◎S59.4「文藝」
　　　㊙S59.11『秋の街』文藝春秋
　　　＊S63.8『秋の街』文春文庫
　　　＊H4.4『秋の街』埼玉福祉会 大活字本
　　　＊H16.8『秋の街』中公文庫

1005 連載 24 食事の途中で
◎S59.4「食 食 食」春 38号
[収]H5.3『私の引出し』文藝春秋
＊H8.5『私の引出し』文春文庫
1006 東京の下町 其の八 不衛生な町、そして清掃
◎S59.4「オール讀物」
[収]S60.7『東京の下町』文藝春秋
＊H1.1『東京の下町』文春文庫
＊H4.1『吉村昭自選作品集』別巻 新潮社
1007 とっておきの手紙
◎S59.4「別冊文藝春秋」167号
[収]H1.5『旅行鞄のなか』毎日新聞社（改稿して収録）
＊H4.8『旅行鞄のなか』文春文庫
1008 『破獄』の筆をとるまで……
◎S59.4「図書」
1009 旅の夜
◎S59.4「ちくま」
[収]H1.5『旅行鞄のなか』毎日新聞社
＊H4.8『旅行鞄のなか』文春文庫
1010 理解の範囲
◎S59.4.4/11/18/25「読売新聞」夕刊 4回連載
[収]H1.6『旅行鞄のなか』毎日新聞社「この一句」（No.1200）を加えて収録
＊H4.1『吉村昭自選作品集』別巻 新潮社
＊H4.8『旅行鞄のなか』文春文庫
＊H21.7『炎天』筑摩書房
1011 東京の下町 其の九 演芸・大相撲
◎S59.5「オール讀物」
[収]S60.7『東京の下町』文藝春秋
＊S61.12『東京百話』天の巻 種村季弘編 ちくま文庫
＊H1.1『東京の下町』文春文庫
＊H4.1『吉村昭自選作品集』別巻 新潮社
1012 或る夫妻の戦後
◎S59.5「ちくま」
[収]H5.3『私の引出し』文藝春秋
＊H8.5『私の引出し』文春文庫
1013 道 長英逃亡の道 上州路・越後路
〔後改題：長英逃亡の道〕
◎S59.5・6合併号「NECマガジン」No.49
[収]H1.5『旅行鞄のなか』毎日新聞社
＊H3.7『日本再発見「道」』1 同朋舎出版
＊H4.8『旅行鞄のなか』文春文庫
1014 あのとき あの言葉 時間は確実に流れる

◎S59.5.16「日本経済新聞」夕刊
[収]S61.2『あのとき あの言葉』日本経済新聞社

1015 私の学校 御神輿と郷土史
◎S59.6「小説新潮」

1016 飛行機雲
◎S59.6「群像」
[収]S63.7『帰艦セズ』文藝春秋
＊H3.7『帰艦セズ』文春文庫
＊H3.11『吉村昭自選作品集』14 新潮社

1017 東京の下町 其の十 食物あれこれ
◎S59.6「オール讀物」
[収]S60.7『東京の下町』文藝春秋
＊H1.1『東京の下町』文春文庫
＊H4.1『吉村昭自選作品集』別巻 新潮社

1018 蟹のつぶやき 手紙
〔後改題：読者からの手紙〕
◎S59.6「CREATA」No.73
[収]H1.6『旅行鞄のなか』毎日新聞社
＊H4.1『吉村昭自選作品集』別巻 新潮社
＊H4.8『旅行鞄のなか』文春文庫
＊同じ標題の別作品あり（No.1135, 1571 & 1779）

1019 解説 短篇小説と随筆
◎S59.6『吉行淳之介全集』14 講談社

1020 添乗員の旅
☆S59.6「ハイミセス」夏
[収]H1.6『旅行鞄のなか』毎日新聞社
＊H4.8『旅行鞄のなか』文春文庫

1021 私の一冊 '84上半期
◎S59.6.25「読売新聞」

1022 酒中日記 午前様から更生
◎S59.7「小説現代」

1023 東京の下町 其の十一 町の出来事
◎S59.7「オール讀物」
[収]S60.7『東京の下町』文藝春秋
＊H1.1『東京の下町』文春文庫
＊H4.1『吉村昭自選作品集』別巻 新潮社

1024 連載 25 取り寄せ物
◎S59.7「食 食 食」夏 39号

1025 **『冷い夏、熱い夏』**
[収]S59.7 新潮社 純文学書下ろし特別作品
＊私小説としては初めての長篇小説
＊S60.1 第26回毎日芸術賞受賞

＊H2.6 新潮文庫
＊H3.10『吉村昭自選作品集』13 新潮社
1026 東京の下町 其の十二 ベイゴマ・凧その他
◎S59.8「オール讀物」
[収]S60.7『東京の下町』文藝春秋
＊H1.1『東京の下町』文春文庫
＊H4.1『吉村昭自選作品集』別巻 新潮社
1027 序
◎S59.8『私も或る日、赤紙一枚で』ある応召暗号兵の記録 太田俊夫著 光人社
1028 『海の祭礼』
◎S59.8〜S61.9「文藝春秋」26回連載
[収]S61.10 文藝春秋
＊H1.11 文春文庫
＊H3.8『吉村昭自選作品集』9 新潮社
＊H16.12 文春文庫 新装版
1029 「長英逃亡」連載を終って
◎S59.8.22「毎日新聞」夕刊
1030 果物籠
◎S59.9「文學界」
[収]S63.7『帰艦セズ』文藝春秋
＊H.3.7『帰艦セズ』文春文庫
1031 わたしの朝・昼・晩メシ
◎S59.9「文藝春秋」
1032 キツネとフロックコート
〔後改題：キタキツネとフロックコート〕
◎S59.9「群像」
[収]S60.8『人の匂ひ』文藝春秋 '85年版ベスト・エッセイ集
＊S63.9 '85年版ベスト・エッセイ集『人の匂ひ』文春文庫
＊H3.2『驚異の動物七不思議』文春文庫
1033 行きつけのお店 テーラーエマ
◎S59.9「小説現代」
1034 東京の下町 其の十三 白い御飯
◎S59.9「オール讀物」
[収]S60.7『東京の下町』文藝春秋
＊H1.1『東京の下町』文春文庫
＊H4.1『吉村昭自選作品集』別巻 新潮社
1035 蟹のつぶやき 咽喉もと過ぎれば
◎S59.9「CREATA」74号
[収]H5.3『私の引出し』文藝春秋
＊H8.5『私の引出し』文春文庫
1036 空からの歴史探訪「羆嵐」の町 北海道苫前町

II 著書・作品

　　　　◎S59.10「中央公論」
　　　　㊃H21.8『七十五度目の長崎行き』河出書房新社
1037　東京の下町 其の十四 台所・風呂
　　　　◎S59.10「オール讀物」
　　　　㊃S60.7『東京の下町』文藝春秋
　　　　＊H1.1『東京の下町』文春文庫
　　　　＊H4.1『吉村昭自選作品集』別巻 新潮社
1038　連載 26 ホテルと旅館
　　　　◎S59.10「食 食 食」秋 40号
1039　欠けた椀
　　　　◎S59.11「新潮」
　　　　㊃H3.6『吉村昭自選作品集』9 新潮社
　　　　＊H12.8『島抜け』新潮社
　　　　＊H14.10『島抜け』新潮文庫
1040　空からの歴史探訪 樺戸集治監 北海道月形町
　　　　◎S59.11「中央公論」
　　　　㊃H21.8『七十五度目の長崎行き』河出書房新社
1041　食べる？
　　　　◎S59.11「新潮45＋」
1042　東京の下町 其の十五 説教強盗その他
　　　　◎S59.11「オール讀物」
　　　　㊃S60.7『東京の下町』文藝春秋
　　　　＊H1.1『東京の下町』文春文庫
　　　　＊H4.1『吉村昭自選作品集』別巻 新潮社
1043　短篇集『秋の街』
　　　　㊃S59.11 文藝春秋［作品］秋の街(No.885)、帰郷(No.866)、雲母の柵(No.828)、赤い眼(No.943)、さそり座(No.974)、花曇り(No.1004)、焔髪(No.769)、船長泣く(No.561)
　　　　＊S63.8 文春文庫［作品］単行本と同じ（但し、「焔髪」を割愛）
　　　　＊H4.4 埼玉福祉会 大活字本（上記の文春文庫版を底本とし、内容は全く同じ）
　　　　＊H16.8 中公文庫（上記の文春文庫版を底本とし、内容は全く同じ）
1044　空からの歴史探訪「小笠原丸」の悲劇 北海道増毛町
　　　　◎S59.12「中央公論」
　　　　㊃H21.8『七十五度目の長崎行き』河出書房新社
1045　マイ・ヘルス
　　　　◎S59.12「小説新潮」
1046　東京の下町 其の十六 曲りくねった道
　　　　◎S59.12「オール讀物」
　　　　㊃S60.7『東京の下町』文藝春秋
　　　　＊H1.1『東京の下町』文春文庫
　　　　＊H4.1『吉村昭自選作品集』別巻 新潮社

1047 蟹のつぶやき この一言　「蟹のつぶやき」最終回
◎S59.12「CREATA」No.75
[収]S60.6『お医者さん・患者さん』中公文庫
＊H5.3『私の引出し』文藝春秋
＊H8.5『私の引出し』文春文庫
1048 蟹のつぶやき 落語家　「蟹のつぶやき」最終回
◎S59.12「CREATA」No.75（No.75は最終刊）
[収]H5.3『私の引出し』文藝春秋
＊H8.5『私の引出し』文春文庫
＊最終刊のため、上記と2作一挙に掲載
1049 私の一冊 '84下半期
◎S59.12.24「読売新聞」
1050 逃げる
◎S59.12.28「読売新聞」夕刊
[収]H1.6『旅行鞄のなか』毎日新聞社
＊H4.1『吉村昭自選作品集』別巻 新潮社
＊H4.8『旅行鞄のなか』文春文庫
1051 連載 27 佃煮屋
◎S60.1「食の雑誌」冬 41号「食 食 食」を改題 号数引継ぎ
[収]H5.3『私の引出し』文藝春秋
＊H8.5『私の引出し』文春文庫
1052 東京の下町 其の十七 捕物とお巡りさん
◎S60.1「オール讀物」
[収]S60.7『東京の下町』文藝春秋
＊H1.1『東京の下町』文春文庫
＊H4.1『吉村昭自選作品集』別巻 新潮社
1053 思い出の一杯
◎S60.1「銀座百点」362号
1054 毎日芸術賞を受賞して　辛い小説「冷い夏…」
◎S60.1.5「毎日新聞」夕刊
1055 総監督
◎S60.1.6「日本経済新聞」
[収]H5.3『私の引出し』文藝春秋
＊H8.5『私の引出し』文春文庫
1056 佳作の三編に好感
◎S60.1.20「日本大学新聞」
＊第二回日大文芸賞選評
1057 中央公論100年によせて 少年の頃の記憶
◎S60.2「中央公論」
1058 秋の声
◎S60.2「文學界」
[収]H1.11『死のある風景』文藝春秋

＊H4.11『死のある風景』文春文庫
1059 最終回 東京の下町 戦前の面影をたずねて
◎S60.2「オール讀物」
[収]S60.7『東京の下町』文藝春秋
＊H1.1『東京の下町』文春文庫
1060 文壇コラムコラム 好きな宿 北温泉と旭温泉
◎S60.2「小説現代」
[収]H21.8『七十五度目の長崎行き』河出書房新社
1061 横綱 北の湖
◎S60.2「波」
[収]S61.7『母の加護』文藝春秋 '86年版ベスト・エッセイ集
＊H1.7『母の加護』文春文庫 '86年版ベスト・エッセイ集
1062 ふる里への旅
◎S60.2「旅」
[収]H21.8『七十五度目の長崎行き』河出書房新社
1063 （エッセイ）一枚の写真 歴史其儘
◎S60.2『新潮日本文学アルバム 森鷗外』
1064 アルバイト
◎S60.3・4合併号「ショートショートランド」
＊同じ標題の別作品あり（No.1626）
1065 「文学者」と丹羽先生
◎S60.4「すばる」
1066 連載 28 上野・根岸・浅草
◎S60.4「食の雑誌」春 42号
1067 能登の岩海苔採り 波にさらわれた女たちのこと
〔後改題：能登の女たち〕
◎S60.4.11「北国新聞」
[収]H1.5『旅行鞄のなか』毎日新聞社
＊H4.8『旅行鞄のなか』文春文庫
1068 向う三軒両隣り 佐々木信也・吉村昭
◎S60.5「中央公論」
1069 霰ふる
◎S60.5「群像」
[収]S63.7『帰艦セズ』文藝春秋
＊H3.7『帰艦セズ』文春文庫
＊H3.12『吉村昭自選作品集』15 新潮社
1070 或る刑務官の話
◎S60.5「刑政」
[収]H5.3『私の引出し』文藝春秋
＊H8.5『私の引出し』文春文庫
1071 私の転機 意にそわぬ執筆依頼
〔後改題：私の転機〕

◎S60.5.28「朝日新聞」夕刊
[収]S61.6『道を拓く』朝日新聞「こころ」のページ編 海竜社
＊H1.5『旅行鞄のなか』毎日新聞社
＊H4.8『旅行鞄のなか』文春文庫

1072 日本酒は、酒の要
◎S60.6「酒」

1073 四十年ぶりの卒業証書
◎S60.6「オール讀物」
[収]H22.2『真昼の花火』河出書房新社

1074 **『お医者さん・患者さん』**
[収]S60.6 中公文庫［作品］《I》お大事に……(No.150), 尿の話(No.230),「杉田玄白 訳」の不思議(No.397), ルポ 実験動物の世界(No.139), 心臓移植私見(No.290)　《II》殴る白衣の天使(No.391), 誤診と自転車屋(No.398), 禿頭に癌なし(No.405), 夜道と町医(No.408), 意気地のない勇士だが(No.409), 子供の頃の病気(No.414), 細菌戦兵器と医師(No.420), 木口小平とイエス・キリスト(No.421), 一寸待て(No.425), 病気と戦争と……そして食物(No.429), 病気見舞と葬儀(No.433), 小説家志望(No.436)　《III》私の特技(No.1000), この一言(No.1047)
＊『患者さん』(No.525)を中心に新編集
＊単行本を経ず文庫本刊行

1075 連載 29 大阪の夜
◎S60.7「食の雑誌」夏 No.43
[収]H12.10『私の好きな悪い癖』講談社
＊H15.11『私の好きな悪い癖』講談社文庫

1076 随筆集**『東京の下町』**
[収]S60.7 文藝春秋［作品］其ノ一 夏祭り(No.977), 其ノ二 黒ヒョウ事件(No.982), 其ノ三 町の映画館(No.985), 其ノ四 火事(No.986), 其ノ五 物売り(No.990), 其ノ六 町の正月(No.996), 其ノ七 町の小説家(No.999), 其ノ八 不衛生な町、そして清掃(No.1006), 其ノ九 演芸・大相撲(No.1011), 其ノ十 食物あれこれ(No.1017), 其ノ十一 町の出来事(No.1023), 其ノ十二 ベイゴマ・凧その他(No.1026), 其ノ十三 白い御飯(No.1034), 其ノ十四 台所・風呂(No.1037), 其ノ十五 説教強盗その他(No.1042), 其ノ十六 曲りくねった道(No.1046), 其ノ十七 捕物とお巡りさん(No.1052), 其ノ十八 戦前の面影をたずねて(No.1059)
＊S63.6 文春カセットライブラリー 89分
＊H1.1 文春文庫［作品］単行本と同じ
＊H4.1『吉村昭自選作品集』別巻 新潮社［作品］最終回分(No.1059)のみ割愛

1077 鋏
◎S60.8「すばる」
[収]S63.7『帰艦セズ』文藝春秋
＊S61 第13回川端康成文学賞 最終候補作品
＊H3.7『帰艦セズ』文春文庫

＊H3.12『吉村昭自選作品集』15 新潮社
1078 新聞の書評
〔後改題：F氏からの電話〕
◎S60.8「青春と読書」
[収]H1.5『旅行鞄のなか』毎日新聞社
＊H4.8『旅行鞄のなか』文春文庫
1079 「幽霊船」に残っていた航海日誌
◎S60.9「新潮45」
[収]S61.8『万年筆の旅』作家のノート II 文春文庫
1080 作品を歩く 放哉の島
◎S60.9「IN POCKET」
[収]H21.8『七十五度目の長崎行き』河出書房新社
1081 著者自筆広告「東京の下町」
◎S60.9「谷中・根津・千駄木」其の五（秋）
1082 月よりの使者
◎S60.9「うえの」317号
1083 ビデオテープ
◎S60.9.16「朝日新聞」
＊S60.9.11〜9.15「ETV8」オランダに眠る幕末日本の八千点のシーボルトコレクションに関し
1084 掌の鼓膜
◎S60.10「群像」
[収]H5.3『私の引出し』文藝春秋
＊H8.5『私の引出し』文春文庫
1085 吉村昭 東京の下町
◎S60.10「小説現代」
1086 連載 30 丁髷と牛乳
◎S60.10「食の雑誌」秋 No.44
[収]H5.3『私の引出し』文藝春秋
＊H8.5『私の引出し』文春文庫
1087 十年一昔 飲酒の戒律
◎S60.11「中央公論」
1088 標本
◎S60.11「文藝」
[収]H1.11『死のある風景』文藝春秋
＊H3.11『吉村昭自選作品集』14 新潮社
＊H4.11『死のある風景』文春文庫
1089 伊藤整氏の素顔
◎S60.11「波」
1090 アンケート 私の好きな酒と肴
◎S60.11「SOPHIA」（講談社）
1091 年越しそば

◎S60.12「ミセス」
1092 小説の優劣は文章にある
◎S60.12.20「日本大学新聞」
[収]H17.3『日大文芸賞』1983-2004
＊第三回日大文芸賞選評
1093 歸艦セズ
〔後：帰艦セズ〕
◎S61.1「新潮」
[収]S63.7『帰艦セズ』文藝春秋
＊H3.7『帰艦セズ』文春文庫
1094 男の家出
◎S61.1「東京人」創刊号
[収]H7.3『再婚』角川書店
＊H10.1『再婚』角川文庫
＊H10.11.22「日曜名作座」NHKラジオ第1
1095 水枕に入っていた遺書
◎S61.1「新潮45」
[収]S61.8『万年筆の旅』作家のノート II 文春文庫
1096 はじめてであった本 キンダー・ブック
〔後改題：聖歌と共に思い出す〕
◎S61.1「子どもの本」
[収]H4.12『子どものとき、この本と出会った』鳥越 信編　童心社
1097 銃を置いた人
◎S61.1.10「サンケイ新聞」夕刊
1098 銃を置く
◎S61.2「小説新潮」
[収]H1.1『海馬』新潮社
＊H4.6『海馬』新潮文庫
1099 不思議な世界
☆S61.2「文學界」
[収]H1.6『旅行鞄のなか』毎日新聞社
＊H4.1『吉村昭自選作品集』別巻 新潮社
＊H4.8『旅行鞄のなか』文春文庫
1100 連載 31 食物の随筆について
◎S61.2「食の雑誌」冬 No.45
＊本誌はNo.45をもって休刊
1101 このごろ　体調も良好で妻と二泊旅行
◎S61.2.3「毎日新聞」夕刊
1102 吉村昭さんと闇の絵巻を読む
〔後改題：闇の絵巻を読む〕
◎S61.2.23「朝日新聞」
[収]S61.8『名作52 読む見る聴く』PART2 朝日新聞社

＊H1.5『旅行鞄のなか』毎日新聞社
　　　　＊H4.8『旅行鞄のなか』文春文庫
　　　　＊H6.8『読みなおす一冊』朝日選書 509
1103　古い伝統を守る良さ
　　　　◎S61.3『大相撲全案内』朝日新聞社
1104　油蟬
　　　　◎S61.4「群像」
　　　　㊤H1.11『死のある風景』文藝春秋
　　　　＊H3.11『吉村昭自選作品集』14 新潮社
　　　　＊H4.11『死のある風景』文春文庫
1105　ほのぼのとした旅
　　　　〔後改題：運転手さん〕
　　　　◎S61.4「望星」
　　　　㊤H1.5『旅行鞄のなか』毎日新聞社
　　　　＊H4.8『旅行鞄のなか』文春文庫
　　　　＊同じ標題の別作品あり (No.1768)
1106　プロボクサーの心理と生活
　　　　◎S61.4「IN POCKET」
1107　『闇を裂く道』
　　　　◎S61.4.1～S61.12.31「静岡新聞」270回連載
　　　　㊤S62.6 文藝春秋 上・下
　　　　＊H2.7 文春文庫 (全一冊)
1108　『啓子追想』
　　　　㊤S61.4 図書出版社
　　　　＊吉村 昭・津村節子他『啓子追想』刊行会編著
1109　更生した山下さん
　　　　◎S61.4『啓子追想』
1110　「感想」
　　　　◎S61.5「群像」
　　　　＊第24回吉川英治文学賞選評
1111　「七十五度めの長崎行」
　　　　〔後：七十五度目の長崎行き〕
　　　　◎S61.6「現代」
　　　　㊤H21.8『七十五度目の長崎行き』河出書房新社
1112　無題
　　　　◎S61.6『写真術師 上野彦馬』八幡政男著 マルジュ社　カバー
1113　住んでみたい街 17回 谷中　ふるさとへの回帰
　　　　◎S61.6.18「週刊住宅情報」首都圏版
　　　　㊤S63.7『東京セレクション』水の巻 住まいの図書館出版局
1114　現代日本の短篇 15 緑雨
　　　　◎S61.7「文學界」
　　　　㊤H1.11『死のある風景』文藝春秋

137

II 著書・作品

　　　＊H3.11『吉村昭自選作品集』14 新潮社
　　　＊H4.11『死のある風景』文春文庫
　　　＊同じ標題の別作品あり(No.25)
1115　日本人の発見 外交官・小村寿太郎
　　　〔後改題：凜とした姿勢〕
　　　◎S61.7.7「東京新聞」
1116　日本人の発見 杉坂少佐と美都子夫人
　　　◎S61.7.14「東京新聞」
1117　日本人の発見 胃カメラ発明者・宇治達郎
　　　◎S61.7.21「東京新聞」
1118　日本人の発見 鈴木英三郎と破獄者
　　　◎S61.7.28「東京新聞」
1119　エッセイ集『万年筆の旅』作家のノート II
　　　㊹S61.8 文春文庫〔作品〕創作と記録(No.123)、告白(No.135)、眩い空と肉声(No.473)、立っていた人への手紙(No.611)、「殉国」ノートから ―比嘉真一陸軍二等兵(No.463)、連合艦隊出撃の日 ―「大本営が震えた日」(No.776)、戦記と手紙(No.418)、「零式戦闘機」取材ノート(No.361)、手のない遺体 ―「海の柩」(No.806)、小笠原丸の沈没 ―「烏の浜」(No.784)、＊水枕に入っていた遺書(No.1095)、「海の史劇」ノートから ― ロシア水兵の上陸(No.455)、二 握り飯(No.520)、「冬の鷹」ノートから ― 戦史小説と歴史小説(No.523)、二 良沢のこと(No.626)、「ふぉん・しいほると」ノート ― 史実と作り話(No.609)、二 イネの異性関係(No.697)、三 シーボルトとしおその他(No.688)、「関東大震災」ノート ― 赤い鯉のぼり(No.471)、二 その歴史的意味(No.679)、「高熱隧道」の取材(No.125)、心臓移植私見(No.290)、熊について ―『熊撃ち』と『羆嵐』(No.773)、五寸釘寅吉 ―「赤い人」(No.781)、偽造紙幣と観音像 ―「赤い人」余聞(No.794)、冬の海 ―「烏と毯藻」余話(No.800)、中川五郎治について ―「北天の星」(No.814)、「漂流」ノート ―長平と元日本兵(No.610)、＊「幽霊船」に残っていた航海日誌(No.1079)
　　　＊『冬の海』の全篇に、『精神的季節』『白い遠景』から作品の取材に関するエッセイを加え、さらに単行本未収の二篇を併録(＊印)
1120　森鷗外、「歴史其儘」の道
　　　S61.8.4「夏の文学教室」
　　　㊹H11.5『わが心の小説家たち』平凡社新書
　　　＊初出は日本近代文学館主催の講演会
1121　おたより
　　　◎S61.9「谷中・根津・千駄木」
　　　＊吉村 昭から「谷中・根津・千駄木」編集部への便り
1122　遺言状
　　　◎S61.9・10合併号「暮しの手帖」
1123　『海の祭礼』余滴
　　　〔後改題：鯨が日本を開国させた〕

◎S61.10「別冊文藝春秋」177号
[収]H3.2『史実を追う旅』文春文庫

1124 ミニ伝記 銘記されるべき技術者の死
◎S61.10「新潮45」

1125 講演「シーボルト」
S61.11.30済生学舎開校 110年記念講演

1126 「選評」
◎S61.12「文藝春秋」特別号
＊第17回 大宅壮一ノンフィクション賞選評

1127 作家(原作者)が見たテレビドラマ 小説は映像化されると別の世界になる、しかし……
◎S61.12「新放送文化」No.4

1128 おしまいのページで 傘の袋
◎S61.12「オール讀物」
[収]H9.12『達摩の縄跳び』おしまいのページで 2 文春文庫

1129 ペリー来航と鯨・石炭
◎S61.12.10「毎日新聞」夕刊

1130 お伽ぎの国
〔後：お伽の国〕
◎S62.1「群像」
[収]H1.5『旅行鞄のなか』毎日新聞社
＊H4.8『旅行鞄のなか』文春文庫

1131 丹那トンネル工事余聞
〔後改題：水を吸いつくした魔のトンネル〕
◎S62.1「別冊文藝春秋」178号
[収]H3.2『史実を追う旅』文春文庫

1132 浅草レトロ 郷愁散歩　楽し、懐かし、魅力の町
◎S62.1「婦人画報」
[収]H21.8『七十五度目の長崎行き』河出書房新社

1133 職人の顔
◎S62.1「月刊建設」
[収]H1.5『旅行鞄のなか』毎日新聞社
＊H4.8『旅行鞄のなか』文春文庫

1134 山の神様へ
◎S62.1「うえの」333号

1135 読者からの手紙
◎S62.1.9「サンケイ新聞」夕刊
＊同じ標題の別作品あり(No.1018, 1571 & 1779)

1136 電話で取材
S62.2「トヨタ」
[収]H1.5『旅行鞄のなか』毎日新聞社
＊H4.8『旅行鞄のなか』文春文庫

II 著書・作品

1137 銀杏のある寺
　　　◎S62.2「すばる」
　　　㊈S63.7『帰艦セズ』文藝春秋
　　　＊H3.7『帰艦セズ』文春文庫
1138 わが東京
　　　◎S62.2『岩波現代ふるさと情報』岩波書店
1139 埋もれた功績 胃カメラを創った3人
　　　◎S62.2.3「朝日新聞」夕刊
1140 伝記と陰の部分
　　　◎S62.3「図書」
　　　㊈H5.3『私の引出し』文藝春秋
　　　＊H8.5『私の引出し』文春文庫
　　　＊H11.6『エッセイの贈りもの』4 岩波書店
1141 凍った眼
　　　◎S62.3「群像」
　　　㊈H1.1『海馬』新潮社
　　　＊H4.6『海馬』新潮文庫
1142 日米貿易摩擦はペリーの時にはじまった
　　　◎S62.3『NHK 歴史ドキュメント』5
1143 小説「破獄」ノート
　　　〔後改題：脱獄の天才〕
　　　◎S62.4「別冊文藝春秋」179号
　　　㊈H3.2『史実を追う旅』文春文庫
1144 随筆 公園の著名人
　　　◎S62.5「中央公論」
1145 長いリヤカー
　　　◎S62.5「厚生保護」
　　　㊈H5.3『私の引出し』文藝春秋
　　　＊H8.5『私の引出し』文春文庫
1146 私家版句集『炎天』
　　　㊈S62.5 石の会発行 非売品
1147 再婚
　　　◎S62.5「オール讀物」
　　　㊈H7.3『再婚』角川書店
　　　＊H10.1『再婚』角川文庫
　　　＊H10.11.29「日曜名作座」NHKラジオ第1
1148 アンケート特集 あなたはその時？
　　　◎S62.5「オール讀物」
1149 臀部の記憶
　　　◎S62.6「文學界」
　　　㊈S63.8『思いがけない涙』文藝春秋 '88年版ベスト・エッセイ集 日本エッセイスト・クラブ編

＊H3.12『思いがけない涙』文春文庫 '88年版ベスト・エッセイ集 日本エッセイスト・クラブ編
＊H5.3『私の引出し』文藝春秋
＊H8.5『私の引出し』文春文庫

1150 致命傷の地名
◎S62.6「芸術新潮」

1151 随筆 通夜・葬儀について
〔後：通夜、葬儀について〕
☆S62.7「世界」
[収]H1.5『旅行鞄のなか』毎日新聞社
＊H4.8『旅行鞄のなか』文春文庫

1152 万年筆の旅 II 読者からの指摘
◎S62.7「別冊文藝春秋」180号

1153 巻頭随筆 割箸とフォーク 1 並ぶ
◎S62.7「食の文学館」1号
[収]H5.3『私の引出し』文藝春秋
＊H8.5『私の引出し』文春文庫
＊同じ標題の別作品あり（No.1515）

1154 **『日本歴史文学館』33**
[収]S62.7 講談社［作品］海の史劇（No.294），ポーツマスの旗（No.821）
＊「自筆年譜」付記

1155 わが町・わが家 井の頭界隈
◎S62.7・8合併号「東京人」

1156 「暗夜行路」の旅 「夏の文学教室」によせて
◎S62.7.20「読売新聞」夕刊

1157 ミニ伝記 丹那トンネル取材余話
◎S62.8「新潮45」

1158 志賀直哉『暗夜行路』への旅（講演）
S62.8.4「夏の文学教室」
[収]H11.5『わが心の小説家たち』平凡社新書
＊初出は日本近代文学館主催の講演会

1159 小説と私（講演）
◎S62.8.10「愛媛新聞」
＊第31回「愛媛夏期大学」講演（講演実施日未詳）
＊同じ標題のエッセイと講演あり（No.94 & 670）

1160 シーボルトから開国まで（講演）
S62.8.10 県民講座
[収]S62.12.23「長崎学県民講座」

1161 貸金庫
◎S62.9「小説新潮」
[収]S63.5『現代の小説1988』日本文藝家協会編
＊H7.3『再婚』角川書店

＊H10.1『再婚』角川文庫
＊H10.12.6「日曜名作座」NHKラジオ第1

1162 上野と関東大震災
◎S62.9「うえの」341号

1163 追悼・臼井吉見 恩師
〔後改題：臼井吉見先生〕
☆S62.9「ちくま」
[収]H1.5『旅行鞄のなか』毎日新聞社
＊H4.8『旅行鞄のなか』文春文庫

1164 万年筆の旅 II 戦艦「陸奥」爆沈余話
〔後改題：戦艦を爆沈させた水兵〕
◎S62.10「別冊文藝春秋」181号
[収]H3.2『史実を追う旅』文春文庫

1165 還暦に想う
◎S62.10「家の光」

1166 赤い船腹
☆S62.10『ありがとう 青函連絡船』中西印刷
[収]H1.5『旅行鞄のなか』毎日新聞社
＊H4.8『旅行鞄のなか』文春文庫
＊『旅行鞄のなか』ではS62.3『青函連絡船』とあるが、上記『ありがとう 青函連絡船』が初出と思われる
＊同じ標題の別作品あり（No.1733）

1167 小説を書き上げるまでに（講演）—『海の祭礼』について—
◎S62.10「二松学舎大学人文論叢」37
[収]H20.2『文藝別冊 吉村昭』河出書房新社
＊講演会開催時期未詳

1168 非凡な書き出し
◎S62.12「文藝春秋」
＊第18回 大宅壮一ノンフィクション賞 選評

1169 鯊釣り
◎S62.12「中央公論」
＊同じ標題の別作品あり（No.833）

1170 巻頭随筆 割箸とフォーク 2 講演と食物
◎S62.12「食の文学館」2号
[収]H5.3『私の引出し』文藝春秋
＊H8.5『私の引出し』文春文庫

1171 わが想い出の名画たち
◎S63.1「文藝春秋」

1172 煤煙
◎S63.1「群像」
[収]H1.11『死のある風景』文藝春秋
＊H3.11『吉村昭自選作品集』14 新潮社

＊H4.11『死のある風景』文春文庫

1173 白足袋

◎S63.1「新潮」

[収]S63.7『帰艦セズ』文藝春秋

＊H3.7『帰艦セズ』文春文庫

＊H3.12『吉村昭自選作品集』15 新潮社

1174 万年筆と創作ノート ① 再び「海の祭礼」の利尻島へ

〔後改題：マクドナルドの上陸地〕

◎S63.1「道新 TODAY」

[収]H3.2『史実を追う旅』文春文庫

1175 家が焼けた夜

◎S63.1『雑木林　吉村一族』吉村武夫著

＊私家版

1176 あとがき

◎S63.1『雑木林　吉村一族』吉村武夫著

＊私家版

1177 麦茶と色紙

◎S63.1.8「サンケイ新聞」夕刊

[収]H1.5『旅行鞄のなか』毎日新聞社

＊H4.8『旅行鞄のなか』文春文庫

1178 酒中日記 良き人良き酒

◎S63.2「小説現代」

[収]S63.8『酒中日記』吉行淳之介編 講談社

1179 万年筆と創作ノート ②「破獄」の取材で出会った人々

◎S63.2「道新 TODAY」

1180 『暗夜行路』紀行

◎S63.2「新潮45」

1181 万年筆と創作ノート ③「羆嵐」の苫前へ五度目の旅

〔後改題：苫前への五度目の旅〕

◎S63.3「道新 TODAY」

[収]H3.2『史実を追う旅』文春文庫

1182 巻頭随筆 割箸とフォーク 3 卵とバナナ

◎S63.3「食の文学館」3号

[収]H5.3『私の引出し』文藝春秋

＊H8.5『私の引出し』文春文庫

1183 万年筆の旅 II「長英逃亡」の跡をたどって

〔後改題：逃亡者の跡をたどって〕

☆S63.4「別冊文藝春秋」183号

[収]H3.2『史実を追う旅』文春文庫

1184 万年筆と創作ノート ④「帰艦セズ」の小樽の丘に立って

〔後改題：小樽の丘に立って〕

◎S63.4「道新 TODAY」

[収]H3.2『史実を追う旅』文春文庫
1185 宇和海
◎S63.4「旅」
[収]H21.8『七十五度目の長崎行き』河出書房新社
1186 仮釈放 吉村昭 《著者の言葉》
◎S63.4「波」
＊『仮釈放』の箱にも同文記載
1187 『仮釈放』
[収]S63.4 新潮社 純文学書下ろし作品
＊H3.10『吉村昭自選作品集』13 新潮社
＊H3.11 新潮文庫
＊H9.10 新宿 THEATER/TOPS初舞台化
＊H12 英訳 “On Parole” Harcourt Inc.
＊H12 同上 PAPERBACK
＊H13.6 仏訳 “LIBERTÉ CONDITIONNELLE” Actes Sud.
＊H14 独語訳 “UNAUSLOSCHLICH” C.H.BECK
＊H14.9 西語訳 “Libertad bajo palabra” EMECÉ EDITORES, S.A., ARGENTINA
＊H15.8 新宿 THEATER/TOPS上演
＊H19.1 ヘブライ語訳 Schocken Publishing House Tel Aviv
1188 近代文学 この一篇 梶井基次郎『闇の絵巻』
◎S63.5「新潮」
1189 私の好きな短篇 森鷗外『高瀬船』
〔後改題：森鷗外の『高瀬船』〕
◎S63.5「群像」
[収]H1.5『旅行鞄のなか』毎日新聞社
＊H4.8『旅行鞄のなか』文春文庫
1190 奇妙な題
◎S63.5「小説新潮」臨増号
＊昭和名作短篇小説 解説エッセイ 川端康成
1191 万年筆と創作ノート ⑤ 終戦直後の悲話もとに『脱出』執筆
〔後改題：終戦直後の悲話〕
◎S63.5「道新 TODAY」
[収]H3.2『史実を追う旅』文春文庫
1192 背広と式服のこと
◎S63.5.22「日本経済新聞」
1193 万年筆と創作ノート ⑥ 青函連絡船と「破獄」の脱獄囚
◎S63.6「道新 TODAY」
1194 過去最高の候補作品
◎S63.6.20「日本大学新聞」
[収]H17.3『日大文芸賞』1983-2004
＊第四回日大文芸賞選評

II 著書・作品

1195 万年筆の旅 II「魚影の群れ」小説の映画化
　　　〔後改題：小説の映画化〕
　　　☆S63.7「別冊文藝春秋」184号
　　　㊉H3.2『史実を追う旅』文春文庫
1196 万年筆と創作ノート⑦「間宮林蔵」執筆でお世話になった人々
　　　〔後改題：間宮林蔵にいきつくまで〕
　　　◎S63.7「道新 TODAY」
　　　㊉H3.2『史実を追う旅』文春文庫
1197 巻頭随筆 割箸とフォーク 4 結婚式と披露宴
　　　◎S63.7「食の文学館」4号
1198 短篇集『帰艦セズ』
　　　㊉S63.7 文藝春秋〔作品〕鋏(No.1077)、白足袋(No.1173)、霰ふる(No.1069)、果物籠(No.1030)、銀杏のある寺(No.1137)、飛行機雲(No.1016)、帰艦セズ(No.1093)
　　　＊H3.7 文春文庫〔作品〕単行本と同じ
1199 医学史にみる日本人（講演）
　　　S63.7.9
　　　＊医歯薬桜友会 第7回総会 特別講演
1200 おしまいのページで この一句
　　　◎S63.8「オール讀物」
　　　㊉H9.12『達磨の縄跳び』おしまいのページで 2 文春文庫
　　　＊H1.6『旅行鞄のなか』毎日新聞社 「理解の範囲」(No.1010)に「この一句」を併せて「理解の範囲」として収録
　　　＊H4.2『吉村昭自選作品集』別巻 新潮社
　　　＊H4.8『旅行鞄のなか』文春文庫
1201 万年筆と創作ノート⑧「海の祭礼」の主人公生地に顕彰碑建つ
　　　〔後改題：マクドナルドの顕彰碑〕
　　　◎S63.8「道新 TODAY」
　　　㊉H3.2『史実を追う旅』文春文庫
1202 畏敬の念
　　　◎S63.8『三浦哲郎自選全集』第十二巻月報 新潮社
1203 川端康成の眼 ―『死体紹介人』と『雪国』をめぐって（講演）
　　　S63.8.2「夏の文学教室」
　　　㊉H11.5『わが心の小説家たち』平凡社新書
　　　＊初出は日本近代文学館主催の講演会
1204 そのときから私は 睡眠薬
　　　◎S63.8.28「朝日新聞」
1205 小説の素材
　　　◎S63.9「新刊ニュース」
1206 万年筆と創作ノート⑨ 羅臼で聞いたトド撃ち名人たちの話
　　　〔後改題：トド撃ちの名人たち〕
　　　◎S63.9「道新 TODAY」

145

[収]H3.2『史実を追う旅』文春文庫

1207 屋形舟
◎S63.10「群像」
[収]H1.11『死のある風景』文藝春秋
＊H3.11『吉村昭自選作品集』14 新潮社
＊H4.11『死のある風景』文春文庫

1208 万年筆の旅 II 闇の中からの声
☆S63.10「別冊文藝春秋」185号
[収]H3.2『史実を追う旅』文春文庫

1209 鉋と万年筆
◎S63.10「室内」
[収]H1.5『旅行鞄のなか』毎日新聞社
＊H4.8『旅行鞄のなか』文春文庫

1210 海馬
◎S63.10「小説新潮」
[収]H1.1『海馬』新潮社
＊H2.2.11「日曜名作座」NHKラジオ第1
＊H3.8『吉村昭自選作品集』11 新潮社
＊H4.6『海馬』新潮文庫

1211 万年筆と創作ノート ⑩「蜜蜂乱舞」に思いはせたフェリーでの出会い
〔後改題：フェリーでの出会い〕
◎S63.10「道新 TODAY」
[収]H3.2『史実を追う旅』文春文庫

1212 **『昭和文学全集』26**
[収]S63.10 小学館［作品］少女架刑（No.49），星への旅（No.98），遠い日の戦争（No.738），月下美人（No.846）
＊同時収録作家：立原正秋、宮尾登美子、山口 瞳、新田次郎、野坂昭如、井上ひさし
＊「自筆年譜」付記

1213 序
◎S63.10『タブナン』M.F.セグーラ著 大野芳訳 光人社

1214 **『桜田門外ノ変』**
◎S63.10.11〜H1.8.15「秋田魁新報」夕刊 他連載 307回連載
[収]H2.8 新潮社 単行本発刊に際し、大幅加筆・改稿
＊H5.1.15 NHK TV 歴史ドキュメント「桜田門外の変・時代と格闘した男」
＊H7.4 上・下 新潮文庫
＊H21.4『吉村昭歴史小説集成』第一巻 岩波書店

1215 巻頭随筆 割箸とフォーク 5 自然であること
◎S63.11「食の文学館」5号
[収]H5.3『私の引出し』文藝春秋
＊H8.5『私の引出し』文春文庫

1216 知的生活の方法　学者の知らない事実を探りあてることも。史実と証言をたんねんに追って築く小説世界
◎S63.11「NEXT」NEXT LIBRARY
＊「帰艦セズ」その他作品に関して
1217 万年筆と創作ノート ⑪「赤い人」に出てくる五寸釘寅吉のことなど
〔後改題：五寸釘寅吉のことなど〕
◎S63.11「道新 TODAY」
[収]H3.2『史実を追う旅』文春文庫
1218 万年筆と創作ノート ⑫「遠い日の戦争」とマッチ工場
〔後改題：囚人が作ったマッチ〕
◎S63.12「道新 TODAY」
[収]H3.2『史実を追う旅』文春文庫
1219 チロリアンハット
◎S64.1「新潮」
[収]H3.12『吉村昭自選作品集』15 新潮社
＊H5.7『法師蟬』新潮社
＊H8.6『法師蟬』新潮文庫
＊H14.5『法師蟬』埼玉福祉会 大活字本
＊H14.10『法師蟬』電子文庫パブリ
＊H14.10『法師蟬』Shincho On Demand Books
1220 海猫
◎S64.1「文藝春秋」
[収]H5.7『法師蟬』新潮社
＊H8.6『法師蟬』新潮文庫
＊H14.5『法師蟬』埼玉福祉会 大活字本
＊H14.10『法師蟬』電子文庫パブリ
＊H14.10『法師蟬』Shincho On Demand Books
＊H15.9.7「ラジオ文芸館」NHKラジオ第1
＊H17.1.30「ラジオ文芸館」再放送
1221 万年筆の旅 II プロペラと箒星
☆S64.1「別冊文藝春秋」186号
[収]H3.2『史実を追う旅』文春文庫
1222 おしまいのページで ハシカ
◎S64.1「オール讀物」
[収]H8.9『街のはなし』文藝春秋
＊H9.12『達摩の縄跳び』おしまいのページで 2 文春文庫
＊H11.9『街のはなし』文春文庫
1223 小説の中の会話
◎S64.1「日本近代文学館」
[収]H5.3『私の引出し』文藝春秋
＊H8.5『私の引出し』文春文庫
1224 動物と私

◎S64.1「波」
＊同じ標題の別作品あり（No.718）

1225 **『黒船』**
◎S64.1〜H3.1「中央公論」25回連載
＊H3.9 中央公論社
＊H6.6 中公文庫
＊H21.7『吉村昭歴史小説集成』第四巻 岩波書店

1226 短篇集**『海馬』**
[収]H1.1 新潮社［作品］闇にひらめく〈鰻〉（No.741），研がれた角〈闘牛〉（No.801），螢の舞い〈螢〉（No.871），鴨〈鴨〉（No.989），銃を置く〈羆〉（No.1098），凍った眼〈錦鯉〉（No.1141），海馬〈トド〉（No.1210）
＊H1.1.14〜2.11「日曜名作座」NHKラジオ第1
＊H4.6 新潮文庫［作品］単行本と同じ

1227 昭二・昭という名前
◎H1.1.9「産経新聞」夕刊

1228 大アンケート 日本映画ベスト100
◎H1.2「文藝春秋」

1229 **『歴史小説うらばなし』**（CD）
H1.2 NHKサービスセンター
＊同じ標題の講演あり（No.1569）

1230 近刊近況 吉村昭 海馬
◎H1.3「小説現代」

1231 **『山本長官機撃墜さる』**—実録・海軍甲事件
[収]H1.3 文春カセットライブラリー
＊「海軍甲事件」（No.603）と著者がこの小説の取材中に録音したテープとをもって構成

1232 上野の春
◎H1.4「うえの」360号

1233 割箸とフォーク 6 湯沢の町の準町民
◎H1.4「食の文学館」6号

1234 『北の海明け』と北海道
◎H1.5「波」
＊佐江衆一著『北の海明け』書評

1235 もうひとつのあとがき ふた昔前の短篇
◎H1.5「IN POCKET」
＊短篇集『密会』について

1236 神輿 掛け声の変遷
◎H1.5.19「週刊朝日」
[収]H2.1『新値段の明治・大正・昭和風俗史』週刊朝日編 朝日新聞社

1237 おしまいのページで わが家のビデオ
◎H1.6「オール讀物」
[収]H8.9『街のはなし』文藝春秋

＊H9.12『達摩の縄跳び』おしまいのページで 2 文春文庫
＊H11.9『街のはなし』文春文庫

1238 随筆集『旅行鞄のなか』
[収]H1.6 毎日新聞社［作品］《小説と旅》 高熱隧道と私(No.962), 人間という動物(No.896), 長英逃亡の道(No.1013), 逃げる(No.1050), 参ってまッ(No.1001), 鯨と鎖国(No.963), 十四歳の陸軍二等兵(No.937), 闇の絵巻を読む(No.1102), 赤い船腹(No.1166), 能登の女たち(No.1067), 私の転機(No.1071), 旅の夜(No.1009), 桜(No.914), 煙草と色紙(No.924), 鉋と万年筆(No.1209), 職人の顔(No.1133), 危うく執筆違約のこと(No.987), 読者からの手紙(No.1018), とっておきの手紙(No.1007), 文豪の書簡(No.780), 小説家と銀行(No.877), 通夜、葬儀について(No.1151), 不思議な世界(No.1099), 若き日の出逢い(No.808), 臼井吉見先生(No.1163), 読書への回顧(No.936), 森鷗外の「高瀬舟」(No.1189), 出逢い(No.878), 偏った好み(No.872), F氏からの電話(No.1078), 電話で取材(No.1136), 理解の範囲(No.1010) 《旅さまざま》 網走へ(No.945), 義妹との旅(No.932), 宇和島への旅(No.991), 添乗員の旅(No.1020), 静養旅行(No.792), お伽ぎの国(No.1130), 船旅と蜜蜂(No.935), 運転手さん(No.1105), 私と鉄道(No.430), 角巻の女(No.2225), 麦茶と色紙(No.1177), 手洗いの電灯(No.451), ゆーっくり、ゆーっくり(No.667)
＊H4.8 文春文庫［作品］単行本と同じ

1239 マイベスト10と好きな映画人
◎H1.6「日本映画ベスト150」文春文庫

1240 昭和・戦争・人間(講演)
H1.6.5
[収]H2.1「茨城近代史研究」5号
＊「茨城の近代を考える会」定期総会記念講演
＊会場：水戸市民会館

1241 小手先で書かれている
◎H1.6.20「日本大学新聞」
＊第五回日大文芸賞選評

1242 青春の一冊『濁流に泳ぐ』
☆H1.7「別冊文藝春秋」188号
[収]H2.1『青春の一冊』文春文庫

1243 『白い航跡』
◎H1.7.10〜H2.7.4「産経新聞」夕刊 291回連載
[収]H3.4 講談社 上・下
＊H6.5 講談社文庫 上・下
＊H15.1.25「大いなる航海 軍医高木兼寛の280日」放送 南日本放送開局50周年記念番組 TVドキュメント 45分 原作：『白い航跡』
＊H21.11『吉村昭歴史小説集成』第八巻 岩波書店

1244 川端康成『千羽鶴』の美(講演)
H1.8.1「夏の文学教室」

　　　　　Ⓡ H11.5『わが心の小説家たち』平凡社新書
　　　　　＊初出は日本近代文学館主催の講演会
1245　癌の告知について
　　　　　◎ H1.9「現代」
　　　　　Ⓡ H5.3『私の引出し』文藝春秋
　　　　　＊ H8.5『私の引出し』文春文庫
1246　点心⑬変貌の傍観者
　　　　　◎ H1.9「東京人」
　　　　　Ⓡ H2.7『チェロと旅』文藝春秋 '90年版ベスト・エッセイ集 日本エッセイスト・クラブ編
　　　　　＊ H5.3『私の引出し』文藝春秋
　　　　　＊ H5.7『チェロと旅』文春文庫 '90年版ベスト・エッセイ集 日本エッセイスト・クラブ編
　　　　　＊ H8.5『私の引出し』文春文庫
1247　ジングルベル
　　　　　◎ H1.10「オール讀物」
　　　　　Ⓡ H10.1『遠い幻影』文藝春秋
　　　　　＊ H12.12『遠い幻影』文春文庫
1248　割箸とフォーク7 歴史の町 ―宇和島
　　　　　◎ H1.10「食の文学館」7号
1249　心臓移植と日本人
　　　　　◎ H1.10『講座科学史4 日本科学史の射程』培風館
　　　　　Ⓡ H5.3『私の引出し』文藝春秋
　　　　　＊ H8.5『私の引出し』文春文庫
1250　商品の名称
　　　　　◎ H1.11「臨床のあゆみ」第29号
　　　　　Ⓡ H8.9『街のはなし』文藝春秋
　　　　　＊ H11.9『街のはなし』文春文庫
1251　短篇集『死のある風景』
　　　　　Ⓡ H1.11 文藝春秋［作品］金魚（No.623）、煤煙（No.1172）、初富士（No.775）、早春（No.839）、秋の声（No.1058）、標本（No.1088）、油蟬（No.1104）、緑雨（No.1114）、白い壁（No.994）、屋形舟（No.1207）
　　　　　＊ H4.11 文春文庫［作品］単行本と同じ
1252　歴史資料との出会（講演）
　　　　　H1.11.30
　　　　　Ⓡ H2.3「北の丸」第22号
　　　　　＊国立公文書館主催第二回「公文書館等職員研修会」
1253　巻末特集 ガン告知 われわれの選択 蠟燭の火のようなものを健康な人が吹き消してはならない
　　　　　◎ H1.12「中央公論」
1254　おしまいのページで 走る朱の色
　　　　　◎ H1.12「オール讀物」

Ⅱ　著書・作品

　　　　㊲H9.12『達磨の縄跳び』おしまいのページで 2 文春文庫
1255　名人
　　　　◎H1.12「臨床のあゆみ」第30号
　　　　㊲H8.9『街のはなし』文藝春秋
　　　　＊H11.9『街のはなし』文春文庫
1256　箸袋から 第一回 結婚適齢期のこと
　　　　◎H1.12「クレア」
　　　　㊲H2.6『樹のこころ ―エッセイ'90』日本文藝家協会編 楡出版
　　　　＊H8.9『街のはなし』文藝春秋
　　　　＊H11.9『街のはなし』文春文庫
1257　「自作再見」長英逃亡
　　　　〔後改題：資料を咀嚼する〕
　　　　◎H1.12.17「朝日新聞」
　　　　㊲H21.6『吉村昭歴史小説集成』第三巻 岩波書店
1258　手鏡
　　　　◎H2.1「新潮」
　　　　㊲H5.7『法師蟬』新潮社
　　　　＊H8.6『法師蟬』新潮文庫
　　　　＊H14.5『法師蟬』埼玉福祉会 大活字本
　　　　＊H14.10『法師蟬』電子文庫パブリ
　　　　＊H14.10『法師蟬』Shincho On Demand Books
　　　　＊同じ標題の別作品あり（No.2154）
1259　随筆 冷めた情熱
　　　　◎H2.1「世界」
1260　すばるS席 憂鬱な思い出
　　　　◎H2.1「すばる」
　　　　㊲H5.3『私の引出し』文藝春秋
　　　　＊H8.5『私の引出し』文春文庫
1261　箸袋から 第二回 物の呼び方
　　　　◎H2.1「クレア」
　　　　㊲H3.5『ファクス深夜便 エッセイ'91』日本文藝家協会編 楡出版
　　　　＊H8.9『街のはなし』文藝春秋
　　　　＊H11.9『街のはなし』文春文庫
1262　無名時代の私 遠い道程
　　　　☆H2.1「別冊文藝春秋」190号
　　　　㊲H5.3『私の引出し』文藝春秋（「無名時代の私・遠い道程」として）
　　　　＊H7.3『無名時代の私』文春文庫（「遠い道程」として）
　　　　＊H8.5『私の引出し』文春文庫（「無名時代の私・遠い道程」として）
1263　小説家のお金
　　　　☆H2.1「室内」
　　　　㊲H5.3『私の引出し』文藝春秋
　　　　＊H8.5『私の引出し』文春文庫

151

II 著書・作品

1264 箸袋から 第三回 女性の装い
　　　◎H2.2「クレア」
　　　㊇H8.9『街のはなし』文藝春秋
　　　＊H11.9『街のはなし』文春文庫
1265 郷土の宝 ―「日暮しの岡」によせて
　　　◎H2.2『日暮しの岡』平塚春造著 谷根千工房
1266 アイヌなくしては……
　　　◎H2.2『歴史誕生』2
1267 箸袋から 第四回 若気の至り
　　　◎H2.3「クレア」
　　　㊇H8.9『街のはなし』文藝春秋
　　　＊H11.9『街のはなし』文春文庫
1268 推薦の言葉
　　　◎H2.3『三鷹文学散歩』三鷹市立図書館編・発行　帯
1269 『透明標本』―吉村昭自選短篇集
　　　㊇H2.3 學藝書林［作品］鉄橋(No.41)、少女架刑(No.49)、透明標本(No.56)、石の微笑(No.59)、煉瓦塀(No.85)
1270 証言者の記憶
　　　◎H2.3.11「日本経済新聞」
　　　㊇H5.3『私の引出し』文藝春秋
　　　＊H8.5『私の引出し』文春文庫
1271 箸袋から 第五回 電話のはなし
　　　◎H2.4「クレア」
　　　㊇H8.9『街のはなし』文藝春秋
　　　＊H11.9『街のはなし』文春文庫
1272 『幕府軍艦「回天」始末』
　　　◎H2.4「別冊文藝春秋」191号
　　　㊇H2.12 文藝春秋 短篇「牛」(No.618)を併録
　　　＊H5.12 文春文庫 短篇「牛」(No.618)を併録
　　　＊H21.5『吉村昭歴史小説集成』第二巻 岩波書店
1273 『吉村昭が語る森鷗外』日本の近代文学 1
　　　㊇H2.4 カセット1巻 A面(37分) C・B・エンタープライズ エディトリアル さあかす編
　　　＊B面:『竹西寛子が語る樋口一葉』
1274 『吉村昭が語る林芙美子』日本の近代文学 11
　　　㊇H2.4 カセット1巻 A面(34分) C・B・エンタープライズ エディトリアル さあかす編
　　　＊B面:『加藤周一が語る堀辰雄』
1275 「内視鏡」日本人が開発
　　　◎H2.4.9「読売新聞」夕刊
1276 箸袋から 第六回 離婚を喜ぶ
　　　◎H2.5「クレア」

1277 忘れられぬ雪合戦
◎H2.5「オール讀物」
[収]H5.3『私の引出し』文藝春秋
＊H8.5『私の引出し』文春文庫
1278 箸袋から 第七回 平手打ち
◎H2.6「クレア」
[収]H8.9『街のはなし』文藝春秋
＊H11.9『街のはなし』文春文庫
1279 おしまいのページで 最敬礼
◎H2.6「オール讀物」
[収]H8.9『街のはなし』文藝春秋
＊H9.12『達摩の縄跳び』おしまいのページで 2 文春文庫
＊H11.9『街のはなし』文春文庫
1280 私と筑摩書房「展望」への信頼感
◎H2.6「ちくま」
1281 私の開成時代(四)
◎H2.6「開成会会報」第71号
1282 私と北海道(講演)
〔後改題：私の北海道体験〕
H2.6.9 第2回北海道文学集会
[収]H2.12「北海道から」7
＊主催：北海道文学館、北海道新聞社他
＊会場：北海道新聞社大通館会議室
1283 三陸海岸と幕府軍艦「高雄」
〔後改題：幕府軍艦とフランス人〕
☆H2.7「別冊文藝春秋」192号
[収]H3.2『史実を追う旅』文春文庫
1284 箸袋から 第八回 流行について
◎H2.7「クレア」
[収]H8.9『街のはなし』文藝春秋
＊H11.9『街のはなし』文春文庫
1285 割箸とフォーク 8 そばという食べ物
◎H2.7「食の文学館」8号
1286 「白い航跡」の連載を終えて
◎H2.7.9「産経新聞」夕刊
1287 歴史小説うらばなし(講演)
H2.7.17 神戸夏季大学
1288 冒頭の描写に光る資質
◎H2.7.20「日本大学新聞」
[収]H17.3『日大文芸賞』1983-2004
＊第六回日大文芸賞選評
1289 歴史小説うらばなし 小さな記述に大きな発見

◎H2.7.21「神戸新聞」
＊「神戸夏季大学」から

1290 箸袋から 第九回 机の上のトイレットペーパー
◎H2.8「クレア」
[収]H8.9『街のはなし』文藝春秋
＊H11.9『街のはなし』文春文庫

1291 もうひとつのあとがき 八百屋の店主
◎H2.8「IN POCKET」
＊エッセイ集「月夜の記憶」について

1292 零戦は歴史の遺産
◎H2.8「国立科学博物館ニュース」
[収]H5.3『私の引出し』文藝春秋
＊H8.5『私の引出し』文春文庫

1293 大きな掌
◎H2.8『八木義徳全集』月報6
＊同じ標題の別作品（追悼文）あり（No.1867）

1294 エッセイ集**『月夜の記憶』**
[収]H2.8 講談社文庫［作品］《I》月夜の記憶（No.107），詩人と非詩人（No.318），小説家の矛盾（No.140），小説を書き出すまで（No.413），わが愛する歌（No.242），この一書（No.2223），わたしと古典 ―伊勢物語（No.388），手鏡と聖書（No.265），文字（No.288），学生時代の同人誌（No.317），刑務所通い（No.88），極点（No.46），ニュースの一画面から（No.51），茸（No.69），小説と私（No.94），ベンチ（No.79），老人と鉄柵（No.412），H君の個展（No.115），通夜（No.148），津軽と太宰治（No.403），三度会った男（No.256），綴じる（No.410），投資家たち（No.172），編集者への手紙 ―物悲しい納得（No.250）　《II》お大事に……（No.150），尿の話（No.230），「杉田玄白 訳」の不思議（No.397），実験動物の世界（No.139）　《III》二つの精神的季節（No.175），私の中の戦中・戦後（No.223），抜刀（No.347），オトコ科・オンナ科（No.104），靖国神社（No.217），戦争は終わったか（No.222），「沖縄戦」を取材して（No.121）　《IV》レイタス（No.279），政治家と公害（No.357），人殺しの分母（No.212），現代語の卑しさ（No.243），自ら法を破る政治家（No.246），飲酒指南（No.204），大人への過保護（No.199），生活のけじめ（No.181），オヤジと古さ（No.335），六時十五分に帰宅する夫（No.276），アイヌ猟師の教え（No.384），電話（No.253），バウ・ミュー・クリニック（No.236），千円のライスカレー（No.225），簡単ながら……（No.202），夜の銀座（No.160），「どうも」（No.233），外国人に恥かしい?（No.171），平手打ちを食わす勇気（No.200），「ダメ」（No.173）　《V》ああ青春（No.417），墓地と息子（No.375），スイトン家族（No.257），死水（No.379），妻（No.343），背広と万年筆（No.390），長火鉢（No.208），一升瓶を抱いて（No.263），年来の畏友（No.207），雪人氏との旅（No.284），笑い上戸（No.105），愚かな父と愚かな母（No.415），居候亭主（No.234），メンチ、コロッケ（No.196），夫、この物悲しい動物（No.210）

＊『精神的季節』から対談一篇と文春文庫『作家のノート』I、IIに収録されたエッセイ七篇を除いた
＊「自筆年譜」付記
1295 「桜田門外ノ変」への旅
◎H2.9「小説新潮」
[収]H3.2『史実を追う旅』文春文庫
1296 真夏の旅
◎H2.9「オール讀物」
[収]H21.8『七十五度目の長崎行き』河出書房新社
1297 箸袋から 第10回 肉づきの良い女性
◎H2.9「クレア」
[収]H8.9『街のはなし』文藝春秋
＊H11.9『街のはなし』文春文庫
1298 「桜田門外ノ変」について（講演）
H2.9.14 新潮文化講演会
[収]H2.9 新潮文化講演会ビデオ（図書館向けに特別製作）
＊講演会場：紀伊國屋ホール
1299 書きついで四十年（談）
◎H2.10「波」
1300 箸袋から 第11回 落着かない店
◎H2.10「クレア」
[収]H8.9『街のはなし』文藝春秋
＊H11.9『街のはなし』文春文庫
1301 『吉村昭自選作品集』第一巻 少女架刑・星への旅 〈短編小説 I〉（初期作品）
[収]H2.10 新潮社［作品］死体（No.15），青い骨（No.27），さよと僕たち（No.35），鉄橋（No.41），服喪の夏（No.42），少女架刑（No.49），星と葬礼（No.50），墓地の賑い（No.54），透明標本（No.56），電気機関車（No.80），背中の鉄道（No.83），煉瓦塀（No.85），キトク（No.97），星への旅（No.98）
1302 私の文学的自伝（一）読書から習作へ
◎H2.10上記自選作品集 第一巻月報
[収]H4.11『私の文学漂流』新潮社
＊H7.4『私の文学漂流』新潮文庫
＊H15.10『私の文学漂流』電子文庫パブリ
＊H15.10『私の文学漂流』Shincho On Demand Books
＊H21.2『私の文学漂流』ちくま文庫
1303 『吉村昭自選作品集』第二巻 戦艦武蔵・陸奥爆沈 〈記録文学 I〉（戦史小説）
[収]H2.11 新潮社［作品］戦艦武蔵（No.101），陸奥爆沈（No.264），艦首切断（No.176），顛覆（No.213）
1304 私の文学的自伝（二）大学文芸部時代
◎H2.11上記自選作品集 第二巻月報
[収]H4.11『私の文学漂流』新潮社
＊H7.4『私の文学漂流』新潮文庫

＊H15.10『私の文学漂流』電子文庫パブリ
＊H15.10『私の文学漂流』Shincho On Demand Books
＊H21.2『私の文学漂流』ちくま文庫

1305 **『吉村昭自選作品集』第三巻** 背中の勲章・逃亡 〈記録文学 II〉（戦史小説）
[収]H2.12 新潮社［作品］背中の勲章（No.326），逃亡（No.364），海の柩（No.268），総員起シ（No.319）

1306 私の文学的自伝（三）大学中退、結婚、放浪
◎H2.12上記自選作品集 第三巻月報
[収]H4.11『私の文学漂流』新潮社
＊H7.4『私の文学漂流』新潮文庫
＊H15.10『私の文学漂流』電子文庫パブリ
＊H15.10『私の文学漂流』Shincho On Demand Books
＊H21.2『私の文学漂流』ちくま文庫

1307 **『吉村昭自選作品集』第四巻** 深海の使者・海軍乙事件 〈記録文学 III〉（戦史小説）
[収]H3.1 新潮社［作品］深海の使者（No.394），鳥の浜（No.371），海軍乙事件（No.445）

1308 私の文学的自伝（四）同人雑誌と質店
◎H3.1 上記自選作品集 第四巻月報
[収]H4.11『私の文学漂流』新潮社
＊H7.4『私の文学漂流』新潮文庫
＊H15.10『私の文学漂流』電子文庫パブリ
＊H15.10『私の文学漂流』Shincho On Demand Books
＊H21.2『私の文学漂流』ちくま文庫

1309 **『吉村昭自選作品集』第五巻** 高熱隧道・赤い人 〈記録文学 IV〉
[収]H3.2 新潮社［作品］高熱隧道（No.120），赤い人（No.663），船長泣く（No.561），焔髪（No.769）

1310 私の文学的自伝（五）贋金づくり
◎H3.2 上記自選作品集 第五巻月報
[収]H4.11『私の文学漂流』新潮社
＊H7.4『私の文学漂流』新潮文庫
＊H15.10『私の文学漂流』電子文庫パブリ
＊H15.10『私の文学漂流』Shincho On Demand Books
＊H21.2『私の文学漂流』ちくま文庫

1311 **『吉村昭自選作品集』第六巻** 海の史劇 〈歴史文学 I〉
[収]H3.3 新潮社［作品］海の史劇（No.294）

1312 私の文学的自伝（六）「文学者」の復刊
◎H3.3 上記自選作品集 第六巻月報
[収]H4.11『私の文学漂流』新潮社
＊H7.4『私の文学漂流』新潮文庫
＊H15.10『私の文学漂流』電子文庫パブリ
＊H15.10『私の文学漂流』Shincho On Demand Books

＊H21.2『私の文学漂流』ちくま文庫

1313　**『吉村昭自選作品集』第七巻** ポーツマスの旗・破船〈歴史文学 II〉
[収]H3.4 新潮社［作品］ポーツマスの旗(No.821), 破船(No.862)

1314　私の文学的自伝(七) 芥川賞候補
◎H3.4 上記自選作品集 第七巻月報
[収]H4.11『私の文学漂流』新潮社
＊H7.4『私の文学漂流』新潮文庫
＊H15.10『私の文学漂流』電子文庫パブリ
＊H15.10『私の文学漂流』Shincho On Demand Books
＊H21.2『私の文学漂流』ちくま文庫

1315　**『吉村昭自選作品集』第八巻** 長英逃亡〈歴史文学 III〉
[収]H3.5 新潮社［作品］長英逃亡(No.968)

1316　私の文学的自伝(八) 二通の白い封筒
◎H3.5 上記自選作品集 第八巻月報
[収]H4.11『私の文学漂流』新潮社
＊H7.4『私の文学漂流』新潮文庫
＊H15.10『私の文学漂流』電子文庫パブリ
＊H15.10『私の文学漂流』Shincho On Demand Books
＊H21.2『私の文学漂流』ちくま文庫

1317　**『吉村昭自選作品集』第九巻** 海の祭礼・礫〈歴史文学 IV〉
[収]H3.6 新潮社［作品］海の祭礼(No.1028), 礫(No.228), コロリ(No.493), 欠けた椀(No.1039)

1318　私の文学的自伝(九) 睡眠五時間
◎H3.6 上記自選作品集 第九巻月報
[収]H4.11『私の文学漂流』新潮社
＊H7.4『私の文学漂流』新潮文庫
＊H15.10『私の文学漂流』電子文庫パブリ
＊H15.10『私の文学漂流』Shincho On Demand Books
＊H21.2『私の文学漂流』ちくま文庫

1319　**『吉村昭自選作品集』第十巻** 冬の鷹・海も暮れきる〈伝記文学〉
[収]H3.7 新潮社［作品］冬の鷹(No.435), 海も暮れきる(No.685)

1320　私の文学的自伝(十) 小説を観る眼
◎H3.7 上記自選作品集 第十巻月報
[収]H4.11『私の文学漂流』新潮社
＊H7.4『私の文学漂流』新潮文庫
＊H15.10『私の文学漂流』電子文庫パブリ
＊H15.10『私の文学漂流』Shincho On Demand Books
＊H21.2『私の文学漂流』ちくま文庫

1321　**『吉村昭自選作品集』第十一巻** 羆嵐・魚影の群れ〈動物文学〉
[収]H3.8 新潮社［作品］羆嵐(No.669), ハタハタ(No.197), 羆(No.289), 海の鼠(No.419), 魚影の群れ(No.442), 海馬(No.1210)

1322　私の文学的自伝(十一) 会社勤め

◎H3.8 上記自選作品集 第十一巻月報
[収]H4.11『私の文学漂流』新潮社
＊H7.4『私の文学漂流』新潮文庫
＊H15.10『私の文学漂流』電子文庫パブリ
＊H15.10『私の文学漂流』Shincho On Demand Books
＊H21.2『私の文学漂流』ちくま文庫

1323 **『吉村昭自選作品集』第十二巻** 遠い日の戦争・破獄 〈長篇小説 I〉
[収]H3.9 新潮社［作品］遠い日の戦争(No.738), 破獄(No.934)

1324 私の文学的自伝(十二) 危 機
◎H3.9 上記自選作品集 第十二巻月報
[収]H4.11『私の文学漂流』新潮社
＊H7.4『私の文学漂流』新潮文庫
＊H15.10『私の文学漂流』電子文庫パブリ
＊H15.10『私の文学漂流』Shincho On Demand Books
＊H21.2『私の文学漂流』ちくま文庫

1325 **『吉村昭自選作品集』第十三巻** 冷い夏、熱い夏・仮釈放 〈長篇小説 II〉
[収]H3.10 新潮社［作品］冷い夏、熱い夏(No.1025), 仮釈放(No.1187)

1326 私の文学的自伝(十三) 妻の受賞
◎H3.10 上記自選作品集 第十三巻月報
[収]H4.11『私の文学漂流』新潮社
＊H7.4『私の文学漂流』新潮文庫
＊H15.10『私の文学漂流』電子文庫パブリ
＊H15.10『私の文学漂流』Shincho On Demand Books
＊H21.2『私の文学漂流』ちくま文庫

1327 **『吉村昭自選作品集』第十四巻** 炎のなかの休暇・月下美人 〈短篇小説 II〉
[収]H3.11 新潮社［作品］身延線(No.112), 行列(No.184), 凧(No.588), 苺(No.660), 破魔矢(No.710), 初富士(No.775), 月下美人(No.846), 蜻蛉(No.700), 虹(No.750), 黄水仙(No.875), 青い水(No.813), 炎天(No.756), 白い米(No.768), 鯊釣り(No.833), 沢蟹(No.890), 欠けた月(No.959), 冬の道(No.970), 白い壁(No.994), 飛行機雲(No.1016), 標本(No.1088), 油蟬(No.1104), 緑雨(No.1114), 煤煙(No.1172), 屋形舟(No.1207)

1328 私の文学的自伝(十四)「星への旅」と「戦艦武蔵」
◎H3.11 上記自選作品集 第十四巻月報
[収]H4.11『私の文学漂流』新潮社
＊H7.4『私の文学漂流』新潮文庫
＊H15.10『私の文学漂流』電子文庫パブリ
＊H15.10『私の文学漂流』Shincho On Demand Books
＊H21.2『私の文学漂流』ちくま文庫

1329 **『吉村昭自選作品集』第十五巻** 水の葬列・メロンと鳩 〈短篇小説 III〉
[収]H3.12 新潮社［作品］水の葬列(No.111), 他人の城(No.292), 休暇(No.484), 月夜の魚(No.512), メロンと鳩(No.596), 少年の夏(No.632), 島の春(No.664), 鳳仙花(No.695), 雲母の柵(No.828), 帰郷(No.866), 脱出(No.879),

Ⅱ 著書・作品

さそり座(No.974)、霰ふる(No.1069)、鋏(No.1077)、白足袋(No.1173)、チロリアンハット(No.1219)

1330 私の文学的自伝(十五) 太宰治賞
　◎H3.12 上記自選作品集 第十五巻月報
　㊃H4.11『私の文学漂流』新潮社
　＊H7.4『私の文学漂流』新潮文庫
　＊H15.10『私の文学漂流』電子文庫パブリ
　＊H15.10『私の文学漂流』Shincho On Demand Books
　＊H21.2『私の文学漂流』ちくま文庫

1331 『吉村昭自選作品集』別巻 東京の下町・文学アルバム、自筆年譜・目録、〈エッセイ・資料〉、短篇エッセイ/I、短篇エッセイ/II
　㊃H4.1 新潮社［作品］《文学アルバム》東京の下町(No.1076) 《エッセイ選 I》 小説と私(No.94)、月夜の記憶(No.107)、お大事に……(No.150)、二つの精神的季節(No.175)、編集者への手紙(No.250)、文字(No.288)、詩人と非詩人(No.318)、オヤジと古さ(No.335)、アイヌ猟師の教え(No.384)、老人と鉄柵(No.412)、愚かな父と愚かな母(No.415)、病気見舞いと葬儀(No.433)、初吹き込み(No.479)、元横綱の眼(No.572) 《エッセイ選 II》 人相の話(No.654)、男体・女体(No.650)、一泊旅行(No.690)、名刺(No.703)、味の散歩道(No.733)、消えた「武蔵」(No.751)、マッチの話(No.831)、講演会(No.841)、地球の一点(No.858)、食料品売場(No.861)、北陸の女(No.863)、床屋さん(No.865)、大学寄席(No.867)、鮨と少年(No.884)、煙草と色紙(No.924)、網走へ(No.945)、私の特技(No.1000)、読者からの手紙(No.1018)、逃げる(No.1050)、不思議な世界(No.1099)、理解の範囲(No.1010) 《自筆年譜》 《著書目録》 《著作年表》

1332 箸袋から 第12回 お世話焼き
　◎H2.11「クレア」
　㊃H8.9『街のはなし』文藝春秋
　＊H11.9『街のはなし』文春文庫

1333 小説の舞台としての岩手県
　◎H2.11「北の文学」21号

1334 心臓移植の旅(講演)
　H2.11.16 東京都臨床医学総合研究所 創立15周年記念講演

1335 おしまいのページで 背広
　◎H2.12「オール讀物」
　㊃H8.9『街のはなし』文藝春秋
　＊H9.12『達磨の縄跳び』おしまいのページで 2 文春文庫
　＊H11.9『街のはなし』文春文庫

1336 箸袋から 第13回 気になる女性
　◎H2.12「クレア」
　㊃H8.9『街のはなし』文藝春秋
　＊H11.9『街のはなし』文春文庫

1337 僧の絶唱

H2.12.24「遥かなる朋へ」
[収]H11.6『福島泰樹全歌集』別冊資料編 河出書房新社
＊初出は「短歌絶叫二十周年記念コンサート」プログラム
1338 昭和天皇独白 ―私たちの衝撃 歴史は押しとどめられない
◎H3.1「文藝春秋」
1339 幻
◎H3.1「新潮」
[収]H.5.7『法師蟬』新潮社
＊H8.6『法師蟬』新潮文庫
＊H14.5『法師蟬』埼玉福祉会 大活字本
＊H14.10『法師蟬』電子文庫パブリ
＊H14.10『法師蟬』Shincho On Demand Books
1340 箸袋から 第14回 習慣、そして癖
◎H3.1「クレア」
[収]H8.9『街のはなし』文藝春秋
＊H11.9『街のはなし』文春文庫
1341 昭和の下町 其ノ一 物干台、そして冬
◎H3.1「オール讀物」
[収]H5.11『昭和歳時記』文藝春秋
＊H8.10『昭和歳時記』文春文庫
1342 「桜田門外ノ変」を刊行して わずか130年前の事件
◎H3.1.7「産経新聞」夕刊
[収]H5.3『私の引出し』文藝春秋
＊H8.5『私の引出し』文春文庫
1343 昭和の下町 其ノ二 焼跡での情景
◎H3.2「オール讀物」
[収]H5.11『昭和歳時記』文藝春秋
＊H8.10『昭和歳時記』文春文庫
1344 シーラカンス
◎H3.2「海燕」
[収]H5.3『私の引出し』文藝春秋
＊H8.5『私の引出し』文春文庫
1345 箸袋から 第15回 町の講演会
◎H3.2「クレア」
[収]H8.9『街のはなし』文藝春秋
＊H11.9『街のはなし』文春文庫
1346 きわめて興味深い作品集
◎H3.2『抒情についてのノート』大河内昭爾著 邑書林 帯
1347 随想集『史実を追う旅』
[収]H3.2 文春文庫 〔作品〕《第一章 探りあてた事実》 鯨が日本を開国させた(No.1123), 水を吸いつくした魔のトンネル(No.1131), 脱獄の天才(No.1143), 戦艦を爆沈させた水兵(No.1164), 逃亡者の跡をたどって

(No.1183) 《第二章 北国への旅》 マクドナルドの上陸地(No.1174),マクドナルドの顕彰碑(No.1198),苫前への五度目の旅(No.1178),小樽の丘に立って(No.1181),終戦直後の悲話(No.1188),間宮林蔵にいきつくまで(No.1193),トド撃ちの名人たち(No.1203),フェリーでの出会い(No.1208),五寸釘寅吉のことなど(No.1214),囚人が作ったマッチ(No.1215) 《第三章 小説を書き上げるまで……》 小説の映画化(No.1192),闇の中からの声(No.1205),プロペラと箒星(No.1218),幕府軍艦とフランス人(No.1280),「桜田門外ノ変」への旅(No.1292)
*単行本を経ず、文庫版で初刊行

1348 再読三読 梶井基次郎「闇の絵巻」他
　　　◎H3.3「小説新潮」
1349 すばるエッセイS席 で十条
　　　◎H3.3「すばる」
　　　㊤H5.3『私の引出し』文藝春秋
　　　*H8.5『私の引出し』文春文庫
1350 昭和の下町 其ノ三 帽子と履物
　　　◎H3.3「オール讀物」
　　　㊤H5.11『昭和歳時記』文藝春秋
　　　*H8.10『昭和歳時記』文春文庫
1351 箸袋から 第16回 その地の印象
　　　◎H3.3「クレア」
　　　㊤H8.9『街のはなし』文藝春秋
　　　*H11.9『街のはなし』文春文庫
1352 死を見つめていた放哉
　　　◎H3.3「尾崎放哉」「毎日グラフ」別冊
　　　㊤H20.2『文藝別冊 吉村昭』河出書房新社
1353 飲み友達
　　　◎H3.3「中央公論文芸特集」春
　　　㊤H4.4『文学1992』日本文藝家協会編 講談社
　　　*H11.2『碇星』中央公論社
　　　*H14.11『碇星』中公文庫
1354 本 死を見据える眼
　　　◎H3.4「新潮」
　　　*『東京の横丁』永井龍男 書評
1355 箸袋から 第17回 便所の広さ
　　　◎H3.4「クレア」
　　　㊤H8.9『街のはなし』文藝春秋
　　　*H11.9『街のはなし』文春文庫
1356 昭和の下町 其ノ四 電灯とリヤカー
　　　◎H3.4「オール讀物」
　　　㊤H5.11『昭和歳時記』文藝春秋
　　　*H8.10『昭和歳時記』文春文庫

1357　脚気と高木兼寛
　◎H3.4「本」
　[収]H5.3『私の引出し』文藝春秋
　＊H8.5『私の引出し』文春文庫
1358　『相撲』「日本の名随筆」別巻2
　[収]H3.4 吉村 昭編　作品社
　＊「元横綱の眼」(No.572)収録
1359　パラシュート
　◎H3.5「文藝春秋」
　[収]H3.9『文藝春秋・短篇小説館』
1360　近刊近況 吉村昭 白い航跡 上・下
　◎H3.5「小説現代」
1361　昭和の下町 其ノ五 黒磯駅の駅長
　◎H3.5「オール讀物」
　[収]H5.11『昭和歳時記』文藝春秋
　＊H8.10『昭和歳時記』文春文庫
1362　東京人の郷愁
　◎H3.5「アルカス」
　[収]H7.8『私のふるさと紀行』創樹社
1363　箸袋から 第18回 ドアをしめる
　◎H3.5「クレア」
　[収]H8.9『街のはなし』文藝春秋
　＊H11.9『街のはなし』文春文庫
1364　昭和の下町 其ノ六 病気あれこれ
　◎H3.6「オール讀物」
　[収]H5.11『昭和歳時記』文藝春秋
　＊H8.10『昭和歳時記』文春文庫
1365　箸袋から 第19回 入学祝い
　◎H3.6「クレア」
　[収]H8.9『街のはなし』文藝春秋
　＊H11.9『街のはなし』文春文庫
　＊同じ標題の別作品あり(No.1878)
1366　自著を語る『白い航跡』上下
　◎H3.6「NEXT」
1367　有訓無訓 虚心坦懐に受け入れる心を
　◎H3.6.3「日経ビジネス」
1368　昭和の下町 其ノ七 火の見櫓と長火鉢
　◎H3.7「オール讀物」
　[収]H5.11『昭和歳時記』文藝春秋
　＊H8.10『昭和歳時記』文春文庫
1369　箸袋から 第20回 駅にて
　◎H3.7「クレア」

[収]H8.9『街のはなし』文藝春秋
＊H11.9『街のはなし』文春文庫
1370 遠い日の夏の情景
◎H3.7「うえの」387号
1371 昭和の下町 其ノ八 映画とラジオ
◎H3.8「オール讀物」
[収]H5.11『昭和歳時記』文藝春秋
＊H8.10『昭和歳時記』文春文庫
1372 箸袋から 第21回 メメズとミミズ
◎H3.8「クレア」
[収]H8.9『街のはなし』文藝春秋
＊H11.9『街のはなし』文春文庫
1373 蝶花樓馬楽の襲名に寄せて
H3.8「襲名披露 花蝶改め 七代目蝶花樓馬楽」
1374 花火
◎H3.9「中央公論文芸特集」秋
[収]H11.2『碇星』中央公論社
＊H14.11『碇星』中公文庫
1375 昭和の下町 其ノ九 戦時中、そして戦後のラジオ放送
◎H3.9「オール讀物」
[収]H5.11『昭和歳時記』文藝春秋
＊H8.10『昭和歳時記』文春文庫
1376 箸袋から 第22回 食事と結婚
◎H3.9「クレア」
[収]H8.9『街のはなし』文藝春秋
＊H11.9『街のはなし』文春文庫
1377 山手線各駅停車物語 終戦前後の日暮里駅
◎H3.9「東京人」
1378 出会いの記 Kさんのこと
◎H3.9.4「東京新聞」
1379 出会いの記 沖縄の個人タクシー
◎H3.9.11「東京新聞」
1380 出会いの記 ホームを走る
◎H3.9 18「東京新聞」
[収]H5.3『私の引出し』文藝春秋
＊H8.5『私の引出し』文春文庫
1381 シリーズ 私の新古典 川端康成著 死体紹介人
◎H3.9.23「毎日新聞」
1382 出会いの記 家出娘
◎H3.9.25「東京新聞」
[収]H5.3『私の引出し』文藝春秋
＊H8.5『私の引出し』文春文庫

1383 昭和の下町 其ノ十 説教強盗の懸賞金
◎H3.10「オール讀物」
[収]H5.11『昭和歳時記』文藝春秋
＊H8.10『昭和歳時記』文春文庫
1384 紫煙となった辞書
◎H3.10「図書」
[収]H4.7『明治のベースボール』文藝春秋 '92年版ベスト・エッセイ集 日本エッセイスト・クラブ編
＊H7.8『明治のベースボール』文春文庫 '92年版ベスト・エッセイ集 日本エッセイスト・クラブ編
＊H21.7『吉村昭歴史小説集成』第四巻 岩波書店
1385 箸袋から 第23回 席をゆずる
◎H3.10「クレア」
[収]H8.9『街のはなし』文藝春秋
＊H11.9『街のはなし』文春文庫
1386 大学寄席
◎H3.10「国立劇場演芸場」
[収]H5.7『志ん生滑稽ばなし』立風書房
＊同じ標題の別作品あり（No.867）
1387 出会いの記 トンネル屋
◎H3.10.2「東京新聞」
1388 出会いの記 ハワイ奇襲艦隊を眼にした女性
◎H3.10.9「東京新聞」
[収]H5.3『私の引出し』文藝春秋
＊H8.5『私の引出し』文春文庫
1389 出会いの記 手をふっていた人
◎H3.10.16「東京新聞」
1390 スポーツ快汗物語 第六話「私とスポーツ」
〔後改題：スポーツを観る〕
☆H3.10.20「広報みたか」
[収]H13.3『スポーツ快汗物語』三鷹市
＊H15.1『縁起のいい客』文藝春秋
＊H18.1『縁起のいい客』文春文庫
1391 出会いの記 桜田門外の変と梅毒
◎H3.10.23「東京新聞」
[収]H5.3『私の引出し』文藝春秋
＊H8.5『私の引出し』文春文庫
1392 出会いの記 偶然からおこなわれた心臓手術
◎H3.10.30「東京新聞」
[収]H5.3『私の引出し』文藝春秋
＊H8.5『私の引出し』文春文庫
1393 箸袋から 第24回 レンズを意識

◎H3.11「クレア」
[収]H8.9『街のはなし』文藝春秋
＊H11.9『街のはなし』文春文庫
1394 昭和の下町 其ノ十一 文人、画人、彫刻家の話
◎H3.11「オール讀物」
[収]H5.11『昭和歳時記』文藝春秋
＊H8.10『昭和歳時記』文春文庫
1395 出会いの記 彰義隊の戦い
◎H3.11.6「東京新聞」
[収]H5.3『私の引出し』文藝春秋
＊H8.5『私の引出し』文春文庫
1396 『桜田門外ノ変』創作ノートより
H3.11.9 第60回開成会総会講演
[収]H4.6「開成会会報」第75号
＊H19.7『ひとり旅』文藝春秋
1397 出会いの記 那覇市の理髪師
◎H3.11.13「東京新聞」
[収]H5.3『私の引出し』文藝春秋
＊H8.5『私の引出し』文春文庫
1398 出会いの記 舞い扇
◎H3.11.20「東京新聞」
[収]H5.3『私の引出し』文藝春秋
＊H8.5『私の引出し』文春文庫
1399 出会いの記 サイン会にて
◎H3.11.27「東京新聞」
1400 昭和の下町 其ノ十二 闇の中の都電
◎H3.12「オール讀物」
[収]H5.11『昭和歳時記』文藝春秋
＊H8.10『昭和歳時記』文春文庫
1401 箸袋から 第25回 万引き
◎H3.12「クレア」
[収]H8.9『街のはなし』文藝春秋
＊H11.9『街のはなし』文春文庫
1402 プロ・アマオープン ノーサイド句会
◎H3.12「ノーサイド」
＊吉村 昭作俳句三句掲載
1403 町の映画館
◎H3.12「谷中・根津・千駄木」30号
＊同じ標題の別作品あり（No.985）
1404 戦時という過去
◎H4.1「群像」
[収]H5.3『私の引出し』文藝春秋

　　　　＊H5.6『大和茶粥』エッセイ '93 楡出版
　　　　＊H8.5『私の引出し』文春文庫
1405　秋の旅
　　　　◎H4.1「新潮」
　　　　㊸H5.7『法師蟬』新潮社
　　　　＊H8.6『法師蟬』新潮文庫
　　　　＊H14.5『法師蟬』埼玉福祉会 大活字本
　　　　＊H14.10『法師蟬』電子文庫パブリ
　　　　＊H14.10『法師蟬』Shincho On Demand Books
1406　或る町の出来事
　　　　◎H4.1「小説新潮」
　　　　㊸H5.7『法師蟬』新潮社
　　　　＊H8.6『法師蟬』新潮文庫
　　　　＊H14.5『法師蟬』埼玉福祉会 大活字本
　　　　＊H14.10『法師蟬』電子文庫パブリ
　　　　＊H14.10『法師蟬』Shincho On Demand Books
1407　箸袋から 第26回 出てゆく
　　　　◎H4.1「クレア」
　　　　㊸H8.9『街のはなし』文藝春秋
　　　　＊H11.9『街のはなし』文春文庫
1408　江戸・東京を散策する
　　　　◎H4.1「波」
1409　持て余している性格
　　　　◎H4.1「生涯フォーラム」
　　　　㊸H5.3『私の引出し』文藝春秋
　　　　＊H8.5『私の引出し』文春文庫
1410　私の初詣で
　　　　◎H4.1.9「読売新聞」夕刊
1411　初めて小説が載った頃
　　　　◎H4.2「文藝春秋」
　　　　＊特集『文藝春秋』と私
1412　好きな道
　　　　◎H4.2「小説現代」
1413　箸袋から 第27回 内
　　　　◎H4.2「クレア」
　　　　㊸H8.9『街のはなし』文藝春秋
　　　　＊H11.9『街のはなし』文春文庫
1414　某月・某日 短篇の素材考え続ける
　　　　◎H4.2.3「産経新聞」夕刊
1415　某月・某日 友人の急死、通夜に胸熱く
　　　　◎H4.2.10「産経新聞」夕刊
1416　某月・某日 看板のないうどん屋で朝食

◎H4.2.17「産経新聞」夕刊
1417 某月・某日 知人とのすれ違い 未然に防ぐ
◎H4.2.24「産経新聞」夕刊
1418 喫煙コーナーにて
〔後改題：喫煙コーナー〕
◎H4.3「中央公論文芸特集」
㊄H11.2『碇星』中央公論社
＊H14.11『碇星』中公文庫
1419 箸袋から 第28回 地下食料品売場にて
◎H4.3「クレア」
㊄H8.9『街のはなし』文藝春秋
＊H11.9『街のはなし』文春文庫
1420 表紙の筆蹟(悠遠)
◎H4.3「波」
1421 ステーキ
◎H4.3『沖縄いろいろ事典』新潮社
1422 光ノ玉
◎H4.4「文學界」
1423 箸袋から 第29回 二十五円
◎H4.4「クレア」
㊄H8.9『街のはなし』文藝春秋
＊H11.9『街のはなし』文春文庫
1424 「日本医家伝」と岩本さん
H4.4『編輯者岩本常雄』草土社
㊄H12.10『私の好きな悪い癖』講談社
＊H15.11『私の好きな悪い癖』講談社文庫
1425 昭和歳時記 其ノ一 桜
◎H4.5「オール讀物」
㊄H5.11『昭和歳時記』文藝春秋
＊H8.10『昭和歳時記』文春文庫
＊同じ標題の別作品あり(No.914)
1426 箸袋から 第30回 お気持ちだけ‥‥‥
◎H4.5「クレア」
㊄H8.9『街のはなし』文藝春秋
＊H11.9『街のはなし』文春文庫
1427 「逃亡者」の誘惑 ―「關遠就縛始末」
◎H4.5「新潮45」
1428 不思議な行列 ―東京のお祭り―
◎H4.5「うえの」No.397
㊄H6.11『うえの35』上野のれん会編
1429 ノーサイドエッセイ T君の変貌
◎H4.5「ノーサイド」

1430 20世紀日本の読書遍歴
◎H4.5「よむ」
＊アンケート
1431 昭和歳時記 其ノ二 蛙
◎H4.6「オール讀物」
[収]H5.11『昭和歳時記』文藝春秋
＊H8.10『昭和歳時記』文春文庫
1432 箸袋から 第31回 東京タワー
◎H4.6「クレア」
[収]H8.9『街のはなし』文藝春秋
＊H11.9『街のはなし』文春文庫
1433 特集・東京のなかの一泊旅行 不思議な旅
◎H4.6「東京人」
[収]H21.8『七十五度目の長崎行き』河出書房新社
1434 少年少女古典文学館 第十一・十二巻『平家物語』上・下
[収]H4.6 上 / H4.7 下 講談社
＊H13.10 講談社 全一冊
＊H20.3 講談社文庫 全一冊
1435 虎屋の羊羹
◎H4.6「たつのおとしご会」平成4年第3回公演プログラム
1436 昭和歳時記 其ノ三 パナマ帽
◎H4.7「オール讀物」
[収]H5.11『昭和歳時記』文藝春秋
＊H8.10『昭和歳時記』文春文庫
1437 箸袋から 第32回 お世話になりました
◎H4.7「クレア」
[収]H8.9『街のはなし』文藝春秋
＊H11.9『街のはなし』文春文庫
1438 『ニコライ遭難』
◎H4.7〜H5.8「世界」14回連載
[収]H5.9 岩波書店
＊H8.11 新潮文庫
＊H10.12 埼玉福祉会 上・下 大活字本
＊H14 露訳 “ПОКУШЕНИЕ” Муравей
＊露訳に当たっては国際交流基金の助成を受け、日本政府からクレムリンに寄贈された
＊H21.11『吉村昭歴史小説集成』第八巻 岩波書店
1439 読書と人間 あの中学3年の夏の日々
◎H4.7.2「毎日新聞」
1440 昭和の女性作家 女性作家の強烈な個性 —岡本かの子・平林たい子・林芙美子
H4.7.30「夏の文学教室」
[収]H11.5『わが心の小説家たち』平凡社新書

＊初出は日本近代文学館主催の講演会
1441　昭和歳時記 其ノ四 虱
◎H4.8「オール讀物」
[収]H5.11『昭和歳時記』文藝春秋
＊H8.10『昭和歳時記』文春文庫
1442　箸袋から 第33回 頭がそれになっている
◎H4.8「クレア」
[収]H8.9『街のはなし』文藝春秋
＊H11.9『街のはなし』文春文庫
1443　選後評
◎H4.8.15「富士ニュース」
＊「富士ニュース」主催 小説・随筆コンクール選評
1444　昭和歳時記 其ノ五 金魚
◎H4.9「オール讀物」
[収]H5.11『昭和歳時記』文藝春秋
＊H8.10『昭和歳時記』文春文庫
＊同じ標題の別作品あり（No.20, 623 & 764）
1445　牛乳瓶
◎H4.9「中央公論文芸特集」秋
[収]H11.2『碇星』中央公論
＊H14.11『碇星』中公文庫
＊同じ標題の別作品あり（No.1796）
1446　箸袋から 第34回 ビニール傘
◎H4.9「クレア」
[収]H8.9『街のはなし』文藝春秋
＊H11.9『街のはなし』文春文庫
1447　果実の女
◎H4.9「小説新潮」
[収]H5.7『法師蟬』新潮社
＊H8.6『法師蟬』新潮文庫
＊H14.5『法師蟬』埼玉福祉会 大活字本
＊H14.10『法師蟬』電子文庫パブリ
＊H14.10『法師蟬』Shincho On Demand Books
1448　大相撲私見
◎H4.9「波」
1449　アンケート特集「わが家の家訓」母の遺した言葉
◎H4.9「ノーサイド」
1450　箸袋から 第35回 ハイ
◎H4.10「クレア」
[収]H8.9『街のはなし』文藝春秋
＊H11.9『街のはなし』文春文庫
＊同じ標題の別作品あり（No.457）

II 著書・作品

- *1451* 昭和歳時記 其ノ六 茸採り
    - ◎H4.10「オール讀物」
    - ㊳H5.11『昭和歳時記』文藝春秋
    - ＊H8.10『昭和歳時記』文春文庫
- *1452* 納得できないテレビ
    - ◎H4.10「文藝家協会ニュース」
- *1453* 『天狗争乱』
    - ◎H4.10.1～H5.10.9「朝日新聞」夕刊 303回連載
    - ㊳H6.5 朝日新聞社 連載分を大幅加筆・改稿
    - ＊H6.10 大佛次郎賞受賞
    - ＊H9.7 新潮文庫
    - ＊H11.11 朝日文庫
    - ＊H13.3『群馬文学全集』第15巻 抄録
    - ＊H21.5『吉村昭歴史小説集成』第二巻 岩波書店
- *1454* 法師蟬
    - ◎H4.11「文學界」
    - ㊳H5.7『法師蟬』新潮社
    - ＊H8.6『法師蟬』新潮文庫
    - ＊H14.5『法師蟬』埼玉福祉会 大活字本
    - ＊H14.10『法師蟬』電子文庫パブリ
    - ＊H14.10『法師蟬』Shincho On Demand Books
- *1455* 昭和歳時記 其ノ七 月と星
    - ◎H4.11「オール讀物」
    - ㊳H5.11『昭和歳時記』文藝春秋
    - ＊H8.10『昭和歳時記』文春文庫
- *1456* 箸袋から 第36回 酒というもの
    - ◎H4.11「クレア」
    - ㊳H8.9『街のはなし』文藝春秋
    - ＊H11.9『街のはなし』文春文庫
    - ＊同じ標題の別作品あり（No.1847）
- *1457* 『私の文学漂流』
    - ㊳H4.11 新潮社『吉村昭自選作品集』（新潮社）の各巻の月報に連載した「私の文学的自伝」に加筆、上梓
    - ＊H7.4 新潮文庫 単行本に右記の初期短篇3作収録：死体（No.15）、青い骨（No.27）、貝殻（No.45）
    - ＊H15.10 電子文庫パブリ
    - ＊H15.10 Shincho On Demand Books
    - ＊H21.2 ちくま文庫 底本：単行本
- *1458* 昭和歳時記 其ノ八 冬の夜語り
    - ◎H4.12「オール讀物」
    - ㊳H5.11『昭和歳時記』文藝春秋
    - ＊H8.10『昭和歳時記』文春文庫

1459 箸袋から 第37回 K君の助言
◎H4.12「クレア」
[収]H8.9『街のはなし』文藝春秋
＊H11.9『街のはなし』文春文庫
1460 具志川市文学賞 選評
◎H4.12「広報ぐしかわ」
1461 具志川市文学賞 選考を終えて 中 爽やかな選考会「死に至る……」を当選作に
◎H4.12.8「沖縄タイムス」
1462 銀狐
◎H5.1「新潮」
[収]H5.7『法師蟬』新潮社
＊H8.6『法師蟬』新潮文庫
＊H14.5『法師蟬』埼玉福祉会 大活字本
＊H14.10『法師蟬』電子文庫パブリ
＊H14.10『法師蟬』Shincho On Demand Books
＊同じ標題の別作品あり（No.1497）
1463 昭和歳時記 其ノ九 夜汽車
◎H5.1「オール讀物」
[収]H5.11『昭和歳時記』文藝春秋
＊H8.10『昭和歳時記』文春文庫
1464 緑色の瓶
◎H5.1「酒」
[収]H10.5『わたしの流儀』新潮社
＊H13.5『わたしの流儀』新潮文庫
1465 箸袋から 第38回 駅弁
◎H5.1「クレア」
[収]H8.9『街のはなし』文藝春秋
＊H11.9『街のはなし』文春文庫
1466 長崎 ～心温まる地～ への旅
◎H5.1.5「産経新聞」夕刊
[収]H21.8『七十五度目の長崎行き』河出書房新社
1467 桜田門外の変・時代と格闘した男（ゲスト出演）
H5.1.15 NHK TV「歴史ドキュメント」
1468 〘エッセイ〙 動かなくなった万年筆
◎H5.2「文藝」春季号
1469 箸袋から 第39回 切れた電球
◎H5.2「クレア」
[収]H8.9『街のはなし』文藝春秋
＊H11.9『街のはなし』文春文庫
1470 受話器
◎H5.3「中央公論文芸特集」春
[収]H11.2『碇星』中央公論

Ⅱ　著書・作品

　　　　＊H14.11『碇星』中公文庫
　　　　＊同じ標題の別作品あり（No.1642）
1471　箸袋から　第40回　松かざり
　　　　◎H5.3「クレア」
　　　　㊲H8.9『街のはなし』文藝春秋
　　　　＊H11.9『街のはなし』文春文庫
1472　『私の引出し』
　　　　㊲H5.3　文藝春秋［作品］《最初の引出し　小説の周辺》　証言者の記憶（No.1270）、或る夫妻の戦後（No.1012）、伝記と陰の部分（No.1140）、ホームを走る（No.1380）、図書館（No.857）、或る刑務官の話（No.1070）、小説の中の会話（No.1223）　《二番目の引出し　歴史のはざまで》わずか百三十年前の事件（No.1342）、桜田門外の変と梅毒（No.1391）、彰義隊の戦い（No.1395）、江戸時代の伝染病（No.655）、水鉄砲と浣腸（No.940）、丁髷と牛乳（No.1086）、脚気と高木兼寛（No.1357）、ハワイ奇襲艦隊を眼にした女性（No.1388）、忘れられない眼（No.130）、那覇市の理髪師（No.1397）、零戦は歴史の遺産（No.1292）、舞い扇（No.1398）、偶然からおこなわれた心臓手術（No.1392）、心臓移植と日本人（No.1249）、胃カメラと私（No.897）　《三番目の引出し　街のながめ》行事・しきたり（No.882）、癌の告知について（No.1245）、不意の死（No.912）、掌の鼓膜（No.1084）、戦時という過去（No.1404）、むだにお飾りはくぐらない（No.957）、後姿に涙ぐむ（No.910）、鯛の頭（No.909）、並ぶ（No.1153）、変貌の傍観者（No.1246）　《四番目の引出し　遠い記憶》持て余している性格（No.1409）、困った記憶（No.966）、日暮里のお医者さん（No.978）、長いリヤカー（No.1145）、臀部の記憶（No.1149）、憂鬱な思い出（No.1260）、忘れられぬ雪合戦（No.1277）、幼稚園（No.873）、露地（No.799）、シーラカンス（No.1344）、階段教室（No.513）、無名時代の私・遠い道程（No.1262）、で十条（No.1349）、私の学歴（No.1003）　《五番目の引出し　書斎を出れば》スポーツ好き・嫌い（No.918）、総監督（No.1055）、熱い汁（No.971）、この一言（No.1047）、小説家のお金（No.1263）、家出娘（No.1382）、鮨屋の話（No.954）、落語家（No.1048）、咽喉もと過ぎれば……（No.1035）、自然であること（No.1215）、店主というもの（No.981）　《六番目の引出し　お猪口と箸》酒徒番付（No.900）、酒を飲めぬ人（No.946）、酒の楽しみ、そして、しくじり（No.997）、なんでも食べる（No.895）、風のうまさ（No.933）、食事の途中で（No.1005）、佃煮屋（No.1051）、卵とバナナ（No.1182）、講演と食物（No.1170）
　　　　＊H8.5　文春文庫［作品］単行本と同じ
1473　序文　美しい姿
　　　　◎H5.3『納棺夫日記』青木新門著　桂書房
　　　　＊H8.7『納棺夫日記』増補改訂版　文春文庫
1474　箸袋から　第41回　妻の日記
　　　　◎H5.4「クレア」
　　　　㊲H8.9『街のはなし』文藝春秋
　　　　＊H11.9『街のはなし』文春文庫
1475　おしまいのページで　白い鉢巻

◎H5.4「オール讀物」
[収]H8.9『街のはなし』文藝春秋
＊H9.12『達摩の縄跳び』おしまいのページで 2 文春文庫
＊H11.9『街のはなし』文春文庫

1476 使命感
◎H5.4「文藝家協会ニュース」
＊No.500（記念号）

1477 戦争のこと
◎H5.4『文学のある風景・隅田川』東京都近代文学博物館

1478 東屋の男
◎H5.4.11「産経新聞」
[収]H10.5『わたしの流儀』新潮社
＊H13.5『わたしの流儀』新潮文庫

1479 箸袋から 第42回 物忘れ
◎H5.5「クレア」
[収]H8.9『街のはなし』文藝春秋
＊H11.9『街のはなし』文春文庫
＊同じ標題の別作品あり（No.1996）

1480 推薦文
◎H5.5『原爆亭折ふし』中山士朗著 西田書店　帯

1481 箸袋から 第43回 行きつけの店
◎H5.6「クレア」
[収]H8.9『街のはなし』文藝春秋
＊H11.9『街のはなし』文春文庫

1482 私にとっての読者、読者としての私 闇の中
◎H5.6「海燕」
[収]H10.5『わたしの流儀』新潮社
＊H13.5『わたしの流儀』新潮文庫

1483 特集・皇居 江戸城そして皇居
◎H5.6「東京人」

1484 顔
◎H5.7「別冊文藝春秋」204号
[収]H6.5『花梨酒』エッセイ '94 日本文藝家協会編 楡出版
＊H6.8『母の写真』文藝春秋 '94年版ベスト・エッセイ集 日本エッセイスト・クラブ編
＊H9.7『母の写真』文春文庫 '94年版ベスト・エッセイ集 日本エッセイスト・クラブ編
＊同じ標題の別作品あり（No.1995）

1485 特集エッセイ「花嫁の父」私の場合 父親の涙
◎H5.7「オール讀物」
[収]H9.6『嫁ぐ娘、嫁がぬ娘へ』こころの本 山田太一編 筑摩書房

1486 箸袋から 第44回「うん」

◎H5.7「クレア」
[収]H8.9『街のはなし』文藝春秋
＊H11.9『街のはなし』文春文庫

1487　本のある日々 偏った読書
◎H5.7「波」

1488　アンケート 私の好きな芭蕉の一句
◎H5.夏「俳句αあるふぁ」

1489　短篇集『法師蟬』
[収]H5.7 新潮社［作品］海猫(No.1220), チロリアンハット(No.1219), 手鏡(No.1258), 幻(No.1339), 或る町の出来事(No.1406), 秋の旅(No.1405), 果実の女(No.1447), 法師蟬(No.1454), 銀狐(No.1462)
＊H8.6 新潮文庫［作品］単行本と同じ
＊H14.5 埼玉福祉会 大活字本［作品］単行本と同じ
＊H14.10 電子文庫パブリ［作品］単行本と同じ
＊H14.10 Shincho On Demand Books［作品］単行本と同じ

1490　遠い星
〔後改題：青い星〕
◎H5.8「文藝」秋季号
[収]H10.1『遠い幻影』文藝春秋
＊H12.12『遠い幻影』文春文庫

1491　箸袋から 第45回 居間
◎H5.8「クレア」
[収]H8.9『街のはなし』文藝春秋
＊H11.9『街のはなし』文春文庫

1492　奇蹟の漂流記
◎H5.8『初めて世界一周した日本人』加藤九祚著 新潮選書　表紙カバー

1493　新潮 大城さんとの交友
◎H5.9「新潮」

1494　箸袋から 第46回 海辺の町
◎H5.9「クレア」
[収]H8.9『街のはなし』文藝春秋
＊H11.9『街のはなし』文春文庫

1495　小説『関東大震災』を書いて
◎H5.9.1「毎日新聞」
＊関東大震災から70年 大都市震災対策シンポジウム 講演

1496　随筆 ロシア皇帝と龍
◎H5.10「中央公論」
[収]H21.11『吉村昭歴史小説集成』第八巻 岩波書店

1497　箸袋から 第47回 銀狐
◎H5.10「クレア」
[収]H8.9『街のはなし』文藝春秋
＊H11.9『街のはなし』文春文庫

＊同じ標題の別作品あり(No.1462)

1498 おしまいのページで 灰皿
◎H5.10「オール讀物」
[収]H9.12『達摩の縄跳び』おしまいのページで 2 文春文庫

1499 日暮里図書館と私
◎H5.10「うえの」

1500 「桜田門外ノ変」執筆余話
◎H5.10「茨城県史研究」71号

1501 著者からのメッセージ『ニコライ遭難』大津事件を追う
◎H5.10「図書」

1502 連載「天狗争乱」を書き終えて
◎H5.10.14「朝日新聞」夕刊

1503 政府税調意見
◎H5.10.16「朝日新聞」

1504 箸袋から 第48回 年賀葉書
◎H5.11「クレア」
[収]H8.9『街のはなし』文藝春秋
＊H11.9『街のはなし』文春文庫

1505 **『昭和歳時記』**
[収]H5.11 文藝春秋［作品］《昭和の下町》其ノ一 物干台、そして冬(No.1341), 其ノ二 焼跡での情景(No.1343), 其ノ三 帽子と履物(No.1350), 其ノ四 電灯とリヤカー(No.1356), 其ノ五 黒磯駅の駅長(No.1361), 其ノ六 病気あれこれ(No.1364), 其ノ七 火の見櫓と長火鉢(No.1368), 其ノ八 映画とラジオ(No.1371), 其ノ九 戦時中、そして戦後のラジオ放送(No.1375), 其ノ十 説教強盗の懸賞金(No.1383), 其ノ十一 文人、画人、彫刻家の話(No.1394), 其ノ十二 闇の中の都電(No.1400) 《昭和歳時記》其ノ一 桜(No.1425), 其ノ二 蛙(No.1431), 其ノ三 パナマ帽(No.1436), 其ノ四 凧(No.1441), 其ノ五 金魚(No.1444), 其ノ六 茸採り(No.1451), 其ノ七 月と星(No.1455), 其ノ八 冬の夜語り(No.1458), 其ノ九 夜汽車(No.1463)
＊H8.10 文春文庫［作品］単行本と同じ

1506 遠い過去ではない ―桜田門外の変―
◎H5.11 エッセイで楽しむ『日本の歴史』下 文藝春秋
＊H9.1 エッセイで楽しむ『日本の歴史』下 文春文庫

1507 「連」と「櫂」
◎H5.11『宮尾登美子全集』月報13 朝日新聞社

1508 最高の傑作
H5.11『七人の侍』LD版 解説書 東宝
＊H14.10『七人の侍』DVD版 解説書

1509 雪、そして下田
◎H5.12「文藝春秋」

1510 箸袋から 第49回 ほのぼのした旅
◎H5.12「クレア」

[収]H8.9『街のはなし』文藝春秋
＊H11.9『街のはなし』文春文庫
1511 寒牡丹
◎H5.12「中央公論文芸特集」冬
[収]H11.2『碇星』中央公論社
＊H11.12.26「ラジオ文芸館」NHKラジオ第1
＊H14.11『碇星』中公文庫
1512 光る藻
◎H6.1「新潮」
[収]H7.4『文学1995』日本文藝家協会編 講談社
＊H10.1『遠い幻影』文藝春秋
＊H12.12『遠い幻影』文春文庫
1513 箸袋から 第50回 券売機
◎H6.1「クレア」
[収]H8.9『街のはなし』文藝春秋
＊H11.9『街のはなし』文春文庫
1514 職人
◎H6.1「室内」
[収]H10.5『わたしの流儀』新潮社
＊H13.5『わたしの流儀』新潮文庫
1515 新春特別エッセイ 並ぶ
◎H6.1「小説新潮」
＊同じ標題の別作品あり（No.1153）
1516 **『落日の宴』**
◎H6.1～H7.10「群像」22回連載
[収]H8.4 講談社
＊H11.4 講談社文庫
＊H21.7『吉村昭歴史小説集成』第四巻 岩波書店
1517 アルバム
◎H6.2「文學界」
[収]H10.1『遠い幻影』文藝春秋
＊H12.12『遠い幻影』文春文庫
1518 箸袋から 第51回 鳥肌
◎H6.2「クレア」
[収]H8.9『街のはなし』文藝春秋
＊H11.9『街のはなし』文春文庫
＊同じ標題で同趣旨の別作品あり（No.1612）
1519 私の三日坊主 散歩用の靴
◎H6.3「小説現代」
1520 箸袋から 第52回 酒
◎H6.3「クレア」
[収]H8.9『街のはなし』文藝春秋

II 著書・作品

　　　＊H11.9『街のはなし』文春文庫
1521　文人俳句は"隠し妻"
　　　◎H6.3.8「産経新聞」夕刊
　　　＊H21.7『炎天』筑摩書房
1522　次の朝刊小説 彦九郎山河 作家の言葉
　　　◎H6.3.16「東京新聞」
1523　『彦九郎山河』連載にあたって
　　　◎H6.3.16「東京新聞」夕刊
1524　『彦九郎山河』
　　　◎H6.3.23～H6.12.31「東京新聞」他 275回連載
　　　㊕H7.9 文藝春秋
　　　＊H10.9 文春文庫
　　　＊H21.6『吉村昭歴史小説集成』第三巻 岩波書店
1525　歴史小説余話（講演）
　　　H6.3.27 久留米市民図書館（現・久留米市立中央図書館）
　　　＊録音図書製作500タイトル記念講演会
1526　おしまいのページで 積雪三〇センチ
　　　◎H6.4「オール讀物」
　　　㊕H9.12『達磨の縄跳び』おしまいのページで 2 文春文庫
　　　＊H10.5『わたしの流儀』新潮社
　　　＊H13.5『わたしの流儀』新潮文庫
1527　箸袋から 第53回 愛の手紙
　　　◎H6.4「クレア」
　　　㊕H8.9『街のはなし』文藝春秋
　　　＊H11.9『街のはなし』文春文庫
1528　小豆島と放哉（講演）
　　　H6.4.7「放哉忌」記念講演
　　　＊主催：「放哉」南郷庵友の会
　　　＊場所：香川県小豆郡土庄町本町
1529　箸袋から 第54回 あらあらかしこ
　　　◎H6.5「クレア」
　　　㊕H8.9『街のはなし』文藝春秋
　　　＊H11.9『街のはなし』文春文庫
1530　もうひとつのあとがき 渡海免状
　　　◎H6.5「IN POCKET」
　　　＊『白い航跡』に関連して
1531　箸袋から 第55回 太る
　　　◎H6.6「クレア」
1532　新潮 天狗勢と女
　　　◎H6.7「新潮」
　　　＊H21.5『吉村昭歴史小説集成』第二巻 岩波書店
　　　＊同じ標題の別作品あり（No.2138）

177

1533 新連載 私の東京散歩 第一回 私のふる里 日暮里
◎H6.7「文藝春秋」
1534 箸袋から 第56回 茶色
◎H6.7「クレア」
[収]H8.9『街のはなし』文藝春秋
＊H11.9『街のはなし』文春文庫
1535 プロアマ・オープン ノーサイド句会
◎H6.7「ノーサイド」
＊吉村 昭作俳句三句収録
1536 尾崎放哉と小豆島(講演)
☆H6.7「別冊文藝春秋」208号 初出:『私の好きな悪い癖』単行本および文庫本では、講演期日はH5.4.7とあるがH6.4.7と思われる(典拠:「放哉」南郷庵友の会ホームページ) No.1528 参照
[収]H12.10『私の好きな悪い癖』講談社
＊H15.11『私の好きな悪い癖』講談社文庫
1537 創刊25周年『諸君!』と私 「関東大震災」の証言者たち
◎H6.7「諸君!」
[収]H12.10『私の好きな悪い癖』講談社
＊H15.11『私の好きな悪い癖』講談社文庫
1538 「ら」抜き言葉と放送
◎H6.7「放送文化」
1539 乗組員の証言 裏付けられた(談)
◎H6.7.25「朝日新聞」夕刊
＊潜水艦「伊-29号」撃沈に関して
1540 昭和20年8月15日 私の青春の1日 白い道
◎H6.8「文藝春秋」
＊同じ標題の別作品あり(No.131)
1541 箸袋から 第57回 いい肴と酒
◎H6.8「クレア」
[収]H8.9『街のはなし』文藝春秋
＊H11.9『街のはなし』文春文庫
1542 少年時代の夏
◎H6.8「うえの」424号
1543 箸袋から 第58回 媒酌人
◎H6.9「クレア」
[収]H8.9『街のはなし』文藝春秋
＊H11.9『街のはなし』文春文庫
＊同じ標題の別作品あり(No.84 & 2128)
1544 私と万年筆
◎H6.9.28「毎日グラフ・アミューズ」
1545 時間の尺度
◎H6.10「文學界」

㉝H7.8『お父っつあんの冒険』文藝春秋 '95年版ベスト・エッセイ集 日本エッセイスト・クラブ編
＊H10.5『わたしの流儀』新潮社
＊H10.8『お父っつあんの冒険』文春文庫
＊H13.5『わたしの流儀』新潮文庫

1546 おしまいのページで チャンチキ
◎H6.10「オール讀物」
㉝H9.12『達摩の縄跳び』おしまいのページで 2 文春文庫

1547 箸袋から 第59回 鶏卵
◎H6.10「クレア」
㉝H8.9『街のはなし』文藝春秋
＊H11.9『街のはなし』文春文庫

1548 解体新書の周辺（講演）
H6.10.24
＊角館 新潮社記念文学館

1549 箸袋から 第60回 お買い得
◎H6.11「クレア」
㉝H8.9『街のはなし』文藝春秋
＊H11.9『街のはなし』文春文庫

1550 日本酒は花盛り
◎H6.11 別冊「暮しの設計」
㉝H9.1『日本酒を愉しむ』（うまい酒と出会う法） 中公文庫ビジュアル版

1551 つい先頃の事件
◎H6.11「小説歴史街道」
＊『桜田門外ノ変』について

1552 「武蔵」沈没50年
◎H6.11.7「産経新聞」夕刊

1553 ラナルド・マクドナルドと長崎（講演）
H6.11.11 長崎南ロータリークラブ 創立30周年記念講演
㉝『30年の歩み』（発行年月不明）長崎南ロータリークラブ編

1554 箸袋から 第61回「奥さん」
◎H6.12「クレア」
㉝H8.9『街のはなし』文藝春秋
＊H11.9『街のはなし』文春文庫

1555 私の写真館
◎H6.12「正論」
㉝H12.10『私の好きな悪い癖』講談社
＊H15.11『私の好きな悪い癖』講談社文庫

1556 桜まつり
◎H7.1「新潮」
㉝H10.1『遠い幻影』文藝春秋
＊H12.12『遠い幻影』文春文庫

179

1557 父親の旅
◎H7.1「文藝春秋」
[収]H10.1『遠い幻影』文藝春秋
＊H12.12『遠い幻影』文春文庫
1558 老眼鏡
◎H7.1「オール讀物」
[収]H7.3『再婚』角川書店
＊H10.1『再婚』角川文庫
1559 箸袋から 第62回 駅のホーム
◎H7.1「クレア」
[収]H8.9『街のはなし』文藝春秋
＊H11.9『街のはなし』文春文庫
1560 新春特別エッセイ 一夜明ければ元朝の……
◎H7.1「小説新潮」
1561 特集：山頭火と放哉 才能ということ
◎H7.1「國文学」解釈と教材の研究
1562 歴史のプロムナード 桜田門外ノ変
◎H7.1「野性時代」
1563 彦九郎山河の連載を終えて
◎H7.1.12「東京新聞」夕刊
1564 大地震での「車の怖さ」
◎H7.1.21「朝日新聞」夕刊
[収]H7.8『記憶よ語れ』作品社
1565 箸袋から 第63回 甚兵衛
◎H7.2「クレア」
[収]H8.9『街のはなし』文藝春秋
＊H11.9『街のはなし』文春文庫
1566 歴史はくり返す
◎H7.3「文藝春秋」
1567 箸袋から 第64回 花
◎H7.3「クレア」
[収]H8.9『街のはなし』文藝春秋
＊H11.9『街のはなし』文春文庫
1568 短篇集『再婚』
[収]H7.3　角川書店　［作品］　老眼鏡（No.1558），男の家出（No.1094），再婚（No.1147），貸金庫（No.1161），湖のみえる風景（No.830），青い絵（No.536），月夜の炎（No.930），夜の饗宴（No.72）
＊H10.1 角川文庫［作品］単行本と同じ
1569 歴史小説うらばなし（講演）
H7.3.5
＊会場：田野畑村 ホテル羅賀
1570 箸袋から 第65回 焼香

II 著書・作品

◎H7.4「クレア」
㊄H8.9『街のはなし』文藝春秋
＊H11.9『街のはなし』文春文庫

1571 随想・春夏秋冬 読者からの手紙
◎H7.4「別冊文藝春秋」211号
＊同じ標題の別作品あり(No.1018, 1135 & 1779)

1572 おしまいのページで 蛙の腹
◎H7.4「オール讀物」
㊄H9.12『達摩の縄跳び』おしまいのページで 2 文春文庫

1573 21世紀へのメッセージ 生き方の扉 父の教訓
◎H7.4.6「週刊新潮」

1574 箸袋から 第66回 うどん
◎H7.5「クレア」
㊄H8.9『街のはなし』文藝春秋
＊H11.9『街のはなし』文春文庫
＊H18.4『私の食自慢・味自慢』第四巻「うどん」嵐山光三郎監修 リブリオ出版
＊同じ標題の別作品あり(No.544 & 1644)

1575 監修にあたり……
◎H7.5『戦艦三笠すべての動き』
＊パンフレットおよび図書の帯に掲載

1576 『戦艦三笠すべての動き』
㊄H7.5 エムティ出版 全四巻
＊吉村 昭監修

1577 「三笠」爆沈
◎H7.5『戦艦三笠すべての動き』第4巻
＊標題作は『陸奥爆沈』(No.264)より抄録

1578 日本の夜明けと長崎(講演)
H7.5.24 全国広告連盟(全広連)第43回大会
＊会場：長崎市公会堂

1579 箸袋から 第67回 河豚
◎H7.6「クレア」
㊄H8.9『街のはなし』文藝春秋
＊H11.9『街のはなし』文春文庫

1580 特集 戦後五十年 卒業以来五十年
〔後改題：私の中学時代〕
◎H7.6「開成会会報」第81号
㊄H12.10『私の好きな悪い癖』講談社
＊H15.11『私の好きな悪い癖』講談社文庫

1581 『プリズンの満月』
㊄H7.6 新潮社 書下ろし
＊H10.8 新潮文庫

Ⅱ 著書・作品

1582 箸袋から 第68回 告知
　　◎H7.7「クレア」
　　㊲H8.9『街のはなし』文藝春秋
　　＊H11.9『街のはなし』文春文庫
1583 解説
　　◎H7.7『たった一人の生還』佐野三治著 新潮文庫
1584 美しき日本人 50の肖像 深海正治
　　◎H7.8「文藝春秋」
　　＊戦後五十年特別企画
1585 箸袋から 第69回 戒律
　　◎H7.8「クレア」
1586 戦争を見る眼
　　◎H7.8『大岡昇平全集』8月報11 筑摩書房
1587 戦後50年への思い 敗戦の年末、父の葬儀
　　◎H7.8.12「産経新聞」
　　㊲H8.7『大きなお世話』（エッセイ'96）日本文藝家協会編 光村図書
1588 箸袋から 第70回 一輪の花
　　◎H7.9「クレア」
　　㊲H8.9『街のはなし』文藝春秋
　　＊H11.9『街のはなし』文春文庫
1589 将来のお嫁さん
　　◎H7.9「ノーサイド」
　　㊲H8.12『心に残る人びと』文春文庫
1590 『彦九郎山河』を書いて
　　◎H7.9「本の話」
　　＊H21.6『吉村昭歴史小説集成』第三巻 岩波書店
1591 北へ注がれる強い視線
　　◎H7.9「北の夜明け」
　　＊初出：『北海道立文学館特別展図録』道立文学館編
1592 玉ノ海と文ちゃん
　　◎H7.9.1「別冊NHKウィークリーステラ」
1593 箸袋から 第71回 蒸気機関車
　　◎H7.10「クレア」
　　㊲H8.9『街のはなし』文藝春秋
　　＊H11.9『街のはなし』文春文庫
1594 おしまいのページで セミプロ
　　◎H7.10「オール讀物」
　　㊲H9.12『達磨の縄跳び』おしまいのページで2 文春文庫
1595 『梅の蕾』
　　◎H7.10「別冊文藝春秋」213号
　　㊲H9.5 私家版『梅の蕾』
　　＊H10.1『遠い幻影』文藝春秋

II 著書・作品

　　　　＊H12.12『遠い幻影』文春文庫
1596 切り通し
　　　　◎H7.10「うえの」438号
1597 『文学、内と外の思想』文学論ノート
　　　　㊞H7.10 おうふう〔作品〕戦艦武蔵ノート（No.193）、暗夜行路の旅（No.440）
　　　　＊秋山 駿、大河内昭爾、吉村 昭共著
1598 私の生きる意義
　　　　◎H7.10『現代作家写真館』榊原和夫著 公募ガイド社
1599 箸袋から 第72回 赤いリボン
　　　　◎H7.11「クレア」
　　　　㊞H8.9『街のはなし』文藝春秋
　　　　＊H11.9『街のはなし』文春文庫
1600 小説と資料（講演）
　　　　〔後改題：史実と小説〕
　　　　H7.11.12
　　　　㊞H9.3「文化展望・四日市 LA SAUGE」第14号（講演抄録）
　　　　＊講演：四日市市立博物館記念講演
　　　　＊会場：四日市市立文化会館
　　　　＊H21.8『吉村昭歴史小説集成』第五巻 岩波書店
1601 日本の刑罰史（この3冊 吉村昭選）
　　　　◎H7.11.14「毎日新聞」
　　　　㊞H10.10『本読みの達人が選んだ「この3冊」』丸谷才一編 毎日新聞社
1602 箸袋から 第73・最終回 白い足袋
　　　　◎H7.12「クレア」
　　　　㊞H8.9『街のはなし』文藝春秋
　　　　＊H11.9『街のはなし』文春文庫
1603 書斎の窓 飲酒の楽しみ
　　　　◎H7.12.31「信濃毎日新聞」
　　　　＊標題「飲酒の楽しみ」は「信濃毎日新聞」には記載がなく、「愛媛新聞」に
　　　　　依る
1604 無題（WRITING CULTURE SPECIAL）
　　　　◎H8「ゴールデンアロー」
　　　　＊発行月日不明 万年筆に関する談話
1605 「プリズンの満月」を書いて
　　　　◎H8.1「刑政」
1606 観覧車
　　　　◎H8.1「小説新潮」
　　　　㊞H11.5『天に遊ぶ』新潮社
　　　　＊H15.5『天に遊ぶ』新潮文庫
1607 『生麦事件』
　　　　◎H8.1～H10.8「新潮」29回連載
　　　　㊞H10.9 新潮社

II 著書・作品

　　　＊H14.6 新潮文庫 上・下
　　　＊H21.4『吉村昭歴史小説集成』第一巻 岩波書店
1608　書斎の窓 偽者
　　　◎H8.1.7「信濃毎日新聞」他
　　　＊同じ標題の別作品あり（No.1776）
1609　書斎の窓 母親
　　　◎H8.1.14「信濃毎日新聞」他
　　　㊃H10.5『わたしの流儀』新潮社
　　　＊H13.5『わたしの流儀』新潮文庫
1610　書斎の窓 憩いの旅
　　　◎H8.1.21「信濃毎日新聞」他
　　　㊃H10.5『わたしの流儀』新潮社
　　　＊H13.5『わたしの流儀』新潮文庫
1611　書斎の窓 鮨職人
　　　◎H8.1.28「信濃毎日新聞」他
　　　㊃H10.5『わたしの流儀』新潮社
　　　＊H13.5『わたしの流儀』新潮文庫
1612　書斎の窓 鳥肌
　　　◎H8.2.4「信濃毎日新聞」他
　　　㊃H10.5『わたしの流儀』新潮社（大幅改稿して収録）
　　　＊H13.5『わたしの流儀』新潮文庫
　　　＊同じ標題の別作品あり（No.1518）
1613　書斎の窓 将棋盤
　　　◎H8.2.11「信濃毎日新聞」他
　　　㊃H10.5『わたしの流儀』新潮社
　　　＊H13.5『わたしの流儀』新潮文庫
1614　書斎の窓 男の歌声
　　　◎H8.2.18「信濃毎日新聞」他
　　　㊃H10.5『わたしの流儀』新潮社
　　　＊H13.5『わたしの流儀』新潮文庫
1615　書斎の窓 もしもし
　　　◎H8.2.25「信濃毎日新聞」他
　　　㊃H10.5『わたしの流儀』新潮社
　　　＊H13.5『わたしの流儀』新潮文庫
1616　書斎の窓 鮎
　　　◎H8.3.3「信濃毎日新聞」他
　　　㊃H10.5『わたしの流儀』新潮社
　　　＊H13.5『わたしの流儀』新潮文庫
1617　書斎の窓 椅子
　　　◎H8.3.10「信濃毎日新聞」他
　　　㊃H10.5『わたしの流儀』新潮社
　　　＊H13.5『わたしの流儀』新潮文庫

II 著書・作品

1618 書斎の窓 短銃
　　　◎H8.3.17「信濃毎日新聞」他
　　　㊊H10.5『わたしの流儀』新潮社
　　　＊H13.5『わたしの流儀』新潮文庫

1619 書斎の窓 ロウソク
　　　◎H8.3.24「信濃毎日新聞」他
　　　＊標題「ロウソク」は「愛媛新聞」に依る

1620 書斎の窓 辞書
　　　◎H8.3.31「信濃毎日新聞」他
　　　㊊H10.5『わたしの流儀』新潮社
　　　＊H13.5『わたしの流儀』新潮文庫
　　　＊同じ標題（後改題）の別作品あり（No.1744）

1621 おしまいのページで 犬の眼
　　　◎H8.4「オール讀物」
　　　㊊H9.12『達磨の縄跳び』おしまいのページで 2 文春文庫

1622 「落日の宴」の主人公
　　　◎H8.4「本」

1623 書斎の窓 古賀先生
　　　◎H8.4.7「信濃毎日新聞」他
　　　㊊H10.5『わたしの流儀』新潮社
　　　＊H13.5『わたしの流儀』新潮文庫

1624 書斎の窓 歯みがき
　　　◎H8.4.14「信濃毎日新聞」他
　　　㊊H10.5『わたしの流儀』新潮社
　　　＊H13.5『わたしの流儀』新潮文庫

1625 書斎の窓 ポット
　　　◎H8.4.21「信濃毎日新聞」他
　　　㊊H10.5『わたしの流儀』新潮社
　　　＊H13.5『わたしの流儀』新潮文庫

1626 書斎の窓 アルバイト
　　　◎H8.4.28「信濃毎日新聞」他
　　　＊標題「アルバイト」は「信濃毎日新聞」では記載なく、「愛媛新聞」に依る
　　　＊同じ標題の別作品あり（No.1064）

1627 明治維新と幕吏
　　　◎H8.5「文藝春秋」
　　　㊊H9.7『司馬サンの大阪弁』文藝春秋 '97年版ベスト・エッセイ集 日本エッセイスト・クラブ編
　　　＊同上文春文庫版（H12.9）には収録なし

1628 書斎の窓 マンガ雑誌
　　　◎H8.5.5「信濃毎日新聞」他
　　　㊊H10.5『わたしの流儀』新潮社
　　　＊H13.5『わたしの流儀』新潮文庫

1629　書斎の窓 睡眠
◎H8.5.12「信濃毎日新聞」他
[収]H10.5『わたしの流儀』新潮社
＊H13.5『わたしの流儀』新潮文庫

1630　書斎の窓 名刺
◎H8.5.19「信濃毎日新聞」他
[収]H10.5『わたしの流儀』新潮社
＊H13.5『わたしの流儀』新潮文庫
＊同じ標題の別作品あり（No.703）

1631　書斎の窓 マラソン
◎H8.5.26「信濃毎日新聞」他
＊標題「マラソン」は「信濃毎日新聞」では記載なく「愛媛新聞」に依る

1632　神崎さん
◎H8.6『俺たちの開成時代』ベンケン20年同期会

1633　身辺短信
◎H8.6『俺たちの開成時代』ベンケン20年同期会

1634　書斎の窓 八百屋さん
◎H8.6.2「信濃毎日新聞」他
[収]H10.5『わたしの流儀』新潮社
＊H13.5『わたしの流儀』新潮文庫

1635　書斎の窓 香典婆さん
◎H8.6.9「信濃毎日新聞」他
[収]H10.5『わたしの流儀』新潮社
＊H13.5『わたしの流儀』新潮文庫

1636　幕末、ロシア全権大使を感服させた日本人の理想型「川路聖謨」の人格（談）
〔後改題：日本人にとっての“鏡”〕
◎H8.6.12「SAPIO」
＊H21.7『吉村昭歴史小説集成』第四巻 岩波書店

1637　書斎の窓 美人
◎H8.6.16「信濃毎日新聞」他
[収]H10.5『わたしの流儀』新潮社
＊H13.5『わたしの流儀』新潮文庫

1638　書斎の窓 句会
◎H8.6.23「信濃毎日新聞」他
[収]H10.5『わたしの流儀』新潮社
＊H13.5『わたしの流儀』新潮文庫
＊H21.7『炎天』筑摩書房

1639　書斎の窓 船酔い
◎H8.6.30「信濃毎日新聞」他
[収]H10.5『わたしの流儀』新潮社
＊H13.5『わたしの流儀』新潮文庫

1640　一頁近代作家論 森鷗外「歴史其儘」

◎H8.7「新潮」臨時増刊号
1641 眼
　　　◎H8.7「季刊文科」第1号
　　　㊄H10.1『遠い幻影』文藝春秋
　　　＊H12.12『遠い幻影』文春文庫
　　　＊同じ標題の別作品あり(No.517)
1642 書斎の窓 受話器
　　　◎H8.7.7「信濃毎日新聞」他
　　　㊄H10.5『わたしの流儀』新潮社
　　　＊H13.5『わたしの流儀』新潮文庫
　　　＊同じ標題の別作品あり(No.1470)
1643 おいしいエッセー 鯛めし
　　　◎H8.7.8「産経新聞」
　　　㊄H10.5『わたしの流儀』新潮社
　　　＊H13.5『わたしの流儀』新潮文庫
1644 おいしいエッセー うどん
　　　◎H8.7.9「産経新聞」
　　　㊄H10.5『わたしの流儀』新潮社
　　　＊H13.5『わたしの流儀』新潮文庫
　　　＊同じ標題の別作品あり(No.544 & 1574)
1645 おいしいエッセー 包丁
　　　◎H8.7.10「産経新聞」
　　　㊄H10.5『わたしの流儀』新潮社
　　　＊H13.5『わたしの流儀』新潮文庫
1646 おいしいエッセー 長崎の味
　　　◎H8.7.11「産経新聞」
　　　㊄H10.5『わたしの流儀』新潮社
　　　＊H13.5『わたしの流儀』新潮文庫
1647 わが街⑦ 長崎 百円硬貨の町
　　　◎H8.7.11「週刊新潮」
　　　㊄H12.10『私の好きな悪い癖』講談社
　　　＊H15.11『私の好きな悪い癖』講談社文庫
1648 書斎の窓 歴史の村
　　　◎H8.7.14「信濃毎日新聞」他
　　　㊄H10.5『わたしの流儀』新潮社
　　　＊H13.5『わたしの流儀』新潮文庫
1649 おいしいエッセー 幻のラーメン
　　　◎H8.7.16「産経新聞」
　　　㊄H10.5『わたしの流儀』新潮社
　　　＊H13.5『わたしの流儀』新潮文庫
1650 おいしいエッセー ささやかな憩い
　　　◎H8.7.17「産経新聞」

[収]H10.5『わたしの流儀』新潮社
＊H13.5『わたしの流儀』新潮文庫

1651 おいしいエッセー 最後の晩餐
◎H8.7.18「産経新聞」
[収]H10.5『わたしの流儀』新潮社
＊H13.5『わたしの流儀』新潮文庫

1652 書斎の窓 結婚相手
◎H8.7.21「信濃毎日新聞」他
[収]H10.5『わたしの流儀』新潮社
＊H13.5『わたしの流儀』新潮文庫

1653 書斎の窓 図書館
◎H8.7.28「信濃毎日新聞」他
[収]H10.5『わたしの流儀』新潮社
＊H13.5『わたしの流儀』新潮文庫
＊同じ標題の別作品あり（No.857）

1654 『偉大なる王（ワン）』
◎H8.8「オール讀物」
＊大アンケート 私の好きな動物文学

1655 書斎の窓 サンドイッチ
◎H8.8.4「信濃毎日新聞」他
[収]H10.5『わたしの流儀』新潮社
＊H13.5『わたしの流儀』新潮文庫

1656 書斎の窓 香典
◎H8.8.11「信濃毎日新聞」他
[収]H10.5『わたしの流儀』新潮社
＊H13.5『わたしの流儀』新潮文庫

1657 書斎の窓 店主
◎H8.8.18「信濃毎日新聞」他
[収]H10.5『わたしの流儀』新潮社
＊H13.5『わたしの流儀』新潮文庫

1658 書斎の窓 容器
◎H8.8.25「信濃毎日新聞」他
[収]H10.5『わたしの流儀』新潮社
＊H13.5『わたしの流儀』新潮文庫

1659 クルージング
◎H8.9「新潮」
[収]H10.1『遠い幻影』文藝春秋
＊H12.12『遠い幻影』文春文庫

1660 **随筆集『街のはなし』**
[収]H8.9 文藝春秋［作品］《I》 入学祝い（No.1365），赤いリボン（No.1599），電話のはなし（No.1271），ドアをしめる（No.1363），席をゆずる（No.1385），万引き（No.1401），白い鉢巻（No.1475），お買い得（No.1549），十七歳の少年

(No.498)、最敬礼(No.1279)、白い足袋(No.1602)、K君の助言(No.1459)、切れた電球(No.1469)、物忘れ(No.1479)、告知(No.1582)、焼香(No.1570)、お気持ちだけ……(No.1426)、一輪の花(No.1588)、町の講演会(No.1345)、甚兵衛(No.1565) 《II》 女性の装い(No.1264)、流行について(No.1284)、肉づきの良い女性(No.1297)、駅にて(No.1369)、出てゆく(No.1407)、平手打ち(No.1278)、レンズを意識(No.1393)、気になる女性(No.1336)、茶色(No.1534)、駅のホーム(No.1559)、結婚適齢期のこと(No.1256)、お世話になりました(No.1437)、居間(No.1491)、若気の至り(No.1267)、愛の手紙(No.1527)、媒酌人(No.1543) 《III》「奥さん」(No.1554)、ハイ(No.1450)、物の呼び方(No.1261)、わが家のビデオ(No.1237)、商品の名称(No.1250)、メメズとミミズ(No.1372)、鳥肌(No.1518)、あらあらかしこ(No.1529)、内(No.1413)、名人(No.1255)、妻の日記(No.1474)、ビニール傘(No.1446)、机の上のトイレットペーパー(No.1290)、背広(No.1335)、松かざり(No.1471)、年賀葉書(No.1504)、ハシカ(No.1222)、便所の広さ(No.1355)、鶏卵(No.1547)、券売機(No.1513)、蒸気機関車(No.1593)、花(No.1567) 《IV》 いい肴と酒(No.1541)、うどん(No.1574)、河豚(No.1579)、「うん」(No.1486)、落着かない店(No.1300)、酒(No.1520)、食事と結婚(No.1376)、習慣、そして癖(No.1340)、マヨネーズ(No.891)、地下食料品売場にて(No.1419)、酒というもの(No.1456)、行きつけの店(No.1481)、頭がそれになっている(No.1442)、駅弁(No.1465)、海辺の町(No.1494)、お世話焼き(No.1332)、その地の印象(No.1351)、銀狐(No.1497)、二十五円(No.1423)、東京タワー(No.1432)、ほのぼのした旅(No.1510)
　　　＊H11.9 文春文庫［作品］単行本と同じ

1661　書斎の窓 代打
　　　◎H8.9.1「信濃毎日新聞」他
　　　㊄H10.5『わたしの流儀』新潮社
　　　＊H13.5『わたしの流儀』新潮文庫

1662　書斎の窓 まんず
　　　◎H8.9.8「信濃毎日新聞」他
　　　㊄H10.5『わたしの流儀』新潮社
　　　＊H13.5『わたしの流儀』新潮文庫

1663　書斎の窓 誤配
　　　◎H8.9.15「信濃毎日新聞」他
　　　㊄H10.5『わたしの流儀』新潮社
　　　＊H13.5『わたしの流儀』新潮文庫

1664　書斎の窓 星への旅
　　　◎H8.9.22「信濃毎日新聞」他
　　　＊標題「星への旅」は「信濃毎日新聞」では記載なく「愛媛新聞」に依る
　　　＊同じ標題の別作品あり(No.98)

1665　書斎の窓 腹巻き
　　　◎H8.9.29「信濃毎日新聞」他
　　　㊄H10.5『わたしの流儀』新潮社

＊H13.5『わたしの流儀』新潮文庫

1666 私空間 書斎
◎H8.9.30「朝日新聞」夕刊
[収]H10.5『わたしの流儀』新潮社
＊H13.5『わたしの流儀』新潮文庫

1667 おしまいのページで A君の欠席
◎H8.10「オール讀物」
[収]H9.12『達摩の縄跳び』おしまいのページで 2 文春文庫
＊H10.5『わたしの流儀』新潮社
＊H13.5『わたしの流儀』新潮文庫

1668 （文学碑）碑文
H8.10
＊碑名：ラナルド・マクドナルド顕彰碑
＊所在地：北海道利尻富士町野塚 野塚展望台
＊S62に建てた木碑をH8.10 改建立

1669 私空間 尾竹橋
◎H8.10.1「朝日新聞」夕刊
[収]H10.5『わたしの流儀』新潮社
＊H13.5『わたしの流儀』新潮文庫

1670 私空間 天狗勢
◎H8.10.2「朝日新聞」夕刊
[収]H10.5『わたしの流儀』新潮社
＊H13.5『わたしの流儀』新潮文庫

1671 私空間 ドアとノブ
◎H8.10.3「朝日新聞」夕刊
[収]H10.5『わたしの流儀』新潮社
＊H13.5『わたしの流儀』新潮文庫

1672 書斎の窓 ノーベル賞
◎H8.10.6「信濃毎日新聞」他
[収]H10.5『わたしの流儀』新潮社
＊H13.5『わたしの流儀』新潮文庫

1673 書斎の窓 ハイカン
◎H8.10.13「信濃毎日新聞」他
[収]H10.5『わたしの流儀』新潮社
＊H13.5『わたしの流儀』新潮文庫

1674 書斎の窓 酒と牛乳
◎H8.10.20「信濃毎日新聞」他
＊標題「酒と牛乳」は「信濃毎日新聞」では記載なく「愛媛新聞」に依る

1675 書斎の窓 まちがい電話
◎H8.10.27「信濃毎日新聞」他
[収]H10.5『わたしの流儀』新潮社
＊H13.5『わたしの流儀』新潮文庫

1676　「もしあのままだったら作家になれなかった」（談）
◎H8.11「広報たのはた」
1677　書斎の窓 机
◎H8.11.3「信濃毎日新聞」他
[収]H10.5『わたしの流儀』新潮社
＊H13.5『わたしの流儀』新潮文庫
1678　書斎の窓 赤信号
◎H8.11.10「信濃毎日新聞」他
[収]H10.5『わたしの流儀』新潮社
＊H13.5『わたしの流儀』新潮文庫
1679　書斎の窓 ホテル
◎H8.11.17「信濃毎日新聞」他
[収]H10.5『わたしの流儀』新潮社
＊H13.5『わたしの流儀』新潮文庫
1680　書斎の窓 タクシー
◎H8.11.24「信濃毎日新聞」他
[収]H10.5『わたしの流儀』新潮社
＊H13.5『わたしの流儀』新潮文庫
1681　仕事の周辺 歴史小説からの脱出
◎H8.12「季刊文科」第2号
1682　書斎の窓 ワープロ
◎H8.12.1「信濃毎日新聞」他
＊標題「ワープロ」は「信濃毎日新聞」では記載なく「愛媛新聞」に依る
1683　69
◎H8.12.8「信濃毎日新聞」他
[収]H10.5『わたしの流儀』新潮社
＊H13.5『わたしの流儀』新潮文庫
1684　書斎の窓 秋田県酒田港
◎H8.12.15「信濃毎日新聞」他
[収]H10.5『わたしの流儀』新潮社
＊H13.5『わたしの流儀』新潮文庫
1685　書斎の窓 ノンキ
◎H8.12.22「信濃毎日新聞」他
[収]H10.5『わたしの流儀』新潮社
＊H13.5『わたしの流儀』新潮文庫
1686　書斎の窓 サイン会
◎H8.12.29「信濃毎日新聞」他
[収]H10.5『わたしの流儀』新潮社
＊H13.5『わたしの流儀』新潮文庫
1687　特集 歴史と文学 私と歴史小説
◎H9.1「新潮」
1688　写真家の死

◎H9.1「文學界」
[収]H10.5『わたしの流儀』新潮社
*H13.5『わたしの流儀』新潮文庫

1689 闇と光
◎H9.1「群像」
[収]H10.5『わたしの流儀』新潮社
*H13.5『わたしの流儀』新潮文庫

1690 天に遊ぶ 鰭紙
◎H9.1「波」
[収]H11.5『天に遊ぶ』新潮社
*H15.5『天に遊ぶ』新潮文庫

1691 卓上日記 小説の題名
◎H9.1.5「日本経済新聞」
[収]H10.5『わたしの流儀』新潮社
*H13.5『わたしの流儀』新潮文庫

1692 卓上日記 占い師
◎H9.1.12「日本経済新聞」
[収]H10.5『わたしの流儀』新潮社
*H13.5『わたしの流儀』新潮文庫

1693 卓上日記 私の眼
◎H9.1.19「日本経済新聞」
[収]H10.5『わたしの流儀』新潮社
*H13.5『わたしの流儀』新潮文庫

1694 卓上日記 母と子の絆
◎H9.1.26「日本経済新聞」
[収]H10.5『わたしの流儀』新潮社
*H13.5『わたしの流儀』新潮文庫

1695 天に遊ぶ 同居
◎H9.2「波」
[収]H11.5『天に遊ぶ』新潮社
*H15.5『天に遊ぶ』新潮文庫

1696 卓上日記 地方の史家
◎H9.2.2「日本経済新聞」
[収]H10.5『わたしの流儀』新潮社
*H13.5『わたしの流儀』新潮文庫

1697 卓上日記 卒業生の寄付
◎H9.2.9「日本経済新聞」
[収]H10.5『わたしの流儀』新潮社
*H13.5『わたしの流儀』新潮文庫

1698 卓上日記 困った
◎H9.2.16「日本経済新聞」
[収]H10.5『わたしの流儀』新潮社

　　　　＊H13.5『わたしの流儀』新潮文庫
1699　卓上日記 そばを食べる
　　　　◎H9.2.23「日本経済新聞」
　　　　㊌H10.5『わたしの流儀』新潮社
　　　　＊H13.5『わたしの流儀』新潮文庫
　　　　＊H18.4『私の食自慢・味自慢』第三巻「そば」嵐山光三郎監修 リブリオ出版（「蕎麦を食べる」として）
1700　天に遊ぶ 頭蓋骨
　　　　◎H9.3「波」
　　　　㊌H11.5『天に遊ぶ』新潮社
　　　　＊H15.5『天に遊ぶ』新潮文庫
1701　深夜起きている人
　　　　◎H9.春「ラジオ深夜便」
1702　卓上日記 人の列
　　　　◎H9.3.2「日本経済新聞」
　　　　㊌H10.5『わたしの流儀』新潮社
　　　　＊H13.5『わたしの流儀』新潮文庫
1703　卓上日記 こわいもの見たさ
　　　　◎H9.3.9「日本経済新聞」
　　　　㊌H10.5『わたしの流儀』新潮社
　　　　＊H13.5『わたしの流儀』新潮文庫
1704　卓上日記 銘木
　　　　◎H9.3.16「日本経済新聞」
　　　　㊌H10.5『わたしの流儀』新潮社
　　　　＊H13.5『わたしの流儀』新潮文庫
1705　卓上日記 人相
　　　　◎H9.3.23「日本経済新聞」
　　　　㊌H10.5『わたしの流儀』新潮社
　　　　＊H13.5『わたしの流儀』新潮文庫
1706　卓上日記 テレビのコマーシャル
　　　　◎H9.3.30「日本経済新聞」
　　　　㊌H10.5『わたしの流儀』新潮社
　　　　＊H13.5『わたしの流儀』新潮文庫
1707　朱の丸船印
　　　　〔後改題：『朱の丸御用船』〕
　　　　◎H9.4「文學界」
　　　　㊌H9.6 文藝春秋
　　　　＊H12.7 文春文庫
　　　　＊H16.11 埼玉福祉会 大活字本
1708　おしまいのページで 潮の臭い
　　　　◎H9.4「オール讀物」
1709　天に遊ぶ 香奠袋

◎H9.4「波」
㊷H11.5『天に遊ぶ』新潮社
＊H15.5『天に遊ぶ』新潮文庫
1710 「桜」という席題
◎H9.4・5合併号「俳句αあるふぁ」
㊷H10.5『わたしの流儀』新潮社
＊H13.5『わたしの流儀』新潮文庫
1711 卓上日記 野呂運送店
◎H9.4.6「日本経済新聞」
㊷H10.5『わたしの流儀』新潮社
＊H13.5『わたしの流儀』新潮文庫
1712 卓上日記 日の丸
◎H9.4.11「日本経済新聞」夕刊
㊷H10.5『わたしの流儀』新潮社
＊H13.5『わたしの流儀』新潮文庫
1713 卓上日記 ありがた迷惑
◎H9.4.18「日本経済新聞」夕刊
㊷H10.5『わたしの流儀』新潮社
＊H13.5『わたしの流儀』新潮文庫
1714 卓上日記 牛乳店
◎H9.4.25「日本経済新聞」夕刊
1715 天に遊ぶ お姜さん
◎H9.5「波」
㊷H11.5『天に遊ぶ』新潮社
＊H15.5『天に遊ぶ』新潮文庫
1716 卓上日記 朝の目ざめ
◎H9.5.2「日本経済新聞」夕刊
㊷H10.5『わたしの流儀』新潮社
＊H13.5『わたしの流儀』新潮文庫
1717 卓上日記 東京の牧舎
◎H9.5.9「日本経済新聞」夕刊
㊷H10.5『わたしの流儀』新潮社
＊H13.5『わたしの流儀』新潮文庫
1718 卓上日記 偉い
◎H9.5.16「日本経済新聞」夕刊
1719 ファンとしてうれしい（談）
◎H9.5.19「毎日新聞」夕刊
＊「闇にひらめく」（No.741）を原作とする映画「うなぎ」がカンヌ国際映画祭で大賞を受賞して
1720 信頼感があった（談）
◎H9.5.20「愛媛新聞」
＊「うなぎ」カンヌ国際映画祭での受賞に関して

1721　卓上日記 狂信的な勤皇家
　　　◎H9.5.23「日本経済新聞」夕刊
　　　㊡H10.5『わたしの流儀』新潮社
　　　＊H13.5『わたしの流儀』新潮文庫
1722　私の好きな句
　　　◎H9.5.26「朝日新聞」
　　　＊H21.7『炎天』筑摩書房
1723　卓上日記 定刻の始発電車
　　　◎H9.5.30「日本経済新聞」夕刊
　　　㊡H10.5『わたしの流儀』新潮社
　　　＊H13.5『わたしの流儀』新潮文庫
1724　評『永遠の都』3 加賀乙彦
　　　◎H9.6『永遠の都』3 加賀乙彦 新潮文庫　帯
1725　天に遊ぶ 梅毒
　　　◎H9.6「波」
　　　㊡H11.5『天に遊ぶ』新潮社
　　　＊H15.5『天に遊ぶ』新潮文庫
1726　卓上日記 江戸時代の公共投資
　　　◎H9.6.6「日本経済新聞」夕刊
　　　㊡H10.5『わたしの流儀』新潮社
　　　＊H13.5『わたしの流儀』新潮文庫
1727　卓上日記 誕生日のプレゼント
　　　◎H9.6.13「日本経済新聞」夕刊
　　　㊡H10.5『わたしの流儀』新潮社
　　　＊H13.5『わたしの流儀』新潮文庫
1728　卓上日記 病は気から
　　　◎H9.6.20「日本経済新聞」夕刊
　　　㊡H10.5『わたしの流儀』新潮社
　　　＊H13.5『わたしの流儀』新潮文庫
1729　卓上日記 トンネルと幕
　　　◎H9.6.27「日本経済新聞」夕刊
　　　㊡H10.5『わたしの流儀』新潮社
　　　＊H13.5『わたしの流儀』新潮文庫
1730　天に遊ぶ 西瓜
　　　◎H9.7「波」
　　　㊡H11.5『天に遊ぶ』新潮社
　　　＊H15.5『天に遊ぶ』新潮文庫
1731　史実を歩く 第1回 ロシア皇太子と刺青
　　　◎H9.7「カピタン」
　　　㊡H10.10『史実を歩く』文春新書
　　　＊H20.7『史実を歩く』文春文庫
1732　卓上日記 茶色い背広

　　　　◎H9.7.4「日本経済新聞」夕刊
　　　　㊞H10.5『わたしの流儀』新潮社
　　　　＊H13.5『わたしの流儀』新潮文庫
1733　卓上日記　赤い船腹
　　　　◎H9.7.11「日本経済新聞」夕刊
　　　　㊞H10.5『わたしの流儀』新潮社
　　　　＊H13.5『わたしの流儀』新潮文庫
　　　　＊同じ標題の別作品有り（No.1166）
1734　卓上日記　高杉晋作
　　　　◎H9.7.18「日本経済新聞」夕刊
　　　　㊞H10.5『わたしの流儀』新潮社
　　　　＊H13.5『わたしの流儀』新潮文庫
1735　〔外交〕小村寿太郎「命がけの胆力」と「したたかな外交技術」（談）
　　　　◎H9.7.23「SAPIO」
1736　卓上日記　万年筆
　　　　◎H9.7.25「日本経済新聞」夕刊
　　　　㊞H10.5『わたしの流儀』新潮社
　　　　＊H13.5『わたしの流儀』新潮文庫
1737　懐想44　またも海の小説
　　　　◎H9.8「新刊展望」
　　　　＊『朱の丸御用船』に関して
1738　史実を歩く　第2回　長英の隠された足跡
　　　　〔後改題：高野長英の逃亡〕
　　　　◎H9.8「カピタン」
　　　　㊞H10.10『史実を歩く』文春新書
　　　　＊H20.7『史実を歩く』文春文庫
1739　天に遊ぶ　読経
　　　　◎H9.8「波」
　　　　㊞H11.5『天に遊ぶ』新潮社
　　　　＊H15.5『天に遊ぶ』新潮文庫
　　　　＊同じ標題の別作品あり（No.437）
1740　卓上日記　女性の生命力
　　　　◎H9.8.1「日本経済新聞」夕刊
　　　　㊞H10.5『わたしの流儀』新潮社
　　　　＊H13.5『わたしの流儀』新潮文庫
1741　卓上日記　毛がに
　　　　◎H9.8.8「日本経済新聞」夕刊
　　　　㊞H10.5『わたしの流儀』新潮社
　　　　＊H13.5『わたしの流儀』新潮文庫
1742　卓上日記　眠る人々
　　　　〔後改題：眠り酒〕
　　　　◎H9.8.15「日本経済新聞」夕刊

II 著書・作品

　　　　㊃H10.5『わたしの流儀』新潮社
　　　　＊H13.5『わたしの流儀』新潮文庫
1743　卓上日記 外交官
　　　　◎H9.8.22「日本経済新聞」夕刊
　　　　㊃H10.5『わたしの流儀』新潮社
　　　　＊H13.5『わたしの流儀』新潮文庫
1744　卓上日記 辞書
　　　　〔後改題：新しい辞書〕
　　　　◎H9.8.29「日本経済新聞」夕刊
　　　　㊃H10.5『わたしの流儀』新潮社
　　　　＊H13.5『わたしの流儀』新潮文庫
　　　　＊同じ標題の別作品有り (No.1620)
1745　おしまいのページで 電信柱
　　　　◎H9.9「オール讀物」
1746　史実を歩く 第3回 その日、雪はいつやんだのか 桜田門外ノ変(その一)
　　　　〔後 No.1757と合わせて『「桜田門外ノ変」余話』(No.1749)と改題し、『史実を歩く』に収録〕
　　　　◎H9.9「カピタン」
　　　　㊃H10.10『史実を歩く』文春新書
　　　　＊H20.7『史実を歩く』文春文庫
1747　天に遊ぶ サーベル
　　　　◎H9.9「波」
　　　　㊃H11.5『天に遊ぶ』新潮社
　　　　＊H15.5『天に遊ぶ』新潮文庫
1748　吉行淳之介を読む 凜とした世界
　　　　◎H9.9『吉行淳之介全集』第一巻 新潮社
　　　　㊃H12.10『私の好きな悪い癖』講談社
　　　　＊H15.11『私の好きな悪い癖』講談社文庫
1749　「桜田門外ノ変」余話
　　　　◎H9.9 & 10「カピタン」
　　　　㊃H10.10『史実を歩く』文春新書
　　　　＊No.1742 参照
　　　　＊H20.7『史実を歩く』文春文庫
1750　卓上日記 酒の戒律
　　　　◎H9.9.5「日本経済新聞」夕刊
　　　　㊃H10.5『わたしの流儀』新潮社
　　　　＊H13.5『わたしの流儀』新潮文庫
1751　卓上日記 靴下
　　　　◎H9.9.12「日本経済新聞」夕刊
　　　　㊃H10.5『わたしの流儀』新潮社
　　　　＊H13.5『わたしの流儀』新潮文庫
1752　魅力の「古さ」を守ってほしい

◎H9.9.19「朝日新聞」
＊ニッポン現場紀行「国技館 吉村昭さんと行く」
1753 卓上日記 早足
◎H9.9.19「日本経済新聞」夕刊
[収]H10.5『わたしの流儀』新潮社
＊H13.5『わたしの流儀』新潮文庫
1754 卓上日記 金屏風
◎H9.9.26「日本経済新聞」夕刊
[収]H10.5『わたしの流儀』新潮社
＊H13.5『わたしの流儀』新潮文庫
1755 兄の本棚 兄の同人雑誌
◎H9.10「文學界」
[収]H10.5『わたしの流儀』新潮社
＊H13.5『わたしの流儀』新潮文庫
1756 天に遊ぶ 居間にて
◎H9.10「波」
[収]H11.5『天に遊ぶ』新潮社
＊H15.5『天に遊ぶ』新潮文庫
1757 史実を歩く 第4回 暗殺者はどこに逃げたのか 桜田門外ノ変(その二)
◎H9.10「カピタン」
[収]H10.10『史実を歩く』文春新書
＊H20.7『史実を歩く』文春文庫
＊後 No.1746 と合わせ『「桜田門外ノ変」余話』(No.1749)として『史実を歩く』に収録
1758 卓上日記 指紋
◎H9.10.3「日本経済新聞」夕刊
[収]H10.5『わたしの流儀』新潮社
＊H13.5『わたしの流儀』新潮文庫
1759 卓上日記 家内と野球
◎H9.10.17「日本経済新聞」夕刊
[収]H10.5『わたしの流儀』新潮社
＊H13.5『わたしの流儀』新潮文庫
1760 卓上日記 映画私観
◎H9.10.24「日本経済新聞」夕刊
[収]H10.5『わたしの流儀』新潮社
＊H13.5『わたしの流儀』新潮文庫
1761 卓上日記 下戸の主人公
◎H9.10.31「日本経済新聞」夕刊
[収]H10.5『わたしの流儀』新潮社
＊H13.5『わたしの流儀』新潮文庫
1762 もう一度会いたいあの人 白衣の人
◎H9.11「小説現代」

II 著書・作品

1763 史実を歩く 第5回 原稿用紙を焼く しくじりの巻(その一)
　　　◎H9.11「カピタン」
　　　㊸H10.10『史実を歩く』文春新書
　　　＊H20.7『史実を歩く』文春文庫

1764 岩波新書「私の薦めるこの一冊」『シベリアに憑かれた人々』加藤九祚著
　　　◎H9.11「図書」臨時増刊号

1765 天に遊ぶ 刑事部屋
　　　◎H9.11「波」
　　　㊸H11.5『天に遊ぶ』新潮社
　　　＊H15.5『天に遊ぶ』新潮文庫

1766 『文学のゆくえ』
　　　◎H9.11 蒼洋社　秋山 駿、大河内昭爾との共著
　　　＊「季刊文科」5号(H9.10)掲載の鼎談を元に編集

1767 卓上日記 親知らず
　　　◎H9.11.7「日本経済新聞」夕刊
　　　㊸H10.5『わたしの流儀』新潮社
　　　＊H13.5『わたしの流儀』新潮文庫

1768 卓上日記 ほのぼのとした旅
　　　◎H9.11.14「日本経済新聞」夕刊
　　　㊸H10.5『わたしの流儀』新潮社
　　　＊H13.5『わたしの流儀』新潮文庫
　　　＊同じ標題の別作品あり(No.1105)

1769 卓上日記 ファックス
　　　◎H9.11.21「日本経済新聞」夕刊
　　　㊸H10.5『わたしの流儀』新潮社
　　　＊H13.5『わたしの流儀』新潮文庫

1770 卓上日記 下見
　　　◎H9.11.28「日本経済新聞」夕刊
　　　㊸H10.5『わたしの流儀』新潮社
　　　＊H13.5『わたしの流儀』新潮文庫

1771 史実を歩く 第6回 曾祖父が殺害されたという事実 しくじりの巻(その二)
　　　〔後改題：創作雑話〕
　　　◎H9.12「カピタン」
　　　㊸H10.10『史実を歩く』文春新書
　　　＊H20.7『史実を歩く』文春文庫

1772 天に遊ぶ 獣医(その一)自殺
　　　〔後改題：自殺 ―獣医(その一)〕
　　　◎H9.12「波」
　　　㊸H11.5『天に遊ぶ』新潮社
　　　＊H15.5『天に遊ぶ』新潮文庫

1773 卓上日記 元警視総監の顔
　　　◎H9.12.5「日本経済新聞」夕刊

[収]H10.5『わたしの流儀』新潮社
＊H13.5『わたしの流儀』新潮文庫

1774 卓上日記 他処者
◎H9.12.12「日本経済新聞」夕刊
[収]H10.5『わたしの流儀』新潮社
＊H13.5『わたしの流儀』新潮文庫

1775 卓上日記 鶏の鳴き声
◎H9.12.19「日本経済新聞」夕刊
[収]H10.5『わたしの流儀』新潮社
＊H13.5『わたしの流儀』新潮文庫

1776 卓上日記 偽者
◎H9.12.26「日本経済新聞」夕刊
[収]H10.5『わたしの流儀』新潮社
＊H13.5『わたしの流儀』新潮文庫
＊同じ標題の別作品あり（No.1608）

1777 遠い幻影
◎H10.1「文學界」
[収]H10.1『遠い幻影』文藝春秋
＊H11.4『文学1999』日本文藝家協会編
＊H12.12『遠い幻影』文春文庫

1778 新春特別エッセイ 対向車
◎H10.1「小説新潮」
[収]H12.10『私の好きな悪い癖』講談社
＊H15.11『私の好きな悪い癖』講談社文庫

1779 史実を歩く 第7回 読者からの手紙
◎H10.1「カピタン」
[収]H10.10『史実を歩く』文春新書
＊H20.7『史実を歩く』文春文庫
＊同じ標題の別作品あり（No.1018, 1135 & 1571）

1780 短篇小説の筆をとるまで
◎H10.1「本の話」
[収]H12.10『私の好きな悪い癖』講談社
＊H15.11『私の好きな悪い癖』講談社文庫

1781 天に遊ぶ 獣医（その二）心中
〔後改題：心中 ―獣医（その二）〕
◎H10.1「波」
[収]H11.5『天に遊ぶ』新潮社
＊H15.5『天に遊ぶ』新潮文庫

1782 素人の弁
◎H10.1「炎環」十周年記念号

1783 短篇集『遠い幻影』

[収]H10.1 文藝春秋［作品］梅の蕾(No.1595), 青い星(No.1490), ジングルベル(No.1247), アルバム(No.1517), 光る藻(No.1512), 父親の旅(No.1557), 尾行(No.958), 夾竹桃(No.570), 桜まつり(No.1556), クルージング(No.1659), 眼(No.1641), 遠い幻影(No.1777)
＊H12.12 文春文庫［作品］単行本と同じ

1784 **『夜明けの雷鳴』**
◎H10.1〜H11.7「文藝春秋」19回連載
[収]H12.1 文藝春秋
＊H15.1 文春文庫
＊H21.10『吉村昭歴史小説集成』第七巻 岩波書店

1785 海と文明 6 外洋に未知の世界が
◎H10.1.9「読売新聞」夕刊
[収]H12.10『私の好きな悪い癖』講談社
＊H15.11『私の好きな悪い癖』講談社文庫

1786 通説を疑う
◎H10.1.10「朝日新聞」

1787 史実を歩く 第8回 日本最初の英語教師
◎H10.2「カピタン」
[収]H10.10『史実を歩く』文春新書
＊H20.7『史実を歩く』文春文庫

1788 天に遊ぶ 鯉のぼり
◎H10.2「波」
[収]H11.5『天に遊ぶ』新潮社
＊H15.5『天に遊ぶ』新潮文庫

1789 長崎と小説家としての私(講演)
H10.2.20 長崎県主催文化講演会

1790 史実を歩く 第9回 伝説の脱獄囚 —「破獄」(前)
後：No.1797と合わせて「「破獄」の史実調査」(No.1794)として『史実を歩く』に収録
◎H10.3「カピタン」
[収]H10.10『史実を歩く』文春新書
＊H20.7『史実を歩く』文春文庫

1791 天に遊ぶ 芸術家
◎H10.3「波」
[収]H11.5『天に遊ぶ』新潮社
＊H15.5『天に遊ぶ』新潮文庫

1792 きらびやかな閃光
◎H10.3「本郷」吉川弘文館

1793 太宰治入水記事
◎H10.3「グラフみたか」VOL.11

1794 「破獄」の史実調査
◎H10.3 & 4「カピタン」

　　　　㊄H10.10『史実を歩く』文春新書
　　　　＊H20.7『史実を歩く』文春文庫
　　　　＊No.1790 参照
1795　『アメリカ彦蔵』
　　　　◎H10.3.2～H11.2.27「読売新聞」夕刊 294回連載
　　　　㊄H11.10 読売新聞社
　　　　＊H13.8 新潮文庫
　　　　＊H16 英訳 "Storm Rider" HARCOURT INC.
　　　　＊H17 同上 PAPERBACK HARCOURT INC.
　　　　＊H16.9.4～H17.6.11 "THE DAILY YOMIURI" 毎週土曜日 41回連載
　　　　＊H21.8『吉村昭歴史小説集成』第五巻 岩波書店
1796　牛乳瓶
　　　　◎H10.4「群像」
　　　　㊄H22.2『真昼の花火』河出書房新社
　　　　＊同じ標題の別作品あり(No.1445)
1797　史実を歩く 最終回 伝説の脱獄囚 ―「破獄」(後)
　　　　後：No.1790と合わせて、『「破獄」の史実調査』(No.1794)として『史実を歩く』に収録
　　　　◎H10.4「カピタン」
　　　　㊄H10.10『史実を歩く』文春新書
　　　　＊H20.7『史実を歩く』文春文庫
1798　呼吸音
　　　　◎H10.4「オール讀物」
　　　　㊄H10.5『わたしの流儀』新潮社
　　　　＊H13.5『わたしの流儀』新潮文庫
1799　天に遊ぶ カフェー
　　　　◎H10.4「波」
　　　　㊄H11.5『天に遊ぶ』新潮社
　　　　＊H15.5『天に遊ぶ』新潮文庫
1800　随筆 楽屋と鶏卵
　　　　◎H10.4「演劇界」
　　　　㊄H12.10『私の好きな悪い癖』講談社
　　　　＊H15.11『私の好きな悪い癖』講談社文庫
1801　天に遊ぶ 鶴
　　　　◎H10.5「波」
　　　　㊄H11.5『天に遊ぶ』新潮社
　　　　＊H15.5『天に遊ぶ』新潮文庫
1802　表紙の筆蹟(原稿)
　　　　◎H10.5「波」
1803　随筆集『わたしの流儀』
　　　　㊄H10.5 新潮社 ［作品］《I 小説を書く》 小説の題名(No.1691)、万年筆(No.1736)、机(No.1677)、書斎(No.1666)、日の丸(No.1712)、狂信的な勤皇家

Ⅱ 著書・作品

(No.1721), ノーベル賞(No.1672), 短銃(No.1618), 地方の史家(No.1696), ノンキ(No.1685), 辞書(No.1620), 新しい辞書(No.1744), ファックス(No.1769), 鶏の鳴き声(No.1775), 困った(No.1698), 秋田県酒田港(No.1684), 闇の中(No.1482) 《Ⅱ 言葉を選ぶ》 名刺(No.1630), 人相(No.1705), ハイカン(No.1673), 呼吸音(No.1798), 鳥肌(No.1612), 美人(No.1637), 積雪三〇センチ(No.1526), ポット(No.1625), 誤配(No.1663), まんず(No.1662), 香典(No.1656), まちがい電話(No.1675), 受話器(No.1642), もしもし(No.1615), 句会(No.1638), 銘木(No.1704), テレビのコマーシャル(No.1706), 朝の目ざめ(No.1716), 誕生日のプレゼント(No.1727), 家内と野球(No.1759), 闇と光(No.1689) 《Ⅲ 人と出会う》 占い師(No.1692), 元警視総監の顔(No.1773), 毛がに(No.1741), 職人(No.1514), 東屋の男(No.1478), 容器(No.1658), 母親(No.1609), 赤信号(No.1678), 結婚相手(No.1652), サンドイッチ(No.1655), マンガ雑誌(No.1628), 鮨職人(No.1611), 鮎(No.1616), 下見(No.1770), サイン会(No.1686), 将棋盤(No.1613), 古賀先生(No.1623), 香典婆さん(No.1635), 金屏風(No.1754), 「桜」という席題(No.1710) 《Ⅳ 酒肴を愉しむ》 緑色の瓶(No.1464), 眠り酒(No.1742), 睡眠(No.1629), 酒の戒律(No.1750), 下戸の主人公(No.1761), 店主(No.1657), 八百屋さん(No.1634), 代打(No.1661), ありがた迷惑(No.1713), そばを食べる(No.1699), 人の列(No.1702), 長崎の味(No.1646), ささやかな憩い(No.1650), 包丁(No.1645), うどん(No.1644), 幻のラーメン(No.1649), 鯛めし(No.1643), 最後の晩餐(No.1651) 《Ⅴ 旅に出る》 偽者(No.1776), 天狗勢(No.1670), 高杉晋作(No.1734), 他処者(No.1774), タクシー(No.1680), ほのぼのとした旅(No.1768), 図書館(No.1653), 歴史の村(No.1648), 船酔い(No.1639), 椅子(No.1617), 憩いの旅(No.1610), 野呂運送店(No.1711), トンネルと幕(No.1729), 外交官(No.1743), 指紋(No.1758), こわいもの見たさ(No.1703), 私の眼(No.1693), 赤い船腹(No.1733), 写真家の死(No.1688) 《Ⅵ 歳を重ねる》 病は気から(No.1728), 69(No.1683), 腹巻き(No.1665), 歯みがき(No.1624), 男の歌声(No.1614), ホテル(No.1679), 女性の生命力(No.1740), 早足(No.1753), 親知らず(No.1767), 茶色い背広(No.1732), 映画私観(No.1760), ドアとノブ(No.1671), 江戸時代の公共投資(No.1726), 母と子の絆(No.1694), 靴下(No.1751), 卒業生の寄付(No.1697), A君の欠席(No.1667), 定刻の始発電車(No.1723), 尾竹橋(No.1669), 東京の牧舎(No.1717), 兄の同人雑誌(No.1755), 時間の尺度(No.1545)
　　　　＊H13.5 新潮文庫［作品］単行本と同じ
1804　天に遊ぶ 紅葉
　　　◎H10.6「波」
　　　㉿H11.5『天に遊ぶ』新潮社
　　　＊H15.5『天に遊ぶ』新潮文庫
1805　随筆 ぼんぼり
　　　◎H10.6「演劇界」
　　　㉿H12.10『私の好きな悪い癖』講談社
　　　＊H15.11『私の好きな悪い癖』講談社文庫

Ⅱ 著書・作品

1806 天に遊ぶ 偽刑事
　　　◎H10.7「波」
　　　㊙H11.5『天に遊ぶ』新潮社
　　　＊H15.5『天に遊ぶ』新潮文庫
1807 解説
　　　◎H10.7『粗食派の饗宴』大河内昭爾著 小学館文庫
1808 随筆 二村定一と丸山定夫
　　　◎H10.8「演劇界」
　　　㊙H12.10『私の好きな悪い癖』講談社
　　　＊H15.11『私の好きな悪い癖』講談社文庫
1809 解説
　　　◎H10.8『太平洋の女王 浅間丸』内藤初穂著 中公文庫
1810 随想 日本橋と原稿
　　　◎H10.9『二人静』秋山ちえ子著 小池書院（道草文庫）
1811 作家自作を語る『生麦事件』
　　　H10.9.18〜27
　　　＊新潮社テレフォンサービス
1812 おしまいのページで 初心
　　　◎H10.10「オール讀物」
　　　㊙H12.10『私の好きな悪い癖』講談社
　　　＊H15.11『私の好きな悪い癖』講談社文庫
1813 なぜ、この一書を書いたか 史実を歩く 資料の整理と保管
　　　◎H10.10「本の話」臨時増刊号
　　　㊙H12.10『私の好きな悪い癖』講談社
　　　＊H15.11『私の好きな悪い癖』講談社文庫
1814 随筆『銀座復興』の思い出
　　　◎H10.10「演劇界」
　　　㊙H12.10『私の好きな悪い癖』講談社
　　　＊H15.11『私の好きな悪い癖』講談社文庫
1815 解説
　　　〔後改題：つつましい微笑〕
　　　◎H10.10『やぶ医者のねがい』森田 功著 文春文庫
　　　㊙H12.2『町医者四十年』森田 功著 平凡社
1816 生麦事件の調査
　　　◎H10.10『史実を歩く』
　　　㊙下記『史実を歩く』上梓に際し、書下ろし
　　　＊H20.7『史実を歩く』文春文庫
1817 『史実を歩く』
　　　㊙H10.10 文春新書［作品］「破獄」の史実調査(No.1794)、高野長英の逃亡
　　　(No.1738)、日本最初の英語教師(No.1787)、「桜田門外ノ変」余話(No.1749)、
　　　ロシア皇太子と刺青(No.1731)、生麦事件の調査(No.1816)、原稿用紙を焼
　　　く(No.1763)、創作雑話(No.1771)、読者からの手紙(No.1779)

II 著書・作品

　　　＊H9.7〜H10.4「カピタン」連載（上記連載に「生麦事件の調査」を加えた）
　　　＊H20.7『史実を歩く』文春文庫〔作品〕新書版と同じ
1818　随筆 早くてすみませんが……
　　　◎H10.11「中央公論」
　　　㊲H12.10『私の好きな悪い癖』講談社
　　　＊H15.11『私の好きな悪い癖』講談社文庫
1819　「日本の近代」を推す 時代の環
　　　◎H10.11「中央公論」
1820　無題（推薦文）
　　　◎H10.11『私の広島地図』中山士朗著 西田書店　カバー
1821　太宰治賞と三鷹市
　　　◎H10.11『没後50年 太宰治展』
1822　梶井基次郎『闇の絵巻』の衝撃（講演）
　　　H10.11.3 講演会
　　　㊲H11.5『わが心の小説家たち』平凡社新書
　　　＊読売ホールでの講演会
1823　太宰治『満願』の詩（講演）
　　　H10.11.3 講演会
　　　㊲H11.5『わが心の小説家たち』平凡社新書
　　　＊三鷹市主催「講演と朗読のつどい」での講演
1824　一人の漂流民のこと
　　　◎H10.12「オール讀物」
　　　㊲H11.7『木炭日和』文藝春秋 '99版ベスト・エッセイ集 日本エッセイスト・
　　　　クラブ編
　　　＊H12.10『私の好きな悪い癖』講談社
　　　＊H14.7『木炭日和』文春文庫
　　　＊H15.11『私の好きな悪い癖』講談社文庫
1825　〔解説〕昭和二年生れの眼差し
　　　◎H10.12『城山三郎伝記文学選』4 岩波書店
1826　長崎・思案橋、マツヤ万年筆病院の主人は買う人の筆圧を敏感に察知してす
　　　すめる
　　　◎H10.12「コニサー」1号（「別冊ステレオサウンド」）
1827　光る干潟
　　　◎H11.1「文學界」
　　　㊲H11.2『碇星』中央公論社
　　　＊H14.11『碇星』中公文庫
1828　碇星
　　　◎H11.1「群像」
　　　㊲H11.2『碇星』中央公論社
　　　＊H14.11『碇星』中公文庫
1829　卯年生まれ
　　　◎H11.1「銀座百点」

205

[収]H12.10『私の好きな悪い癖』講談社
＊H15.11『私の好きな悪い癖』講談社文庫

1830 新春エッセー 文化の城 ―図書館
◎H11.1「図書館雑誌」
[収]H12.10『私の好きな悪い癖』講談社
＊H15.11『私の好きな悪い癖』講談社文庫

1831 わたしの人生訓 凜乎
◎H11.1.14「産経新聞」夕刊

1832 【講演会より】「生麦事件」について
〔後改題：史実こそドラマ〕
◎H11.2「波」
＊H21.4『吉村昭歴史小説集成』第一巻 岩波書店
＊講演は H10.10.20

1833 短篇集**『碇星』**
[収]H11.2 中央公論新社［作品］飲み友達(No.1353), 喫煙コーナー(No.1418), 花火(No.1374), 受話器(No.1470), 牛乳瓶(No.1445), 寒牡丹(No.1511), 光る干潟(No.1827), 碇星(No.1828)
＊H14.11 中公文庫［作品］単行本と同じ

1834 都会
◎H11.3「文學界」
[収]H14.7『見えない橋』文藝春秋
＊H17.7『見えない橋』文春文庫

1835 写真日記 師走の小旅行
◎H11.3「新潮」
[収]H12.10『私の好きな悪い癖』講談社
＊H15.11『私の好きな悪い癖』講談社文庫

1836 アメリカ彦蔵 連載を終えて 胸中の漂流民 光のもとへ
◎H11.3.2「読売新聞」夕刊

1837 おしまいのページで 隠居というもの
◎H11.4「オール讀物」
[収]H12.10『私の好きな悪い癖』講談社
＊H15.11『私の好きな悪い癖』講談社文庫

1838 聖歌
◎H11.4.22「週刊新潮」
[収]H11.5『天に遊ぶ』新潮社
＊H15.5『天に遊ぶ』新潮文庫

1839 追悼 佐多稲子 青山斎場
◎H11.5「新日本文学」
[収]H12.10『私の好きな悪い癖』講談社
＊H15.11『私の好きな悪い癖』講談社文庫

1840 私の好きな…… 悪い癖
◎H11.5「波」

II 著書・作品

㉕H12.10『私の好きな悪い癖』講談社
＊H15.11『私の好きな悪い癖』講談社文庫

1841 超短篇集『天に遊ぶ』
㉕H11.5 新潮社［作品］鰭紙(No.1690)、同居(No.1695)、頭蓋骨(No.1700)、香奠袋(No.1709)、お妾さん(No.1715)、梅毒(No.1725)、西瓜(No.1730)、読経(No.1739)、サーベル(No.1747)、居間にて(No.1756)、刑事部屋(No.1765)、自殺 ―獣医（その一）(No.1772)、心中 ―獣医（その二）(No.1781)、鯉のぼり(No.1788)、芸術家(No.1791)、カフェー(No.1799)、鶴(No.1801)、紅葉(No.1804)、偽刑事(No.1806)、観覧車(No.1606)、聖歌(No.1838)
＊H15.5 新潮文庫［作品］単行本と同じ

1842 『わが心の小説家たち』
㉕H11.5 平凡社新書［作品］第1章 森鷗外、「歴史其儘」の道(No.1120)、第2章 志賀直哉『暗夜行路』への旅(No.1158)、第3章 川端康成の眼『死体紹介人』と『雪国』をめぐって(No.1203)、第4章 川端康成『千羽鶴』の美(No.1244)、第5章 女性作家の強烈な個性 岡本かの子・平林たい子・林芙美子(No.1440)、第6章 梶井基次郎『闇の絵巻』の衝撃(No.1822)、第7章 太宰治『滿願』の詩(No.1823)
＊文学講演を文章化した著書

1843 歴史小説余話…医学を中心に
H11.5.14 講演
㉕H11.6.7「週刊医学界新聞」No.2341
＊第100回日本医学史学会行事 有楽町朝日ホール

1844 平凡社新書創刊◆自著によせて 面映ゆく、同時におびえも……
◎H11.6「月刊百科」
＊『わが心の小説家たち』刊行にあたって

1845 太宰治賞1999 選考委員を引き受けて
◎H11.6「太宰治賞」1999
＊太宰治賞選評

1846 梅の刺青
◎H11.7「新潮」
㉕H12.8『島抜け』新潮社
＊H14.10『島抜け』新潮文庫
＊H21.10『吉村昭歴史小説集成』第七巻 岩波書店

1847 随想 春夏秋冬 酒というもの
◎H11.7「別冊文藝春秋」228号
㉕H12.10『私の好きな悪い癖』講談社
＊H15.11『私の好きな悪い癖』講談社文庫
＊同じ標題の別作品あり(No.1456)

1848 仕事の周辺 戦戦兢兢
◎H11.7「季刊文科」第12号
㉕H12.10『私の好きな悪い癖』講談社
＊H15.11『私の好きな悪い癖』講談社文庫

1849 吉村昭 〜ふるさとを訪う〜
　　　◎H11.7「ビデオ広報あらかわ」
　　　＊製作年月は日暮里図書館の記録に基づき編者推測
1850 歴史小説余話（講演）
　　　H11.7 富山県民カレッジ
1851 江藤氏自殺 文壇惜別の声
　　　◎H11.7.22「朝日新聞」夕刊
　　　＊吉村 昭の談話を記載
1852 養豚業
　　　◎H11.8.10「毎日新聞」夕刊
　　　㊲H12.10『私の好きな悪い癖』講談社
　　　＊H15.11『私の好きな悪い癖』講談社文庫
1853 弔辞（故江藤淳日本文藝家協會葬）
　　　◎H11.9「文藝家協会ニュース」
1854 先生の鼻唄
　　　◎H11.9『丹羽文雄と「文学者」』東京都近代文学博物館編・刊
1855 ほんとうの歴史小説
　　　◎H11.9『鷗外歴史文学集』パンフレット 岩波書店
1856 弔辞
　　　◎H11.9.1「産経新聞」
　　　＊江藤淳氏の文藝家協会葬にあたり
1857 おしまいのページで トンネルの話
　　　◎H11.10「オール讀物」
　　　㊲H12.10『私の好きな悪い癖』講談社
　　　＊H15.11『私の好きな悪い癖』講談社文庫
1858 人相書き
　　　◎H11.10.3「日本経済新聞」
1859 歴史を見た男を訪ねて
　　　◎H11.10.4「日経ビジネス」
　　　㊲H12.10『私の好きな悪い癖』講談社
　　　＊H15.11『私の好きな悪い癖』講談社文庫
1860 アメリカ彦蔵と姫路・播磨 13歳船乗りの数奇な運命
　　　〔後改題：一三歳船乗りの数奇な運命〕
　　　◎H11.10.14「読売新聞」大阪版 夕刊
　　　㊲H12.10『私の好きな悪い癖』講談社
　　　＊H15.11『私の好きな悪い癖』講談社文庫
1861 巻頭随想 私の同人雑誌時代 白い封筒
　　　◎H11.11「季刊文科」第13号
　　　㊲H12.10『私の好きな悪い癖』講談社
　　　＊H15.11『私の好きな悪い癖』講談社文庫
1862 島抜け
　　　◎H11.11「新潮」臨時増刊号

㊗H12.8『島抜け』新潮社
＊H14.10『島抜け』新潮文庫

1863 歴史小説余話（講演）
H11.11.3
＊新潟県「金井町生涯学習の日」行事

1864 結婚披露宴
◎H12.1「文藝春秋」
㊗H12.10『私の好きな悪い癖』講談社
＊H13.7『母のキャラメル』
＊'01年版 ベストエッセイ集 文藝春秋
＊H15.11『私の好きな悪い癖』講談社文庫
＊H16.7『母のキャラメル』文春文庫
＊同じ標題の別作品あり（No.699 & 847）

1865 長崎と私
◎H12.1「群像」
㊗H12.10『私の好きな悪い癖』講談社
＊H15.11『私の好きな悪い癖』講談社文庫

1866 時間
◎H12.1「文學界」
㊗H13.5『文学2001』講談社
＊H14.7『見えない橋』文藝春秋
＊H17.7『見えない橋』文春文庫
＊同じ標題の別作品あり（No.483）

1867 追悼・「文学の鬼」八木義徳 大きな掌
◎H12.1「文學界」
㊗H12.10『私の好きな悪い癖』講談社
＊H15.11『私の好きな悪い癖』講談社文庫
＊同じ標題の別作品あり（No.1293）

1868 誤診と私
◎H12.1「オール讀物」
㊗H12.10『私の好きな悪い癖』講談社
＊H15.11『私の好きな悪い癖』講談社文庫

1869 「作家・連載小説を語る」（CD-ROM）
◎H12.1『知恵蔵』特別付録「朝日新聞連載小説の120年」

1870 「作家・連載小説を語る」
◎H12.1『知恵蔵』別冊付録「朝日新聞連載小説の120年」
＊上記CD-ROMより抜粋

1871 闇のなかの灯火 ―私の戦争体験―
☆H12.2「文藝春秋」臨増号
㊗H12.10『私たちが生きた20世紀』上 文藝春秋編 文春文庫
＊H15.1『縁起のいい客』文藝春秋
＊H18.1『縁起のいい客』文春文庫

1872 大阪は煙の都
◎H12.2「本の話」
[収]H12.10『私の好きな悪い癖』講談社
＊H15.11『私の好きな悪い癖』講談社文庫
1873 おやじの背中
◎H12.2.21「朝日新聞」
[収]H13.9『おやじのせなか』朝日新聞社会部編（再取材し、初出内容を生かしながら作製）
1874 感性と理性
H12.3「八木義徳文学館」HP
1875 こころの四季 病気も出会いもすべて縁
◎H12.3.7「読売新聞」
1876 漁火
◎H12.4「文學界」
[収]H14.7『見えない橋』文藝春秋
＊H17.7『見えない橋』文春文庫
1877 井の頭だより 最後の乗客
◎H12.4「別冊文藝春秋」231号
[収]H15.1『縁起のいい客』文藝春秋
＊H18.1『縁起のいい客』文春文庫
1878 おしまいのページで 入学祝い
◎H12.4「オール讀物」
[収]H12.10『私の好きな悪い癖』講談社
＊H15.11『私の好きな悪い癖』講談社文庫
＊H17.7『真似から始める文章教室』縮約練習法 福川一夫編著 テン・ブックス（教材として収録）
＊同じ標題の別作品あり（No.1365）
1879 太宰治賞2000 選考にあたって
◎H12.5「太宰治賞」2000
＊太宰治賞選評
1880 被害広げた「大八車」
◎H12.5.30「読売新聞」
[収]H15.1『縁起のいい客』文藝春秋
＊H18.1『縁起のいい客』文春文庫
1881 井の頭だより 鮨屋さん
◎H12.7「別冊文藝春秋」232号
[収]H15.1『縁起のいい客』文藝春秋
＊H18.1『縁起のいい客』文春文庫
1882 東京の戦争・1 空襲のこと［前］
◎H12.7「ちくま」
[収]H13.7『東京の戦争』筑摩書房
＊H17.6『東京の戦争』ちくま文庫

1883 外交官 小村寿太郎の活躍と苦悩（講演）
H12.7.2 宮崎外相会合記念シンポジウム・記念講演
㊙「宮崎政策研究」第31号（講演録）
＊会場：県立芸術劇場
1884 随筆 充実した旅
◎H12.8「群像」
㊙H12.10『私の好きな悪い癖』講談社
＊H15.1『縁起のいい客』文藝春秋
＊H15.11『私の好きな悪い癖』講談社文庫
＊H18.1『縁起のいい客』文春文庫
1885 東京の戦争・2 空襲のこと［後］
◎H12.8「ちくま」
㊙H13.7『東京の戦争』筑摩書房
＊H17.6『東京の戦争』ちくま文庫
1886 自薦短篇「キトク」のこと
◎H12.8「季刊文科」第16号
1887 「バーに行く」
◎H12.8『すすきのバーテンダー物語』山崎達郎著 北海道新聞社
1888 歴史小説集『島抜け』
㊙H12.8 新潮社［作品］島抜け（No.1862），欠けた椀（No.1039），梅の刺青（No.1846）
＊H14.10 新潮文庫［作品］単行本と同じ
1889 作家自作を語る『島抜け』
H12.8.31～9.9
＊新潮社テレフォンサービス
1890 敵討
◎H12.9「新潮」
㊙H13.2『敵討』新潮社
＊H15.12『敵討』新潮文庫
＊H21.7『吉村昭歴史小説集成』第四巻 岩波書店
1891 東京の戦争・3 電車、列車のこと
◎H12.9「ちくま」
㊙H13.7『東京の戦争』筑摩書房
＊H17.6『東京の戦争』ちくま文庫
1892 小説「梅の蕾」の誕生
◎H12.9『証言 早野仙平田野畑村長の32年』「早野仙平氏を語る誌」編集委員会
1893 おしまいのページで 生ビール
☆H12.10「オール讀物」
㊙H15.1『縁起のいい客』文藝春秋
＊H18.1『縁起のいい客』文春文庫
1894 井の頭だより 家内の背中

◎H12.10「別冊文藝春秋」233号
[収]H15.1『縁起のいい客』文藝春秋
＊H18.1『縁起のいい客』文春文庫

1895 東京の戦争・4 石鹸、煙草
◎H12.10「ちくま」
[収]H13.7『東京の戦争』筑摩書房
＊H17.6『東京の戦争』ちくま文庫

1896 **随筆集『私の好きな悪い癖』**
[収]H12.10 講談社［作品］《下町日暮里商家の生まれ》私の写真館(No.1555), 私の中学時代(No.1580), 師走の小旅行(No.1835), 二村定一と丸山定夫(No.1808), 楽屋と鶏卵(No.1800), ぼんぼり(No.1805), 誤診と私(No.1868), 白い封筒(No.1861)《私の小説作法》早くてすみませんが……(No.1818), 短篇小説の筆をとるまで(No.1780), 戦戦兢兢(No.1848), 入学祝い(No.1878), 資料の整理と保管(No.1813)《にが笑いの記憶》卯年生まれ(No.1829), 結婚披露宴(No.1864), 初心(No.1812), 隠居というもの(No.1837), 食品売場(No.861), 養豚家(No.1852)《史実を究める》「関東大震災」の証言者たち(No.1537), 歴史を見た男を訪ねて(No.1859), 対向車(No.1778), トンネルの話(No.1857), 外洋に未知の世界が(No.1785), 一人の漂流民のこと(No.1824), 一三歳船乗りの数奇な運命(No.1860), 文化の城 —図書館(No.1830)《旅と一献》百円硬貨の町(No.1647), 長崎と私(No.1865), 悪い癖(No.1840),『銀座復興』の思い出(No.1814), 充実した旅(No.1884), 酒というもの(No.1847), 大阪は煙の都(No.1872), 大阪の夜(No.1075)《心に残る人々》青山斎場(No.1839), 大きな掌(No.1867), 凛とした世界(No.1748),「日本医家伝」と岩本さん(No.1424)《講演》尾崎放哉と小豆島(No.1536)
＊H15.11 講談社文庫

1897 池波さんと「母」
◎H12.10『定本 池波正太郎 大成』第28巻 月報 講談社

1898 創るアングル 作家 吉村 昭 執念の取材、真実に肉薄
◎H12.10.1「日本経済新聞」

1899 歴史小説と私(講演)
H12.10.24 文藝春秋講演会
＊東広島市中央公民館での講演

1900 アンケート 三島由紀夫と私
◎H12.11「新潮」臨時増刊号

1901 特別随想 父の納骨
◎H12.11「オール讀物」
[収]H13.7『東京の戦争』筑摩書房
＊H17.6『東京の戦争』ちくま文庫

1902 東京の戦争・5 土中の世界
◎H12.11「ちくま」
[収]H13.7『東京の戦争』筑摩書房

II 著書・作品

　　　＊H17.6『東京の戦争』ちくま文庫
1903　東京の戦争・6 ひそかな楽しみ
　　　◎H12.12「ちくま」
　　　㊊H13.7『東京の戦争』筑摩書房
　　　＊H17.6『東京の戦争』ちくま文庫
1904　巧みな造型に感嘆
　　　◎H12.12.17「朝日新聞」
　　　＊第27回大佛次郎賞選評
1905　井の頭だより 起立!
　　　◎H13, 1「別冊文藝春秋」234号
　　　㊊H15.1『縁起のいい客』文藝春秋
　　　＊H18.1『縁起のいい客』文春文庫
1906　新春随想 店じまい
　　　◎H13.1「小説新潮」
　　　㊊H17.12『わたしの普段着』新潮社
　　　＊H20.6『わたしの普段着』新潮文庫
　　　＊同じ標題の別作品あり (No.535)
1907　東京の戦争・7 蚊、虱……
　　　◎H13.1「ちくま」
　　　㊊H13.7『東京の戦争』筑摩書房
　　　＊H17.6『東京の戦争』ちくま文庫
1908　エッセイは事実です
　　　◎H13.1「本」
　　　㊊H15.1『縁起のいい客』文藝春秋
　　　＊H18.1『縁起のいい客』文春文庫
1909　最後の仇討
　　　◎H13.2「新潮」
　　　㊊H13.2『敵討』新潮社
　　　＊H15.12『敵討』新潮文庫
1910　東京の戦争・8 歪んだ生活
　　　◎H13.2「ちくま」
　　　㊊H13.7『東京の戦争』筑摩書房
　　　＊H17.6『東京の戦争』ちくま文庫
1911　歴史小説としての敵討
　　　◎H13.2「波」
　　　㊊H17.12『わたしの普段着』新潮社
　　　＊H20.6『わたしの普段着』新潮文庫
1912　『敵討』
　　　㊊H13.2 新潮社［作品］敵討 (No.1890), 最後の仇討 (No.1909)
　　　＊H15.12 新潮文庫［作品］単行本と同じ
1913　桜田門 ―井伊直弼暗殺の道
　　　◎H13.2.24「日本経済新聞」広告企画「新東海道物語」

　　　　　㊲H14.4『新東海道物語』日本経済新聞
　　　　　＊H15.1『縁起のいい客』文藝春秋
　　　　　＊H18.1『縁起のいい客』文春文庫
1914　東京の戦争・9 戦争と男と女
　　　　　◎H13.3「ちくま」
　　　　　㊲H13.7『東京の戦争』筑摩書房
　　　　　＊H17.6『東京の戦争』ちくま文庫
1915　斎藤十一氏と私
　　　　　〔後：齋藤十一氏と私〕
　　　　　◎H13.3「新潮」
　　　　　㊲H17.12『わたしの普段着』新潮社
　　　　　＊H20.6『わたしの普段着』新潮文庫
1916　歴史小説と史書
　　　　　◎H13.3「UP」
　　　　　㊲H15.1『縁起のいい客』文藝春秋
　　　　　＊H18.1『縁起のいい客』文春文庫
1917　八木義德アンケート
　　　　　◎H13.3「室蘭文藝」34
1918　歴史小説余話（講演）
　　　　　H13.3.3 真柄教育振興財団 第11回講演
　　　　　＊会場：石川県社会福祉会館
1919　ロシア皇太子襲撃事件・近代日本をつくった裁判（談）
　　　　　H13.3.7 NHK TV 放映
　　　　　㊲H13.8『その時歴史が動いた』8 KTC中央出版
1920　創作 見えない橋
　　　　　◎H13.4「文學界」
　　　　　㊲H14.7『見えない橋』文藝春秋
　　　　　＊H17.7『見えない橋』文春文庫
1921　井の頭だより ガード下
　　　　　◎H13.4「別冊文藝春秋」235号
　　　　　㊲H15.1『縁起のいい客』文藝春秋
　　　　　＊H18.1『縁起のいい客』文春文庫
　　　　　＊同じ標題の別作品あり（No.1952）
1922　おしまいのページで 女性の旅
　　　　　◎H13.4「オール讀物」
　　　　　㊲H15.1『縁起のいい客』文藝春秋
　　　　　＊H18.1『縁起のいい客』文春文庫
1923　東京の戦争・10 人それぞれの戦い
　　　　　◎H13.4「ちくま」
　　　　　㊲H13.7『東京の戦争』筑摩書房
　　　　　＊H17.6『東京の戦争』ちくま文庫
1924　［巻頭エッセイ］心象としての姫路城

　　　　　◎H13.5「歴史と旅」
　　　　　㉑H15.1『縁起のいい客』文藝春秋
　　　　　＊H18.1『縁起のいい客』文春文庫
1925　東京の戦争・11 乗り物さまざま
　　　　　◎H13.5「ちくま」
　　　　　㉑H13.7『東京の戦争』筑摩書房
　　　　　＊H17.6『東京の戦争』ちくま文庫
1926　アンケート 古本通に聞く、目利きの主人のいる店
　　　　　◎H13.5「東京人」
1927　選考にあたって
　　　　　◎H13.5『太宰治賞2001』
　　　　　＊太宰治賞選評
1928　推薦の言葉
　　　　　H13.5『青空のルーレット』辻内智貴著 筑摩書房　帯
1929　推薦文
　　　　　◎H13.5『文壇挽歌物語』大村彦次郎著 筑摩書房　帯
1930　時のかたち 風邪薬
　　　　　☆H13.5.1「朝日新聞」夕刊
　　　　　㉑H15.1『縁起のいい客』文藝春秋
　　　　　＊H18.1『縁起のいい客』文春文庫
1931　時のかたち 目撃者
　　　　　◎H13.5.2「朝日新聞」夕刊
　　　　　＊同じ標題の別作品あり（No.116）
1932　時のかたち 乾燥バナナ
　　　　　☆H13.5.8「朝日新聞」夕刊
　　　　　㉑H15.1『縁起のいい客』文藝春秋
　　　　　＊H18.1『縁起のいい客』文春文庫
1933　時のかたち 一人旅
　　　　　☆H13.5.9「朝日新聞」夕刊
　　　　　㉑H15.1『縁起のいい客』文藝春秋
　　　　　＊H18.1『縁起のいい客』文春文庫
　　　　　＊同じ標題の別作品あり（No.2192）
1934　時のかたち 幕末
　　　　　☆H13.5.10「朝日新聞」夕刊
　　　　　㉑H15.1『縁起のいい客』文藝春秋
　　　　　＊H18.1『縁起のいい客』文春文庫
1935　時のかたち 一つのことのみに
　　　　　☆H13.5.11「朝日新聞」夕刊
　　　　　㉑H15.1『縁起のいい客』文藝春秋
　　　　　＊H18.1『縁起のいい客』文春文庫
1936　東京の戦争・12 食物との戦い
　　　　　◎H13.6「ちくま」

[収]H13.7『東京の戦争』筑摩書房
＊H17.6『東京の戦争』ちくま文庫

1937 行倒れ、そして仇討
◎H13.7「文藝春秋」
[収]H15.1『縁起のいい客』文藝春秋
＊H18.1『縁起のいい客』文春文庫

1938 井の頭だより 母の日
◎H13.7「別冊文藝春秋」236号
[収]H15.1『縁起のいい客』文藝春秋
＊H18.1『縁起のいい客』

1939 東京の戦争・13 中学生の一人旅
◎H13.7「ちくま」
[収]H13.7『東京の戦争』筑摩書房
＊H17.6『東京の戦争』ちくま文庫

1940 私の「戦争」年譜
◎H13.7『東京の戦争』
＊下記『東京の戦争』上梓にあたり書下ろし
＊H17.6『東京の戦争』ちくま文庫

1941 **『東京の戦争』**
[収]H13.7 筑摩書房 ［作品］ 空襲のこと［前］(No.1882), 空襲のこと［後］(No.1885), 電車、列車のこと(No.1891), 石鹸、煙草(No.1895), 土中の世界(No.1902), ひそかな楽しみ(No.1903), 蚊、虱……(No.1907), 歪んだ生活(No.1910), 戦争と男と女(No.1914), 人それぞれの戦い(No.1923), 乗り物さまざま(No.1925), 食物との戦い(No.1936), 中学生の一人旅(No.1939), 進駐軍(No.1947), ガード下(No.1952), 父の納骨(No.1901)
＊「ちくま」連載中なるも、異例の先行出版
＊H17.6 ちくま文庫 ［作品］単行本と同じ

1942 「金閣寺」という傑作
◎H13.7 決定版『三島由紀夫全集』第八巻月報 新潮社
[収]H15.1『縁起のいい客』文藝春秋
＊H18.1『縁起のいい客』文春文庫

1943 「西」より「北」に親しみ 150回越す札幌訪問
◎H13.7.8「北海道新聞」
[収]H15.1『縁起のいい客』文藝春秋
＊H18.1『縁起のいい客』文春文庫

1944 書評「西周夫人 升子の日記」
◎H13.7.20「週刊読書人」

1945 達人が選んだ「もう一度読みたい」一冊 長與善郎『竹澤先生と云ふ人』
◎H13.8「文藝春秋」
[収]H15.1『縁起のいい客』文藝春秋
＊H18.1『縁起のいい客』文春文庫

1946 巻頭随筆 ―一冊の本 戦史小説執筆の思い出

◎H13.8「一冊の本」
[収]H15.1『縁起のいい客』文藝春秋
＊H18.1『縁起のいい客』文春文庫

1947 東京の戦争・14 進駐軍
◎H13.8「ちくま」
[収]H13.7『東京の戦争』筑摩書房
＊H17.6『東京の戦争』ちくま文庫

1948 評（推薦の言葉）
◎H13.8『真葛が原』吉住侑子著 作品社　帯

1949 原稿の締切日なくし悠々自適の暮らしに
〔後改題：悠々自適の暮らしに〕
◎H13.8.12「北海道新聞」
[収]H15.1『縁起のいい客』文藝春秋
＊H18.1『縁起のいい客』文春文庫

1950 そして人は空を飛んだ・ライト兄弟に先がけた男・二宮忠八（談）
H13.8.29 NHK TV 放映
[収]H14.3『その時歴史が動いた』12 KTC中央出版

1951 ほんとうの幸せとは?「両親のこと、私の病気」
◎H13.9「文藝春秋」臨増号
[収]H15.1『縁起のいい客』文藝春秋
＊H18.1『縁起のいい客』文春文庫

1952 東京の戦争・15 ガード下
◎H13.9「ちくま」
[収]H13.7『東京の戦争』筑摩書房
＊H17.6『東京の戦争』ちくま文庫
＊同じ標題の別作品あり（No.1921）

1953 ロシアから送還された漂流民の興味深い記録
〔後改題：漂流民の興味深い記録〕
◎H13.9.9「北海道新聞」
[収]H15.1『縁起のいい客』文藝春秋
＊H18.1『縁起のいい客』文春文庫

1954 次の夕刊小説 大黒屋光太夫　血を通わせ、多彩に
◎H13.9.21「毎日新聞」夕刊
＊10月1日からの連載開始記事と共に

1955 おしまいのページで この世の常
◎H13.10「オール讀物」
[収]H15.1『縁起のいい客』文藝春秋
＊H18.1『縁起のいい客』文春文庫

1956 特別エッセイ 予防接種
◎H13.10「小説新潮」
[収]H17.12『わたしの普段着』新潮社
＊H20.6『わたしの普段着』新潮文庫

1957 推薦の言葉 光明を見る
　　　◎H13.10「ちくま」
　　　＊『放哉全集』刊行開始にあたって
1958 夜の雪道
　　　◎H13.10『東青文學散歩』青森近代文学館
　　　㊙H15.1『縁起のいい客』文藝春秋
　　　＊H18.1『縁起のいい客』文春文庫
1959 『大黒屋光太夫』
　　　◎H13.10.1～H14.10.31「毎日新聞」夕刊 320回連載
　　　㊙H15.2 毎日新聞社 上・下
　　　＊H15.8.23 NHK-FMオーデイオドラマ 文化庁芸術祭参加作品
　　　＊H15.11.22 上記再放送
　　　＊H17.6 新潮文庫 上・下
　　　＊H21.8『吉村昭歴史小説集成』第五巻 岩波書店
1960 独自の視点で取材を（談）
　　　◎H13.10.13「読売新聞」
　　　＊「新聞週間」特集によせて
1961 歴史小説余話 ～漂流について～（講演）
　　　H13.10.13
　　　＊東北自動車道 酒田みなと開通記念イベント
　　　＊会場：山形県郷土館「文翔館」
1962 林氏の笑顔
　　　◎H13.11「しゅばる」No.26
　　　㊙H15.1『縁起のいい客』文藝春秋
　　　＊H18.1『縁起のいい客』文春文庫
1963 維新を端正な文章で記録
　　　◎H13.12.12「朝日新聞」
　　　＊第28回大佛次郎賞選評
1964 「雪国」の町
　　　◎H13.12.30「日本経済新聞」
　　　㊙H15.1『縁起のいい客』文藝春秋
　　　＊H18.1『縁起のいい客』文春文庫
1965 新年短篇小説特集 消えた町
　　　◎H14.1「新潮」
　　　㊙H14.7『見えない橋』文藝春秋
　　　＊H17.7『見えない橋』文春文庫
1966 独自の海洋文学
　　　◎H14.1「群像」
　　　㊙H15.1『縁起のいい客』文藝春秋
　　　＊H18.1『縁起のいい客』文春文庫
1967 新春随想 不釣合いなコーナー
　　　◎H14.1「小説新潮」

㊁H17.12『わたしの普段着』新潮社
＊H20.6『わたしの普段着』新潮文庫
1968 井の頭だより 貧乏神
　　　◎H14.1「別冊文藝春秋」237号
　　　㊁H15.1『縁起のいい客』文藝春秋
　　　＊H18.1『縁起のいい客』文春文庫
1969 書架に大きな宝となって遺される
　　　H14.1『新異国叢書』第3輯
　　　＊推薦文
1970 80人の心に残る鮮やかな日本人 寒風に立つ男・船津行
　　　〔後改題：寒風に立つ領事〕
　　　◎H14.2「文藝春秋」
　　　㊁H15.1『縁起のいい客』文藝春秋
　　　＊H18.1『縁起のいい客』文春文庫
1971 資料の処分
　　　◎H14.3「新潮」
　　　㊁H17.12『わたしの普段着』新潮社
　　　＊H20.6『わたしの普段着』新潮文庫
1972 新連載エッセイ わたしの普段着 床屋さん
　　　◎H14.3「小説新潮」
　　　㊁H17.12『わたしの普段着』新潮社
　　　＊H20.6『わたしの普段着』新潮文庫
　　　＊同じ標題の別作品あり（No.865）
1973 井の頭だより 闇というもの
　　　◎H14.3「別冊文藝春秋」238号
　　　㊁H15.1『縁起のいい客』文藝春秋
　　　＊H18.1『縁起のいい客』文春文庫
1974 巻末エッセイ わたしの普段着 味噌漬
　　　◎H14.4「小説新潮」
　　　㊁H17.12『わたしの普段着』新潮社
　　　＊H20.6『わたしの普段着』新潮文庫
1975 おしまいのページで 磯吉のこと
　　　◎H14.4「オール讀物」
　　　㊁H15.1『縁起のいい客』文藝春秋
　　　＊H18.1『縁起のいい客』文春文庫
1976 「正直」「誠」を貫いた小村寿太郎
　　　◎H14.4「アルカス」
　　　㊁H17.12『わたしの普段着』新潮社
　　　＊H20.6『わたしの普段着』新潮文庫
1977 オレンジ色のマフラー
　　　◎H14.5「文藝春秋」
　　　㊁H15.1『縁起のいい客』文藝春秋

＊H18.1『縁起のいい客』文春文庫
1978 巻末エッセイ わたしの普段着 浜千鳥
　　◎H14.5「小説新潮」
　　㊁H17.12『わたしの普段着』新潮社
　　＊H20.6『わたしの普段着』新潮文庫
1979 井の頭だより 夫婦別姓
　　◎H14.5「別冊文藝春秋」239号
　　㊁H15.1『縁起のいい客』文藝春秋
　　＊H18.1『縁起のいい客』文春文庫
1980 作者の行く末
　　◎H14.5「太宰治賞2002」
　　＊太宰治賞選評
1981 推薦文
　　◎H14.5『病が語る日本史』酒井シヅ著 講談社　帯
1982 夜光虫
　　☆H14.6「文學界」
　　㊁H14.7『見えない橋』文藝春秋
　　＊H17.7『見えない橋』文春文庫
1983 巻末エッセイ わたしの普段着 大安、仏滅
　　◎H14.6「小説新潮」
　　㊁H17.12『わたしの普段着』新潮社
　　＊H20.6『わたしの普段着』新潮文庫
1984 わたしの映画スタア 堤真佐子
　　〔後改題：「私の映画スター」〕
　　◎H14.7「文藝春秋」
　　㊁H15.1『縁起のいい客』文藝春秋
　　＊H18.1『縁起のいい客』文春文庫
1985 井の頭だより お役ごめん
　　◎H14.7「別冊文藝春秋」240号
　　㊁H15.1『縁起のいい客』文藝春秋
　　＊H18.1『縁起のいい客』文春文庫
1986 巻末エッセイ わたしの普段着 朝の うどん
　　◎H14.7「小説新潮」
　　㊁H17.12『わたしの普段着』新潮社
　　＊H20.6『わたしの普段着』新潮文庫
1987 忘れられない旅 皮革の臭い
　　◎H14.7「文藝春秋」臨増号
1988 短篇集『見えない橋』
　　㊁H14.7 文藝春秋［作品］見えない橋(No.1920), 都会(No.1834), 漁火(No.1876),
　　　消えた町(No.1965), 夜光虫(No.1982), 時間(No.1866), 夜の道(No.18)
　　＊H17.7 文春文庫［作品］単行本と同じ
1989 わたしの普段着 ニンニンゴーゴー

◎H14.8「小説新潮」
　　　㊙H17.12『わたしの普段着』新潮社
　　　＊H20.6『わたしの普段着』新潮文庫
1990　高知への旅
　　　◎H14.8「土佐史談」220号
　　　㊙H21.8『七十五度目の長崎行き』河出書房新社
1991　【本書に寄せて】すがすがしい読後感
　　　◎H14.8『無医村に花は微笑む』将基面誠著　ごま書房
　　　＊H18.1『無医村に花は微笑む』ごま書房　新装版
1992　書評　酒井シヅ著『病が語る日本史』
　　　◎H14.8.17「日本医事新報」No.4086
1993　わたしの普段着　変人
　　　◎H14.9「小説新潮」
　　　㊙H17.12『わたしの普段着』新潮社
　　　＊H20.6『わたしの普段着』新潮文庫
1994　孫に伝える八月十五日　ちらつく灯
　　　◎H14.9「文藝春秋」特別号
　　　㊙H15.1『縁起のいい客』文藝春秋
　　　＊H18.1『縁起のいい客』文春文庫
1995　井の頭だより　顔
　　　◎H14.9「別冊文藝春秋」241号
　　　㊙H15.1『縁起のいい客』文藝春秋
　　　＊H18.1『縁起のいい客』文春文庫
　　　＊同じ標題の別作品あり（No.1484）
1996　物忘れ
　　　☆H14.9.2「神戸新聞」夕刊
　　　㊙H15.1『縁起のいい客』文藝春秋
　　　＊H18.1『縁起のいい客』文春文庫
　　　＊同じ標題の別作品あり（No.1479）
1997　樽回船
　　　☆H14.9.18「神戸新聞」夕刊
　　　㊙H15.1『縁起のいい客』文藝春秋
　　　＊H18.1『縁起のいい客』文春文庫
1998　ひとすじの煙
　　　◎H14.10「文學界」
　　　㊙H18.11『死顔』新潮社
　　　＊H21.7『死顔』新潮文庫
1999　子規　この一句・この一首・この一篇　私の仰臥漫録
　　　◎H14.10「新潮」
　　　㊙H17.12『わたしの普段着』新潮社
　　　＊H20.6『わたしの普段着』新潮文庫
2000　わたしの普段着　庭の鼠

◎H14.10「小説新潮」
[収]H17.12『わたしの普段着』新潮社
＊H20.6『わたしの普段着』新潮文庫

2001　禁をやぶる
◎H14.10「四季の味」秋 No.30
[収]H15.1『縁起のいい客』文藝春秋
＊H18.1『縁起のいい客』文春文庫

2002　おしまいのページで カラ振り
◎H14.10「オール讀物」
[収]H15.1『縁起のいい客』文藝春秋
＊H18.1『縁起のいい客』文春文庫

2003　小村寿太郎の気概
◎H14.10『ポーツマス会議の人々』P.E.ランドル著 原書房

2004　リヤカー
☆H14.10.4「神戸新聞」夕刊
[収]H15.1『縁起のいい客』文藝春秋
＊H18.1『縁起のいい客』文春文庫

2005　悲しい事故にめげるな長崎
◎H14.10.19「長崎新聞」

2006　ウーロン茶
☆H14.10.22「神戸新聞」夕刊
[収]H15.1『縁起のいい客』文藝春秋
＊H18.1『縁起のいい客』文春文庫

2007　歴史小説 ―余る話（講演）
H14.10.27 第四回日本芸術院会員 特別講演会
＊「生麦事件」の裏話、長崎取材旅行の話等

2008　わたしの普段着 世間は狭い
◎H14.11「小説新潮」
[収]H17.12『わたしの普段着』新潮社
＊H20.6『わたしの普段着』新潮文庫

2009　井の頭だより アイスクリーム
◎H14.11「別冊文藝春秋」242号
[収]H15.1『縁起のいい客』文藝春秋
＊H18.1『縁起のいい客』文春文庫

2010　長崎奉行のこと
◎H14.11「旅三昧」JR九州
[収]H17.12『わたしの普段着』新潮社
＊H20.6『わたしの普段着』新潮文庫

2011　大黒屋光太夫 連載を終えて　漂流に見た人間劇
◎H14.11.5「毎日新聞」夕刊

2012　漂流民と兵庫
☆H14.11.7「神戸新聞」夕刊

[収]H15.1『縁起のいい客』文藝春秋
＊H18.1『縁起のいい客』文春文庫
2013 病気見舞い
☆H14.11.22「神戸新聞」夕刊
[収]H15.1『縁起のいい客』文藝春秋
＊H18.1『縁起のいい客』文春文庫
2014 わたしの普段着 恩師からの頂戴物
◎H14.12「小説新潮」
[収]H17.12『わたしの普段着』新潮社
＊H20.6『わたしの普段着』新潮文庫
2015 秀れた研究者
◎H14.12「図書」
[収]H17.12『わたしの普段着』新潮社
＊H20.6『わたしの普段着』新潮文庫
2016 少年時代そのもの
◎H14.12 新・講談社の絵本『宮本武蔵』
2017 万年筆の葬送
☆H14.12.9「神戸新聞」夕刊
[収]H15.1『縁起のいい客』文藝春秋
＊H18.1『縁起のいい客』文春文庫
2018 坐る
◎H14.12.25「神戸新聞」夕刊
2019 二人
◎H15.1「新潮」
[収]H18.11『死顔』新潮社
＊H21.7『死顔』新潮文庫
2020 巻末エッセイ わたしの普段着 献呈したウイスキー
◎H15.1「小説新潮」
[収]H17.12『わたしの普段着』新潮社
＊H20.6『わたしの普段着』新潮文庫
2021 井の頭だより 投書
◎H15.1「別冊文藝春秋」243号
2022 短歌と俳句
◎H15.1「炎環」
[収]H17.12『わたしの普段着』新潮社
＊H20.6『わたしの普段着』新潮文庫
＊H21.7『炎天』筑摩書房
2023 図書券
[収]H15.1『縁起のいい客』文藝春秋 書下ろし
＊H18.1『縁起のいい客』文春文庫
2024 エッセイ集**『縁起のいい客』**

[収]H15.1 文藝春秋［作品］《井の頭だより》 家内の背中(No.1894), 鮨屋さん(No.1881), 最後の乗客(No.1877), 起立!(No.1905), ガード下(No.1921), 母の日(No.1938), 貧乏神(No.1968), 闇というもの(No.1973), 夫婦別姓(No.1979), お役ごめん(No.1985), 顔(No.1995), アイスクリーム(No.2009) 《史料を探る》 歴史小説と史書(No.1916), 桜田門 ―井伊直弼暗殺の道(No.1913), 戦史小説執筆の思い出(No.1946),「西」より「北」に親しみ(No.1943), 悠々自適の暮らしに(No.1949), 漂流民の興味深い記録(No.1953), 独自の海洋文学(No.1966) 《出会いの数々》 夜の雪道(No.1958), 充実した旅(No.1884), 行倒れ、そして仇討(No.1937), 磯吉のこと(No.1975), カラ振り(No.2002), 長與善郎「竹澤先生と云ふ人」(No.1945), 林氏の笑顔(No.1962), 寒風に立つ領事(No.1970),「金閣寺」という傑作(No.1942) 《一つのことのみに》風邪薬(No.1930), 乾燥バナナ(No.1932), 一人旅(No.1933), 幕末(No.1934), 一つのことのみに(No.1935) 《オレンジ色のマフラー》 闇のなかの灯火(No.1871), オレンジ色のマフラー(No.1977), 両親のこと、私の病気(No.1951), 被害広げた「大八車」(No.1880), ちらつく灯(No.1994) 《エッセイは事実です》 エッセイは事実です(No.1908),「雪国」の町(No.1964), スポーツを観る(No.1390), 生ビール(No.1893), 女性の旅(No.1922), この世の常(No.1955),「私の映画スター」(No.1984), 禁をやぶる(No.2001), 図書券(No.2023) 《万年筆の葬送》 物忘れ(No.1996), 樽回船(No.1997), リヤカー(No.2004), ウーロン茶(No.2006), 病気見舞い(No.2013), 漂流民と兵庫(No.2012), 万年筆の葬送(No.2017) 《作家と編集者》 編集者という滝に打たれて(インタビュー)(「III 座談・対談･･･」No.206), 心象としての姫路城(No.1924)

＊H18.1 文春文庫［作品］単行本と同じ

2025 雲井龍雄と解剖のこと

◎H15.1.1「刑罰史研究」第28号

[収]H17.12『わたしの普段着』新潮社

＊H20.6『わたしの普段着』新潮文庫

2026 特集 昭和は遠く、平成すでに十五年 回り燈籠

◎H15.2「文學界」

[収]H18.12『回り灯籠』筑摩書房

＊H21.11『回り灯籠』ちくま文庫

2027 井の頭だより 今年の初詣

◎H15.3「別冊文藝春秋」244号

2028 エッセイ 小説『大黒屋光太夫』

◎H15.3「新刊ニュース」

2029 志賀直哉の貌

H15.3 初版本復刻 近代文学の名作『大津順吉』分冊解説書 日本近代文学館編集発行

[収]H17.12『わたしの普段着』新潮社

＊H20.6『わたしの普段着』新潮文庫

2030 大黒屋光太夫をめぐって(講演)

H15.3.8（鈴鹿）文芸賞・市民大学文学賞贈呈式 記念講演会
2031　小説に書いた江戸時代（講演）
H15.3.20 池波正太郎記念文庫特別講演会
＊会場：台東区生涯教育センター
2032　おしまいのページで 順番待ち
◎H15.4「オール讀物」
㊄H17.12『わたしの普段着』新潮社
＊H20.6『わたしの普段着』新潮文庫
2033　「霰ふる」の旅
◎H15.4「能登春秋」夏
㊄H17.12『わたしの普段着』新潮社
＊H20.6『わたしの普段着』新潮文庫
2034　『漂流記の魅力』
㊄H15.4 新潮新書
2035　わたしの普段着 雪の舞うふる里
◎H15.5「小説新潮」
㊄H17.12『わたしの普段着』新潮社
＊H20.6『わたしの普段着』新潮文庫
2036　井の頭だより お食事
◎H15.5「別冊文藝春秋」245号
㊄H17.12『わたしの普段着』新潮社
＊H20.6『わたしの普段着』新潮文庫
2037　東京なつかし風景 谷中墓地から戦火の町を眺めていた。
◎H15.5「東京人」
2038　回り灯籠1 未完の作品
◎H15.5「ちくま」
㊄H18.12『回り灯籠』筑摩書房
＊H21.11『回り灯籠』ちくま文庫
2039　最低点
◎H15.5「狩」
㊄H17.12『わたしの普段着』新潮社
＊H20.6『わたしの普段着』新潮文庫
2040　学校と私 母校「開成」魅力は今も
◎H15.5.5「毎日新聞」朝刊
2041　わたしの普段着 家系というもの
◎H15.6「小説新潮」
㊄H17.12『わたしの普段着』新潮社
＊H20.6『わたしの普段着』新潮文庫
2042　回り灯籠2 歴史の襞
◎H15.6「ちくま」
㊄H18.12『回り灯籠』筑摩書房
＊H21.11『回り灯籠』ちくま文庫

2043　詩心
◎H15.6「狩」
[収]H17.12『わたしの普段着』新潮社
＊H20.6『わたしの普段着』新潮文庫
2044　文学作品というもの
◎H15.6『太宰治賞2003』
＊太宰治賞選評
2045　よむサラダ 朝のつぶやき
◎H15.6.1「読売新聞」朝刊
[収]H17.12『わたしの普段着』新潮社
＊H20.6『わたしの普段着』新潮文庫
2046　よむサラダ 席をゆずられて
◎H15.6.8「読売新聞」朝刊
[収]H17.12『わたしの普段着』新潮社
＊H20.6『わたしの普段着』新潮文庫
2047　歴史小説余話（講演）
H15.6.8 平成15年度愛媛県読書グループ連絡協議会 創立40周年記念総会 並びに読書推進大会
＊会場：にぎたつ会館（松山市）
2048　よむサラダ 武士も斬りたくない!?
◎H15.6.15「読売新聞」朝刊
[収]H17.12『わたしの普段着』新潮社
＊H20.6『わたしの普段着』新潮文庫
2049　よむサラダ 夫への不満
◎H15.6.22「読売新聞」朝刊
[収]H17.12『わたしの普段着』新潮社
＊H20.6『わたしの普段着』新潮文庫
2050　よむサラダ 長崎のおたかちゃん
◎H15.6.29「読売新聞」朝刊
[収]H17.12『わたしの普段着』新潮社
＊H20.6『わたしの普段着』新潮文庫
2051　井の頭だより 御自愛下さるように
◎H15.7「別冊文藝春秋」246号
[収]H17.12『わたしの普段着』新潮社
＊H20.6『わたしの普段着』新潮文庫
2052　回り灯籠 3 雉鳩
◎H15.7「ちくま」
[収]H18.12『回り灯籠』筑摩書房
＊H21.11『回り灯籠』ちくま文庫
2053　雪柳
◎H15.7「狩」
[収]H17.12『わたしの普段着』新潮社

II 著書・作品

　　　＊H20.6『わたしの普段着』新潮文庫
2054　解説
　　　◎H15.7『敷島隊の五人』(下) 森 史郎著　文春文庫
2055　日本とアメリカ ② 知的な出会い　太平洋挟んだ隣国意識(談)
　　　◎H15.7.1「沖縄タイムス」
2056　黒部に挑んだ男たち
　　　◎H15.7.6「週刊日本遺産」36 立山 黒部峡谷
　　　㉚H17.12『わたしの普段着』新潮社
　　　＊初出図書：朝日ビジュアルシリーズ
　　　＊H20.6『わたしの普段着』新潮文庫
2057　「大正十六年」の漂流船
　　　◎H15.7.31「朝日新聞」夕刊
　　　㉚H17.12『わたしの普段着』新潮社
　　　＊H20.6『わたしの普段着』新潮文庫
2058　回り灯籠 4 われ百姓の……
　　　◎H15.8「ちくま」
　　　㉚H18.12『回り灯籠』筑摩書房
　　　＊H21.11『回り灯籠』ちくま文庫
2059　桜花
　　　◎H15.8「狩」
2060　序文 江戸人
　　　◎H15.8『せんすのある話』荘司賢太郎著 創英社
2061　井の頭だより 乗り物への感謝
　　　◎H15.9「別冊文藝春秋」247号
　　　㉚H17.12『わたしの普段着』新潮社
　　　＊H20.6『わたしの普段着』新潮文庫
2062　回り灯籠 5 針のメド
　　　◎H15.9「ちくま」
　　　㉚H18.12『回り灯籠』筑摩書房
　　　＊H21.11『回り灯籠』ちくま文庫
2063　吉村 昭 歴史小説の世界 ―史実を歩く―
　　　◎H15.9 吉村昭企画展パンフレット
　　　＊企画展は長崎県立図書館主催
2064　小説に書いた日本の医師(講演)
　　　H15.9.13 第18回日保団医療研究集会
　　　＊会場：ホテルニュー長崎
2065　小説に書いた江戸時代(講演)
　　　H15.9.14 吉村昭特別講演会
　　　＊主催・会場：長崎県立図書館
2066　生麦事件と薩英戦争(講演)
　　　H15.9.20 薩英交流140周年シンポジウム基調講演
　　　＊会場：かごしま県民交流センター

II 著書・作品

2067 血染めのハンカチ
　　　◎H15.10「文藝春秋」
　　　㊄H17.12『わたしの普段着』新潮社
　　　＊H20.6『わたしの普段着』新潮文庫
2068 おしまいのページで 仮店の男
　　　◎H15.10「オール讀物」
2069 回り灯籠6 大人の世界
　　　◎H15.10「ちくま」
　　　㊄H18.12『回り灯籠』筑摩書房
　　　＊H21.11『回り灯籠』ちくま文庫
2070 生麦事件と薩英戦争（講演）
　　　◎H15.10.3「南日本新聞」
　　　＊上記「薩英交流シンポジウム」に於ける基調講演
2071 井の頭だより 雪国の墓
　　　◎H15.11「別冊文藝春秋」248号
　　　㊄H17.12『わたしの普段着』新潮社
　　　＊H20.6『わたしの普段着』新潮文庫
2072 回り灯籠7 飛ぶ鳥跡をにごさず
　　　◎H15.11「ちくま」
　　　㊄H18.12『回り灯籠』筑摩書房
　　　＊H21.11『回り灯籠』ちくま文庫
2073 小説の書き出し にがい思い出
　　　◎H15.11「季刊文科」秋 25号
　　　㊄H19.7『ひとり旅』文藝春秋
2074 「作家の生き方」〜小説に書いた江戸時代（講演）
　　　◎H15.11.22 市民のための文学講演会（三鷹）
　　　＊会場：三鷹産業プラザ
2075 初老の男の顔
　　　◎H15.11.29「東京新聞」夕刊
　　　㊄H17.12『わたしの普段着』新潮社
　　　＊H20.6『わたしの普段着』新潮文庫
2076 わが街・私の味12 宇和島 歴史の街、味の町
　　　◎H15.12「文藝春秋」
2077 回り灯籠8 不思議な町
　　　◎H15.12「ちくま」
　　　㊄H18.12『回り灯籠』筑摩書房
　　　＊H21.11『回り灯籠』ちくま文庫
2078 なつかしい店、幻の味。近所の鮨屋。
　　　◎H16.1「東京人」
　　　㊄H19.7『ひとり旅』文藝春秋
2079 『暁の旅人』
　　　◎H16.1〜H17.2「群像」14回連載

[収]H17.4 講談社
＊H20.8 講談社文庫
＊H21.10『吉村昭歴史小説集成』第七巻 岩波書店
2080 井の頭だより ホテルへの忘れ物
◎H16.1「別冊文藝春秋」249号
[収]H17.12『わたしの普段着』新潮社
＊H20.6『わたしの普段着』新潮文庫
2081 オールスター新春特別随想 火事のこと
◎H16.1「小説新潮」
[収]H17.12『わたしの普段着』新潮社
＊H20.6『わたしの普段着』新潮文庫
2082 回り灯籠 9 客船は「武蔵」の姿を
◎H16.1「ちくま」
[収]H18.12『回り灯籠』筑摩書房
＊H21.11『回り灯籠』ちくま文庫
2083 吉村昭 新潟旅日記 郷愁のある町　心が和む湯沢で執筆
◎H16.1.14「新潟日報」
[収]H18.12『回り灯籠』筑摩書房
＊H21.11『回り灯籠』ちくま文庫
2084 月日あれこれ 小津映画と戦後の風景
◎H16.1.30「読売新聞」夕刊
[収]H17.12『わたしの普段着』新潮社
＊H20.6『わたしの普段着』新潮文庫
2085 回り灯籠 10 短刀と小説
◎H16.2「ちくま」
[収]H18.12『回り灯籠』筑摩書房
＊H21.11『回り灯籠』ちくま文庫
2086 ポーツマス会議（講演）
H16.2.2日露戦争100周年記念シンポジウム
[収]H16.2.6「読売新聞」「小村寿太郎 定説と史実」
＊会場：経団連会館
＊H16.10「いま問われる日露戦争」読売ブックレット No.36
2087 吉村昭 新潟旅日記 栃尾での昼食 湯づけ御飯と味噌漬
◎H16.2.11「新潟日報」
[収]H18.12『回り灯籠』筑摩書房
＊H21.11『回り灯籠』ちくま文庫
2088 月日あれこれ 谷中墓地 空襲の一夜
◎H16.2.27「読売新聞」夕刊
[収]H17.6『成り行きにまかせて』日本文藝家協会編 光村図書
＊H19.7『ひとり旅』文藝春秋
2089 井の頭だより 苺のかき氷
◎H16.3「別冊文藝春秋」250号

[収]H19.7『ひとり旅』文藝春秋

2090 回り灯籠 11 漂流民の足
◎H16.3「ちくま」
[収]H18.12『回り灯籠』筑摩書房
＊H21.11『回り灯籠』ちくま文庫

2091 吉村昭 新潟旅日記 唐爺や 漂流を生き抜き帰国
◎H16.3.10「新潟日報」
[収]H18.12『回り灯籠』筑摩書房
＊H21.11『回り灯籠』ちくま文庫

2092 月日あれこれ「事件」が「歴史」になる時
◎H16.3.26「読売新聞」夕刊
[収]H19.7『ひとり旅』文藝春秋

2093 関東大震災が語るもの（講演）
H16.3.27 日本災害情報学会 5周年記念シンポジウム
[収]H16.4.20「毎日新聞」

2094 おしまいのページで 作文
◎H16.4「オール讀物」
[収]H19.7『ひとり旅』文藝春秋

2095 回り灯籠 12 シンデモ ラッパヲ
◎H16.4「ちくま」
[収]H18.12『回り灯籠』筑摩書房
＊H21.11『回り灯籠』ちくま文庫
＊同じ標題の別作品あり（No.560）

2096 吉村昭 新潟旅日記 白根の凧 30年間私の自慢の宝
◎H16.4.14「新潟日報」
[収]H18.12『回り灯籠』筑摩書房
＊H21.11『回り灯籠』ちくま文庫

2097 月日あれこれ 日露戦争 人情の跡
◎H16.4.30「読売新聞」夕刊
[収]H17.12『わたしの普段着』新潮社
＊H20.6『わたしの普段着』新潮文庫

2098 井の頭だより 図書館長
◎H16.5「別冊文藝春秋」251号
[収]H19.7『ひとり旅』文藝春秋

2099 回り灯籠 13 勝者の歴史
◎H16.5「ちくま」
[収]H18.12『回り灯籠』筑摩書房
＊H21.11『回り灯籠』ちくま文庫

2100 濁水の中を行く輪王寺宮
◎H16.5「百店満点」―「銀座百点」50年
[収]H19.7『ひとり旅』文藝春秋

2101 歴史小説の中の高野長英（講演）

H16.5.5 高野長英生誕祭
＊会場：水沢市文化会館

2102 吉村昭 新潟旅日記 妻と佐渡
◎H16.5.12「新潟日報」
[収]H18.12『回り灯籠』筑摩書房
＊副題：「海鳴」で文壇の表舞台へ

2103 歴史小説における史実 ～生麦事件とその歴史的意義～
H16.5.15 講演
＊日本経済史研究所主催
＊H21.11『回り灯籠』ちくま文庫

2104 医学史と私（講演）
H16.5.16 第105回日本医学史学会総会および学術大会
＊会場：鶴見大学会館

2105 月日あれこれ 歴史に埋もれた種痘術
◎H16.5.28「読売新聞」夕刊
[収]H17.12『わたしの普段着』新潮社
＊H20.6『わたしの普段着』新潮文庫

2106 小説に書けない史料
◎H16.6「新潮」
[収]H17.12『わたしの普段着』新潮社
＊H20.6『わたしの普段着』新潮文庫

2107 回り灯籠 14「コーガ」
◎H16.6「ちくま」
[収]H18.12『回り灯籠』筑摩書房
＊H21.11『回り灯籠』ちくま文庫

2108 遠い幻影（梅の蕾）
◎H16.6 長崎ゆかりの著名人による『子どもにすすめるこの一冊』長崎県教育委員会編
＊内容は将基面誠著『無医村に花は微笑む』の推薦

2109 自作再訪 吉村昭 戦艦武蔵
◎H16.6.6「朝日新聞」

2110 吉村昭 新潟旅日記 高野長英 逃亡の道 まるで江戸期のよう
◎H16.6.9「新潟日報」
[収]H18.12『回り灯籠』筑摩書房
＊H21.11『回り灯籠』ちくま文庫

2111 月日あれこれ 戦艦陸奥 爆沈の真相
◎H16.6.25「読売新聞」夕刊
[収]H19.7『ひとり旅』文藝春秋

2112 井の頭だより 輝やく眼
◎H16.7「別冊文藝春秋」252号

2113 回り灯籠 15 大地震と潜水艦
◎H16.7「ちくま」

㊲H18.12『回り灯籠』筑摩書房
＊H21.11『回り灯籠』ちくま文庫
2114 吉村昭 新潟旅日記 直江津と人相書き 逃げおおせたか清吉
◎H16.7.14「新潟日報」
㊲H18.12『回り灯籠』筑摩書房
＊H21.11『回り灯籠』ちくま文庫
2115 史実と歴史小説（講演）
H16.7.17 本庄陸男生誕百年記念事業
＊会場：石狩郡当別町 西当別コミュニティセンター
2116 月日あれこれ 獄舎で思い描いた女人像
◎H16.7.30「読売新聞」夕刊
㊲H17.12『わたしの普段着』新潮社
＊H20.6『わたしの普段着』新潮文庫
2117 オリンピック 思い切りレトロに ラジオの波の音
◎H16.8「オール讀物」
㊲H19.7『ひとり旅』文藝春秋
2118 回り灯籠 16 志ん生さん
◎H16.8「ちくま」
㊲H18.12『回り灯籠』筑摩書房
＊H21.11『回り灯籠』ちくま文庫
2119 死と隣り合わせの現場で
◎H16.8『大いなる遺産』北日本新聞社
2120 吉村昭 新潟旅日記 講演旅行 晴れて大学中退の身
◎H16.8.11「新潟日報」
㊲H21.8『七十五度目の長崎行き』河出書房新社
2121 月日あれこれ 撃沈 雪の海漂う兵たち
◎H16.8.27「読売新聞」夕刊
㊲H19.7『ひとり旅』文藝春秋
2122 井の頭だより 銀行にて
◎H16.9「別冊文藝春秋」253号
㊲H19.7『ひとり旅』文藝春秋
2123 私の"昭和博物館・昭和図書館" 火熱と人間の知恵
◎H16.9「諸君！」
㊲H19.7『ひとり旅』文藝春秋
2124 回り灯籠 17 仁兵衛君
◎H16.9「ちくま」
㊲H18.12『回り灯籠』筑摩書房
＊H21.11『回り灯籠』ちくま文庫
2125 吉村昭 新潟旅日記 なじみの店 ふる里で開店に安堵
◎H16.9.15「新潟日報」
㊲H18.12『回り灯籠』筑摩書房
＊H21.11『回り灯籠』ちくま文庫

2126 月日あれこれ 高さ50メートル 三陸大津波
◎H16.9.24「読売新聞」夕刊
[収]H19.7『ひとり旅』文藝春秋
2127 おしまいのページで 紺色の衣服
◎H16.10「オール讀物」
[収]H19.7『ひとり旅』文藝春秋
2128 回り灯籠 18 媒酌人
◎H16.10「ちくま」
[収]H18.12『回り灯籠』筑摩書房
＊H21.11『回り灯籠』ちくま文庫
＊同じ標題の別作品あり(No.84 & 1543)
2129 作者の言葉
◎H16.10.12「朝日新聞」夕刊
＊『彰義隊』の連載開始にあたって
2130 吉村昭 新潟旅日記 小説「破船」の舞台 佐渡特有の漁法は語る
◎H16.10.13「新潟日報」
[収]H18.12『回り灯籠』筑摩書房
＊H21.11『回り灯籠』ちくま文庫
2131 **『彰義隊』**
◎H16.10.18～H17.8.19「朝日新聞」夕刊 247回連載
[収]H17.11 朝日新聞社
＊H21.1 新潮文庫
＊H21.5『吉村昭歴史小説集成』第二巻 岩波書店
2132 月日あれこれ「新選組」論に描かれないこと
◎H16.10.29「読売新聞」夕刊
[収]H19.7『ひとり旅』文藝春秋
2133 井の頭だより 清き一票
◎H16.11「別冊文藝春秋」254号
[収]H19.7『ひとり旅』文藝春秋
2134 回り灯籠 19 梅毒の話
◎H16.11「ちくま」
[収]H18.12『回り灯籠』筑摩書房
＊H21.11『回り灯籠』ちくま文庫
2135 「小説『生麦事件』創作ノートより」(講演)
H16.11.6 第73回開成会総会
[収]H17.6「開成会会報」第100号
＊H19.7『ひとり旅』文藝春秋
2136 吉村昭 新潟旅日記 ガングリオン 手首に「小説家の勲章」
◎H16.11.10「新潟日報」
[収]H18.12『回り灯籠』筑摩書房
＊H21.11『回り灯籠』ちくま文庫
2137 月日あれこれ 遠い日…… 戦争犯罪人の記憶

◎H16.11.26「読売新聞」夕刊
[収]H19.7『ひとり旅』文藝春秋
2138 回り灯籠 20 天狗勢と女
◎H16.12「ちくま」
[収]H18.12『回り灯籠』筑摩書房
＊H21.11『回り灯籠』ちくま文庫
＊同じ標題の別作品あり（No.1532）
2139 英国と日本・教育と歴史（講演）
H16.12.14特別講演会
＊主催：関東学院
2140 吉村昭 新潟旅日記 桜田門外の変と越後 湯澤だった 関お縄の地
◎H16.12.15「新潟日報」
[収]H18.12『回り灯籠』筑摩書房
＊H21.11『回り灯籠』ちくま文庫
2141 月日あれこれ 奇襲の大艦隊 見た人々
◎H16.12.24「読売新聞」夕刊
[収]H19.7『ひとり旅』文藝春秋
2142 「暁の旅人（松本良順伝）」と創作ノート（講演）
H16.12.25 順天堂大学学祖佐藤泰然生誕200周年記念講演会
[収]H17.6「順天堂医学」
＊会場：順天堂大学有山記念講堂
2143 わたしの普段着 あかるい月夜
◎H17.1「小説新潮」
[収]H17.12『わたしの普段着』新潮社
＊H20.6『わたしの普段着』新潮文庫
2144 井の頭だより 被災地の錦鯉
◎H17.1「別冊文藝春秋」255号
[収]H19.7『ひとり旅』文藝春秋
2145 回り灯籠 21 道づれ
◎H17.1「ちくま」
[収]H18.12『回り灯籠』筑摩書房
＊H21.11『回り灯籠』ちくま文庫
2146 **『事物はじまりの物語』**
[収]H17.1 ちくまプリマー新書
2147 吉村昭 新潟旅日記 越後の酒 全国の小料理屋を席巻
◎H17.1.19「新潟日報」
[収]H18.12『回り灯籠』筑摩書房
＊H21.11『回り灯籠』ちくま文庫
2148 月日あれこれ「脱獄の天才」の護送記録
◎H17.1.28「読売新聞」夕刊
[収]H19.7『ひとり旅』文藝春秋
2149 わたしの普段着 トンボ

◎H17.2「小説新潮」
[収]H17.12『わたしの普段着』新潮社
＊H20.6『わたしの普段着』新潮文庫
2150 回り灯籠 22 朝顔
◎H17.2「ちくま」
[収]H18.12『回り灯籠』筑摩書房
＊H21.11『回り灯籠』ちくま文庫
2151 オペレッタ観賞記
◎H17.2.5「オペレッタ通信」No.61
2152 月日あれこれ 山本長官 戦死の秘話
◎H17.2.25「読売新聞」夕刊
[収]H19.7『ひとり旅』文藝春秋
2153 わたしの普段着 赤いタオルの鉢巻き
◎H17.3「小説新潮」
[収]H17.12『わたしの普段着』新潮社
＊H20.6『わたしの普段着』新潮文庫
2154 井の頭だより 手鏡
◎H17.3「別冊文藝春秋」256号
[収]H19.7『ひとり旅』文藝春秋
＊同じ標題の別作品あり（No.1258）
2155 回り灯籠 23 郷土史家
◎H17.3「ちくま」
[収]H18.12『回り灯籠』筑摩書房
＊H21.11『回り灯籠』ちくま文庫
2156 推薦文 文壇人國記 東日本 西日本
◎H17.3.7「読売新聞」広告
＊上記の両編の帯には一部を抜粋して記載
＊『文壇人國記』 大河内昭爾著 おうふう
2157 体験記『東京大空襲』60年（談）
◎H17.3.17「週刊新潮」
2158 月日あれこれ ある薩摩藩士の末路
◎H17.3.25「読売新聞」夕刊
[収]H19.7『ひとり旅』文藝春秋
2159 わたしの普段着 闇と星
◎H17.4「小説新潮」
[収]H17.12『わたしの普段着』新潮社
＊H20.6『わたしの普段着』新潮文庫
2160 おしまいのページで ボトルの隠語
◎H17.4「オール讀物」
[収]H19.7『ひとり旅』文藝春秋
2161 回り灯籠 24 ささやかな葬儀
◎H17.4「ちくま」

[収]H18.12『回り灯籠』筑摩書房
＊H21.11『回り灯籠』ちくま文庫

2162　こぶ平さんと正蔵さん
H17.4～6「神楽坂まちの手帖」
[収]H19.7『ひとり旅』文藝春秋

2163　丹羽文雄氏を悼む
◎H17.4.21「読売新聞」夕刊
[収]H19.7『ひとり旅』文藝春秋
＊H20.2『文藝別冊 吉村昭』河出書房新社

2164　わたしの普段着 一人で歩く
◎H17.5「小説新潮」
[収]H17.12『わたしの普段着』新潮社
＊H20.6『わたしの普段着』新潮文庫

2165　井の頭だより 少年の手紙
◎H17.5「別冊文藝春秋」257号
[収]H19.7『ひとり旅』文藝春秋

2166　この人・この3冊 吉村 昭選
◎H17.5.8「毎日新聞」
＊丹羽文雄の3作を取り上げる

2167　弔辞
H17.5.9
[収]H17.5「文藝家協会ニュース」No.645
＊故丹羽文雄日本文藝家協会葬における弔辞

2168　作家自作を語る『大黒屋光太夫』
H17.5.31～6.8
＊新潮社テレフォンサービス

2169　わたしの普段着 葬式の名人
◎H17.6「小説新潮」
[収]H17.12『わたしの普段着』新潮社
＊H20.6『わたしの普段着』新潮文庫

2170　井の頭だより 流しの歌手
◎H17.7「別冊文藝春秋」258号
[収]H19.7『ひとり旅』文藝春秋

2171　幕府に殉じた医家
◎H17.7「新刊ニュース」

2172　『彰義隊』連載を終えて 各地の記録から見えた緊迫感
〔後改題：輪王寺宮の足跡〕
◎H17.8.22「朝日新聞」夕刊
[収]H21.5『吉村昭歴史小説集成』第二巻 岩波書店

2173　井の頭だより ゴルフと肋骨
◎H17.9「別冊文藝春秋」259号
[収]H19.7『ひとり旅』文藝春秋

2174 荒野を吹きすさぶ風の音
◎H17.9『城山三郎 昭和の戦争文学』第六巻 月報2
[収]H19.7『ひとり旅』文藝春秋

2175 おしまいのページで 手は口ほどにものを言い?
◎H17.10「オール讀物」
[収]H19.7『ひとり旅』文藝春秋

2176 小説「大黒屋光太夫」の執筆
◎H17.10「光太夫シリーズ」10
[収]H17.12『わたしの普段着』新潮社
*H20.6『わたしの普段着』新潮文庫

2177 井の頭だより 茶色い犬
◎H17.11「別冊文藝春秋」260号
[収]H19.7『ひとり旅』文藝春秋

2178 多彩な人間ドラマ
◎H17.11「一冊の本」
[収]H19.7『ひとり旅』文藝春秋

2179 私の小説と北海道(講演)
H17.11.2 北海道立文学館10周年記念講演会
*会場:ホテルライフォート札幌

2180 **『わたしの普段着』**
[収]H17.12 新潮社 [作品] 《I 日々を暮す》 予防接種(No.1956), ニンニンゴーゴー(No.1989), 大安、仏滅(No.1983), 店じまい(No.1906), お食事(No.2036), 席をゆずられて(No.2046), 夫への不満(No.2049), 御自愛下さるように(No.2051), 雪国の墓(No.2071), 庭の鼠(No.2000), 世間は狭い(No.2008) 《II 筆を執る》 歴史小説としての敵討(No.1911), 不釣合いなコーナー(No.1967), 短歌と俳句(No.2022), 最低点(No.2039), 順番待ち(No.2032), 詩心(No.2043), 志賀直哉の貌(No.2029), 私の仰臥漫録(No.1999), 資料の処分(No.1971), 小説に書けない史料(No.2106), 小説「大黒屋光太夫」の執筆(No.2176) 《III 人と触れ合う》 味噌漬(No.1974), 変人(No.1993), 恩師からの頂載物(No.2014), 齋藤十一氏と私(No.1915), 「正直」「誠」を貫いた小村寿太郎(No.1976), 雲井龍雄と解剖のこと(No.2025), 秀れた研究者(No.2015), 長崎のおたかちゃん(No.2050), 黒部に挑んだ男たち(No.2056), 初老の男の顔(No.2075), 歴史に埋もれた種痘術(No.2105), 獄舎で思い描いた女人像(No.2116), 献呈したウイスキー(No.2020), 赤いタオルの鉢巻(No.2153), 葬式の名人(No.2169) 《IV 旅に遊ぶ》 朝のうどん(No.1986), 一人で歩く(No.2164), 長崎奉行のこと(No.2010), 朝のつぶやき(No.2045), 「霰ふる」の旅(No.2033), 乗り物への感謝(No.2061), ホテルへの忘れ物(No.2080), 日露戦争 人情の跡(No.2097) 《V 時を歴る》 床屋さん(No.1972), 雪の舞うふる里(No.2035), 武士も斬りたくない!?(No.2048), 雪柳(No.2053), 「大正十六年」の漂流船(No.2057), 血染めのハンカチ(No.2067), 火事のこと(No.2081), 小津映画と戦後の風景

　　　　　（No.2084），浜千鳥（No.1978），あかるい月夜（No.2143），トンボ（No.2149），闇
　　　　　と星（No.2159），家系というもの（No.2041）
　　　　＊H20.6 新潮文庫［作品］単行本と同じ
2181　歴史に親しむ 彰義隊と輪王寺宮（談）
　　　　◎H17.12.22「ラジオ深夜便」
　　　　＊NHKラジオ第1放送
2182　井の頭だより 凧揚げ
　　　　◎H18.1「別冊文藝春秋」261号
　　　　㊿H19.7『ひとり旅』文藝春秋
2183　老女の眼
　　　　◎H18.1「小説新潮」
　　　　㊿H19.7『ひとり旅』文藝春秋
2184　表紙の筆蹟（わたしの普段着）
　　　　◎H18.1「波」
2185　井の頭だより 日本語の面白さ
　　　　◎H18.3「別冊文藝春秋」262号
　　　　㊿H19.7『ひとり旅』文藝春秋
2186　無題（推薦文）
　　　　◎H18.3『星の王子の影とかたちと』内藤初穂著 筑摩書房　帯
2187　おしまいのページで キス
　　　　◎H18.4「オール讀物」
　　　　㊿H19.7『ひとり旅』文藝春秋
2188　「漂流」から始まった日本とロシアの交流
　　　　H18.4「ロマノフ王朝と近代日本展」パンフレット
　　　　㊿H19.7『ひとり旅』文藝春秋
2189　井の頭だより 方言
　　　　◎H18.5「別冊文藝春秋」263号
　　　　㊿H19.7『ひとり旅』文藝春秋
2190　上野と私
　　　　◎H18.5「うえの」No.565
　　　　㊿H19.7『ひとり旅』文藝春秋
　　　　＊同じ標題の別作品あり（No.183）
2191　山茶花
　　　　◎H18.6「新潮」
　　　　㊿H18.11『死顔』新潮社
　　　　＊H21.7『死顔』新潮文庫
2192　一人旅
　　　　◎H18.6「図書」
　　　　㊿H19.7『ひとり旅』文藝春秋
　　　　＊同じ標題の別作品あり（No.1933）
2193　「抒情文芸」のこと
　　　　◎H18.10「抒情文芸」第120号

＊ゲラが筆者に送られてきた時には、既に亡く、遺稿となった
＊校正は妻・津村節子が行った

2194 死顔〈遺作〉
◎H18.10「新潮」
[収]H18.11『死顔』新潮社
＊H21.7『死顔』新潮文庫

2195 遺作短篇集『死顔』
[収]H18.11 新潮社［作品］ひとすじの煙(No.1998), 二人(No.2019), 山茶花(No.2191), クレイスロック号遭難(No.2196), 死顔(No.2194), 遺作について, 後書に代えて(津村節子筆)
＊H21.7 新潮文庫［作品］単行本と同じ

2196 クレイスロック号遭難
◎H18.11『死顔』新潮社
＊未定稿。執筆時期はH16、17頃と推定される。残された原稿には標題は記されていず、夫人の津村節子が付した(新潮社編集部注記より)
＊H21.7『死顔』新潮文庫

2197 随筆集『回り灯籠』
[収]H18.12 筑摩書房［作品］《回り灯籠》 回り灯籠(No.2026), 未完の作品(No.2038), 歴史の襞(No.2042), 雉鳩(No.2052), われ百姓の……(No.2058), 針のメド(No.2062), 大人の世界(No.2069), 飛ぶ鳥跡をにごさず(No.2072), 不思議な町(No.2077), 客船は「武蔵」の姿を(No.2082), 短刀と小説(No.2085), 漂流民の足(No.2090), シンデモ ラッパヲ……(No.2095), 勝者の歴史(No.2099),「コーガ」(No.2107), 大地震と潜水艦(No.2113), 志ん生さん(No.2118), 仁兵衛君(No.2124), 媒酌人(No.2128), 梅毒の話(No.2134), 天狗勢と女(No.2138), 道づれ(No.2145), 朝顔(No.2150), 郷土史家(No.2155), ささやかな葬儀(No.2161) 《新潟旅日記》 郷愁のある町(No.2083), 栃尾での昼食(No.2087), 唐爺や(No.2091), 白根の凧(No.2096), 妻と佐渡(No.2102), 高野長英逃亡の道(No.2110), 直江津と人相書き(No.2114), なじみの店(No.2125), 小説「破船」の舞台(No.2130), ガングリオン(No.2136), 桜田門外の変と越後(No.2140), 越後の酒(No.2147), きみの流儀・ぼくの流儀(対談 吉村昭・城山三郎)(「III 座談・対談…」No.178)
＊H21.11 ちくま文庫［作品］単行本と同じ

2198 わたしの普段着 男と女
◎H19.4「小説新潮」

2199 わたしの普段着 郷土史家への感謝
◎H19.4「小説新潮」

2200 おしまいのページで 虚業
◎H19.4「オール讀物」

2201 随筆集『ひとり旅』
[収]H19.7 文藝春秋［作品］《「月日あれこれ」から》 谷中墓地 空襲の一夜(No.2088),「事件」が「歴史」になる時(No.2092), 戦艦陸奥 爆沈の真相(No.2111), 撃沈 雪の海漂う兵たち(No.2121), 高さ50メートル 三陸大

津波(No.2126),「新選組」論に描かれないこと(No.2132), 遠い日……戦争犯罪人の記憶(No.2137), 奇襲の大艦隊 見た人々(No.2141),「脱獄の天才」の護送記録(No.2148), 山本長官 戦史の秘話(No.2152), ある薩摩藩士の末路(No.2158) 《「井の頭だより」から》 苺のかき氷(No.2089), 図書館長(No.2098), 輝く眼(No.2112), 銀行にて(No.2122), 清き一票(No.2133), 被災地の錦鯉(No.2144), 手鏡(No.2154), 少年の手紙(No.2165), 流しの歌手(No.2170), ゴルフと肋骨(No.2173), 茶色い犬(No.2177), 凧揚げ(No.2182), 日本語の面白さ(No.2185), 方言(No.2189) 《歴史の大海原を行く》 多彩な人間ドラマ(No.2178), 小説の書き出し にがい思い出(No.2073), キス(No.2187), 紺色の衣服(No.2127), 濁水の中を行く輪王寺宮(No.2100),「漂流」から始まった日本とロシアの交流(No.2188), 鎖国と漂流民(「III 座談・対談…」No.216), 私と長崎(「III 座談・対談…」No.222),『桜田門外ノ変』創作ノートより(No.1396), 小説『生麦事件』創作ノートより(No.2135) 《日々の暮らしの中で》近所の鮨屋。(No.2078), こぶ平さんと正蔵さん(No.2162), 一人旅(No.2192), 老女の眼(No.2183), 作文(No.2094), ボトルの隠語(No.2160), 手は口ほどにものを言い?(No.2175), 上野と私(No.2190), 火熱と人間の知恵1(No.2123), ラジオの波の音(No.2117), 丹羽文雄氏を悼む(No.2163), 荒野を吹きすさぶ風の音(No.2174) 《[対談 小沢昭一・吉村昭] なつかしの名人上手たち》(「III 座談・対談…」No.220)

2202 対談集『歴史を記録する』

[収]H19.12 河出書房新社 [作品] 作家の運命 吉村文学の今と昔 WITH 大河内昭爾(「III 座談・対談…」No.208), 歴史に向きあう WITH 永原慶二(「III 座談・対談…」No.187), 杉田玄白 WITH 三國一朗(「III座談・対談」No.53), 高野長英 謎の逃亡経路 WITH 佐藤昌介(「III 座談・対談…」No.75), 歴史の旋回点 桜田門の変 WITH 小西四郎(「III 座談・対談…」No.142), 徳川幕府は偉かった WITH 半藤一利(「III 座談・対談…」No.190), 先が見えないときには歴史を見るのがいい WITH 松本健一(「III 座談・対談…」No.146), 敗者から見た明治維新 WITH 田中彰(「III 座談・対談…」No.149), 歴史と医学への旅 WITH 羽田春兔(「III 座談・対談…」No.127), 大正の腐敗を一挙に吹き出す『関東大震災』をめぐって WITH 尾崎秀樹(「III 座談・対談…」No.31), 十一本の鉛筆『陸奥』爆沈のナゾ WITH 大宅壮一(「III 座談・対談…」No.13), あの戦争とこの半世紀の日本人 WITH 城山三郎(「III 座談・対談…」No.155)

2203 対談集『時代の声、史料の声』

[収]H21.2 河出書房新社 [対談]ボクシングに酔い、時代に出会った WITH 沢木耕太郎(「III 座談・対談…」No.107), 史実と虚構の間 WITH 久保田正文(「III 座談・対談…」No.14), 小説とノンフィクションの間 WITH 和多田進(「III 座談・対談…」No.77), 弟の癌を自らの痛みとして WITH 加賀乙彦(「III 座談・対談…」No.73),「東京の戦争」を語り継ごう WITH 半藤一利(「III 座談・対談…」No.205),「記憶にある恐怖」篇 WITH 吉行淳之介(「III 座談・対談…」No.74), 正月の気分 WITH 色川武大(「III座談・対談」No.95), 東京・いまとむかし WITH 森まゆみ(「III 座談・対談…」No.133), 語りつぐ

べきもの WITH 城山三郎(「III 座談・対談…」No.167), 五十年たって見えてきた戦争 WITH 饗庭孝男(「III 座談・対談…」No.154)

2204 『吉村昭歴史小説集成』第一巻
[収]H21.4 岩波書店［作品］桜田門外ノ変(No.1214), 生麦事件(No.1607)
＊巻末作品余話：史実こそドラマ(No.1832)

2205 『吉村昭歴史小説集成』第二巻
[収]H21.5 岩波書店［作品］天狗争乱(No.1453), 彰義隊(No.2131), 幕府軍艦「回天」始末(No.1272)
＊巻末作品余話：天狗勢と女(No.1532), 輪王寺宮の足跡(No.2172)

2206 『吉村昭歴史小説集成』第三巻
[収]H21.6 岩波書店［作品］彦九郎山河(No.1524), 長英逃亡(No.968)
＊巻末作品余話:「彦九郎山河」を書いて(No.1590), 資料を咀嚼する(No.1257)

2207 『吉村昭歴史小説集成』第四巻
[収]H21.7 岩波書店［作品］落日の宴(No.1516), 黒船(No.1225), 洋船建造(No.793), 敵討(No.1890)
＊巻末作品余話：日本人にとっての“鏡”(No.1636), 紫煙となった辞書(No.1384)

2208 『吉村昭歴史小説集成』第五巻
[収]H21.8 岩波書店［作品］大黒屋光太夫(No.1959), アメリカ彦蔵(No.1795)
＊巻末作品余話：史実と小説(No.1600), 隣国アメリカ(No.797)

2209 『吉村昭歴史小説集成』第六巻
[収]H21.9 岩波書店［作品］ふぉん・しいほるとの娘(No.556)
＊巻末作品余話：出島(No.639)

2210 『吉村昭歴史小説集成』第七巻
[収]H21.10 岩波書店［作品］冬の鷹(No.435), 夜明けの雷鳴(No.1784), 暁の旅人(No.2079), 雪の花(No.385), 梅の刺青(No.1846)
＊巻末作品余話：孤然とした生き方(No.506)

2211 『吉村昭歴史小説集成』第八巻
[収]H21.11 岩波書店［作品］ニコライ遭難(No.1438), ポーツマスの旗(No.821), 白い航跡(No.1243)
＊巻末作品余話：ロシア皇帝と龍(No.1496), 凜とした姿勢(No.1115)

2212 俳句集『炎天』
[収]H21.7 筑摩書房
＊私家版『炎天』に俳句エッセイを加え、俳句を増補
＊理解の範囲(No.1010), 文人俳句は“隠し妻”(No.1521), 句会(No.1638), 私の好きな句(No.1722), 短歌と俳句(No.2022)(以上収録エッセイ), 炎天, 句会のこと、句集のこと(津村節子)

2213 『七十五度目の長崎行き』
[収]H21.8 河出書房新社［作品］ふる里への旅(No.1062), 楽し、懐かしい、魅力の町 浅草レトロ散歩 (No.1132), 不思議な旅 青梅・沢井に小澤酒造を訪ねる(No.1433), 須賀川の雪道(No.760), 北温泉と旭温泉 好きな宿 (No.1060), 小さなフネの旅(No.678), 高知への旅(No.1990), 講演旅行 新潟旅日記

(No.2120), 花と石だたみの町(No.684), 真夏の旅(No.1296), 陸中海岸の明暗(No.155), 放哉の島(No.1080), 宇和海　海のおだやかさ、温かい人情(No.1185), 岩国　基地と橋と悲しみの島と　(No.209), 沖縄への船旅・船上の旅情(No.309), 七十五度目の長崎行き(No.1111), 長崎、心温まる地への旅(No.1466),北海道航路初乗船記(No.942),『羆嵐』の町空からの歴史探訪・北海道苫前町(No.1036),樺戸集治監 空からの歴史探訪・北海道月形町(No.1040),「小笠原丸」の悲劇 空からの歴史探訪・北海道増毛町 (No.1044), 牛と馬と団平船　みつびし余聞・1 (No.481), フネの名産婆役　みつびし余聞・2 (No.500),巨大なモグラ みつびし余聞・3(No.519),深海の旅人 みつびし余聞・4 (No.545), 元祖写真術師上野彦馬　みつびし余聞・5 (No.568), 挽馬事件と名馬男女ノ川　みつびし余聞・6 (No.597), 長崎はチンチン電車の展覧会　みつびし余聞・7 (No.606),「常陸丸」と海辺の墓標 みつびし余聞・8 (No.625)

2214　短篇集『真昼の花火』
[収]H22.2 河出書房新社［作品］牛乳瓶(No.1796), 弔鐘(No.113), 真昼の花火(No.57), 四十年ぶりの卒業証書(No.1073)　(H22.1時点では未確定)

※以下初出誌未詳。「十点鐘」を除き、単行本その他に初出時期・誌紙名は記されているが、現物で確認できなかった。参考までに、表示された「初出時期・誌紙名」はそのまま記す

2221　十点鐘
未詳
[収]S48.2『下弦の月』毎日新聞社
＊H1.5『下弦の月』文春文庫

2222　さか立ち女房
S42.4「婦人之友」
[収]S54.9「蟹の縦ばい」毎日新聞社
＊S58.8『蟹の縦ばい』旺文社文庫
＊H5.7『蟹の縦ばい』中公文庫

2223　この一書
S43.11「朝日新聞」
[収]S47.9『精神的季節』講談社
＊H2.8『月夜の記憶』講談社文庫

2224　酔中酔余
S49.9「小説新潮」
[収]S54.9『蟹の縦ばい』毎日新聞社
＊H5.7『蟹の縦ばい』中公文庫

2225　角巻の女
S59.2「ミセス」
[収]H1.6『旅行鞄のなか』毎日新聞社
＊H4.8『旅行鞄のなか』文春文庫

II 著書・作品

補遺1 ぼくらの非常線 指名手配犯人
　　　◎S37.1〜3「たのしい五年生」
　　　＊筆名：速水敬吾
補遺2 観戦記 恐ろしい敵だった
　　　◎S42.7.5「中日スポーツ」
補遺3 書評 二つの狂気への共感 檀一雄著『太宰と安吾』
　　　◎S44.8「芸術生活」
補遺4 敵将捉えた双眼鏡
　　　◎S47.11「文藝春秋」臨時増刊号
　　　＊H21.11「文藝春秋」臨時増刊号
補遺5 華やぎのある若島津
　　　S57.12「オール讀物」
補遺6 ETV8「オランダに眠る幕末日本・8000点のシーボルトコレクション」
　（No.1083 参照）
　　　S61.9.11 NHK教育 TV 出演
補遺7 来年の花火
　　　◎S61.10「国民金融公庫 調査月報」
補遺8 心温まる秀れた日記
　　　H6.10『時を超えて』ある画家の生涯 高知新聞社編

Ⅲ　座談・対談・インタビュー・その他

1. 座談・対談・インタビュー等の記事を下記のように記載した。
   タイトル・テーマ／初出年月日／初出掲載誌・図書／㊗出席者（本人以外の）・面談者／＊備考（初収・再収その他）
2. 初出年月日の前に付与した「◎」は編者が確認したことを示す。
3. ゴシック体の表記は、原典で太字あるいはゴシック体で表記されていたことを示す。
4. 整理番号の前の「＊」は「Ⅳ　書評・関連記事」と重複記載していることを示す。
5. 文中敬称略。

III 座談・対談・インタビュー・その他

- *1* 環礁創刊号合評会
  - ◎S28.4.1「環礁」第一号
- *2* 座談会 芥川賞候補作家の発言 —高見順氏をかこんで—
  - ◎S34.3「文學界」 ㊦高見 順、庵原高子、山川方夫、下江 厳、山下 宏
- **3* ぷろふいる「太宰治賞」を受けた 吉村 昭
  - ◎S41.6.19「東京新聞」
- *4* 太宰治賞を受賞した 吉村 昭
  - ◎S41.6.22「朝日新聞」
- **5* 著者との対話「戦艦武蔵」吉村 昭著 愚かしさの中の"詩"を描く
  - ◎S41.10.10「週刊サンケイ」
- *6* 座談会 日本人における散華と難死
  - ◎S42.3「現代の理論」 ㊦池田 清、小田 実 司会：中島 誠
- *7* 座談会 わが小説・理念と方法
  - ◎S42.7「南北」 ㊦川村 晃、辻 邦生、なだいなだ 司会：奥野健男
- *8* 対談 外科医よおごるなかれ 合理主義は人類をどこへ連れて行くのか
  - ◎S45.2「諸君!」 ㊦近藤芳夫
- *9* 取材・事実・フィクション 対談 —書下ろし『陸奥爆沈』をめぐって—
  - ◎S45.5・6合併号「波」 ㊦新田次郎
- *10* 対談 心ひかれる北国の風景
  - ◎S45.7「旅」 ㊦津村節子
- *11* 座談会 戦艦「陸奥」爆沈のミステリー
  - ◎S45.8.29「漫画サンデー」 ㊦近藤日出造、杉浦幸雄
- *12* 特別対談 男らしさの哲学
  - ◎S45.9「月刊ペン」 ㊦三浦雄一郎
- *13* 大宅対談 11本の鉛筆と「陸奥」爆沈のナゾ ドキュメンタリー文学は男だけがやれる
  - ◎S45.9.14「週刊文春」 ㊦大宅壮一
  - ＊H19.12『歴史を記録する』河出書房新社
- *14* 対談 事実と虚構の間
  - ◎S45.11「風景」 ㊦久保田正文
  - ＊H21.2『時代の声、史料の声』河出書房新社
- *15* 「科学の毒性を知ろう」
  - ◎S46.3.12「朝日新聞」
  - ＊S46.3『人間生活をむしばむもの』吉村 昭著 都公害局発行に関して
- *16* 対談 切る心 切られる心
  - 〔後改題：切った人・切られた人〕
  - ◎S46.6「CREATA」No.22 ㊦田中大平
  - ＊S47.9 随筆集『精神的季節』講談社
- *17* 私の新刊 吉村昭「日本医家伝」
  - ◎S46.9.8「毎日新聞」
- *18* 対談 僕たちふたりで隠れた歴史に光をあてよう!!
  - ◎S47.1「青春と読書」No.17 ㊦新田次郎

247

III　座談・対談・インタビュー・その他

- 19　巻頭対談 出会いのころ ひねた学生、ひねたおとな……
  - ◎S47.7「小説宝石」　㊄瓜生卓造
- 20　対談「陸奥」爆沈の謎
  - S47.8.29 テレビ東京 放送　㊄牧野 茂
  - ＊S49.5『新編私の昭和史』2 學藝書林
- 21　特集/しつけとは何か《座談会》しつけ教育と子どもの創造性
  - ◎S47.9「総合教育技術」　㊄時實利彦、室生朝子、依田 明
- 22　移植からみた心臓
  - S48.2.9「NHKラジオ 健康百話」　㊄古賀保範
  - ＊S54.2 NHK『健康百話』I
- 23　座談会 大地震を正しく恐れよ
  - ◎S48.5「創」　㊄和達清夫、安部北夫、高田ユリ
- 24　特集 戦史文学へのアプローチ 座談会 戦史文学を語る
  - ◎S48.6「浪曼」　㊄阿川弘之、児島 襄、中沢 佑
- 25　一家の主「父の日」は…
  - ◎S48.6.15「毎日新聞」夕刊
  - ＊自宅訪問取材記
- 26　対談 杉田玄白
  - ◎S48.7『日本史探訪』第八集 角川書店　㊄小川鼎三
  - ＊S47 NHK放送 詳細月日未詳
  - ＊S60.2『日本史探訪』16 角川文庫
- 27　"異常な精神状況"明かす 「関東大震災」をまとめた 吉村 昭さん
  - ◎S48.8.27「朝日新聞」
  - ＊インタビュー
- 28　書いた人『関東大震災』の吉村 昭さん 露呈した人間の醜さ
  - ◎S48.8.27「読売新聞」
  - ＊インタビュー
- 29　胸のやまい今昔
  - S48.9.21「NHKラジオ 健康百話」　㊄岩崎龍郎
  - ＊S54.2 NHK『健康百話』II
- 30　目という窓
  - S48.10.5「NHKラジオ 健康百話」　㊄桑原安治
  - ＊S54.2 NHK『健康百話』I
- 31　大正の腐敗を一挙に吹き出す『関東大震災』をめぐって 吉村 昭
  - ◎S48.11「新刊展望」HOTSUKI対談　㊄尾崎秀樹
  - ＊S53.4『作家の芸談』尾崎秀樹著 九藝出版
  - ＊H19.12『歴史を記録する』河出書房新社
- 32　座談会『文学者』終刊にあたって
  - ◎S49.4「文学者」　㊄石川利光、中村八朗、村松定孝、瓜生卓造　司会：吉村 昭
- 33　肝臓の寿命
  - S49.6.7「NHKラジオ 健康百話」　㊄市田文弘

III 座談・対談・インタビュー・その他

　　　＊S54.2 NHK『健康百話』II
34　病める神経
　　　S49.8.30「NHKラジオ 健康百話」　㈐豊倉康夫
　　　＊S54.3 NHK『健康百話』III
*35　主役・良沢の完全主義 「冬の鷹」で前野良沢を書いた 吉村 昭
　　　◎S49.9.13「週刊朝日」週刊図書館　㈐祐
36　昼と夜の生理学
　　　S49.9.20「NHKラジオ 健康百話」　㈐朝比奈一男
　　　＊S54.3 NHK『健康百話』III
37　雑談・世相走馬灯『解体新書』を解剖する
　　　◎S49.10「中央公論」　㈐小川鼎三、渡辺淳一
38　人工腎臓
　　　S49.10.25「NHKラジオ 健康百話」　㈐三村信英
　　　＊S54.2 NHK『健康百話』II
39　執筆5分後
　　　◎S49.12「別冊文藝春秋」130号
40　膵臓物語
　　　S49.12.20「NHKラジオ 健康百話」　㈐内藤聖二
　　　＊S54.2 NHK『健康百話』II
41　外科医のみた心臓
　　　S50.1.31「NHKラジオ 健康百話」　㈐近藤芳夫
　　　＊S54.2 NHK『健康百話』I
42　医療は生命の教育である
　　　◎S50.3「婦人之友」　㈐日野原重明、紅林みつ子 他
43　対談 関東大震災
　　　◎S50.5「歴史の視点」下 日本放送出版協会　㈐安藤良雄　司会：小木新造
44　毛髪の寿命
　　　S50.8.1「NHKラジオ 健康百話」　㈐三村信英
　　　＊S54.3 NHK『健康百話』III
45　性病今昔
　　　S50.9.12「NHKラジオ 健康百話」　㈐小野田洋一
　　　＊S54.2 NHK『健康百話』I
46　対談 人生の師 他
　　　◎S51.4『産業魂』茂木啓三郎の人と経営　日本能率協会　㈐茂木啓三郎
47　池波正太郎対談 吉村昭と 東京の町と人情
　　　◎S51.10「別冊小説新潮」104号　㈐池波正太郎
　　　＊S52.6『新年の二つの別れ』池波正太郎著 朝日新聞社
　　　＊H13.3『定本池波正太郎大成』別巻 講談社
*48　書評/著者から 羆嵐 吉村 昭著
　　　◎S52.6.9「週刊文春」文春図書館　㈐小原秀雄
*49　人間と獣との共存を拒否する大地　吉村 昭著 羆嵐（くまあらし）新潮社
　　　◎S52.7.8「週刊ポスト」BOOK REVIEW

III　座談・対談・インタビュー・その他

50　作家訪問 ⑤ 吉村昭氏
　　　S53.5「新刊ニュース」　㈹安原 顯（インタヴュー構成）
　　　＊S60.12『なぜ「作家」なのか』安原 顯著 講談社
51　対談 女医の歴史
　　　◎S53.6「CREATA」No.50　㈹三神美和
52　尾崎放哉の生と死（対談）
　　　◎S53.7「あるとき」　㈹大瀬東二
53　杉田玄白（談）
　　　◎S53.9 NHK『歴史と人間』4 日本放送出版協会　㈹聞き手：三国一朗
　　　＊S52/53頃 NHKラジオ第1 放送年月未詳
　　　＊H19.12『歴史を記録する』河出書房新社
54　対談 いま敢えて戦争を語る
　　　◎S53.10「波」　㈹安田 武
55　対談 戦争と青春
　　　◎S54.2『われらが青春』安東仁兵衛対談集　現代の理論社　㈹安東仁兵衛
56　対談 下町の駄菓子 子どもたちが愛した思い出の味
　　　◎S54.8「暮しの設計」No.127　㈹清宮武三
57　対談 ポーツマス会議と現代
　　　◎S54.12「波」　㈹入江隆則
58　男の快談 われらの哀しき愛情物語
　　　◎S54.12「素敵な女性」　㈹渋沢秀雄、斎藤茂太
59　記録小説から歴史小説へ
　　　◎S55.5『作家になるには』野原一夫編著
　　　＊H5.7『小説家になるには』
60　月曜鼎談 現代飲み屋考
　　　◎S55.6.2「朝日新聞」　㈹白井久也、森本忠夫
＊61　ほんの著者と　吉村 昭『海も暮れきる』　死への恐怖は作者自身の体験
　　　◎S55.9.28「サンデー毎日」　㈹寒
＊62　書評/著者から　虹の翼　吉村 昭著　日本で初めて飛行器を設計したパイオニア二宮忠八の情熱と失意に満ちた生涯
　　　◎S55.10.9「週刊文春」文春図書館
63　PB提言対談 吉村昭 VS 堀江謙一 《極限状況》を突き抜ける強さを持て!
　　　◎S56.6.16「プレイボーイ」　㈹堀江謙一
＊64　胃カメラ発明をめぐる頓狂素朴な戦い 光る壁画 吉村 昭著
　　　◎S56.7.3「週刊ポスト」ポストブックレビュー
65　対談 医療に内在する矛盾
　　　◎S56.9「CREATA」No.62　㈹松山栄吉
66　対談 歴史と歴史小説
　　　◎S57.3「ちくま」　㈹粕谷一希
67　パネルディスカッション・全体討論
　　　◎S57.3.14 歴史シンポジウム「幕末維新の宇和島藩」　㈹長野 遼、川崎 宏、三好昌文、松本麟一、島津豊平

250

III　座談・対談・インタビュー・その他

　　　＊主催：愛媛県文化振興財団 他
　　　＊会場：宇和島市庁舎大ホール
68　座談会　間宮林蔵の偉業
　　　◎S57.12.10「有鄰」181号　㊦洞 富雄、松信泰輔
69　体験でつづる歴史（戦記物）
　　　◎S58.7.10「日本経済新聞」　㊦福田幸弘
70　銀座サロン　秘話・凧と戦争
　　　◎S58.10「銀座百点」347号　㊦円地文子、吉行淳之介、小田島雄志
　　　＊S59.3.25『おしゃべり・えっせい II』朝日新聞社
71　映画と小説とのかかわりについて
　　　◎S59.3「正論」　㊦福田幸弘
72　インタビュー　吉村 昭　海外旅行ぎらいについて
　　　◎S59.4「小説現代」　㊦常盤新平
　　　＊S59.10『高説低聴』常盤新平著　講談社
73　対談　弟の癌を自らの痛みとして
　　　◎S59.7「波」　㊦加賀乙彦
　　　＊H21.2『時代の声、史料の声』河出書房新社
74　恐怖対談「記憶にある恐怖」篇
　　　◎S59.8「小説新潮」　㊦吉行淳之介
　　　＊S60.9『吉行淳之介全集』11 新潮社
　　　＊H10.8『吉行淳之介全集』11 新潮社
　　　＊H21.2『時代の声、史料の声』河出書房新社
75　新説対談　高野長英　謎の逃亡経路
　　　◎S59.8「歴史と人物」　㊦佐藤昌介
　　　＊H19.12『歴史を記録する』河出書房新社
76　第二回日大文芸賞　最終審査会
　　　◎S59.12.20「日本大学新聞」　㊦尾高修也、曽根博義 他
　　　＊審査会開催日：S59.12.3
77　特集「ノンフィクションの時代」を疑う　小説とノンフィクションの間
　　　◎S60.4「現代の理論」　㊦聞き手：和多田 進
　　　＊インタビュー
　　　＊H21.2『時代の声、史料の声』河出書房新社
78　卒業式　吉村昭
　　　◎S60.5.30「週刊文春」（ぴ～ぷる）
　　　＊インタビュー
79　この人丹羽文雄ショー　健筆81歳非情の作家とよばれて
　　　S60.7.4 NHK TV　㊦丹羽文雄、池内淳子
80　過去を美化はしないけれど　『東京の下町』　吉村 昭さん
　　　◎S60.8.11「サンデー毎日」招・待・席　㊦佐野美津子
81　記録への使命感　吉村 昭『東京の下町』
　　　◎S60.9「諸君!」　㊦吉原敦子
　　　＊H6.3『本に逢いたい!』吉原敦子著

251

III 座談・対談・インタビュー・その他

```
    ＊標題：「下町は"粋"なんていうけど、うそでねぇ」
82 気になる著者との30分 8 吉村昭氏
    ◎S60.9「新刊ニュース」 ㊐小川琴子
    ＊S61.7『作家の素顔』PART 1 小川琴子著 名古屋タイムズ社 大幅加筆
83 座談会 日本陸軍暗号はなぜ破られなかったか
    ◎S60.12「歴史と人物」太平洋戦争シリーズ ㊐釜賀一夫、藤原邦樹
84 日本人のエネルギーは江戸時代からずっと衰えていない！
    ◎S61.4「経営者会報」 ㊐藤井康男
    ＊S63.4『話したかった・知りたかった・こんなこと』藤井康男著 日本実業
    出版社
85 著者を囲んで ビジネスエリートの読書会 吉村 昭の巻
    ◎S61.5「VOICE」
＊86 わたしの空間5 書斎 作家 吉村 昭
    ◎S61.6.13「週刊ポスト」
87 "小説家同士が夫婦で住んでいるというのは、鬼が二匹一つ屋根の下にいるよ
    うなもんだからねえ"
    S61.8.3～S62.12.27「静岡新聞」 初出時期未詳 ㊐藤田昌司
    ＊H2.11『作家に聞いたちょっといい話』藤田昌司著 素朴社
88 佐和子のさわやかインタビュー 作家と豚の脂身 ―「間宮林蔵」の吉村昭さん
    ◎S62.1「IN POCKET」 ㊐阿川佐和子
    ＊H4.9『あんな作家 こんな作家 どんな作家』阿川佐和子著 講談社
    ＊H13.5『あんな作家 こんな作家 どんな作家』阿川佐和子著 講談社文庫
89 お邪魔します 凧揚げのプロも今や見物派 吉村昭さん（作家）
    ◎S62.1.8「朝日新聞」夕刊 ㊐山崎陽一
90 医史対談
    ◎S62.5「暮しと健康」 ㊐深海正治
91 著者インタビュー
    ◎S62.7『日本歴史文学館』33
    ＊インタビュー：S62.5.15
92 インタビュー 吉村 昭さんに聞く 集めたデータの中で、捨てる部分、拾う部分
    ◎S62.9.16「ダカーポ」
    ＊「特集 各界100人に聞きました この人の本は必ず買う」の一部分
93 ドキュメント 大宅賞選考会
    ◎S62.12「ノンフィクションii」 ㊐立花 隆、本田靖春、柳田邦男、山本
    七平
94 特別対談 下町っ子と天覧相撲
    ◎S63.1「別冊文藝春秋」182号 ㊐春日野清隆
95 新春特別対談 正月の気分
    ◎S63.2「小説新潮」 ㊐色川武大
    ＊H21.2『時代の声、史料の声』河出書房新社
96 座談会 丹那トンネルと丹那断層
    ◎S63.2.10「有鄰」243号 ㊐松田時彦、宮脇俊三、藤田昌司
```

III 座談・対談・インタビュー・その他

- 97 対談 十六年間のタイムラグ ―『仮釈放』をめぐって
    ◎S63.4「波」 ㊥立松和平
- *98 書評/インタビュー「仮釈放」吉村 昭著 檻をも安息の保証とする人間の奇怪
    ◎S63.6.10「週刊ポスト」BOOK REVIEW ㊥倉本四郎
- 99 吉村 昭氏 『仮釈放』(新潮社) 現場を歩くうちに主人公になりきる
    ◎S63.7「現代」野中ともよの著者訪問 ㊥野中ともよ
- 100 パネル討議 臓器置換と意識変革
    ◎S63.9『臓器置換と意識変革』日本人工臓器学会編 朝日ブックレット94
    ＊第25回日本人工臓器学会大会
- 101 満月に凧上げ、いい気分
    ◎H1.3「ほっとたうん」荒川の人 荒川区タウン情報誌
    ＊インタビュー
- 102 北の宝の海をめざせ! 田沼意次の蝦夷探検隊
    H1.7.14 NHK TV
    ＊H2.2『歴史誕生』2 角川書店
- *103 書評/インタビュー 最近、面白い本読みましたか 「旅行鞄のなか」吉村 昭さん
    ◎H1.8.10「クロワッサン」
- 104 インタビュー 吉村昭さんに聞く モデルになった人物が必ず標準語をしゃべるのはなぜですか?
    ◎H1.10「鳩よ!」
- 105 『死のある風景』の吉村 昭氏
    ◎H2.1「新刊展望」著者とその本 ㊥(素)
- 106 特集 山頭火、放哉「放哉は、つき合いたくない類いの嫌な人間だった(笑)」
    語り手 尾崎放哉の生涯を描いた『海も暮れきる』の作者 吉村昭さん
    ◎H2.3「鳩よ!」
- 107 対談 ボクシング新時代「ボクシングに酔い、時代に出会った」
    ◎H2.3.5「NUMBER」 ㊥沢木耕太郎
    ＊H21.2『時代の声、史料の声』河出書房新社
- 108 インタビュー 朝の雪の記憶と空襲の日の夜桜
    ◎H2.8「東京人」 ㊥粕谷一希
- 109 対談 桜田門外の変
    ◎H2.8「波」 ㊥粕谷一希
- 110 対談 歴史の襞に真実を見る
    ◎H2.8「通産ジャーナル」 ㊥広瀬勝貞
- 111 創作の現場 ⑩ 吉村 昭 作家
    ◎H2.10「新刊展望」
- 112 心臓移植の旅 吉村 昭
    ◎H2.10.11「週刊文春」(ぴ〜ぷる)
- *113 わが心の残像 吉村 昭 八勝七負、時には殊勲、敢闘賞
    ◎H2.10.25「東京新聞」夕刊 ㊥田沼武能
- 114 新刊テレフォンインタビュー 吉村昭『桜田門外ノ変』
    ◎H2.11「小説現代」 ㊥清原康正

III　座談・対談・インタビュー・その他

　　　＊概要紹介とインタビュー
115　対談　上野動物園の昭和史
　　　　◎H2.11「オール讀物」　㈲中川志郎
116　対談　吉村 昭の文学世界
　　　　◎H2.11「新刊ニュース」　㈲大河内昭爾
117　著者インタビュー『桜田門外ノ変』吉村 昭さん　幕末の史料を丹念に検証した著者会心の歴史小説
　　　　◎H2.11.17「週刊現代」GENDAI LIBRARY
118　書想インタビュー　ベストセラー温故知新『桜田門外ノ変』著者・吉村 昭　激変の生き方を歴史小説に学ぶ
　　　　◎H3.1.24「SAPIO」熱血書想倶楽部
　　　　＊H8.10『100人の999冊』小学館
　　　　＊『桜田門外ノ変』『幕府軍艦「回天」始末』『落日の宴』『天狗争乱』の概略も併せて紹介
*119　著者インタビュー　吉村 昭『白い航跡』"カッケの原因は白米偏重だ"との正論を貫いた高木兼寛の哀れな晩年にひかれました
　　　　◎H3.5.30「アサヒ芸能」BOOKS　㈲藤田昌司
120　小説家は自己暗示の職業なんです　吉村 昭さん『白い航跡』(講談社・上下)
　　　　◎H3.7「現代」久和ひとみの著者訪問　㈲久和ひとみ
121　若花田は弟を嫉妬するか?
　　　　◎H3.8.2「週刊朝日」　㈲インタビュー・構成：高橋伸児
122　対談　戦争が日常だった時代
　　　　◎H3.9「波」　㈲加賀乙彦
123　対談　苦難を制して
　　　　◎H3.9.6「電気新聞」　㈲森井清二(関西電力社長)
124　人物ウィークリ・データ　連載483回　陽の当たらぬ人物に焦点を当て現代を見つめ続ける作家　吉村昭
　　　　◎H3.10.24「週刊宝石」
　　　　＊インタビュー風人物紹介
125　著者インタビュー　黒船　吉村 昭著　幕末から明治へ、未曾有の激動期を活写 1　通詞の苦悩から開国の歴史が見える
　　　　◎H3.12「THE BIGMAN」男の図書館　㈲那由他三郎
126　'91わたしの○と× 吉村昭
　　　　◎H4.1「CREA」話題の人 100人大アンケート
127　対談　歴史と医学への旅
　　　　◎H4.1.1「日本医師会雑誌」　㈲羽田春兎(日本医師会長)
　　　　＊H19.12『歴史を記録する』河出書房新社
128　都民文化栄誉章
　　　　◎H4.1.16「週刊文春」(ぴ～ぷる)
129　福井・魅力あるイメージづくりへの提案
　　　　H4.2.23「人間ネットワーク」第124回 福井放送　㈲戸田正寿
130　幕末維新と現代

◎H4.4「新刊展望」 [出]藤田昌司

131 対談 患者と医師(2)

◎H4.7.1「日本医師会雑誌」 [出]橋本信也(慈恵会医科大学教授)

132 対談 名力士に名勝負あり

◎H4.9「銀座百点」 [出]杉山邦博

133 対談 東京・いまとむかし

◎H4.9/10合併号「本の窓」 [出]森 まゆみ

＊H21.2『時代の声、史料の声』河出書房新社

134 『尊王攘夷の悲劇描く』 新連載「天狗争乱」吉村昭さんに聞く

◎H4.9.28「朝日新聞」夕刊 [出]前田浩次

135 幕末洋学疑獄 高野長英、死の逃避行

◎H4.10.23 NHK TV「歴史発見」 [出]井沢元彦、里中満智子

＊H5.4『歴史発見』5 角川書店

136 提言特集 六十歳からの生き方 僕は死んだら、解剖してもらおうと思うんです。どうぞ見て下さいって。

◎H4.12「ノーサイド」

137 オピニオン 吉村 昭 がん告知は必ずしも正しいとは限らない

◎H5.1「医療」91号

＊インタビュー

*138 著者インタビュー 吉村 昭「私の文学漂流」 芥川賞を受賞していたならば『戦艦武蔵』は生まれなかった

◎H5.1.14「アサヒ芸能」BOOKS [出]藤田昌司

*139 著者インタビュー 『戦艦武蔵』誕生までの逆境の日々 吉村 昭さん『私の文学漂流』

◎H5.3「現代」本のエッセンス [出]山村基毅

140 インタビュー 書斎のうちそと・作品のあとさき

◎H5.4「グラフみたか」VOL.4

141 新・歴史よもやま話 桜田門外の変と尊王攘夷のこころ

◎H5.4「ノーサイド」 [出]綱淵謙錠

＊H9.1『日本史が楽しい』半藤一利編著 文藝春秋

＊H12.1『日本史が楽しい』半藤一利編著 文春文庫

142 対談 歴史の旋回点 桜田門外の変

◎H5.5「歴史読本」 [出]小西四郎

＊H19.12『歴史を記録する』河出書房新社

143 特集/アナログ派健在なり 筆記用具 気分で万年筆を使い分ける。これも大人の楽しみ

◎H5.6.3「サライ」

144 座談会 私の好きな あの力士、この力士

◎H5.10「オール讀物」 [出]内館牧子、ねじめ正一

145 座談会 マクドナルドと通詞森山栄之介

◎H5.10.10「有鄰」第311号 [出]富田虎男、小玉敏子

146 対談 先が見えない時には歴史を見るのがいい

◎H6.1.4「エコノミスト」　[出]松本健一
＊H19.12『歴史を記録する』河出書房新社

147　ロシア国境を探れ 間宮林蔵、北方探検の密命
◎H6.2.9 NHK TV「歴史発見」　[出]嵐山光三郎、高田万由子
＊H6.8『歴史発見』15 角川書店

148　座談会 放哉を偲ぶ
H6.4.7 第69回放哉忌　[出]橋爪 功　他
＊講演会「小豆島と放哉」に引き続き行われた

149　敗者から見た明治維新
◎H6.5『日本の近代』月報18　[出]田中 彰
＊H19.12『歴史を記録する』河出書房新社

150　対談 下町の文人俳句
◎H6.夏「俳句αあるふぁ」　[出]中村真一郎

151　インタビュー 吉村昭 時は流れ、消えていく 懐かしい物たち
◎H6.9「ノーサイド」

*152　第21回大佛次郎賞『天狗争乱』吉村 昭　時代を駆けた「集団」
◎H6.10.1「朝日新聞」　[出]前田浩次
＊報道/インタビュー

*153　訪問「時代の本」⑪ 吉村 昭『戦艦武蔵』
◎H7.4「諸君!」BOOK PLAZA　[出]吉原敦子
＊H8.7『あの本にもう一度』吉原敦子著 文藝春秋

154　対談 五十年たって見えてきた戦後
◎H7.6「波」　[出]饗庭孝男
＊H21.2『時代の声、史料の声』河出書房新社

155　対談 あの戦争とこの半世紀の日本人
◎H7.8「オール讀物」　[出]城山三郎
＊H19.12『歴史を記録する』河出書房新社

156　巣鴨プリズンを舞台に戦犯たちと庶民の姿を 第二次大戦を理解するにはあと50年かかる 吉村昭
◎H7.8.5「週刊現代」SPECIAL INTERVIEW　[出]MACHIKO SEINO

*157　吉村昭(68) 巣鴨プリズンをめぐる"記録文学"を上梓
◎H7.9.8「週刊ポスト」グラビア PEOPLE　[出]喜多充成
＊『プリズンの満月』について

158　ノーサイド書斎 著者拝見 吉村昭氏「彦九郎山河」
◎H7.12「ノーサイド」
＊インタビュー

159　文学対談 作家・吉村昭氏に聞く 創作ノート『小説を書き上げるまで』
◎H8.春 みたか図書館だより「かんらんしゃ」8号　[出]山本貴夫

160　吉村昭の本棚 いま、いちばん怖いのは、本がこれ以上増えることですね。
◎H8.6『本棚が見たい!』川本武/文 ダイヤモンド社

161　特集 ロングインタヴュー 吉村昭と歴史小説
◎H8.7「本の話」　[出]「本の話」編集部

＊H20.2『文藝別冊 吉村昭』河出書房新社

162 神崎倫一が著者に聞く ―② 落日の宴 勘定奉行川路聖謨 吉村 昭
◎H8.9「論争 東洋経済」

*163 「作家の敵といわれることも(笑)」いいえ、作家の「鑑」です!
◎H8.11.7/14合併号「週刊宝石」 [出]大多和伴彦
＊『街のはなし』書評/インタビュー

164 話題の本の著者を直撃
◎H8.11.9「週刊現代」GENDAI LIBRARY
＊『街のはなし』について

165 前線インタビュー 語る人 吉村 昭 書く題材は、探すというより向こうのほうからやってくる
◎H9.1「抒情文芸」第81号 [出]神山典士
＊H10.7『創作のとき』淡交社

166 座談会 凧揚げはやめられない 凧のルーツと極意
◎H9.1「銀座百点」 [出]林 順信、茂出木雅章

167 対談 同時代の証言 **語りつぐべきもの**
◎H9.4「文藝春秋」臨時増刊号 [出]城山三郎
＊H9.7『失われた志』城山三郎編 文藝春秋
＊H9.10『藤沢周平のすべて』文藝春秋
＊H13.2『藤沢周平のすべて』文春文庫
＊H14.8『藤沢周平全集』別巻 文藝春秋
＊H21.2『時代の声、史料の声』河出書房新社

168 対談 **歴史は海からやってくる**
◎H9.7「本の話」 [出]石井謙治

169 作家の現場「朱の丸御用船」の吉村昭氏
◎H9.8「新刊ニュース」 [出]鈴木健次の訪問インタビュー

170 ニッポン現場紀行 国技館 吉村昭さんと行く 呼び戻せるか相撲人気
◎H9.9.19「朝日新聞」 [出]宮崎健二

171 鼎談「文学のゆくえ」
◎H9.10「季刊文科」5号 [出]秋山 駿、大河内昭爾
＊H9.11 蒼洋社 雑誌掲載を元に編集

172 座談会 幕末の外国商人たち 生麦事件をめぐって
◎H9.12.10「有鄰」361号 [出]鈴木芳徳、宮澤眞一、斎藤多喜夫

173 イブニングマガジン 学習院(1) 吉村昭氏 母校を語る
◎H10.2.2「産経新聞」夕刊

174 緊急対談 **大相撲を守りたい**
◎H10.3「オール讀物」 [出]境川 尚

175 「人間」を見据えて300編「遠い幻影」の吉村氏が語る短編の極意
◎H10.3.9「毎日新聞」夕刊
＊インタビュー

176 この人のスケジュール表 長崎奉行に就任した 吉村 昭
◎H10.3.12「週刊文春」

III 座談・対談・インタビュー・その他

＊インタビュー
177 話題の本の著者を直撃　わたしの流儀　吉村 昭
　　　◎H10.6.20「週刊現代」
178 対談 きみの流儀、ぼくの流儀
　　　◎H10.8「小説新潮」　㊥城山三郎
　　　＊H15.5『対談集「気骨」について』城山三郎著 新潮社
　　　＊H18.4『対談集「気骨」について』城山三郎著 新潮文庫
179 対談 発端としての「生麦事件」
　　　◎H10.9「波」　㊥山内昌之
180 三人閑談 鯨の文化史
　　　◎H10.11「三田評論」　㊥三崎滋子、川澄哲夫
181 著者に聞く 吉村昭さん『生麦事件』　戦争小説の手法で幕末を再現
　　　◎H10.12.13「産経新聞」　㊥影山 勲
182 新春特別鼎談「昭和の子供」は元気だった
　　　◎H11.1「プレジデント」　㊥半藤一利、久世光彦
183 書架 作家 吉村昭さん 2日離れると帰りたくなる書斎
　　　◎H11.5.31「産経新聞」
184 時の贈り物 ニセモノ小説家に間違われ
　　　◎H11.8.20「朝日新聞」夕刊　㊥村山正明
185 著者に聞く『天に遊ぶ』吉村昭さん スパッと切る短編の楽しみ
　　　◎H11.8.22「産経新聞」　㊥宝田茂樹
　　　＊H12.12『著者に聞く』産経新聞「著者に聞く」取材班編
186 座談会 21世紀、日本は再生するか
　　　◎H11.10 季刊「国際交流」第85号 国際交流基金　㊥小和田 恒、櫻井よしこ、山内昌之
187 対談 歴史に向き合う
　　　◎H11.10「図書」　㊥永原慶二
　　　＊H19.12『歴史を記録する』河出書房新社
188 人間とモノから時代を読む
　　　◎H11.12『日本の近代』第15巻 付録11　㊥鈴木 淳
＊189 夜明けの雷鳴　著者吉村 昭さん　「無欲の人」から見た歴史
　　　◎H12.1.30「毎日新聞」本と出会う—批評と紹介　㊥重里徹也
　　　＊書評/インタビュー
190 徳川幕府は偉かった
　　　◎H12.2「VOICE」　㊥半藤一利
　　　＊H19.12『歴史を記録する』河出書房新社
191 インタビュー 図書館がなければ、小説は書けません
　　　◎H12.4「図書館の学校」図書館流通センター
＊192 海に眠る事件追う
　　　◎H12.7.19「毎日新聞」
　　　＊第四回海洋文学大賞特別賞受賞
　　　＊インタビュー

258

III 座談・対談・インタビュー・その他

- *193* ［インタビュー］吉村 昭 漂流から生まれるドラマ
  - ◎H12.8「波」
- *194* 対談 探究心
  - ◎H12.8「岩手県広報」 ㊤増田寛也（岩手県知事）
  - ＊HPで確認
- *195* 島抜け 著者吉村 昭さん 脱獄となるとペンが冴える
  - ◎H12.9.17「毎日新聞」本と出会う―批評と紹介 ㊤桐原義光
  - ＊書評とインタビュー
- *196* 男の休息 ⑥ 越後湯沢の街並み
  - ◎H12.10「新潮45」
- *197* インタビュー みたか 街の夢・人の夢 文学の街 吉村昭
  - ◎H12.11「みたかシティマガジン21」
- *198* 親を語る 作家・吉村昭さん 厳格なしつけと、人一倍の思いやり
  - ◎H12.12.25「産経新聞」
- *199* 新春特別座談会 私たちが生きた時代
  - ◎H13.1「オール讀物」 ㊤城山三郎、佐野洋
  - ＊H15.5『対談集「気骨」について』城山三郎著 新潮社
  - ＊H18.2『対談集「気骨」について』城山三郎著 新潮文庫
- *200* 第三十四回 事件 吉村昭の見た「東京初空襲」
  - ◎H13.1「文藝春秋」
  - ＊インタビュー
- *201* 新春酔談 酒は飲むほど達人の境地
  - ◎H13.1「銀座百点」 ㊤小泉武夫
- *202* その時 歴史が動いた ロシア皇太子襲撃事件
  - ◎H13.3.7 NHK TV
  - ＊インタビュー形式による解説
  - ＊H13.5.29 BS2 再放映
  - ＊H13.8『その時 歴史が動いた』第八巻 KTC中央出版
- *203* この人に聞く 吉村昭「歴史小説の面白さ」
  - ◎H13.3.23 NHKラジオ第一「ラジオ深夜便」
- *204* 館長の作家対談 短篇小説は「竹の節目」
  - ◎H13.4.1「世田谷文学館ニュース」No.18 ㊤佐伯彰一
  - ＊H13.1.25 対談
- *205* 「東京の戦争」を語り継ごう
  - ◎H13.10「文藝春秋」 ㊤半藤一利
  - ＊H21.2『時代の声、史料の声』河出書房新社
- *206* 編集者という滝に打たれて作家は伸びる
  - 〔後改題：編集者という滝に打たれて〕
  - ◎H13.10『編集者の学校』講談社 Web現代／編 ㊤取材・構成：酒井一郎
  - ＊H15.1『縁起のいい客』文藝春秋
  - ＊H18.1『縁起のいい客』文春文庫
- *207* 作家・吉村昭さんと探検 歴史家の努力が集積

III　座談・対談・インタビュー・その他

　　　◎H13.12.6「朝日新聞」夕刊
　　　＊「時を越えて語るもの ―史料と美術の名宝」展に関連して
208　作家の運命 吉村文学の今と昔
　　　◎H14.7「季刊文科」No.22　㈲大河内昭爾
　　　＊H19.12『歴史を記録する』河出書房新社
209　著者に聞く 短篇小説が面白い
　　　◎H14.9「本の話」
＊210　「大黒屋光太夫」（毎日新聞社）　吉村 昭さん　ロシア漂流10年、史実のままの小説　鎖国日本がVIP扱いにした新事実
　　　◎H15.3.30「YOMIURI WEEKLY」　㈲高橋 誠
　　　＊インタビュー/書評
211　吉村昭と「大黒屋光太夫」
　　　◎H15.4.10「有鄰」No.425　㈲金田浩一呂
　　　＊インタビュー
212　吉村昭
　　　◎H15.4.11「週刊朝日」ひと・本　㈲朝山 実
　　　＊インタビュー
213　著者に聞け　吉村 昭氏
　　　◎H15.4.11「週刊ポスト」
214　生きて書いて
　　　◎H15.8.18～22「日本経済新聞」夕刊 5回連載　㈲聞き手：小島英煕
　　　＊インタビュー
215　『美しい姿取り戻した』豪華客船火災の傷跡も消え…　作家 吉村 昭氏
　　　◎H15.9.15「長崎新聞」
　　　＊インタビュー
216　歴史に親しむ 鎖国と漂流民
　　　◎H15.11.20 NHKラジオ第一
　　　＊H16.2「ラジオ深夜便」
　　　＊H19.7『ひとり旅』文藝春秋
217　インタビュー 吉村昭さん（作家）歴史をただなぞって書くだけじゃないんだ。歴史を作っている、人間を描いているんだ。
　　　◎H16.4「TOSHIBA ELEVATOR NEWS」VOL.10
218　著者に訊け 吉村 昭氏　50余年の執筆生活を支えた"幻の処女作品集"が復刻！『青い骨』
　　　◎H17.1.1/7合併号「週刊ポスト」　㈲構成/橋本紀子
219　この人に聞く『事物はじまりの物語』吉村昭さん 国旗から石鹸まで
　　　◎H17.2.28「毎日新聞」
220　対談 なつかしの名人上手たち
　　　◎H17.6「小説新潮」　㈲小沢昭一
　　　＊H19.4「小説新潮」再録
221　著者は語る 吉村昭「暁の旅人」
　　　◎H17.6.16「週刊文春」

260

　　　　　　Ⅲ　座談・対談・インタビュー・その他

　　　　＊H19.7『ひとり旅』文藝春秋
222　私と長崎
　　　　H17.7.20「長崎倶楽部」29号
223　特集 日々を綴る　吉村昭さん「日記」を語る
　　　　◎H17.11「毎日夫人」
224　日本芸術院会員記録　【小説】　吉村 昭
　　　　◎H17.11.18 収録　㊥曽根博義
　　　　＊制作：スポニチクリエイツ
225　吉村昭氏と澤野孝二氏の 東京初空襲の体験を語る
　　　　◎H17.12「吉村昭氏と澤野孝二氏の東京初空襲の体験を語る」　㊥澤野孝二
　　　　＊対談：H17.7.30
　　　　＊主催：荒川区
　　　　＊会場：荒川区立町屋文化センター
226　トークショー「彰義隊」を語る
　　　　H17.12.17　㊥村上 豊
　　　　＊会場：丸善本店

Ⅳ 書評・関連記事

1. 書評や関連する記事を下記のように記載した。
 タイトル／初出年月日／初出掲載誌・図書／＊執筆者⇒書評対象作品、あるいは備考（再収単行本・文庫他）
2. 初出年月日の前に付与した「◎」は編者が確認したことを示す。
 「☆」は確認の結果、既に発表されているものと「時期」または「誌紙名」が異なっていたことを示す。
3. ゴシック体の表記は、原典で太字あるいはゴシック体で表記されていたことを示す。
4. 整理番号の前の「＊」印は「Ⅲ 座談・対談・インタビュー・その他」と重複記載していることを示す。
5. 文中敬称略。

IV　書評・関連記事

1　日暮里の火事
　　　◎S10.11.16「東京日日新聞」
　　　＊吉村紡績工場（父・隆策経営）の火事を報道
2　同人雑誌評
　　　◎S27.10「早稲田文学」
　　　＊中村八朗⇒「虚妄」
3　全國同人雑誌評
　　　◎S27.11「文芸首都」
　　　＊藤田重人⇒「虚妄」
4　同人雑誌評
　　　◎S28.2「早稲田文学」
　　　＊辻 亮一⇒「金魚」
5　環礁創刊号合評会
　　　◎S28.4「環礁」第一号
　　　＊「白い虹」
6　編輯後記
　　　◎S28.4「環礁」第一号
　　　＊前田純敬⇒吉村 昭を簡単に紹介
7　編輯ノート
　　　◎S28.8「環礁」第3輯
　　　＊前田純敬
8　同人雑誌評　旺盛な創作意欲 好ましい『炎舞』の諸作品
　　　◎S29.9.11「東京タイムズ」
　　　＊林 富士馬⇒「緑雨」
9　同人雑誌評
　　　◎S31.8「文學界」
　　　＊佐々木基一⇒「昆虫家系」
10　同人雑誌評
　　　◎S32.2「文學界」
　　　＊久保田正文⇒「白衣」
11　同人雑誌評
　　　◎S32.6「文學界」
　　　＊杉森久英⇒「さよと僕たち」
12　序文
　　　◎S33.2「青い骨」
　　　＊丹羽文雄⇒「さよと僕たち」「昆虫家系」の評を含む
13　跋にかえて
　　　◎S33.2「青い骨」
　　　＊石川利光⇒「金魚」の評を含む
14　書評 吉村昭著 青い骨
　　　◎S33.6「文学者」

265

IV 書評・関連記事

　　　＊村松定孝⇒『青い骨』「青い骨」「さよと僕たち」「白い虹」「無影燈」「死体」
　　　　「白衣」
15　同人雑誌評
　　　◎S33.8「文學界」
　　　＊林 富士馬⇒「鉄橋」
16　ゴシップ的に……吉村、吉井混同の記
　　　◎S33.9『亜』第3輯
　　　＊筆者不明
17　文藝時評
　　　◎S34.2.21「図書新聞」
　　　＊江藤 淳⇒「鉄橋」
　　　＊H1.11『全文芸時評』上巻　江藤 淳著　新潮社
18　文芸時評 上 傍観の空虚な世界
　　　◎S34.2.22「東京新聞」夕刊
　　　＊安岡章太郎⇒「鉄橋」
　　　＊S35.6『文藝年鑑』昭和三十五年版
19　芥川賞発表・選評
　　　◎S34.3「文藝春秋」
　　　＊授賞作ナシ 候補作「鉄橋」落選　丹羽文雄、舟橋聖一、石川達三、井上
　　　靖、宇野浩二の選評あり
20　文芸時評
　　　◎S34.8.21「読売新聞」夕刊
　　　＊山本健吉⇒「貝の音」
21　今月の小説 下 ベスト3
　　　◎S34.8.27「毎日新聞」
　　　＊平野 謙⇒「貝の音」
22　芥川賞発表・選評
　　　◎S34.9「文藝春秋」
　　　＊候補作「貝殼」落選　舟橋聖一、井上 靖、瀧井孝作の選評あり
23　同人雑誌評
　　　◎S34.11「文學界」
　　　＊駒田信二⇒「少女架刑」
24　妻の言い分 経済観念がゼロ
　　　◎S34.11.22「週刊サンケイ」
　　　＊津村節子
25　文壇 三つの道場　丹羽部屋
　　　◎S35.2.8「週刊読書人」
26　今月の小説 ベスト3
　　　◎S35.2.24「毎日新聞」
　　　＊平野 謙⇒「星と葬礼」
27　さい果ての旅情を求めて
　　　S36.7「アイ」

IV 書評・関連記事

　　　＊津村節子
　　　＊S52.8『みだれ籠』津村節子著　読売新聞社
28　文芸時評
　　　◎S37.2.27「朝日新聞」
　　　＊江藤 淳⇒「透明標本」
　　　＊S38.10『文芸時評』正　江藤 淳著　新潮社
　　　＊H1.11『全文芸時評』上巻　江藤 淳著　新潮社
29　文芸時評
　　　◎S37.2.27「読売新聞」夕刊
　　　＊河上徹太郎⇒「透明標本」
　　　＊S40.9『文芸時評』河上徹太郎著　垂水書房
30　芥川賞発表・選評
　　　◎S37.3「文藝春秋」
　　　＊候補作「透明標本」落選　瀧井孝作、中村光夫、永井龍男、井上 靖、佐藤春夫の選評あり
31　落語・ダンス・同人雑誌
　　　◎S37.4「円卓」
　　　＊津村節子
32　文芸時評
　　　◎S37.4.3「読売新聞」夕刊
　　　＊河上徹太郎⇒「石の微笑」
　　　＊S40.9『文芸時評』河上徹太郎著　垂水書房
33　日本文学6月の状況
　　　◎S37.6.25「週刊読書人」
　　　＊瀬沼茂樹⇒「鷺」
　　　＊S38.7『文芸年鑑』昭和三十八年版
34　今月の小説 ベスト3
　　　◎S37.6.27「毎日新聞」夕刊
　　　＊平野 謙⇒「鷺」
35　芥川賞発表・選評
　　　◎S37.9「文藝春秋」
　　　＊候補作「石の微笑」落選　中村光夫、瀧井孝作、石川達三、舟橋聖一、丹羽文雄、高見 順の選評あり
36　吉村 昭君について
　　　◎S38.7『少女架刑』南北社
　　　＊丹羽文雄
37　解説
　　　◎S38.7『少女架刑』南北社
　　　＊八木義徳⇒「解説」の中で右記の諸作品の評あり「鉄橋」「貝殻」「少女架刑」「星と葬礼」「墓地の賑い」
38　芥川・直木賞残酷物語
　　　◎S38.8.11「週刊読売」

267

IV 書評・関連記事

＊「II 著書・作品」No.81 執筆の動機となった記事
39 書評
　　◎S38.8.14「読売新聞」夕刊 短評
　　＊『少女架刑』「鉄橋」
40 死の不安と戯れる叙情　吉村 昭『少女架刑』
　　◎S38.9.1「サンデー毎日」
　　＊『少女架刑』「少女架刑」「星と葬礼」「貝殻」「鉄橋」
41 死の甘い側面　吉村 昭著『少女架刑』
　　◎S38.9.14「図書新聞」
　　＊日沼倫太郎⇒『少女架刑』「少女架刑」「貝殻」「鉄橋」「墓地の賑い」
42 新人のレベルを抜く　吉村 昭著『少女架刑』
　　◎S38.9.16「朝日新聞」書評
　　＊『少女架刑』「少女架刑」「鉄橋」「星と葬礼」「墓地の賑い」
43 透明な光線をとおした作品　吉村 昭著『少女架刑』
　　◎S38.9.20「週刊朝日」
　　＊宗 左近⇒『少女架刑』「墓地の賑い」
44 同人雑誌評
　　◎S38.11「文學界」
　　＊駒田信二⇒「電気機関車」を今月のベスト作品と推奨
45 文芸時評 〈下〉
　　◎S39.6.27「朝日新聞」
　　＊林 房雄⇒「煉瓦塀」
　　＊S40.6『文芸年鑑』昭和四十年版
46 文芸時評
　　◎S39.6.30「東京新聞」夕刊
　　＊瀬沼茂樹⇒「煉瓦塀」
47 今月の小説 下 ベスト3
　　◎S39.6.30「毎日新聞」夕刊
　　＊平野 謙⇒「煉瓦塀」
48 吉村昭氏に太宰治賞
　　◎S41.6.19「朝日新聞」
49 太宰治賞に吉村昭氏
　　◎S41.6.19「毎日新聞」
50 太宰治賞、吉村昭氏に
　　◎S41.6.19「読売新聞」
＊51 ぷろふいる「太宰治賞」を受けた 吉村昭
　　◎S41.6.19「東京新聞」
52 第2回太宰治賞 吉村昭「星への旅」
　　◎S41.7.4「週刊読書人」
53 吉村 昭氏に　第二回太宰治賞
　　◎S41.7.4「日本読書新聞」

IV 書評・関連記事

54 夫婦作家を包んだ13年目の栄光　津村節子氏『芥川賞』につづく吉村昭氏『太宰治賞』
  ◎S41.7.15「週刊朝日」ニュースストーリー
55 文芸時評〈下〉
  ◎S41.7.29「朝日新聞」夕刊
  ＊江藤 淳⇒「星への旅」
  ＊H1.11『全文芸時評』上巻　江藤 淳著　新潮社
56 今月の小説 ベスト3
  ◎S41.7.29「毎日新聞」
  ＊平野 謙⇒「星への旅」
57 文芸時評
  ◎S41.7.29「読売新聞」夕刊
  ＊山本健吉⇒「星への旅」
58 文芸時評
  ◎S41.7.29「東京新聞」夕刊
  ＊本多秋五⇒「星への旅」
  ＊S42.6『文芸年鑑』昭和四十二年版
59 第二回太宰治賞発表
  ◎S41.8「展望」
  ＊「星への旅」の受賞を発表 選評付記
60 一段とまさった収穫
  ◎S41.8「展望」
  ＊井伏鱒二⇒太宰治賞選評
61 まづ表現から
  ◎S41.8「展望」
  ＊石川 淳⇒太宰治賞選評
62 確固たる力量
  ◎S41.8「展望」
  ＊臼井吉見⇒太宰治賞選評
63 現代といふもの
  ◎S41.8「展望」
  ＊唐木順三⇒太宰治賞選評
64 生きた感覚を伝える
  ◎S41.8「展望」
  ＊河上徹太郎⇒太宰治賞選評
65 「フランドルの冬」を推す
  ◎S41.8「展望」
  ＊中村光夫⇒太宰治賞選評
66 『星への旅』吉村昭著 特異な道具立てと叙情
  ◎S41.8.21「朝日新聞」
  ＊『星への旅』「星への旅」「鶯」「石の微笑」「煉瓦塀」「少女架刑」
67 文芸時評〈下〉

　　　　　　　Ⅳ　書評・関連記事

　　　　◎S41.8.26「朝日新聞」夕刊
　　　　＊江藤 淳⇒『戦艦武蔵』
　　　　＊H1.11『全文芸時評』上巻　江藤 淳著　新潮社
68　文芸時評 入念に書かれた吉村氏「戦艦武蔵」
　　　　◎S41.8.29「東京新聞」夕刊
　　　　＊本多秋五
69　文芸時評 記録のきびしさ かわいた筆致「戦艦武蔵」
　　　　◎S41.8.30「読売新聞」夕刊
　　　　＊山本健吉
70　九月の小説
　　　　◎S41.8.31「毎日新聞」
　　　　＊平野 謙⇒『戦艦武蔵』
71　作家の眼 危機
　　　　◎S41.9「新潮」
　　　　＊津村節子⇒芥川賞受賞前後の夫妻の文学活動を語る
72　創作合評「星への旅」
　　　　◎S41.9「群像」
　　　　＊花田清輝、椎名麟三、埴谷雄高⇒「星への旅」
73　帝国海軍落日の賦
　　　　◎S41.9『戦艦武蔵』新潮社 カバー
　　　　＊丹羽文雄
74　後世につとうべき記録
　　　　◎S41.9『戦艦武蔵』新潮社 カバー
　　　　＊阿川弘之
75　雑誌評 文芸　悲壮感「戦艦武蔵」(吉村 昭)
　　　　◎S41.9.1「出版ニュース」9月上旬号
　　　　＊文思人⇒『戦艦武蔵』
76　死の世界を描く四編
　　　　◎S41.9.4「毎日新聞」ほん
　　　　＊「星への旅」「石の微笑」「鶯」「煉瓦塀」「少女架刑」「星への旅」
77　新刊分類旬報 12
　　　　◎S41.9.11「出版ニュース」9月中旬号『戦艦武蔵』
78　いかに読むべきか　異色の戦記文学
　　　　◎S41.10.1「出版ニュース」10月上旬号 書評委員会
　　　　＊『戦艦武蔵』
79　戦艦武蔵 吉村昭著 型やぶりな巨艦の一生
　　　　◎S41.10.9「毎日新聞」ほん
*80　著者との対話　「戦艦武蔵」吉村 昭著
　　　　◎S41.10.10「週刊サンケイ」
　　　　＊書評/インタビュー
81　作家論 受賞者のその後 ⑯ 吉村昭氏 生々しい生の不安感
　　　　◎S41.11.4「東京新聞」夕刊

＊台風の目⇒「金魚」「さよと僕たち」「少女架刑」「星への旅」「少女架刑」「青い骨」「星への旅」『戦艦武蔵』
82　十二月の小説
　　◎S41.11.30「毎日新聞」夕刊
　　＊平野 謙⇒『戦艦武蔵』他著作との対比で寸言
　　＊S42.6『文芸年鑑』昭和四十二年版
83　吉村昭小論 ─その作品の特性─
　　◎S41.12「れもん」
　　＊門田泰明⇒『戦艦武蔵』『星への旅』「鷺」「星への旅」「石の微笑」「煉瓦塀」「少女架刑」
　　＊H3.7『黒豹作家のフットワーク』門田泰明著 光文社文庫
84　文芸時評
　　◎S41.12.23「読売新聞」夕刊
　　＊山本健吉⇒『戦艦武蔵』
　　＊S43.5『文芸年鑑』昭和四十三年版
85　文芸時評 下 憂うべき空疎な物語
　　◎S41.12.24「朝日新聞」夕刊
　　＊大岡昇平⇒「水の葬列」
86　文芸時評 胸奥の琴線にふれる 吉村昭氏「水の葬列」
　　◎S41.12.26「東京新聞」夕刊
　　＊本多秋五
87　出版だより
　　◎S42.1「波」創刊号
　　＊新潮社出版物でめざましい売行きを示したものの一つとして『戦艦武蔵』を紹介
88　1966年度全国ベスト・セラーズ
　　◎S42.1「出版ニュース」1月中下旬号
　　＊『戦艦武蔵』を含む
89　'66年ベストセラー展望
　　◎S42.1「出版ニュース」1月中下旬号
　　＊『戦艦武蔵』に関する短評を記載
90　大波小波『水の葬列』の評価
　　◎S42.1.14「東京新聞」夕刊
　　＊おっとせい
91　五月の小説（下）ベスト3
　　◎S42.4.27「毎日新聞」夕刊
　　＊平野 謙⇒『高熱隧道』をベスト3に選ぶ
92　文芸時評 成功した「高熱隧道」吉村氏
　　◎S42.4.28「朝日新聞」夕刊
　　＊大岡昇平
93　文芸時評 事実からくる感動 黒三発電所工事描く吉村昭の「高熱隧道」
　　◎S42.4.29「読売新聞」夕刊

271

IV　書評・関連記事

- *山本健吉
- *94* 文芸時評
  - ◎S42.5.1「東京新聞」夕刊
  - *本多秋五⇒『高熱隧道』　今月第一の大作と評価
- *95* 吉村 昭著　水の葬列
  - ◎S42.5.14「毎日新聞」ほん
  - *『水の葬列』「水の葬列」
- *96* 記録文学にいどむ　吉村 昭氏 こんどは沖縄取材
  - ◎S42.5.24「毎日新聞」夕刊 学芸
- *97* 〈書評〉吉村 昭著「水の葬列」
  - ◎S42.6「南北」
  - *まつもと つるを
- *98* 文学賞ほか
  - ◎S42.6『文芸年鑑』昭和四十二年版
  - *「星への旅」太宰治賞受賞を伝える
- *99* 無題（書評）
  - ◎S42.6『高熱隧道』カバー
  - *臼井吉見⇒『高熱隧道』
- *100* 無題（書評）
  - ◎S42.6『高熱隧道』カバー
  - *高木 天⇒『高熱隧道』
- *101* これから出る本
  - ◎S42.6.11「出版ニュース」6月中旬号
  - *『高熱隧道』
- *102* **吉村昭という教訓**
  - ◎S42.7「新潮」文壇
  - *泉 三太郎
- *103* 新しい作家たち④ ニヒリズムの思想 ―吉村昭・森万起子―
  - ◎S42.8「文學界」
  - *松原新一⇒『星への旅』『戦艦武蔵』『高熱隧道』
- *104* 無題（書評/推薦文）
  - ◎S42.10『殉国』カバー
  - *池宮城秀意
- *105* いかに読むべきか 沖縄戦を写実的に描く
  - ◎S42.11.21「出版ニュース」11月下旬号
  - *書評委員会⇒『殉国』
- *106* 吉村 昭
  - ◎S43.3「小説現代」文壇評判記
  - *巌谷大四
- *107* 文芸時評
  - ◎S43.6.29「読売新聞」夕刊
  - *吉田健一⇒「彩られた日々」

Ⅳ　書評・関連記事

108 臨床医学の宿命 不逞の挑戦こそ進歩　吉村昭氏の心臓移植論を読んで
　　◎S43.8.17「朝日新聞」夕刊
　　＊渡辺淳一⇒8月12日朝日新聞夕刊に発表した「心臓移植に思う」に対する反論
　　＊これに対して、8月21日同紙に吉村 昭は「玄人と素人『死の認定』をめぐって再び」と題し、意見を述べる
109 文芸時評 〉下〈
　　◎S43.9.27「朝日新聞」夕刊
　　＊小島信夫⇒「母」
110 文芸時評
　　◎S43.10.2「東京新聞」夕刊
　　＊篠田一士⇒「母」
　　＊S44.5『文芸年鑑』昭和四十四年版
111 全国ベスト・セラーズ調査（43年 9月期）
　　◎S43.10.21「出版ニュース」10月中旬号
　　＊『零式戦闘機』
112 現代文学地図　北海道 Ⅲ
　　◎S44.2「月刊ペン」
　　＊大河内昭爾⇒津村節子の「浮巣」、「さい果て」をかつての夫妻の旅行をフィクション化した作品と紹介
113 次の日曜版小説 神々の沈黙
　　◎S44.3.2「朝日新聞」
　　＊作者のことばを付記
114 日曜版の新連載小説 神々の沈黙 きょうから登場
　　◎S44.3.16「朝日新聞」
115 昭和四十五年度 総当り 文壇酒徒番附会議
　　◎S45.1「酒」
116 心臓移植をえぐる　吉村 昭著 神々の沈黙
　　◎S45.1.20「朝日新聞」
　　＊書評
117 心臓移植の興味ある記録 吉村昭『神々の沈黙』
　　◎S45.2.1「朝日ジャーナル」書評
　　＊加賀乙彦
118 えぐる 人間の"さい果て"
　　◎S45.4.16「夕刊フジ」
　　＊津村節子⇒新居のそれぞれの書斎についても語る
119 私の言い分
　　◎S45.6「中央公論」
　　＊津村節子
　　＊「私の書斎」吉村 昭（「Ⅱ 著書・作品」No.269）と対で掲載
120 時空越えた共感　吉村 昭著 陸奥爆沈
　　◎S45.6.25「朝日新聞」

Ⅳ　書評・関連記事

　　　＊今 富一
121　吉村 昭著『陸奥爆沈』悽愴苛烈な読みもの
　　　◎S45.7.10「出版ニュース」7月中旬号 書評
　　　＊黒田秀俊
122　戦艦武蔵ノート
　　　◎S45.8.8「週刊新潮」
　　　＊短評
123　大波小波 土建屋作家の出現
　　　◎S45.8.8「東京新聞」夕刊
　　　＊『戦艦武蔵ノート』に関連して
124　「戦艦武蔵ノート」吉村 昭著
　　　◎S45.9.25「週刊読売」
　　　＊短評
125　昭和四十六年度 総当り 文壇酒徒番附会議
　　　◎S46.1「酒」
126　吉村 昭著 細 菌
　　　◎S46.3「自然」書評
　　　＊和気 朗
127　生き物めぐる人生模様 吉村昭著 羆(ひぐま)
　　　◎S46.3.22「週刊読書人」
　　　＊一色次郎⇒『羆』「ハタハタ」「鳩」「軍鶏」「羆」「蘭鋳」
128　作家/その風貌 4　吉村 昭
　　　◎S46.4「小説新潮」
129　妻からみた夫 なれあいを許さない夫 吉村昭
　　　◎S46.5「婦人公論」
　　　＊津村節子
130　吉村昭と『高熱隧道』
　　　◎S46.7『文学の旅』8 北陸・能登 千趣会
　　　＊(書評)
131　文芸時評
　　　◎S46.7.29「読売新聞」夕刊
　　　＊佐伯彰一⇒『逃亡』
　　　＊S48.6『日本の小説を索めて』佐伯彰一著 冬樹社
132　文芸時評
　　　◎S46.7.31「東京新聞」夕刊
　　　＊秋山 駿⇒『逃亡』
　　　＊S50.2『秋山駿文芸時評』河出書房
133　8月号 文芸雑誌評
　　　◎S46.8.1「出版ニュース」8月上旬号
　　　＊和泉あき⇒『逃亡』今月最大の力作と評価
134　十二人の医家がたどった運命　吉村 昭『日本医家伝』
　　　◎S46.10.1「週刊朝日」

IV 書評・関連記事

　　　＊漣
135　吉村昭著 日本医家伝　人間性への行届いた観察
　　　◎S46.10.2「図書新聞」書評
　　　＊椿 八郎
136　書評 十二人の医療先駆者の生涯 吉村 昭『日本医家伝』
　　　◎S46.10.10「サンデー毎日」ほん
　　　＊川上 武
137　目と耳 第一線級の作家が執筆
　　　◎S46.10.21「出版ニュース」10月下旬号
　　　＊『新潮少年文庫』の創刊について
138　吉村 昭著 日本医家伝
　　　◎S46.11「自然」
　　　＊阿知波五郎
139　『日本医家伝』　吉村 昭著
　　　◎S46.12「婦人公論」
　　　＊筑波常治
140　昭和四十七年度 総当り 文壇酒徒番附会議
　　　◎S47.1「酒」
141　文壇作家の手がけた児童文学 吉村昭著 めっちゃ医者伝
　　　◎S47.1.24「週刊読書人」
　　　＊山本和夫
142　吉村 昭著 めっちゃ医者伝
　　　◎S47.2「自然」BOOK STAND
　　　＊巴陵宣祐
143　現代作家の童話 2　吉村 昭著『めっちゃ医者伝』
　　　◎S47.2.5「図書新聞」
　　　＊浜野卓也
144　現代文学地図　富山県
　　　◎S47.4「月刊ペン」
　　　＊大河内昭爾⇒『高熱隧道』『水の葬列』を取り上げる
　　　＊S61.11『現代文学地図』北陸篇 大河内昭爾著 桜楓社
145　統計 作家の出版点数
　　　◎S47.5.1「出版ニュース」5月上旬号
146　現代文学地図　沖縄
　　　◎S47.6「月刊ペン」
　　　＊大河内昭爾⇒『殉国』を取り上げる
147　新人作家の発掘家 石川利光
　　　◎S47.9『現代作家 その世界』山本容朗著 翠楊社
148　「吉村昭」
　　　◎S47.10『文壇百人』巌谷大四、尾崎秀樹、遠藤純孝共著 読売新聞社
149　あいつの酒癖 移り気な酒
　　　◎S47.11「小説新潮」

275

＊津村節子
150 告白 わが花婿 その後の生態　ものぐさと神経質が露出した
　　　◎S47.11「婦人公論」
　　　＊津村節子
151 吉村昭『精神的季節』　男性的な随筆集
　　　◎S47.11.1「スポーツニッポン」本
　　　＊大河内昭爾
　　　＊S63.8『小説のすすめ』大河内昭爾著　學藝書林
152 骨太い物の見方を示す随想　吉村 昭著　精神的季節
　　　◎S47.11.13「週刊読書人」書評
　　　＊瓜生卓造
153 北の旅から
　　　◎S47.12.31「読売新聞」
　　　＊津村節子
　　　＊S52.8『みだれ籠』津村節子著 読売新聞社
154 吉村昭の小説方法論　虚構性を成立させる記録性
　　　◎S48.2.3「図書新聞」
　　　＊鶴岡冬一⇒「星への旅」「水の葬列」「戦艦武蔵」「二つの精神的季節」「高熱隧道」「陸奥爆沈」「神々の沈黙」「海の史劇」
155 史料に忠実な日露史「海の史劇」（前・後編）吉村昭著
　　　◎S48.2.10「週刊読売」ブック
　　　＊村上兵衛
156 現代の作家
　　　◎S48.4.20「週刊小説」
　　　＊秋山庄太郎撮影のポートレートと色紙写真のみ
157 仕事部屋
　　　◎S48.5「室内」
　　　＊津村節子⇒吉村夫妻のそれぞれの書斎について語る
158 吉村昭
　　　◎S48.6「國文學」解釈と鑑賞 臨時増刊号
　　　＊松本慎二⇒『星への旅』『戦艦武蔵』『鉄橋』　代表作として下記を挙げる
　　　『少女架刑』『星への旅』『戦艦武蔵』『水の葬列』『高熱隧道』『海の奇蹟』『神々の沈黙』
　　　＊S48.11『戦後作家の履歴』松本慎二著 至文堂
159 作家 Who's Who　吉村 昭　漂う死のにおい
　　　◎S48.6.22「朝日新聞」夕刊
　　　＊子不語（編者注：百目鬼恭三郎）⇒『青い骨』『少女架刑』『星への旅』「水の葬列」『戦艦武蔵』『高熱隧道』『神々の沈黙』『海の史劇』「一家の主」「鉄橋」
　　　＊S50.10『現代の作家 101人』百目鬼恭三郎著 新潮社
160 SF仕立ての不気味な迫力 吉村 昭『海 の 鼠』
　　　◎S48.7.1「サンデー毎日」書評
　　　＊野村尚吾⇒『海の鼠』「海の鼠」「蝸牛」「鵜」「魚影の群れ」

IV 書評・関連記事

161 書斎と茶の間(六) すいとんとほうとう
　　◎S48.8「食生活」
　　＊津村節子
　　＊S51.2『書斎と茶の間』津村節子著 毎日新聞社
　　＊S54.12『日々これ好食』山本容朗編 鎌倉書房
　　＊S59.10『書斎と茶の間』津村節子著 ケイブンシャ文庫
　　＊『書斎と茶の間』には随所に吉村 昭と一家のことが語られている
162 吉村昭の戦史LP
　　◎S48.8.21「毎日新聞」
163 作家が「音」も売る時代? "戦記"の吉村、新盤に挑む
　　◎S48.8.26「サンデー毎日」サンデートピックス
164 関東大震災　吉村 昭著　地獄絵なまなましく再現
　　◎S48.8.27「毎日新聞」書評
165 吉村 昭著　下弦の月
　　◎S48.9「小説サンデー毎日」新刊パドック
　　＊武蔵野次郎⇒『下弦の月』「下弦の月」「手首の記憶」「剃刀」
166 吉村 昭著『関東大震災』大地震の恐怖を実感させる力作
　　◎S48.9.14「週刊小説」今週の話題作
　　＊尾崎秀樹
167 関東大震災　吉村 昭著　密集のおそろしさ突く
　　◎S48.9.16「日本経済新聞」書評
　　＊一色次郎
168 「震災」の論理「戦災」の論理　吉村昭著「関東大震災」と東京大空襲
　　◎S48.9.24「週刊読書人」書評
　　＊松浦総三
169 事実で語る虐殺の恐怖　吉村 昭著『関東大震災』
　　◎S48.10.9「エコノミスト」書評
　　＊飯沼二郎
170 「関東大震災」
　　◎S48.11「小説新潮」
　　＊尾崎秀樹⇒書評
171 空襲・戦災を記録した文学作品
　　◎S48.11『東京大空襲・戦災誌』第4巻
　　＊『彩られた日々』「白い道」『細菌』
172 吉村昭氏への「菊池寛賞」贈呈式
　　◎S48.11.13「毎日新聞」夕刊
173 第21回菊池寛賞発表
　　◎S48.12「文藝春秋」
　　＊『戦艦武蔵』『関東大震災』など一連のドキュメント作品により吉村 昭が受賞
174 菊池賞受賞を喜ぶ 多彩な才能の一面 〈吉村昭氏〉
　　◎S48.12「文藝春秋」

IV 書評・関連記事

　　　　＊丹羽文雄
175　大津事件津田三蔵の死の周辺
　　　　◎S49.1「網走地方史研究」第7号
　　　　＊佐々木 満
　　　　＊『ニコライ遭難』執筆の重要な資料となった
176　昭和四十九年度 総当り 文壇酒徒番附会議 いかにも酒徒らしい吉村新関脇
　　　　◎S49.1「酒」
177　怪物に猪突する"一家の主" おやじはただの宿泊人か　吉村 昭著　一家の主
　　　　◎S49.4.20「図書新聞」書評 一般書
　　　　＊三戸 進
178　凄じいまでの文学への執念 吉村 昭『一家の主』
　　　　◎S49.4.28「サンデー毎日」書評
　　　　＊瓜生卓造
179　「関東大震災」（吉村昭著 文藝春秋）
　　　　◎S49.6「諸君!」私の10行書評
　　　　＊藤竹 暁
180　『一家の主』 吉村 昭著
　　　　◎S49.7「婦人公論」書評
　　　　＊進藤純孝
181　戦艦武蔵
　　　　◎S49.7「国文学」解釈と鑑賞 〈現代小説事典〉
　　　　＊山蔦 恒
182　冬の鷹 吉村 昭著　史実と文学が調和
　　　　◎S49.7.28「日本経済新聞」書評
　　　　＊水野 肇
183　冬の鷹 吉村 昭著　「解体新書」の二人に見る生きかたの典型
　　　　◎S49.7.29「毎日新聞」書評
184　正気と狂気
　　　　◎S49.8「新潮」
　　　　＊津村節子⇒吉村 昭と中学時代の恩師板谷先生について
185　成人文学の作家と児童文学作品
　　　　◎S49.8『横谷輝児童文学論集』第二巻 偕成社
　　　　＊『めっちゃ医者伝』に触れて
186　解説 ─執筆作家のプロフィル
　　　　◎S49.8『現代作家掌編小説集』上 朝日ソノラマ
　　　　＊巌谷大四
187　蘭学始を"銅版画の趣"で 吉村 昭『冬の鷹』
　　　　◎S49.8.4「サンデー毎日」書評
　　　　＊落合清彦
188　吉村 昭著 冬の鷹
　　　　◎S49.9「自然」BOOK STAND
　　　　＊藤野恒三郎

IV　書評・関連記事

- *189* 冬の鷹 吉村 昭著
  - ◎S49.9.1「出版ニュース」9月上旬号 ブックガイド
- **190* 主役・良沢の完全主義 「冬の鷹」で前野良沢を書いた 吉村 昭
  - ◎S49.9.13「週刊朝日」週刊図書館
  - ＊祐
- *191* 真夏の日本海と吉村 昭 ・この人の旅・
  - ◎S49.10「小説新潮」
- *192* 吉村 昭著 冬の鷹 良沢の淋しい死と玄白の華やかな死
  - ◎S49.10.7「週刊読書人」書評
  - ＊藤枝静男
- *193* 患者さん 吉村昭著
  - ◎S49.12.23「朝日新聞」
  - ＊概要紹介
- *194* 作家の表象 吉村昭とベーゴマ
  - ◎S50.1.6「産経新聞」
  - ＊尾崎秀樹
  - ＊S52.9『作家の表象』尾崎秀樹著 時事通信社
- *195* 吉村 昭著 患者さん 公正なる医師観
  - ◎S50.1.11「図書新聞」書評
  - ＊加藤義憲
- *196* 作品に死のイメージ 吉村 昭著 螢
  - ◎S50.2.3「東京新聞」
  - ＊磯田光一⇒『螢』「休暇」「小さな欠伸」「橋」「眼」「螢」「老人と柵」
- *197* 吉村昭の世界
  - ◎S50.3「けい」
  - ＊伊豆四郎⇒「雪」「戦艦武蔵」「土偶」「死まで」「優等賞状」「河原燕」「さよと僕たち」「死体」「虚妄」「金魚」
- *198* 吉村 昭著『磔』切支丹弾圧のドキュメント
  - ◎S50.3.24「読売新聞」書評
  - ＊尾崎秀樹⇒『磔』「磔」「三色旗」「コロリ」「動く牙」
- *199* 大衆文学 新しい波 歴史・実録小説の推移 ③
  - ◎S50.3.26「東京新聞」夕刊
  - ＊尾崎秀樹
- *200* 異常な出来事を見つめる静謐な眼 吉村 昭『螢』
  - ◎S50.4「文芸展望」読書
  - ＊山田智彦⇒「螢」「螢」「霧の坂」「時間」「光る雨」「休暇」「橋」「小さな欠伸」「老人と柵」「眼」
- *201* 大衆文学 新しい波 これからの方向
  - ◎S50.4.3「東京新聞」夕刊
  - ＊尾崎秀樹
- *202* 日本的な"家"の観念 吉村 昭『螢』
  - ◎S50.4.6「サンデー毎日」

Ⅳ　書評・関連記事

　　　＊（く）⇒書評『螢』「螢」
203　「磔」（はりつけ）　吉村 昭著
　　　◎S50.4.7「朝日新聞」
　　　＊「三色旗」「磔」概要紹介と短評
204　磔　吉村 昭　文藝春秋
　　　◎S50.4.17「アサヒ芸能」新刊選
　　　＊Ｉ
205　暗号代わりに使われた鹿児島弁
　　　◎S50.4.20「サンケイ新聞」
　　　＊『深海の使者』を引用
206　文壇告知板 吉村昭
　　　◎S50.4.24「週刊サンケイ」
　　　＊参⇒オシドリ作家、吉村家の場合は……
207　手軽な現代の文学地図 代表作時代小説 50年度版
　　　◎S50.6.26「サンケイ新聞」
　　　＊（影）
208　文芸時評 下 揺るがぬ感銘の伝記
　　　◎S50.7.26「東京新聞」夕刊
　　　＊藤枝静男⇒「船長泣く」
209　サンデー毎日 対 週刊朝日『長崎の決戦』とは?
　　　◎S50.8.31「サンデー毎日」
　　　＊安藤守人
210　吉村昭
　　　◎S50.10『現代の作家 101人』新潮社
　　　＊百目鬼恭三郎⇒『青い骨』『少女架刑』「星への旅」「水の葬列」『戦艦武蔵』
　　　　『高熱隧道』『神々の沈黙』『海の史劇』「鉄橋」「一家の主」
211　大衆文芸ベスト5 巨匠の秘話のおもしろさ
　　　◎S50.10.14「サンケイ新聞」夕刊
　　　＊武蔵野次郎⇒「鳥と玉虫」
212　吉村 昭
　　　◎S50.12「国文学」解釈と鑑賞〈現代作家とその妻〉
　　　＊加藤典洋⇒『一家の主』
213　夫の武者凧に見ほれて
　　　◎S51.1.11「読売新聞」道草
　　　＊津村節子
214　歴史小説の醍醐味を 吉村 昭著 北天の星 上下
　　　◎S51.1.12「東京新聞」読書
　　　＊大河内昭爾
　　　＊S63.8『小説のすすめ』大河内昭爾著 學藝書林
215　吉村 昭『北天の星』
　　　◎S51.1.22「週刊文春」私の一冊
　　　＊綱淵謙錠

IV　書評・関連記事

- 216　北天の星 上、下　吉村 昭著
  - ◎S51.2.2「朝日新聞」
  - ＊概要紹介と短評
- 217　冒険談的興味もある日露交渉秘話 吉村 昭『北天の星』
  - ◎S51.2.6「週刊朝日」書評
  - ＊盃
- 218　吉村 昭著『北天の星』日露秘話めぐる奇跡の生涯
  - ◎S51.2.9「読売新聞」書評
  - ＊尾崎秀樹
- 219　現代文学地図　長崎県 II
  - ◎S51.3「月刊ペン」
  - ＊大河内昭爾⇒『戦艦武蔵』を詳細に取り上げる
- 220　ばんめし
  - ◎S51.3「食 食 食」No.6
  - ＊津村節子
- 221　吉村 昭
  - ◎S51.3『土とふるさとの文学全集』6 家の光協会
- 222　五郎治の生涯を鮮烈に描く秀作　吉村 昭『北天の星』(上・下)
  - ◎S51.3.7「サンデー毎日」ほん
  - ＊武蔵野次郎
- 223　欲しい初期の熱っぽさと初々しさ　『北天の星』吉村 昭はどうしてつまらないのか—
  - ◎S51.5「本の雑誌」書評 中間小説
  - ＊山森俊彦
- 224　編集者のつぶやき　"負"への情熱と不機嫌と・吉村昭氏
  - ◎S51.5「月刊福井」
  - ＊坂本満津夫
  - ＊S59.3『涼風熱思』坂本満津夫著 創樹社
- 225　時代小説 '75
  - ◎S51.6『文芸年鑑』昭和五十一年版
  - ＊尾崎秀樹⇒『北天の星』
- 226　記録文学 夢想的冒険心を戒める「漂流」吉村 昭著
  - ◎S51.7.3「週刊読売」ブックレビュー
  - ＊書評
- 227　舟をつくって島を出よう　吉村 昭著『漂流』
  - ◎S51.7.9「週刊ポスト」ポストブックレビュー
  - ＊谷川健一、小林則子
- 228　"生きる"意志の強靭さを生々しく　吉村 昭『漂流』
  - ◎S51.7.18「サンデー毎日」ほん
  - ＊武蔵野次郎
- 229　最後の楽園 この人の旅
  - ◎S51.8「小説新潮」

IV　書評・関連記事

　　　　＊津村節子
　　　　＊S52.8『みだれ籠』津村節子著　読売新聞社
230　短評「海軍乙事件」文藝春秋
　　　　◎S51.8.21「週刊読売」ブックレビュー
　　　　＊「海軍乙事件」「シンデモラッパヲ」
231　新刊から　吉村 昭著『海軍乙事件』
　　　　◎S51.8.21「東京新聞」夕刊
　　　　＊書評
232　小説昭和五十年史（第二十一回）『戦艦武蔵』と吉村 昭
　　　　◎S51.9「小説CLUB」
　　　　＊大河内昭爾⇒書評
233　別れない理由　五分五分
　　　　◎S51.9「別冊文藝春秋」
　　　　＊津村節子
　　　　＊「II 著書・作品」No.628 と対で掲載
234　『漂流』　吉村 昭著
　　　　◎S51.10.4「週刊小説」ホンのひとこと
　　　　＊概要紹介と短評
235　下町出身の文学者
　　　　◎S51.11『現代文学風土記』奥野健男著
　　　　＊太宰治賞の作家として紹介
236　中間・時代・推理小説・SFベスト5
　　　　◎S51.12.27「週刊読書人」
　　　　＊武蔵野次郎⇒『漂流』
237　作家の食卓 ②　吉村昭　郷愁の「ダマッコ鍋」
　　　　◎S52.2「小説新潮」
　　　　＊山本容朗
　　　　＊S55.7『作家の食談』山本容朗著　鎌倉書房
238　日本初の蘭方医「お稲」　孫が語る実像
　　　　◎S52.2.13「サンデー毎日」
　　　　＊遠藤満雄
239　新刊ダイジェスト 亭主の家出　吉村 昭著　女房子供におサラバし、めざすは亭主の理想郷
　　　　◎S52.3.19「日刊ゲンダイ」
　　　　＊概要紹介
240　本の顔『亭主の家出』　吉村 昭
　　　　◎S52.4.3「サンデー毎日」
　　　　＊（石）⇒評
241　亭主の家出
　　　　◎S52.4.4「朝日新聞」
　　　　＊概要紹介と短評
242　「亭主の家出」文藝春秋

IV 書評・関連記事

  ◎S52.4.14「アサヒ芸能」新刊選
  ＊概要紹介
243 "男の願望"を実行する主人公 亭主の家出 吉村 昭著
  ◎S52.4.16「週刊読売」ブックレビュー
  ＊栗
244 文芸時評〈五月号〉孤児・川端の内部に迫る
  ◎S52.4.26「サンケイ新聞」夕刊
  ＊奥野健男⇒「島の春」
  ＊H5.11『奥野健男 文芸時評』上巻 河出書房新社
245 "調べて書く"作家からの跳躍 吉村 昭著『羆嵐』
  ◎S52.5「波」書評
  ＊沢木耕太郎⇒『羆嵐』『戦艦武蔵』
246 くいしんぼう亭主
  ◎S52.6「食 食 食」夏号
  ＊津村節子
  ＊S55.1『風花の町から』津村節子著 毎日新聞社
  ＊H14.10『文人には食あり』山本容朗著 廣済堂出版
  ＊H17.10『文人には食あり』山本容朗著 グルメ文庫
*247 書評/著者から 羆 嵐 吉村 昭著
  ◎S52.6.9「週刊文春」文春図書館
  ＊小原秀雄
248 百数十名を叩き込んだ恐怖を見事に描く『羆嵐（くまあらし）』吉村 昭著
  ◎S52.6.23「週刊現代」選球眼
  ＊進藤純孝
249 亭主の家出
  ◎S52.7「文藝春秋」
  ＊津村節子⇒『亭主の家出』について
*250 人間と獣との共存を拒否する大地 吉村 昭著 羆嵐（くまあらし）新潮社
  ◎S52.7.8「週刊ポスト」BOOK REVIEW
251 立読みコーナー 吉村 昭『羆嵐』
  ◎S52.8.7「サンデー毎日」
  ＊（し）⇒概要紹介と短評
252 吉村 昭著 羆（くまあらし）嵐 律動的な筆致で描く
  ◎S52.9.5「週刊読書人」書評
  ＊鶴岡冬一
253 くまのことが書いてあるほん 羆嵐 吉村 昭
  ◎S52.10「ヒグマ」No.4
254 吉村 昭
  ◎S52.11『日本近代文学大事典』第三巻 日本近代文学館編
  ＊松本鶴雄⇒『戦艦武蔵』他
  ＊S59.10 同表題（全一巻）も内容は同一
255 吉村昭の横顔

IV 書評・関連記事

◎S53.1『吉村昭自選短編集』読売新聞社
＊大河内昭爾⇒『戦艦武蔵』『精神的季節』

256 昭和53年度版 文壇酒徒番付
◎S53.1.2「週刊読書人」
＊対談 尾崎秀樹/山本容朗

257 『赤い人』 吉村 昭 開拓に駆り出された囚人の苦難に照明
◎S53.1.27「朝日ジャーナル」書評
＊西野辰吉

258 『赤い人』 吉村 昭著
◎S53.2「婦人公論」書評
＊進藤純孝

259 吉村 昭氏
◎S53.2「小説現代」現代作家99人大カタログ
＊尾崎秀樹

260 文芸時評
◎S53.2.23「読売新聞」夕刊
＊秋山 駿⇒「破魔矢」
＊S54.6『文芸年鑑』昭和五十四年版
＊S57.7『生の磁場』秋山 駿著 小沢書店

261 文芸時評〈三月号〉さわやかな教養小説
◎S53.2.27「サンケイ新聞」夕刊
＊奥野健男⇒「破魔矢」
＊H5.11『奥野健男 文芸時評』上巻 河出書房新社

262 残酷な北海道開拓秘史 吉村昭著『赤い人』
◎S53.3「教育評論」書評
＊望月宗明

263 『暗い季節』
◎S53.3「新潮」
＊津村節子
＊自伝的小説
＊後「新潮」掲載分を一章とし、S54.10 二章を書き下ろし、『重い歳月』と改題刊行

264 吉村 昭『神々の沈黙』―心臓移植と生命―
◎S53.3『文学の中の病気』森田 進著 ルガール社

265 時評＆展望 文芸 〈3月〉
◎S53.3.6「週刊読書人」
＊佐佐木幸綱⇒「破魔矢」

266 ぶっく 吉村昭著「ふぉん・しいほるとの娘」上・下 ハーフお稲…波乱の一生描く
◎S53.4.1「夕刊フジ」

267 **幕末を生き抜く混血の女医** 吉村 昭『ふぉん・しいほるとの娘』(上・下)毎日新聞社

IV 書評・関連記事

◎S53.4.2「サンデー毎日」三角点
＊鶴岡冬一
268 新しい女性の道描く歴史ドラマ　吉村 昭『ふぉん・しいほるとの娘』
◎S53.4.21「週刊朝日」書評
＊尾崎秀樹
＊H5.10 週刊朝日編『ベッドでも本』週刊図書館40年（昭和45-59年）
269 ふぉん・しいほるとの娘 上下　混血児の生涯と歴史のドラマ
◎S53.4.23「日本経済新聞」書評
＊小松伸六
270 時評＆展望 中間・時代小説
◎S53.4.24「週刊読書人」
＊武蔵野次郎⇒『ふぉん・しいほるとの娘』
271 吉村さんとの出会い
◎S53.5『筑摩現代文学大系』月報74
＊岩本常雄
272 三つの出会い
◎S53.5『筑摩現代文学大系』月報74
＊宮尾登美子
273 人と文学　吉村 昭
◎S53.5『筑摩現代文学大系』93
＊磯田光一⇒『関東大震災』「二つの精神的季節」「星への旅」「石の微笑」「水の葬列」「透明標本」「彩られた日々」「海の柩」「逃亡」「ハタハタ」「休暇」
274 時代小説 '77
◎S53.6『文芸年鑑』昭和五十三年版
＊磯貝勝太郎⇒『ふぉん・しいほるとの娘』
275 男の心を女房に見せたい！　吉村昭作『亭主の家出』ドラマに
◎S53.6.23「東京新聞」夕刊
276 文芸時評
◎S53.6.24「読売新聞」夕刊
＊秋山 駿⇒「遠い日の戦争」
＊S54.6『文芸年鑑』昭和五十四年版
＊S57.7『生の磁場』秋山 駿著　小沢書店
277 文芸時評〈七月号〉問い直される日本人の倫理感覚
◎S53.6.27「サンケイ新聞」夕刊
＊奥野健男⇒「遠い日の戦争」
＊H5.11『奥野健男 文芸時評』上巻 河出書房新社
278 文芸時評 "法律的"と"政治的"と　吉村昭『遠い日の戦争』
◎S53.6.28「東京新聞」夕刊
＊柄谷行人⇒「遠い日の戦争」
＊S54.6『文芸年鑑』昭和五十四年版
279 文芸時評 7月〈下〉
◎S53.6.29「毎日新聞」夕刊

IV 書評・関連記事

　　　＊江藤 淳⇒「遠い日の戦争」
　　　＊H1.11『全文芸時評』下巻　江藤 淳著　新潮社
280　「遠い日の戦争」吉村 昭（「新潮」7月号）
　　　◎S53.6.30「週刊朝日」文芸雑誌から
　　　＊朝
281　稲を正面から描く 吉村昭『ふぉん・しいほるとの娘』
　　　◎S53.7「文芸展望」読書
　　　＊酒井シヅ
282　時評＆展望　文芸〈7月〉　浮虜処刑事件に題材をとった力作
　　　◎S53.7.3「週刊読書人」
　　　＊佐佐木幸綱⇒「遠い日の戦争」
283　メロンと鳩　吉村 昭著　生と死を描いて独特の感覚示す
　　　◎S53.7.17「読売新聞」書評
　　　＊『メロンと鳩』「メロンと鳩」「鳳仙花」「島の春」「少年の夏」「高架線」「凧」
　　　「破魔矢」
284　時評＆展望　中間・時代小説
　　　◎S53.7.17「週刊読書人」
　　　＊武蔵野次郎⇒『メロンと鳩』（寸評）
285　連載 '78文芸時評（八）
　　　◎S53.8「文藝」
　　　＊川村二郎⇒「遠い日の戦争」
　　　＊S63.11『文藝時評』川村二郎著 河出書房新社
286　文芸時評〉下〈
　　　◎S53.8.26「読売新聞」夕刊
　　　＊秋山 駿⇒「虹」
　　　＊S57.8『生の磁場』秋山 駿著　小沢書店
287　吉村 昭著　メロンと鳩 死の面貌が全篇の基底音に
　　　◎S53.8.28「日本読書新聞」書評
　　　＊塩見鮮一郎⇒『メロンと鳩』「メロンと鳩」「鳳仙花」「破魔矢」「島の春」
288　文芸時評〈九月号〉爽やかな世界を見事に造形
　　　◎S53.8.29「サンケイ新聞」夕刊
　　　＊奥野健男⇒「虹」
　　　＊H5.11『奥野健男 文芸時評』上巻 河出書房新社
289　特集・そば 古来、そば好きは文士の嗜好 ―文壇食物誌
　　　◎S53.9「食 食 食」秋 No.16
　　　＊山本容朗
290　時評＆展望　文芸〈9月〉
　　　◎S53.9.4「週刊読書人」
　　　＊立石 伯⇒「虹」
291　文芸時評〉下〈
　　　◎S53.9.26「読売新聞」夕刊
　　　＊秋山 駿⇒「炎天」

＊S57.8『生の磁場』秋山 駿著　小沢書店
292　吉村 昭
　　　◎S53.10『作家の風貌 159人』秋山庄太郎・写真、巌谷大四・文
293　遠い日の戦争　吉村 昭著　戦犯とは何かを問いかける
　　　◎S53.11.14「毎日新聞」書評
294　**遠い日の戦争** 吉村 昭著　戦犯の逃避行を動的に
　　　◎S53.11.19「日本経済新聞」書評
　　　＊小松伸六
295　吉村昭著 **遠い日の戦争** 戦犯と裁判
　　　◎S53.11.20「サンケイ新聞」
　　　＊増井 誠
296　元陸軍中尉が辿った暗く長い戦後『遠い日の戦争』　吉村 昭著
　　　◎S53.11.23「週刊現代」現代らいぶらりい
　　　＊氷川 瓏⇒『遠い日の戦争』ダイジェストのみ
297　「戦犯裁判」そのものを裁く **遠い日の戦争** 吉村 昭著
　　　◎S53.11.26「週刊読売」ブックレビュー
　　　＊達
298　文芸時評〈一月号〉鋭く重いリアリティー
　　　◎S53.12.26「サンケイ新聞」夕刊
　　　＊奥野健男⇒「焰髪」
　　　＊H5.11『奥野健男 文芸時評』上巻 河出書房新社
299　書評 失われた忠誠のゆくえ 吉村昭『遠い日の戦争』
　　　◎S54.1「群像」書評
　　　＊磯田光一
300　時評 & 展望　文芸〈1月〉
　　　◎S54.1.1「週刊読書人」
　　　＊月村敏行⇒「焰髪」「白い米」
301　**遠い日の戦争** 吉村 昭
　　　◎S54.1.11「アサヒ芸能」新刊選
　　　＊F
302　吉村 昭著　遠い日の戦争　戦犯の微妙な心理抉る
　　　◎S54.1.15「週刊読書人」書評
　　　＊菊地昌典
303　"戦争犯罪"を改めて問う『遠い日の戦争』吉村 昭著
　　　◎S54.1.18「週刊サンケイ」評
　　　＊鈴木 均
304　ビジネスエリートが選んだこの一冊　吉村 昭『遠い日の戦争』新潮社
　　　◎S54.1.21「サンデー毎日」書評
　　　＊小堀鉄男
305　自然再発見 鯉たち
　　　◎S54.2「小説新潮」
　　　＊津村節子

IV 書評・関連記事

- 306 歴史文学と海 五郎治のもたらしたもの
  - ◎S54.2『人物海の日本史』7 漂流と探検 毎日新聞社
  - ＊尾崎秀樹⇒『北天の星』
- 307 吉村昭『遠い日の戦争』
  - ◎S54.3「文藝」読書鼎談
  - ＊石原慎太郎、坂上 弘、中上健次
- 308 小さな旅 裏磐梯の旅
  - ◎S54.3「小説現代」
  - ＊津村節子
- 309 吉川英治賞 文学賞 吉村昭氏に
  - ◎S54.3.16「朝日新聞」
- 310 第13回吉川英治文学賞・吉川英治文学賞受賞者発表
  - ◎S54.4.12「週刊現代」
  - ＊『ふぉん・しいほるとの娘』に対して文学賞受賞
- 311 人間と戦争などの軋みを『白い遠景』吉村 昭著
  - ◎S54.4.19「週刊サンケイ」書評
  - ＊麻⇒『白い遠景』「海の史劇」ノート、「北天の星」ノート、「関東大震災」ノート
- 312 第十三回吉川英治賞発表 吉川英治文学賞 吉村昭氏
  - ◎S54.5「現代」
  - ＊石坂洋次郎、井上 靖、尾崎秀樹、川口松太郎、丹羽文雄各選考委員の選評付記
- 313 吉川英治文学賞を受けた 吉村 昭氏
  - ◎S54.5.7「東京新聞」夕刊
  - ＊（安）
- 314 取材ノートに見る"心情の吐露" 吉村 昭『白い遠景』
  - ◎S54.5.27「サンデー毎日」書評
  - ＊高梨 充⇒『白い遠景』「海の史劇」ノート
- 315 吉村昭
  - ◎S54.5.27「北海道新聞」文壇さんぽ道
  - ＊山本容朗
  - ＊S57.9『作家の人名簿』山本容朗著 文化出版局
- 316 『ふぉん・しいほるとの娘』上・下 吉村 昭著
  - ◎S54.7「婦人公論」書評
  - ＊十返千鶴子
- 317 1960〜70年代文学略史 小説の社会性を求めて
  - ◎S54.8『増補改訂 戦後日本文学史・年表』松原新一、磯田光一、秋山 駿共著 講談社
- 318 年表 ―1945〜1978
  - ◎S54.8『増補改訂 戦後日本文学史・年表』
  - ＊下記の作品を年表に収録

IV 書評・関連記事

　　　＊『星への旅』『戦艦武蔵』「水の葬列」「高熱隧道」「メロンと鳩」「炎天」『遠い日の戦争』
319 '79上半期の収穫 文芸書
　　　◎S54.8.18「図書新聞」
　　　＊『白い遠景』
320 試写室 遠い日の戦争　手ごたえ確かな青春像
　　　◎S54.9.3「朝日新聞」
　　　＊（鉄）
321 文芸時評〈十月号〉芸術小説の重み
　　　◎S54.9.25「サンケイ新聞」夕刊
　　　＊奥野健男⇒「青い水」
　　　＊S55.6『文芸年鑑』昭和五十五年版
　　　＊H5.11『奥野健男 文芸時評』上巻 河出書房新社
322 蟹の縦ばい（吉村 昭著 毎日新聞社）
　　　◎S54.9.27「週刊新潮」書評
323 競馬場の食堂
　　　◎S54.10「小説CLUB」Inter Change
　　　＊山本容朗
　　　＊S55.7『作家の食談』山本容朗著 鎌倉書房
324 月夜の魚 吉村 昭
　　　◎S54.10.4「アサヒ芸能」新刊選
　　　＊憲⇒『月夜の魚』
325 『熊撃ち』筑摩書房
　　　◎S54.10.11「週刊文春」文春図書館
326 くまのことが書いてあるほん　熊撃ち　吉村 昭
　　　◎S54.11「ヒグマ」No.8
327 『現代文壇人国記』豊島区・荒川区・板橋区
　　　◎S54.11 巖谷大四著 集英社
　　　＊H1.2『物語文壇人国記』六興出版は上記を増補・改訂し、改題
328 短篇作法の巧みさを再び痛感 吉村 昭『月夜の魚』
　　　◎S54.11.4「サンデー毎日」ほん
　　　＊武蔵野次郎⇒「蛍籠」「指輪」
329 蟹の縦ばい 吉村 昭著
　　　◎S54.11.15「週刊サンケイ」書評
330 一冊の収穫『零式戦闘機』吉村 昭著
　　　◎S54.12.13「週刊新潮」PR書評
　　　＊広岡達朗
　　　＊S55.1.1「週刊ポスト」にも掲載あり
331 ポーツマスの旗　吉村 昭著　孤高の人間像が感動を誘う
　　　◎S55.1.14「毎日新聞」書評
332 吉村 昭著『蟹の縦ばい』
　　　◎S55.1.19「図書新聞」文芸書

Ⅳ　書評・関連記事

333　ポーツマスの旗　吉村 昭著　歴史家の目と一致した高さ
　　　◎S55.1.20「日本経済新聞」読書
　　　＊粕谷一希
334　吉村 昭著「ポーツマスの旗」　小村の実像求め現地踏査も
　　　◎S55.1.28「読売新聞」よみもの
　　　＊小松伸六
335　文芸時評〈二月号〉前衛文学への衝動よびさます
　　　◎S55.1.29「サンケイ新聞」夕刊
　　　＊奥野健男⇒「雲母の柵」
　　　＊S56.6『文芸年鑑』昭和五十六年版
　　　＊H5.11『奥野健男 文芸時評』上巻 河出書房新社
336　ポーツマスの旗 吉村 昭
　　　◎S55.1.31「アサヒ芸能」新刊選
　　　＊純
337　時評＆展望　文芸〈2月〉
　　　◎S55.2.11「週刊読書人」
　　　＊荒川洋治⇒「雲母の柵」
338　気魄の日露交渉『ポーツマスの旗』―外相小村寿太郎　吉村 昭著
　　　◎S55.2.23「週刊東洋経済」書評
339　文芸時評
　　　◎S55.2.23「読売新聞」夕刊
　　　＊秋山 駿⇒「鯊釣り」
　　　＊S56.6『文芸年鑑』昭和五十六年版
　　　＊S57.7『生の磁場』秋山 駿著 小沢書店
340　「ポーツマスの旗」吉村 昭著　新潮社
　　　◎S55.3「宝石」宝石図書館
　　　＊筑紫哲也
341　解説
　　　◎S55.3『新潮現代文学』66
　　　＊上田三四二⇒「白い橋」「星への旅」「戦艦武蔵」「海の奇蹟」「透明標本」「冬の鷹」
342　吉村 昭著　ポーツマスの旗 ―外相・小村寿太郎　卓抜な歴史観を示す
　　　◎S55.3.17「週刊読書人」書評
　　　＊鶴岡冬一
343　文芸時評〈四月号〉健在な純文学の前衛精神
　　　◎S55.3.25「サンケイ新聞」夕刊
　　　＊奥野健男⇒「早春」
　　　＊H5.11『奥野健男 文芸時評』上巻 河出書房新社
344　アウト
　　　◎S55.4「小説新潮別冊」'90春
　　　＊倉本 聰
　　　＊S57.3『北の人名録』倉本 聰著　新潮社

Ⅳ 書評・関連記事

　　　＊筆者の富良野移住を『羆嵐』の記述にからめて記す
345　放哉の闘病に切実感 吉村 昭著　海も暮れきる
　　　◎S55.4.12「東京新聞」夕刊 読書
　　　＊森川達也
346　次の朝刊小説 19日から「その年の冬」にかわり 光る壁画
　　　◎S55.4.17「読売新聞」
　　　＊立原正秋の「その年の冬」が第一部を終了し、作者病気のため休載、「光る壁画」の連載開始を告示
347　〈次の朝刊小説〉「光る壁画」を書く吉村昭さん　胃カメラにかけた人々
　　　◎S55.4.18「読売新聞」夕刊
　　　＊（宮）
348　転換期の人物像（下）　日本の指導者像 —小村寿太郎と高橋是清　吉村 昭著『ポーツマスの旗』
　　　◎S55.4.20「サンデー毎日」書評
　　　＊小川和佑
　　　＊併せて長野広生著『波瀾万丈』に言及
349　よみもの 吉村 昭著　海も暮れきる
　　　◎S55.4.21「読売新聞」
　　　＊概要紹介
350　文芸時評〈五月号〉老年に向かう心理を鋭く
　　　◎S55.4.22「サンケイ新聞」夕刊
　　　＊奥野健男⇒「月下美人」
　　　＊H5.11『奥野健男 文芸時評』上巻 河出書房新社
351　海も暮れきる　吉村 昭著　澄んだ句作と酒と死と…
　　　◎S55.4.27「日本経済新聞」書評
　　　＊久保田正文
352　孤高の俳人、尾崎放哉のかなしさ　吉村 昭『海も暮れきる』
　　　◎S55.5.2「週刊朝日」書評
　　　＊尾崎秀樹
353　時評 & 展望　文芸 〈5月〉
　　　◎S55.5.5「週刊読書人」
　　　＊荒川洋治⇒「月下美人」
354　放哉の生活を活写 吉村 昭著 海も暮れきる
　　　◎S55.5.12「産経新聞」読書
　　　＊小松伸六
355　吉村 昭著　海も暮れきる 流転の真実に迫る
　　　◎S55.5.17「図書新聞」書評
　　　＊村上 護
　　　＊上田都史著「放哉〈轉轉漂泊〉」にも言及
356　"どうしょうもない悲しみ"にじむ 吉村 昭『海も暮れきる』
　　　◎S55.5.18「サンデー毎日」BOOK街
　　　＊高松飛太

IV 書評・関連記事

- *357* 連載 '80文藝時評（六）
  - ◎S55.6「文藝」
  - ＊川村二郎⇒「月下美人」
  - ＊S63.11『文藝時評』川村二郎著 河出書房新社
- *358* 国運を賭けた外交交渉を再現 吉村 昭著『ポーツマスの旗』
  - ◎S55.6「潮」読書室
  - ＊大森繁雄
- *359* 時代小説 '79
  - ◎S55.6『文芸年鑑』昭和五十五年版
  - ＊尾崎秀樹⇒『ふぉん・しいほるとの娘』『ポーツマスの旗』
- *360* 中間小説 '79
  - ◎S55.6『文芸年鑑』昭和五十五年版
  - ＊清原康正⇒『ポーツマスの旗』「帰郷」「笑窪」
- *361* ある天才詩人の死『海も暮れきる』吉村 昭著
  - ◎S55.6.7「週刊東洋経済」書評
  - ＊倫
- *362* 死への傾斜 吉村 昭『海も暮れきる』
  - ◎S55.7「海」書評
  - ＊上田三四二
- *363* 味覚の文学 29「白い米」吉村 昭
  - 〔後改題：白いごはんへの憧れ 吉村昭「白い米」〕
  - ◎S55.9「月刊食糧」
  - ＊大河内昭爾
  - ＊S56.5『猫舌の食べ歩き ―続 味覚の日本地図』大河内昭爾著 冬樹社
  - ＊S60.10『味覚の文学散歩』大河内昭爾著 講談社文庫
- **364* ほんの著者と 吉村 昭『海も暮れきる』死への恐怖は作者自身の体験
  - ◎S55.9.28「サンデー毎日」
  - ＊寒⇒短評あり
- **365* 書評／著者から 虹の翼 吉村 昭著 日本で初めて飛行器を設計したパイオニア二宮忠八の情熱と失意に満ちた生涯
  - ◎S55.10.9「週刊文春」文春図書館
- *366* 虹の翼 吉村 昭著 異色の発明家の重厚な伝記
  - ◎S55.10.12「日本経済新聞」書評
  - ＊巌谷大四
- *367* 「飛行器」に賭けた波乱万丈の生涯 虹の翼 吉村 昭著
  - ◎S55.10.19「週刊読売」ブック・レビュー
- *368* 文芸時評
  - ◎S55.10.25「読売新聞」夕刊
  - ＊秋山 駿⇒「黄水仙」
  - ＊S56.6『文芸年鑑』昭和五十六年版
  - ＊S57.7『生の磁場』秋山 駿著 小沢書店
- *369* 文芸時評〈十一月号〉深沢文学の核見せる2作

IV 書評・関連記事

◎S55.10.25「サンケイ新聞」夕刊
＊奥野健男⇒「黄水仙」
＊H5.11『奥野健男 文芸時評』上巻 河出書房新社

370 時評 & 展望 文芸 〈11月〉
◎S55.11.10「週刊読書人」
＊荒川洋治⇒「黄水仙」

371 虹の翼 吉村昭
◎S55.12「すばる」すばる閲覧室

372 極秘作戦計画書は司令部遭難機から、やっぱり米軍の手に渡っていた!! 偽られた戦史『海軍乙事件』に決定的な新資料
◎S55.12.5「週刊朝日」

373 「日本の作家」の横顔 吉村 昭 われらの棟梁
◎S56.1「小説新潮」
＊宮尾登美子
＊S61.3『作家の仕事場』篠山紀信著 新潮社

374 漂流譚 冒険活劇の真髄ここにあり
◎S56.1「本の雑誌」書評
＊西脇英夫⇒『漂流』

375 宇和島食べ歩き
◎S56.1「食 食 食」冬号 No.25
＊津村節子⇒夫の宇和島好きに触発されて食べ歩き

376 第五章「丹羽部屋」の人々 4
◎S56.1 文壇資料『十五日会と「文学者」』中村八朗著 講談社
＊吉村 昭が「文学者」入会の頃

377 第六章 リッツからモナミの時代へ 5
◎S56.1 文壇資料『十五日会と「文学者」』中村八朗著 講談社
＊吉村 昭、津村節子との出会い

378 第七章 第二次「文学者」1
◎S56.1 文壇資料『十五日会と「文学者」』中村八朗著 講談社
＊吉村 昭が「Z」に参加し、初期佳作を発表

379 第七章 第二次「文学者」2
◎S56.1 文壇資料『十五日会と「文学者」』中村八朗著 講談社
＊中村八朗が吉村 昭、津村節子に第二次「文学者」の構想を話し、力作をすぐ出すよう依頼

380 第七章 第二次「文学者」3
◎S56.1 文壇資料『十五日会と「文学者」』中村八朗著 講談社
＊太宰治賞受賞の頃

381 第七章 第二次「文学者」6
◎S56.1 文壇資料『十五日会と「文学者」』中村八朗著 講談社
＊吉村 昭、津村節子等若い人たちを編集委員とする

382 第八章 かくして終刊 4
◎S56.1 文壇資料『十五日会と「文学者」』中村八朗著 講談社

Ⅳ　書評・関連記事

　　　＊「文学者」廃刊への経緯
383　文芸時評〈三月号〉小説の内的革命を予感
　　　◎S56.2.28「サンケイ新聞」夕刊
　　　＊奥野健男⇒「沢蟹」
　　　＊S57.6『文芸年鑑』昭和五十七年版
　　　＊H5.11『奥野健男 文芸時評』上巻 河出書房新社
384　新刊案内 歴史の影絵 吉村 昭著
　　　◎S56.3「新刊ニュース」
　　　＊概要紹介
385　時評＆展望　文芸〈3月〉
　　　◎S56.3.9「週刊読書人」
　　　＊荒川洋治⇒「沢蟹」
386　少年の眼で描いた戦争の日常
　　　◎S56.3.13「週刊朝日」書評
　　　＊評者無署名なれど、下記により秋山 駿と判明⇒『炎のなかの休暇』「蜻蛉」「虹」「青い水」「黄水仙」
　　　＊S57.5『本の顔 本の声』秋山 駿著　福武書店
387　炎のなかの休暇　吉村 昭著　身辺のさまざま
　　　◎S56.3.24「毎日新聞」書評
　　　＊『炎のなかの休暇』「虹」「炎天」「白い米」「黄水仙」「青い水」「鮫釣り」
388　静かな内面の世界を 吉村 昭著 炎のなかの休暇
　　　◎S56.3.30「産経新聞」読書
　　　＊小松伸六⇒『炎のなかの休暇』「白い米」「蜻蛉」「鮫釣り」「虹」
389　"暗く重い季節"追憶 吉村 昭著 炎のなかの休暇
　　　◎S56.3.30「東京新聞」夕刊
　　　＊安田 武⇒『炎のなかの休暇』「蜻蛉」「虹」「黄水仙」「青い水」「白い米」「初夏」「鮫釣り」
390　『炎のなかの休暇』吉村昭　透明・戦争の日常
　　　◎S56.4「新潮」本
　　　＊秋山 駿⇒『炎のなかの休暇』「虹」「黄水仙」「炎天」「蜻蛉」「青い水」「白い米」「初夏」
391　"忘れ得ぬ日"を透視した眼で 吉村 昭著『炎のなかの休暇』新潮社
　　　◎S56.4.5「サンデー毎日」BOOK街
　　　＊小津照彦⇒『炎のなかの休暇』「白い米」「鮫釣り」「蜻蛉」「虹」「青い水」
392　ほの暗い色調の自画像 吉村 昭著　炎のなかの休暇
　　　◎S56.4.6「朝日新聞」書評
　　　＊『炎のなかの休暇』「蜻蛉」「初夏」「虹」「青い水」「鮫釣り」
393　時評＆展望　中間・時代小説
　　　◎S56.4.20「週刊読書人」
　　　＊磯貝勝太郎⇒『歴史の影絵』
394　戦争のなかの"休暇" 吉村昭『炎のなかの休暇』
　　　◎S56.5「群像」書評

IV 書評・関連記事

　　　　＊福田宏年⇒『炎のなかの休暇』「炎天」「黄水仙」「白い米」「虹」「青い水」
395 特集 映画『漂流』
　　　　◎S56.5「シナリオ教室」
　　　　＊森谷司郎
396 吉村 昭著『炎のなかの休暇』、『歴史の影絵』
　　　　◎S56.5.2「図書新聞」
　　　　＊概要紹介
397 中間小説 '80
　　　　◎S56.6『文芸年鑑』昭和五十六年版
　　　　＊清原康正⇒「螢の舞い」
398 吉村昭著「光る壁画」 研究者の苦業、即物的に描く
　　　　◎S56.6.8「読売新聞」書評
　　　　＊小松伸六
399 光る壁画 吉村 昭著 胃カメラ発明のドラマ
　　　　◎S56.6.28「日本経済新聞」書評
　　　　＊巌谷大四
400 敗戦時回想文学の意味
　　　　◎S56.7「季刊文学的立場」夏
　　　　＊渡辺澄子⇒「炎のなかの休暇」「蜻蛉」「虹」「黄水仙」「青い水」「炎天」「白い米」「初夏」「鯊釣り」
401 書評 明治の外相・小村寿太郎 吉村昭『ポーツマスの旗』（新潮社）
　　　　◎S56.7.1「経済セミナー」No.318 〈私の書架から〉 日本評論社
　　　　＊大来佐武郎⇒『ポーツマスの旗』
402 **胃カメラ発明をめぐる頓狂素朴な戦い 光る壁画 吉村 昭著**
　　　　◎S56.7.3「週刊ポスト」ポストブックレビュー
403 知的興奮満ちた胃カメラ開発のドラマ 光る壁画 吉村 昭著
　　　　◎S56.7.12「週刊読売」ブック・レビュー
　　　　＊中
404 吉村 昭著『光る壁画』 胃カメラを開発した日本人
　　　　◎S56.8「自由」今月の推薦書
　　　　＊M
405 '81上半期の収穫 文芸書
　　　　◎S56.8.8「図書新聞」
　　　　＊『炎のなかの休暇』
406 **胃カメラ開発に燃えた男たち 吉村 昭著『光る壁画』新潮社**
　　　　◎S56.8.9「サンデー毎日」BOOK街
　　　　＊小津照彦
407 文芸時評〈九月号〉深い内的宇宙を表現
　　　　◎S56.8.27「サンケイ新聞」夕刊
　　　　＊奥野健男⇒「鯛の島」
　　　　＊H5.11『奥野健男 文芸時評』上巻 河出書房新社
408 文芸時評

IV 書評・関連記事

◎S56.8.29「東京新聞」夕刊
＊桶谷秀昭⇒「鯛の島」
＊S57.6『文芸年鑑』昭和五十七年版

409 現代作家案内 人と文学 主力作家100人 吉村 昭
◎S57.2「国文学」解釈と鑑賞
＊与那覇恵子⇒主要著書・作品として以下を記載 「青い骨」「鉄橋」「貝殻」「透明標本」「星への旅」『水の葬列』『戦艦武蔵』『ふぉん・しいほるとの娘』『零式戦闘機』『神々の沈黙』『消えた鼓動』『実を申すと』

410 吉村 昭著 戦史の証言者たち 戦争小説の取材から
◎S57.2.1「週刊読書人」書評
＊内藤初穂

411 お船様の『宝』待つ村民 吉村 昭著 破 船
◎S57.3.8「東京新聞」夕刊 読書
＊大河内昭爾

412 破 船 吉村 昭著 少年の目で見た陰惨な世界
◎S57.3.14「日本経済新聞」書評
＊古屋健三

413 ＊一種独特の妖気はらんだ民話風小説 破 船 吉村 昭著
◎S57.3.21「週刊読売」ブック・レビュー
＊幸

414 文芸時評
S57.3.25「共同通信」
＊西尾幹二⇒「秋の虹」「夢の鉄道」
＊S58.6『文芸年鑑』昭和五十八年版

415 破 船 吉村 昭著 海辺の村に病を運んできた
◎S57.4.5「毎日新聞」書評

416 吉村昭著 破船 生の峻厳さ描破
◎S57.4.10「図書新聞」書評
＊市村 光

417 破 船 吉村 昭（筑摩書房）
S57.4.15「くらしの窓」
＊斎藤次郎

418 死に牽かれる人びと 吉村昭著『破船』
◎S57.5「文學界」書評
＊高井有一

419 「語り」の描き出す悲劇 吉村昭『破船』
◎S57.5「群像」書評
＊本村敏雄

420 ある村の運命 吉村昭『破船』
◎S57.5「海」書評
＊磯田光一

421 『破船』 吉村 昭著

IV 書評・関連記事

　　　◎S57.5「婦人公論」婦人公論読書室
　　　＊進藤純孝
422　人と作品 社会の貧しさの悲劇と没我の愛を描く　吉村 昭と『破 船』
　　　◎S57.5.10「有鄰」第174号
　　　＊藤田昌司
423　文学概観 '81
　　　◎S57.6『文芸年鑑』昭和五十七年版
　　　＊高橋英夫⇒『炎のなかの休暇』
424　『殉国』
　　　◎S57.6『沖縄の戦記』仲程昌徳著 朝日選書
425　序 時代区分
　　　◎S57.6『沖縄の戦記』仲程昌徳著 朝日選書
　　　＊『沖縄の戦記』の話題作の一つとして『殉国』を取り上げる
426　むこう側の戦争たち ―吉村昭著『脱出』の読後に―
　　　◎S57.7「波」書評
　　　＊春名 徹⇒『脱出』「脱出」「鯛の島」「焔髪」「珊瑚礁」
427　見事満開 吉村昭・津村節子
　　　◎S57.7.22「週刊文春」
428　貧しさゆえの残酷性『破 船』　吉村 昭著
　　　◎S57.7.31「週刊東洋経済」書評
　　　＊倫
429　敗戦の現実を透視する　吉村 昭著　脱 出
　　　◎S57.8.9「産経新聞」読書
　　　＊鶴岡冬一⇒『脱出』「他人の城」「脱出」「鯛の島」「焔髪」「珊瑚礁」
430　敗戦見つめる深い眼 吉村 昭著 脱 出
　　　◎S57.8.13「東京新聞」
　　　＊小久保 均⇒『脱出』「脱出」「焔髪」「鯛の島」「他人の城」「珊瑚礁」
431　戦争に翻弄される小さな人間を描く 脱 出 吉村 昭著
　　　◎S57.8.22「週刊読売」
　　　＊（松）⇒『脱出』「脱出」「焔髪」「鯛の島」「他人の城」「珊瑚礁」
432　吉村 昭『脱出』敗戦の悲惨な余話
　　　◎S57.8.22「朝日新聞」新刊 人と本
　　　＊酒
433　文芸時評 下
　　　◎S57.8.28「世界日報」
　　　＊松本 徹⇒「赤い眼」
　　　＊S60.6『「書くこと」の現在』松本 徹著　皆美社
434　吉村 昭
　　　◎S57.9『作家の人名簿』山本容朗著 文化出版局
435　某月某日
　　　◎S57.9.6「週刊読書人」
　　　＊安田 武⇒『脱出』短評

IV 書評・関連記事

　　　＊H1.12『読書日録大全』植田康夫編 講談社
436 苛烈な捕虜の屈辱感『背中の勲章』吉村 昭著
　　　◎S57.9.11「週刊東洋経済」書評
　　　＊倫
437 日常のなかの戦争 吉村昭『脱出』
　　　◎S57.10「群像」書評
　　　＊福田宏年⇒「脱出」「脱出」「他人の城」「鯛の島」
438 吉村 昭著「間宮林蔵」 地理学上の功績と晩年にも光
　　　◎S57.10.18「読売新聞」よみもの
　　　＊尾崎秀樹
439 時評＆展望　中間・時代小説 林蔵の足跡を丹念に描写
　　　◎S57.10.18「週刊読書人」
　　　＊磯貝勝太郎⇒『間宮林蔵』
440 やはり偉大な冒険家 吉村 昭著 間宮林蔵
　　　◎S57.10.22「東京新聞」読書
　　　＊小松伸六
441 暗い影をもった探検家の人物像　吉村 昭『間宮林蔵』
　　　◎S57.11.12「週刊朝日」週刊図書館
　　　＊前
442 文芸時評
　　　◎S57.12.25「東京新聞」夕刊
　　　＊菅野昭正⇒「欠けた月」
　　　＊S59.6『文芸年鑑』昭和五十九年版
　　　＊H14.7『変容する文学のなかで』上 菅野昭正著 集英社
443 新刊書評
　　　◎S58.1「新刊ニュース」
　　　＊石毛春人⇒『間宮林蔵』
444 時代小説 '82
　　　◎S58.6『文芸年鑑』昭和五十八年版
　　　＊武蔵野次郎⇒『間宮林蔵』
445 文芸時評〈八月号〉空襲下の自然と人間鮮やか
　　　◎S58.7.29「サンケイ新聞」夕刊
　　　＊奥野健男⇒「さそり座」
　　　＊H5.11『奥野健男 文芸時評』上巻 河出書房新社
446 文学記念碑(木碑)「魚影の群れ」建設される
　　　S58.8
　　　＊場所：青森県下北郡大間町温泉峡保養センター
447 山本容朗の文壇レポート 吉村さん馴染みのそば屋へ
　　　◎S58.8.1「週刊読書人」
　　　＊山本容朗
448 名作のふるさと 長崎
　　　◎S58.9「オール讀物」

298

IV 書評・関連記事

  ＊「磔」その他作品の舞台として
449 "戦争後遺症"を濃密に 月下美人 吉村 昭著
  ◎S58.9.16「東京新聞」読書
  ＊大河内昭爾⇒『月下美人』他の7篇はまとめて短評
450 日大文芸賞募集
  ◎S58.9.20「日本大学新聞」
  ＊審査員は吉村 昭他
451 現代作家の世界 吉村昭
  ◎S58.9.23〜10.14「東京新聞」夕刊 4回連載
  ＊中島 誠⇒『戦艦武蔵』『零式戦闘機』『高熱隧道』『星への旅』『漂流』『空白の戦記』『間宮林蔵』『ふぉん・しいほるとの娘』『北天の星』『一家の主』
452 「私」が取材した逃亡兵 吉村 昭著 月下美人
  ◎S58.9.26「産経新聞」
  ＊鶴岡冬一⇒『月下美人』「月下美人」「時計」「夢の鉄道」「欠けた月」「冬の道」「母」
453 『月下美人』吉村昭
  ◎S58.10「群像」書評
  ＊勝又 浩⇒『月下美人』「月下美人」「沢蟹」「甲羅」
  ＊H2.1「IN POCKET」再録
454 新刊案内 月下美人 吉村 昭著
  ◎S58.11「新刊ニュース」
455 吉村昭『月下美人』講談社刊
  ◎S58.12「海」BOOKS
  ＊高橋英夫⇒『月下美人』「月下美人」「沢蟹」「甲羅」「秋の虹」「時計」「夢の鉄道」「欠けた月」「冬の道」
  ＊H2.1「IN POCKET」再録
  ＊H5.12『昭和作家論103』高橋英夫著 小学館
456 吉村 昭著「破獄」 息詰まる迫力、天才脱獄者の物語
  ◎S58.12.12「読売新聞」よみもの
  ＊小松伸六
457 魔術師的な脱走描く 破 獄 吉村 昭著
  ◎S58.12.16「東京新聞」読書
  ＊利沢行夫
458 ある特異な囚人の挙動 吉村 昭著 破 獄
  ◎S58.12.19「産経新聞」
  ＊鶴岡冬一
459 特集 昭和作家縦断㉓ 吉村昭の本
  ◎S58.12.27「ウイクリー出版情報」88
460 文芸時評
  ◎S58.12.28「東京新聞」夕刊
  ＊菅野昭正⇒『破獄』
  ＊S60.6『文芸年鑑』昭和六十年版

　　　　　＊H14.7『変容する文学のなかで』上　菅野昭正著　集英社
461　『破獄』吉村 昭
　　　　◎S59.1.1「プレイボーイ」もう一冊!
　　　　　＊鷲
462　監禁制度の構造的逆説　吉村 昭著　破 獄
　　　　◎S59.1.17「朝日新聞」読書
463　時評 & 展望　中間・時代小説
　　　　◎S59.1.23「週刊読書人」
　　　　　＊磯貝勝太郎⇒『破獄』
464　文芸時評〈上〉究極の悩み 癌と向き合う
　　　　◎S59.1.24「読売新聞」夕刊 大阪版
　　　　　＊山縣 熙⇒「白い壁」
465　文芸時評〈二月号〉恐ろしく寂しい相互不信
　　　　◎S59.1.28「サンケイ新聞」夕刊
　　　　　＊奥野健男⇒「白い壁」
　　　　　＊H5.11『奥野健男 文芸時評』下巻 河出書房新社
466　大状況としての異常な「時代」　吉村昭著『破獄』
　　　　◎S59.2「文學界」書評
　　　　　＊本田靖春
467　脱獄という行為の象徴性　吉村 昭著『破獄』
　　　　◎S59.2「波」書評
　　　　　＊粕谷一希
468　破獄 吉村昭
　　　　◎S59.2「すばる」すばる閲覧室
　　　　　＊高野庸一
469　破 獄　吉村 昭著　四回の脱獄、闘う男の物語
　　　　◎S59.2.5「日本経済新聞」書評
　　　　　＊白川正芳
470　「破獄」吉村 昭著
　　　　◎S59.2.12「週刊読売」ブックレビュー
471　吉村 昭著　破獄 興味深い〈事実〉の小説作法
　　　　◎S59.2.27「日本読書新聞」書評
　　　　　＊菊田 均
472　吉村 昭『破獄』　抜群に面白い会心の作
　　　　◎S59.3「中央公論」読書室
　　　　　＊立松和平
473　文芸時評 下
　　　　◎S59.3.29「世界日報」
　　　　　＊松本 徹⇒「花曇り」
　　　　　＊S60.6『「書くこと」の現在』松本 徹著　皆美社
474　脱獄の天才は権力へ挑んだのか　吉村 昭『破 獄』
　　　　◎S59.3.30「週刊朝日」週刊読書室

Ⅳ 書評・関連記事

475 破獄 吉村昭 岩波書店　すぐれた日本の精神風土論
　　◎S59.4「潮」ブック・ガイド
　　＊松
476 吉村昭『破獄』
　　◎S59.4「海」BOOKS
　　＊小林久三
477 ノンフィクション小説の奥義 吉村 昭「破獄」
　　◎S59.4「諸君!」BOOK PLAZA
　　＊磯田光一
478 恐るべき特異な執念をつらぬいた男 吉村 昭　破 獄
　　◎S59.4.6「週刊ポスト」ポスト ブックレビュー
　　＊青木富貴子
479 吉村昭著 破獄 逆説的に"自由"を問う
　　◎S59.4.28「図書新聞」書評
　　＊菅野昭正
480 文芸時評〈六月号〉定年後の寂しさの予兆を
　　◎S59.5.26「サンケイ新聞」夕刊
　　＊春名 徹
　　＊奥野健男⇒「飛行機雲」
　　＊H5.11『奥野健男 文芸時評』下巻 河出書房新社
481 鼎談書評 破獄 吉村昭
　　◎S59.6「文藝春秋」大図書館
　　＊丸谷才一、木村尚三郎、山崎正和
　　＊S60.4『三人で本を読む』丸谷才一、木村尚三郎、山崎正和共著 文藝春秋
482 海洋戦記文学
　　◎S59.6『世界の海洋文学』総解説 小島敦夫編 自由国民社
　　＊『深海の使者』概要紹介と書評
483 日本・海洋小説
　　◎S59.6『世界の海洋文学』総解説 小島敦夫編 自由国民社
　　＊『海の絵巻』『破船』概要紹介
484 文学概観 '83
　　◎S59.6「文芸年鑑」昭和五十九年版
　　＊川西政明⇒『月下美人』
485 文芸時評 死の予感に生を実感『冷い夏、熱い夏』吉村 昭
　　◎S59.7.27「朝日新聞」夕刊
　　＊山崎正和
　　＊他の2作家の作品も取り上げる
486 文芸時評(上)死に近づく人間のすがた 吉村昭「冷い夏、熱い夏」
　　◎S59.7.27「東京新聞」夕刊他
　　＊菅野昭正⇒『冷い夏、熱い夏』
　　＊H14.7『変容する文学のなかで』上 菅野昭正著 集英社
487 文芸時評 "死"通し感動的な兄弟愛 吉村昭氏『冷い夏、熱い夏』

301

　　　　◎S59.7.28「毎日新聞」夕刊
　　　　＊篠田一士⇒『冷い夏、熱い夏』
　　　　＊H10.7『創造の現場から』篠田一士著 小沢書店
488 **癌考察上の有効な一レクチュア**
　　　　◎S59.8「波」
　　　　＊上田三四二⇒『冷い夏、熱い夏』
489 新刊案内 冷い夏、熱い夏 吉村 昭著
　　　　◎S59.8「新刊ニュース」
490 冷い夏、熱い夏 吉村 昭著 奇妙ななまなましさ
　　　　◎S59.8.3「東京新聞」
　　　　＊大河内昭爾
491 冷い夏、熱い夏 吉村 昭著　下町の兄弟愛美しく描く
　　　　◎S59.8.5「日本経済新聞」書評
　　　　＊巖谷大四
492 冷い夏、熱い夏　吉村 昭著　癌との闘い描いた問題作
　　　　◎S59.8.7「毎日新聞」書評
493 闘病の弟と苦悩分かつ看病記　吉村 昭著 冷い夏、熱い夏
　　　　◎S59.8.7「サンケイ新聞」
　　　　＊鶴岡冬一
494 吉村 昭『冷い夏、熱い夏』新潮社 抑制された筆致で綴る亡き弟への愛惜
　　　　◎S59.8.9「週刊文春」文春図書館
　　　　＊高田 宏
495 人と作品 弟の凄絶な闘病と死までを凝視した私小説　吉村 昭と『冷い夏、熱い夏』
　　　　◎S59.8.10「有鄰」第201号
　　　　＊藤田昌司
496 冷い夏、熱い夏 吉村 昭著
　　　　◎S59.8.20「朝日新聞」新刊抄
　　　　＊書評
497 文芸時評〈九月号〉親の死や病テーマの佳篇
　　　　◎S59.8.25「サンケイ新聞」夕刊
　　　　＊奥野健男⇒「果物籠」
　　　　＊S60.6『文芸年鑑』昭和六十年版
　　　　＊H5.11『奥野健男 文芸時評』下巻 河出書房新社
498 文芸時評 下
　　　　◎S59.8.29「世界日報」
　　　　＊松本 徹⇒「果物籠」
　　　　＊S60.6『「書くこと」の現在』松本 徹著　皆美社
499 『冷い夏、暑い夏』吉村 昭「私小説」の力
　　　　◎S59.9「新潮」本
　　　　＊寺久保友哉
500 兄弟愛、そして癌告知への問い　吉村昭『冷い夏、熱い夏』

IV 書評・関連記事

　　　◎S59.9「新潮45+」閲覧室
　　　＊森田 功
501　冷い夏、熱い夏 吉村昭
　　　◎S59.9「すばる」すばる閲覧室
　　　＊小笠原賢二
502　冷い夏、熱い夏（吉村昭著）新潮社
　　　◎S59.9.1「週刊現代」GENDAI LIBRARY
　　　＊短評
503　死の観察者の悲痛な記録 吉村 昭著『冷い夏、熱い夏』
　　　◎S59.9.3「週刊読書人」書評
　　　＊上総英郎
504　最愛の肉親の死を凝視『冷い夏、熱い夏』吉村昭著
　　　◎S59.9.15「週刊東洋経済」書評
　　　＊倫
505　吉村昭著 冷い夏、熱い夏 癌の弟を冷静に記録
　　　◎S59.9.15「図書新聞」書評
　　　＊白川正芳
506　ガンで逝った弟を作家と肉親の二重の視野で見据える『冷い夏、熱い夏』
　　　◎S59.9.23「サンデー毎日」BOOK街
　　　＊饗庭孝男
507　おしどり作家が秋の夏休み旅行
　　　◎S59.9.23「サンデー毎日」ぴいぷる
508　あるストイシズムの運命　吉村昭著『冷い夏、熱い夏』
　　　◎S59.10「文學界」書評
　　　＊磯田光一
509　吉村 昭著 冷い夏、熱い夏　死生観を追及し続ける作家の眼
　　　◎S59.10.8「日本読書新聞」書評
　　　＊小川和佑
510　『冷い夏、熱い夏』吉村 昭著
　　　◎S59.11「婦人公論」婦人公論ダイジェスト
　　　＊神山圭介
511　人間的考慮を超える生への意志　吉村 昭『冷い夏、熱い夏』
　　　◎S59.11.16「週刊朝日」書評
　　　＊靴
512　長英逃亡 上・下　吉村 昭著　胸をうつ自由への執念
　　　◎S59.11.19「毎日新聞」書評
513　吉村 昭著 長英逃亡 上下　破牢後の流浪生活六年
　　　◎S59.11.19「サンケイ新聞」
　　　＊鶴岡冬一
514　秋の街 吉村 昭著
　　　◎S59.11.26「サンケイ新聞」
　　　＊新刊案内

IV 書評・関連記事

515 長英逃亡
　　◎S59.11.29「週刊新潮」ブックス
　　＊書評
516 鼎談 一九八四年の文学
　　◎S59.12「海燕」
　　＊磯田光一、菅野昭正、川村二郎⇒『破獄』『冷い夏、熱い夏』
517 吉村昭
　　◎S59.12「国文学」解釈と鑑賞 大衆文学の作家と作品
　　＊荻久保泰幸⇒『星への旅』『冷い夏、熱い夏』『深海の使者』(評)『戦艦武蔵』(評)『関東大震災』『ふぉん・しいほるとの娘』
518 新刊案内 秋の街 吉村 昭著
　　◎S59.12「新刊ニュース」
　　＊短評
519 混血娘お稲の波乱の生涯 ふぉん・しいほるとの娘 吉村 昭 1975年
　　◎S59.12『歴史小説・時代小説 総解説』
　　＊中島 誠⇒概要紹介
520 極限状況の人間の生きざま 漂流 吉村 昭 1976年
　　◎S59.12『歴史小説・時代小説 総解説』
　　＊中島 誠⇒概要紹介
521 間宮林蔵 吉村 昭 1981年
　　◎S59.12『歴史小説・時代小説 総解説』
　　＊中島 誠⇒概要紹介
522 北天の星 吉村 昭 1974年
　　◎S59.12『歴史小説・時代小説 総解説』
　　＊中島 誠⇒概要紹介
523 吉村 昭『長英逃亡』 悲運を入念な筆で
　　◎S59.12.16「朝日新聞」新刊 人と本
　　＊原⇒短評
524 長英逃亡(上下) 吉村 昭著 各地の蘭医の反応に興味
　　◎S59.12.16「日本経済新聞」書評
　　＊福田宏年
525 1984年回顧 中間・時代小説 先駆者の悲惨さを描出 吉村
　　◎S59.12.17「週刊読書人」
　　＊磯貝勝太郎⇒『破獄』『冷い夏、熱い夏』『長英逃亡』
526 今年の収穫 一般書
　　◎S59.12.22「図書新聞」
　　＊『長英逃亡』
527 今年の収穫 文芸
　　◎S59.12.22「図書新聞」
　　＊『破獄』
528 史料の駆使の仕方は超一流 吉村 昭『長英逃亡』(上・下)
　　◎S59.12.23「サンデー毎日」BOOK街

IV 書評・関連記事

　　＊小松伸六
529　1984年回顧 中間・時代・推理小説・SFベスト5
　　◎S59.12.24「週刊読書人」
　　＊磯貝勝太郎⇒『長英逃亡』（時代小説部門）
530　文芸時評 '84回顧
　　◎S59.12.25「毎日新聞」夕刊
　　＊篠田一士⇒『冷い夏、熱い夏』
　　＊H10.7『創造の現場から』篠田一士著 小沢書店
531　日常の中の深淵を描く 吉村昭著『秋の街』
　　◎S60.1「文學界」書評
　　＊伊藤桂一⇒『秋の街』「秋の街」「帰郷」「雲母の柵」「赤い眼」
532　新春アンケート特集 '84年印象に残った本
　　◎S60.1「新刊ニュース」
　　＊小松伸六⇒『冷い夏、熱い夏』寸評
　　＊大河内昭爾⇒『冷い夏、熱い夏』『破獄』『長英逃亡』上下 寸評
533　第26回 毎日芸術賞きまる
　　◎S60.1.1「毎日新聞」
534　第26回 毎日芸術賞 人と業績 鍛えあげた文学
　　◎S60.1.1「毎日新聞」
535　文芸時評〈二月号〉惜しい才能をしのぶ
　　◎S60.1.26「サンケイ新聞」夕刊
　　＊奥野健男⇒「秋の声」
　　＊H5.11『奥野健男 文芸時評』下巻 河出書房新社
536　新刊書評 '84年回顧
　　◎S60.2「新刊ニュース」
　　＊石毛春人⇒『冷い夏、熱い夏』
537　死の位置の確かさ 吉村昭『秋の街』
　　◎S60.2「群像」書評
　　＊畑山 博⇒『秋の街』「秋の街」「雲母の柵」「赤い眼」「船長泣く」「帰郷」
538　ノンフィクション言語から小説言語へ(5)
　　◎S60.2「すばる」
　　＊篠田一士⇒『冷い夏、熱い夏』
　　＊S60.5『ノンフィクションの言語』篠田一士著 集英社
539　第36回読売文学賞きまる
　　◎S60.2.1「読売新聞」
　　＊小説賞『破獄』
540　読売文学賞の六氏と作品
　　◎S60.2.1「読売新聞」
　　＊小説賞『破獄』
541　小説賞 吉村 昭 破獄 完璧といえる文体
　　◎S60.2.1「読売新聞」
　　＊丹羽文雄⇒『破獄』

IV 書評・関連記事

- *542* 評論・伝記賞に『百代の過客』読売文学賞
  - ◎S60.2.1「朝日新聞」夕刊
  - ＊小説賞『破獄』
- *543* 第36回読売文学賞
  - ◎S60.2.2「毎日新聞」夕刊
  - ＊小説賞『破獄』
- *544* 「私が推薦する本BEST3」
  - ◎S60.2.5「ダカーポ」
  - ＊篠田一士⇒『冷い夏、熱い夏』
  - ＊清原康正⇒『長英逃亡』
- *545* 読売文学賞のひと 小説賞　破獄　吉村 昭さん　足で書いた「脱獄王」
  - ◎S60.2.5「読売新聞」夕刊
  - ＊(中)⇒『破獄』
- *546* 早すぎた男の悲劇『長英逃亡』(上下) 吉村 昭著
  - ◎S60.2.16「週刊東洋経済」書評
  - ＊倫
- *547* 「朗読」の幸田さんら 芸術選奨に22人・1団体
  - ◎S60.2.28「朝日新聞」
  - ＊文学『破獄』
- *548* 59年度 芸術選奨
  - ◎S60.2.28「毎日新聞」
  - ＊文部大臣賞 小説『破獄』
- *549* 秋の街　吉村 昭
  - ◎S60.3「オール讀物」評判おもしろブックス
  - ＊『秋の街』「帰郷」「雲母の柵」「赤い眼」
- *550* ノンフィクション言語から小説言語へ(6)
  - ◎S60.3「すばる」
  - ＊篠田一士⇒『戦艦武蔵』『破獄』
  - ＊S60.5『ノンフィクションの言語』篠田一士著 集英社
- *551* 昭和作家縦断 39 (最終回) 昭和作家地図
  - ◎S60.3.5「ウィクリー 出版情報」'85.3 1週号
- *552* 『読売文学賞』きまる
  - ◎S60.3.20「ダカーポ」
  - ＊S60.2.1「読売新聞」の記事に基き、『破獄』による吉村 昭の小説賞受賞を伝える
- *553* ◇吉村昭著『破船』
  - ◎S60.4.4「サンケイ新聞」夕刊 文庫本
  - ＊短評
- *554* 立て続けに三つの文学賞を受賞
  - ◎S60.4.7「サンデー毎日」(ぴいぷる)
  - ＊毎日芸術賞(『冷い夏、熱い夏』)、読売文学賞(『破獄』)および芸術選奨文部大臣賞(『破獄』)

306

IV 書評・関連記事

555 文芸時評
　　◎S60.4.27「毎日新聞」夕刊
　　＊篠田一士⇒「霰ふる」
　　＊H10.7『創造の現場から』篠田一士著 小沢書店
556 文芸時評〈五月号〉随筆ふうの好評論目立つ
　　◎S60.4.30「サンケイ新聞」夕刊
　　＊奥野健男⇒「霰ふる」
　　＊H5.11『奥野健男 文芸時評』下巻 河出書房新社
557 文学概観 '84
　　◎S60.6『文芸年鑑』昭和六十年版
　　＊磯田光一⇒『冷い夏、熱い夏』『破獄』
558 中間小説 '84
　　◎S60.6『文芸年鑑』昭和六十年版
　　＊清原康正⇒『冷い夏、熱い夏』『長英逃亡』『秋の街』「鴨」
559 時代小説 '84
　　◎S60.6『文芸年鑑』昭和六十年版
　　＊尾崎秀樹⇒『長英逃亡』
560 『戦艦武蔵』について
　　◎S60.6『昭和作家論集成』磯田光一著 新潮社
　　＊初出は『戦艦武蔵』新潮文庫解説
561 「酒と本」
　　◎S60.6『虫の記』西村望著 立風書房
　　＊初出未詳
562 新刊案内 東京の下町 吉村 昭著
　　◎S60.7「新刊ニュース」
　　＊寸評
563 40年ぶりの卒業式 吉村昭さんらに証書
　　◎S60.7.6「朝日新聞」
564 下町的興奮に駆られて 吉村 昭著 東京の下町
　　◎S60.7.29「サンケイ新聞」
　　＊滝田ゆう
565 文芸時評〈八月号〉意義深い二つの長編完結
　　◎S60.7.30「サンケイ新聞」夕刊
　　＊奥野健男⇒「鋏」
　　＊H5.11『奥野健男 文芸時評』下巻 河出書房新社
566 貌 吉村昭 目
　　◎S60.8「すばる」
　　＊三浦哲郎
567 東京の下町 吉村 昭 著 郷愁あふれる風物詩
　　◎S60.8.6「毎日新聞」書評
568 吉村 昭著 東京の下町 たちのぼる庶民の哀歓
　　◎S60.8.6「読売新聞」読書

IV 書評・関連記事

569 "受験の開成"受難の時代の卒業生に手渡された卒業証書
　　◎S60.9「文藝春秋」
570 吉村昭
　　◎S60.9「國文学」解釈と教材の研究 臨増号 日本の小説555
　　＊川島秀一⇒『戦艦武蔵』『破獄』作品リストのみ
571 吉村昭『東京の下町』ああ、下町望郷篇
　　◎S60.10「中央公論」読書室 BOOKS
　　＊滝田ゆう
572 吉村 昭
　　◎S60.10『北海道文学大事典』北海道新聞社
　　＊木原直彦
573 東京都 ヒトケタの旅路ぞ
　　◎S60.10.17「朝日新聞」夕刊 新人国記 '85
574 ダカーポ寄稿者による「おすすめ本」
　　◎S60.11.20「ダカーポ」
　　＊淡谷まり子⇒『破獄』
575 新刊案内 花渡る海 吉村 昭著
　　◎S60.12「新刊ニュース」
　　＊短評
576 1985年回顧文芸記者匿名座談会
　　◎S60.12.16「週刊読書人」
　　＊『破獄』のダブル受賞に触れる
577 日大文芸賞 審査を終えて 審査経過
　　◎S60.12.20「日本大学新聞」
　　＊第三回日大文芸賞選評
578 文芸時評 回想に切実さ
　　◎S60.12.25「読売新聞」大阪版 夕刊
　　＊山縣 熙⇒「帰艦セズ」
579 文芸時評
　　◎S60.12.25「毎日新聞」夕刊
　　＊篠田一士⇒「帰艦セズ」
　　＊H10.7『創造の現場から』篠田一士著 小沢書店
580 文芸時評
　　◎S60.12.27「東京新聞」夕刊
　　＊菅野昭正⇒「帰艦セズ」
　　＊H14.7『変容する文学のなかで』上　菅野昭正著　集英社
581 花渡る海 吉村 昭著　種痘史を飾る日本人の記録
　　◎S61.1.5「日本経済新聞」書評
　　＊白川正芳
582 『花渡る海』吉村 昭著
　　◎S61.3「婦人公論」婦人公論ダイジェスト
　　＊利根川 裕

IV 書評・関連記事

583 文芸時評〈四月号〉人間・定家のおもしろさ
　　◎S61.3.28「サンケイ新聞」夕刊
　　＊奥野健男⇒「油蟬」
　　＊H5.11『奥野健男 文芸時評』下巻 河出書房新社
584 中間小説 '85
　　◎S61.6『文芸年鑑』昭和六十一年版
　　＊縄田一男⇒『東京の下町』
585 野口理事長を再選 常務理事に鹿島 吉村両氏を新任
　　◎S61.6「文藝家協会ニュース」
*586 わたしの空間5 書斎 作家　吉村 昭
　　◎S61.6.13「週刊ポスト」
587 文芸時評 重み増す「老い」の主題
　　◎S61.6.25「読売新聞」大阪版 夕刊
　　＊山縣 熙⇒「緑雨」
588 文芸時評《6月》下
　　◎S61.6.28「毎日新聞」夕刊
　　＊篠田一士⇒「緑雨」
　　＊H10.7『創造の現場から』篠田一士著 小沢書店
589 文芸時評
　　◎S61.6.28「東京新聞」夕刊
　　＊菅野昭正⇒「緑雨」
　　＊H14.7『変容する文学のなかで』上 菅野昭正著 集英社
590 時評 文芸〈7月〉
　　◎S61.7.7「週刊読書人」
　　＊上総英郎⇒「緑雨」
591 TQCでまちがいなく日本は世界の孤児となる
　　◎S61.8「BIGMAN」月刊図書館 私の読書日記
　　＊佐高 信⇒『蟹の縦ばい』、『海も暮れきる』
　　＊S62.12『佐高信の日々に読書あり』佐高 信著　出版ニュース社
　　＊H4.6『佐高信の読書日記』佐高 信著　現代教養文庫
592 いまの日本は政治もダメ、行政もダメの「政低官低」だ
　　◎S61.9「BIGMAN」月刊図書館 私の読書日記
　　＊佐高 信⇒『遠い日の戦争』
　　＊S62.12『佐高信の日々に読書あり』佐高 信著　出版ニュース社
　　＊H4.6『佐高信の読書日記』佐高 信著　現代教養文庫
593 提言「常用平易な」
　　◎S61.9「教育福島」
　　＊菅井 旭⇒吉村 昭の随筆の言葉使いに関して
594 昭和2年生れ作家の死生観
　　◎S61.10「経済往来」
　　＊佐高 信⇒吉村 昭、城山三郎、堤 清二について論ずる
595 エンターテインメント 中間・時代小説

309

IV 書評・関連記事

◎S61.11.10「週刊読書人」
＊藤田昌司⇒『海の祭礼』
596 海の祭礼 吉村 昭 著　血の通う幕末外交史
◎S61.11.11「毎日新聞」BOOKS
597 開国当時の史実を克明に追う歴史小説『海の祭礼』
◎S61.11.13「週刊サンケイ」本のプロムナード
＊原山光夫
598 幕末外交に活躍した通詞 吉村 昭著 海の祭礼
◎S61.11.17「産経新聞」
＊鶴岡冬一
599 弱小民族の視点盛る　吉村 昭著 海の祭礼
◎S61.11.24「朝日新聞」書評
＊磯田光一
600 書評 吉村昭著『海の祭礼』　歴史の大波に没した生涯
◎S61.12「文學界」書評
＊光岡 明
601 「最近出てきた梶山季之って……」という現代の若者
◎S61.12「BIGMAN」月刊図書館 私の読書日記
＊佐高 信⇒『破獄』
＊S62.12『佐高信の日々に読書あり』佐高 信著　出版ニュース社
＊H4.6『佐高信の読書日記』佐高 信著　現代教養文庫
602 '86回顧 文学 ベスト5
◎S61.12.15「朝日新聞」夕刊
＊尾崎秀樹が『海の祭礼』を選ぶ
603 dacapo本『海の祭礼』吉村昭 文藝春秋
◎S61.12.17「ダカーポ」
＊概要紹介
604 近代はいかにして築かれたか　政治力学を生きる人間像を描く　吉村 昭『海の祭礼』（文藝春秋）
◎S61.12.21「サンデー毎日」ぶっくす、ろおど
＊小川和佑
＊併せて、立松和平『ふたつの太陽』を論ず
605 1986年回顧 中間・時代・推理小説・SFベスト5　歴史・時代は秀作多く中間は不作
◎S61.12.22「週刊読書人」
＊藤田昌司⇒『海の祭礼』
606 吉村 昭著 「海の祭礼」
◎S61.12.22「読売新聞」よみもの
＊尾崎秀樹
607 運命の遭遇『海の祭礼』吉村 昭著
◎S61.12.27、S62.1.3合併号「週刊東洋経済」
＊倫

IV 書評・関連記事

608 文学碑(木碑)建立さる
  S62
  ＊碑文：『海の祭礼』より 建立月日未詳
  ＊場所：北海道利尻富士町野塚
  ＊H8.10 改築
609 新春アンケート特集 '86年印象に残った本
  ◎S62.1「新刊ニュース」
  ＊工藤美代子⇒『海の祭礼』寸評
610 通詞たちを軸にした幕末外交史 吉村 昭『海の祭礼』
  ◎S62.1.2/9合併号「週刊朝日」書評
  ＊朱
611 文芸時評〈二月号〉胸をうつ人生のかなしさ
  ◎S62.1.30「サンケイ新聞」夕刊
  ＊奥野健男⇒「銀杏のある寺」
  ＊H5.11『奥野健男 文芸時評』下巻 河出書房新社
612 『海の祭礼』吉村 昭著
  ◎S62.2「婦人公論」婦人公論ダイジェスト
  ＊利根川 裕
613 新刊 人と本 藤沢 周平『小説の周辺』 素顔を知る楽しさ
  ◎S62.2.22「朝日新聞」
  ＊佐高 信⇒生年、闘病生活等吉村 昭と藤沢周平の共通性に触れて解説
  ＊S62.12『佐高信の日々に読書あり』佐高 信著 出版ニュース社
  ＊H4.6『佐高信の読書日記』佐高 信著 現代教養文庫
614 文芸時評〈三月号〉敗戦から経済大国へ
  ◎S62.2.27「サンケイ新聞」夕刊
  ＊奥野健男⇒「凍った眼」
  ＊S63.6『文芸年鑑』昭和六十三年版
  ＊H5.11『奥野健男 文芸時評』下巻 河出書房新社
615 神崎倫一・今月の一冊『海の祭礼』文藝春秋 幕末における知られざる日米文化交流を描き感動を呼ぶ歴史小説
  ◎S62.3「NEXT」ネクスト図書館
  ＊神崎倫一
616 芸術院賞に12氏
  ◎S62.3.28「朝日新聞」
  ＊吉村 昭他の受賞内定を伝える
617 おもしろ本ピックアップ 闇を裂く道 上・下 吉村 昭
  ◎S62.5「オール讀物」
  ＊概要紹介と短評
618 歴史・時代小説 '86
  ◎S62.6『文芸年鑑』昭和六十二年版
  ＊磯貝勝太郎⇒『海の祭礼』
619 『父・丹羽文雄 介護の日々』

◎S62.6 中央公論社
＊本田桂子
＊H11.9 中公文庫
620 写真集「作家の肖像」
◎S62.6 東販「新刊ニュース」編 影書房
＊肖像と原稿の写真および「作品リスト」
621 続 回想 戦後の文学〈13〉吉村 昭氏 誠実で緻密な人柄が迫真の記録文学生む
◎S62.6.19「東京新聞」夕刊
＊谷田昌平⇒『星への旅』『戦艦武蔵』『遠い日の戦争』他
622 部長・課長 私の選んだ一冊
◎S62.6.27「週刊現代」
＊川合道朗⇒『蜜蜂乱舞』
623 吉村 昭著「闇を裂く道」丹那トンネル、難工事の闘いぶり描く
◎S62.6.29「読売新聞」よみもの
＊小松伸六
624 新刊案内 闇を裂く道（上・下）吉村 昭著
◎S62.7「新刊ニュース」
625 歴史文学夜話（17）「北天の星」ほか
◎S62.7『日本歴史文学館』33 別冊
＊尾崎秀樹⇒『北天の星』『漂流』『花渡る海』
＊H2.7『歴史文学夜話』尾崎秀樹著 講談社
626 文学的感動を呼ぶ記録 吉村 昭著 闇を裂く道 上下
◎S62.7.6「産経新聞」読書
＊曽根博義
627 丹那トンネル工事の苦闘の十六年間『闇を裂く道』
◎S62.7.30「週刊サンケイ」本のプロムナード
＊岩川 隆
628 人間歳時記 吉村昭は何故、サラリーマンに読まれる？
◎S62.8「DECIDE」
＊佐高 信
629 解説「陽気な自虐性」のいさぎよさ
◎S62.8『実を申すと』ちくま文庫
＊大河内昭爾
＊H9.11『文学のゆくえ』秋山 駿、大河内昭爾、吉村 昭共著 蒼洋社
630 闇を裂く道（上・下）吉村 昭著 現代への"壁"丹那トンネル
◎S62.8.2「日本経済新聞」書評
＊松本 徹
631 エンターテインメント 中間・時代小説
◎S62.8.3「週刊読書人」
＊藤田昌司⇒『闇を裂く道』
632「役者は他人の人生を生きる職業」…渡辺保氏のスリリングな説得力

IV 書評・関連記事

　　　◎S62.9「BIGMAN」月刊図書館　私の読書日記
　　　＊佐高 信
　　　＊「現代の理論」編集長・安東仁兵衛氏の還暦と出版を祝う会の模様を伝え、安東と吉村 昭の交遊関係および筆者の吉村 昭に対する熱い思いを記す
　　　＊S62.12『佐高信の日々に読書あり』佐高 信著　出版ニュース社
　　　＊H4.6『佐高信の読書日記』佐高 信著　現代教養文庫
633　ジャンル別作家と作品 ドキュメンタリーの旗手・1　吉村 昭
　　　◎S62.9.3「ウイクリー出版情報」6(36)
　　　＊作品リストと略歴
634　特集 各界100人に聞きました この人の本は必ず買う
　　　◎S62.9.16「ダカーポ」
　　　＊最多得票作家となる
635　ハンパではない団塊世代女性の夫婦平等への実践を知った
　　　◎S62.10「BIGMAN」月刊図書館　私の読書日記
　　　＊佐高 信⇒『蜜蜂乱舞』『羆嵐』
　　　＊S62.12『佐高信の日々に読書あり』佐高 信著　出版ニュース社
　　　＊H4.6『佐高信の読書日記』佐高 信著　現代教養文庫
636　富士の見える寺
　　　◎S62.10「青春と読書」
　　　＊津村節子⇒吉村家の菩提寺に関する随筆
637　**丹那トンネルの工事をめぐる光と影 吉村 昭『闇を裂く道』(上下)**
　　　◎S62.10.23「週刊朝日」週刊図書館
　　　＊朱
638　含羞の横顔 ―吉村昭氏のこと
　　　◎S62.11『粗食派の饗宴』大河内昭爾著　文化出版局
639　獄食記
　　　◎S62.11『粗食派の饗宴』大河内昭爾著　文化出版局
640　「食の雑誌」始末記
　　　◎S62.11『粗食派の饗宴』大河内昭爾著　文化出版局
641　文芸時評〈一月号〉新たな展望を残した「文学者の死」
　　　◎S62.12.25「サンケイ新聞」夕刊
　　　＊奥野健男⇒「煤煙」
　　　＊H5.11『奥野健男 文芸時評』下巻 河出書房新社
642　『雑木林　吉村一族』
　　　◎S63.1 吉村武夫著
　　　＊私家版
643　近刊 面白おすすめ文庫
　　　◎S63.1.6「ダカーポ」文庫本情報
　　　＊浪江邦三⇒『万年筆の旅』
644　芸術・文学　文芸〈1月〉
　　　◎S63.1.11「週刊読書人」
　　　＊千石英世⇒「煤煙」「白足袋」

313

IV 書評・関連記事

645 私の愛する一冊 吉村 昭 「破獄」など
　　◎S63.1.27「毎日新聞」
　　＊本田隆男⇒（評）
646 吉村昭「働く男」（ビジネスマン）が熱読する作家No.1
　　◎S63.4「プレジデント」人物クローズアップ
　　＊『戦艦武蔵』『闇を裂く道』『破獄』（評）
647 東大教師が新入生にすすめる本
　　◎S63.4「UP」
　　＊青柳晃一⇒『破船』短評
648 吉村昭 ─誠実で緻密な人柄から生まれた迫真の記録文学
　　◎S63.4『回想 戦後の文学』谷田昌平著 筑摩書房
　　＊『戦艦武蔵』『遠い日の戦争』「雲母の柵」
649 文芸時評 精密に固められた外枠 吉村昭『仮釈放』
　　◎S63.4.28「東京新聞」夕刊
　　＊菅野昭正
　　＊H1.6『文芸年鑑』平成元年版
　　＊H14.7『変容する文学のなかで』上 菅野昭正著 集英社
650 拘束ない環境に不安 吉村 昭著 仮釈放
　　◎S63.5.2「朝日新聞」書評
　　＊常盤新平
651 仮釈放 吉村 昭著 妻殺した男通じて日本の変容を描く
　　◎S63.5.15「日本経済新聞」書評
　　＊古屋健三
652 現代の自由・拘束・孤独 吉村 昭著 仮釈放
　　◎S63.5.16「産経新聞」読書
　　＊曽根博義
653 仮釈放 吉村 昭著 思い焦がれた娑婆は
　　◎S63.5.23「毎日新聞」BOOKS
654 インタビュアー 今週の一冊 吉村 昭「破獄」
　　◎S63.5.25「毎日新聞」
　　＊早瀬圭一⇒（評）
655 ベストセラー 新宿・紀伊國屋書店（5/11-5/17）
　　◎S63.5.25「毎日新聞」
　　＊『仮釈放』
656 「私の選んだ1冊」吉村昭著『仮釈放』社会復帰の囚人心理から現代を照射
　　◎S63.5.28「週刊現代」げんだいライブラリー
　　＊佐高 信
657 仮 釈 放 吉村 昭著 刑余者の生の不条理
　　◎S63.5.30「東京新聞」読書
　　＊笠原伸夫
658 冷静な殺人と"他者"『仮釈放』吉村 昭
　　◎S63.6「新潮」本

IV 書評・関連記事

　　　＊森川達也
659　文学概観 '87
　　　◎S63.6『文芸年鑑』昭和六十三年版
　　　＊竹田青嗣⇒吉村 昭の戦争をモチーフとした幾つかの短編
660　インタビュアー 今週の一冊 吉村昭「仮釈放」
　　　◎S63.6.1「毎日新聞」
　　　＊早瀬圭一⇒(評)
661　文芸〈6月〉
　　　◎S63.6.6「週刊読書人」
　　　＊千石英世⇒『仮釈放』
662　インタビュアー 今週の一冊 吉村昭「漂流」
　　　◎S63.6.8「毎日新聞」
　　　＊早瀬圭一⇒(評)
＊*663*　書評/インタビュー 仮釈放 檻をも安息の保証とする人間の奇怪
　　　◎S63.6.10「週刊ポスト」
　　　＊倉本四郎
664　一五年の空白の重み『仮釈放』吉村 昭著
　　　◎S63.6.11「週刊東洋経済」書評
　　　＊倫
665　吉村昭著 仮釈放 人間が人間を殺すということ
　　　◎S63.6.13「週刊読書人」書評
　　　＊間山俊一
666　「仮釈放」吉村 昭著　新潮社　監獄と塀の内外の人間をモチーフに一貫して
　　　追及する著者の3作目は、前回同様迫力満点の力作
　　　◎S63.6.13「週刊大衆」大衆ライブラリー
667　日大文芸賞 審査を終えて 審査経過
　　　◎S63.6.20「日本大学新聞」
　　　＊第四回日大文芸賞選評
668　吉村昭著『仮釈放』 鮮烈な印象をもたらす1篇
　　　◎S63.7「潮」今月の新刊この一冊
　　　＊金子昌夫
669　吉村昭著『仮釈放』 暗いサスペンス
　　　◎S63.7「文學界」書評
　　　＊松本道介
670　残酷な結末『仮釈放』新潮社
　　　◎S63.7「群像」書評
　　　＊佐木隆三
671　読者を呪縛にかけたように小説の中に引きずり込む 吉村昭『仮釈放』
　　　◎S63.7「諸君!」
　　　＊宍倉正弘
672　内橋克人の「時代」を読む 仮釈放 吉村昭
　　　◎S63.7「プレジデント」プレジデント・ライブラリー

315

IV 書評・関連記事

　　　＊内橋克人⇒併せて『同時代を撃つ』立花隆を論ず
673　本のベストセラー『仮釈放』吉村昭著 新潮社
　　　◎S63.7.6「ダカーポ」
　　　＊概要紹介
674　吉村昭作品の魅力と魔力
　　　◎S63.8『出会いの人間学』佐高 信著　彩古書房
　　　＊『蜜蜂乱舞』『零式戦闘機』『戦艦武蔵』『ポーツマスの旗』『高熱隧道』『冬の鷹』『海も暮れきる』『啓子追想』
675　帰艦セズ 吉村 昭著　謎解きを越える興味
　　　◎S63.8.8「産経新聞」夕刊 読書
　　　＊曽根博義⇒『帰艦セズ』「帰艦セズ」「飛行機雲」「果物籠」「銀杏のある寺」「鋏」「白足袋」「霰ふる」
676　吉村家の披露宴
　　　◎S63.9『昭和文学全集』月報22 小学館
　　　＊大河内昭爾
　　　＊H6.6『こころの漢方薬』大河内昭爾著 弥生書房
677　私の5点
　　　◎S63.9.5「朝日新聞」
　　　＊山根一真⇒『高熱隧道』短評
678　インタビュアー 今週の一冊　吉村 昭「帰艦セズ」
　　　◎S63.9.7「毎日新聞」
　　　＊早瀬圭一
679　エンターテインメント 中間・時代小説
　　　◎S63.9.12「週刊読書人」
　　　＊安宅夏夫⇒『帰艦セズ』
680　人生の鋭い切片『帰艦セズ』吉村 昭著
　　　◎S63.9.17「週刊東洋経済」書評
　　　＊倫⇒「帰艦セズ」「鋏」「白足袋」「果物籠」「銀杏のある寺」「飛行機雲」
681　有名活字中毒者15人に聞く
　　　◎S63.9.21「ダカーポ」
　　　＊江國 滋が、今年読んで一番面白かった本として『仮釈放』を挙げる
682　時評〈文芸誌〉身にしみる人の世の哀愁
　　　◎S63.9.29「産経新聞」夕刊
　　　＊奥野健男⇒「屋形舟」
　　　＊H5.11『奥野健男 文芸時評』下巻 河出書房新社
683　吉村昭著『帰艦セズ』　「死者」は瞶ている
　　　◎S63.10「文學界」書評
　　　＊飯尾憲士⇒「帰艦セズ」「帰艦セズ」「鋏」
　　　＊この書評には評者の他に何人かの感想の要述がある
684　人生クライマックスの変貌 輝きと闇の人生 吉村昭『破獄』
　　　◎S63.10「新潮45」
　　　＊高橋英夫

316

IV 書評・関連記事

- *685* 人生の苛酷さを曝け出して徹した七作品『帰艦セズ』吉村昭著 文藝春秋
    - ◎S63.10「知識」ブック・マート
    - ＊金子昌夫⇒『帰艦セズ』「帰艦セズ」「飛行機雲」「銀杏のある寺」「鋏」「白足袋」「霰ふる」「果物籠」
- *686* 尾崎放哉の病者の眼
    - ◎S63.10『日本歴史文学館』15 別冊
    - ＊尾崎秀樹⇒『海も暮れきる』
    - ＊H2.7『歴史文学夜話』尾崎秀樹著 講談社
- *687* 吉村昭・人と作品
    - ◎S63.10『昭和文学全集』26 小学館
    - ＊福田宏年⇒『戦艦武蔵』『陸奥爆沈』『零式戦闘機』『高熱隧道』『神々の沈黙』『消えた鼓動』『冬の鷹』『光る壁画』『長英逃亡』『ふぉん・しいほるとの娘』『破獄』『漂流』「炎のなかの休暇」「少女架刑」「冷い夏、熱い夏」「星への旅」「炎天」「背中の鉄道」「月下美人」『逃亡』
- *688* 新刊書評
    - ◎S63.11「新刊ニュース」
    - ＊石毛春人⇒『帰艦セズ』「帰艦セズ」「飛行機雲」「銀杏のある寺」
- *689* 文芸時評 第一回
    - ◎S63.11.2「ダカーポ」
    - ＊中上健次⇒「屋形舟」
    - ＊H8.8『中上健次全集』15 集英社
- *690* 『文壇栄華物語』第十二章 4
    - ◎S63.12『文壇栄華物語』大村彦次郎著 筑摩書房
    - ＊「文学者」から「Z」に移籍した同人として、吉村・津村夫妻を紹介し、初期作品に言及
    - ＊H21.12『文壇栄華物語』大村彦次郎著 ちくま文庫
- *691* 脱出 吉村昭著
    - ◎S63.12.25「日本経済新聞」文庫
    - ＊新潮文庫本の紹介
- *692* 読書アンケート特集 '88年印象に残った本
    - ◎S64.1「新刊ニュース」
    - ＊澤田ふじ子⇒『帰艦セズ』寸評
- *693* 文芸時評 第六回
    - ◎H1.1.18「ダカーポ」
    - ＊中上健次⇒「チロリアンハット」
    - ＊H8.8『中上健次全集』15 集英社
- *694* 豊島・荒川・板橋区
    - ◎H1.2『物語文壇人国記』巖谷大四著 六興出版
- *695* 吉村 昭著 海馬(トド) 動物に映す人間の生
    - ◎H1.2.12「朝日新聞」書評
    - ＊高橋英夫⇒『海馬』「海馬」「鴨」「闇にひらめく」「研がれた角」「螢の舞い」「銃を置く」「凍った眼」

317

IV　書評・関連記事

　　　＊H12.7『小説は玻璃の輝き』高橋英夫著 翰林書房
696　海(トド)馬　吉村 昭著　根底に原初の生命力
　　　◎H1.2.20「毎日新聞」BOOKS
　　　＊『海馬』「海馬」「銃を置く」
697　エンターテインメント 中間・時代小説
　　　◎H1.2.27「週刊読書人」
　　　＊安宅夏夫⇒『海馬(トド)』
698　吉村昭と実録 戦艦武蔵・破獄
　　　◎H1.3『大衆文学の歴史』(下)戦後篇 尾崎秀樹著 講談社
　　　＊『青い骨』『少女架刑』『星への旅』『戦艦武蔵』『高熱隧道』『殉国』『蚤と爆弾』『零式戦闘機』『破獄』「ふぉん・しいほるとの娘」
699　東大教師が新入生にすすめる本
　　　◎H1.4「UP」
　　　＊勝俣鎮夫⇒『破船』(短評)
700　中間小説 '88
　　　◎H1.6『文芸年鑑』平成元年版
　　　＊清原康正⇒『仮釈放』(評)
701　インタビュアー 今週の一冊　吉村 昭「旅行鞄のなか」
　　　◎H1.6.14「毎日新聞」
　　　＊早瀬圭一⇒『長英逃亡』『旅行鞄のなか』(評)
702　第5回日大文芸賞 審査経過
　　　◎H1.6.20「日本大学新聞」
703　私の5点
　　　◎H1.7.26「朝日新聞」
　　　＊三國一朗⇒『破獄』(短評)
704　雨読の1冊 真摯な他人の生に自分を重ね合わせて 旅行鞄のなか 吉村昭・著
　　　◎H1.8「DAYS JAPAN」書評
　　　＊枝川公一
705　小説家の世界(第八回)吉村 昭
　　　◎H1.8「大塚薬報」No.435
　　　＊谷田昌平⇒インタビューを取り入れた評論『戦艦武蔵』『高熱隧道』『遠い日の戦争』「貝殻」「星への旅」「鉄橋」
706　旅行鞄のなか 吉村昭著
　　　◎H1.8.1「出版ニュース」8月上旬号 ブックガイド
　　　＊書評
*707　書評/インタビュー 最近、面白い本読みましたか「旅行鞄のなか」吉村 昭さん
　　　◎H1.8.10「クロワッサン」
708　近刊 面白おすすめ文庫
　　　◎H1.10.18「ダカーポ」文庫本情報
　　　＊立川ぜん馬⇒『蚤と爆弾』文春文庫 評
709　吉村昭『死のある風景』
　　　◎H1.11.30「週刊新潮」TEMPOブックス

318

＊書評『死のある風景』「油蟬」
710 吉村昭と脱出願望
　　◎H1.12『現代文学解体新書』―売れる作家と作品の秘密　藤田昌司著　オール出版
　　＊「星への旅」「二つの精神的季節」「戦艦武蔵」「高熱隧道」「陸奥爆沈」「逃亡」「脱出」「仮釈放」「亭主の家出」「破船」「海の祭礼」「海の史劇」「ふぉん・しいほるとの娘」「日本医家伝」
711 新刊案内 死のある風景 吉村 昭著
　　◎H1.12「新刊ニュース」
　　＊短評
712 部屋のなかの名士無名士 25 吉村昭・津村節子
　　◎H1.12「室内」
　　＊金田浩一呂
713 死のある風景 吉村 昭著　戦争体験と切り離せない「死」
　　◎H1.12.4「産経新聞」夕刊 読書
　　＊曽根博義⇒『死のある風景』「金魚」「煤煙」「初富士」「油蟬」「屋形舟」
714 一九九九年回顧 エンターテインメント 中間・時代小説
　　◎H1.12.18「週刊読書人」
　　＊安宅夏夫⇒『死のある風景』
715 吉村昭著『死のある風景』自然体の感慨
　　◎H2.1「文學界」書評
　　＊大河内昭爾⇒『死のある風景』「標本」「煤煙」「金魚」「油蟬」「白い壁」「早春」「秋の声」「緑雨」「屋形舟」
716 新刊書評
　　◎H2.1「新刊ニュース」
　　＊石毛春人⇒『死のある風景』「金魚」「白い壁」
717 死のある風景 吉村 昭著　倫理的な骨格 気品が漂う私小説
　　◎H2.1.21「東京新聞」書評
　　＊桶谷秀昭⇒『死のある風景』「金魚」「屋形舟」
718 死の風景の年輪『死のある風景』吉村 昭
　　◎H2.2「新潮」
　　＊勝又 浩⇒『死のある風景』「屋形舟」「金魚」
719 死のある風景 吉村昭
　　◎H2.2「すばる」ブックファイル
　　＊（美）⇒『死のある風景』「標本」書評
720 異界への翹望、他者への関心『勾玉』笠原淳『死のある風景』吉村昭
　　◎H2.2「海燕」書評 新刊繙読
　　＊桶谷秀昭⇒『死のある風景』「屋形舟」「金魚」
721 新刊案内 海馬 吉村 昭著
　　◎H2.2「新刊ニュース」
722 吉村 昭『死のある風景』
　　◎H2.3「民主文学」書評

IV 書評・関連記事

　　　＊志賀岑雄⇒『死のある風景』「金魚」「屋形舟」「油蟬」「煤煙」
723　新刊案内 透明標本 吉村 昭著
　　　◎H2.4「新刊ニュース」
724　東大教師が新入生にすすめる本
　　　◎H2.4「UP」
　　　＊下條信輔⇒『長英逃亡』（短評）『冬の鷹』（短評）『破獄』『関東大震災』
725　中間小説 '89
　　　◎H2.6『文芸年鑑』平成二年版
　　　＊安宅夏夫⇒『海馬』
726　無名時代の私 わたしの三島由紀夫史
　　　◎H2.6「別冊文藝春秋」No.192
　　　＊中村正軌⇒『學習院文藝』「赤繪」などに触れて
　　　＊H7.3『無名時代の私』文春文庫
727　解説 ―感覚の弁証法
　　　◎H2.6『冷い夏、熱い夏』新潮文庫
　　　＊小笠原賢二
　　　＊H16.11『「幸福」の可能性』小笠原賢二著 洋々社
728　創作の舞台裏語る 北海道文学集会で吉村昭さん
　　　◎H2.6.10「北海道新聞」
729　第32回 神戸夏季大学
　　　◎H2.6.22「神戸新聞」
　　　＊夏季大学の詳細な内容を告知
730　私の5点『帰艦セズ』吉村 昭著
　　　◎H2.7.1「朝日新聞」
　　　＊澤田ふじ子⇒短評『帰艦セズ』「帰艦セズ」
731　第6回日大文芸賞 審査経過
　　　◎H2.7.20「日本大学新聞」
732　桜田門外ノ変 吉村昭著 数々の興味深い新事実明らかに
　　　◎H2.8.27「産経新聞」夕刊 読書
　　　＊曽根博義
733　吉村昭 名誉村民の日
　　　◎H2.9「オール讀物」
734　新刊案内 桜田門外ノ変 吉村 昭著
　　　◎H2.9「新刊ニュース」
735　昭和文学史 V 現代文学の現状 ―三島由紀夫の死から平成まで　第三章 世紀末文学の展開「昭和」世代の様々な仕事
　　　◎H2.9 小学館版『昭和文学全集』別巻
　　　＊栗坪良樹
736　おしまいのページで 桜田門外
　　　◎H2.10「オール讀物」
　　　＊阿川弘之
737　長崎は名作の舞台に相応しい

IV 書評・関連記事

◎H2.10『NEWブルーガイドブックス・九州』
＊山本容朗⇒『戦艦武蔵』『ふぉん・しいほるとの娘』の舞台として紹介
＊H6.6『日本文学の散歩みち』山本容朗著 実業之日本社
738 桜田門外ノ変 吉村 昭著 水戸藩士側から描き出す
◎H2.10.8「毎日新聞」読書
＊清原康正
739 桜田門外ノ変 吉村 昭著 ロマン排し政治力学写す
◎H2.10.14「日本経済新聞」書評
＊野口武彦
740 桜田門外ノ変 吉村 昭著 志士1人1人の詳細な潜行記録
◎H2.10.14「東京新聞」書評
＊中島 誠
741 吉村 昭著 桜田門外ノ変 事変の全貌描いた力篇
◎H2.10.20「図書新聞」書評
＊縄田一男
*742 わが心の残像 吉村 昭 八勝七負、時には殊勲、敢闘賞
◎H2.10.25「東京新聞」夕刊
＊田沼武能
743 主観主義を排し幕末の内乱を克明に描写 「桜田門外ノ変」吉村 昭
◎H2.10.27「週刊時事」書評 新刊あ・ら・かると
＊権藤 晋
744 『桜田門外ノ変』吉村 昭著 暗殺する側から淡々と描く史実
◎H2.11「現代」本のエッセンス
＊早瀬圭一
745 作家のスタンス 23 吉村 昭 集団的人間の怪奇性
◎H2.11「新刊展望」
＊藤田昌司⇒主として『桜田門外ノ変』について
746 人間の生と死を凝視『冷い夏、熱い夏』吉村 昭著
H2〜H3「河北新報」「信濃毎日」等 正確な時期未詳
＊佐高 信
＊H4.9『現代を読む』佐高 信著 岩波新書
747 吉村 昭著 桜田門外ノ変 新潮社 圧巻の襲撃場面、正確な史実で綴られた大作
◎H2.11「知識」BOOK MART
＊今野信雄
748 『桜田門外ノ変』吉村昭著 新潮社刊
◎H2.11「文藝春秋」書評 文春ブック・クラブ
＊尾崎秀樹
749 今月の一冊『桜田門外ノ変』 二・二六事件と共通する要素も多い。歴史に転機をもたらした事件の全体像を、襲撃者の側からリアルに描いた大作
◎H2.11「NEXT」NEXT LIBRARY
＊尾崎秀樹
750 吉村 昭

IV 書評・関連記事

◎H2.11『埼玉現代文学事典』埼玉県高等学校国語科教育研究会
＊H11.11『埼玉現代文学事典』増補改訂版
751 『桜田門外ノ変』吉村 昭著 歴史を変えた雪の日
◎H2.11.3「週刊東洋経済」書評
＊倫
752 5分間で今週のベストセラーを松本健一と読む 桜田門外ノ変 吉村昭著 新潮社
◎H2.11.9「週刊ポスト」POST BOOK REVIEW
＊松本健一
753 吉村昭の作品世界 人間 ―このおぞましきもの
◎H2.11.12「週刊読書人」
＊藤田昌司⇒「鉄橋」「貝殻」「透明標本」「石の微笑」「星への旅」「死体」「青い骨」「戦艦武蔵」「桜田門外ノ変」「長英逃亡」「戦艦武蔵取材日記」『吉村昭自選作品集』新潮社
754 「凧」も「人間」も「風」次第 作家・吉村昭さんは本格的「凧揚げ」の名人
◎H2.11.16「FOCUS」
755 『桜田門外ノ変』吉村 昭著 新潮社 時代を動かした人間たちの濃密な空間を描いた歴史小説の白眉
◎H2.12「月刊 ASAHI」図書館 今月の本
＊水口義朗
756 フォトエッセイ 吉村昭 作家
◎H2.12「正論」
757 吉村昭 1927.5.1～
◎H2.12『朝日人物事典』
＊吉村 昭に関する記述の他に、「司 修」「宇治達郎」「津村節子」の項に本人との関連事項記載あり
758 吉村 昭
◎H2.12『作家・小説家人名事典』日外アソシエーツ編
759 特別対談 時代小説よ、もっと豊穣に
◎H2.12『時代小説礼賛』秋山 駿［著］
＊秋山 駿/大河内昭爾
760 吉村昭自選作品集 第一巻 少女架刑・星への旅 すべての主題が死に直結
◎H2.12.8「図書新聞」書評
＊清水邦行⇒「死体」「鉄橋」「星への旅」「服喪の夏」「星と葬礼」「墓地の賑い」「透明標本」「さよと僕たち」
761 一九九〇年回顧 エンターテインメント 中間・時代小説
◎H2.12.17「週刊読書人」
＊清原康正⇒『桜田門外ノ変』
762 大衆小説ベスト10
◎H2.12.19「ダカーポ」
＊関口苑生⇒『桜田門外ノ変』書評付記
763 読書アンケート特集 '90年印象に残った本
◎H3.1「新刊ニュース」

IV 書評・関連記事

　　　＊阿井景子⇒『桜田門外ノ変』寸評
764　新刊案内 幕府軍艦「回天」始末 吉村 昭著
　　　◎H3.1「新刊ニュース」
765　私とふるさと 都城市（宮崎県）　色あざやかな蓮華畑
　　　◎H3.1.10「日本経済新聞」夕刊
　　　＊大河内昭爾⇒『蜜蜂乱舞』でこの蓮華の美しさを描く
　　　＊H6.6『こころの漢方薬』大河内昭爾著 弥生書房
766　興味深い「情報合戦」「幕府軍艦『回天』始末」吉村 昭著
　　　◎H3.1.20「週刊読売」新刊紹介
767　ロシア側の秘匿資料他によって克明に描き出された日露戦争の悲惨『海の史劇』吉村昭著
　　　◎H3.1.24「SAPIO」
768　具志川市立図書館建設記念 一千万円懸賞小説募集
　　　◎H3.2.15「広報ぐしかわ」
　　　＊吉村 昭を選考委員の一人として紹介
769　時評〈文芸誌〉女流新人が台頭
　　　◎H3.2.28「産経新聞」夕刊
　　　＊奥野健男⇒「飲み友達」
　　　＊H3.6『文芸年鑑』平成三年版
　　　＊H5.11『奥野健男 文芸時評』下巻 河出書房新社
770　グラビア 風貌 '91 吉村昭
　　　◎H3.3「現代」
771　よしむら あきら 吉村昭
　　　◎H3.3『新潮日本人名辞典』
772　『幕府軍艦「回天」始末』吉村 昭著　本邦最初の近代海戦
　　　◎H3.3.23「週刊東洋経済」書評
　　　＊倫
773　いま、読んでおきたい本『幕府軍艦「回天」始末』吉村 昭著「戦争とは何か」「いかにして起こるか」を問う
　　　◎H3.3.28「SAPIO」熱血書想倶楽部
　　　＊上総英郎
774　さ〜くる同窓生 すでに少女雑誌に小説を連載
　　　◎H3.3.31「週刊読売」
775　新刊案内 白い航跡 上・下 吉村 昭著
　　　◎H3.4「新刊ニュース」
776　白い航跡 上・下　吉村 昭著　高木兼寛の生涯描く歴史ロマン
　　　◎H3.4.5「産経新聞」夕刊 読書
　　　＊影山 勲
777　白い航跡（上・下）権威に抗した軍医
　　　◎H3.4.28「日本経済新聞」私のベスト3
　　　＊高橋呉郎
778　白い航跡 上・下　吉村 昭著　足で書く著者の力量存分

323

IV 書評・関連記事

　　　　◎H3.5.5「東京新聞」書評
　　　　＊高田誠二
779　白い航跡（上・下）吉村 昭 著　明治初期の脚気研究者の実像
　　　　◎H3.5.6「毎日新聞」読書
　　　　＊清原康正
780　海軍軍医総監の波乱の生涯を　「白い航跡」（上下）吉村 昭著
　　　　◎H3.5.19「週刊読売」新刊紹介
　　　　＊あ
*781　著者インタビュー　吉村 昭「白い航跡」　"カッケの原因は白米偏重だ"との正論を貫いた高木兼寛の哀れな晩年にひかれました
　　　　◎H3.5.30「アサヒ芸能」BOOKS
　　　　＊藤田昌司
　　　　＊インタビューの他に「ダイジェスト」付記
782　時代小説 '90
　　　　◎H3.6『文芸年鑑』平成三年版
　　　　＊縄田一男⇒『桜田門外ノ変』『幕府軍艦「回天」始末』
783　歴史小説と時代小説 切り拓かれた五つの可能性
　　　　◎H3.6『時代小説の読みどころ』縄田一男著 日本経済新聞社
　　　　＊『戦艦武蔵』『海の史劇』『漂流』『海の祭礼』『ふぉん・しいほるとの娘』『北天の星』『桜田門外ノ変』『冬の鷹』『破獄』『長英逃亡』『天狗争乱』『落日の宴』
　　　　＊H7.1『時代小説の読みどころ』縄田一男著 光文社文庫
　　　　＊H14.10『時代小説の読みどころ』縄田一男著 角川文庫 増補版
784　吉村 昭『白い航跡』　脚気予防法と明治人のドラマ
　　　　◎H3.6.16「サンデー毎日」今週の三冊
　　　　＊石村博子
785　『白い航跡』上・下　吉村 昭著　日本の歴史を動かした海軍医
　　　　◎H3.6.29「週刊東洋経済」書評 BOOKS
　　　　＊倫
786　碓連房通信
　　　　◎H3.7「谷中・根津・千駄木」No.28
　　　　＊平塚春造の卒寿と出版記念会に関連して
787　吉村 昭
　　　　◎H3.7『近代作家エピソード辞典』村松定孝編 東京堂出版
788　自筆広告
　　　　◎H3.8『小さな雑誌で町づくり』
　　　　＊森 まゆみ
789　解説 ―短篇ジャンルの功徳
　　　　◎H3.9『文藝春秋・短篇小説館』
　　　　＊佐伯彰一⇒「パラシュート」
790　時評 文芸誌
　　　　◎H3.9.26「産経新聞」夕刊

＊奥野健男⇒「花火」
＊H3.6『文芸年鑑』平成三年版
＊H5.11『奥野健男 文芸時評』河出書房新社
791 四国の文学地図 吉村昭 虹の翼 独創的「飛行器」 夢実らずともさわやかに生きた忠八
◎H3.9.27「朝日新聞」愛媛版
＊宇神幸男⇒『戦艦武蔵』「極点」『虹の翼』
792 新刊案内 黒船 吉村 昭著
◎H3.10「新刊ニュース」
793 新着セレクト
◎H3.10.8「毎日新聞」
＊『黒船』を紹介
794 黒船 現代に通ずる姿
◎H3.10.13「日本経済新聞」私のベスト3
＊高橋呉郎⇒短評
795 対照的な二つの書斎（吉村昭・津村節子）
◎H3.11『文士とっておきの話』金田浩一呂著 講談社
796 自己主張を許されぬ通訳の生涯「黒船」吉村 昭著
◎H3.11.3「週刊読売」新刊紹介
＊あ
797 黒船 吉村 昭著 幕末の〈通詞〉堀達之助の物語
◎H3.11.8「産経新聞」夕刊 読書
＊影山 勲
798 小説『黒船』吉村 昭著 日本初の「本格的英和辞典」を編纂し開国から維新を生きた一通詞の生涯
◎H3.11.9「週刊現代」GENDAI LIBRARY
＊磯貝勝太郎
799 黒船 吉村 昭著 格調高く描く歴史と人間のドラマ
◎H3.11.12「毎日新聞」書評
800 『黒船』吉村昭著 中央公論社
◎H3.12「潮」ブックレビュー
＊川西政明
801 一九九二年回顧 時代歴史小説
◎H3.12.23「週刊読書人」
＊清原康正⇒『黒船』
802 '91年印象に残った本
◎H4.1「新刊ニュース」
＊大河内昭爾⇒『白い航跡』上下
803 回想風に
◎H4.1『吉村昭自選作品集』別巻月報
＊八木義徳
804 点描

◎H4.1『吉村昭自選作品集』別巻月報
＊三浦哲郎
805 模倣不能
◎H4.1『吉村昭自選作品集』別巻月報
＊沢木耕太郎
806 **森監督ら5氏に表彰状やメダル 都民文化栄誉章顕彰式**
◎H4.1.24「東京新聞」
＊吉村 昭の喜びの言葉付記
807 この方々に **都民文化栄誉章** を贈りました
◎H4 2.1「広報 東京都」
＊吉村 昭他の受章を発表
808 『黒船』吉村昭 著　歴史に翻弄された人生
◎H4.2.22「週刊東洋経済」書評
＊倫
809 星への旅 吉村昭 一九六六年発表　青年たちの無動機の死
◎H4.3『続・一冊で日本の名著100冊を読む』友人社
＊酒井茂之⇒概要紹介
810 読書ノート『破船』吉村昭著・新潮社刊
◎H4.4「文學界」
＊小松和彦
811 吉村昭さんに「区民栄誉賞」
◎H4.4.10「産経新聞」下町版
812 荒川区出身の作家 吉村昭氏に区民栄誉賞
◎H4.4.11「あらかわ区報」No.760
813 狸のシッポ
H4.7「メディカル・ズーム」
＊大河内昭爾⇒吉村 昭と共通のホームドクターについて
＊H6.6『こころの漢方薬』大河内昭爾著 弥生書房
814 小説 随筆 第17回コンクール　審査員プロフィール 吉村昭氏
◎H4.8.15「富士ニュース」
815 小説 随筆 第17回コンクール　あとがき
◎H4.8.15「富士ニュース」
816 事実と著作権の問題を取り上げ
◎H4.10「文藝家協会ニュース」
817 作家の一日　吉村 昭氏の巻
◎H4.11「波」
818 煤煙 横荘鉄道で米の買い出し　吉村 昭（一九二七生）　作家が描いた秋田の風土
◎H4.11『あきた文学風土記』田宮利雄著 無明舎出版
819 作家が発掘した歴史的時実「無断引用ダメ」
◎H4.11.4「産経新聞」
820 関口宏「知ってるつもり?!」はどういうつもり

IV 書評・関連記事

　　　◎H4.11.12「週刊文春」
821　吉村 昭　よしむら・あきら
　　　◎H4.12『新現代日本執筆者大事典』第4巻 日外アソシエーツ編
822　作家と"場"の体温を伝える 吉村 昭『私の文学漂流』
　　　◎H4.12.6「サンデー毎日」今週の三冊
　　　＊佐高 信
823　葬送 戦艦武蔵を建造した三菱重工業相談役 古賀繁一氏
　　　◎H4.12.8「産経新聞」
824　書評 私の文学漂流 吉村昭著
　　　◎H4.12.10「産経新聞」夕刊
825　ドラマ＋ドキュメンタリー「桜田門外の変」史実に迫る　NHK,吉村昭氏の小説もとに
　　　◎H4.12.18「朝日新聞」夕刊 TVスペシャル
826　無類の率直さに貫かれた自伝『私の文学漂流』吉村 昭
　　　◎H4.12.24/31合併号「週刊文春」文春図書館
　　　＊金田浩一呂
827　吉村昭著 私の文学漂流 すぐれた小説家になってゆく精神と生活の軌跡
　　　◎H5.1.1「図書新聞」書評
　　　＊桂 芳久
828　新刊抄録 私の文学漂流 吉村 昭著
　　　◎H5.1.10「朝日新聞」
　　　＊短評
829　成人の日 ドキュメント仕立てでNHKが「桜田門外の変」
　　　◎H5.1.11「産経新聞」夕刊
*830　著者インタビュー　吉村 昭「私の文学漂流」　芥川賞を受賞していたならば「戦艦武蔵」は生まれなかった
　　　◎H5.1.14「アサヒ芸能」
　　　＊藤田昌司
831　私の文学漂流 吉村昭著
　　　◎H5.2.1「毎日新聞」新刊本・いろ・いろ・紹介
　　　＊(真)⇒書評
832　『私の文学漂流』吉村昭
　　　◎H5.2.3「ダカーポ」本
　　　＊概要紹介
*833　著者インタビュー『戦艦武蔵』誕生までの逆境の日々　吉村 昭さん『私の文学漂流』
　　　◎H5.3「現代」本のエッセンス
　　　＊山村基毅
834　『私の文学漂流』吉村昭 著　不安だったが迷わなかった
　　　◎H5.3.20「週刊東洋経済」書評
　　　＊倫
835　吉村 昭

IV 書評・関連記事

　　　◎H5.4「公募ガイド」現代作家写真館
　　　＊榊原和夫
　　　＊H7.10『現代作家写真館』榊原和夫・写真・文 公募ガイド社
836　ジダイ（事大・時代・次代）を体現する人
　　　◎H5.4『宮尾登美子全集』月報6
　　　＊島 弘之
837　さまざまな出会いとぬくもりを語る「私の引出し」吉村昭
　　　◎H5.4.10「週刊時事」新刊ガイド
　　　＊短評
838　吉村昭著「私の引出し」 小説家周辺の運命的なめぐりあわせ集
　　　◎H5.4.29「アサヒ芸能」書評 BOOKS
　　　＊荒川洋治
839　『私の引出し』吉村昭 滋味豊かなエッセイ集
　　　◎H5.5「オール讀物」本のページ
　　　＊入江和夫
840　「歴史的事実・人物」の放送 著作権をめぐって波紋
　　　◎H5.5.7「毎日新聞」夕刊
841　文壇うたかた物語〈6〉舟橋聖一と丹羽文雄
　　　◎H5.5.9「静岡新聞」
　　　＊大村彦次郎⇒吉村 昭を丹羽一門の逸材として紹介
　　　＊H7.5『文壇うたかた物語』大村彦次郎著 筑摩書房
842　文芸〈5月〉
　　　◎H5.5.17「週刊読書人」
　　　＊与那覇恵子⇒「受話器」
843　私の引出し
　　　◎H5.5.17「毎日新聞」
　　　＊(有)⇒書評
844　わが家の定番 作家津村節子 主食もかねる半端主婦の無精鍋
　　　◎H5.5.28「産経新聞」
　　　＊津村節子
845　吉村昭さん（自宅紹介）
　　　◎H5.6「すばる」作家のINDEX 30回
　　　＊H10.11『作家のインデックス』大倉舜二・写真 集英社
846　吉村 昭著 私の引出し 出会いの余韻をつづる
　　　◎H5.6.14「週刊読書人」書評
　　　＊大河内昭爾
847　書評 囚人道路 安部譲二著
　　　◎H5.7.30「産経新聞」
　　　＊影山 勲⇒書評の中で「囚人による北海道開発については吉村昭氏の名作『赤い人』があるが‥」と述べる
848　外に順化できぬ定年後の世界 法師蟬
　　　◎H5.8.1「産経新聞」

IV 書評・関連記事

　　　＊影山 勲⇒『法師蟬』「海猫」「チロリアンハット」「果実の女」
849　時評 文芸誌
　　　◎H5.8.29「産経新聞」
　　　＊荒川洋治⇒『海も暮れきる』のテレビドラマに関して
　　　＊H17.12『文芸時評という感想』荒川洋治著 四月社
850　昭和一けた世代が抱える現在的問題 法師蟬 吉村 昭著
　　　◎H5.8.29「東京新聞」読書
　　　＊小笠原賢二⇒『法師蟬』「海猫」「秋の旅」
851　男たちの家出『法師蟬』吉村 昭
　　　◎H5.9「新潮」本
　　　＊勝又 浩⇒『法師蟬』「海猫」「秋の旅」
852　負のオブジェが露わにする懐かしさと美しさ　丸田祥三『棄景 —廃墟への旅』
　　　◎H5.9「文學界」書評
　　　＊川本三郎⇒『法師蟬』「海猫」
853　企業トップが文芸談義
　　　◎H5.9.14「産経新聞」
　　　＊吉村 昭がゲスト参加 歓談を行う
854　ベストセラー 東京 八重洲B・C
　　　◎H5.10.8「産経新聞」
　　　＊『ニコライ遭難』が好調な売れ行き
855　書評 ニコライ遭難　大津事件の経緯を克明に再現
　　　◎H5.10.8「産経新聞」
　　　＊影山 勲
856　ロシア皇太子襲撃事件の全貌を豊富な新資料を駆使して再構築 ニコライ遭難 吉村 昭著
　　　◎H5.10.9「週刊現代」GENDAI LIBRARY
　　　＊磯貝勝太郎
857　ニコライ遭難 吉村 昭著　大津事件巡る政治駆け引き
　　　◎H5.10.10「日本経済新聞」書評
　　　＊野口武彦
858　吉村 昭著 ニコライ遭難 皇太子旅程と西郷の"接点"
　　　◎H5.10.11「読売新聞」書評
　　　＊猪瀬直樹
859　政府税調総会 条件付き容認が大勢　消費税率引上げで意見聴取
　　　◎H5.10.16「産経新聞」
　　　＊吉村 昭が参考人として意見発表
860　戦後日本の、そして日露関係の変わらぬ問題が実感させられる『ニコライ遭難』吉村昭
　　　◎H5.10.28「週刊文春」文春図書館
　　　＊粕谷一希
861　『ニコライ遭難』吉村昭「大津事件」の一部始終
　　　◎H5.11「オール讀物」

IV　書評・関連記事

　　　＊植村修介
862　日露関係の現在が浮上する 吉村昭『ニコライ遭難』
　　　◎H5.11「群像」書評
　　　＊松本健一
863　吉村昭『桜田門外ノ変』 歴史小説にこめられた今日的意味
　　　◎H5.11「関西文学」
　　　＊千頭 剛
　　　＊H7.5『戦後文学の作家たち』千頭 剛著　関西書院
864　大津事件の全容を資料駆使して解明　ニコライ遭難 吉村昭著
　　　◎H5.11.7「東京新聞」読書
　　　＊川西政明
865　吉村昭『ニコライ遭難』岩波書店 事実の積み重ねで真実に迫る
　　　◎H5.11.14「サンデー毎日」今週の3冊
　　　＊川合多喜夫
866　吉村 昭著 ニコライ遭難「大津事件」の歴史を描く
　　　◎H5.11.19「週刊読書人」書評
　　　＊桐原良光
867　ニコライ遭難　吉村 昭著 弱小国日本の危機対応を淡々と
　　　◎H5.11.21「朝日新聞」読書
　　　＊伊藤 隆
868　書斎の寝椅子 第二十四回 ああ隣国『ニコライ遭難』
　　　◎H5.12「図書」
　　　＊江國 滋⇒一部を引用
869　書評 昭和歳時記 吉村昭著／永田力絵　郷愁を込め正確に描く
　　　◎H5.12.20「産経新聞」
870　一九九三年回顧 ノンフィクション
　　　◎H5.12.24「週刊読書人」
　　　＊池田房雄⇒『ニコライ遭難』
871　"時間点灯"の時代を振り返る 「昭和歳時記」吉村 昭
　　　◎H5.12.25「週刊時事」BOOKS
872　時評 文芸誌　吉村昭「光る藻」　火事に個人の姿
　　　◎H5.12.26「産経新聞」
　　　＊荒川洋治⇒「光る藻」
　　　＊H17.12『文芸時評という感想』荒川洋治著 四月社
873　吉村 昭『ニコライ遭難』 気概溢れる明治の人々を軸に事件の顛末を鮮やかに描く
　　　◎H6.1「中央公論」中公読書室
　　　＊阿川尚之
874　吉村昭の歴史をみる眼 ―『ニコライ遭難』から
　　　◎H6.1「民主文学」書評
　　　＊浜賀知彦
875　『戦艦武蔵』―吉村昭［著］ 人の足音が聞こえてくる小説

Ⅳ　書評・関連記事

　　　　◎H6.1「歴史街道」
876　フジ・関西系「動く壁」　主演のSP役には緒形拳、原作にホレ自ら企画
　　　　◎H6.1.18「産経新聞」夕刊
877　吉村昭著「昭和歳時記」文藝春秋　あの戦争がなんだったかを再考させられた
　　　　◎H6.1.27「アサヒ芸能」書評 BOOKS
　　　　＊諸井 薫
878　リレー書評対談『ニコライ遭難』小説家が発掘する「歴史の味わい」
　　　　◎H6.2「現代」本のエッセンス
　　　　＊神坂次郎 VS. 木村尚三郎
　　　　＊他に「十六の話」、「よみがえる万葉人」を取り上げる
879　仕事ひと模様「谷根千」の文化を編集　森まゆみさん
　　　　◎H6.2.24「産経新聞」夕刊
　　　　＊吉村 昭の自筆広告『東京の下町』に触れる
880　文壇うたかた物語 〈54〉　宇野鴻一郎の才気
　　　　◎H6.4.17「静岡新聞」
　　　　＊大村彦次郎⇒芥川賞候補作品「透明標本」に触れる
　　　　＊H7.5『文壇うたかた物語』大村彦次郎著 筑摩書房
881　書評 天狗争乱 吉村昭著 水戸尊王過激派の足跡たどる
　　　　◎H6.4.29「産経新聞」
882　あのシーンをもう一度
　　　　◎H6.5「小説新潮」
883　ベストセラー 東京 八重洲B・C
　　　　◎H6.5.13「産経新聞」
　　　　＊『天狗争乱』売れ行き好調
884　天狗争乱　吉村 昭著　眼差し温かく描いた攘夷派の足跡
　　　　◎H6.5.15「朝日新聞」書評
　　　　＊山内昌之
885　天狗争乱 吉村昭著 水戸尊攘 非業の最期見つめる
　　　　◎H6.5.22「日本経済新聞」私のベスト3
　　　　＊縄田一男
886　天狗争乱　吉村 昭著　殿様に見捨てられた天狗勢の悲劇
　　　　◎H6.5.23「毎日新聞」今週の本棚
　　　　＊大江志乃夫
887　ベストセラー 京都 オーム社書店河原町店
　　　　◎H6.5.27「産経新聞」
　　　　＊『天狗争乱』京都でも売れ行き好調
888　『天狗争乱』吉村昭 執念が掘り起こす歴史の舞台裏
　　　　◎H6.6「オール讀物」本のページ
　　　　＊入江和夫
889　ノンフィクション '93
　　　　◎H6.6『文芸年鑑』平成六年版
　　　　＊池田房雄⇒『ニコライ遭難』

890 出版 '93
　　◎H6.6『文芸年鑑』平成六年版
　　＊紀田順一郎⇒『ニコライ遭難』
891 吉村昭
　　◎H6.6『日本現代文学大事典』人名・事項篇 明治書院
892 海も暮れきる
　　◎H6.6『日本現代文学大事典』作品篇
　　＊書評
893 破獄
　　◎H6.6『日本現代文学大事典』作品篇
　　＊書評
894 特選歴史小説 開国に反対した水戸藩の武士の蜂起と挫折を克明に追った力作 天狗争乱 吉村昭著 朝日新聞社
　　◎H6.6.4「週刊現代」書評 現代ライブラリー
　　＊磯貝勝太郎
895 著者は主人公に寄りそうように歩みをともに、物語を描く『天狗争乱』吉村昭
　　◎H6.6.9「週刊文春」文春図書館
　　＊井出孫六
896 ベストセラー 東京 八重洲B・C
　　◎H6.6.10「産経新聞」
　　＊『天狗争乱』引き続き好調
897 時代小説 井家上隆幸が斬る『天狗争乱』吉村昭
　　◎H6.6.15「ダカーポ」
　　＊井家上隆幸
898 天狗党挙兵始末の細密画『天狗争乱』吉村昭著
　　◎H6.7「サンサーラ」BOOKS
　　＊粕谷一希
899 吉村 昭
　　◎H6.7『日本人物文献索引』文学 80/90 日外アソシエーツ編
900 ベストセラー10傑
　　◎H6.7.6「ダカーポ」文芸の部
　　＊トーハン調べ 『天狗争乱』
901 書評 女の贅沢 津村節子著 来し方へ思いこもごも
　　◎H6.7.15「産経新聞」
902 大仏次郎賞に亀井俊介氏と吉村昭氏
　　◎H6.10.1「産経新聞」
＊903 第21回 大佛次郎賞 吉村 昭氏 天狗争乱 時代を駆けた「集団」
　　◎H6.10.1「朝日新聞」
　　＊前田浩次⇒報道およびインタビュー
　　＊各選考委員（有馬朗人、樺山紘一、芳賀徹、辻邦生、河合隼雄、多田道太郎、安岡章太郎、山崎正和）の短評付記
904 この一冊 天狗争乱 吉村昭著（朝日新聞社）

IV 書評・関連記事

　　　　◎H6.10.12「毎日新聞」
　　　　＊（評）
905　名作のふるさと 11 桜田門外ノ変 吉村昭
　　　　◎H6.11「小説歴史街道」
906　水や空
　　　　◎H6.11.15「長崎新聞」
　　　　＊ラナルド・マクドナルドの顕彰碑に関連して
907　一九九四年回顧 時代歴史小説
　　　　◎H6.12.23「週刊読書人」
　　　　＊水野市郎⇒『天狗争乱』
908　第21回大佛次郎賞『天狗争乱』吉村 昭　朝日新聞社
　　　　◎H7.1「VOICE」BOOK STREET　受賞作を読む
　　　　＊中田浩作
909　長英逃亡 吉村 昭
　　　　◎H7.1『私を泣かせた1冊の本』ビジネス社編 ビジネス社
　　　　＊清水芳郎
910　吉村昭・津村節子ご夫妻講演会
　　　　◎H7.2「広報たのはた」お知らせ号
　　　　＊3月5日開催の講演会を告知
911　忙中 書架に在り 日本ピストンリング専務 高橋堅太郎さん(63)
　　　　◎H7.2.23「産経新聞」
　　　　＊『ポーツマスの旗』に触れる
912　私が選んだこの一冊「殉国 ―陸軍二等兵比嘉真一」
　　　　◎H7.3.1「毎日新聞」
　　　　＊浅田孝彦 聞き手：早瀬圭一⇒（評）
913　産経抄
　　　　◎H7.3.2「産経新聞」
　　　　＊『桜田門外ノ変』を引用
914　新刊 文藝春秋編「無名時代の私」他3冊
　　　　◎H7.3.8「産経新聞」
915　吉村昭・津村節子夫妻講演会から
　　　　◎H7.4「広報たのはた」
＊916　訪問「時代の本」吉村 昭『戦艦武蔵』
　　　　◎H7.4「諸君!」BOOK PLAZA
　　　　＊吉原敦子
　　　　＊H8.7『あの本にもう一度』吉原敦子著 文藝春秋
917　人との出会い 本との出会い レンゲと菜の花 懐かしい牧歌的風景
　　　　◎H7.4.15「宮崎日日新聞」
　　　　＊大河内昭爾⇒霧島盆地庄内が『蜜蜂乱舞』の舞台となったと紹介
918　書評 私の文学漂流 吉村昭著 無名時代の軌跡つづる
　　　　◎H7.4.19「産経新聞」
919　人との出会い 本との出会い「白い航跡」高木兼寛の業績描く

333

IV　書評・関連記事

　　　　◎H7.4.22「宮崎日日新聞」
　　　　＊大河内昭爾⇒書評
920　書評 再婚 吉村昭著 背中がきれいな「男の美学」
　　　　◎H7.4.28「産経新聞」
　　　　＊川西政明⇒『再婚』「男の家出」「再婚」「老眼鏡」「湖のみえる風景」
921　吉村流の漂流
　　　　◎H7.5『文壇うたかた物語』大村彦次郎著 筑摩書房
　　　　＊『私の文学漂流』に関して
922　人との出会い 本との出会い「文学者」の仲間 ほとんどが作家に
　　　　◎H7.5.14「宮崎日日新聞」
　　　　＊大河内昭爾
　　　　＊H8.8『本の旅』大河内昭爾著 紀伊國屋書店
923　近刊面白文庫
　　　　◎H7.5.17「ダカーポ」
　　　　＊『私の文学漂流』新潮文庫 短評
924　吉村 昭著 再婚「常識」に賭ける男たち女たち
　　　　◎H7.5.19「週刊読書人」書評
　　　　＊吉川 良⇒『再婚』「再婚」「老眼鏡」「男の家出」「貸金庫」「湖の見える風景」
　　　　「青い絵」「月夜の炎」「夜の饗宴」
925　『戦艦三笠すべての動き』刊行によせて
　　　　◎H7.5.20「図書新聞」
　　　　＊吉村 昭監修、市来俊男 他著
926　人との出会い 本との出会い 息子の結納 おしゃべり過ぎた
　　　　◎H7.5.21「宮崎日日新聞」
　　　　＊大河内昭爾
927　全広連が大会開く
　　　　◎H7.5.25「産経新聞」
　　　　＊吉村 昭が講演　演題：日本の夜明けと長崎
928　時代小説 '94
　　　　◎H7.6『文芸年鑑』平成七年版
　　　　＊中島 誠⇒『天狗争乱』
929　戦後と折り合えなかった男の人生『仮釈放』
　　　　◎H7.6『戦後を読む』50冊のフィクション　佐高 信著　岩波新書
　　　　＊H13.6『文学で社会を読む』佐高 信著　岩波現代文庫
930　伊従正敏が読む「佐高信の読書日記」
　　　　◎H7.6.1「産経新聞」
　　　　＊評価の高い作家の一人として、吉村 昭を挙げる
931　本選びのプロが選んだ23冊
　　　　◎H7.6.7「ダカーポ」
　　　　＊紀伊國屋書店社員市川房丸⇒『海も暮れきる』
932　吉村昭『海も暮れきる』(講談社文庫)
　　　　◎H7.7『ジャンル別 文庫本 ベスト1000』安原 顯編

IV 書評・関連記事

　　　＊内藤 誠
933　ベストセラー 仙台 高山書店
　　　◎H7.7.14「産経新聞」
　　　＊『プリズンの満月』良好
934　ベストセラー 東京 八重洲B・C
　　　◎H7.7.21「産経新聞」
　　　＊『プリズンの満月』好調
935　名作の舞台 破獄 秋田市川尻新川町/秋田刑務所
　　　◎H7.7.23「産経新聞」
　　　＊倉田耕一
936　プリズンの満月 吉村 昭著　戦犯の悲劇静かに見つめる
　　　◎H7.7.23「読売新聞」書評
　　　＊猪瀬直樹
937　プリズンの満月 吉村 昭著　生命かけた事件の意味を問う
　　　◎H7.7.28「産経新聞」読書
　　　＊曽根博義
938　プリズンの満月
　　　◎H7.7.31「毎日新聞」新刊本・いろ・いろ・紹介
　　　＊（有）⇒書評
939　MAKING OF［プリズンの満月］吉村昭著 新潮社刊
　　　◎H7.7.31「AERA」
　　　＊速水由紀子
940　眠る魚を夢見る人『プリズンの満月』吉村昭
　　　◎H7.8「新潮」本
　　　＊松山 巖
941　その光が照らす戦後史の局面 吉村昭『プリズンの満月』
　　　◎H7.8「群像」書評
　　　＊佐木隆三
942　日本人刑務官の見た巣鴨プリズン 吉村 昭『プリズンの満月』
　　　◎H7.8.6「サンデー毎日」今週の三冊
　　　＊藤田昌司
943　時評 中間小説誌 8月号を中心に　戦後50年とミステリー特集
　　　◎H7.8.13「産経新聞」
　　　＊影山 勲⇒城山三郎・吉村 昭対談「あの戦争とこの半世紀の日本人」
944　刑務官回想の"戦犯"ドラマ
　　　◎H7.8.13「東京新聞」書評
　　　＊宮内 豊⇒『プリズンの満月』
945　特選現代小説 刑務官として戦犯たちの管理にあたった一日本人の目で描く巣
　　　鴨プリズンの真実 プリズンの満月 吉村 昭著　新潮社
　　　◎H7.8.19/26合併号「週刊現代」現代ライブラリー
　　　＊池田房雄
946　新刊 吉村昭著「戦後の証言者たち」

◎H7.8.23「産経新聞」
　　　　＊書名は正しくは『戦史の証言者たち』
947　ベストセラー 東京 紀伊國屋書店新宿店
　　　　◎H7.8.25「産経新聞」
　　　　＊『プリズンの満月』好調
948　半世紀後に突きつける「戦犯」の意味 吉村昭著『プリズンの満月』
　　　　◎H7.9「文學界」文學界図書館
　　　　＊大河内昭爾
949　「プリズンの満月」吉村昭著 新潮社
　　　　◎H7.9「潮」潮ライブラリー ブック・レビュー
　　　　＊小笠原賢二
950　『プリズンの満月』吉村 昭著 刑務官の姿を通し戦犯問題を問う
　　　　◎H7.9「現代」書評 本のエッセンス 文芸
　　　　＊川西政明
951　吉村 昭著『プリズンの満月』
　　　　◎H7.9「國文学」解釈と教材の研究 ブックエンド
　　　　＊栗坪良樹
952　間宮林蔵
　　　　◎H7.9「北の夜明け」
　　　　＊北海道立文学館特別展図録
953　宗像紀夫が読む「ニコライ遭難」吉村昭
　　　　◎H7.9.3「産経新聞」
　　　　＊書評
954　戦犯に対する作者のいたわりが、静かに、しかし胸苦しいほどに伝わってくる『プリズンの満月』吉村 昭
　　　　◎H7.9.7「週刊文春」書評 文春図書館
　　　　＊上坂冬子
*955　吉村昭（68）　巣鴨プリズンをめぐる"記録文学"を上梓
　　　　◎H7.9.8「週刊ポスト」グラビア PEOPLE
　　　　＊喜多充成⇒『プリズンの満月』
956　被災地のカルテ 軌道に乗る「こころのケア」
　　　　◎H7.10.7「産経新聞」夕刊
　　　　＊『関東大震災』に触れる
957　尊王論者の晩年克明にたどる
　　　　◎H7.10.20「産経新聞」読書
　　　　＊曽根博義⇒『彦九郎山河』
958　私の書評 雪の花 吉村昭著
　　　　◎H7.10.22「産経新聞」
　　　　＊北川孝規
959　彦九郎山河 吉村 昭著　浪人の心情 見事に描写
　　　　◎H7.10.29「北海道新聞」
　　　　＊中島 誠

IV 書評・関連記事

960 『彦九郎山河』吉村昭 寛政の奇人の知られざる足跡
　　◎H7.11「オール讀物」本のページ
　　＊入江和夫
961 文学賞に縁のある作家・無縁な作家
　　◎H7.11『特集・本の雑誌Ⅰ』角川文庫
　　＊紀田順一郎
962 編集室から
　　◎H7.11「ちくま」
　　＊『破船』について
963 尊王思想家の実像に迫る
　　◎H7.11.5「東京新聞」書評
　　＊藤田昌司⇒『彦九郎山河』
964 鼎談書評 第六回 道をきわめる人たち
　　◎H7.12「本の話」
　　＊井上ひさし、松山巖、井田真木子⇒『破獄』に触れる
965 新刊抄録 彦九郎山河　吉村 昭著
　　◎H7.12.3「朝日新聞」
　　＊概要紹介
966 書評に多く登場した本
　　◎H8.2.26「毎日新聞」
　　＊「出版ニュース」を引用して、『プリズンの満月』が11回書評に取り上げられたと紹介
967 Yoshimura, Akira **Shipwrecks**
　　◎H8.3.1 "LIBRARY JOURNAL"
　　＊英訳『破船』書評
968 吉村文学の世界
　　◎H8.春 みたか図書館だより「かんらんしゃ」8号
　　＊主要著書紹介
969 東大教師が新入生にすすめる本
　　◎H8.4「UP」
　　＊鈴木賢次郎⇒『高熱隧道』『戦艦武蔵』『零式戦闘機』
　　＊H16.2『東大教師が新入生にすすめる本』文春新書
970 SHIPWRECKS Akira Yoshimura
　　◎H8.4.29 "PUBLISHERS WEEKLY"
　　＊英訳『破船』書評
971 『桜田門外ノ変』吉村昭［著］
　　◎H8.5『歴史・時代小説100選』縄田一男著 PHP研究所
　　＊概要紹介と書評
972 吉村 昭
　　◎H8.5『ノンフィクション ルポルタージュ図書目録93/95』日外アソシエーツ編
973 この3冊 尾崎護・選 幕末史の本

337

IV 書評・関連記事

◎H8.5.13「毎日新聞」
＊『桜田門外ノ変』上・下 書評
＊H10.10『本読みの達人が選んだ「この3冊」』丸谷才一編 毎日新聞社
974 落日の宴 吉村 昭著 幕吏の息づかいを鮮やかに
◎H8.5.19「読売新聞」書評
＊御厨 貴
975 ベストセラー 東京 紀伊國屋書店新宿店
◎H8.5.19「産経新聞」
＊『落日の宴』
976 落日の宴 幕末高級官僚の志と人間活写
◎H8.5.22「産経新聞」
＊曽根博義
977 落日の宴 —勘定奉行川路聖謨 吉村 昭著 模範的な江戸の能吏 後半生たどる決定版
◎H8.5.26「朝日新聞」書評
＊今谷 明
978 落日の宴 吉村 昭著 脈打つ"剛直"な武士の魂
◎H8.5.26「東京新聞」
＊中島 誠
979 落日の宴 吉村 昭著 幕末の"経済官僚"の姿活写
◎H8.5.26「日本経済新聞」書評
＊野口武彦
980 滅びゆくものに殉じた男の生涯を剛直に描き切る『落日の宴 勘定奉行川路聖謨』吉村 昭
◎H8.5.30「週刊文春」
＊春名 徹
981 江藤淳理事長を再選 副理事長に吉村昭氏
◎H8.6「文藝家協会ニュース」
982 幕末維新を描く吉村史観確立 吉村昭『落日の宴 勘定奉行川路聖謨』
◎H8.6「群像」書評
＊川西政明
983 時代小説 '95
◎H8.6『文芸年鑑』平成八年版
＊中島 誠⇒『彦九郎山河』
984 SHIPWRECKS   A novel by Akira Yoshimura   FOUND TREASURE FROM JAPAN : SHIPWRECKS HELP VILLAGERS SURVIVE
◎H8.6.2 "St.Louis Post-Dispatch" EVERYDAY MAGAZINE
＊Tom Cooper ⇒英訳『破船』書評
985 特選歴史小説 幕府瓦解の難局に重責ある能吏として 誇り高く生きた男の悲劇的生涯を描く
◎H8.6.8「週刊現代」
＊縄田一男⇒『落日の宴』

IV 書評・関連記事

- 986 米で翻訳 日本文学 顔ぶれ多彩、続々と　吉村昭・河野多惠子・山田詠美…
  - ◎H8.6.13「朝日新聞」
  - ＊『破船』
- 987 ベストセラー 東京 八重洲ブックセンター
  - ◎H8.6.16「産経新聞」
  - ＊『落日の宴』好調
- 988 語る 片山文彦氏「外交」高邁な精神もって臨むべき
  - ◎H8.6.19「産経新聞」夕刊
  - ＊『落日の宴』書評
- 989 ベストセラー 東京 日販
  - ◎H8.6.30「産経新聞」
  - ＊『落日の宴』
- 990 高密度の生を描く『落日の宴 勘定奉行川路聖謨』吉村昭
  - ◎H8.7「新潮」本
  - ＊出口裕弘
- 991 「落日の宴 勘定奉行川路聖謨」吉村昭著/講談社
  - ◎H8.7「潮」書評 ブックレビュー
  - ＊近藤信行
- 992 幕末の才幹への鎮魂　吉村 昭『落日の宴 ―勘定奉行川路聖謨』講談社刊
  - ◎H8.7「波」書評
  - ＊山内昌之
- 993 吉村昭に絶賛のパチパチパチ!
  - ◎H8.7「本の雑誌」真空とびひざ蹴り
  - ＊H8.7「本の話」収録のロングインタビューに関して
- 994 吉村昭（昭和2年生）
  - ◎H8.7『現代人気作家101人』日外アソシエーツ編
- 995 『落日の宴』―勘定奉行川路聖謨　吉村 昭著　封建的忠誠心に溢れた幕末の能吏
  - ◎H8.7.6「週刊東洋経済」書評
- 996 吉村昭著 落日の宴 幕末の功労者川路聖謨の人物像
  - ◎H8.7.13「図書新聞」書評
  - ＊高橋義夫
- 997 ベストセラー 東京 八重洲ブックセンター
  - ◎H8.7.14「産経新聞」
  - ＊『落日の宴』更に好調
- 998 SHIPWRECKS by Akira Yoshimura　In Old Japan, Human Horror and Nature's Revenge
  - ◎H8.7.24 "The New York Times" BOOKS OF THE TIMES
  - ＊Richard Bernstein ⇒英訳『破船』書評
- 999 風評私評 歴史の敗者である幕臣に見る高級官僚の節操と志
  - ◎H8.8「諸君!」BOOK PLAZA
  - ＊藤原作弥⇒『落日の宴』

IV 書評・関連記事

  ＊H10.12『風評私評』藤原作弥著 文藝春秋
1000 私の好きな動物文学この一冊　吉村 昭『羆嵐』
  ◎H8.8「オール讀物」
  ＊鴨下信一
1001 力作長編に充実の短編集 吉村昭の『落日の宴 勘定奉行川路聖謨』
  ◎H8.8「新刊展望」
  ＊清原康正
1002 ジャンル別ブックガイド・すもう
  ◎H8.8「本の話」
  ＊半藤一利⇒『日本の名随筆・相撲』寸評
1003 「季刊文科」創刊に当たって
  ◎H8.8.4「産経新聞」
  ＊大河内昭爾
1004 「弟」を出版した 石原慎太郎さん
  ◎H8.8.19「産経新聞」
  ＊『おとうと』幸田 文著、『冷い夏、熱い夏』吉村 昭著に言及
1005 ベストセラー 東京 八重洲ブックセンター
  ◎H8.10.6「産経新聞」
  ＊『街のはなし』良好
1006 ほのぼのする人々紹介　吉村昭さんエッセー集「街のはなし」出版
  ◎H8.10.17「愛媛新聞」
  ＊書評
1007 近況 村見つめ直す出発点
  ◎H8.10.19「産経新聞」夕刊
  ＊田野畑村の早野仙平村長⇒吉村 昭の文学碑について
1008 ひと 近況 立ちばなし 文学碑を出発点に
  ◎H8.10.23「愛媛新聞」
1009 『街のはなし』吉村 昭
  ◎H8.10.24「週刊文春」今月の新刊
  ＊短評
1010 『秋田県酒田港』について
  ◎H8.11「本の雑誌」三角窓口
  ＊酒田市・白崎裕司
1011 吉村昭先生の 文学碑を建立
  ◎H8.11「広報たのはた」
  ＊除幕式は9月29日盛大に挙行された
＊1012 「作家の敵といわれることも（笑）」　いいえ、作家の「鑑」です!
  ◎H8.11.7/14合併号「週刊宝石」
  ＊大多和伴彦⇒『街のはなし』　書評/インタビュー
1013 苦難乗り越え完成した水力発電　「黒部」の心と志、原発にも
  ◎H8.11.8「産経新聞」夕刊
  ＊小林隆太郎⇒黒部第三発電所と『高熱隧道』に言及

IV 書評・関連記事

- 1014 文庫拝見 吉村昭著「昭和歳時記」
    - ◎H8.11.10「愛媛新聞」
- 1015 街のはなし 吉村 昭著 地味で謙虚で苦労人 不朽の名作生む素顔
    - ◎H8.11.17「朝日新聞」書評
    - ＊関川夏央
- 1016 闇の人々 歴史の闇をえぐる五篇
    - ◎H8.12「本の話」
    - ＊山室恭子⇒『破船』
- 1017 歴史の空白を埋める十五篇
    - ◎H8.12「本の話」
    - ＊中村彰彦⇒『長英逃亡』
- 1018 「秋田県酒田港」の謎をめぐって右往左往
    - ◎H8.12「本の雑誌」
- 1019 吉村さんの文学碑
    - ◎H8.12「波」
    - ＊大村一彦
- 1020 ベストセラー 東京 八重洲ブックセンター
    - ◎H8.12.1「産経新聞」
    - ＊『街のはなし』好調
- 1021 書評でとりあげられた本
    - ◎H8.12.18「ダカーポ」
    - ＊『街のはなし』
- 1022 米で読まれる吉村作品 漁村舞台の長編小説「破船」
    - ◎H8.12.30「日本海新聞」
- 1023 ブック・オブ・ザ・イヤー '96
    - ◎H9.1.1「ダカーポ」
    - ＊『落日の宴』書評付き
- 1024 米で吉村昭ブーム 質素な中世日本に共感//描写の美しさ絶賛
    - ◎H9.1.6「愛媛新聞」
    - ＊『破船』
- 1025 『史実を歩く』 文藝春秋の新書参入 注目の第一弾は、妙に軽く読めてしまって
    - H9.1.7〜H10.12.22「週刊新刊全点案内」初出時期未詳
    - ＊永江 朗
    - ＊H13.2『消える本、残る本』永江 朗著 編書房
- 1026 ノンフィクションの展開
    - ◎H9.2 岩波講座『日本文学史』第14巻
    - ＊藤井淑禎⇒『戦艦武蔵』『高熱隧道』『戦艦武蔵ノート』を文学史の論点で説く
- 1027 『東大分院』
    - ◎H9.3「しゅばる」春 No.19
    - ＊山岸淳郎⇒著者自身の闘病体験を吉村 昭の肺結核手術に重ねて記述し、主要吉村作品について語る

IV 書評・関連記事

1028 本「私の文学漂流」吉村昭著
　　◎H9.3「しゅばる」春 No.19
　　＊山岸淳郎⇒『私の文学漂流』
1029 本「わが少年記」中野孝次著
　　◎H9.3「しゅばる」春 No.19
　　＊山岸淳郎⇒藤沢周平、中野孝治、吉村 昭3作家の略歴・体験を比較論考する
1030 月刊「正論」先読み 5月号
　　◎H9.3.28「産経新聞」夕刊
　　＊坂本多加雄⇒大学ゼミで学生に『ポーツマスの旗』を読ませた
1031 週中講座「学習院」各界で活躍学習院OB 作家
　　◎H9.4.2「産経新聞」夕刊
1032 文芸 〈4月〉 作者はどこにいるのか
　　◎H9.4.4「週刊読書人」
　　＊若森栄樹⇒「朱の丸船印」
1033 私の書評「ニコライ遭難」吉村昭著
　　◎H9.4.27「産経新聞」
　　＊吉田雅子
1034 心の漢方薬 散歩について
　　◎H9.5「楽しいわが家」全国信用金庫協会
　　＊大河内昭爾
　　＊H13.10『朝の読書』大河内昭爾著 三月書房
1035 第50回カンヌ映画祭 中盤リポート
　　◎H9.5.15「朝日新聞」夕刊
　　＊吉村 昭原作「うなぎ」に対する好意的批評を伝える
1036 土曜映画館 ロードショー作品紹介「うなぎ」
　　◎H9.5.17「産経新聞」
1037 今村監督『うなぎ』最優秀賞
　　◎H9.5.19「朝日新聞」夕刊
　　＊原題は「闇にひらめく」
1038 今村監督 カンヌ グランプリ
　　◎H9.5.19「毎日新聞」夕刊
1039 軽〜いつもりがグランプリ
　　◎H9.5.19「毎日新聞」夕刊
　　＊今村監督の受賞の喜びと原作者吉村 昭の談話
1040 カンヌ映画祭 今村作品グランプリ
　　◎H9.5.19「読売新聞」夕刊
1041 カンヌ映画祭 今村監督「うなぎ」に最優秀賞
　　◎H9.5.19「産経新聞」夕刊
1042 カンヌ映画祭グランプリ「うなぎ」 喜びの今村監督「まさかと思ったね」
　　◎H9.5.19「産経新聞」夕刊
1043 今村映画カンヌ最優秀 円熟した演出ぶり評価

IV 書評・関連記事

1044 「ポーツマスの旗」吉村昭著　読了後に得られる満足感
　　　◎H9.5.26「毎日新聞」夕刊
　　　＊尾崎 護
　　　＊H14.12『本を肴に』尾崎 護著　三月書房
1045 吉村昭『朱の丸御用船』
　　　◎H9.6「本の話」
　　　＊(BY)⇒短評
1046 『父・丹羽文雄 介護の日々』
　　　◎H9.6 本田桂子著 中央公論社
　　　＊H11.9 中公文庫
1047 ベストセラー 東京・紀伊國屋書店新宿本店 文庫
　　　◎H9.6.30「産経新聞」
　　　＊『海(トド)馬』
1048 人生読本 映像と活字 ―活字の功徳―
　　　〔後：映像と活字〕
　　　◎H9.7「築地本願寺新報」
　　　＊大河内昭爾
　　　＊H13.10『朝の読書』大河内昭爾著 三月書房
1049 パスワード 吉村昭氏 古希迎え新たな世界
　　　◎H9.7.12「産経新聞」夕刊
　　　＊影山 勲⇒『天に遊ぶ』評
1050 朱の丸御用船 吉村 昭著　村崩壊の悲劇描くはりつめた文体
　　　◎H9.7.20「読売新聞」書評
　　　＊吉岡 忍
1051 朱の丸御用船 吉村 昭著　幕府米を盗んだ村社会の悲劇
　　　◎H9.7.26「産経新聞」
　　　＊影山 勲
1052 "恵みの海"が災厄をもたらし、村を揺るがす 『朱の丸御用船』文藝春秋 吉村 昭
　　　◎H9.8「オール讀物」本のページ
　　　＊夏原 武
1053 「無人島叢書」第一期十巻をどこか出してくれい!
　　　◎H9.8「本の雑誌」
　　　＊『漂流』
1054 『失われた志』について
　　　◎H9.8「本の話」
　　　＊城山三郎
1055 類書探訪
　　　◎H9.8.2「週刊現代」現代ライブラリー
　　　＊『海の史劇』『魚影の群れ』
1056 江戸期に急発展した国内海運を題材に難破船に端を発する漁村の悲劇を描く

343

IV 書評・関連記事

　　　　◎H9.8.2「週刊現代」現代ライブラリー
　　　　＊菊池 仁⇒『朱の丸御用船』
1057　漁村の惨事を鮮烈に描き出す 吉村 昭『朱の丸御用船』(文藝春秋)
　　　　◎H9.8.10「サンデー毎日」今週の三冊
　　　　＊藤田昌司
1058　寡黙な歴史を描く　吉村昭『朱の丸御用船』
　　　　◎H9.9「群像」書評
　　　　＊井出孫六
1059　表紙写真・表紙の言葉 吉村昭さん
　　　　◎H9.9.上・中・下旬号「出版ニュース」
1060　味読 乱読 土俵に人生重ねてみれば
　　　　◎H9.9.28「朝日新聞」
　　　　＊久間十義⇒『相撲』紹介
1061　見る聴く ビデオ「うなぎ」 妻殺した過去背負い生きる男
　　　　◎H9.9.29「産経新聞」
1062　人生読本 雑誌の志
　　　　◎H9.10「築地本願寺新報」
　　　　＊大河内昭爾⇒「季刊文科」の創刊趣旨について
1063　解説
　　　　◎H9.10『剣鬼無明斬り』光風社文庫
　　　　＊尾崎秀樹⇒「コロリ」
1064　その日
　　　　◎H9.10『藤沢周平のすべて』文藝春秋
　　　　＊無着成恭⇒『戦艦武蔵』『戦艦武蔵ノート』『総員起シ』の読後感を一言で記す
　　　　＊本文の主旨は藤沢周平に対する追悼
1065　著者に聞く 津村節子さん『智恵子飛ぶ』
　　　　◎H9.11.16「産経新聞」
1066　芸術院新会員 吉村昭氏ら7氏が内定
　　　　◎H9.11.22「朝日新聞」
1067　日本芸術院 吉村昭氏ら7人を新会員に内定
　　　　◎H9.11.22「産経新聞」
1068　吉村昭
　　　　◎H9.12『日本史人物生没年表』日外アソシエーツ編
　　　　＊誕生 1927.5.1小説家。東京・日暮里生まれと記述
1069　今週のこの一冊「私の文学漂流」吉村昭（新潮文庫）
　　　　◎H9.12.17「毎日新聞」
　　　　＊（評）
1070　ほくりく文学散歩 **高熱隧道** 吉村昭 発電所建設の苦闘描く
　　　　◎H9.12.19「朝日新聞」福井版
　　　　＊H11.7『ほくりく文学散歩』朝日新聞社 富山・金沢・福井支局編
1071　現在にも続く"日本的共同体"犯罪を描いた秀作 吉村 昭『朱の丸御用船』

◎H10.1「中央公論」中公読書室
＊今谷 明
1072 心の漢方薬 一筋の道
◎H10.1「楽しいわが家」全国信用金庫協会
＊大河内昭爾
＊H13.10『朝の読書』大河内昭爾著 三月書房
1073 徳川慶喜の毀誉褒貶
◎H10.1『幕末小説なら、これを読め!』
＊塙 幸夫⇒『天狗争乱』
1074 「ノー」と言いたかった(?)ニッポン
◎H10.1『幕末小説なら、これを読め!』
＊時實雅信⇒『落日の宴』『ふぉん・しいほるとの娘』
1075 弾圧と反攻の日々
◎H10.1『幕末小説なら、これを読め!』
＊古賀志郎⇒『黒船』『桜田門外ノ変』
1076 反体制過激派「天狗党」の行方
◎H10.1『幕末小説なら、これを読め!』
＊増田晶文⇒『天狗争乱』
1077 「長人怜悧」の真実
◎H10.1『幕末小説なら、これを読め!』
＊春日和夫⇒『幕府軍艦「回転」始末』
1078 文芸〈1月〉
◎H10.1.9「週刊読書人」
＊中村三春⇒「遠い幻影」
1079 遠い幻影 吉村昭著
◎H10.1.18「毎日新聞」本と出会う ―批評と紹介
＊(川)⇒『遠い幻影』「遠い幻影」「青い星」「クルージング」「夾竹桃」「光る藻」
1080 文藝春秋75年の顔 吉村 昭 吉村メモには名店がぎっしり
◎H10.2「文藝春秋」
1081 この3冊 豊田泰光・選 生きる力を得た歴史小説
◎H10.2.1「毎日新聞」
＊『ふぉん・しいほるとの娘』上・下 短評
＊H10.10『本読みの達人が選んだ「この3冊」』丸谷才一編 毎日新聞社
1082 遠い幻影 吉村 昭著 死への親和的な気分漂う短編集
◎H10.2.1「読売新聞」書評
＊渡辺利夫⇒『遠い幻影』「眼」「遠い幻影」
1083 イブニングマガジン 学習院史学(上) 貴重な大名文書を保存
◎H10.2.2「産経新聞」夕刊
1084 イブニングマガジン 学習院(2) 顔触れ多彩な卒業生
◎H10.2.9「産経新聞」夕刊
＊『戦艦武蔵』、『破船』や『天狗争乱』などの作家として吉村 昭を挙げる
1085 イブニングマガジン 学習院(2) 小山観翁氏 伝統芸能を守る

IV 書評・関連記事

　　　　◎H10.2.9「産経新聞」夕刊
　　　　＊「大学時代に作家の吉村昭氏と寄席を企画」と語る
1086　特選短編集 心に焼きついたさまざまな"死"を感傷を排して凝視する12編の物
　　　語 遠い幻影 吉村 昭著
　　　　◎H10.2.14「週刊現代」現代ライブラリー
　　　　＊菊池 仁⇒『遠い幻影』「遠い幻影」「梅の蕾」「青い星」「光る藻」「眼」
1087　「長崎奉行」任命式も 長崎 作家の吉村氏が講演
　　　　◎H10.2.21「長崎新聞」
1088　吉村昭と朱の丸御用船の世界『志摩の波切で作家は』
　　　　◎H10.3「別冊わがふるさと」四日市市発行
　　　　＊中田重顕⇒『冷い夏、熱い夏』『戦艦武蔵』『朱の丸御用船』
1089　今月の角川文庫 "こだわり"を読む
　　　　◎H10.3「本の旅人」
　　　　＊菊池 仁⇒『再婚』
1090　遠い幻影 吉村 昭著 静かに心のひだに迫る短篇集
　　　　◎H10.3.1「産経新聞」
　　　　＊影山 勲⇒「遠い幻影」「夾竹桃」「梅の蕾」
1091　産経抄
　　　　◎H10.3.1「産経新聞」
　　　　＊『破獄』の概要紹介と引用
1092　文芸〈3月〉
　　　　◎H10.3.6「週刊読書人」
　　　　＊中村三春⇒『遠い幻影』「梅の蕾」「青い星」「父親の旅」
1093　不条理な人生を見る冷徹な目『遠い幻影』吉村 昭（文藝春秋）
　　　　◎H10.3.15「サンデー毎日」今週の三冊
　　　　＊金田浩一呂⇒『遠い幻影』「梅の蕾」「青い星」「アルバム」「夾竹桃」「ジン
　　　　　グルベル」
1094　芸術選奨に22人
　　　　◎H10.3.17「産経新聞」
　　　　＊津村節子の受賞と、夫の吉村 昭も同賞受賞者と伝える
1095　遠い幻影 吉村昭著/文藝春秋
　　　　◎H10.4「潮」潮ライブラリー
　　　　＊藤田昌司⇒『遠い幻影』「遠い幻影」「父親の旅」
1096　吉村 昭『遠い幻影』
　　　　◎H10.4「民主文学」書評
　　　　＊浜賀知彦⇒『遠い幻影』「遠い幻影」「青い星」「桜まつり」「夾竹桃」「クルー
　　　　　ジング」
　　　　＊右記の作品についてはまとめて短評「アルバム」「ジングルベル」「父親の
　　　　　旅」「尾行」「眼」「光る藻」
1097　原風景の力 吉村昭『遠い幻影』
　　　　◎H10.4「文學界」文學界図書館
　　　　＊勝又 浩⇒『遠い幻影』「青い星」「夾竹桃」「クルージング」「遠い幻影」

IV 書評・関連記事

1098 合わせ鏡 長崎奉行就任
　　　◎H10.4.12「朝日新聞」家庭欄
　　　＊津村節子
　　　＊H11.5『合わせ鏡』津村節子著 朝日新聞社
1099 文庫拝見 吉村昭著「再婚」
　　　◎H10.4.12「愛媛新聞」
　　　＊書評
1100 復活太宰治賞の作品募集
　　　◎H10.4.29「産経新聞」
1101 編集室だより
　　　◎H10.5「波」
　　　＊吉村 昭が「長崎奉行」に就任したことを伝える
1102 座談会 歴史小説から日本人が見える
　　　◎H10.5「新潮」臨時増刊号「歴史小説の世紀」
　　　＊秋山 駿、勝又 浩、曽根博義、縄田一男⇒上記「新潮」収録「コロリ」に触れる
　　　＊H12.9『歴史小説の世紀』地の巻 新潮文庫
1103 合わせ鏡 北陸の夜
　　　◎H10.5.10「朝日新聞」家庭欄
　　　＊津村節子
　　　＊H11.5『合わせ鏡』津村節子著 朝日新聞社
1104 歴史小説家の吉村昭さん知事を表敬訪問
　　　◎H10.5.14「長崎新聞」
1105 ほくりく文学散歩 雪の花 吉村昭　天然痘治療に奔走する町医者
　　　◎H10.5.28「朝日新聞」福井版
　　　＊概要紹介
　　　＊H11.7『ほくりく文学散歩』朝日新聞社 富山・金沢・福井支局編
1106 新刊読みどころ わたしの流儀　吉村 昭著　香典には新札を使うのが正しいのか
　　　◎H10.6.4「日刊ゲンダイ」
　　　＊狐
　　　＊H11.8『狐の読書快然』狐 著　洋泉社発行
1107 文藝家協会の江藤理事長再選
　　　◎H10.6.9「産経新聞」
　　　＊副理事長に吉村 昭が再選されたことも併記
1108 軍艦「高雄」の悲劇刻む 名誉村民吉村昭さんの小説もとに
　　　◎H10.6.17「岩手日報」
　　　＊田野畑での記念碑建立を伝える
　　　＊H21.11 大幅改修
1109 素顔と流儀伝わる 吉村昭さんがエッセー集
　　　◎H10.6.17「愛媛新聞」
　　　＊『わたしの流儀』書評

IV 書評・関連記事

1110 合わせ鏡 作家と作品
　　　◎H10.6.21「朝日新聞」
　　　＊津村節子⇒『光る壁画』が「読売新聞」に連載される経緯を語る
　　　＊H11.5『合わせ鏡』津村節子著 朝日新聞社
1111 書評 わたしの流儀 小説と別の顔が見える
　　　◎H10.6.29「産経新聞」
1112 文学 '97
　　　◎H10.7『文藝年鑑』平成十年版
　　　＊菅野昭正⇒吉村 昭原作の映画「うなぎ」(原題：闇にひらめく)がカンヌ国際映画祭で大賞を受賞
1113 時代小説 '97
　　　◎H10.7『文藝年鑑』平成十年版
　　　＊磯貝勝太郎⇒『朱の丸御用船』
1114 小説のタイトル 最もふさわしいのは一つだけ
　　　◎H10.7.18「産経新聞」夕刊
1115 産経抄
　　　◎H10.7.19「産経新聞」
　　　＊『ニコライ遭難』を引用しつつ、ロシアと革命について
1116 政・官・財・文化人大アンケート 二十世紀図書館 特別対談 井上ひさし/立花隆
　　　◎H10.8「文藝春秋」
1117 創作のとき 新鮮なインタビュー
　　　◎H10.8.15「産経新聞」
　　　＊『創作のとき』淡交社刊の紹介
1118 作家のエッセー　もう一つの側面を知る―
　　　◎H10.8.15「産経新聞」夕刊
　　　＊影山 勲⇒『わたしの流儀』
1119 産経抄
　　　◎H10.8.16「産経新聞」
　　　＊『昭和歳時記』を引用し「物干台」と下町の生活を語る
1120「あとがき」エッセイ ごめんなさい、岩本常雄さん
　　　◎H10.9『二人静』秋山ちえ子著 小池書院
　　　＊岩本常雄・吉村 昭の間柄について触れる
1121 はじめて書かれる地球日本史 英国から見た薩摩藩
　　　◎H10.9.4「産経新聞」
　　　＊宮澤眞一⇒短篇「牛」に触れる
1122 私の一冊『破獄』吉村昭著　人々の愛が何にもまして重要
　　　◎H10.9.7「産経新聞」
　　　＊若原泰之(朝日生命会長)
1123 新刊案内
　　　◎H10.10「新刊ニュース」
　　　＊『生麦事件』数行の概要紹介
1124 文春新書・今月の新刊

IV 書評・関連記事

　　　　◎H10.10「本の話」
　　　　＊『史実を歩く』を紹介
1125 『新書戦争』し烈化へ 文春新書が20日10点創刊
　　　　◎H10.10.4「産経新聞」
　　　　＊『史実を歩く』を創刊ラインアップの一つとして紹介
1126 ベストセラー（八重洲ブックセンター八重洲店）
　　　　◎H10.10.11「日本経済新聞」
　　　　＊『生麦事件』がフィクションの部でトップ
1127 生麦事件 吉村 昭著 維新に向かう激変の時勢描く
　　　　◎H10.10.18「日本経済新聞」書評
　　　　＊桶谷秀昭
1128 三鷹ゆかりの作家・太宰治「講演と朗読のつどい」
　　　　◎H10.10.18「広報みたか」
　　　　＊講師の一人として吉村 昭を紹介
1129 ベストセラーを読む 吉村昭著『史実を歩く』
　　　　◎H10.10.26「産経新聞」
　　　　＊概要紹介
1130 ランキング 八重洲ブックセンター調べ
　　　　◎H10.10.26「産経新聞」
　　　　＊『生麦事件』〈フィクション〉部門で一位
1131 人生の苦さ見つめる目
　　　　◎H10.10.26「朝日新聞」夕刊
　　　　＊小谷野 敦⇒おすすめの3点として『生麦事件』を推す
1132 生麦事件 吉村昭著 明治維新の発端となった「事件」を軸に開国へ至る潮流と幕末群像を描き切る
　　　　◎H10.10.31「週刊現代」
　　　　＊清原康正
1133 まさしく男の物語 吉村昭…【生麦事件】
　　　　◎H10.11「群像」書評
　　　　＊安西篤子
1134 大名行列と艦砲　吉村昭『生麦事件』を読む
　　　　◎H10.11「新潮」
　　　　＊野口武彦
1135 文芸時評
　　　　◎H10.11「新潮」
　　　　＊山口昌男⇒『落日の宴』
1136 文春新書創刊十冊一気読み
　　　　◎H10.11「本の話」
　　　　＊言問有弥⇒『史実を歩く』
1137 ワイド編集 新書のすすめ　売行き好調の10点
　　　　◎H10.11.6「週刊読書人」
　　　　＊文春新書の『史実を歩く』を紹介

Ⅳ 書評・関連記事

1138 『生麦事件』吉村 昭著　維新の起爆点となった惨劇を克明に描く
　　　◎H10.11.7「週刊東洋経済」書評
　　　＊佐

1139 本よみの虫干し 冬の鷹
　　　◎H10.11.8「朝日新聞」
　　　＊関川夏央
　　　＊H13.10.19『本よみの虫干し』関川夏央著 岩波新書

1140 吉村昭著「彦九郎山河」
　　　◎H10.11.8「西日本新聞」
　　　＊文庫版書評

1141 生麦事件 吉村昭著 重厚で禁欲的な叙述
　　　◎H10.11.13「週刊ポスト」
　　　＊井口時男

1142 事実のみに語らせた明快な幕末 吉村 昭『生麦事件』(新潮社)
　　　◎H10.11.15「サンデー毎日」今週の三冊
　　　＊金田浩一呂

1143 生麦事件 吉村昭著 「無私の視点」で歴史を生々しく描く
　　　◎H10.11.15「毎日新聞」今週の本棚
　　　＊渡辺 保

1144 「生麦事件」吉村昭著　ひたりきらぬ覚めた目の説得力
　　　◎H10.11.16「毎日新聞」夕刊
　　　＊尾崎 護
　　　＊H14.12『本を肴に』尾崎 護著　三月書房

1145 南風 出会い
　　　◎H10.11.19「琉球新報」夕刊
　　　＊大城光代

1146 日本を変えた、激情の爆発 吉村昭『生麦事件』
　　　◎H10.12「文學界」文學界図書館
　　　＊保阪正康

1147 生麦事件 吉村昭/新潮社
　　　◎H10.12「潮」潮ライブラリー
　　　＊藤田昌司

1148 時代小説に描かれた 江戸の情景 桜田門外、吹雪の中　桜田門外の変(ママ) 吉村昭
　　　◎H10.12「別冊小説宝石」初冬特別号

1149 文庫・新書ピックアップ
　　　◎H10.12.2「ダカーポ」
　　　＊『史実を歩く』短評

1150 吉村 昭著　史実を歩く 自作の舞台裏を公開
　　　◎H10.12.4「週刊読書人」書評
　　　＊花崎真也

1151 '98年『この3冊』書評者が選ぶ
　　　◎H10.12.20「毎日新聞」

IV 書評・関連記事

　　　＊渡辺 保⇒『生麦事件』（短評）
1152　日本文学 1998年
　　　◎H10.12.25「週刊読書人」
　　　＊中村三春⇒『遠い幻影』
1153　時代歴史小説
　　　◎H10.12.25「週刊読書人」
　　　＊岡崎武志⇒『生麦事件』
1154　来年いよいよ"新書戦争"に突入　10月創刊の文春新書も好調
　　　◎H10.12.28「産経新聞」
　　　＊影山 勲⇒『史実を歩く』快調
1155　風土の記憶 田野畑村の文学散策　第四節『光が、水平線から夜空一面に‥‥』
　　　◎H11『風土の記憶』'99田野畑村村勢要覧
　　　＊「星への旅」と文学碑について
1156　鼎談 '98出版回顧
　　　◎H11.1「新刊展望」
　　　＊藤田昌司、金田浩一呂、清原康正⇒『生麦事件』
1157　アンケート特集「外部」からの「文学」批評
　　　◎H11.1「文學界」
　　　＊文学の「外部」で活躍する86人からのアンケート　質問事項 ①日本語で作品を発表している現存する作家で、よく読まれる方の名前と作品名を挙げてください(以下略) ②古今東西を問わず、お好きな作家および作品を挙げてください(以下略) ③略　以下櫻田 淳を除いて、質問事項①に対する回答
　　　＊児玉 清⇒吉村 昭『史実を歩く』他多数
　　　＊佐々淳行⇒吉村 昭(特に『生麦事件』)
　　　＊水谷三公⇒吉村 昭
　　　＊塚本哲也⇒吉村 昭の作品 小説から伝記ものまで
　　　＊寺島靖国⇒吉村 昭『生麦事件』『史実を歩く』
　　　＊村尾清一⇒吉村 昭『戦艦武蔵』『陸奥爆沈』『関東大震災』『神々の沈黙』『破獄』『冷い夏、熱い夏』
　　　＊山内昌之⇒吉村 昭と中村彰彦
　　　＊有田芳生⇒吉村 昭の一連の作品『生麦事件』『破獄』『史実を歩く』
　　　＊櫻田 淳⇒質問事項②について 吉村 昭『ポーツマスの旗』
1158　アンケート '98印象に残った本
　　　◎H11.1「新刊ニュース」
　　　＊3人が『生麦事件』を挙げる
1159　地方紙文化部、学芸部記者が薦める　「わが街・わが酒・わが文学」愛媛新聞
　　　◎H11.1「本の話」
1160　5大紙書評・気になるナンバー1
　　　◎H11.1「WEDGE」
　　　＊『史実を歩く』
1161　心の漢方薬 甲南の銀杏

IV 書評・関連記事

　　　　◎H11.1「楽しいわが家」全国信用金庫協会
　　　　＊大河内昭爾
　　　　＊H13.10『朝の読書』大河内昭爾著 三月書房
1162　丹那トンネル
　　　　◎H11.1『静岡県の20世紀』原口和久著 羽衣出版
　　　　＊『闇を裂く道』を引用
1163　談話室 新春特集 個人も社会も"元気"が一番
　　　　◎H11.1.3「産経新聞」
　　　　＊一般読者の投書
1164　時代を映す鏡として 吉村昭の『生麦事件』
　　　　◎H11.2「新刊展望」
　　　　＊清原康正
1165　新刊案内
　　　　◎H11.2「新刊ニュース」
　　　　＊『碇星』
　　　　＊数行の概要紹介
1166　吉村昭とその作品
　　　　◎H11.3『この時代小説がおもしろい』櫻井秀勲著 編書房
　　　　＊『戦艦武蔵』『冬の鷹』『零式戦闘機』『海も暮れきる』『黒船』『ふぉん・しいほるとの娘』『海の祭礼』『落日の宴 ―勘定奉行川路聖謨』『雪の花』『長英逃亡』『間宮林蔵』『桜田門外ノ変』『生麦事件』『破獄』『虹の翼』『海の史劇』『ポーツマスの旗』『深海の使者』『漂流』『破船』『花渡る海』『北天の星』『高熱隧道』『光る壁画』『関東大震災』『白い航跡』『闇にひらめく』『羆嵐』『羆』『鯨の絵巻』
1167　文学作品の中の網走刑務所　『破獄』吉村昭（昭和58）
　　　　◎H11.3『網走文学散歩』網走市
1168　人生読本 花山信勝と巣鴨プリズン
　　　　◎H11.3「築地本願寺新報」
　　　　＊大河内昭爾⇒『巣鴨プリズン』(小林弘忠著)の書評を『プリズンの満月』(吉村 昭著)と対比して行う
1169　イブニングマガジン 学習院女子大学（下）OGに聞く 作家 津村節子さん
　　　　◎H11.3.1「産経新聞」夕刊
1170　パスワード ドロボー 創作意欲をそそるものも
　　　　◎H11.3.6「産経新聞」夕刊
　　　　＊影山 勲⇒『破獄』に触れる
1171　文芸時評「理想を実現した」詩人たち
　　　　◎H11.3.7「産経新聞」
　　　　＊荒川洋治⇒「都会」
　　　　＊H12.7『文藝年鑑』平成十二年版
　　　　＊H17.12『文芸時評という感想』荒川洋治著 四月社
1172　碇星 吉村昭著 老いと死を慎しみ深く見つめる短編集
　　　　◎H11.3.14「毎日新聞」今週の本棚

352

IV 書評・関連記事

　　　　＊高井有一⇒『碇星』「碇星」「喫煙コーナー」「飲み友達」
1173　「坂の上の雲」をゆく 飫肥の杉林 宮崎・日南市
　　　　◎H11.3.14「産経新聞」
　　　　＊安本寿久⇒『ポーツマスの旗』を引用
1174　おイネさんの道をたどろう 中高生ら7日かけ 長崎⇨宇和・卯之町 徒歩とフェリーで
　　　　◎H11.3.18「朝日新聞」愛媛版
　　　　＊吉村 昭が史実を元に書いた『ふぉん・しいほるとの娘』を参考に可能な限り旧道を歩く
1175　碇星 吉村昭著
　　　　◎H11.3.21「読売新聞」読書
　　　　＊（夫）⇒『碇星』「喫煙コーナー」「寒牡丹」
1176　吉村昭氏が日本医学史学会で講演
　　　　◎H11.3.31「朝日新聞」夕刊
1177　老いにおける仮構の創出 吉村昭【碇星】
　　　　◎H11.4「群像」書評
　　　　＊松原新一⇒『碇星』「碇星」「飲み友達」「喫煙コーナー」「受話器」「寒牡丹」
1178　人生読本「巣鴨プリズン」四冊の本
　　　　◎H11.4「築地本願寺新報」
　　　　＊大河内昭爾
1179　碇星 定年男のロマンチシズム
　　　　◎H11.4.3「産経新聞」
　　　　＊影山 勲⇒『碇星』「碇星」「喫煙コーナー」
1180　『合わせ鏡』
　　　　◎H11.5
　　　　＊津村節子著 朝日新聞社
　　　　＊随所に吉村 昭とその一家の素顔が見られる
　　　　＊「朝日新聞」日曜家庭版にH10.4.5～9.27の間掲載されたエッセイに補筆訂正したもの
1181　「太宰賞」21年ぶり復活 第15回受賞者に冴桐由氏
　　　　◎H11.5.11「産経新聞」
1182　平凡社、新書に参入
　　　　◎H11.5.23「日本経済新聞」
　　　　＊「平凡社新書」の創刊を紹介 初回配本の一つとして吉村 昭著『わが心の小説家たち』を挙げる
1183　著者に聞く 大島昌宏さん『幕末写真師 下岡蓮杖』
　　　　◎H11.5.23「産経新聞」
　　　　＊史実調査について「小説家としては吉村昭さんを、最も尊敬しますが、あそこまで綿密な調査はとてもできません」と述べる
1184　第100回日本医学史学会開催される
　　　　◎H11.6.7「週刊医学界新聞」No.2341
　　　　＊H11.5.14 吉村 昭の記念講演が行なわれたと伝える

353

IV 書評・関連記事

　　　　＊演題：「歴史小説余話…医学を中心に」
　　　　＊会場：有楽町朝日ホール
1185　文庫・新書
　　　　◎H11.6.20「朝日新聞」
　　　　＊最相葉月⇒『わが心の小説家たち』短評
1186　文学'98
　　　　◎H11.7『文藝年鑑』平成十一年版
　　　　＊川村 湊⇒『生麦事件』
1187　時代小説'98
　　　　◎H11.7『文藝年鑑』平成十一年版
　　　　＊縄田一男⇒『生麦事件』
1188　吉村昭氏、理事長代行に
　　　　◎H11.7「文藝家協会ニュース」
1189　1篇の物語を10枚の紙幅内に凝縮して「生と死」「愛と憎しみ」を紡いだ珠玉集　天に遊ぶ　吉村 昭著
　　　　◎H11.7.3「週刊現代」特選短篇集
　　　　＊清原康正⇒『天に遊ぶ』「鰭紙」「聖歌」「観覧車」「頭蓋骨」「梅毒」「サーベル」「偽刑事」「お妾さん」「鯉のぼり」「カフェー」
1190　江藤淳理事長が辞任
　　　　◎H11.7.9「産経新聞」
　　　　＊吉村 昭副理事長が理事長代行に就任
1191　故江藤淳氏の日本文藝家協会葬
　　　　◎H11.7.28「産経新聞」
　　　　＊葬儀委員長は吉村 昭理事長代行
1192　江藤淳前理事長　日本文藝家協会葬
　　　　◎H11.8「文藝家協会ニュース」
　　　　＊葬儀委員長に理事長代行吉村 昭
1193　故江藤淳　日本文藝家協会葬　青山葬儀所で
　　　　◎H11.8「文藝家協会ニュース」
　　　　＊葬儀委員長吉村 昭　弔辞を述べる
1194　祭りの関係　掛け声と伝統　時代に流れぬ江戸の心意気
　　　　◎H11.8.14「産経新聞」
　　　　＊赤堀正卓⇒『東京の下町』を引用
1195　宗教・こころ　現代塾塾長　大河内昭爾氏　文化発信としての寺院の役割
　　　　◎H11.8.26「産経新聞」夕刊
　　　　＊かつて吉村 昭を講師として招いたと述べる
1196　江藤淳さん文藝家協会葬　陛下から祭し料
　　　　◎H11.9.1「産経新聞」
1197　書評　狐の読書快然
　　　　◎H11.9.12「産経新聞」
　　　　＊狐⇒『わたしの流儀』に対する書評を含む
1198　新刊案内

IV 書評・関連記事

　　　　◎H11.10「新刊ニュース」
　　　　＊『アメリカ彦蔵』数行の概要紹介
1199　吉村昭『生麦事件』　幕末と二〇世紀末日本は何一つ変わっていない
　　　　◎H11.10『だからどうした本の虫』安原 顯著　双葉社
　　　　＊初出未詳
1200　吉村昭『わが心の小説家たち』　著者独特の視点で書かれた「愛読書」紹介
　　　　◎H11.10『だからどうした本の虫』安原 顯著　双葉社
　　　　＊初出未詳
1201　産経抄
　　　　◎H11.10.25「産経新聞」
　　　　＊『北天の星』を引用
1202　アメリカ彦蔵　吉村 昭著　さ迷う漂流民 苦悩が心打つ
　　　　◎H11.10.31「読売新聞」書評WEEKLY BOX
　　　　＊橋本五郎
1203　巻頭グラビア 歴史小説誕生の現場 吉村昭・宮城谷昌光両氏の書斎拝見
　　　　◎H11.11「新潮」11月臨時増刊
1204　臨時増刊特別企画 歴史小説を生む時代
　　　　◎H11.11「新潮」11月臨時増刊
　　　　＊「新潮」編集部⇒『時代別作品リスト』に下記を列記
　　　　＊『冬の鷹』『桜田門外ノ変』『生麦事件』『海の史劇』
1205　吉村昭「アメリカ彦蔵」歴史小説の魅力
　　　　◎H11.11「波」書評
　　　　＊饗庭孝男
1206　作家 吉村昭氏 を迎えて ～生涯学習の日～
　　　　◎H11.11 広報「かない」No.333
1207　Yoshimura,Akira　ON PAROLE
　　　　◎H11.11.1 "KIRKUS REVIEWS"
　　　　＊英訳『仮釈放』書評
1208　日米二国の変革期を体験した男 吉村 昭『アメリカ彦蔵』（読売新聞社）
　　　　◎H11.11.7「サンデー毎日」今週の三冊
　　　　＊細谷正充
1209　書評『アメリカ彦蔵』
　　　　◎H11.11.25「週刊宝石」歴史時代小説
　　　　＊永野啓六
1210　「アメリカ彦蔵」吉村昭 幕末漂流民の苦すぎる一言
　　　　◎H11.12「文學界」文学界図書館
　　　　＊奥野修司
1211　ON PAROLE　AKIRA YOSHIMURA
　　　　◎H11.12.13 "Publishers Weekly"
　　　　＊英訳『仮釈放』書評
1212　20世紀文学の記憶 日本文学1900～1999一年一作百年百篇
　　　　◎H12.1「文學界」

355

IV 書評・関連記事

　　　　＊荒川洋治⇒「星への旅」(1966)に言及
1213　『アメリカ彦蔵』吉村昭
　　　　◎H12.1「潮」潮ブックレビュー
　　　　＊藤田昌司
1214　『アメリカ彦蔵』吉村 昭著　漂流民を描いて日本を問う
　　　　◎H12.1「現代」本のエッセンス
　　　　＊石井信平
1215　鼎談 '99出版回顧
　　　　◎H12.1「新刊展望」
　　　　＊藤田昌司、金田浩一呂、清原康正⇒『アメリカ彦蔵』
1216　アンケート '99印象に残った本
　　　　◎H12.1「新刊ニュース」
　　　　＊井筒和幸⇒『生麦事件』寸評
1217　'99今年最高の本　新聞・雑誌の書評担当者が選んだ面白5冊
　　　　◎H12.1.5「ダカーポ」
　　　　＊新聞・週刊誌書評担当者の座談会『アメリカ彦蔵』『史実を歩く』
1218　各書評担当者は、"あの本"をどう楽しんで読んだのだろう？
　　　　◎H12.1.5「ダカーポ」
　　　　＊週刊よみうり・S⇒『アメリカ彦蔵』
1219　書評 夜明けの雷鳴 吉村昭著　博愛の幕府医師を描く
　　　　◎H12.1.15「産経新聞」
1220　トーハンのベスト10
　　　　◎H12.1.23「朝日新聞」
　　　　＊『夜明けの雷鳴』
＊1221　夜明けの雷鳴 著者吉村 昭さん「無欲の人」から見た歴史
　　　　◎H12.1.30「毎日新聞」本と出会う ―批評と紹介
　　　　＊重里徹也⇒書評とインタビュー
1222　ランキング 八重洲ブックセンター本店調べ
　　　　◎H12.1.31「産経新聞」
　　　　＊『夜明けの雷鳴』好調
1223　文学を探せ⑦
　　　　◎H12.2「文學界」
　　　　＊坪内祐三⇒「手鏡」「時間」
1224　吉村昭『夜明けの雷鳴』幕末の動乱を生き抜いた医師の生涯
　　　　◎H12.2「オール讀物」ブックトーク
1225　八木さんの思い出　追悼八木義徳
　　　　◎H12.2「季刊文科」No.14
　　　　＊大河内昭爾⇒葬儀が吉村 昭を葬儀委員長として南多摩斎場で営まれたと記す
1226　ON PAROLE By Akira Yoshimura Vicious Cycle A Japanese novel explores the fate of a released killer who can never truly be free
　　　　◎H12.2.6 "New York Times" Sunday issue

IV 書評・関連記事

　　　＊Michael Pye ⇒英訳『仮釈放』書評
1227　八重洲ブックセンター本店のベスト10
　　　◎H12.2.6「朝日新聞」
　　　＊『夜明けの雷鳴』
1228　"On Parole" by Akira Yoshimura
　　　◎H12.2.13 "Denver,Co.Post"
　　　＊英訳『仮釈放』書評
1229　歴史・時代小説『夜明けの雷鳴』吉村昭
　　　◎H12.2.17「週刊宝石」HOSEKI BOOK CENTER
　　　＊長谷部史親
1230　夜明けの雷鳴 吉村 昭著 人道主義貫いた幕末の医師描く
　　　◎H12.2.20「日本経済新聞」読書
1231　**ON PAROLE** By Akira Yoshimura
　　　◎H12.2.20 "The Boston Globe"
　　　＊Gail Caldwell ⇒英訳『仮釈放』書評
1232　**ON PAROLE** A Novel **By Akira Yoshimura** A Hissing Noise
　　　◎H12.2.27 "LOS ANGELES TIMES" BOOK REVIEW
　　　＊Peter Green ⇒英訳『仮釈放』書評
1233　On Parole by Akira Yosimura
　　　◎H12.Spring "BOOKFORUM FICTION"
　　　＊Irini Spanidou ⇒英訳『仮釈放』書評
1234　20世紀文学館 ㉗「海の悲劇」
　　　◎H12.3「新刊展望」
　　　＊藤田昌司⇒『戦艦武蔵』
1235　戦艦武蔵‥‥1966 吉村昭の小説
　　　◎H12.3 新版ポケット『日本名作事典』平凡社
　　　＊芹澤光興⇒書評
1236　「虚構の繁栄」を撃つ
　　　◎H12.3『同時代の読み方』内橋克人著 岩波書店
　　　＊『仮釈放』
1237　**AKIRA YOSHIMURA'S NOVEL EXPLORES THE BESETTING A PAROLEE**
　　　◎H12.3.5 "St.Louis Post-Dispatch"
　　　＊Suzanne Rhodenbaugh ⇒英訳『仮釈放』書評
1238　**On Parole**
　　　◎H12.3.5 "The News & Observer Raleigh,NC"
　　　＊Bruce Allen ⇒英訳『仮釈放』書評
1239　**On Parole** By Akira Yoshimura　Life in the Outside World Is Harsh
　　　◎H12.3.5 Omaha "WORLD-HERALD"
　　　＊GAIL CALDWELL ⇒英訳『仮釈放』書評
1240　**Shipwrecks** by Akira Yosimura
　　　◎H12.3.19 "The Washington Post" Book World

IV 書評・関連記事

- ＊Jenifer Howard ⇒ペーパーバックス版 英訳『破船』書評
1241 **On Parole** by Akira Yoshimura
- ◎H12.3.27 "The New Yorker"
- ＊英訳『仮釈放』書評
1242 名文句を読む 生と死のはざまで
- ◎H12.3.27「読売新聞」大阪版
- ＊久世光彦⇒「少女架刑」
- ＊H13.9『美の死』久世光彦著 筑摩書房
1243 六部笠
- ◎H12.4「新潮」
- ＊津村節子
- ＊H15.3『似ない者夫婦』津村節子著 河出書房新社
1244 裸の王様の耳はロバの耳 ② [選評の楽しみ]
- ◎H12.4「本の旅人」
- ＊小谷野 敦⇒選評に関する感動的な話が、吉村 昭の『私の文学漂流』に出てくると語る
1245 火罪の執行に失敗しやり直した事例
- ◎H12.4.1「刑罰史研究」第17号
- ＊藤井嘉雄
- ＊「II 著書・作品」No.2106 の題材となった史料
1246 **On Parole** By Akira Yoshimura "On Parole" never skips a step on path to catastrophe
- ◎H12.4.2 "Dallas Morning News"
- ＊Isabel Nathaniel ⇒ 英訳『仮釈放』書評
1247 話題の本『江戸のオランダ人』片桐一男著　商館長の江戸参府初めて描く
- ◎H12.4.8「産経新聞」
- ＊藤田昌司⇒『ふぉん・しいほるとの娘』を引用して、出島の模様を語る
1248 文芸マンスリー　傑作に隠れるひとつの言葉
- ◎H12.4.9「産経新聞」
- ＊荒川洋治⇒「漁火」評
- ＊H17.12『文芸時評という感想』荒川洋治著 四月社
1249 米で日本の小説翻訳され"共感"
- ◎H12.5.9「朝日新聞」
- ＊『仮釈放』『破船』の翻訳出版その他を紹介
1250 21世紀へ残す本残る本『戦艦武蔵』吉村昭著　ついえた「富国強兵」の夢
- ◎H12.5.20「産経新聞」
- ＊大河内昭爾
1251 東京の烏
- ◎H12.6「狩」
- ＊津村節子
- ＊H15.3『似ない者夫婦』津村節子著 河出書房新社
1252 新理事長に高井有一氏

IV 書評・関連記事

◎H12.6「文藝家協会ニュース」
＊吉村 昭が投票による選出を提案、同時に自身の理事長就任の意向がないことを明言

1253　海洋文学大賞が決定
◎H12.6.4「産経新聞」
＊吉村 昭が特別賞受賞

1254　文藝家協会新理事長 高井有一氏に決まる
◎H12.6.9「朝日新聞」

1255　黒板 海洋文学大賞に2氏
◎H12.6.13「朝日新聞」夕刊
＊第四回海洋文学大賞の特別賞に吉村 昭が選ばれたと報ずる

1256　高井有一さん＝日本文藝家協会の新理事長に就任
◎H12.6.15「毎日新聞」
＊新理事長選出の経緯を語る

1257　三田佳子 高村智恵子役に挑戦
◎H12.6.28「産経新聞」
＊原作者・津村節子の夫婦同業についての述懐あり

1258　佐渡今昔
◎H12.7「狩」
＊津村節子
＊H15.3『似ない者夫婦』津村節子著 河出書房新社

1259　時代小説 '99
◎H12.7『文藝年鑑』平成十二年版
＊縄田一男⇒『アメリカ彦蔵』『夜明けの雷鳴』

*1260　海に眠る事件追う
◎H12.7.19「毎日新聞」
＊第四回海洋文学大賞特別賞受賞 インタビュー

1261　第四回海洋文学大賞 特別賞に吉村昭氏
◎H12.7.19「毎日新聞」
＊「戦艦武蔵」『漂流』『アメリカ彦蔵』等に対して

1262　吉村昭著『朱の丸御用船』
◎H12.7.23「朝日新聞」文庫 新書
＊概要紹介

1263　第3回海洋文学大賞 吉村さんら晴れの受賞　〔ママ〕
◎H12.7.29「産経新聞」夕刊
＊正しくは『第4回』

1264　心に残る一冊 出会いのチャンス
◎H12.8「新刊ニュース」
＊岸本葉子⇒『落日の宴』書評
＊H13.9『本棚からボタ餅』岸本葉子著 中央公論新社
＊H16.1『本棚からボタ餅』岸本葉子著 中公文庫

1265　「黒船」という驚異

IV　書評・関連記事

　　　　◎H12.8『この時代小説が面白い！』扶桑社
　　　　＊櫻井秀勲⇒『アメリカ彦蔵』
1266　桜田門外の変
　　　　◎H12.8『この時代小説が面白い！』扶桑社
　　　　＊櫻井秀勲⇒『桜田門外ノ変』
1267　21世紀への伝言　戦の記憶 上　伊号第三潜水艦 若者は海底へ消えた
　　　　◎H12.8.12「朝日新聞」愛媛版
　　　　＊「総員起シ」を引用
1268　午睡のあとで「陸奥爆没」
　　　　〔後：暗い船底 ―『陸奥爆没』〕
　　　　◎H12.8.15「熊本日日新聞」
　　　　＊松本道介
　　　　＊H14.9『午睡のあとで』松本道介著　藤原書店
1269　文芸時評　吉村昭『敵討』内心の秘密、影絵のごとく
　　　　◎H12.8.25「東京新聞」夕刊
　　　　＊菅野昭正
1270　文芸時評 8月　翻弄され取り残される悲劇…吉村作品
　　　　◎H12.8.29「毎日新聞」夕刊
　　　　＊川村 湊⇒「敵討」
1271　続々翻訳される吉村昭作品
　　　　◎H12.9「新潮」Translation
　　　　＊『仮釈放』、『破船』の翻訳出版に続き『遠い日の戦争』予告
1272　作家点描「炎のなかの休暇」
　　　　◎H12.9「新刊ニュース」
　　　　＊山本容朗
1273　対談「"最後の楽園"に愛をこめて」
　　　　◎H12.9『証言 早野仙平田野畑村長の32年』
　　　　＊津村節子 VS 早野仙平
1274　「花笑みの村」の夢
　　　　◎H12.9『証言 早野仙平田野畑村長の32年』
　　　　＊和山敏治⇒「梅の蕾」により『花笑みの村』誕生の経緯を伺えると記す
1275　ふぉん・しいほるとの娘　吉村 昭　1975年
　　　　◎H12.9『歴史・時代小説事典』尾崎秀樹監修 実業之日本社
　　　　＊概要と解説
1276　生麦事件　吉村 昭　1996年
　　　　◎H12.9『歴史・時代小説事典』尾崎秀樹監修 実業之日本社
　　　　＊概要と解説
1277　吉村 昭 1927～
　　　　◎H12.9『歴史・時代小説事典』尾崎秀樹監修 実業之日本社
1278　読書日記 平家と川柳
　　　　〔後：平家と川柳 ―阿部達二・吉村昭〕
　　　　◎H12.9.3「東京新聞」

　　　　　　　　Ⅳ　書評・関連記事

　　　　＊大河内昭爾⇒『島抜け』短評
　　　　＊H16.4『井伏家のうどん』大河内昭爾著 三月書房
1279　『島抜け』吉村 昭著、新潮社
　　　　◎H12.9.17「朝日新聞」新刊 私の◎○
　　　　＊黒川博行⇒書評
1280　私の一冊 国会議員 福田康夫『日本の禍機』 日米関係学ぶきっかけに
　　　　◎H12.9.25「産経新聞」
　　　　＊大変面白かった本として、『黒船』『海の祭礼』を挙げる
1281　『島抜け』吉村昭 史実への忠実、細部への視線
　　　　◎H12.10「新潮」本
　　　　＊大河内昭爾
1282　歴史・時代小説『島抜け』吉村昭
　　　　◎H12.10.5「週刊宝石」HOSEKI BOOK CENTER
　　　　＊長谷部史親
1283　時代小説
　　　　◎H12.10.6「週刊読書人」書評
　　　　＊末國善己⇒『島抜け』「島抜け」「欠けた椀」「梅の刺青」
1284　時代・歴史小説三昧 ★史料のなかの「数行」に着目し
　　　　◎H12.10.21「週刊現代」
　　　　＊清原康正⇒『島抜け』「島抜け」「欠けた椀」「梅の刺青」
1285　日本文学の魅力 露で静かに浸透
　　　　◎H12.10.21「産経新聞」夕刊
　　　　＊吉村 昭、半藤一利の作品紹介も検討と伝える
1286　島抜け 吉村 昭著 逃亡、漂流、破獄…転変を淡々と
　　　　◎H12.10.22「日本経済新聞」
　　　　＊野口武彦⇒「島抜け」「欠けた椀」「梅の刺青」
1287　島抜け　吉村 昭　史実への忠実さが生む抑制された文章の魅力
　　　　◎H12.11「文藝春秋」
　　　　＊大河内昭爾⇒「島抜け」「欠けた椀」「梅の刺青」
1288　七十周年記念特別随想 平成の作家の書斎
　　　　◎H12.11「オール讀物」
　　　　＊津村節子
　　　　＊H15.3『似ない者夫婦』津村節子著 河出書房新社
1289　新刊案内
　　　　◎H12.11「新刊ニュース」
　　　　＊『私の好きな悪い癖』数行の概要紹介
1290　この命、何をあくせく 一喜一憂の男たち
　　　　◎H12.12「本」
　　　　＊城山三郎⇒『島抜け』書評
　　　　＊H14.9『この命、何をあくせく』城山三郎著 講談社
1291　『高熱隧道』吉村昭著 新潮社
　　　　◎H12.12『21世紀の必読書100選』21世紀の関西を考える会

361

IV 書評・関連記事

　　　　＊吉津洋一⇒書評
1292　『戦艦武蔵』吉村昭著 新潮社
　　　　◎H12.12『21世紀の必読書100選』21世紀の関西を考える会
　　　　＊大槻博司⇒書評
1293　海の祭礼 吉村昭著
　　　　◎H12.12『21世紀の必読書100選』一般推薦図書
　　　　＊本企画にあたりアンケートにより推薦された図書
1294　2000 回顧 文芸 7氏が選んだ小説ベスト3
　　　　◎H12.12.8「読売新聞」夕刊
　　　　＊荒川洋治⇒「時間」(「文學界」一月号)
1295　文壇挽歌物語 第13回「Z」の吉村昭と津村節子
　　　　◎H13.1「ちくま」
　　　　＊大村彦次郎
　　　　＊H13.5『文壇挽歌物語』大村彦次郎著 筑摩書房(「吉村昭・津村節子の風雪」と題して)
1296　アンケート2000　印象に残った本
　　　　◎H13.1「新刊ニュース」
　　　　＊澤田ふじ子⇒『島抜け』寸評
1297　新刊案内
　　　　◎H13.1「新刊ニュース」
　　　　＊『島抜け』数行の概要紹介
1298　北天の星　吉村 昭
　　　　◎H13.1『歴史・時代小説ベスト113』
　　　　＊安宅夏夫⇒解説
1299　よむサラダ　隣近所
　　　　◎H13.1.14「読売新聞」
　　　　＊津村節子
　　　　＊H15.3『似ない者夫婦』津村節子著 河出書房新社
1300　文芸時評　吉村昭「最後の仇討」　無作為の作為に浮かぶ人の姿
　　　　◎H13.1.26「東京新聞」夕刊
　　　　＊菅野昭正⇒「敵討」、「最後の仇討」
　　　　＊H14.8『変容する文学のなかで』下 菅野昭正著 集英社
1301　2000年私が読んだ本ベスト3 落日の宴 ―勘定奉行川路聖謨
　　　　◎H13.2「月刊経営者」日経連
　　　　＊藤井義弘(日立造船相談役)
　　　　＊H14.1『「本を読む日本の経営者」52人が読んだ本』新講社
1302　文壇フォト日誌
　　　　◎H13.3「小説現代」
1303　新刊案内
　　　　◎H13.3「新刊ニュース」
　　　　＊『敵討』数行の概要紹介
1304　敵討 吉村昭著 仇討行の惨めさと歴史背景の見事な対比

IV 書評・関連記事

　　　　◎H13.3.11「東京新聞」
　　　　＊中島 誠⇒「敵討」「最後の仇討」
1305　敵討 吉村 昭著 復讐にひそむ憤りと情念の炎
　　　　◎H13.3.11「日本経済新聞」
　　　　＊桶谷秀昭⇒「敵討」「最後の仇討」
1306　吉村昭著 敵討 背景の「時代」描き切る
　　　　◎H13.3.25「読売新聞」
　　　　＊橋本五郎⇒「敵討」「最後の仇討」
1307　ベストセラー
　　　　◎H13.4「新刊ニュース」
　　　　＊「敵討」
1308　東大教師が新入生にすすめる本
　　　　◎H13.4「UP」
　　　　＊宮崎 毅⇒『光る壁画』（短評）、『白い航跡』（短評）
　　　　＊H16.3『東大教師が新入生にすすめる本』文春新書
1309　吉村 昭　1927〜
　　　　◎H13.4『埼玉の時代・歴史小説』さいたま文学館
　　　　＊初出図書：さいたま文学館企画展図録
1310　佐藤さんと私
　　　　〔後改題：戦友 佐藤愛子〕
　　　　◎H13.4「佐藤愛子展 図録」世田谷文学館
　　　　＊津村節子
　　　　＊H15.3『似ない者夫婦』津村節子著 河出書房新社
1311　ミステリー思わす快感 敵討 吉村昭著
　　　　◎H13.4.1「産経新聞」
　　　　＊影山 勲⇒「敵討」「最後の仇討」
1312　文芸21 小説
　　　　◎H13.4.12「朝日新聞」夕刊
　　　　＊阿刀田 高⇒『敵討』「敵討」「最後の仇討」
1313　敵討 吉村 昭［著］　「活劇」より空しさ 世の無常描く
　　　　◎H13.4.15「朝日新聞」
　　　　＊木田 元⇒「敵討」「最後の仇討」
1314　敵討 吉村昭著
　　　　◎H13.4.22「毎日新聞」本と出会う ─批評と紹介
　　　　＊（一）⇒「敵討」「最後の仇討」
1315　ランキング 八重洲ブックセンター本店調べ
　　　　◎H13.4.28「産経新聞」
　　　　＊『敵討』好調
1316　吉村史観のひろがり『敵討』─吉村昭
　　　　◎H13.5「新潮」
　　　　＊川西政明⇒「敵討」「最後の仇討」
1317　「敵討」吉村 昭　歴史の「自然」

　　　　◎H13.5「文學界」
　　　　＊桶谷秀昭⇒「敵討」「最後の仇討」
1318　『敵討』を読んで
　　　　◎H13.5「波」読者の声
　　　　＊山本　泉⇒歴史小説集『敵討』
1319　吉村昭、洲之内徹の漂流
　　　　◎H13.5『文壇挽歌物語』第八章　大村彦次郎著　筑摩書房
1320　吉村昭の「戦艦武蔵」
　　　　◎H13.5『文壇挽歌物語』第十三章　大村彦次郎著　筑摩書房
1321　こんな本を読みました　夏
　　　　◎H13.5『炊飯器とキーボード』岸本葉子著　講談社文庫
　　　　＊『落日の宴』（評）その他吉村　昭の多くの著書について記述
1322　こんな本を読みました　冬
　　　　◎H13.5『炊飯器とキーボード』岸本葉子著　講談社文庫
1323　天声人語
　　　　◎H13.5.30「朝日新聞」
　　　　＊「風邪薬」（「Ⅱ　著書・作品」No.1930）を引用
1324　インタビュー　グラバー伝を著した　内藤初穂さん
　　　　◎H13.5.30「長崎新聞」
　　　　＊執筆に行き詰まった時吉村　昭の助言で打開・進捗と語る
1325　この命、何をあくせく　安らいだ気持ち
　　　　◎H13.6「本」
　　　　＊城山三郎⇒『見えない橋』その他に言及
　　　　＊H14.9『この命、何をあくせく』城山三郎著　講談社
1326　霞の髄から・五十二人の外務大臣
　　　　◎H13.6「文藝春秋」
　　　　＊阿川弘之⇒『ポーツマスの旗』の主人公小村寿太郎と河野洋平外務大臣を対比して論ずる
1327　識者100人アンケート　近・現代史を知る500の良書
　　　　◎H13.7「諸君!」
　　　　＊伊藤　隆⇒『ニコライ遭難』
　　　　＊尾崎　護⇒『ポーツマスの旗』
　　　　＊小谷野　敦⇒『ポーツマスの旗』
1328　知事の読書（アンケート）
　　　　◎H13.7「一冊の本」
　　　　＊神田真秋（愛知県）が『敵討』を挙げる
1329　私を変えた名著8『海も暮れきる』吉村昭
　　　　◎H13.8「JN　実業の日本」
　　　　＊佐高　信
　　　　＊H14.5『わたしを変えた百冊の本』佐高　信著　実業之日本社
1330　検証・桜田門外の変　専門家・作家による参考文献案内
　　　　◎H13.8『その時歴史が動いた』第8巻

IV 書評・関連記事

　　　　＊母利美和⇒吉村 昭著『桜田門外ノ変』を挙げる
1331　吉村 昭　アメリカ彦蔵　新潮文庫
　　　　◎H13.8.5「毎日新聞」COVER DESIGN
　　　　＊概要紹介
1332　01年上半期ベスト5 時代小説『敵討』吉村昭 史実踏まえて人物新鮮
　　　　◎H13.8.10「朝日新聞」
　　　　＊寺田 博⇒『敵討』を最上位作品として取り上げる
1333　唐外相「やめなさいとゲンメイ」「外国語」で語る難しさ実感
　　　　◎H13.8.14「産経新聞」夕刊
　　　　＊瀧山 誠⇒『ポーツマスの旗』を引用
1334　東京の戦争 吉村昭著（筑摩書房）
　　　　◎H13.8.19「毎日新聞」本と出会う —批評と紹介
　　　　＊才
1335　評判記 吉村昭のロングセラーの秘密
　　　　◎H13.8.26「読売新聞」
　　　　＊松田哲夫⇒『敵討』『東京の戦争』
1336　新刊案内
　　　　◎H13.9「新刊ニュース」
　　　　＊『東京の戦争』数行の概要紹介
1337　司法の風景を訪ねて 第13回 博物館 網走監獄
　　　　◎H13.9「司法書士」No.355
1338　訳者あとがき
　　　　◎H13.9『呪われた航海』三辺律子訳
　　　　＊『破船』との共通性に言及
1339　今あえて書く戦争　やるべきは「伝える」こと 自らに刻み込まれた日常
　　　　◎H13.9.9「産経新聞」
　　　　＊青木千恵⇒『東京の戦争』紹介のみ
1340　吉村昭『東京の戦争』
　　　　◎H13.9.13「週刊新潮」
　　　　＊書評
1341　産経抄
　　　　◎H13.9.23「産経新聞」
　　　　＊『ポーツマスの旗』を引用
1342　この人・この3冊　宮崎毅・選　吉村 昭
　　　　◎H13.9.30「毎日新聞」
　　　　＊『虹の翼』『光る壁画』『白い航跡』（各短評付）
1343　小さな大物 173
　　　　◎H13.10「文藝春秋」
1344　編集だより
　　　　◎H13.10「文藝春秋」
　　　　＊対談『東京の戦争』を語り継ごう に関して
1345　吉村昭著 東京の戦争 少年の記憶からよみがえる戦火の下町

365

IV　書評・関連記事

　　　　◎H13.10「東京人」
　　　　＊川本三郎
1346　私もその中にいた「東京の戦争」を読んで
　　　　◎H13.10「ちくま」
　　　　＊おおにし・のぶゆき(大西信行)
1347　読者のひろば 吉村昭『東京の戦争』
　　　　◎H13.10「ちくま」
　　　　＊読者五人の感想
1348　『東京の戦争』吉村 昭　米国テロの映像を見ながら思う 戦争に接する交換不能な固有の経験
　　　　◎H13.10.5「週刊朝日」
　　　　＊芹沢俊介
1349　吉村文学の魅力(講演)
　　　　H13.10.13
　　　　＊大河内昭爾
　　　　＊東北自動車道酒田みなと開通記念イベント
　　　　＊講演会場：山形県郷土館「文翔館」
1350　書架 預金保険機構理事長 松田昇さん　人間くさい作品が好き
　　　　◎H13.10.22「産経新聞」
　　　　＊『ニコライ遭難』に触れる
1351　21世紀の日本のオピニオンリーダー66人
　　　　◎H13.10.25「毎日新聞」
　　　　＊特集 第55回読書世論調査
1352　三人の卓子 私の空襲体験
　　　　◎H13.11「文藝春秋」
　　　　＊対談『東京の戦争』を語り継ごう 読者の感想
1353　文学のある風景 吉村昭著『戦艦武蔵』
　　　　◎H13.11「長崎夢百景」
　　　　＊初出誌「長崎夢百景」は長崎県の広報誌
1354　戦争と鉄道
　　　　◎H13.11「本」
　　　　＊『東京の戦争』を引用
1355　38 第三の新人とその時代
　　　　◎H13.11『昭和文学史』下巻 川西政明著 講談社
　　　　＊「標本」『秋の街』『仮釈放』『戦艦武蔵』『陸奥爆沈』『背中の勲章』『逃亡』『深海の使者』『海軍乙事件』『長英逃亡』『高熱隧道』『神々の沈黙』『消えた鼓動』『光る壁画』『桜田門外ノ変』『ニコライ遭難』『黒船』『生麦事件』
1356　秋の叙勲 勲四等宝冠章 作家 津村 節子さん 73
　　　　◎H13.11.3「読売新聞」
1357　秋の叙勲受章者 勲三等瑞宝章・唐津一さん/勲四等宝冠章・津村節子さん
　　　　◎H13.11.3「産経新聞」
1358　本よみの虫干し 関川夏央著

Ⅳ　書評・関連記事

　　　　◎H13.11.10「毎日新聞」
　　　　＊日高 普⇒書評の中で『冬の鷹』に触れる
1359　緊急事態
　　　　◎H13.12「文藝春秋」
　　　　＊津村節子⇒夫人が急病の折の口述筆記や代理署名についてユーモラスに愛情豊かに描く
　　　　＊H15.3『似ない者夫婦』津村節子著 河出書房新社
1360　戦場と化した東京と今とを二重写しにして生きる世代の目『東京の戦争』吉村 昭
　　　　◎H13.12「中央公論」
　　　　＊出口裕弘
1361　大佛次郎賞 第28回津島佑子・萩原延壽の両氏に
　　　　◎H13.12.12「朝日新聞」
　　　　＊吉村 昭を選考委員の一人として記載
1362　「本」職に聞く 時代切り取る技、心意気伝えたい
　　　　◎H13.12.16「朝日新聞」
　　　　＊元木昌彦⇒吉村 昭を「編集者の学校」の作家講師と紹介
1363　編集後記
　　　　◎H13.12.17「朝日新聞」夕刊 大阪版
　　　　＊『わたしの流儀』の一節を引用
1364　読書アンケート特集 2001年 印象に残った本
　　　　◎H14.1「新刊ニュース」
　　　　＊澤田ふじ子⇒『島抜け』『敵討』を挙げる（短評付記）
1365　最後の仇討
　　　　◎H14.1『物語の旅』和田 誠著 フレーベル館
　　　　＊概要紹介と書評
1366　最初の読者から 司馬さんのエッセンスとは一種の詩である
　　　　◎H14.1「一冊の本」
　　　　＊大河内昭爾⇒かつて吉村 昭の小説を「史実小説」とよび、司馬遼太郎のそれを「史談小説」と勝手に名付けて、両作家を同時に論じたと述べる
1367　芥川賞・直木賞意外史 ⑤芥川賞残酷物語
　　　　◎H14.2「文藝春秋」
1368　キーワードは80 時代小説 豊饒の80冊
　　　　◎H14.2「文藝春秋」
　　　　＊寺田 博⇒八十編、一人一作品を選ぶ 『桜田門外ノ変』
1369　風呂敷雑誌「文藝春秋」80年の80本
　　　　◎H14.2「文藝春秋」
　　　　＊坪内祐三⇒H7.3『歴史はくり返す』を取り上げる
1370　私が選んだノンフィクションBEST3
　　　　◎H14.2「青春と読書」ノンフィクション増刊号
　　　　＊秋元孝夫が『光る壁画』『羆嵐』（寸評）を 福原義春が『戦艦武蔵』を挙げる

IV 書評・関連記事

1372 『新装版 日本医家伝』吉村昭著
　　　◎H14.2.3「読売新聞」文庫・新書
　　　＊短評
1373 『東京の下町』吉村昭（文春文庫）
　　　◎H14.3『東京本遊覧記』坂崎重盛著 晶文社
　　　＊初出：H13.7〜「環境緑化新聞」『「東京本」の風景を読む』（未確認）
1374 吉村 昭
　　　◎H14.3『現代文学鑑賞辞典』栗坪良樹編 東京堂出版
　　　＊栗坪良樹⇒『冷い夏、熱い夏』
1375 専門家・作家による 参考文献案内『虹の翼』
　　　◎H14.3『その時歴史が動いた』12
　　　＊広井 力
1376 書評 和田誠著 物語の旅
　　　◎H14.3.10「毎日新聞」
　　　＊中村桂子⇒「最後の仇討」に言及
1377 医学生・研修医のために私が選ぶこの10冊
　　　◎H14.3.18「週刊医学界新聞」
　　　＊大森安恵⇒『ふぉん・しいほるとの娘』『雪の花』『白い航跡』（各短評付）
1378 同人雑誌、かかわりとこだわり
　　　◎H14.4「季刊文科」No.21
　　　＊佐藤睦子⇒十五日会でたまたま隣になった吉村 昭にぽつんと言われた一言が身に沁みたと書く
1379 "普段着"の吉村氏を知る
　　　◎H14.4「小説新潮」読者の声
　　　＊岩田彰子
1380 「東京の戦争」歴史探偵調査報告
　　　◎H14.5「文藝春秋」
　　　＊半藤一利⇒吉村 昭が目撃した爆撃機を徹底調査
1381 吉村 昭
　　　◎H14.5『日本近現代人物履歴事典』東京大学出版会
1382 忙人寸語
　　　◎H14.5.9「千葉日報」
　　　＊「梅の蕾」を取り上げる
1383 今月の文庫 生麦事件（上・下）吉村昭著（新潮文庫）
　　　◎H14.5.27「毎日新聞」
　　　＊紹介のみ
1384 文学でめぐる山手線
　　　◎H14.6「旅」
　　　＊日暮里の項で『炎のなかの休暇』『東京の下町』を紹介
1385 近聞遠見 政治家が魅入られる「本」
　　　◎H14.6.1「毎日新聞」

IV 書評・関連記事

　　　＊岩見隆夫⇒小泉純一郎首相(当時)が『ポーツマスの旗』などに心を揺さぶられたという
1386　選考会の司会
　　　◎H14.6.4「毎日新聞」夕刊
　　　＊松田哲夫⇒太宰治賞の選考会における、選考委員と編集者、司会者のかかわりについて
1387　春告獣とともに ⑧ 苫前事件 絶叫 哀願 人食いグマの惨事
　　　◎H14.6.11「北海道新聞」夕刊
　　　＊木村盛武
1388　春告獣とともに ⑨ 真相を発掘 粘り強く遺族訪ね歩き
　　　◎H14.6.12「北海道新聞」夕刊
　　　＊木村盛武
1389　三谷幸喜のありふれた生活 112
　　　◎H14.6.26「朝日新聞」夕刊
　　　＊三谷夫人の読書に関連して『アメリカ彦蔵』に触れる
1390　夫の特技 私の特技
　　　☆H14.7.4「神戸新聞」夕刊
　　　＊津村節子
　　　＊H15.3『似ない者夫婦』津村節子著 河出書房新社
1391　忙人寸語
　　　◎H14.7.11「千葉日報」
　　　＊「梅の蕾」の著者に触れて
1392　時代小説の愉しみ アイヌ民族の戦いを描く待望の書 大森光章『シャクシャイン戦記』
　　　◎H14.8「本の窓」
　　　＊菊池 仁⇒北海道を物語の舞台とした時代小説は意外に少なく、吉村 昭の『間宮林蔵』その他数例を挙げる
1393　吉村昭夫妻との不思議な縁
　　　◎H14.8『無医村に花は微笑む』将基面誠著 ごま書房
1394　吉村昭氏の小説「梅の蕾」のこと
　　　◎H14.8『無医村に花は微笑む』将基面誠著 ごま書房
1395　あとがきにかえて
　　　◎H14.8『無医村に花は微笑む』将基面誠著 ごま書房
1396　金曜時評 一歩先を見誤るな
　　　◎H14.8.2「奈良新聞」
　　　＊坂本久美⇒『背中の勲章』を引用
1397　見えない橋 吉村昭著
　　　◎H14.8.6「ウイークリー出版情報」8月1・2週号
　　　＊新刊情報
1398　『見えない橋』
　　　◎H14.8.11「読売新聞」短評
　　　＊「見えない橋」

IV 書評・関連記事

1399 私が選んだこの一冊「冷い夏、熱い夏」吉村昭著
　　　◎H14.8.21「毎日新聞」
　　　＊関口達夫 聞き手：早瀬圭一⇒（評）
1400 私の一作「魚影の群れ」
　　　◎H14.8.27「毎日新聞」夕刊
　　　＊緒形 拳
1401 編集後記
　　　◎H14.9「中央公論」
　　　＊近現代史教育の重要性に鑑み、司馬遼太郎、松本清張、大岡昇平、吉村昭に歴史小説の傑作が多いと説く
1402 書評 見えない橋 吉村昭著　安息の地示す熟達の短篇集
　　　◎H14.9.1「産経新聞」
　　　＊影山 勲⇒「見えない橋」「見えない橋」「都会」「時間」「夜の道」
1403 見えない橋 吉村昭著 存在の消滅告げる世界の深奥
　　　◎H14.9.8「毎日新聞」
　　　＊渡辺 保⇒『見えない橋』「都会」「見えない橋」「漁火」「夜光虫」「時間」「消えた町」
1404 追憶の一冊『星への旅』吉村昭著 新潮文庫　"死への誘惑"を先送り
　　　◎H14.9.10「産経新聞」
　　　＊道浦母都子
1405 産経抄
　　　◎H14.9.22「産経新聞」
　　　＊『乱丁』について
1406 文芸時評
　　　◎H14.9.26「朝日新聞」夕刊
　　　＊関川夏央⇒「ひとすじの煙」
1407 売れてます　この命、何をあくせく 城山三郎著
　　　◎H14.9.30「毎日新聞」
　　　＊吉村 昭に触れる
1408 「見えない橋」吉村昭　過ぎさるものへのおもい
　　　◎H14.10「文學界」
　　　＊大河内昭爾⇒『見えない橋』「時間」「夜の道」「見えない橋」「漁火」「消えた町」
1409 書評 釣人の面目　吉村 昭……［見えない橋］
　　　◎H14.10「群像」
　　　＊三木 卓⇒「見えない橋」「漁火」「時間」
1410 鎮魂の風景『見えない橋』　吉村昭
　　　◎H14.10「新潮」
　　　＊勝又 浩⇒『見えない橋』「見えない橋」「都会」「漁火」「消えた町」「時間」
1411 似ない者夫婦
　　　◎H14.10「青淵」
　　　＊津村節子

IV 書評・関連記事

　　　＊H15.3『似ない者夫婦』津村節子著 河出書房新社
1412　くいしん坊亭主　吉村 昭
　　　◎H14.10『文人には食あり』山本容朗著 廣済堂出版
1413　吉村 昭 よしむら・あきら 一九二七〜
　　　◎H14.10『時代小説作家 ベスト101』向井敏編 新書館
　　　＊細谷正充⇒『ふぉん・しいほるとの娘』、その他に『敵討』『桜田門外ノ変』
　　　『長英逃亡』『漂流』『日本医家伝』『めっちゃ医者伝』等に触れる
1414　吉村 昭
　　　◎H14.10『新訂 作家・小説家人名事典』日外アソシエーツ編
1415　文庫・新書 吉村昭著『島抜け』
　　　◎H14.10.13「朝日新聞」
　　　＊書評 表題作のみ
1416　水や空
　　　◎H14.10.24「長崎新聞」
　　　＊（憲）⇒「II 著書・作品」No.2005, 2016, 2023 および「IV 書評・関連記事」
　　　No.1417, 1423 参照
1417　吉村氏の熱い励ましに感激 他
　　　◎H14.10.26「長崎新聞」みんなのひろば
　　　＊「II 著書・作品」No.2005, 2016, 2023 および「IV 書評・関連記事」No.1416,
　　　1423 参照
1418　21世紀の贈り物 立山・黒部 世界への発信　第11章 世界遺産を目指す 高熱隧
　　　道の湯
　　　◎H14.10.29「北日本新聞」
　　　＊『高熱隧道』を引用
1419　《証言》吉村昭『関東大震災』
　　　◎H14.11「國文学」解釈と教材の研究
　　　＊今村忠純⇒『関東大震災』『戦史の証言者たち』『戦艦武蔵』『零式戦闘機』
　　　『東京の戦争』
1420　時代小説50選（評判）B
　　　◎H14.11「國文学」解釈と教材の研究
　　　＊縄田一男⇒『桜田門外ノ変』
1421　本棚の忘れ物 13 林芙美子の旅 1
　　　◎H14.11「青春と読書」
　　　＊関川夏央⇒吉村 昭のエッセイ「変人」を引用
1422　39 作家と読書
　　　◎H14.11『文庫、新書の海を泳ぐ』小田光雄著 編書房
　　　＊『わが心の小説家たち』を引用
1423　編集局からのメッセージ おもいがけぬ投稿
　　　◎H14.11.23「長崎新聞」
　　　＊「II 著書・作品」No.2005, 2016, 2023 および「IV 書評・関連記事」No.1416,
　　　1417 参照
1424　今月の文庫 碇星 吉村昭著（中公文庫）

IV 書評・関連記事

◎H14.12.2「毎日新聞」
＊概要紹介のみ

1425　「彰義隊」についての情報をお寄せ下さい
◎H14.12.11「あらかわ区報」

1426　短信 新潮新書、来春創刊
◎H14.12.15「朝日新聞」
＊創刊10点の著者としては、吉村 昭、ドナルド・キーン、養老孟司の3人を予定と報ずる

1427　江戸開府400年記念事業がはじまります
◎H14.12.20「広報たいとう」No.835
＊記念事業の一つとして吉村 昭の講演開催を伝える

1428　ミリタリー・オタクがすすめる 本当の戦争の話を読もう
◎H15.1「本の話」
＊樋口隆晴⇒『戦艦武蔵』に触れる

1429　作家アンケート特集 2002年 印象に残った本
◎H15.1「新刊ニュース」
＊鈴木輝一郎が『見えない橋』を挙げる

1430　誠実の作家 吉村昭氏の世界
◎H15.1「XYZ」92号 四日市文章集団
＊黒宮朝子⇒「人と作品（万年筆）」他同人10人による吉村文学研究・感想

1431　放哉への接近
◎H15.1『尾崎放哉』石 寒太著　北溟社

1432　編集後記
◎H15.1.1「刑罰史研究」28号
＊「雲井龍雄と解剖のこと」（「II 著書・作品」No.2025）に関連して

1433　「日本資本主義の父」翻訳版完成　露大統領に"渋沢栄一伝"首相9日訪問時に贈る
◎H15.1.3「産経新聞」
＊以前に『ニコライ遭難』が政府からクレムリンに贈られたと記述

1434　名作散歩
H15.2「中日新聞ところどころ」第5号
＊点字資料

1435　名作散歩 吉村昭著 海の鼠 自然の怒り告げた大群
◎H15.2.16「東京新聞」日曜版

1436　吉村昭さんと三島由紀夫 明かされた興味深い接点
◎H15.2.16「毎日新聞」
＊重里徹也

1437　ランキング 八重洲ブックセンター本店調べ
◎H15.2.23「産経新聞」
＊『大黒屋光太夫』快調

1438　吉村昭理解
◎H15.3「文化情報」鈴鹿 2003.3

Ⅳ　書評・関連記事

　　　　＊清水 信⇒『日本医家伝』「寒牡丹」「碇星」『関東大震災』『プリズンの満月』
　　　　『再婚』『大黒屋光太夫』『赤い人』『海も暮れきる』
1439　吉村昭・人と文学
　　　◎H15.3「三重の文学」58号
　　　＊大久保 勇
1440　吉村昭・人と文学 続
　　　◎H15.3「三重の文学」59号
　　　＊大久保 勇
1441　心の漢方薬　悠々自適　吉村昭の仕事ぶり
　　　◎H15.3「楽しいわが家」全国信用金庫協会
　　　＊大河内昭爾
　　　＊H16.4『井伏家のうどん』大河内昭爾著　三月書房
1442　『似ない者夫婦』
　　　◎H15.3　津村節子著　河出書房新社
　　　＊随所に吉村 昭本人と家族について記述あり
1443　大黒屋光太夫（上・下）吉村昭著　現代に語りかける歴史小説
　　　◎H15.3.2「日本経済新聞」
　　　＊野口武彦
1444　ランキング　トーハン調べ
　　　◎H15.3.2「産経新聞」
　　　＊『大黒屋光太夫』依然好調
1445　「本」職に聞く　自信作そろいました
　　　◎H15.3.16「朝日新聞」
　　　＊三重博一（新潮新書編集長）⇒「新潮新書」創刊に関連し吉村 昭著『漂流記の魅力』を創刊10点の一つとして紹介
1446　吉村昭著　大黒屋光太夫　新たな人物像描く
　　　◎H15.3.16「読売新聞」本よみうり堂
　　　＊布施裕之
1447　吉村昭『大黒屋光太夫（上・下）』　故郷に帰り着こうと熱望した男
　　　◎H15.3.16「サンデー毎日」
　　　＊松本健一
1448　吉村昭さんが講演会　大黒屋光太夫の故郷・鈴鹿で
　　　◎H15.3.18「毎日新聞」夕刊
　　　＊有本忠浩
1449　大黒屋光太夫（上・下）吉村 昭著
　　　◎H15.3.23「北海道新聞」
　　　＊川上 淳
1450　大黒屋光太夫（上・下）吉村昭著　発見された新史料に基づいて「漂流民」の苦悩を鮮明に描く
　　　◎H15.3.29「週刊現代」
　　　＊清原康正
1451　津村節子さんら14人に芸術院賞　3人には併せて恩賜賞

IV　書評・関連記事

　　　◎H15.3.29「産経新聞」
*1452　『大黒屋光太夫』(毎日新聞社)　吉村 昭さん　ロシア漂流10年、史実のままの小説　鎖国日本がVIP扱いにした新事実
　　　◎H15.3.30「YOMIURI WEEKLY」
　　　＊高橋 誠⇒インタビュー/書評
　　　＊H17.5『小説50』生活情報センター
1453　識者60人アンケート　日本を見つめ直す最良の「歴史書」
　　　◎H15.4「文藝春秋」
　　　＊池井 優⇒『ポーツマスの旗』
　　　＊上坂冬子⇒『大黒屋光太夫』
1454　アンケート　東大教師が新入生にすすめる本
　　　◎H15.4「UP」
　　　＊笠原順三⇒『海の壁 —三陸海岸大津波』書評
　　　＊H16.3『東大教師が新入生にすすめる本』文春新書
1455　わくわくするわけ —「波」創刊号を読んで
　　　◎H15.4「波」
　　　＊出久根達郎⇒『戦艦武蔵』に言及
1456　編集室だより
　　　◎H15.4「波」
　　　＊『戦艦武蔵』に言及
1457　吉村昭特集『三重の文学』他
　　　◎H15.4「三重の文学」62号
　　　＊高橋正彦⇒『わが心の小説家たち』『戦艦武蔵』『高熱隧道』
1458　江戸開府400年記念事業　池波正太郎記念文庫特別講演会
　　　◎H15.4「台東区生涯学習センターニュース」
　　　＊講演「小説に書いた江戸時代」の案内
1459　大黒屋光太夫　上・下
　　　◎H15.4.6「毎日新聞」
　　　＊沼野充義
1460　三重の文学
　　　◎H15.4.9「朝日新聞」三重総合版
　　　＊藤田 明⇒吉村 昭講演会および県下の吉村文学の研究に関して
1461　足と年月かけた作家論
　　　◎H15.4.9「中日新聞」夕刊
　　　＊吉村文学の種々の研究活動を紹介
1462　人と作品　吉村 昭と『大黒屋光太夫』　江戸中期、ロシア領に漂着した体験録を新史料を加えて描く
　　　◎H15.4.10「有鄰」No.425
1463　能登想う文人結集　首都圏で「春秋会」設立　戸部新十郎(七尾市出身)、早乙女貢、吉村昭氏ら
　　　◎H15.4.18「北國新聞」
1464　皆さんのお便り

IV 書評・関連記事

　　　　◎H15.4.20「毎日新聞」
　　　　＊読者の投稿『大黒屋光太夫』について
1465　「新潮新書」創刊
　　　　◎H15.4.21「産経新聞」
　　　　＊ラインアップの一つに吉村 昭『漂流記の魅力』を記す
1466　新潮新書創刊特集 情報過多の時代に
　　　　◎H15.5「波」
　　　　＊新潮新書編集部⇒吉村 昭『漂流記の魅力』を紹介
1467　書評「大黒屋光太夫（上・下）」吉村昭　荒れ狂う波濤と、国家に翻弄される
　　　　◎H15.5「文學界」
　　　　＊岸本葉子
1468　大黒屋光太夫（上・下）吉村昭著
　　　　◎H15.5「文藝春秋」
　　　　＊寺田 博
1469　吉村昭著『漂流記の魅力』
　　　　◎H15.5.4「朝日新聞」文庫・新書
　　　　＊概要紹介と短評
1470　漂流記の魅力 吉村昭著
　　　　◎H15.5.11「毎日新聞」
　　　　＊規⇒概要紹介と短評
1471　天に遊ぶ（吉村昭著）
　　　　◎H15.5.11「東京新聞」
　　　　＊概要紹介
1472　天声人語
　　　　◎H15.5.15「朝日新聞」
　　　　＊『漂流記の魅力』について語る
1473　書評　大黒屋光太夫（上・下）吉村昭著　人知を尽くす漂流のドラマ
　　　　◎H15.5.25「産経新聞」
　　　　＊影山 勲
1474　頑固にして柔軟 ―城山三郎『対談集「気骨」について』
　　　　◎H15.6「波」
　　　　＊金田浩一呂⇒上記対談集の書評 吉村 昭との対談1件と城山/吉村/佐野洋の鼎談に言及
1475　評判記 記録に忠実 吉村昭の文学
　　　　◎H15.6.1「読売新聞」
　　　　＊後藤正治⇒『漂流記の魅力』書評
1476　談話室 光太夫からロシアを見直す
　　　　◎H15.6.11「産経新聞」
1477　ことばの旅人
　　　　◎H15.7.5「朝日新聞」be
　　　　＊『海も暮れきる』短評
1478　吉村昭氏が特別講演 来月14日

IV 書評・関連記事

◎H15.8.11「長崎新聞」
1479 旧日本海軍超大型戦艦「武蔵」 作業日誌 実物公開へ
◎H15.8.11「長崎新聞」
＊吉村昭企画展に関連して
1480 巨大地震の時代 第2部関東大震災から80年
◎H15.8.21「産経新聞」
＊吉村 昭『関東大震災』を引用
1481 城山三郎の昭和 第14回 横光利一は田舎者です
◎H15.9「本の旅人」
＊佐高 信⇒城山三郎と吉村 昭の対談について触れる
1482 建造日誌 本物を初公開
H15.9.15「西日本新聞」長崎南
1483 吉村昭「企画展」始まる 県立長崎図書館
◎H15.9.15「長崎新聞」
1484 作家・吉村昭氏の世界 **貴重な資料に熱中 愛好家で連日にぎわう**
◎H15.9.20「長崎新聞」
1485 鹿児島市で交流シンポ 薩英の"新世紀"探る
◎H15.9.21「南日本新聞」
1486 薩英交流シンポ 草の根から相互理解を
◎H15.9.21「南日本新聞」
1487 吉村昭・津村節子ご夫妻 客船の復旧状況をご視察
◎H15.10「長崎ニュース」三菱重工 No.518
1488 空への憧れをみのらせた二宮忠八 吉村昭の『虹の翼』
◎H15.10「文化愛媛」No.51
＊図子英雄⇒書評
1489 吉村昭『星への旅』新潮文庫 1974年2月 解説 磯田光一
◎H15.10『永遠の文庫〈解説〉傑作選』リテレール別冊18 齋藤慎爾選
1490 「ハルキ」「バナナ」からミステリーへ広がる 日本文学の輸出
◎H15.10.3「毎日新聞」夕刊
＊英訳『仮釈放』を取り上げる
1491 金曜時評 未来開く人物出よ
◎H15.10.10「奈良新聞」
＊坂本久美⇒『虹の翼』に触れる
1492 水や空
◎H15.10.17「長崎新聞」
＊幕末のペリー来航に関して、長崎での講演を引用
1493 21世紀への遺産 鵜の巣断崖 田野畑村
◎H15.10.21「岩手日報」
1494 吉村昭氏のこと
◎H15.11「季刊文科」25号
＊対談『青春の賭け』の行方 青山光二 VS 大河内昭爾
1495 吉村昭

IV 書評・関連記事

　　　◎H15.11『現代日本執筆者大事典』第4期 第4巻 紀田順一郎他編 日外アソシエーツ
1496　詩人と非詩人
　　　◎H15.11『詩人と非詩人』片岡英男著（自費出版）
　　　＊吉村 昭作の同名のエッセイを引用しつつ、著者父子の実体験に基づき、文学とは人生にとって何なのかを問い掛ける
1497　トップの自分流元気白書 文化の薫りに引かれ入社
　　　◎H15.11.25「毎日新聞」中部版
　　　＊岡田邦彦（松坂屋社長）⇒自社の歴史の断片が出現する本の一つとして『東京の下町』を挙げる
1498　作家・丹羽文雄99歳の日常
　　　◎H15.12「文藝春秋」
　　　＊丹羽多聞アンドリゥ
1499　吉村 昭氏企画展・特別講演会開かる!!
　　　◎H15.12 県立長崎図書館だより「いしだたみ」No.143
1500　近江牛は旨かった
　　　H15.[12]「京扇堂」HP
　　　＊H18.2『江戸落穂拾～せんすのある話 II』荘司賢太郎著 創英社
1501　芸術院新会員に岩城氏ら9人
　　　◎H15.12.2「産経新聞」
　　　＊津村節子に関して、現会員の吉村 昭と夫婦で会員になる
1502　ふるさとよ! 9
　　　◎H15.12.7「北陸中日新聞」
　　　＊津村節子
1503　編集手帳
　　　◎H15.12.9「読売新聞」
　　　＊吉村 昭の随筆『縁起のいい客』を引用
1504　書評「私の好きな悪い癖」（文庫）
　　　◎H15.12.14「西日本新聞」
1505　名作のある風景 破獄 吉村昭 網走刑務所（北海道）
　　　◎H15.12.20「日本経済新聞」夕刊
　　　＊H16.9『名作のある風景』日本経済新聞社
1506　書評「敵討」（文庫）
　　　◎H15.12.21「西日本新聞」
1507　吉村昭著『敵討』
　　　◎H15.12.21「朝日新聞」文庫・新書
　　　＊概要紹介
1508　作家アンケート特集 2003年 印象に残った本
　　　◎H16.1「新刊ニュース」
　　　＊最相葉月⇒『天に遊ぶ』を挙げる
1509　私が読んだ昭和の文学 第4回 家で見た昭和文学
　　　◎H16.1「青春と読書」

　　　　＊荒川洋治⇒『海も暮れきる』を読んだ本の一つとして挙げる
1510　城山三郎
　　　　◎H16.1『藤沢周平 残日録』阿部達二著 文春新書
　　　　＊城山三郎、吉村 昭、藤沢周平の幻に終った三人の鼎談について
1511　一日一言
　　　　◎H16.1.4「四国新聞」
　　　　＊吉村 昭宛の年賀状五通が古書展で売り出された件
1512　天風録
　　　　◎H16.1.5「中国新聞」
　　　　＊日露戦争百年に際し、『歴史の影絵』の一文を引用
1513　日露戦争100周年 記念シンポ
　　　　◎H16.1.12「読売新聞」
　　　　＊2月2日のシンポジウム開催社告
　　　　＊吉村 昭の記念講演についても告知
1514　これからの附属図書館
　　　　◎H16.2 奈良女子大学付属図書館「図書館だより」No.9
　　　　＊的場輝佳⇒推薦図書として『ふぉん・しいほるとの娘』を挙げる
1515　大波小波 仕切り直し
　　　　◎H16.3.2「東京新聞」夕刊
　　　　＊「季刊文科」の発行所が四つ目となったことについて
1516　本屋大賞2004 発掘本投票結果
　　　　◎H16.4「本の雑誌」増刊「本屋大賞2004」
　　　　＊『長英逃亡』
1517　第7回「高野長英賞」作家の吉村昭氏に決まる
　　　　◎H16.4.9「岩手日日」
1518　企画特集 災害情報シンポジウム
　　　　◎H16.4.20「毎日新聞」
1519　変わる光太夫像
　　　　◎H16.4.23「朝日新聞」夕刊「窓」論説委員室から
　　　　＊岩波新書『大黒屋光太夫』山下恒夫著
　　　　＊吉村 昭著『大黒屋光太夫』が上記の研究成果を受けたことを記す
1520　「週刊ブックレビュー」おすすめの1冊
　　　　◎H16.5「新刊ニュース」
　　　　＊『私の好きな悪い癖』評
1521　まちの話題 高野長英生誕200年祭スタート
　　　　◎H16.5「広報みずさわ」2004.5
　　　　＊高野長英賞授賞式および講演会の模様を伝える
1522　吉村昭『熊嵐』にヒシヒシ恐怖なのだ
　　　　◎H16.5「本の雑誌」
　　　　＊かなざわいっせい
1523　連載対談 人生に二度読む本　吉村昭『間宮林蔵』
　　　　◎H16.5「小説現代」

IV 書評・関連記事

　　　＊平岩外四 VS 城山三郎
　　　＊H17.2『人生に二度読む本』平岩外四、城山三郎共著 講談社
1524　高野長英生誕200年記念事業
　　　◎H16.5.1「広報みずさわ」お知らせ版
　　　＊講演「歴史小説の中の高野長英」について予告
1525　作家・吉村氏に「長英賞」贈呈
　　　◎H16.5.7「岩手日日」
1526　黒正塾 第2回春季歴史講演会
　　　◎H16.5.15「レジュメ」
　　　＊主催：大阪経済大学 日本経済史研究所
1527　田野畑村に梅の咲く頃
　　　◎H16.5.23 NHK「ラジオ深夜便」
　　　＊永年田野畑村村長を勤めた早野仙平が、吉村 昭と田野畑の長年に亘る関わりを語る
1528　編集手帳
　　　◎H16.5.25「読売新聞」
　　　＊『夜明けの雷鳴』を引用し、パリ万博における幕府と薩摩藩の鍔ぜりあいに触れる
1529　長英を知り、全国へ長英を広めよう
　　　◎H16.6「広報みずさわ」2004.6
　　　＊高野長英顕彰会の活動状況を伝える
1530　海の祭礼 吉村昭著
　　　◎H16.6 長崎ゆかりの著名人による『子どもにすすめるこの一冊』
　　　＊野村和夫⇒概要紹介と推薦文
1531　水や空
　　　◎H16.6.13「長崎新聞」
　　　＊三菱長崎造船所建造の豪華客船サファイア・プリンセスの引き渡しに触れた吉村 昭の感慨について
1532　本庄陸男、今年生誕百年
　　　◎H16.6 第4週「当別新聞」
　　　＊記念事業の一環として吉村 昭の講演予定を発表
1533　対談 城山三郎の「男の美学」
　　　◎H16.7「本の旅人」
　　　＊城山三郎/佐高 信⇒『海も暮れきる』に一言
1534　時代小説 '03
　　　◎H16.7『文藝年鑑』平成十六年版
　　　＊安宅夏夫⇒『大黒屋光太夫』
1535　リーダーのための読書案内「高熱隧道」吉村昭
　　　◎H16.7「月刊高校教育」
　　　＊岡崎武志⇒書評
1536　アメリカ彦蔵
　　　◎H16.7『日本現代小説大事典』明治書院

IV 書評・関連記事

　　　　＊重岡 徹⇒概略とみどころ
1537　特集 サバイバル
　　　　◎H16.7「書標」
　　　　＊『三陸海岸大津波』（短評）『漂流』（短評）
1538　主宰講話 第10回 吉村昭と尾崎放哉
　　　　◎H16.7「炎環」
　　　　＊石 寒太
1539　文化講演会「史実と歴史小説」（講演）
　　　　◎H16.7「広報とうべつ」
　　　　＊本庄陸男生誕百年記念イベントの一行事として予告
1540　戦艦武蔵
　　　　◎H16.7『日本現代小説大事典』明治書院
　　　　＊重岡 徹⇒概略とみどころ
1541　破獄
　　　　◎H16.7『日本現代小説大事典』明治書院
　　　　＊重岡 徹⇒概略とみどころ
1542　吉村昭
　　　　◎H16.7『日本現代小説大事典』明治書院
　　　　＊重岡 徹
1543　砦
　　　　◎H16.8「季刊文科」No.28
　　　　＊大河内昭爾⇒「東京新聞」の『大波小波』の記事紹介
1544　わたしの流儀 11 訴えますよ、本当に
　　　　◎H16.8「一冊の本」
　　　　＊寺島靖国
1545　妙な充電
　　　　◎H16.[8]「くらしと保険」No.354
　　　　＊足立則夫⇒『破獄』に関して
1546　物語の中のふるさと 戦艦武蔵 吉村昭 長崎県
　　　　◎H16.8.27「読売新聞」西部版
　　　　＊H17.8『物語の中のふるさと』海鳥社
1547　わたしの流儀 12 俺も女を泣かせてみたい
　　　　◎H16.9「一冊の本」
　　　　＊寺島靖国
1548　論説 防災の日
　　　　◎H16.9.1「岩手日報」
　　　　＊関東大震災に関する吉村 昭の調査と著書、講演について
1549　Akira Yoshimura
　　　　◎H16.9.4 "The Daily Yomiuri"
　　　　＊"Storm Rider"（英訳「アメリカ彦蔵」）連載開始にあたり吉村 昭を紹介
1550　物語の中のふるさと ポーツマスの旗 吉村昭 宮崎県
　　　　◎H16.9.10「読売新聞」西部版

Ⅳ 書評・関連記事

　　　　＊H17.8『物語の中のふるさと』海鳥社
1551　随想 ―文学館学序説のエスキスのために
　　　　◎H16.9.25「日本近代文学館」
　　　　＊中村 稔⇒吉村 昭は肉筆原稿を焼却処分すると書く
1552　森鷗外以来 作家の芸術院長
　　　　◎H16.9.29「朝日新聞」
　　　　＊併せて第2部（文芸）の部長に吉村 昭が就任と記す
1553　彰義隊 次の連載小説は吉村昭氏
　　　　◎H16.10.12「朝日新聞」夕刊
1554　作家・吉村昭の源流 幻の短編創作集「青い骨」を刊行
　　　　◎H16.11.1「朝日新聞」夕刊
1555　青い骨 吉村昭
　　　　◎H16.11.13「図書新聞」
1556　生と死 理屈を越えたエロス 青い骨 吉村昭著
　　　　◎H16.11.21「東京新聞」
　　　　＊影山 勲
1557　物語の中のふるさと 陸奥爆沈 山口県の柱島・周防大島
　　　　◎H16.11.26「読売新聞」西部版
　　　　＊H17.8『物語の中のふるさと』海鳥社
1558　シリーズ 日本の唱歌 安野光雅「長崎物語」
　　　　◎H16.12「本」
　　　　＊『ふぉん・しいほるとの娘』を引用
1559　とっとり文学散歩 第十五話 海も暮れきる 吉村 昭
　　　　◎H16.12「鳥取NOW」第64号
　　　　＊西尾 肇⇒（評）
1560　吉村昭の文学と「生麦事件」
　　　　◎H16.12『近代京浜社会の形成』
　　　　＊青木永久
1561　解説（吉村昭）
　　　　◎H17.2『人生に二度読む本』城山三郎、平岩外四共著 講談社
　　　　＊解説者無署名⇒『戦艦武蔵』（短評）『高熱隧道』『大本営が震えた日』『零式戦闘機』『北天の星』『神々の沈黙』『冬の鷹』『ふぉん・しいほるとの娘』『間宮林蔵』
1562　明窓
　　　　◎H17.2.7「山陰中央新報」
　　　　＊『事物はじまりの物語』を引用
1563　対談 深田秀明×大河内昭爾 戦後60年・文学における海軍
　　　　◎H17.3「季刊文科」第30号
　　　　＊『戦艦武蔵』『陸奥爆沈』に触れる
1564　文学散歩 吉村昭「ポーツマスの旗」の舞台を訪ねて
　　　　◎H17.3「虹の向こうに」第14号
1565　日大文芸賞二十回記念座談会

　　　　◎H17.3「日大文芸賞」1983-2004
1566　天地人
　　　　◎H17.3.16「東奥日報」
　　　　＊『事物はじまりの物語』を引用
1567　丹羽文雄 元理事長・会長が逝去
　　　　◎H17.4「文藝家協会ニュース」No.644
1568　本屋大賞 2005 一次投票
　　　　◎H17.4「本の雑誌」増刊「本屋大賞」2005
　　　　＊『青い骨』五月書房が一次投票にエントリー
1569　日露修150周年式典 小泉首相ご挨拶
　　　　◎H17.4.16 外務省HP
　　　　＊『落日の宴』は大変な名著であり一読を薦めると語る
1570　墓碑銘 すべてをさらけ出し告白しつづけた丹羽文雄さん
　　　　◎H17.5.5/12合併号「週刊新潮」
1571　暁の旅人 吉村昭著 晩年の不幸淡淡と描く
　　　　◎H17.5.8「読売新聞」
　　　　＊吉田直哉
1572　作家・丹羽文雄氏逝く
　　　　◎H17.5.13「週刊読書人」
　　　　＊「文学者」とその同人に触れる
1573　私の名作ブックレビュー 文久三年のベースボール実況中継 吉村昭『生麦事件』
　　　（上・下）
　　　　◎H17.5.19「週刊新潮」
　　　　＊平野甲賀
1574　ベストセラー 八重洲ブックセンター本店
　　　　◎H17.5.20「週刊読書人」
　　　　＊『暁の旅人』がフィクション系で3位に入る
1575　暁の旅人 吉村 昭　恩義忘れぬ進取の幕末医師像
　　　　◎H17.5.29「日本経済新聞」
　　　　＊桶谷秀昭
1576　「暁の旅人」吉村 昭　西洋医術先達の生涯
　　　　◎H17.6「群像」
　　　　＊大河内昭爾
1577　求む「文学の壁」
　　　　◎H17.6「文學界」
1578　夕歩道
　　　　◎H17.6.3「中日新聞」夕刊
　　　　＊『暁の旅人』に関連して
1579　津波と呼吸器をめぐる合併症　吉村 昭著『三陸海岸大津波』に寄せて
　　　　◎H17.6.6「週刊医学界新聞」No.2636
　　　　＊赤塚東司雄
1580　吉村 昭著『暁の旅人』講談社

　　　　◎H17.6.10「有鄰」
　　　　＊概要と評
1581　暁の旅人　近代医学の祖が見た幕末・維新の群像
　　　　◎H17.6.13「毎日新聞」夕刊
　　　　＊重里徹也⇒概要と評
1582　次世代へのアクセス カップ酒は日本酒の黒船
　　　　◎H17.6.14「富山縣市町村新聞」第2180号
1583　暁の旅人 吉村 昭著　日本近代医学の礎を築きあげた幕府奥医師の波乱の人生を描く
　　　　◎H17.6.18「週刊現代」
　　　　＊末國善己
1584　暁の旅人 吉村昭著
　　　　◎H17.7.3「毎日新聞」
　　　　＊（規）
1585　吉村昭著『東京の戦争』
　　　　◎H17.7.3「朝日新聞」文庫・新書
　　　　＊概略と寸評
1586　類書紹介
　　　　◎H17.8.10「有鄰」No.453
　　　　＊『戦艦武蔵』
1587　本が好き! 吉村昭著『東京の戦争』
　　　　◎H17.8.21/28「ヨミウリ ウィクリー」
　　　　＊乳井昌史⇒書評
1588　この人に訊け! 十八歳の青年「吉村昭」はリヤカーに父の柩を載せ火葬場へ向かった
　　　　◎H17.9.2「週刊ポスト」
　　　　＊嵐山光三郎⇒『東京の戦争』
1589　卓上四季
　　　　◎H17.9.5「北海道新聞」
　　　　＊『ポーツマスの旗』を引用
1590　天地人
　　　　◎H17.9.6「東奥日報」
　　　　＊『ポーツマスの旗』を引用
1591　網走番外地の真実とは!?
　　　　◎H17.10「オール讀物」
　　　　＊赤瀬川原平・山下裕二対談⇒『破獄』を引用
1592　吉村昭著『彰義隊』最後まで驚きの連続
　　　　◎H17.11.2「夕刊フジ」
　　　　＊金田浩一呂⇒書評
1593　吉村昭『彰義隊』　朝敵の皇族 生涯にわたって続く漂白
　　　　◎H17.11.25「毎日新聞」夕刊
1594　彰義隊 吉村 昭著

383

IV　書評・関連記事

◎H17.11.26「週刊現代」
＊川西政明⇒幕軍の盟主として維新を生きたただ一人の"皇族"の波乱の生涯
1595 『生麦事件』で明かされる文久三年の真実
◎H17.12「本の雑誌」
＊かなざわいっせい
1596 彰義隊 吉村 昭著　戊辰戦争の理不尽さ、丹念に
◎H17.12.4「日本経済新聞」
＊桶谷秀昭
1597 彰義隊 吉村 昭［著］　流浪の貴種 輪王寺宮能久法親王
◎H17.12.18「朝日新聞」
＊野口武彦
1598 吉村昭 彰義隊 "朝敵"の盟主となった皇族の波乱の人生を描く歴史長編
◎H18.1「文藝春秋」
＊加藤陽子
1599 津村節子の世界　対談 津村節子×大河内昭爾
◎H18.1「季刊文科」33
1600 砦
◎H18.1「季刊文科」33
＊大河内昭爾⇒「詩人と非詩人」に関連して
1601 編集後記
◎H18.1「季刊文科」33
＊大河内昭爾⇒吉村 昭の近況について
1602 編集室だより
◎H18.1「波」
＊日暮里図書館の「吉村昭コーナー」に触れる
1603 BOOK GUIDE 白い航跡（上・下）
◎H18.1「かけはし」No.22
＊高月 清⇒（評）
＊掲載誌：神戸朝日病院 編集・発行
1604 『彰義隊』吉村・村上氏語る
◎H18.1.4「朝日新聞」夕刊
1605 彰義隊 吉村昭著
◎H18.1.8「毎日新聞」
＊（昌）
1606 鮎・母の日・妻 丹羽文雄著（ポケットに一冊）
◎H18.1.15「読売新聞」
1607 彰義隊 東北に思いよせた宮の心境
◎H18.1.23「産経新聞」
＊星 亮一
1608 彰義隊 吉村 昭著　知られざる一皇族の数奇な運命を辿る
◎H18.2「歴史街道」

IV 書評・関連記事

1609 吉村昭『彰義隊』 "朝敵"という言葉が万鈞の重みを持っていた時代の空気をリアルに描ききる
　　　◎H18.2「小説すばる」
　　　＊縄田一男
1610 天地人
　　　◎H18.2.2「北日本新聞」
　　　＊吉村 昭の「長崎新聞」への投書について
1611 記者が選ぶ 彰義隊 吉村昭著
　　　◎H18.2.5「読売新聞」
　　　＊（飼）
1612 袖のボタン
　　　◎H18.2.7「朝日新聞」
　　　＊丸谷才一⇒日本海軍の軍艦沈没に関連して
1613 ホントの旅 吉村昭「破獄」網走市（北海道）赤茶けた土、暗い情熱
　　　◎H18.2.12「読売新聞」
　　　＊待田晋哉
1614 私の名作ブックレビュー 吉村昭『桜田門外ノ変』（上・下） 史実そのものの圧倒的迫力を描ききった大作
　　　◎H18.2.16「週刊新潮」
　　　＊仲村清司
1615 東京初空襲記
　　　◎H18.3「谷中・根津・千駄木」其の八十三
　　　＊澤野孝二⇒東京初空襲に関連して吉村 昭と諸作品について語る
1616 河北春秋
　　　◎H18.4.20「河北新報」
　　　＊『漂流記の魅力』引用
1617 文芸時評
　　　◎H18.5.29「朝日新聞」夕刊
　　　＊加藤典洋⇒「山茶花」（評）
1618 広部英一「心の修羅場」
　　　◎H18.5.30「朝日新聞」福井版
　　　＊坂本満津夫
1619 文学名作選⑧ 吉村昭「鳳仙花」
　　　◎H18.6「俳壇」
　　　＊齋藤慎爾⇒（解説）
1620 ニッポン 人・脈・記 ブラックジャックたち⑩ 大腸に潜る高速内視鏡
　　　◎H18.6.30「朝日新聞」夕刊
　　　＊胃カメラの開発に関連して『光る壁画』について記述
1621 「戦艦武蔵」「天狗争乱」「破獄」 作家・吉村昭さん死去
　　　◎H18.8.2「朝日新聞」
1622 「戦艦武蔵」「破獄」「長英逃亡」 吉村昭さん死去 79歳
　　　◎H18.8.2「毎日新聞」

1623	「戦艦武蔵」「破獄」　吉村昭さん死去
	◎H18.8.2「読売新聞」
1624	「戦艦武蔵」「天狗争乱」　吉村昭さん死去
	◎H18.8.2「日本経済新聞」
1625	作家「戦艦武蔵」「破獄」　吉村昭氏死去 79歳
	◎H18.8.2「産経新聞」
1626	「戦艦武蔵」記録文学新境地　吉村昭さん死去 79歳
	◎H18.8.2「東京新聞」
1627	吉村昭さん死去 短編で鍛えた描写力 「長英逃亡」「天狗争乱」徹底した綿密取材
	◎H18.8.2「東京新聞」
1628	吉村昭さん死去 79歳　「破獄」歴史小説で活躍
	◎H18.8.2「北海道新聞」
1629	作家・吉村昭氏が死去
	◎H18.8.2「岩手日報」
1630	吉村昭氏が死去「破獄」など歴史小説家
	◎H18.8.2「東奥日報」
1631	「戦艦武蔵」や「破獄」　吉村昭氏が死去
	◎H18.8.2「秋田さきがけ」
1632	吉村昭氏が死去 79歳　「戦艦武蔵」など記録文学
	◎H18.8.2「山形新聞」
1633	「戦艦武蔵」「魚影の群れ」　吉村昭氏が死去 79歳
	◎H18.8.2「河北新報」
1634	作家の吉村昭氏死去
	◎H18.8.2「福島民報」
1635	吉村昭氏が死去　「戦艦武蔵」や「破獄」の作家
	◎H18.8.2「福島民友」
1636	吉村昭氏(よしむら・あきら＝作家)
	◎H18.8.2「上毛新聞」
1637	吉村昭さん死去「戦艦武蔵」など記録文学に評価
	◎H18.8.2「下野新聞」
1638	作家の吉村昭氏死去
	◎H18.8.2「埼玉新聞」
1639	吉村昭氏が死去「戦艦大和」「破獄」作家
	◎H18.8.2「茨城新聞」
	＊本文中では「戦艦武蔵」と表記されている
1640	「戦艦武蔵」記録文学新境地 吉村昭さん死去 79歳
	◎H18.8.2「信濃毎日新聞」
1641	「戦艦武蔵」など記録文学作家 吉村昭氏が死去 79歳 妻・津村さんと何度も来福
	◎H18.8.2「福井新聞」
1642	「戦艦武蔵」など記録文学 吉村昭さん死去 79歳

◎H18.8.2「京都新聞」
1643 「戦艦武蔵」「破獄」の作家 吉村昭氏が死去 79歳
◎H18.8.2「神戸新聞」
1644 吉村昭氏が死去　79歳「戦艦武蔵」「破獄」
◎H18.8.2「中国新聞」
1645 「戦艦武蔵」「破獄」の作家　吉村昭氏が死去 79歳
◎H18.8.2「山陽新聞」
1646 記録文学「戦艦武蔵」吉村昭氏（よしむら・あきら＝作家）
◎H18.8.2「山陰中央新報」
1647 吉村昭氏が死去 79歳　「戦艦武蔵」「破獄」　宇和島関連小説も
◎H18.8.2「愛媛新聞」
1648 「戦艦武蔵」など記録文学作家 吉村昭氏が死去 79歳
◎H18.8.2「徳島新聞」
1649 吉村昭氏が死去　「戦艦武蔵」など記録文学 79歳
◎H18.8.2「四国新聞」
1650 「戦艦武蔵」記録文学で新境地 吉村昭さん死去
◎H18.8.2「西日本新聞」
1651 「戦艦武蔵」など記録文学 吉村昭氏が死去 79歳
◎H18.8.2「長崎新聞」
1652 吉村昭氏死去「きさくな人柄」　惜しむ声県内でも広がる
◎H18.8.2「長崎新聞」
1653 「戦艦武蔵」「破獄」など　吉村昭氏死去
◎H18.8.2「佐賀新聞」
1654 「戦艦武蔵」執筆 吉村昭氏（よしむら・あきら＝作家）
◎H18.8.2「沖縄タイムス」
1655 「戦艦武蔵」など記録文学 吉村昭氏が死去 79歳
◎H18.8.2「琉球新報」
1656 「戦艦武蔵」「破獄」、映画「うなぎ」の原作も 吉村昭氏が死去 79歳
◎H18.8.2「サンケイスポーツ」
1657 作家 吉村昭さん死去
◎H18.8.2「しんぶん 赤旗」
1658 吉村昭氏が死去 記録文学第一人者「戦艦武蔵」「破獄」
◎H18.8.2「日刊スポーツ」
1659 天声人語
◎H18.8.3「朝日新聞」
1660 吉村昭氏死去　「星への旅」ゆかりの田野畑村 名誉村民を悼む
◎H18.8.3「朝日新聞」岩手版
1661 吉村昭さんを悼む 重厚な歴史小説幅広く
◎H18.8.3「読売新聞」
　　＊瀬戸内寂聴
1662 凡語
◎H18.8.3「京都新聞」

IV 書評・関連記事

1663 正平調
　　◎H18.8.3「神戸新聞」
1664 越山若水
　　◎H18.8.3「福井新聞」
1665 地軸
　　◎H18.8.3「愛媛新聞」
　　＊吉村 昭の流儀について
1666 水や空
　　◎H18.8.3「長崎新聞」
　　＊（宣）
1667 南風録
　　◎H18.8.3「南日本新聞」
1668 「富士市は、第二のふるさと」　作家 吉村昭氏逝く
　　◎H18.8.3「富士ニュース」
1669 吉村昭さんを悼む　ひた向きな作家精神
　　◎H18.8.4「日本経済新聞」
　　＊黒井千次
1670 天地人
　　◎H18.8.4「東奥日報」
　　＊『破獄』『戦艦武蔵』に触れつつ吉村 昭を追悼
1671 律義で一途、頑固な兄貴　吉村昭さんを悼む
　　◎H18.8.4「東奥日報」
　　＊大河内昭爾
1672 吉村昭氏を悼む　作品の根底に死の問題
　　◎H18.8.4「愛媛新聞」
　　＊大河内昭爾⇒「東奥日報」「岩手日報」記載文と同じ
1673 律義で一途で頑固　作家・吉村昭氏を悼む
　　◎H18.8.5「岩手日報」夕刊
　　＊大河内昭爾⇒「東奥日報」「愛媛新聞」記載文と同じ
1674 作家吉村昭さんの死悼む　「粋で思いやり深かった」40年来の親交、中山さん
　　◎H18.8.5「朝日新聞」第2大分版
　　＊中山士朗
1675 さよなら「ふしぎな人」　追悼 吉村昭さん
　　◎H18.8.6「産経新聞」
　　＊城山三郎
1676 人の生きる姿、追い続け　吉村昭さんを悼む
　　◎H18.8.7「朝日新聞」夕刊
　　＊高井有一
1677 故吉村昭さん（作家）のお別れの会
　　◎H18.8.8「朝日新聞」
1678 くろしお
　　◎H18.8.11「宮崎日日新聞」

IV　書評・関連記事

1679　墓碑銘　死に対峙し、生を見つめた作家、吉村昭さん
　　　◎H18.8.17/24合併号「週刊新潮」
1680　穏やかな情熱家 吉村昭氏を悼む
　　　◎H18.8.18「週刊読書人」
　　　＊勝又 浩
1681　訃報 吉村昭氏死去
　　　◎H18.8.19「図書新聞」
1682　ぎふ寸評
　　　◎H18.8.19「岐阜新聞」夕刊
　　　＊(哲)
1683　記者ノート 作家吉村昭氏逝く　本紙『小説・随筆コンクール』育ての親
　　　◎H18.8.20「富士ニュース」
　　　＊(海)
1684　故郷逍遥 28　ある夫婦
　　　◎H18.8.21「釧路新聞」
　　　＊盛 厚三
1685　**遺影に捧げる水彩画**　故吉村昭さんに、東京初空襲追った"同志"
　　　◎H18.8.22「東京新聞」
1686　吉村昭氏 追悼企画展
　　　◎H18.8 利尻富士町教育委員会発行 海の祭礼 利尻の史実を歩く
　　　＊企画展：主催：利尻富士町教育委員会
　　　＊会期：H18.8.23～10.1
　　　＊会場：利尻島開発総合センター他2ヶ所
1687　吉村昭さん自ら"尊厳死"　末期がんの病床「死ぬよ」治療具外す
　　　◎H18.8.25「読売新聞」
1688　自宅でがん闘病…点滴を外す　故吉村昭さん 自ら死を選ぶ
　　　◎H18.8.25「朝日新聞」夕刊
1689　葬送　作家 吉村 昭氏　自ら決断「もういいです」
　　　◎H18.8.25「産経新聞」
　　　＊上塚真由
1690　風来
　　　◎H18.8.25「週刊読書人」
1691　吉村昭さん 壮絶な最期 妻が明かす
　　　◎H18.8.25「日刊スポーツ」
1692　吉村さん 自ら管抜く 新作推敲、がんに耐え 死の前日、自宅で
　　　◎H18.8.25「毎日新聞」夕刊
1693　叙位叙勲(25日) 従四位旭日中授章 日本芸術院会員故吉村昭氏
　　　◎H18.8.26「日本経済新聞」
1694　吉村昭さん「尊厳死」だった
　　　◎H18.8.26「夕刊フジ」
1695　産経抄
　　　◎H18.8.27「産経新聞」

IV 書評・関連記事

1696 中外時評 『見えない橋』に補強を
　　　◎H18.8.27「日本経済新聞」
　　　＊安岡崇志⇒『見えない橋』を引用
1697 遺作に死生観深く刻み 吉村さんの『死顔』「新潮」に掲載
　　　◎H18.8.31「朝日新聞」夕刊
　　　＊加藤 修⇒（評）
1698 作家・吉村昭に恋をした
　　　◎H18.9「小説新潮」
　　　＊佐々木信雄
1699 読者の声
　　　◎H18.9「小説新潮」
　　　＊麻生 弘
1700 編集長から「新潮」10月号
　　　◎H18.9「波」
1701 編集部から
　　　◎H18.9「本の話」
1702 吉村昭　臨界の佇まい
　　　◎H18.9「en-taxi」vol.15
　　　＊酒井 進
1703 吉村さんを悼む
　　　◎H18.9「一冊の本」
　　　＊寺島靖国
1704 名誉村民 作家 吉村昭先生が逝去
　　　◎H18.9.1「広報たのはた」9 No.475
1705 吉村昭氏をしのんで
　　　◎H18.9.1「あらかわ区報」No.1234
　　　＊追悼記事の他、西川太一郎（荒川区長）、澤野孝二などの追悼文
1706 追悼 吉村昭 歴史の細部を漂流した作家
　　　◎H18.9.2「図書新聞」
　　　＊高橋敏夫
1707 吉村昭さん　妻・津村節子さん「お別れの会」の言葉「ガン闘病」—自らカテーテルを引き抜いた、「尊厳死」では語れない重すぎる選択
　　　◎H18.9.7「週刊文春」
1708 病院のドル箱「終末医療 9000億円」を考える
　　　◎H18.9.7「週刊文春」
　　　＊中原英臣⇒冒頭で吉村 昭の死について語る
1709 歴史小説作家 吉村昭さん　史実掘り起こし執筆
　　　◎H18.9.13「愛媛新聞」
1710 作家・吉村昭が問いかける末期がん命の始末
　　　◎H18.9.15「週刊ポスト」
1711 吉村昭常務理事（訃報）
　　　◎H18.9.15「日本近代文學館」第213号

1712 吉村昭さんの"尊厳死"
　　　◎H18.9.18「読売新聞」
1713 吉村昭さんお別れの会　壮絶な最期　伝えた矜持
　　　◎H18.9.22「信濃毎日新聞」
　　　＊記事内容は下記「愛媛新聞」と同じ
1714 社説　吉村昭氏の死と終末医療の課題
　　　◎H18.9.23「中外日報」
1715 「吉村昭さんお別れの会」津村節子さん"告白"作家夫婦　にじむ矜持　「理想」貫徹した夫「自決」語り切った妻
　　　◎H18.9.25「愛媛新聞」
　　　＊記事内容は上記「信濃毎日新聞」と同じ
1716 文芸時評
　　　◎H18.9.26「朝日新聞」夕刊
　　　＊加藤典洋⇒「死顔」
1717 2006 文学 9月
　　　◎H18.9.26「読売新聞」
　　　＊山内則史⇒「死顔」（評）
1718 真実求めた生涯　死直前まで執筆　吉村昭氏をしのぶ
　　　◎H18.9.27「東海けいざい」
1719 照明灯
　　　◎H18.9.29「神奈川新聞」
1720 追悼「お別れの会挨拶」全文 ―吉村昭氏の最期
　　　◎H18.10「文藝春秋」
　　　＊津村節子
1721 追悼・吉村昭　昭和二年生まれの戦友へ
　　　◎H18.10「文藝春秋」
　　　＊城山三郎
1722 蓋棺録
　　　◎H18.10「文藝春秋」
1723 編集だより
　　　◎H18.10「文藝春秋」
1724 追悼 吉村昭　貫く意志 ―吉村昭さんの事
　　　◎H18.10「新潮」
　　　＊高井有一
1725 追悼 吉村昭　歴史と叙情
　　　◎H18.10「新潮」
　　　＊饗庭孝男
1726 追悼 吉村昭　遺作について
　　　◎H18.10「新潮」
　　　＊津村節子
1727 木の下闇
　　　◎H18.10「群像」

IV 書評・関連記事

　　　　＊津村節子⇒「創刊六十周年記念号」に夫妻ともに執筆依頼があったが、吉村 昭は健康上の理由により、断念
1728　追悼 吉村昭　小説家を全うした夫妻
　　　◎H18.10「群像」
　　　＊瀬戸内寂聴
1729　追悼 吉村昭　吉村昭の姿勢
　　　◎H18.10「群像」
　　　＊大河内昭爾
1730　追悼 吉村昭　戦争の子、東京の子
　　　◎H18.10「群像」
　　　＊秋山 駿
1731　追悼 吉村昭 対談 吉村昭と司馬遼太郎 大河内昭爾/秋山駿
　　　◎H18.10「文學界」
1732　追悼 吉村昭 にこやかに否という人
　　　◎H18.10「文學界」
　　　＊関川夏央
1733　追悼 吉村昭 吉村先生の作品を読んで旅にでたことがある。
　　　◎H18.10「文學界」
　　　＊花村萬月
1734　追悼 吉村昭 立体的なリアリズムの誕生
　　　◎H18.10「文學界」
　　　＊猪瀬直樹
1735　追悼 吉村昭 歴史への気配り
　　　◎H18.10「文學界」
　　　＊野口武彦
1736　酒屋に一里 本屋に三里
　　　◎H18.10「本の話」
　　　＊重金敦之⇒「吉村さん お別れの会」に関連して
1737　小説「彰義隊」のこと ―追悼 吉村昭先生
　　　◎H18.10「うえの」No.570
　　　＊浦井正明
1738　いつもニコニコと ―追悼 吉村昭先生
　　　◎H18.10「うえの」No.570
　　　＊森 まゆみ
1739　追悼/吉村昭さん逝く 慟哭
　　　◎H18.10「谷中・根津・千駄木」其の八十五
　　　＊澤野孝二
1740　追悼/吉村昭さん逝く「冷い夏、熱い夏」
　　　◎H18.10「谷中・根津・千駄木」其の八十五
　　　＊仰木ひろみ
1741　逝去の衝撃 ―吉村昭氏のこと
　　　◎H18.10.5「北海道文学館報」67号

IV 書評・関連記事

　　　＊平原一良
1742 「現在」文学へのまなざし　終末期医療の意味問う 吉村昭の「死顔」
　　　◎H18.10.5「愛媛新聞」
　　　＊榎本正樹⇒「死顔」
1743 文芸誌3誌そろって好調　注目作・特集相次ぎ増刷も
　　　◎H18.10.6「朝日新聞」夕刊
　　　＊宮崎健二
1744 ふるさと文学紀行 第三十五回 吉村昭作『高熱隧道』の黒部峡谷 極限に描く人間の真相
　　　◎H18.11「アクタス」No.208
　　　＊田邊正彰
1745 吉村昭著『わたしの普段着』新潮社
　　　◎H18.11.10「有鄰」468号
1746 故吉村昭さんへ感謝楯を贈呈
　　　◎H18.11.19「広報みたか」
1747 首相、引っ越し 昭恵夫人と公邸に
　　　◎H18.11.27「朝日新聞」
　　　＊安倍晋三首相（当時）が引っ越しにあたって、『死顔』他を買い込む
1748 吉村昭が愛した短編小説 ―吉村昭『死顔』
　　　◎H18.12「波」
　　　＊関川夏央⇒『死顔』「死顔」「二人」
1749 回顧 2006文学 重鎮の死、短編に秀作
　　　◎H18.12.8「日本経済新聞」
1750 回顧 2006文学 混沌に居場所を求める
　　　◎H18.12.19「読売新聞」
　　　＊山内規史⇒『死顔』と終末に触れる
　　　＊加藤典洋⇒『死顔』を今年のベスト3に選ぶ
1751 2006年 さらば、帰らぬ人よ 吉村昭
　　　◎H18.12.28「週刊文春」
1752 死顔 吉村昭　生と死と人間をみつめ続けた作家の遺作短篇集
　　　◎H18.12.28「週刊文春」
　　　＊花村萬月⇒『死顔』「死顔」「山茶花」「二人」
1753 吉村昭・作家　編集者を驚嘆させた実にストイックな作家活動
　　　◎H18.12.29「週刊朝日」
1754 死顔（吉村昭著）　さわやかな余韻残る遺作
　　　◎H18.12.31「上毛新聞」他地方紙
　　　＊坂上弘⇒『死顔』「死顔」「二人」
1755 日常のなかの死の重さ『死顔』―吉村昭
　　　◎H19.1「新潮」
　　　＊川本三郎⇒『死顔』「死顔」「山茶花」「二人」「ひとすじの煙」
1756 文春夢の図書館 あの戦争の敗因を学ぶ10冊
　　　◎H19.1「文藝春秋」

＊加藤陽子⇒『東京の戦争』寸評
1757 対談 津村節子×大河内昭爾 ストイックな作家の死 ―吉村昭の流儀―
◎H19.1「季刊文科」
1758 弔辞
◎H19.1「季刊文科」
＊大河内昭爾⇒8月24日に執り行なわれた「吉村昭さんお別れの会」の弔辞
1759 追悼・吉村昭 吉村昭さんの見事な自然死
◎H19.1「季刊文科」
＊加賀乙彦
1760 文学の思い出
◎H19.1「季刊文科」
＊荒川洋治
1761 吉村昭の文学管見
◎H19.1「季刊文科」
＊鷺 只雄
1762 吉村さんのちょっと強めの一歩
◎H19.1「季刊文科」
＊桐原良光
1763 吉村さんの声
◎H19.1「季刊文科」
＊校條 剛
1764 吉村さんのこと
◎H19.1「季刊文科」
＊小山鉄郎
1765 斜めの視線
◎H19.1「季刊文科」
＊佐藤睦子
1766 三つの岐路
◎H19.1「季刊文科」
＊大村彦次郎
1767 砦
◎H19.1「季刊文科」
＊大河内昭爾
1768 編集後記
◎H19.1「季刊文科」
＊大河内昭爾
1769 吉村昭・人と作品　著作目録
◎H19.1「大衆文学研究」VOL.137
＊清原康正⇒『破獄』『仮釈放』『海馬』『海の史劇』『ポーツマスの旗』『桜田門外ノ変』『生麦事件』『白い航跡』『暁の旅人』『大黒屋光太夫』『彰義隊』『天に遊ぶ』
1770 芸術家の勲章

　　　　　　Ⅳ　書評・関連記事

　　　　　◎H19.1「大衆文学研究」VOL.137
　　　　　＊大河内昭爾
1771　吉村税務委員長と私
　　　　　◎H19.1「大衆文学研究」VOL.137
　　　　　＊高野 昭
1772　吉村昭を語る 作家・吉村昭氏を偲ぶ講演と鼎談
　　　　　◎H19.1.13
　　　　　＊津村節子、大河内昭爾、瀬戸内寂聴
　　　　　＊於：サンパール荒川大ホール
1773　深い思いを静めて最後に書き遺した静謐な世界 吉村昭著 死顔
　　　　　◎H19.1.20「図書新聞」
　　　　　＊吉住侑子⇒『死顔』「ひとすじの煙」「死顔」
1774　死顔 吉村昭〔著〕 静かに満ちている死の質感
　　　　　◎H19.1.28「朝日新聞」
　　　　　＊重松 清⇒『死顔』「死顔」「二人」
1775　吉村昭 死顔 "自決"を選んだ「理性の小説家」が書き残した遺作短篇集
　　　　　◎H19.2「文藝春秋」
　　　　　＊加藤陽子⇒『死顔』「クレイスロック号遭難」「死顔」「二人」「ひとすじの煙」
1776　死顔 吉村昭 吉村作品におけるハードボイルド
　　　　　◎H19.3「文學界」
　　　　　＊池上冬樹⇒『死顔』「ひとすじの煙」「二人」「山茶花」「死顔」
1777　追悼 吉村昭さん 胸郭成形術の先輩
　　　　　◎H19.3「しゅばる」
　　　　　＊山岸淳郎
1778　本 「死顔」 吉村昭著
　　　　　◎H19.3「しゅばる」
　　　　　＊山岸淳郎⇒『死顔』「ひとすじの煙」「二人」「クレイスロック号遭難」「死顔」
1779　天声人語
　　　　　◎H19.3.4「朝日新聞」
　　　　　＊「休暇」を引用
1780　区民カレッジ 吉村昭さんの思い出
　　　　　◎H19.3.5/12/19
　　　　　＊鵜飼哲夫、浦井正明、和田 宏
　　　　　＊於：荒川区立生涯学習センター
1781　特集 吉村昭 矜持ある人生
　　　　　◎H19.4「小説新潮」
1782　「小説になる」瞬間
　　　　　◎H19.4「小説新潮」
　　　　　＊最相葉月⇒『戦艦武蔵』『戦艦武蔵ノート』
1783　吉村昭を旅する 長崎
　　　　　◎H19.4「小説新潮」
1784　吉村昭を旅する 宇和島

395

1785 吉村昭を旅する 北海道
　　◎H19.4「小説新潮」
1786 吉村昭を旅する 東京
　　◎H19.4「小説新潮」
1787 名作紀行『海馬』、『羆嵐』の北海道へ
　　◎H19.4「小説新潮」
　　＊佐々木 譲
1788 人生が変わる「吉村昭この一冊」「間宮林蔵」 時代にこきつかわれた男
　　◎H19.4「小説新潮」
　　＊井上ひさし⇒『間宮林蔵』
1789 人生が変わる「吉村昭この一冊」「漂流」 漂流記ものにのめりこむ
　　◎H19.4「小説新潮」
　　＊椎名 誠⇒『漂流』
1790 人生が変わる「吉村昭この一冊」「ポーツマスの旗」 国難を救う外交術
　　◎H19.4「小説新潮」
　　＊佐藤 優⇒『ポーツマスの旗』
1791 人生が変わる「吉村昭この一冊」「死顔」 しんとする
　　◎H19.4「小説新潮」
　　＊関川夏央⇒『死顔』
1792 人生が変わる「吉村昭この一冊」「東京の下町」 生まじめなユーモア
　　◎H19.4「小説新潮」
　　＊森 まゆみ⇒『東京の下町』
1793 人生が変わる「吉村昭この一冊」「蜜蜂乱舞」 蜜蜂が取り持った縁
　　◎H19.4「小説新潮」
　　＊石踊利男⇒（談）
1794 人生が変わる「吉村昭この一冊」「東京の戦争」 しずかな戦史
　　◎H19.4「小説新潮」
　　＊半藤一利
1795 吉村昭の死生感
　　◎H19.4「小説新潮」
　　＊加賀乙彦⇒『戦艦武蔵』『ふぉん・しいほるとの娘』『光る壁画』『冬の鷹』
　　　『冷い夏、熱い夏』『死顔』
1796 さいごの年賀状
　　◎H19.4「小説新潮」
　　＊緒形 拳
1797 友として、夫として、そして作家として
　　◎H19.4「小説新潮」
　　＊瀬戸内寂聴、津村節子、大河内昭爾
　　＊8月24日の「吉村昭さんお別れの会」鼎談
1798 吉村昭さんの遺品 荒川区へ 記念文学館建設へ
　　◎H19.4.18「朝日新聞」

Ⅳ 書評・関連記事

1799 吉村昭氏追悼 彰義隊とあらかわの幕末
　　　 H19.7.28～9.9
　　　＊於：荒川区立荒川ふるさと文化館
1800 大空を目指した男の夢の軌跡をたどる ―『虹の翼』―
　　　◎H19.8「四国旅マガジン」033号
　　　＊『虹の翼』
1801 夫・吉村昭の生き方
　　　 H19.8.29～30「ラジオ深夜便」こころの時代
　　　＊津村節子
　　　＊H19.12「ラジオ深夜便」
1802 吉村昭著『ひとり旅』 自らの人生が「史実はそのままドラマ」
　　　◎H19.9.8「夕刊フジ」
　　　＊金田浩一呂
1803 津村節子の世界
　　　◎H19.9.9 NHKラジオ第2
　　　＊津村節子
　　　＊収録：H19.6.29 NHK文化講演会
1804 吉村昭著『ひとり旅』
　　　◎H19.9.10「有鄰」478号
1805 三鷹に生きた文人たちの足跡をたずねて
　　　◎H19.9.16「広報みたか」No.1363
　　　＊企画展の告示
1806 文人往来 吉村昭 作家・津村節子さん
　　　◎H19.9.21「愛媛新聞」
　　　＊津村節子
1807 特集・歴史・時代小説の愉しみ 吉村昭の想像力
　　　◎H20.1「中央公論」
　　　＊最相葉月⇒「最相葉月が選ぶ吉村昭の5冊」として、『戦艦武蔵』『深海の使者』『冬の鷹』『漂流』および『ニコライ遭難』を挙げ、書評を付す
1808 ドキュメント 見事な死 吉村昭 賢明なる自然死
　　　◎H20.2「文藝春秋」
　　　＊大河内昭爾
1809 エッセイ 歴史の底の人間ドキュメンタリー
　　　◎H20.2 文藝別冊「吉村昭 歴史の記録者」
　　　＊松本健一⇒『桜田門外ノ変』他
1810 エッセイ 抑制されたリアリズムによる鎮魂の書『戦艦武蔵』を読む
　　　◎H20.2 文藝別冊「吉村昭 歴史の記録者」
　　　＊佐藤 優⇒『戦艦武蔵』
1811 エッセイ 空襲で失われた下町、日暮里への思い
　　　◎H20.2 文藝別冊「吉村昭 歴史の記録者」
　　　＊川本三郎⇒『東京の下町』『昭和歳時記』『東京の戦争』
1812 エッセイ 漂流する人間

IV 書評・関連記事

　　　　◎H20.2 文藝別冊「吉村昭 歴史の記録者」
　　　　＊重里徹也⇒『大黒屋光太夫』
1813　エッセイ 真摯な文学観
　　　　◎H20.2 文藝別冊「吉村昭 歴史の記録者」
　　　　＊松田哲夫
1814　私の吉村昭ベスト12
　　　　◎H20.2 文藝別冊「吉村昭 歴史の記録者」
　　　　＊岡崎武志⇒『夜明けの雷鳴』『東京の戦争』『冷い夏、熱い夏』『私の文学漂流』『戦艦武蔵』『破獄』『長英逃亡』『史実を歩く』『海も暮れきる』『漂流』『アメリカ彦蔵』『星と葬礼』
1815　文体的な公平さ 吉村昭の『生麦事件』について
　　　　◎H20.2 文藝別冊「吉村昭 歴史の記録者」
　　　　＊石川忠司⇒『生麦事件』
1816　吉村家の系譜
　　　　◎H20.2 文藝別冊「吉村昭 歴史の記録者」
　　　　＊川西政明
1817　漂流する文学者
　　　　◎H20.2 文藝別冊「吉村昭 歴史の記録者」
　　　　＊島内景二⇒『史実を歩く』『島抜け』『大黒屋光太夫』
1818　"史伝"の復権
　　　　◎H20.2 文藝別冊「吉村昭 歴史の記録者」
　　　　＊末國善己⇒『暁の旅人』『桜田門外ノ変』
1819　歴史を記録する 吉村昭［著］ 徹底した史実探求への姿勢
　　　　◎H20.2.24「朝日新聞」
　　　　＊奈良岡聰智
1820　「吉村昭研究」創刊号
　　　　◎H20.3 吉村昭研究会
　　　　＊木村暢男⇒巻頭文 作家・吉村昭を後世に伝えるために
　　　　＊桑原文明⇒吉村昭試論（上）最後の戦後文学者として／資料から見た吉村昭① 吉村昭作品年表
　　　　＊矢部哲郎⇒随筆 OB会の夜
1821　「吉村昭研究」第二号
　　　　◎H20.6 吉村昭研究会
　　　　＊莊司賢太郎⇒巻頭随筆 吉村さんと私の学生時代
　　　　＊桑原文明⇒吉村昭試論（中）歴史小説・私小説／資料から見た吉村昭② 作品概要・上（あ～こ）
1822　「吉村昭研究」第三号
　　　　◎H20.9 吉村昭研究会
　　　　＊桑原文明⇒吉村昭試論（下）様々に展開する作品群／資料から見た吉村昭③ 作品概要・中（さ～と）
　　　　＊置鮎正嗣⇒源氏物語の中のホームドラマ
1823　父・吉村昭を語る

IV 書評・関連記事

　　　◎H20.「TASHINAMI」秋号
　　　＊吉村 司
1824　「吉村昭研究」第四号
　　　◎H20.12 吉村昭研究会
　　　＊吉住侑子⇒悠久の時に立つ・心やさしい文学の鬼
　　　＊莊司賢太郎⇒吉村さんの思い出
　　　＊桑原文明⇒吉村昭試論（補）三島由紀夫と吉村昭/資料から見た吉村昭④ 作品概要・下（な～わ）
　　　＊伊沢昭一郎⇒吉村昭との出会い（私の出会った吉村昭）
1825　吉村昭「透明標本」
　　　◎H21.1『芥川賞を取らなかった名作たち』
　　　＊佐伯一麦⇒「透明標本」
1826　「吉村昭研究」第五号
　　　◎H21.3 吉村昭研究会
　　　＊伊沢昭一郎⇒吉村昭を論じた人々（その一）
　　　＊桑原文明⇒吉村昭試論（追）初期作品/映画「休暇」を見る/資料から見た吉村昭⑤ 著作一覧（単行本）
　　　＊古市充雄⇒吉村さん追憶（1）サイン会
1827　ドキドキワクワクした小説ベスト10
　　　◎H21.6「王様のブランチ」のブックガイド 小学館新書
　　　＊松田哲夫⇒『大黒屋光太夫』『島抜け』
1828　「吉村昭研究」第六号
　　　◎H21.6 吉村昭研究会
　　　＊津村節子⇒吉村昭研究会 皆さまへ
　　　＊桑原文明⇒吉村昭試論⑥ 地 ―愛媛県/資料から見た吉村昭⑥ 著書一覧（文庫・新書）
　　　＊古市充雄⇒吉村昭さん追憶（2）手紙/吉住侑子『旅にしあれば』について
　　　＊伊沢昭一郎⇒吉村昭を論じた人々（2）尾崎秀樹
1829　はいれない店
　　　◎H21.7「季刊文科」
　　　＊津村節子
1830　視点 45 一読措く能わず（Ⅱ）吉村昭の業績
　　　◎H21.7「季刊文科」
　　　＊松本道介⇒『陸奥爆沈』『高熱隧道』『生麦事件』
1831　作家吉村昭と火災保険
　　　◎H21.7『保険文化の森を散歩する』植村達男著 保険教育システム研究所
1832　吉村昭著『三陸海岸大津波』
　　　◎H21.7『保険文化の森を散歩する』植村達男著 保険教育システム研究所
　　　＊書評
1833　不遇時代に児童文学 作家吉村昭さん 31日「悠遠忌」で紹介
　　　◎H21.7.29「東京新聞」
1834　高熱隧道

399

IV 書評・関連記事

　　　　　◎H21.8.16「読売新聞」本よみうり堂
　　　　　＊片山杜秀
1835　「吉村昭研究」第七号
　　　　　◎H21.9 吉村昭研究会
　　　　　＊桑原文明⇒吉村昭試論⑦ 地 ―長崎県/資料から見た吉村昭⑦ 著書一覧
　　　　　（その他）
　　　　　＊映画化支援の会⇒「桜田門外ノ変」映画化の概要
　　　　　＊伊沢昭一郎⇒吉村昭を論じた人々(3)
1836　七十五度目の長崎行き 吉村昭著　周到綿密な調査の収穫
　　　　　◎H21.9.27「神奈川新聞」
　　　　　＊菅野昭正
1837　新刊「作家と戦争」森 史郎著
　　　　　◎H21.9.27「愛媛新聞」
1838　あの人がいた街 吉村昭と日暮里 大空襲で消えた「故郷」
　　　　　◎H21.9.30「東京新聞」
　　　　　＊寺本峯祥
1839　吉村昭著『七十五度目の長崎行き』河出書房新社
　　　　　◎H21.10.10「有鄰」
　　　　　＊（書評）
1840　七十五度目の長崎行き 吉村昭著　綿密きわめる取材の土産話
　　　　　◎H21.10.11「愛媛新聞」
　　　　　＊菅野昭正⇒内容は上記「神奈川新聞」と同じ
1841　Close up ～Tokyo Interview　荒川区長 西川太一郎
　　　　　◎H21.11「東京人」
　　　　　＊副題：荒川を愛した作家、吉村昭の記念文学館を造ります!
1842　声
　　　　　◎H21.11「群像」
　　　　　＊津村節子
1843　「吉村昭研究」第八号
　　　　　◎H21.12 吉村昭研究会
　　　　　＊清水信⇒吉村昭事典① 山
　　　　　＊桑原文明⇒吉村昭試論⑧ 地 ―北海道/資料から見た吉村昭⑧ A選集・他
　　　　　 B文庫で読める吉村昭 C著作年表(S41～50)
　　　　　＊古市充雄⇒吉村昭さん追憶(3) 講演会
　　　　　＊伊沢昭一郎⇒吉村昭を論じた人々(4)
　　　　　＊梅村正美⇒岩手山登山顛末記（読者からの投稿）
　　　　　＊樋口昌典⇒吉村昭先生の温かさにふれて（大野原霊苑訪問記）
1844　異郷
　　　　　◎H22.1「文學界」
　　　　　＊津村節子

V　文 庫 解 説

1. 文庫とその解説を下記のように記載した。
   発行年月／『タイトル』／文庫名／[解]解説者「解説タイトル」／[単]単行本・出版社／＊備考
2. 発行年月の前に付与した「◎」は編者が確認したことを示す。
3. 解説タイトルが「解説」のみの場合は省略した。
4. 解説のない文庫は除外した。
5. 文中敬称略。

V 文庫解説

1	◎S46.8	『戦艦武蔵』新潮文庫	磯田光一	⑪S41.9 新潮社
		＊S62.6 新潮文庫改版も同一解説		
2	◎S47.8	『殉国』角川文庫	荒 正人	⑪S42.10 筑摩書房
3	◎S47.12	『神々の沈黙』角川文庫	上田三四二	⑪S44.12 朝日新聞社
4	◎S48.4	『青い骨』角川文庫	宗 左近「解説 ない骨のたくましさ ―吉村昭世界管見」	⑪S33.2 小壺天書房
		＊収録作品：単行本と一部異なる		
5	◎S49.2	『星への旅』新潮文庫	磯田光一	⑪S41.8 筑摩書房
		＊収録作品：単行本と一部異なる		
		＊H5.2 新潮文庫改版も同一解説		
6	◎S49.9	『海の奇蹟』角川文庫	上田三四二	⑪S43.7 文藝春秋
		＊収録作品：単行本と一部異なる		
7	◎S50.7	『高熱隧道』新潮文庫	久保田正文	⑪S42.6 新潮社
		＊H2.3 新潮文庫改版も同一解説		
8	◎S50.10	『蚤と爆弾』講談社文庫	尾崎秀樹	⑪S45.11 講談社
		＊単行本は『細菌』として刊行		
9	◎S51.1	『水の葬列』新潮文庫	鶴岡冬一	⑪S42.3 筑摩書房
		＊収録作品：単行本と一部異なる		
10	◎S51.11	『冬の鷹』新潮文庫	上田三四二	⑪S49.7 毎日新聞社
		＊S63.7 新潮文庫改版も同一解説		
11	◎S53.1	『星と葬礼』集英社文庫	森 常治	⑪なし
		＊文春文庫（H4.5）と収録作品の一部が異なる		
12	◎S53.3	『零式戦闘機』新潮文庫	鶴岡冬一	⑪S43.7 新潮社
		＊S63.7 新潮文庫改版も同一解説		
13	◎S53.7	『孤独な噴水』講談社文庫	森 常治	⑪S39.9 講談社
14	◎S54.11	『陸奥爆沈』新潮文庫	豊田 譲	⑪S45.5 新潮社
		＊H1.9 新潮文庫改版も同一解説		
15	◎S55.3	『北天の星』下 講談社文庫	白崎昭一郎	⑪S50.11 & 12 講談社
16	◎S55.11	『漂流』新潮文庫	高井有一	⑪S51.5 新潮社
		＊H1.9 新潮文庫改版も同一解説		
17	◎S56.4	『空白の戦記』新潮文庫	森 常治	⑪S45.9 新潮社
18	◎S56.5	『海の史劇』新潮文庫	田村隆一	⑪S47.12 新潮社
		＊H15.2 新潮文庫改版も同一解説		
19	◎S56.11	『大本営が震えた日』新潮文庫	泉 三太郎	⑪S43.11 新潮社
		＊H15.7 新潮文庫改版も同一解説		
20	◎S56.12	『ふぉん・しいほるとの娘』下 講談社文庫	大河内昭爾	⑪S53.3 毎日新聞社
21	◎S57.5	『背中の勲章』新潮文庫	安田 武	⑪S46.12 新潮社
22	◎S57.11	『羆嵐』新潮文庫	倉本 聰「羆嵐の吹いた沢 ―解説にかえて」	⑪S52.5 新潮社
23	◎S58.5	『ポーツマスの旗』新潮文庫	粕谷一希	⑪S54.12 新潮社
24	◎S58.7	『魚影の群れ』新潮文庫	石堂淑朗	⑪S48.5 新潮社

　　　　　　　　　　　Ⅴ　文庫解説

　　　　　　　　＊単行本は『海の鼠』として刊行
25　◎S58.9　『虹の翼』文春文庫　㉔鶴岡冬一　㊞S55.9 文藝春秋
26　◎S59.3　『赤い人』講談社文庫　㉔木原直彦　㊞S52.11 筑摩書房
27　◎S59.7　『遠い日の戦争』新潮文庫　㉔宮内 豊　㊞S53.10 新潮社
28　◎S59.11　『光る壁画』新潮文庫　㉔林 富士馬　㊞S56.5 新潮社
29　◎S60.3　『破船』新潮文庫　㉔饗庭孝男　㊞S57.2 筑摩書房
30　◎S60.7　『羆』新潮文庫　㉔福田宏年　㊞S46.2 新潮社
31　◎S60.7　『殉国 ―陸軍二等兵比嘉真一』集英社文庫　㉔神崎倫一　㊞S57.6
　　　　　　　筑摩書房
　　　　　　　＊単行本では『陸軍二等兵比嘉真一』として刊行
32　◎S60.8　『戦艦武蔵ノート』作家のノートⅠ文春文庫　㉔本田靖春　㊞S45.7
　　　　　　　図書出版社
　　　　　　　＊収録作品：単行本と一部異なる
33　◎S61.4　『孤独な噴水』新版 講談社文庫　㉔山際淳司　㊞S39.9 講談社
　　　　　　　＊講談社文庫（S53.7 No.13）あり
　　　　　　　＊No.13 参照
34　◎S61.7　『炎のなかの休暇』新潮文庫　㉔福田宏年　㊞S56.2 新潮社
35　◎S61.8　『万年筆の旅』作家のノート Ⅱ 文春文庫　㉔沢木耕太郎　㊞なし
36　◎S61.12　『破獄』新潮文庫　㉔磯田光一　㊞S58.11 岩波書店
37　◎S62.1　『間宮林蔵』講談社文庫　㉔谷田昌平　㊞S57.9 講談社
38　◎S62.4　『蜜蜂乱舞』新潮文庫　㉔大河内昭爾　㊞なし
　　　　　　　＊『小説のすすめ』（S63.8）再収
39　◎S62.4　『磔』文春文庫　㉔曽根博義　㊞S50.3 文藝春秋
　　　　　　　＊単行本から「洋船建造」を割愛
40　◎S62.8　『実を申すと』ちくま文庫　㉔大河内昭爾「解説「陽気な自虐性」
　　　　　　　のいさぎよさ」　㊞S56.3 文化出版局
　　　　　　　＊単行本から「ノーベル養鯉賞」を割愛
　　　　　　　＊『小説のすすめ』（S63.8）再収
41　◎S63.4　『雪の花』新潮文庫　㉔影山 勲　㊞S46.11 新潮社
　　　　　　　＊単行本は『めっちゃ医者伝』として刊行
42　◎S63.8　『秋の街』文春文庫　㉔曽根博義　㊞S59.11 文藝春秋
　　　　　　　＊単行本から「焔髪」を割愛
43　◎S63.9　『花渡る海』中公文庫　㉔菅野昭正　㊞S60.11 中央公論社
44　◎S63.11　『脱出』新潮文庫　㉔川西政明　㊞S57.7 新潮社
45　◎H1.1　『蛍』中公文庫　㉔小笠原賢二「行動する視線」　㊞S49.12 筑摩書房
46　◎H1.5　『密会』講談社文庫　㉔金田浩一呂　㊞S46.4 講談社
47　◎H1.5　『下弦の月』文春文庫　㉔小笠原賢二「解説 傍観者の秘儀」　㊞S48.2
　　　　　　　毎日新聞社
　　　　　　　＊収録作品：単行本と一部異なる
48　◎H1.8　『蚤と爆弾』文春文庫　㉔赤瀬川 隼　㊞S45.11 講談社
　　　　　　　＊単行本は『細菌』として刊行
49　◎H1.8　『メロンと鳩』講談社文庫　㉔谷田昌平　㊞S53.6 講談社

V 文庫解説

50	◎H1.9	『長英逃亡』下 新潮文庫　㉟赤松大麓　㊀S59.9 & 10 毎日新聞社
51	◎H1.11	『海の祭礼』文春文庫　㉟曽根博義　㊀S61.10 文藝春秋
52	◎H2.1	『月下美人』講談社文庫　㉟川西政明　㊀S58.8 講談社
53	◎H2.1	『遅れた時計』中公文庫　㉟川西政明　㊀S57.4 毎日新聞社
54	◎H2.2	『帽子』文春文庫　㉟金田浩一呂　㊀S53.9 集英社
55	◎H2.6	『冷い夏、熱い夏』新潮文庫　㉟小笠原賢二「解説 感覚の弁証法」　㊀S59.7 新潮社
56	◎H2.7	『闇を裂く道』文春文庫　㉟谷田昌平　㊀S62.6 文藝春秋
57	◎H2.9	『月夜の魚』中公文庫　㉟奥野健男　㊀S54.8 角川書店
58	◎H2.11	『鯨の絵巻』新潮文庫　㉟石堂淑朗「解説 遥かなる縄文の呼び声」　㊀S53.4 新潮社 ＊『海の絵巻』を改題
59	◎H3.7	『帰艦セズ』文春文庫　㉟曽根博義　㊀S63.7 文藝春秋
60	◎H3.11	『仮釈放』新潮文庫　㉟川西政明　㊀S63.4 新潮社
61	◎H3.11	『殉国陸軍二等兵比嘉真一』文春文庫　㉟福田宏年　㊀S57.6 筑摩書房 ＊『陸軍二等兵比嘉真一』を改題
62	◎H4.5	『星と葬礼』文春文庫　㉟川西政明　㊀なし ＊集英社文庫(S53.1 No.11)と収録作品は一部異なる
63	◎H4.6	『海馬』新潮文庫　㉟石堂淑朗「解説 吉村昭の自然と人事と」　㊀S64.1 新潮社
64	◎H4.11	『死のある風景』文春文庫　㉟桶谷秀昭　㊀H1.11 文藝春秋
65	◎H5.3	『ふぉん・しいほるとの娘』上・下 新潮文庫　㉟図子英夫　㊀S53.3 毎日新聞社
66	◎H5.9	『熊撃ち』文春文庫　㉟川合多喜夫　㊀S54.9 筑摩書房
67	◎H5.12	『幕府軍艦「回天」始末』文春文庫　㉟大河内昭爾　㊀H2.12 文藝春秋
68	◎H6.4	『白い航跡』下 講談社文庫　㉟大河内昭爾　㊀H3.4 講談社
69	◎H6.6	『黒船』中公文庫　㉟川西政明　㊀H3.9 中央公論社
70	◎H7.4	『私の文学漂流』新潮文庫　㉟荒川洋治　㊀H4.11 新潮社
71	◎H7.4	『桜田門外ノ変』下 新潮文庫　㉟野口武彦　㊀H2.8 新潮社
72	◎H8.6	『法師蟬』新潮文庫　㉟森 まゆみ「脱皮の季節」　㊀H5.7 新潮社
73	◎H8.11	『ニコライ遭難』新潮文庫　㉟山内昌之「勇気と誠意の物語」　㊀H5.9 岩波書店
74	◎H9.7	『天狗争乱』新潮文庫　㉟田中 彰「解説 吉村歴史文学の手法と視座」　㊀H6.5 朝日新聞社
75	◎H10.1	『再婚』角川文庫　㉟川西政明　㊀H7.3 角川書店
76	◎H10.4	『消えた鼓動』新装版 ちくま文庫　㉟杉山隆男「解説 人間の本質にせまる気迫」　㊀S46.4 筑摩書房
77	◎H10.4	『メロンと鳩』文春文庫　㉟曽根博義　㊀S53.6 講談社
78	◎H10.8	『プリズンの満月』新潮文庫　㉟饗庭孝男「「共苦」のヒューマニズム」　㊀H7.6 新潮社

V 文庫解説

79	◎H10.9	『彦九郎山河』文春文庫　㋐山内昌之「旅行者としての高山彦九郎―吉村昭『彦九郎山河』によせて」　㋐H7.9 文藝春秋	
80	◎H11.4	『落日の宴 勘定奉行川路聖謨』講談社文庫　㋐山内昌之「理想の外交官、川路聖謨―吉村昭『落日の宴』によせて」　㋐H8.4 講談社	
81	◎H11.9	『街のはなし』文春文庫　㋐阿川佐和子「解説 ギクリのはなし」　㋐H8.9 藝春秋	
82	◎H11.11	『天狗争乱』朝日文庫　㋐大河内昭爾　㋐H6.5 朝日新聞社	
83	◎H12.4	『北天の星』新装版 講談社文庫　㋐大河内昭爾　㋐S50.11 & 12 講談社	
84	◎H12.7	『朱の丸御用船』文春文庫　㋐勝又 浩　㋐H9.6 文藝春秋	
85	◎H12.12	『遠い幻影』文春文庫　㋐川西政明　㋐H10.1 文藝春秋	
86	◎H13.8	『アメリカ彦蔵』新潮文庫　㋐奥野修司　㋐H11.10 読売新聞社	
87	◎H13.10	『月下美人』文春文庫　㋐金子達仁　㋐S58.8 講談社	
88	◎H14.1	『日本医家伝』新装版 講談社文庫　㋐大河内昭爾　㋐S46.8 講談社 ＊旧版には「解説」なし	
89	◎H14.6	『生麦事件』上・下 新潮文庫　㋐渡辺 保　㋐H10.9 新潮社	
90	◎H14.10	『島抜け』新潮文庫　㋐大河内昭爾　㋐H12.8 新潮社	
91	◎H14.11	『碇星』中公文庫　㋐曽根博義　㋐H11.2 中央公論社	
92	◎H15.1	『夜明けの雷鳴』文春文庫　㋐岡崎武志　㋐H12.1 文藝春秋	
93	◎H15.2	『海の史劇』改版 新潮文庫　㋐田村隆一　㋐S47.12 新潮社 ＊活字を大きくして改版	
94	◎H15.5	『天に遊ぶ』新潮文庫　㋐清原康正　㋐H11.5 新潮社	
95	◎H15.7	『大本営が震えた日』　㋐泉 三太郎　㋐S43.11 新潮社	
96	◎H15.8	『歴史の影絵』　㋐渡辺洋二　㋐S56.2 中央公論社	
97	◎H15.9	『帽子』　㋐和田 宏　㋐S53.9 集英社	
98	◎H15.12	『敵討』　㋐野口武彦　㋐H13.2 新潮社	
99	◎H16.3	『三陸海岸大津波』文春文庫　㋐高山文彦「解説 記録する力」　㋐S45.7 中央公論社	
100	◎H16.8	『秋の街』中公文庫　㋐池上冬樹　㋐S59.11 文藝春秋	
101	◎H16.12	『海の祭礼』新装版 文春文庫　㋐曽根博義　㋐S61.10 文藝春秋 ＊旧版に収録したものに、加筆・訂正	
102	◎H17.6	『大黒屋光太夫』上・下 新潮文庫　㋐川西政明　㋐H15.2 毎日新聞社	
103	◎H17.6	『東京の戦争』ちくま文庫　㋐小林信彦「解説 大空襲と花月劇場と」　㋐H13.7 筑摩書房	
104	◎H17.7	『見えない橋』文春文庫　㋐勝又 浩「解説 生と死を繋ぐもの」　㋐H14.7 文藝春秋	
105	◎H19.6	『海軍乙事件』新装版 文春文庫　㋐森 史朗「解説 貴重な歴史の資料」　㋐S51.7 文藝春秋 ＊旧版には「解説」なし	
106	◎H20.7	『史実を歩く』文春文庫　㋐森 史朗「解説 歴史的事実の訂正と発見」　㋐H10.10 文春新書	

107	◎H20.8	『暁の旅人』講談社文庫	㊣末國善己	㊣H17.4 講談社	
108	◎H21.7	『死顔』新潮文庫	㊣川西政明	㊣H18.10 新潮社	
109	◎H21.11	『回り灯籠』ちくま文庫	㊣曽根博義「解説 戦争と死」	㊣H18.12 筑摩書房	

Ⅵ　追　悼　編

　敬愛する作家・吉村昭は惜しまれつつ帰らぬ旅に出てしまった。平成十八年七月三十一日のことである。全国紙はもとより、地方紙、文芸誌、総合雑誌等々各種のマスコミで訃報・追悼文が流された。尚、本人の遺志により、死は三日間伏せておくこととなっていたが、予期せぬ偶然の出来事により、死去の報は早くも翌日にはマスコミに流れることとなった。葬儀は本人の堅い遺志により家族のみで執り行なわれた。

　「お別れの会」は八月二十四日、出版社各社と日本文藝家協会の企画で、東京・日暮里のホテルラングウッドで行われ、予想を大きく上回る参列者が別れを惜しんだ。夫人・津村節子氏の挨拶があり、大河内昭爾、大村彦次郎、高井有一、中村稔の各氏が弔辞を奉呈した。各種メディアに寄せられた数多くの追悼文を代表するものとして、上記四氏の弔辞をここに収録する。

　掲載は五十音順。

VI　追悼編

大河内 昭爾

　弔辞。吉村昭さんにお別れを申し上げます。
　ついこの間のような築地本願寺における丹羽文雄先生の御葬儀の折、吉村さんにつづいて私も弔辞を読ませて頂きましたが、あのとき元気だった吉村さんへの弔辞をまさか読むことになろうなどとは思ってもみないことでありました。ここに立ってなお信じられないことであります。
　思えば吉村さんの最後の長篇が『彰義隊』だったことは今さら因縁の深さを感じさせられております。今日のこのお別れの会の会場も吉村家ゆかりの場所だそうですが、「芋坂の羽二重団子」の店先の石標がこぶし大の穴ぼこだらけで、それが彰義隊をめぐる上野の戦争の弾痕の跡と聞かされて、吉村さんはこんな処に生まれたのかとひとしきり感慨をおぼえたものでした。酒の飲めぬ私を年中あわれんでいた吉村さんは、奥さんの津村節子さんを羽二重団子に案内したことがあるのだろうかとふと思ったりしました。
　"芋坂の団子も月のゆかりかな"という句を残している正岡子規もこの里の住人でした。吉村さんの家と子規庵は二百メートルと離れていなかったそうですね。子規の『仰臥漫録』を小説にしようと、はるばる松山まで行きながら、子規の苦しみは自分の病臥の経験どころではないと、号泣につぐ号泣の文字にたじろぎ自分が子規を描くことは不遜きわまりないとこの主題について筆を折ったと自ら漏らしております。何につけても吉村さんはストイックで我慢強く、時に自虐的にすらみえました。このたびの病床のことも、私などは肺炎のための入院と知らされ、声がかすれ、声に力のないのもかっての肺患のせいだと思いこんでおりました。たまたま私が胃の全摘手術のため入院することになり、その前日吉村さんの『日本医家伝』という文庫版を貰いうけに訪問しました。その本の巻末解説を私自身が執筆しているので、手術担当の先生への名刺がわりに持参したいと申し出ると、手もちが三冊しかないというのに二冊に、担当医のお名前と、あの几帳面な書体で吉村昭の署名がすでにしるされていました。その時も声のかすれを気づかいながら、うかつな私はその日が最期の別れになるなどとはつゆほども思っていませんでした。その一か月後の七月二十四日私は吉村家に電話で退院を報告したついでに、吉村さんの様子はどうですかと電話に出た津村さんにうかがうと、相かわらずと答えるなり、胃の無い人にはスープが一番と妹さんご推薦の本当においしいスープをすぐにとどけて下さって、そのそえ書にも私の手術へのいたわりだけがしるされていました。それから日ならずして亡くなったご主人のことは一行も書かれていなかったのです。

VI　追悼編

　吉村さんの死は新聞社からの知らせではじめて知りました。茫然自失ということば通り、私には到底信じられないことでした。つづけて五、六本追悼文の依頼やコメントを求める電話がありましたが、私は何を答えたか記憶にありません。

　吉村さんの死は、私にとって現実味に遠いものでした。しかし訃報を聞いた夜だけは体調をかえりみる余裕もなく吉村家に出むきはしましたが、軒燈のあかりに誘われて思わずベルを押したものの三度めはしっかり押しきれず、そういうことに人一倍過敏な吉村さんに「いいから、いいから」と追い立てられるように、待たしていたタクシーでひきかえしたことでした。

　胃の全摘は寝がえり一つでも、おなかの中でこむらがえりがおきるのだと一大発見のように退院したら吉村さんに訴えようと思ったことでしたが、そのときすでに吉村さんはまぎれもなく死とむきあっていたのだと思うと、自分の勝手さ、うかつさに身がすくみます。

　思いおこしてみると、私どもの二人の息子たちの仲人までも吉村ご夫妻に押しつけ、とりわけ次男のときは吉村さんは体調をくずしていたにもかかわらず、挨拶だけはするといって、六本木の会場まで出むいて途中からご長男の司さんと交替するといった無理までして頂きました。大事な取材旅行ですら書斎大事につづけて二泊以上はしないという吉村さんをどれほど勝手な私の旅行にひっぱり出したか今さら鈍感な田舎ものの私も反省を強いられております。しかしこういううかつな私を見すてもせず五十年にわたってつきあって下さったかと思うと感謝をおぼえないではおられません。といって御恩がえしどころか多分津村さんとあれこれ吉村さんの思い出を語りあかすだけのことで、それはまた津村さんの哀しみを深めるだけのことしかない。しかしなんといっても『絹扇』はじめ越前女のしなやかさ、したたかさを描き切った津村さんの思いがけぬひそめた芯の強さは、吉村さんも十分承知していることです。

　しかしあなたのいない井の頭は寂しいばかりです。ようやくここにお別れを申し上げます。長い間本当に有がとうございました。吉村さん　さようなら。

平成十八年八月二十四日

　　　　　　　　　　　　　　　　　　　　　　　　大河内　昭爾

大村 彦次郎

弔辞

故吉村昭氏の霊前に、永年厚誼を賜わりました編集者の一人として、謹んで追悼の辞を捧げます。

吉村さん、きょうはあなたとのお別れの会であります。編集者から見た、あなたのお人柄の輪郭について、このさいすこしだけ喋らせて頂くのをお許し下さい。

吉村さんは昭和二年東京日暮里生まれの、根っからの町ッ子でありました。ちょっとした言葉の言い回しや気の遣いかたに、東京人特有の気質がうかがえました。東京の町なかを一緒に歩いていて、変貌する東京の町の風景に半ば愛想を尽かしながら、それでもやはりあなたは東京の町が好きな人でした。

巷の様子にくわしく、細い横丁や露地に暮らす人たちの動静にまで、よく目が届いておりました。「昔、あそこに洋画の上映館があってね」などと教えてくれたり、タクシーに乗ると「きみ、あすこの道は通れる筈だよ」と、運転手に指示なさったりしました。

敗戦直後、二十歳の吉村さんは肺結核の末期患者でありました。半年間で六十キロの体重が三十五キロまでに減りました。そのような大病の経験がそうさせたのか、吉村さんには生きるうえでの自分なりの流儀がありました。自分の真情をあからさまに吐露することを照れるはにかみや、謙虚さや、少々のことなら我慢する、といった、古い東京人の培っていた節度を人一倍弁えておりました。

対人関係においても、なるべく相手のよい点を強調して、全体を容認しようとしておりました。しかし、物事や人間関係の基本に関しては、理非曲直の判断がハッキリしておりました。その二、三の現場に立ち会った私は吉村さんのけじめのつけかたのきびしさに、思わず驚いたほどでした。吉村さんなりに好き嫌いの基準はいろいろあったのでしょうが、第一に相手の立場を考えない、手前勝手な人間にはいちばん我慢がならなかったのではないでしょうか。われわれはまた一人、古きよき時代の、さわやかな東京人をうしないました。

文壇というものがあるとして、吉村さんはそれまでの文壇が作り上げた良質な美学やモラルをだいじにし、文壇人として生きることに誇りを持ち続けた人と思います。しかし、作家は作品がすべて、と割り切って、孤独な創作作業に徹し、文壇付き合いというのを余りなされませんでした。敬愛するあまたの作家を持ちましたが、自分から近づくということはしませんでした。

VI　追悼編

　吉村さんは作家の書く作品は編集者との共同作業の結果だ、ということを常々申されておりました。それだけに締切は固く守り、担当の編集者に労を煩わせるようなことはありませんでした。手堅い商人であった生家の、納期に間に合わせる、という慣習をそのまま引き継いでおりました。作家という特権におごらず、市井の一庶民としてできるだけ目立たないように過ごされました。一人で出かける取材先で、刑事や工務店の請負人に間違われた、というのも、吉村さんらしい身の処しかたぶりでした。

　一年に一、二回、担当する編集者と気楽な旅行会を催しました。長崎、宇和島、三陸海岸、越後湯沢と吉村さんのそれぞれの取材先を訪れました。正月の夜、三鷹の吉村邸へはOB、現役を問わず編集者が集まって、津村節子さんや家の方々の歓待に預かりました。あれは丹羽文雄邸の新年会が終って、そこから三々五々流れた連中が、しぜんに近くの吉村邸に集まったことから始まりました。それが昨年まで四半世紀ほど続きました。

　いまから四十年前の一九六六年、昭和四十一年という年は吉村さんにとっては、まさに画期的な年でした。「戦艦武蔵」を発表して、新生面を開拓すると同時に、また「星への旅」が太宰治賞を受賞しました。芸能界用語に〈化ける〉という言葉があります。この年池波正太郎さんが「鬼平犯科帳」シリーズを書き始めて、大ブレークしました。池波さんと吉村さんという資質の違う作家がこの年、それぞれ大化けしたのです。

　吉村さんがそのあと着手した戦史小説あるいは歴史小説はおおぜいの読者を惹きつけました。作家にはその真価とは別に、多くの読者に受ける人とそうでない人があります。吉村さんは本来、俗受けする作家ではありません。しかし、「戦艦武蔵」以来、多くのファンの人気を集めました。吉村さんもかなりな数の作品を手抜きすることなく書き続け、読者の要望に応えました。

　たいがいの作家はある時期にはきわ立った仕事もしますが、そう長くも続けられず、ときどき休んだりしては、また書いたりします。しかし吉村さんの場合は、一貫した一本の道を地味に辿りながら、しかも最後に至るまで、現役として成長をやめることなく、そして多くの読者の信頼を失いませんでした。作家としてこれ以上の面目と幸せに恵まれた人はそうザラにはない、と思います。

　吉村さんが芥川賞候補になった若い頃、選考委員の一人だった佐藤春夫は吉村さんの才能を高く評価し、吉村さんもまたある年の正月、佐藤邸を訪ね、この尊敬する作家の謦咳に接しました。その佐藤春夫の別離の詩の一節を諳じて、吉村さんとの別れの言葉のしめ括りに代えます。

VI 追悼編

　　人と別るる一瞬の
　　思ひつめたる風景は
　　松の梢のてっぺんに
　　海一寸に青みたり

　吉村さんにも尾崎放哉の生涯を描いた「海も暮れきる」という作品があります。
　人の命は終わっても、もし魂というものがあるとするなら、吉村さん、またあの冥途なる世界でお会いして、おたがいが見つけ合ったそこそこの店で、静かに酒杯を交わしましょう。それまでしばらくお待ち下さい。あえて、さようなら、とは申しません。

　平成十八年八月二十四日

　　　　　　　　　　　　　　　　　　　　　　　　　　　　大村 彦次郎

高井 有一

吉村昭さん。

あなたの訃に接して、私の想ひは、極く自然に昭和三十年代前半のころへと流れました。若手作家がそれぞれの同人雑誌に拠つて技倆を競ひ、同人雑誌の全盛期と言はれた時代です。さうした中で才能を嘱目された一人にあなたがをられた。「青い骨」「貝殼」「少女架刑」と、巧緻に織り上げられた短篇を、五歲年下の私は、いささかの對抗心を抱いて讀んだのを忘れません。それから五十年、私はずつと、あなたの背をみつめつつ、同じ道を步んできました。

昭和四十一年に、編集者の慫慂によつて、「戰艦武藏」を書いたのを契機に、あなたの作風が變つたと言ふ人がありますが、私は必ずしもさうは思はない。若年のうちに修練を重ねて身に着けた細部を叮嚀に積み上げるリアリズムの手法は、その後も生き續けて、あなたの作品を特徵づけてきたと思ひます。あなたを手本として文章を磨いたといふ新聞記者がゐるのも故なしとしません。

戰記小説を書いても、歷史小説の場合でも、あなたは英雄的人物の活躍を謳ひ上げる事はしなかつた。英雄なんて本來うさん臭いものと考へてをられたのかも知れない。あなたが共感と愛情をもつて描いたのは、歷史の流れのなかにあつて、誠實に己の本分を盡して生き、死んで行つた人たちでした。しかし人間は、如何に誠實に生きても、正當に報いられるとは限らない。その事に氣付かないあなたではなかつた。運命に翻弄されて、もがき拔いても志を得ない人々を語るとき、あなたの物語は哀調を帶びます。それは、かいなでの感傷とは違つて、あなた自身の人生觀の深いところから滲み出たもののやうに思へてなりません。

人間の義務として、肉體の許す限り生きる努力を放棄すべきではない、といふ言葉が、あなたの小說の一節にあります。これは、あなたの眞劍な信條であつた事は疑へませんが、同時にあなたには、人は所詮宿命に逆らへないと觀ずる運命論にも似た人間認識があつたやうにも、私は感じてきました。終戰の年に米軍機の空襲に遭つて家を焼かれ、隅田川の川面にたくさんの人の死體が、大きな筏のやうに寄りかたまつて浮かんでゐるのを見たり、また二十一歲のときには、重症の結核を患つて、左胸部の肋骨五本を切除する大手術を受け、死を垣間見た苛酷な體驗が、その根底にあつたでせうか。あなたが自身の性格としてしばしば口にされた"樂天性"は、さうした辛い死生觀とコインの裏表のやうにしてあつたものか、と想像を誘はれます。

私の回りにもあなたの愛讀者がゐます。その大半が四十代から五十代へかけての、社會人として責任を果してゐる人たちです。彼等から、吉村昭の作品は安心して

VI　追悼編

読める、といふ声を聞きます。"安心して"といふ言葉には、いろいろな意味が含まれてゐるでせうが、私は何よりも、作品の世界を一貫して流れる倫理感がさういふ気持を誘ふのだと思ひます。折に触れて書かれたエッセイの類から推察する事ですが、あなたは、例へば秩序ある家庭生活を重視し、母親による幼児教育の徹底を訴へるやうな伝統的価値観をもってをられた。それがおのづと作中人物の行動に反映して、すべての価値基準が曖昧になり果てた現代に不安と不満を持つ多くの生活者の共感を呼ぶに至ったに違ひありません。

　長い間みつめ続けたあなたの背中が消えてしまった今、私にできるのは、記憶に遺るあなたの作品、あなたの風貌を、繰り返して思ひ出す事以外にないやうな気がします。

　お別れ致します。

　二〇〇六年八月二十四日

　　　　　　　　　　　　　　　　　　　　　　　　　　高井 有一

中村 稔

　謹んで吉村昭さんのご霊前に弔辞を申し上げます。この弔辞は本来三浦朱門日本芸術院長が芸術院会員を代表して申し述べるべきものですが、あいにく三浦さんが海外旅行中のため、吉村さんが辞任なさった結果、後任として第二部長をつとめることになった私、中村稔が三浦さんに代って弔辞を申し述べることになったものです。

　吉村さん、貴方は徹底した調査・厳密な考証により確認なさった事実にもとづき、物語性ゆたかな数々の名作、「戦艦武蔵」「破獄」「長英逃亡」「天狗争乱」等を発表し、私たち読者にふかい感動を与えて下さいました。貴方の作品に共通するものは、卓越した業績をあげた人物であれ、数奇な運命を辿った人物であれ、非業の死を遂げた人物であれ、超人的な活動をした人物であれ、それらの人々の生の歴史的意味を概念的な史観によって裁断するというより、人間という不可解な生物がいかなる存在でありうるのか、という問いかけであったと思います。貴方は山のような資料の中から、そうした人間の断片を発見し、それらの断片を構築することによって生き生きした人間像を描きだしました。吉村さん、貴方はまさにすぐれた人間性の観察者であり、洞察者でした。貴方が遺した多くの作品は、わが国の文学的遺産として長く将来の読者に読みつがれていくにちがいありません。

　吉村さん、じつは私が申しあげたいことは、広く知られた貴方の輝かしい文学的業績をあらためて褒めたたえることではありません。吉村さん、私はいつも穏やかな笑みをうかべた貴方の温容を思い出しています。貴方はまた名誉や権力に無欲恬淡な方でした。ご自身の信条、信念に合わなければ、文学賞を辞退なさるのも躊躇しない。頑固なほどに信条、信念に忠実な方でした。あるとき、芸術院での会合の後、私は上野までくると、このあたりを歩きまわらないと家へ帰る気がしないのです、と言って消えていった後姿を憶えています。貴方は上野からこの日暮里のあたりをこよなく愛しておいででした。ただ、このあたりの風景は貴方が育ったころとはまったく変ってしまっているはずです。しかし貴方は変った風景の中に、変らぬ東京の下町の人情と人間を見ていたのだろうと思います。貴方は東京の下町育ちらしい律義さと気さくさをおもちでした。それが貴方の魅力でしたが、同時に貴方はあくなき人間の追求者でした。吉村さん、いま貴方をお送りするにあたり、私が失ったもの、貴方の読者、友人、知己の方々が失ったものがいかに大きいかを痛感しています。それだけに私は貴方の死が無念でなりません。

　その無念の思いをかみしめながら、私はいつまでも貴方の温容を思いだし、貴方の作品を読みかえすでしょう。たしかに貴方は私たちの許を立ち去りましたが、そ

ういう意味では、貴方はいつまでも私たちと共にあるのです。
　吉村さん、八十年に近い生涯、ご苦労様でした。心からのお礼を申し上げて、私の弔辞といたします。有難うございました。さようなら、吉村さん。

二〇〇六年八月二十四日

　　　　　　　　　　　　　　　　　　　　　　　　日本芸術院第二部長
　　　　　　　　　　　　　　　　　　　　　　　　　　　中村　稔

Ⅶ 索　引

1. 索引は「著書」「作品」および「書評等」を対象とした。
2. 「書評等」は文芸誌、総合雑誌、新聞、週刊誌等に掲載されたものを取り上げた。
3. 「書評」は厳密な意味での書評に囚われず、やや広義に解釈した。ただし、単なる「新刊案内」「概要紹介」等は除外した。
4. 標記について
    (1) 「著書」「作品」の表記において、「著書」と雑誌等に発表された「作品」は下記のように区別した。
    　　　　　著書：『　　　』
    　　　　　作品：括弧類なし
    　　　　　例：『星への旅』は筑摩書房刊行の短篇集
    　　　　　　　星への旅は「展望」に発表された作品
    (2) 索引の数字は、記載のページと整理番号を示す。
    　　　　　例：短篇集『青い骨』
    　　　　　　　Ⅱ 31-37　はⅡ　著書・作品　31ページの No.37
    　　　　　　　Ⅳ 265-14　はⅣ　書評・関連記事　265ページの No.14
5. 著書はゴシック体で表示した。
6. 配列は五十音順とし、字頭が同じ項目についてはまとめて記載した。
7. 『シリーズ・タイトル』および『サブタイトル』は一部例外を除き省略した。
8. 同じ標題の作品については、初出誌紙名またはシリーズ・タイトルを括弧内に示した。

VII 索引

【あ】

ああ"居候亭主"の嘆
　き ‥‥‥‥‥ Ⅱ51-234
ああ青春 ‥‥‥‥ Ⅱ68-417
アイスクリーム
　‥‥‥‥‥‥‥ Ⅱ222-2009
アイヌなくしては
　‥‥‥‥‥‥ Ⅱ152-1266
アイヌ猟師の教え
　‥‥‥‥‥‥‥ Ⅱ64-384
愛の手紙 ‥‥‥ Ⅱ177-1527
あいよっ ‥‥‥‥ Ⅱ62-353
青い絵 ‥‥‥‥‥‥‥
　　　　Ⅱ80-536, Ⅳ334-924
青い星 ‥‥‥ Ⅱ174-1490,
　　Ⅳ345-1079, 346-1086,
　　　346-1092, 346-1093,
　　　346-1096, 346-1097
青い骨 ‥‥‥‥ Ⅱ30-27,
　　　Ⅳ265-14, 322-753
短篇集『青い骨』‥‥
　Ⅱ31-37, Ⅳ265-14, 270-81,
　　276-159, 280-210, 318-698
青い街 ‥‥‥‥ Ⅱ49-206
青い水 ‥‥‥‥‥‥‥
　　　Ⅱ108-813, Ⅳ289-321,
　294-386, 294-387, 294-389,
　　　　294-390, 294-391,
　294-392, 294-394, 295-400
追悼 佐多稲子
　青山斎場 ‥‥ Ⅱ206-1839
赤い船腹（青函連絡
　船）‥‥‥‥ Ⅱ142-1166
赤い船腹（卓上日記）
　‥‥‥‥‥‥ Ⅱ196-1733
赤いタオルの鉢巻き
　‥‥‥‥‥‥ Ⅱ235-2153
赤い月 ‥‥‥‥ Ⅱ89-640

赤い旗 ‥‥‥‥ Ⅱ101-757
『赤い人』‥‥‥ Ⅱ91-663,
　　Ⅳ284-257, 284-258,
　　　284-262, 372-1438
「赤い人」について
　‥‥‥‥‥‥ Ⅱ127-1002
「赤い人」に出てくる
　五寸釘寅吉のこと
　など ‥‥‥‥ Ⅱ147-1217
「赤い人」ノート —北
　海道開拓と囚人
　‥‥‥‥‥‥‥ Ⅱ95-708
赤い眼 ‥‥‥‥‥‥
　Ⅱ122-943, Ⅳ297-433,
　305-531, 305-537, 306-549
赤いリボン ‥‥ Ⅱ183-1599
赤繪随感 —誌名に因
　んで— ‥‥‥‥ Ⅱ30-17
赤信号 ‥‥‥‥ Ⅱ191-1678
『暁の旅人』‥‥ Ⅱ228-2079,
　　Ⅳ382-1571, 382-1575,
　　　382-1576, 382-1580,
　　　383-1581, 383-1583,
　　　383-1584, 398-1818
「暁の旅人（松本良順
　伝）」と創作ノート
　‥‥‥‥‥‥ Ⅱ234-2142
茜色の雲 ‥‥‥ Ⅱ96-714
あかるい月夜 ‥ Ⅱ234-2143
秋田県酒田港 ‥ Ⅱ191-1684
秋の声 ‥‥‥‥ Ⅱ132-1058,
　　Ⅳ305-535, 319-715
秋の旅 ‥‥‥‥ Ⅱ166-1405,
　　Ⅳ329-850, 329-851
秋の虹 ‥‥‥‥ Ⅱ120-926,
　　Ⅳ296-414, 299-455
秋の街 ‥‥‥‥ Ⅱ116-885,
　　Ⅳ305-531, 305-537
短篇集『秋の街』‥‥
　Ⅱ131-1043, Ⅳ304-518,
　305-531, 305-537, 306-549,
　　　307-558, 366-1355

朝顔 ‥‥‥‥‥ Ⅱ235-2150
朝のうどん ‥‥ Ⅱ220-1986
朝のつぶやき ‥ Ⅱ226-2045
朝の電話 ‥‥‥ Ⅱ87-616
朝の目ざめ ‥‥ Ⅱ194-1716
浅草レトロ 郷愁散歩
　‥‥‥‥‥‥ Ⅱ139-1132
あしたのジョーは死
　んだのか ‥‥ Ⅱ98-735
足と煙草 ‥‥‥ Ⅱ81-552
足と北海道 ‥‥ Ⅱ105-800
味という不確かなも
　の ‥‥‥‥‥ Ⅱ99-743
味と人情紀行
　長崎編 ‥‥‥ Ⅱ90-658
味の散歩道 ‥‥ Ⅱ98-733
東屋の男 ‥‥‥ Ⅱ173-1478
頭がそれになってい
　る ‥‥‥‥‥ Ⅱ169-1442
新しい辞書 ‥‥ Ⅱ197-1744
熱い汁 ‥‥‥‥ Ⅱ124-971
会ってみたい人 ‥ Ⅱ43-147
あとがき（『雑木林 —
　吉村一族』）‥ Ⅱ143-1176
あなたはその時？
　‥‥‥‥‥‥ Ⅱ140-1148
兄の同人雑誌 ‥ Ⅱ198-1755
あの頃の私 ‥‥ Ⅱ71-441
あの戦争の事実を証
　言者の肉声によっ
　て後世に残す ‥‥‥
　‥‥‥‥‥‥ Ⅱ73-470
網走へ ‥‥‥‥ Ⅱ122-945
油蟬 ‥‥‥‥‥ Ⅱ137-1104,
　　Ⅳ309-583, 318-709,
　319-713, 319-715, 319-722
編棒 ‥‥‥‥‥ Ⅱ101-762
『アメリカ彦蔵』‥‥
　‥‥‥‥‥‥ Ⅱ202-1795,
　Ⅳ355-1202, 355-1205,
　　355-1208, 355-1209,

423

あめり　　　　　　　　Ⅶ　索　引

355-1210,　356-1213,
356-1214,　356-1215,
356-1217,　356-1218,
359-1259,　359-1265,
379-1536,　398-1814
アメリカ彦蔵と姫路・
　播磨13歳船乗りの
　数奇な運命‥Ⅱ208-1860
アメリカ彦蔵 連載を
　終えて‥‥‥Ⅱ206-1836
危うく執筆違約のこ
　と‥‥‥‥‥Ⅱ126-987
鮎‥‥‥‥‥‥Ⅱ184-1616
あらあらかしこ
　‥‥‥‥‥‥Ⅱ177-1529
霰ふる
　Ⅱ133-1069,　Ⅳ307-555,
　307-556,　316-675,　317-685
「霰ふる」の旅‥Ⅱ225-2033
ありがた迷惑‥Ⅱ194-1713
有難迷惑なサービス
　‥‥‥‥‥‥Ⅱ109-825
ある女の話‥‥Ⅱ89-641
或る刑務官の話
　‥‥‥‥‥‥Ⅱ133-1070
或る小説の執筆まで
　‥‥‥‥‥‥Ⅱ61-347
或る夫婦の話‥Ⅱ37-92
或る夫妻の戦後
　‥‥‥‥‥‥Ⅱ128-1012
或る幕切れ‥‥Ⅱ29-3
或る町の出来事
　‥‥‥‥‥‥Ⅱ166-1406
ある薩摩藩士の末路
　‥‥‥‥‥‥Ⅱ235-2158
アル中患者‥‥Ⅱ124-972
アルバイト（ショート
　ショートランド）
　‥‥‥‥‥‥Ⅱ133-1064
アルバイト（書斎の
　窓）‥‥‥‥Ⅱ185-1626

アルバム‥‥‥‥‥
　　Ⅱ176-1517,　Ⅳ346-1093
暗殺者はどこに逃げ
　たのか 桜田門外ノ
　変（その二）‥Ⅱ198-1757
『暗夜行路』紀行
　‥‥‥‥‥‥Ⅱ143-1180
暗夜行路の旅‥‥Ⅱ70-440
「暗夜行路」の旅
　‥‥‥‥‥‥Ⅱ141-1156
安政コロリ大流行
　‥‥‥‥‥‥Ⅱ118-908

【い】

いい肴と酒‥‥Ⅱ178-1541
家が焼けた夜‥Ⅱ143-1175
家出娘‥‥‥‥Ⅱ163-1382
医学史と私‥‥Ⅱ231-2104
医学史にみる日本人
　‥‥‥‥‥‥Ⅱ145-1199
行きつけの店‥Ⅱ173-1481
医師の倫理‥‥Ⅱ55-271
イカとビールとふぐ
　‥‥‥‥‥‥Ⅱ85-602
胃カメラ‥‥‥Ⅱ98-729
胃カメラと私‥Ⅱ118-897
胃カメラ発明者・宇治
　達郎‥‥‥‥Ⅱ138-1117
碇星‥‥‥‥‥‥‥
　Ⅱ205-1828,　Ⅳ352-1172,
　353-1175,　353-1177,
　353-1179,　372-1438
短篇集『碇星』‥Ⅱ206-1833,
　Ⅳ352-1172,　353-1175,
　353-1177,　353-1179
意気地のない勇士だ
　が‥‥‥‥‥Ⅱ67-409
意にそわぬ執筆依頼
　‥‥‥‥‥‥Ⅱ133-1071

畏敬の念‥‥‥Ⅱ145-1202
池波さんと「母」
　‥‥‥‥‥‥Ⅱ212-1897
憩いの旅‥‥‥Ⅱ184-1610
伊号潜水艦浮上す
　‥‥‥‥‥‥Ⅱ113-864
遺骨と心臓‥‥Ⅱ87-622
遺体引取人‥‥Ⅱ56-285
囲碁とオーバー‥Ⅱ68-422
漁火‥‥‥‥‥‥‥
　Ⅱ210-1876,　Ⅳ358-1248,
　370-1408,　370-1409
石狩川‥‥‥‥Ⅱ69-431
石の微笑‥‥‥‥‥
　　Ⅱ34-59,　Ⅳ267-32,
　267-35,　269-66,　270-76,
　271-83,　285-273,　322-753
維新を端正な文章で
　記録‥‥‥‥Ⅱ218-1963
椅子‥‥‥‥‥Ⅱ184-1617
居候亭主‥‥‥Ⅱ51-234
居間‥‥‥‥‥Ⅱ174-1491
居間にて‥‥‥Ⅱ198-1756
磯吉のこと‥‥Ⅱ219-1975
『偉大なる王（ワ
　ン）』‥‥‥Ⅱ188-1654
板谷さんのこと‥Ⅱ71-448
一円硬貨‥‥‥Ⅱ97-726
一枚の地図（長崎・出
　島）‥‥‥‥Ⅱ88-639
一夜明ければ元朝の
　‥‥‥‥‥‥Ⅱ180-1560
一輪の花‥‥‥Ⅱ182-1588
『一家の主』‥‥‥
　　Ⅱ72-461,　Ⅳ276-159,
　278-177,　278-178,　278-180,
　280-210,　280-212,　299-451
私の泣きどころ
　一家の主‥‥Ⅱ77-507
一家四人で‥‥Ⅱ40-114
一升瓶を抱いて‥Ⅱ54-263
一隻のボート‥Ⅱ72-455

一泊旅行 ……… Ⅱ94-690
一筆 ………… Ⅱ36-81
苺 ………… Ⅱ90-660
苺のかき氷 …… Ⅱ229-2089
市場で朝食を…
　………… Ⅱ120-920
銀杏のある寺 ‥ Ⅱ140-1137,
　　Ⅳ311-611, 316-675,
　　316-680, 317-685, 317-688
いつもゴロゴロ ‥ Ⅱ94-694
伊東玄朴 ……… Ⅱ60-323
伊藤整氏の素顔
　………… Ⅱ135-1089
蝗の大群 ……… Ⅱ105-803
犬の眼 ……… Ⅱ185-1621
犬を飼う人格 … Ⅱ47-186
犬を引き取る … Ⅱ70-434
イネと娘高子 … Ⅱ109-829
イネをめぐる男たち
　………… Ⅱ94-697
井上悟氏と私 … Ⅱ111-843
井の頭界隈 …… Ⅱ141-1155
位牌 ………… Ⅱ88-637
いやな街好きな街
　………… Ⅱ40-108
彩られた日々 … Ⅱ44-151,
　　Ⅳ272-107, 285-273
短篇集『彩られた日々』
　………… Ⅱ52-235
彩り豊かな日々 ‥ Ⅱ68-417
隠居というもの
　………… Ⅱ206-1837
飲酒指南 ……… Ⅱ49-204
「飲酒指南番」のすす
　め ……… Ⅱ49-204
飲酒の戒律 …… Ⅱ135-1087
飲酒の楽しみ … Ⅱ183-1603

【う】

鵜 … Ⅱ64-380, Ⅳ276-160
初産 ………… Ⅱ30-24
ウーロン茶 …… Ⅱ222-2006
上野と関東大震災
　………… Ⅱ142-1162
上野と私 …… Ⅱ46-183
上野と私 …… Ⅱ238-2190
上野・根岸・浅草
　………… Ⅱ133-1066
上野の春 ……… Ⅱ148-1232
動かなくなった万年
　筆 ……… Ⅱ171-1468
動く壁 ……… Ⅱ35-63
動く牙 …………
　Ⅱ79-529, Ⅳ279-198
牛 ………… Ⅱ87-618
牛と馬と団平船 … Ⅱ74-481
牛になる …… Ⅱ62-359
牛を持つ …… Ⅱ86-612
後姿に涙ぐむ … Ⅱ119-910
臼井吉見先生 … Ⅱ142-1163
埋もれた功績 … Ⅱ140-1139
詩心 ………… Ⅱ226-2043
内 …………… Ⅱ166-1413
美しい姿 …… Ⅱ172-1473
美しき村に家族と遊
　ぶ ……… Ⅱ94-693
卯年生まれ …… Ⅱ205-1829
うどん（季刊芸術）
　………… Ⅱ81-544
うどん（箸袋から）
　………… Ⅱ181-1574
うどん（産経新聞）
　………… Ⅱ187-1644
鰻と釣針 ……… Ⅱ98-734
うまい地酒との出会
　い ……… Ⅱ124-967

海と人間 ……… Ⅱ57-294
海猫 …………
　Ⅱ147-1220, Ⅳ328-848,
　329-850, 329-851, 329-852
海の絵巻 ……… Ⅱ78-522
短篇集『海の絵巻』
　………… Ⅱ96-719
『海の壁』 …… Ⅱ55-274
海の奇蹟 ………
　Ⅱ43-142, Ⅳ290-341
短篇集『海の奇蹟』
　………… Ⅱ44-153
『海の祭礼』 … Ⅱ130-1028,
　　Ⅳ309-595, 310-596,
　　310-597, 310-598,
　　310-599, 310-600, 310-604,
　　310-605, 310-606,
　　310-607, 311-609, 311-610,
　　311-612, 311-615,
　　311-618, 319-710, 324-783,
　　352-1166, 379-1530
「海の祭礼」の主人公
　生地に顕彰碑建つ
　………… Ⅱ145-1201
「海の祭礼」余滴
　………… Ⅱ138-1123
『海の史劇』 ………
　Ⅱ57-294, Ⅳ276-154,
　　276-155, 276-159,
　　280-210, 319-710, 323-767,
　　324-783, 352-1166
「海の史劇」ノートか
　ら（一）ロシア水兵
　の上陸 …… Ⅱ72-455,
　　Ⅳ288-311, 288-314
「海の史劇」ノートか
　ら（二）握り飯 … Ⅱ78-520,
　　Ⅳ288-311, 288-314
海の鼠 …………
　Ⅱ68-419, Ⅳ276-160
短篇集『海の鼠』…
　Ⅱ72-456, Ⅳ276-160

VII 索 引

海の柩 ‥‥‥‥‥‥
　　Ⅱ55-268, Ⅳ285-273
海辺の町 ‥‥‥ Ⅱ174-1494
『海も暮れきる』‥ Ⅱ93-685,
　　Ⅳ291-345, 291-351,
　　291-352, 291-354,
　　291-355, 291-356, 292-361,
　　292-362, 292-364,
　　309-591, 316-674, 317-686,
　　332-892, 352-1166,
　　364-1329, 372-1438,
　　375-1477, 381-1559
海・山の幸を大鍋に
　　‥‥‥‥‥ Ⅱ88-631
梅の刺青 ‥‥‥ Ⅱ207-1846,
　　Ⅳ361-1283, 361-1284,
　　361-1286, 361-1287
『梅の蕾』‥‥‥ Ⅱ182-1595,
　　Ⅳ346-1086, 346-1090,
　　346-1092, 346-1093
梅干しにカツオ ‥ Ⅱ76-495
占い師 ‥‥‥‥ Ⅱ192-1692
宇和海 ‥‥‥‥ Ⅱ144-1185
宇和島
　　歴史の街、味の町
　　‥‥‥‥‥ Ⅱ228-2076
宇和島の味 ‥‥ Ⅱ88-635
宇和島の不思議なう
　　どん屋 ‥‥‥ Ⅱ89-649
宇和島への旅 ‥‥ Ⅱ126-991
宇和島への二泊三日
　　の旅 ‥‥‥‥ Ⅱ126-991
「うん」 ‥‥‥‥ Ⅱ173-1486
運転手さん ‥‥ Ⅱ137-1105
雲母の柵 ‥‥‥‥‥
　　Ⅱ109-828, Ⅳ290-335,
　　290-337, 305-531,
　　305-537, 306-549, 314-648
雲母の城 ‥‥‥ Ⅱ37-82

【え】

映画私観 ‥‥‥ Ⅱ198-1760
映画とラジオ ‥ Ⅱ163-1371
映画にとりつかれて
　　‥‥‥‥‥ Ⅱ94-696
A君の欠席 ‥‥ Ⅱ190-1667
英国と日本・教育と歴
　　史 ‥‥‥‥ Ⅱ234-2139
英語で話す ‥‥ Ⅱ109-823
英語の氾濫をいかる
　　‥‥‥‥‥ Ⅱ52-236
栄子ちゃん ‥‥ Ⅱ97-720
H君の個展 ‥‥ Ⅱ40-115
駅にて ‥‥‥‥ Ⅱ162-1369
駅のホーム ‥‥ Ⅱ180-1559
駅弁 ‥‥‥‥‥ Ⅱ171-1465
笑窪 ‥‥‥‥‥
　　Ⅱ102-774, Ⅳ292-360
越後の酒 ‥‥‥ Ⅱ234-2147
越前の水戸浪士勢
　　‥‥‥‥‥ Ⅱ116-881
エッセイは事実です
　　‥‥‥‥‥ Ⅱ213-1908
江田島への旅 ‥ Ⅱ62-349
江藤氏自殺 文壇惜別
　　の声 ‥‥‥ Ⅱ208-1851
江戸時代の医家の生
　　き方 ‥‥‥ Ⅱ78-515
江戸時代の公共投資
　　‥‥‥‥‥ Ⅱ195-1726
江戸時代の伝染病
　　‥‥‥‥‥ Ⅱ90-655
江戸城そして皇居
　　‥‥‥‥‥ Ⅱ173-1483
江戸・東京を散策す
　　る ‥‥‥‥ Ⅱ166-1408
江戸の漂流者と元日
　　本兵 ‥‥‥ Ⅱ86-610

F氏からの電話
　　‥‥‥‥‥ Ⅱ135-1078
偉い ‥‥‥‥‥ Ⅱ194-1718
『縁起のいい客』
　　‥‥‥‥‥ Ⅱ223-2024
演劇・大相撲 ‥ Ⅱ128-1011
炎天 ‥‥‥‥‥
　　Ⅱ100-756, Ⅳ286-291,
　　294-387, 294-390,
　　294-394, 295-400, 317-687
私家版句集『炎天』
　　‥‥‥‥‥ Ⅱ140-1146
句集『炎天』 ‥ Ⅱ241-2212
焰髪 ‥‥‥‥‥
　　Ⅱ102-769, Ⅳ287-298,
　　287-300, 297-426,
　　297-429, 297-430, 297-431

【お】

『お医者さん・患者さ
　　ん』 ‥‥‥ Ⅱ134-1074
桜花 ‥‥‥‥‥ Ⅱ227-2059
王選手の偉業をみと
　　どける幸せ ‥ Ⅱ94-691
大きな掌(八木義徳全
　　集) ‥‥‥‥ Ⅱ154-1293
大きな掌(文學界)
　　‥‥‥‥‥ Ⅱ209-1867
大阪の夜 ‥‥‥ Ⅱ134-1075
大阪は煙の都 ‥ Ⅱ210-1872
大地震での「車の怖
　　さ」 ‥‥‥ Ⅱ180-1564
大地震と潜水艦
　　‥‥‥‥‥ Ⅱ231-2113
大城さんとの交友
　　‥‥‥‥‥ Ⅱ174-1493
大相撲私見 ‥‥ Ⅱ169-1448
大人の世界 ‥‥ Ⅱ228-2069
大人への過保護 ‥ Ⅱ48-199

大森光章
　「名門」(書評)‥　II 35-70
多くの能力を秘めた
　　米飯 ‥‥‥‥　II 102-771
お買い得 ‥‥‥‥　II 179-1549
お気持ちだけ‥‥‥
　‥‥‥‥‥‥‥　II 167-1426
お嬢さん ‥‥‥‥　II 93-689
お食事 ‥‥‥‥　II 225-2036
お節介 ‥‥‥‥　II 97-723
お世話になりました
　‥‥‥‥‥‥‥　II 168-1437
お世話焼き ‥‥‥　II 159-1332
お大事に‥‥‥‥　II 43-150
おたずねしますあな
　たの二日酔 ‥‥　II 126-988
おたより ‥‥‥‥　II 138-1121
「お父さん」の旅 ‥　II 104-783
お伽ぎの国 ‥‥‥　II 139-1130
お巡りさん ‥‥‥　II 98-730
おみくじ ‥‥‥‥　II 80-537
おみこし ‥‥‥‥　II 88-638
お妾さん
　II 194-1715, IV 354-1189
お役ごめん ‥‥‥　II 220-1985
小笠原丸の沈没
　‥‥‥‥‥‥‥　II 104-784
小笠原丸の沈没
　―「烏の浜」‥　II 104-784
小樽の丘に立って
　‥‥‥‥‥‥‥　II 143-1184
小津映画と戦後の風
　景 ‥‥‥‥‥　II 229-2084
おかしな世界 ‥‥　II 123-955
『沖縄戦』と私 ‥　II 41-119
「沖縄戦」を取材して
　‥‥‥‥‥‥‥　II 41-121
沖縄の個人タクシー
　‥‥‥‥‥‥‥　II 163-1379
沖縄のビフテキ
　‥‥‥‥‥‥‥　II 121-938

沖縄への船旅・船上の
　旅情 ‥‥‥‥　II 58-309
荻野ぎん ‥‥‥‥　II 52-241
「奥さん」‥‥‥‥　II 179-1554
遅れた時計 ‥‥‥　II 108-819
短篇集『遅れた時計』
　‥‥‥‥‥‥‥　II 120-929
尾崎放哉と小豆島
　‥‥‥‥‥‥‥　II 178-1536
尾竹橋 ‥‥‥‥　II 190-1669
落着かない店 ‥‥　II 155-1300
夫、この物悲しい動
　物 ‥‥‥‥‥　II 49-210
夫の死と花笠音頭
　‥‥‥‥‥‥‥　II 88-634
夫への不満 ‥‥‥　II 226-2049
オトコ科・オンナ科
　‥‥‥‥‥‥‥　II 39-104
わたしの普段着 男と女
　‥‥‥‥‥‥‥　II 239-2198
男の家出 ‥‥‥‥　II 136-1094,
　　　　　IV 334-920, 334-924
男の歌声 ‥‥‥‥　II 184-1614
男はタテに、女はヨ
　コに ‥‥‥‥　II 45-167
男はライオン、女は
　豹 ‥‥‥‥‥　II 45-166
オペレッタ観賞記
　‥‥‥‥‥‥‥　II 235-2151
御神輿と郷土史
　‥‥‥‥‥‥‥　II 129-1015
思い出の一杯 ‥‥　II 132-1053
面映ゆく、同時にお
　びえも ‥‥‥　II 207-1844
親爺と現代 ‥‥‥　II 58-303
親父と古さ ‥‥‥　II 61-335
親知らず ‥‥‥‥　II 199-1767
オヤジと古さ ‥‥　II 61-335
おやじの背中 ‥‥　II 210-1873
オルゴールの音
　‥‥‥‥‥‥‥　II 106-809

オレンジ色のマフラ
　ー ‥‥‥‥‥　II 219-1977
愚かしき猿芝居の季
　節 ‥‥‥‥‥　II 50-216
愚かな父と愚かな母
　‥‥‥‥‥‥‥　II 67-415
恩師 ‥‥‥‥‥　II 142-1163
恩師からの頂戴物
　‥‥‥‥‥‥‥　II 223-2014
女に惚れやすい ‥　II 80-534

【か】

蚊、虱‥‥‥‥‥　II 213-1907
ガード下(井の頭だよ
　り) ‥‥‥‥　II 214-1921
ガード下(東京の戦
　争) ‥‥‥‥　II 217-1952
海外旅行 ‥‥‥‥　II 48-198
海岸道路 ‥‥‥‥　II 34-52
海軍乙事件 ‥‥‥
　　II 71-445, IV 282-230
短篇集『海軍乙事件』
　‥‥　II 87-621, IV 282-230,
　　　　282-231, 366-1355
「海軍乙事件」調査メ
　モ ‥‥‥‥‥　II 87-620
海軍甲事件 ‥‥‥　II 85-603
海戦とアワビ ‥‥　II 78-520
海流 ‥‥‥‥‥　II 113-862
貝殻 ‥‥‥‥‥
　II 32-45, IV 266-22, 267-37,
　　268-40, 268-41, 322-753
貝の音 ‥‥‥‥
　II 33-48, IV 266-20, 266-21
外交官 ‥‥‥‥　II 197-1743
外交官・小村寿太郎
　‥‥‥‥‥‥‥　II 138-1115
外交官 小村寿太郎の
　活躍と苦悩 ‥　II 211-1883

かいこ　VII 索引

外交官と家族の悲劇
　………… Ⅱ121-931
外国人に恥かしい
　………… Ⅱ45-171
外国礼讃に抵抗する
　………… Ⅱ48-198
外洋に未知の世界が
　………… Ⅱ201-1785
改札口 ………… Ⅱ97-724
解説(『たった一人の生
　還』) ……… Ⅱ182-1583
解説(『粗食派の
　饗宴』) …… Ⅱ204-1807
解説(『やぶ医者のね
　がい』) …… Ⅱ204-1815
解説(『敷島隊の五
　人』) ……… Ⅱ227-2054
解説(『太平洋の女王
　浅間丸』…… Ⅱ204-1809
解体新書の周辺
　………… Ⅱ179-1548
階段教室 ……… Ⅱ78-513
買い物籠 ……… Ⅱ81-543
戒律 ………… Ⅱ182-1585
蛙 …………… Ⅱ168-1431
蛙の腹 ………… Ⅱ181-1572
顔(別冊文藝春秋)
　………… Ⅱ173-1484
顔(井の頭だより)
　………… Ⅱ221-1995
顔を伏す ……… Ⅱ61-344
輝やく眼 ……… Ⅱ231-2112
書きついで四十年
　………… Ⅱ155-1299
学生時代の同人誌
　………… Ⅱ59-317
学校の教育と家庭の
　教育 ………… Ⅱ67-416
角巻の女 ……… Ⅱ242-2225
楽屋と鶏卵 …… Ⅱ202-1800
家系というもの
　………… Ⅱ225-2041

家族旅行 ……… Ⅱ69-428
家庭サービス …… Ⅱ67-413
家内の背中 …… Ⅱ211-1894
家内と野球 …… Ⅱ198-1759
駈落ち ………… Ⅱ102-772
駈けつけてはならぬ
　人 ………… Ⅱ72-453
欠けた月 ………
　Ⅱ123-959, Ⅳ298-442,
　　299-452, 299-455
欠けた椀 …… Ⅱ131-1039,
　Ⅳ361-1283, 361-1284,
　　361-1286, 361-1287
下弦の月 ………
　Ⅱ66-406, Ⅳ277-165
短篇集『下弦の月』‥
　Ⅱ71-443, Ⅳ277-165
下士官の手記 …… Ⅱ55-278
過去最高の候補作品
　………… Ⅱ144-1194
佳作の三編に好感
　………… Ⅱ132-1056
傘の袋 ………… Ⅱ139-1128
笠原良策 ……… Ⅱ47-191
火事 …………… Ⅱ126-986
火事のこと …… Ⅱ229-2081
火熱と人間の知恵
　………… Ⅱ232-2123
梶井基次郎『闇の絵
　巻』の衝撃 … Ⅱ205-1822
梶井基次郎『闇の絵
　巻』他 ……… Ⅱ161-1348
貸金庫 …………
　Ⅱ141-1161, Ⅳ334-924
果実の女 ………
　Ⅱ169-1447, Ⅳ328-848
風邪薬 ………… Ⅱ215-1930
風のうまさ …… Ⅱ121-933
敵討 …………… Ⅱ211-1890,
　Ⅳ360-1269, 360-1270,
　　362-1300, 363-1311,
　　363-1312, 363-1313,

　　363-1314, 363-1316,
　　363-1317, 364-1318,
『敵討』…………
　Ⅱ213-1912, Ⅳ362-1300,
　　362-1304, 363-1305,
　　363-1306, 363-1311,
　　363-1312, 363-1313,
　　363-1314, 363-1316,
　　363-1317, 364-1318,
　　365-1332, 365-1335,
　　367-1364, 377-1506
片付かないから‥‥
　………… Ⅱ102-770
蝸牛 ‥ Ⅱ58-308, Ⅳ276-160
蝸牛の旅 ……… Ⅱ45-174
偏った好み …… Ⅱ115-872
偏った読書 …… Ⅱ174-1487
脚気と高木兼寬
　………… Ⅱ162-1357
悲しい事故にめげる
　な長崎 ……… Ⅱ222-2005
カニと甘エビ
　〈福井〉 ……… Ⅱ65-392
『蟹の縦ばい』……
　Ⅱ106-810, Ⅳ289-322,
　　289-329, 289-332, 309-591
カフェー …………
　Ⅱ202-1799, Ⅳ354-1189
『神々の沈黙』……
　Ⅱ47-195, Ⅳ273-116,
　　273-117, 276-154,
　　276-159, 280-210, 284-264,
　　317-687, 366-1355
「神々の沈黙」を終え
　て ………… Ⅱ52-244
神崎さん ……… Ⅱ186-1632
剃刀 ‥ Ⅱ59-321, Ⅳ277-165
鴨 …………… Ⅱ126-989,
　Ⅳ307-558, 317-695
唐爺や ………… Ⅱ230-2091
烏と玉虫 ………
　Ⅱ83-573, Ⅳ280-211

鳥と毬藻 ……… Ⅱ77-505
鳥のいる村落 … Ⅱ118-904
鳥の浜 ……… Ⅱ63-371
「鳥の浜」ノート 鳥と
　毬藻 ……… Ⅱ77-505
カラ振り …… Ⅱ222-2002
からまれる …… Ⅱ105-796
『仮釈放』…… Ⅱ144-1187,
　Ⅳ314-649, 314-650,
　314-651, 314-652, 314-653,
　314-656, 314-657,
　314-658, 315-660, 315-661,
　315-663, 315-664,
　315-665, 315-666, 315-668,
　315-669, 315-670,
　315-671, 315-672, 319-710,
　334-929, 355-1207,
　355-1211, 356-1226,
　357-1228, 357-1231,
　357-1232, 357-1233,
　357-1237, 357-1238,
　357-1239, 358-1241,
　358-1246, 366-1355
仮店の男 ……… Ⅱ228-2068
川尻浦久蔵のこと
　……………… Ⅱ101-763
川端康成『千羽鶴』の
　美 ………… Ⅱ149-1244
川端康成著 死体紹介
　人 ………… Ⅱ163-1381
川端康成の眼―『死体
　紹介人』と『雪国』を
　めぐって … Ⅱ145-1203
河原燕 …………
　　　Ⅱ29-13, Ⅳ279-197
ガングリオン … Ⅱ233-2136
ガン告知 ……… Ⅱ150-1253
『患者さん』 ………
　　　Ⅱ79-525, Ⅳ279-195
監修にあたり ………
　……………… Ⅱ181-1575
艦首切断 ……… Ⅱ46-176

艦首切断、流失せり
　……………… Ⅱ46-176
感性と理性 …… Ⅱ210-1874
「感想」 ……… Ⅱ137-1110
乾燥バナナ …… Ⅱ215-1932
元祖写真術師 上野彦
　馬 ………… Ⅱ83-568
簡単ながら……
　……………… Ⅱ48-202
簡単ながら……
　……………… Ⅱ60-332
干潮 ………… Ⅱ91-665
『関東大震災』… Ⅱ67-411,
　Ⅳ277-164, 277-166,
　277-167, 277-168,
　277-169, 277-170, 278-179,
　285-273, 352-1166,
　371-1419, 372-1438
関東大震災が語るも
　の ………… Ⅱ230-2093
「関東大震災」ノート
　（一）赤い鯉のぼ
　り … Ⅱ73-471, Ⅳ288-311
「関東大震災」ノート
　（二）その歴史的意
　味 … Ⅱ92-679, Ⅳ288-311
「関東大震災」の証言
　者たち …… Ⅱ178-1537
関東大震災の歴史的
　意味 ……… Ⅱ92-679
鉋と万年筆 …… Ⅱ146-1209
癌の告知について
　……………… Ⅱ150-1245
看板のないうどん屋
　で朝食 …… Ⅱ166-1416
寒風に立つ男・舟津
　行 ………… Ⅱ219-1973
寒風に立つ領事
　……………… Ⅱ219-1973
寒牡丹 ………
　Ⅱ176-1511, Ⅳ353-1175,
　353-1177, 372-1438

観覧車 …………
　Ⅱ183-1606, Ⅳ354-1189
還暦に想う …… Ⅱ142-1165

【き】

キ-77第二号機
　（A-26）…… Ⅱ112-860
黄水仙 …………
　Ⅱ115-875, Ⅳ292-368,
　292-369, 293-370, 294-386,
　294-387, 294-389,
　294-390, 294-394, 295-400
『消えた鼓動』 … Ⅱ61-336,
　Ⅳ317-687, 366-1355
消えた町 …… Ⅱ218-1965,
　Ⅳ370-1408, 370-1410
消えた「武蔵」… Ⅱ100-751
気がかりなこと … Ⅱ96-711
気が早い …… Ⅱ112-851
気づく ……… Ⅱ64-378
気になる女性 … Ⅱ159-1336
飢餓の不安におのの
　く …………… Ⅱ48-196
帰艦セズ …… Ⅱ136-1093,
　Ⅳ308-578, 308-579,
　308-580, 316-675,
　316-679, 316-680, 316-683,
　317-685, 317-688, 320-730
短篇集『帰艦セズ』 ‥
　Ⅱ145-1198, Ⅳ316-675,
　316-679, 316-680,
　316-683, 317-685,
　317-688, 317-692, 320-730
「帰艦セズ」の小樽の
　丘に立って ‥ Ⅱ143-1184
帰郷（オール讀物）‥
　Ⅱ102-772, Ⅳ292-360

429

帰郷(文學界) ……
　　　Ⅱ114-866, Ⅳ305-531,
　　　305-537, 306-549
木口小平とイエス・キ
　　リスト ……… Ⅱ68-421
喜劇役者の頭髪 ‥ Ⅱ75-491
雉鳩 ……………… Ⅱ226-2052
奇襲の大艦隊
　　見た人々 …… Ⅱ234-2141
奇蹟の漂流記 … Ⅱ174-1492
奇妙な大人への過保
　　護 ………… Ⅱ48-199
奇妙な題 ……… Ⅱ144-1190
奇妙な旅 ……… Ⅱ89-643
キス …………… Ⅱ238-2187
偽造紙幣と観音像
　　………………… Ⅱ105-794
偽造紙幣と観音像─
　　「赤い人」余聞 … Ⅱ105-794
北温泉と旭温泉
　　………………… Ⅱ133-1060
『北の海明け』と北海
　　道 ………… Ⅱ148-1234
北へ注がれる強い視
　　線 ………… Ⅱ182-1591
基地と橋と悲しみの
　　島と岩国 …… Ⅱ49-209
喫煙コーナー ‥ Ⅱ167-1418,
　Ⅳ352-1172, 353-1175,
　　353-1177, 353-1179
喫煙コーナーにて
　　………………… Ⅱ167-1418
キツネとフロックコ
　　ート ……… Ⅱ130-1032
キトク ………… Ⅱ38-97
自鷹短篇「キトク」のこ
　　と ………… Ⅱ211-1886
茸 ……………… Ⅱ35-69
茸採り ………… Ⅱ170-1451
義妹との旅 …… Ⅱ121-932
客船は「武蔵」の姿を
　　………………… Ⅱ229-2082

休暇 ……………
　　Ⅱ74-484, Ⅳ279-196,
　　　279-200, 285-273
牛乳 …………… Ⅱ82-557
牛乳店 ………… Ⅱ194-1714
牛乳瓶(中央公論)
　　………………… Ⅱ169-1445
牛乳瓶(群像) … Ⅱ202-1796
九篇の短篇小説と私
　　………………… Ⅱ95-707
協会にいま何を望む
　　か ………… Ⅱ65-393
ぎょうざ ……… Ⅱ83-576
行事・しきたり … Ⅱ116-882
行列(月刊ペン) ‥ Ⅱ46-184
行列(海) ……… Ⅱ75-492
郷愁のある町 … Ⅱ229-2083
郷土史家 ……… Ⅱ235-2155
わたしの普段着
郷土史家への感謝
　　………………… Ⅱ239-2199
郷土の宝 ……… Ⅱ152-1265
狂信的な勤皇家
　　………………… Ⅱ195-1721
清き一票 ……… Ⅱ233-2133
夾竹桃 …………
　　Ⅱ83-570, Ⅳ345-1079,
　　346-1090, 346-1093,
　　346-1096, 346-1097
魚影の群れ ……
　　Ⅱ71-442, Ⅳ276-160
短篇集『魚影の群れ』
　　………………… Ⅱ72-456
「魚影の群れ」小説の
　　映画化 …… Ⅱ145-1195
極点 ‥ Ⅱ33-46, Ⅳ325-791
おしまいのページで
虚業 ………… Ⅱ239-2200
虚心坦懐に受け入れ
　　る心を …… Ⅱ162-1367
虚妄 ………… Ⅱ30-18,
　Ⅳ265-2, 265-3, 279-197

巨大なモグラ …‥ Ⅱ78-519
きらびやかな閃光
　　………………… Ⅱ201-1792
きりたんぽ …… Ⅱ84-581
起立! ………… Ⅱ213-1905
切り通し ……… Ⅱ183-1596
切れた電球 …… Ⅱ171-1469
霧の坂 …………
　　Ⅱ66-402, Ⅳ279-200
記録と小説 …… Ⅱ118-903
きわめて興味深い作
　　品集 ……… Ⅱ160-1346
禁煙一カ月 …… Ⅱ80-533
禁煙の店 ……… Ⅱ71-447
禁をやぶる …… Ⅱ222-2001
「金閣寺」という傑作
　　………………… Ⅱ216-1942
金魚(赤繪) ……
　　Ⅱ30-20, Ⅳ265-4,
　　265-13, 270-81, 279-197
金魚(群像) ……
　　Ⅱ87-623, Ⅳ319-713,
　　319-715, 319-716, 319-717,
　　319-718, 319-720, 319-722
金魚(街の眺め) ‥ Ⅱ101-764
金魚(昭和歳時記)
　　………………… Ⅱ169-1444
金魚の仔たち … Ⅱ92-673
金屏風 ………… Ⅱ198-1754
銀狐(新潮) …… Ⅱ171-1462
銀狐(箸袋から)
　　………………… Ⅱ174-1497
銀行にて ……… Ⅱ232-2122
『銀座復興』の思い出
　　………………… Ⅱ204-1814
近所の鮨屋。… Ⅱ228-2078
はじめてであった本 キン
　　ダー・ブック‥ Ⅱ136-1096

【く】

空襲のこと［前］
　………… Ⅱ210-1882
空襲のこと［後］
　………… Ⅱ211-1885
空襲の日も …… Ⅱ73-467
『空白の戦記』……
　Ⅱ56-282, Ⅳ299-451
偶然からおこなわれ
　た心臓手術‥ Ⅱ164-1392
句会 ………… Ⅱ186-1638
櫛 …………… Ⅱ122-950
鯨が日本を開国させ
　た ………… Ⅱ138-1123
鯨と鎖国 …… Ⅱ123-963
鯨の絵巻 …… Ⅱ78-522
短篇集『鯨の絵巻』‥
　Ⅱ96-719, Ⅳ352-1166
楠本いね …… Ⅱ46-177
楠本イネの生きた時
　代 ………… Ⅱ120-925
癖 …………… Ⅱ42-136
果物籠 …… Ⅱ130-1030,
　Ⅳ302-497, 302-498,
　316-675, 316-680, 317-685
果物と軍艦 …… Ⅱ39-102
口を寄せてチゥ‥と
　云ふ也―中川五郎
　治について … Ⅱ108-814
靴下 ………… Ⅱ197-1751
国吉二等兵 …… Ⅱ99-744
熊 第一話 朝次郎
　…………… Ⅱ57-293
熊 第二話 多 安彦
　…………… Ⅱ57-298
熊 第三話 与三吉
　…………… Ⅱ58-300

熊 第四話 菊次郎
　…………… Ⅱ58-307
熊 第五話 幸太郎
　…………… Ⅱ60-322
熊 第六話 政一と栄次
　郎 ………… Ⅱ60-334
熊 第七話 耕平 … Ⅱ61-342
連作短篇集『熊撃ち』
　…… Ⅱ107-811, Ⅳ289-325
『羆嵐』…………
　Ⅱ91-669, Ⅳ283-245,
　283-247, 283-248,
　283-250, 283-251, 283-252,
　313-635, 352-1166,
　367-1370, 378-1522
「羆嵐」の苦前へ五度
　目の旅 …… Ⅱ143-1181
雲井龍雄と解剖のこ
　と ………… Ⅱ224-2025
蜘蛛の巣 …… Ⅱ120-922
クルージング ……
　Ⅱ188-1659, Ⅳ345-1079,
　346-1096, 346-1097
クレイスロック号遭
　難 ………… Ⅱ239-2196
苦しい時の鮨だのみ
　…………… Ⅱ85-595
「車」に征服された人
　間 ………… Ⅱ47-187
黒磯駅の駅長 … Ⅱ162-1361
黒い蝶 ……… Ⅱ77-502
黒いリボン …… Ⅱ92-675
黒ヒョウ事件 … Ⅱ125-982
『黒船』…………
　Ⅱ148-1225, Ⅳ325-794,
　325-796, 325-797, 325-798,
　325-799, 325-800,
　325-801, 326-808,
　352-1166, 366-1355
黒部峡谷の秋 … Ⅱ42-132
黒部に挑んだ男たち
　…………… Ⅱ227-2056

黒部の思い出 …‥ Ⅱ74-474
玄人と素人
　―「死の認定」をめ
　ぐって再び … Ⅱ44-159
軍歌と若き世代 ‥ Ⅱ41-129
軍艦と少年 …… Ⅱ47-190
軍用機と牛馬 … Ⅱ111-848

【け】

K君の助言 …… Ⅱ171-1459
K君の個展 …… Ⅱ40-115
Kさんのこと … Ⅱ163-1378
K氏の怒り・その他
　…………… Ⅱ70-432
『啓子追想』………
　Ⅱ137-1108, Ⅳ316-674
刑事部屋 …… Ⅱ199-1765
刑務所通い …… Ⅱ37-88
芸術家 ……… Ⅱ201-1791
芸術を投資の対象に
　する輩 …… Ⅱ45-172
芸人の素顔 … Ⅱ88-636
鶏卵 ………… Ⅱ179-1547
毛がに ……… Ⅱ196-1741
撃沈 雪の海漂う兵た
　ち ………… Ⅱ232-2121
下戸の主人公 … Ⅱ198-1761
月下美人 …… Ⅱ111-846,
　Ⅳ291-350, 291-353,
　292-357, 299-449, 299-452,
　299-453, 299-455, 317-687
短篇集『月下美人』
　…………… Ⅱ125-975,
　Ⅳ299-449, 299-452,
　299-453, 299-455, 301-484
結婚相手 …… Ⅱ188-1652
結婚式と披露宴
　…………… Ⅱ145-1197

431

結婚適齢期のこと
　………… Ⅱ151-1256
結婚披露宴(文藝春
　秋) ………… Ⅱ94-699
結婚披露宴(実を申す
　と) ………… Ⅱ111-847
結婚披露宴(文藝春
　秋) ………… Ⅱ209-1864
健気な妻 …… Ⅱ40-109
玄関拝見 吉村
　昭氏 ……… Ⅱ93-687
原稿の締切日なくし
　悠々自適の暮らし
　に ………… Ⅱ217-1949
原稿用紙を綴じる
　…………… Ⅱ67-410
原稿用紙を焼く
　…………… Ⅱ199-1763
原作者として …… Ⅱ50-215
現代語にひそむ卑し
　さ ………… Ⅱ52-243
現代語の卑しさ … Ⅱ52-243
献呈したウイスキー
　…………… Ⅱ223-2020
券売機 ……… Ⅱ176-1513

【こ】

鯉のぼり …………
　Ⅱ201-1788, Ⅳ354-1189
講演会 ……… Ⅱ110-841
講演と食物 …… Ⅱ142-1170
講演旅行 …… Ⅱ232-2120
講釈師と中学生 … Ⅱ73-468
講談社文庫・私のすす
　める7点 …… Ⅱ77-509
公園の著名人 … Ⅱ140-1144
公害教科書と私 … Ⅱ60-329
高架線 …………
　Ⅱ84-592, Ⅳ286-283

高知への旅 …… Ⅱ221-1990
『高熱隧道』 …… Ⅱ41-120,
　Ⅳ271-91, 271-92, 271-93,
　272-94, 272-99, 272-100,
　274-130, 276-154, 276-159,
　280-210, 299-451,
　316-674, 316-677, 317-687,
　318-698, 319-710,
　341-1026, 344-1070,
　352-1166, 366-1355,
　374-1457, 379-1535,
　399-1830, 399-1834
「高熱隧道」富山と私
　…………… Ⅱ123-962
高熱隧道と私 … Ⅱ123-962
「高熱隧道」の取材
　…………… Ⅱ41-125
「高熱隧道」を取材し
　て ………… Ⅱ41-125
高熱隧道をゆく … Ⅱ62-358
後記 ………… Ⅱ50-220
更生した山下さん
　…………… Ⅱ137-1109
香典 ………… Ⅱ188-1656
香典婆さん …… Ⅱ186-1635
香奠袋 ……… Ⅱ193-1709
光明を見る …… Ⅱ218-1957
荒野を吹きすさぶ風
　の音 ……… Ⅱ237-2174
紅葉 ………… Ⅱ203-1804
甲羅 ………… Ⅱ118-901,
　Ⅳ299-453, 299-455
肥える・痩せる … Ⅱ108-815
「コーガ」 …… Ⅱ231-2107
コーちゃん …… Ⅱ45-169
凍った眼 …… Ⅱ140-1141,
　Ⅳ311-614, 317-695
古賀先生 …… Ⅱ185-1623
古今亭志ん生 … Ⅱ74-478
古典落語 …… Ⅱ61-340
呼吸音 ……… Ⅱ202-1798

獄舎で思い描いた女
　人像 ……… Ⅱ232-2116
告知 ………… Ⅱ182-1582
告白 ………… Ⅱ42-135
虎穴に入らずんば
　…………… Ⅱ66-401
御自愛下さるように
　…………… Ⅱ226-2051
御焼香 ……… Ⅱ99-740
五時間五十分 … Ⅱ41-127
五寸釘寅吉 …… Ⅱ104-781
五寸釘寅吉
　―「赤い人」… Ⅱ104-781
五寸釘寅吉のことな
　ど ………… Ⅱ147-1217
誤診と自転車屋 … Ⅱ66-398
誤診と私 …… Ⅱ209-1868
誤配 ………… Ⅱ189-1663
午前様から更生
　…………… Ⅱ129-1022
孤然とした生き方 前
　野良沢 …… Ⅱ77-506
『孤独な噴水』 … Ⅱ37-86
小手先で書かれてい
　る ………… Ⅱ149-1241
小村寿太郎「命がけの
　胆力」と「したたか
　な外交技術」
　…………… Ⅱ196-1735
小村寿太郎の椅子(毎
　日新聞) …… Ⅱ104-790
小村寿太郎の椅子(歴
　史を歩く) … Ⅱ108-822
小村寿太郎の気概
　…………… Ⅱ222-2003
今年の桜 …… Ⅱ119-914
今年の酒 …… Ⅱ96-716
今年の初詣 … Ⅱ224-2027
子供たちと温泉 … Ⅱ38-93
子供の頃の病気 … Ⅱ67-414
この一句 …… Ⅱ145-1200
この一書 …… Ⅱ242-2223

VII 索 引　　　　　　さくら

このごろ ……… II 136-1101
この一言 ……… II 132-1047
この人・この3冊
　　吉村 昭選 …… II 236-2166
この世の常 …… II 217-1955
困った ………… II 192-1698
困った記憶 …… II 124-966
こぶ平さんと正蔵さ
　ん ………… II 236-2162
懲りる ………… II 95-709
ゴルフと肋骨 … II 236-2173
コロッケ ……… II 83-579
衣更え ………… II 122-949
コロリ ………… II 76-493,
　　　IV 279-198, 344-1063
こわいもの見たさ
　……………… II 193-1703
紺色の衣服 …… II 233-2127
昆虫家系 ………
　　II 31-31, IV 265-9, 265-12

【さ】

サーベル ………
　　II 197-1747, IV 354-1189
最下位と最高点 ‥ II 72-454
最敬礼 ………… II 153-1279
最高の傑作 …… II 175-1508
最後の仇討 ………
　II 213-1909, IV 362-1300,
　　　362-1304, 363-1305,
　　　363-1306, 363-1311,
　　　363-1312, 363-1313,
　　　363-1314, 363-1316,
　　　363-1317, 367-1365
最後の訪れ …… II 94-698
最後の乗客 …… II 210-1877
最後の特攻機 … II 54-261
最後の晩餐 …… II 188-1651
最後の編集 …… II 76-499

最初の稿料 …… II 47-185
最低点 ………… II 225-2039
災害・流言・ラジオ
　……………… II 83-569
『細菌』…………
　　II 54-260, IV 274-126
細菌戦兵器と医師
　……………… II 68-420
再婚 ………… II 140-1147,
　　IV 334-920, 334-924
短篇集『再婚』……
　II 180-1568, IV 334-920,
　　　334-924, 346-1089,
　　　347-1099, 372-1438
斎藤十一氏と私
　……………… II 214-1915
才能ということ
　……………… II 180-1561
歳末セール …… II 119-917
サイン会 ……… II 191-1686
サイン会にて … II 165-1399
探す ………… II 68-423
さか立ち女房 … II 242-2222
相良知安 ……… II 44-152
鷺 ………………
　II 35-65, IV 267-33, 267-34,
　　269-66, 270-76, 271-83
作者の言葉 …… II 233-2129
作者の行く末 … II 220-1980
作品の背景「星への
　旅」………… II 43-144
作文 ………… II 230-2094
作家(原作者)が見た
　テレビドラマ
　小説は映像化され
　ると別の世界にな
　る、しかし……
　……………… II 139-1127
作家自作を語る
　『島抜け』…… II 211-1889
作家自作を語る『大黒
　屋光太夫』…… II 236-2168

作家自作を語る
　『生麦事件』‥ II 204-1811
「作家の生き方」〜小
　説に書いた江戸時
　代 ………… II 228-2074
『作家・連載小説を語
　る』(CD) … II 209-1869
『作家・連載小説を語
　る』(冊子) ‥ II 209-1870
桜(自然と盆栽) ‥ II 119-914
桜(昭和歳時記)
　……………… II 167-1425
桜田門 ─井伊直弼暗
　殺の道 …… II 213-1913
『桜田門外ノ変』…
　II 146-1214, IV 320-732,
　　321-738, 321-739, 321-740,
　　　321-741, 321-743,
　　321-744, 321-747, 321-748,
　　　321-749, 322-751,
　　322-752, 322-753, 322-755,
　　　322-761, 322-762,
　　322-763, 324-782, 324-783,
　　　337-971, 337-973,
　　352-1166, 360-1266,
　　　366-1355, 371-1420,
　　385-1614, 398-1818
歴史のプロムナード 桜田
　門外ノ変 …… II 180-1562
桜田門外の変・時代と
　格闘した男 ‥ II 171-1467
「桜田門外ノ変」執筆
　余話 ……… II 175-1500
桜田門外の変と越後
　……………… II 234-2140
桜田門外の変と梅毒
　……………… II 164-1391
「桜田門外ノ変」につ
　いて ……… II 155-1298
「桜田門外ノ変」への
　旅 ………… II 155-1295

433

さくら　　　　　　　　VII 索　引

「桜田門外ノ変」余話
　………… II 197-1749
「桜」という席題
　………… II 194-1710
桜の咲くころ … II 104-786
桜まつり …………
　II 179-1556, IV 346-1096
酒 ………… II 176-1520
酒癖二態 ……… II 92-676
酒というもの(箸袋か
　ら) ……… II 170-1456
酒というもの(春夏秋
　冬) ……… II 207-1847
酒と牛乳 …… II 190-1674
酒とテープレコーダ
　ー ………… II 75-488
酒の戒律 …… II 197-1750
酒の肴 ……… II 58-302
酒の楽しみ、そして、
　しくじり …… II 127-997
酒は真剣に飲むべき
　もの ……… II 62-350
酒を飲めぬ人 … II 122-946
ささやかな憩い
　………… II 187-1650
ささやかな葬儀
　………… II 235-2161
山茶花 ……… II 238-2191
さそり座 …………
　II 124-974, IV 298-445
札幌の夜 …… II 101-761
サバ釣り …… II 90-651
冷めた情熱 …… II 151-1259
「左右を見ないで渡
　れ」 ……… II 45-165
さよと僕たち … II 31-35,
　IV 265-11, 265-12, 265-14,
　270-81, 279-197, 322-760
ザルそば …… II 83-580
沢蟹 …………
　II 117-890, IV 294-383,
　294-385, 299-453, 299-455

『産業魂　茂木啓三郎の
　人と経営』 … II 86-607
珊瑚礁 …………
　II 120-923, IV 297-426,
　297-429, 297-430, 297-431
三十年間親しんでき
　たお酒 …… II 112-853
三色旗 …………
　II 57-296, IV 279-198
三着の洋服 …… II 98-732
三度会った男 … II 53-256
『三陸海岸大津波』
　………… II 55-274,
　IV 374-1454, 380-1537,
　382-1579, 399-1832
三陸海岸と幕府軍艦
　「高雄」 …… II 153-1283
サンドイッチ … II 188-1655
散歩用の靴 …… II 176-1519

【し】

仕上がりの時期 ‥ II 91-668
仕事に溺れぬ健気な
　妻 ………… II 40-109
シーボルトから開国
　まで ……… II 141-1160
シーボルトとしお
　………… II 93-688
シーラカンス … II 160-1344
紫煙となった辞書
　………… II 164-1384
紫色幻影 …… II 74-475
潮の臭い …… II 193-1708
志賀直哉『暗夜行路』
　への旅 …… II 141-1158
志賀直哉の貌 … II 224-2029
時間(群像) ………
　II 74-483, IV 279-200

時間(文學界) ‥ II 209-1866,
　IV 356-1223, 362-1294,
　370-1408, 370-1409
時間の尺度 … II 178-1545
時間は確実に流れる
　………… II 128-1014
時代動かした訳業
　………… II 78-514
『時代の声、史料の声』
　………… II 240-2203
時代の環 …… II 205-1819
「事件」が「歴史」になる
　時 ……… II 230-2092
「事実」と「虚構」の視
　座 ……… II 56-287
『事物はじまりの物
　語』 ……… II 234-2146
「自作再見」長英逃亡
　………… II 151-1257
自作再訪　吉村昭
　戦艦武蔵 … II 231-2109
自殺 ―獣医(その一)
　………… II 199-1772
自然であること
　………… II 146-1215
自著を語る『白い航
　跡』上下 … II 162-1366
『自伝抄』VIII ‥ II 107-812
自然薯 ……… II 86-613
自筆年譜 …… II 37-86
自筆年譜 …… II 61-337
自筆年譜 …… II 63-365
自筆年譜 …… II 78-516
自筆年譜 …… II 81-556
自筆年譜 …… II 91-663
自筆年譜 …… II 93-685
自筆年譜 …… II 97-725
自筆年譜 …… II 141-1154
自筆年譜 …… II 154-1294
自筆年譜 …… II 159-1331
史実と創作について
　………… II 119-913

434

史実と歴史小説
　………… Ⅱ232-2115
『史実を歩く』……
　　Ⅱ204-1817, Ⅳ341-1025,
　　　349-1136, 350-1149,
　　　350-1150, 356-1217,
　　　398-1814, 398-1817
『史実を追う旅』
　………… Ⅱ160-1347
死者が語るもの‥Ⅱ52-245
死体‥Ⅱ29-15, Ⅳ265-14,
　279-197, 322-753, 322-760
死と隣り合わせの現
　場で……… Ⅱ232-2119
死顔〈遺作〉…… Ⅱ239-2194
遺作短篇集『死顔』
　………… Ⅱ239-2195
死水………… Ⅱ64-379
『死のある風景』…
　Ⅱ150-1251, Ⅳ318-709,
　319-711, 319-713, 319-714,
　　　319-715, 319-716,
　　　319-717, 319-718,
　319-719, 319-720, 319-722
死まで…………
　　Ⅱ29-10, Ⅳ279-197
死を見据える眼
　………… Ⅱ161-1354
死を見つめていた放
　哉……… Ⅱ161-1352
辞書（書斎の窓）
　………… Ⅱ185-1620
辞書（卓上日記）
　………… Ⅱ197-1744
辞書を引く事が大切
　だ……… Ⅱ125-980
ジジヨメ食った‥Ⅱ48-203
詩人と非詩人…… Ⅱ59-318
舌の味……… Ⅱ87-617
下町への鋭い凝視
　………… Ⅱ109-826
下見……… Ⅱ199-1770

示談………… Ⅱ73-462
七人の猟師と七つの
　物語……… Ⅱ108-818
実験動物の世界‥Ⅱ42-139
『実を申すと』…… Ⅱ117-892
十字架……… Ⅱ76-494
十点鐘……… Ⅱ242-2221
十七歳の少年…… Ⅱ76-498
十四歳の陸軍二等兵
　………… Ⅱ121-937
執筆五分前…… Ⅱ67-413
『シベリアに憑かれた
　人々』…… Ⅱ199-1764
島抜け…………
　Ⅱ208-1862, Ⅳ361-1283,
　　　361-1284, 361-1286,
　　　361-1287, 367-1364
歴史小説集『島抜け』
　…………
　Ⅱ211-1888, Ⅳ360-1278,
　　　361-1279, 361-1281,
　　　361-1282, 361-1283,
　　　361-1284, 361-1286,
　　　361-1287, 361-1290,
　　　362-1296, 367-1364,
　　　371-1415, 399-1827
島の春…………
　Ⅱ91-664, Ⅳ283-244,
　　　286-283, 286-287
使命感……… Ⅱ173-1476
指紋………… Ⅱ198-1758
弱兵………… Ⅱ79-531
写真家の死…… Ⅱ191-1688
軍鶏‥Ⅱ53-252, Ⅳ274-127
獣医（その一）自殺
　………… Ⅱ199-1772
獣医（その二）心中
　………… Ⅱ200-1781
週刊新潮掲示板‥Ⅱ88-627
週刊新潮掲示板‥Ⅱ93-680
週刊新潮掲示板
　………… Ⅱ103-779

習慣、そして癖
　………… Ⅱ160-1340
一三歳船乗りの数奇
　な運命…… Ⅱ208-1860
充実した旅…… Ⅱ211-1884
収集家……… Ⅱ59-315
囚人が作ったマッチ
　………… Ⅱ147-1218
囚人の作品…… Ⅱ89-646
終戦前後の日暮里駅
　………… Ⅱ163-1377
終戦直後の悲話
　………… Ⅱ144-1191
終戦直後の悲話もと
　に「脱出」執筆
　………… Ⅱ144-1191
集団自殺のもつ意味
　星への旅『死のう
　団』にヒント‥Ⅱ43-144
柔軟さと弾力性‥Ⅱ84-583
銃を置いた人… Ⅱ136-1097
銃を置く…… Ⅱ136-1098,
　　　Ⅳ317-695, 318-696
取材ノートから
　………… Ⅱ118-905
受験戦争に勝つ現実
　が…… Ⅱ82-559
受賞に賛成……… Ⅱ79-528
受賞のことば…… Ⅱ38-99
受話器（中央公論）
　………… Ⅱ171-1470,
　　Ⅳ328-842, 353-1177
受話器（書斎の窓）
　………… Ⅱ187-1642
種痘伝来記…… Ⅱ110-840
種痘の伝来…… Ⅱ110-840
酒徒番付…… Ⅱ118-900
『朱の丸御用船』
　………… Ⅱ193-1707,
　Ⅳ343-1045, 343-1050,
　　　343-1051, 343-1052,

343-1056, 344-1057,
344-1058, 344-1071,
346-1088, 348-1113
朱の丸船印 ……
　　Ⅱ193-1707, Ⅳ342-1032
主婦でない妻 …… Ⅱ88-628
ジュリアンデュヴィヴ
　ィエについて …… Ⅱ29-2
『殉国』 ……
　　Ⅱ42-133, Ⅳ272-104,
　272-105, 297-424, 318-698
「殉国」ノートから—
　比嘉真一陸軍二等
　兵 ……… Ⅱ73-463
順番待ち …… Ⅱ225-2032
序(『朝倉稔の作品に
　ついて』) …… Ⅱ72-460
序(『私も或る日、赤紙
　一枚で』) …… Ⅱ130-1027
序(『タブナン』)
　…………… Ⅱ146-1213
正月という外壕 ‥ Ⅱ75-485
「正直」「誠」を貫いた小
　村寿太郎 …… Ⅱ219-1976
生涯保存しておきた
　い本 …… Ⅱ51-232
城下町の夜 …… Ⅱ49-211
蒸気機関車 …… Ⅱ182-1593
『彰義隊』 ……
　Ⅱ233-2131, Ⅳ383-1592,
　383-1593, 383-1594,
　384-1596, 384-1597,
　384-1598, 384-1605,
　384-1607, 384-1608,
　385-1609, 385-1611
彰義隊と輪王寺宮
　…………… Ⅱ238-2181
彰義隊の戦い … Ⅱ165-1395
「彰義隊」連載を終え
　て …… Ⅱ236-2172
将棋と煙草 …… Ⅱ97-722
将棋盤 …… Ⅱ184-1613

将棋歴四十年 …… Ⅱ90-657
将来のお嫁さん
　…………… Ⅱ182-1589
証言者の記憶 … Ⅱ152-1270
焼香 …… Ⅱ180-1570
焼香客 …… Ⅱ62-355
焼酎のこと …… Ⅱ104-785
勝者の歴史 …… Ⅱ230-2099
昭二・昭という名前
　…………… Ⅱ148-1227
『昭和歳時記』 ……
　Ⅱ175-1505, Ⅳ330-869,
　331-877, 397-1811
昭和・戦争・人間
　…………… Ⅱ149-1240
[解説]
　昭和二年生まれの眼差し
　…………… Ⅱ205-1825
『昭和文学全集』26
　…………… Ⅱ146-1212
少女架刑 ……
　Ⅱ33-49, Ⅳ266-23,
　267-37, 268-40, 268-41,
　268-42, 269-66, 270-76,
　270-81, 271-83, 358-1242
短篇集『少女架刑』‥
　Ⅱ36-78, Ⅳ268-39,
　268-40, 268-41, 268-42,
　268-43, 270-81, 276-159,
　280-210, 317-687, 318-698
少年時代そのもの
　…………… Ⅱ223-2016
少年時代の遊び ‥ Ⅱ80-532
少年時代の夏 … Ⅱ178-1542
少年の頃の記憶
　…………… Ⅱ132-1057
少年の旅 …… Ⅱ44-161
少年の手紙 …… Ⅱ236-2165
少年の夏 ……
　Ⅱ88-632, Ⅳ286-283
少年の窓 …… Ⅱ54-262

小説『梅の蕾』の誕生
　…………… Ⅱ211-1892
小説家志望 …… Ⅱ70-436
小説家と銀行 … Ⅱ115-877
小説家のお金 … Ⅱ151-1263
小説家の矛盾 … Ⅱ42-140
小説「関東大震災」を
　書いて …… Ⅱ174-1495
エッセイ 小説「大黒屋
　光太夫」 …… Ⅱ224-2028
小説「大黒屋光太夫」
　の執筆 …… Ⅱ237-2176
小説とこわれた頭
　…………… Ⅱ47-188
小説と資料 …… Ⅱ183-1600
小説と読者 …… Ⅱ41-128
小説と私 …… Ⅱ38-94
小説と私 …… Ⅱ91-670
小説と私 …… Ⅱ141-1159
小説に書いた江戸時
　代 …… Ⅱ225-2031
小説に書いた江戸時
　代 …… Ⅱ227-2065
小説に書いた日本の
　医師 …… Ⅱ227-2064
小説に書けない史料
　…………… Ⅱ231-2106
小説の映画化 … Ⅱ145-1195
小説の素材 …… Ⅱ145-1205
小説の題名 …… Ⅱ192-1691
小説の中の会話
　…………… Ⅱ147-1223
小説の優劣は文章に
　ある …… Ⅱ136-1092
小説の舞台としての
　岩手県 …… Ⅱ159-1333
小説「破船」の舞台
　…………… Ⅱ233-2130
小説「破獄」ノート
　…………… Ⅱ140-1143
小説「漂流」の映画化
　…………… Ⅱ117-889

VII 索引　　　　　　　　　　　　　　　　　　しんて

小説を書き上げるま
　でに ―『海の祭礼』
　について― … Ⅱ142-1167
小説を書き出すまで
　……………… Ⅱ67-413
小豆島と放哉 …… Ⅱ177-1528
商品の名称 …… Ⅱ150-1250
初夏 ……………
　　Ⅱ105-798, Ⅳ294-389,
　294-390, 294-392, 295-400
初心 ………… Ⅱ204-1812
初老の男の顔 … Ⅱ228-2075
書架に大きな宝とな
　って遺される
　……………… Ⅱ219-1969
書簡類の扱い … Ⅱ103-780
書斎 ………… Ⅱ190-1666
書評 酒井シヅ著
　『病が語る日本史』
　……………… Ⅱ221-1992
書評「西周夫人 升子
　の日記」…… Ⅱ216-1944
食事と結婚 …… Ⅱ163-1376
食事の途中で … Ⅱ128-1005
食品売場 ……… Ⅱ113-861
食物あれこれ … Ⅱ129-1017
食物との戦い … Ⅱ215-1936
食物の顔 ……… Ⅱ63-373
食物の随筆について
　……………… Ⅱ136-1100
「食物」の本質を悟れ
　……………… Ⅱ51-225
食料品売場 …… Ⅱ113-861
職人 ………… Ⅱ176-1514
職人の顔 …… Ⅱ139-1133
「抒情文芸」のこと
　……………… Ⅱ238-2193
処女作のない作家
　……………… Ⅱ64-386
女性作家の強烈な個
　性 ………… Ⅱ168-1440
女性の生命力 … Ⅱ196-1740

女性の旅 …… Ⅱ214-1922
女性の装い …… Ⅱ152-1264
白根の凧 …… Ⅱ230-2096
『白い遠景』………
　　　Ⅱ103-778, Ⅳ288-311,
　　　　288-314, 289-319
白い壁 …………
　　Ⅱ126-994, Ⅳ300-464,
　300-465, 319-715, 319-716
『白い航跡』… Ⅱ149-1243,
　Ⅳ323-776, 323-777,
　323-778, 324-779, 324-780,
　　　　324-781, 324-784,
　324-785, 325-802, 333-919,
　　　　352-1166, 363-1308,
　　　　365-1342, 368-1377
「白い航跡」の連載を
　終えて …… Ⅱ153-1286
白い米 ……… Ⅱ101-768,
　　Ⅳ287-300, 294-387,
　294-388, 294-389, 294-390,
　294-391, 294-394, 295-400
白い御飯 …… Ⅱ130-1034
白い足袋 …… Ⅱ183-1602
白い虹 …………
　Ⅱ30-22, Ⅳ265-5, 265-14
白い橋 …………
　　　Ⅱ82-566, Ⅳ290-341
白い鉢巻 …… Ⅱ172-1475
白い封筒 …… Ⅱ208-1861
白い道(季刊芸術)
　……………… Ⅱ42-131
白い道(私の青春の一
　日) ……… Ⅱ178-1540
白足袋 …………
　　Ⅱ143-1173, Ⅳ313-644,
　316-675, 316-680, 317-685
虱 …………… Ⅱ169-1441
"尻切れトンボ" … Ⅱ29-7
資料の処分 …… Ⅱ219-1971
資料の整理と保管
　……………… Ⅱ204-1813

素人の弁 …… Ⅱ200-1782
師走の小旅行 … Ⅱ206-1835
『深海の使者』… Ⅱ65-394,
　　Ⅳ301-482, 304-517,
　　352-1166, 366-1355
深海の旅人 …… Ⅱ81-545
深夜起きている人
　……………… Ⅱ193-1701
心境の変化 …… Ⅱ101-759
心中 ―獣医(その二)
　……………… Ⅱ200-1781
心象としての姫路城
　……………… Ⅱ214-1924
心臓移植私見 … Ⅱ57-290
「心臓移植」取材ノー
　トから ……… Ⅱ56-283
心臓移植と狂気 … Ⅱ52-239
心臓移植と日本人
　……………… Ⅱ150-1249
心臓移植に思う …
　　Ⅱ44-158, Ⅳ273-108
心臓移植の旅 … Ⅱ159-1334
ジングルベル ……
　　Ⅱ150-1247, Ⅳ346-1093
人工心臓手術に思う
　……………… Ⅱ123-956
『震災記念録』を読ん
　で ………… Ⅱ88-630
新首都岩手論 … Ⅱ61-341
「新選組」論に描かれ
　ないこと …… Ⅱ233-2132
『新潮現代文学』66
　……………… Ⅱ110-837
新聞の書評 …… Ⅱ135-1078
真珠湾攻撃艦隊の出
　撃 ………… Ⅱ103-776
志ん生さん …… Ⅱ232-2118
親切な運転手もいる
　……………… Ⅱ45-170
進駐軍 ……… Ⅱ217-1947
シンデモ ラッパヲ
　……………… Ⅱ230-2095

437

シンデモラッパヲ ‥
　‥‥‥‥ II 82-560, IV 282-230
甚兵衛 ‥‥‥‥‥ II 180-1565
身辺短信 ‥‥‥‥ II 186-1633
信頼感があった
　‥‥‥‥‥‥‥ II 194-1720

【す】

西瓜 ‥‥‥‥‥‥ II 195-1730
推薦の言葉(『三鷹文
　学散歩』) ‥‥‥ II 152-1268
推薦の言葉(『青空の
　ルーレット』)
　‥‥‥‥‥‥‥ II 215-1928
推薦文(『鷗と白兵
　戦』) ‥‥‥‥‥ II 119-911
推薦文(『原爆亭折ふ
　し』) ‥‥‥‥‥ II 173-1480
推薦文(『文壇挽歌物
　語』) ‥‥‥‥‥ II 215-1929
推薦文(『病が語る日
　本史』) ‥‥‥‥ II 221-1992
推薦文(『文壇人國
　記』) ‥‥‥‥‥ II 235-2156
酔中酔余 ‥‥‥‥ II 242-2224
すいとん ‥‥‥‥ II 114-868
スイトン家族 ‥‥ II 53-257
睡眠 ‥‥‥‥‥‥ II 186-1629
睡眠薬 ‥‥‥‥‥ II 145-1204
水雷艇「友鶴」謎の転
　覆 ‥‥‥‥‥‥ II 122-948
頭蓋骨 ‥‥‥‥‥
　‥‥‥ II 193-1700, IV 354-1189
須賀川の雪道 ‥‥ II 101-760
すがすがしい読後感
　‥‥‥‥‥‥‥ II 221-1991
スキーと私 ‥‥‥ II 91-666
杉坂少佐と美都子夫
　人 ‥‥‥‥‥‥ II 138-1116

「杉田玄白 訳」の不思
　議 ‥‥‥‥‥‥ II 65-397
好きな道 ‥‥‥‥ II 166-1412
秀れた研究者 ‥‥ II 223-2015
スケジュールを決め
　て快調なリズムで
　執筆 ‥‥‥‥‥ II 89-648
すさまじい大旋風
　‥‥‥‥‥‥‥ II 73-471
鮨職人 ‥‥‥‥‥ II 184-1611
鮨と少年 ‥‥‥‥ II 116-884
鮨屋さん ‥‥‥‥ II 210-1881
鮨屋の話 ‥‥‥‥ II 123-954
鈴木英三郎と破獄者
　‥‥‥‥‥‥‥ II 138-1118
ステーキ ‥‥‥‥ II 167-1421
スパルタ教育のすす
　め ‥‥‥‥‥‥ II 44-157
スポーツ好き・嫌い
　‥‥‥‥‥‥‥ II 119-918
スポーツにも恋にも
　無縁だったが ‥ II 65-396
スポーツを観る
　‥‥‥‥‥‥‥ II 164-1390
住み方の記 ‥‥‥ II 112-854
住めば都 ‥‥‥‥ II 62-351
スミマセン ‥‥‥ II 71-449
相撲 ─恩師と国技館
　‥‥‥‥‥‥‥ II 109-827
『相撲』「日本の名随
　筆」別巻2 ‥‥ II 162-1358
ずわい蟹 ‥‥‥‥ II 101-765
ズワイ蟹 ‥‥‥‥ II 101-765
坐る ‥‥‥‥‥‥ II 223-2018

【せ】

聖歌 ‥‥‥‥‥‥
　‥‥‥ II 206-1838, IV 354-1189

聖歌と共に思い出す
　‥‥‥‥‥‥‥ II 136-1096
生活にけじめをつけ
　よ ‥‥‥‥‥‥ II 46-181
生活のけじめ ‥‥ II 46-181
生活費のために ‥ II 61-345
青函連絡船と「破獄」
　の脱獄囚 ‥‥‥ II 144-1193
青年のように ‥‥ II 109-824
政治家と公害 ‥‥ II 62-357
政府税調意見 ‥‥ II 175-1503
『精神的季節』‥‥‥
　　　II 69-426, IV 276-151,
　　　　　276-152, 283-255
性的時代の主役と観
　客 ‥‥‥‥‥‥ II 53-248
静養旅行 ‥‥‥‥ II 104-792
積雪三〇センチ
　‥‥‥‥‥‥‥ II 177-1526
惜別 新田次郎さん
　‥‥‥‥‥‥‥ II 110-832
席をゆずられて
　‥‥‥‥‥‥‥ II 226-2046
席をゆずる ‥‥‥ II 164-1385
世間は狭い ‥‥‥ II 222-2008
説教強盗その他
　‥‥‥‥‥‥‥ II 131-1042
説教強盗の懸賞金
　‥‥‥‥‥‥‥ II 164-1383
石鹸、煙草 ‥‥‥ II 212-1895
雪人氏との旅 ‥‥ II 56-284
『背中の勲章』‥ II 60-326,
　　　IV 298-436, 366-1355
背中の鉄道 ‥‥‥‥
　　　　II 37-83, IV 317-687
背広 ‥‥‥‥‥‥ II 159-1335
背広と式服のこと
　‥‥‥‥‥‥‥ II 144-1192
背広と万年筆 ‥‥ II 65-390
セミプロ ‥‥‥‥ II 182-1594
零戦は歴史の遺産
　‥‥‥‥‥‥‥ II 154-1292

そつき

千円のライスカレー
　………… Ⅱ51-225
『戦艦三笠すべての動
　き』 ……… Ⅱ181-1576
『戦艦武蔵』 …… Ⅱ39-101,
　Ⅳ269-67, 270-68,
　270-69, 270-70, 270-73,
　270-74, 270-75, 270-77,
　270-78, 270-79, 270-80,
　270-81, 271-83, 271-84,
　271-89, 272-103, 276-154,
　276-158, 276-159, 278-181,
　279-197, 280-210,
　281-219, 282-232, 283-245,
　283-254, 283-255,
　290-341, 299-451, 304-517,
　306-550, 307-560,
　312-621, 314-648, 316-674,
　317-687, 318-698,
　319-710, 322-753, 324-783,
　325-791, 330-875,
　333-916, 341-1026,
　346-1088, 352-1166,
　357-1234, 357-1235,
　358-1250, 366-1355,
　374-1457, 380-1540,
　397-1810, 398-1814
戦艦武蔵（舞台再訪）
　…………… Ⅱ46-178
戦艦「武蔵」取材日記
　…… Ⅱ38-95, Ⅳ322-753
「戦艦武蔵」取材日記
　…………… Ⅱ47-193
『戦艦武蔵ノート』‥
　Ⅱ47-193, Ⅳ274-122,
　　274-124, 341-1026
戦艦・陸奥とQ二等兵
　曹 ………… Ⅱ57-291
戦艦陸奥 爆沈の真相
　…………… Ⅱ231-2111
戦艦「陸奥」爆沈余話
　…………… Ⅱ142-1164

Ⅶ 索　引

戦艦を爆沈させた水
　兵 ……… Ⅱ142-1164
戦記と手紙 …… Ⅱ68-418
戦後は終らない … Ⅱ42-138
戦後文学の強い刺激
　…………… Ⅱ52-238
戦死者を政治で汚す
　な ………… Ⅱ50-217
戦史小説執筆の思い
　出 ……… Ⅱ216-1946
戦時中、そして戦後
　のラジオ放送
　…………… Ⅱ163-1375
戦時という過去
　…………… Ⅱ165-1404
『戦史の証言者たち』
　…………… Ⅱ118-907,
　Ⅳ296-410, 371-1419
戦戦兢兢 …… Ⅱ207-1848
戦前の面影をたずね
　て ………… Ⅱ133-1059
戦争体験記の変質
　…………… Ⅱ122-944
戦争と男と女 … Ⅱ214-1914
戦争のこと … Ⅱ173-1477
戦争は終ったか ‥ Ⅱ50-222
戦争論は人間論 ‥ Ⅱ39-106
戦争を見る眼 … Ⅱ182-1586
戦没者によせて 率直
　な感懐 ……… Ⅱ44-154
太宰治賞1999
　選考委員を引き受けて
　…………… Ⅱ207-1845
太宰治賞2000 選考にあ
　たって …… Ⅱ210-1879
太宰治賞2001 選考にあ
　たって …… Ⅱ215-1927
選考を終えて … Ⅱ171-1461
選後評 …… Ⅱ169-1443
選評 ……… Ⅱ75-487
選評 ……… Ⅱ120-921
選評 ……… Ⅱ171-1460

「選評」……… Ⅱ139-1126
先生 ………… Ⅱ94-696
先生の鼻唄 … Ⅱ208-1854
潜水艦浮上す … Ⅱ113-864
船長泣く ……… Ⅱ82-561,
　Ⅳ280-208, 305-537
泉筆・万年ピツ・万年
　筆 ………… Ⅱ63-370
センベイをかじる
　…………… Ⅱ71-444

【そ】

総員起シ ……… Ⅱ59-319
短篇集『総員起シ』
　…………… Ⅱ65-395
総監督 …… Ⅱ132-1055
創作雑話 …… Ⅱ199-1771
創作と記録 …… Ⅱ41-123
創作ノートから ‥ Ⅱ74-477
葬式の名人 … Ⅱ236-2169
早春 ………… Ⅱ110-839,
　Ⅳ290-343, 319-715
早春の旅 ……… Ⅱ35-64
早春の夜 …… Ⅱ120-924
蒼蘚 …………… Ⅱ31-28
曾祖父が殺害された
　という事実 ‥ Ⅱ199-1771
僧の絶唱 …… Ⅱ159-1337
増量作戦 …… Ⅱ110-838
ソース …… Ⅱ100-753
ソース …… Ⅱ102-771
そして人は空を飛ん
　だ・ライト兄弟に
　先がけた男・二宮忠
　八 ……… Ⅱ217-1950
卒業以来五十年
　…………… Ⅱ181-1580
卒業証書 ……… Ⅱ90-659

439

そつき　　　　　　　　Ⅶ 索　引

卒業生の寄付 … Ⅱ192-1697
その一瞬 ……… Ⅱ83-574
その地の印象 … Ⅱ161-1351
その日、雪はいつや
　んだのか … Ⅱ197-1746
そばという食べ物
　……… Ⅱ153-1285
そばを食べる … Ⅱ193-1699
空からの侵入者 … Ⅱ36-74
空の記憶 ……… Ⅱ63-369
それはかつて"県"だ
　った ……… Ⅱ42-137

【た】

たぁー ……… Ⅱ60-330
大安、仏滅 …… Ⅱ220-1983
大学教授の悲しみ
　……… Ⅱ111-842
大学寄席(別冊文藝春
　秋) ……… Ⅱ114-867
大学寄席(国立劇場演
　芸場) …… Ⅱ164-1386
『大黒屋光太夫』
　……… Ⅱ218-1959,
　Ⅳ372-1438, 373-1443,
　373-1446, 373-1447,
　373-1449, 373-1450,
　374-1452, 375-1467,
　375-1468, 375-1473,
　379-1534, 397-1812,
　398-1817, 399-1827
大黒屋光太夫 連載を
　終えて …… Ⅱ222-2011
大黒屋光太夫をめぐ
　って ……… Ⅱ224-2030
「大正十六年」の漂流
　船 ……… Ⅱ227-2057
大震災の教訓を生か
　せ ……… Ⅱ118-898

第28回 大佛次郎賞
　選評 ……… Ⅱ218-1963
『大本営が震えた日』
　……… Ⅱ43-141
対向車 ……… Ⅱ200-1778
代打 ……… Ⅱ189-1661
台所・風呂 … Ⅱ131-1037
鯛 ……… Ⅱ34-58
鯛の頭 ……… Ⅱ119-909
鯛の島
　Ⅱ118-906, Ⅳ295-407,
　295-408, 297-426, 297-429,
　297-430, 297-431, 298-437
鯛めし ……… Ⅱ187-1643
太陽を見たい … Ⅱ54-258
太宰治入水記事
　……… Ⅱ201-1793
太宰治という小説家
　……… Ⅱ100-748
太宰治と三鷹市
　……… Ⅱ205-1821
太宰治『満願』の詩
　……… Ⅱ205-1823
楕円の柩 …… Ⅱ53-247
高木兼寛 …… Ⅱ49-205
高さ50メートル 三陸
　大津波 …… Ⅱ233-2126
高杉晋作 …… Ⅱ196-1734
高野長英 逃亡の道
　……… Ⅱ231-2110
高野長英の逃亡
　……… Ⅱ196-1738
高山彦九郎の再評価
　……… Ⅱ114-869
だからと言って……
　……… Ⅱ62-352
タクシー …… Ⅱ191-1680
タクシーの運転手
　……… Ⅱ98-731
濁水の中を行く輪王
　寺宮 ……… Ⅱ230-2100
『濁流に泳ぐ』 … Ⅱ149-1242

巧みな造型に感嘆
　……… Ⅱ213-1904
凧(文學界) ………
　Ⅱ84-588, Ⅳ286-283
凧(週刊新潮) … Ⅱ126-992
凧揚げ ……… Ⅱ238-2182
凧と土鈴 …… Ⅱ76-496
多彩な人間ドラマ
　……… Ⅱ237-2178
駄作だが …… Ⅱ79-526
脱獄の天才 … Ⅱ140-1143
「脱獄の天才」の護送
　記録 ……… Ⅱ234-2148
脱出 ………… Ⅱ115-879,
　Ⅳ297-426, 297-429,
　297-430, 297-431, 298-437
短篇集『脱出』 … Ⅱ121-939,
　Ⅳ297-426, 297-429,
　297-430, 297-431, 297-435,
　298-437, 297-435, 319-710
立っていた人への手
　紙 ……… Ⅱ86-611
たつのおとしご … Ⅱ29-5
妥当な結果 …… Ⅱ86-615
他人の城 ………
　Ⅱ57-292, Ⅳ297-429,
　297-430, 297-431, 298-437
煙草と色紙 … Ⅱ120-924
旅・音楽・酒 … Ⅱ125-983
旅に出る …… Ⅱ112-859
旅の記憶 …… Ⅱ43-146
旅の良さ …… Ⅱ63-367
旅の夜 ……… Ⅱ128-1009
食べる? …… Ⅱ131-1041
食べると食べられる
　……… Ⅱ91-661
食べれる、見れる
　……… Ⅱ78-518
玉川上水と駅名など
　……… Ⅱ119-919
玉ノ海と文ちゃん
　……… Ⅱ182-1592

卵とバナナ ……… Ⅱ143-1182
「ダメ」 ………… Ⅱ45-173
「ダメ」と「かんにんえ」
　　………… Ⅱ45-173
樽回船 ……… Ⅱ221-1997
「ダルタニャン物語」の
　魅力 ……… Ⅱ44-156
短歌と俳句 …… Ⅱ223-2022
短銃 ………… Ⅱ185-1618
短刀と小説 …… Ⅱ229-2085
短篇小説と随筆
　…………… Ⅱ129-1019
短篇小説の筆をとる
　まで ……… Ⅱ200-1780
短篇の素材考え続け
　る ………… Ⅱ166-1414
団子と櫛とせんべい
　と ………… Ⅱ64-387
団子とせんべい … Ⅱ64-387
誕生日のプレゼント
　…………… Ⅱ195-1727
丹那トンネル工事余
　聞 ………… Ⅱ139-1131
丹那トンネル取材余
　話 ………… Ⅱ141-1157

【ち】

小さな欠伸 …… Ⅱ77-504,
　　Ⅳ279-196, 279-200
小さな記述に大きな
　発見 ……… Ⅱ153-1289
小さなフネの旅 … Ⅱ92-678
　……チウという也
　…………… Ⅱ80-540
地下食料品売場にて
　…………… Ⅱ167-1419
地球の一点 …… Ⅱ112-858
地の果て・陸中海岸の
　明暗 ……… Ⅱ44-155

地方の史家 …… Ⅱ192-1696
『筑摩現代文学大系』
　93 ………… Ⅱ97-721
知人とのすれ違い未
　然に防ぐ …… Ⅱ167-1417
知的生活の方法
　…………… Ⅱ147-1216
知的な出会い
　太平洋挟んだ隣国意識
　…………… Ⅱ227-2055
血染めのハンカチ
　…………… Ⅱ228-2067
父親の甲斐性 … Ⅱ58-305
父親の旅 …… Ⅱ180-1557,
　Ⅳ346-1092, 346-1095
父親の涙 …… Ⅱ173-1485
父の教訓 …… Ⅱ181-1573
父の納骨 …… Ⅱ212-1901
千鳥足の教訓 … Ⅱ95-702
致命傷の地名 … Ⅱ141-1150
茶色 ………… Ⅱ178-1534
茶色い犬 …… Ⅱ237-2177
茶色い背広 …… Ⅱ195-1732
チャンチキ …… Ⅱ179-1546
中学生の一人旅
　…………… Ⅱ216-1939
中退─放浪─中小
　企業へ …… Ⅱ83-575
『長英逃亡』 …… Ⅱ124-968,
　Ⅳ303-512, 303-513,
　304-515, 304-524,
　304-525, 304-526, 304-528,
　305-529, 305-532,
　306-546, 307-558, 307-559,
　317-687, 320-724,
　322-753, 324-783, 333-909,
　341-1017, 352-1166,
　366-1355, 398-1814
「長英逃亡」の跡をた
　どって …… Ⅱ143-1183
長英の隠された足跡
　…………… Ⅱ196-1738

長英逃亡の道 … Ⅱ128-1013
「長英逃亡」連載を終っ
　て ………… Ⅱ130-1029
蝶花樓馬楽の襲名に
　寄せて …… Ⅱ163-1373
弔鐘 ………… Ⅱ40-113
弔辞(故江藤淳日本文
　藝家協會葬)
　…………… Ⅱ208-1853
弔辞 ………… Ⅱ208-1856
弔辞 ………… Ⅱ236-2167
弔問 ………… Ⅱ116-883
聴衆 ………… Ⅱ77-503
朝食 ………… Ⅱ86-605
調和が生まれるまで
　に ………… Ⅱ73-465
著者自筆広告「東京の
　下町」 …… Ⅱ135-1081
一寸待て …… Ⅱ68-425
丁髷と大相撲 … Ⅱ106-805
丁髷と浣腸 …… Ⅱ122-940
丁髷と牛乳 …… Ⅱ135-1086
丁髷とスキー … Ⅱ81-550
ちらつく灯 …… Ⅱ221-1994
チロリアンハット
　…………… Ⅱ147-1219,
　Ⅳ317-693, 328-848

【つ】

つい先頃の事件
　…………… Ⅱ179-1551
追悼 ………… Ⅱ84-586
通説を疑う …… Ⅱ201-1786
津軽で考えたこと
　…………… Ⅱ66-403
津軽と太宰治 … Ⅱ66-403
月形という町 … Ⅱ95-708
月と星 ……… Ⅱ170-1455

441

つきよ　VII 索　引

月夜の記憶 ……… II 39-107
エッセイ集『月夜の記
　憶』……… II 154-1294
月夜の魚 ………
　　　　II 78-512, IV 289-324
短篇集『月夜の魚』
　……… II 106-807,
　　　IV 289-324, 289-328
月夜の炎 ………
　　　II 120-930, IV 334-924
月よりの使者 … II 135-1082
次の朝刊小説
　光る壁画 作者のことば
　……… II 111-844
次の朝刊小説
　彦九郎山河 作者の
　ことば …… II 177-1522
次の日曜版小説 作者
　のことば …… II 47-194
次の夕刊小説
　大黒屋光太夫
　血を通わせ、多彩に
　……… II 217-1954
机 ……… II 191-1677
机の上のトイレット
　ペーパー …… II 154-1290
佃煮屋 ……… II 132-1051
作られた話と事実
　……… II 86-609
創るアングル 作家
　吉村 昭 …… II 212-1898
つつましい微笑
　……… II 204-1815
堤真佐子 …… II 220-1984
妻 ……… II 61-343
妻津村節子の素気な
　さに脅える …… II 61-343
妻と佐渡 …… II 231-2102
妻の芥川賞受賞 … II 37-91
妻の受賞を祝す … II 37-87
妻の日記 …… II 172-1474

津村節子/居候の盗み
　酒 ……… II 66-407
『冷い夏、熱い夏』‥
　　　II 129-1025, IV 301-485,
　　　301-486, 301-487, 302-488,
　　　302-490, 302-491,
　　　302-492, 302-493, 302-494,
　　　302-495, 302-496,
　　　302-499, 302-500, 303-501,
　　　303-502, 303-503,
　　　303-504, 303-505, 303-506,
　　　303-508, 303-509,
　　　303-510, 303-511, 304-516,
　　　304-525, 305-530,
　　　305-532, 305-536, 305-538,
　　　306-544, 307-557,
　　　307-558, 317-687, 320-727,
　　　321-746, 346-1088,
　　　368-1374, 398-1814
通夜 ……… II 43-148
通夜・葬儀について
　……… II 141-1151
強い個性の魅力 … II 84-590
釣糸 ……… II 39-103
鶴 ……… II 202-1801

【て】

出会い ……… II 115-878
出逢い ……… II 115-878
出てゆく …… II 166-1407
手洗いの電灯 … II 72-451
手鏡 ………
　　　II 151-1258, IV 356-1223
手鏡 ……… II 235-2154
手鏡と聖書 …… II 54-265
手紙 ……… II 129-1018
手首 ―海軍甲事件
　……… II 85-603

手首の記憶 ………
　　　II 65-389, IV 277-165
手のない遺体 … II 106-806
手のない遺体
　―「海の柩」… II 106-806
手は口ほどにものを
　言い？ …… II 237-2175
手をふっていた人
　……… II 164-1389
T君の変貌 …… II 167-1429
定刻の始発電車
　……… II 195-1723
デイゴの花 …… II 97-728
亭主と悪妻の関係
　……… II 47-189
『亭主の家出』……
　　　II 85-598, IV 282-240,
　　　282-241, 283-243, 319-710
敵前逃亡 ……… II 54-266
敵と味方を分け過ぎ
　る ……… II 100-749
で十条 …… II 161-1349
鉄橋 ………
　　　II 32-41, IV 266-15, 266-17,
　　　266-18, 266-19, 267-37,
　　　268-39, 268-40, 268-41,
　　　268-42, 276-158, 276-159,
　　　280-210, 322-753, 322-760
短篇集『鉄橋』… II 64-382
掌の記憶 …… II 41-124
掌の鼓膜 …… II 135-1084
テレビのコマーシャ
　ル ……… II 193-1706
天下の一大事
　―中川五郎治について
　……… II 108-820
天狗勢 ……… II 190-1670
天狗勢と女（新潮）
　……… II 177-1532
天狗勢と女（回り灯
　籠）……… II 234-2138

442

『天狗争乱』……
　Ⅱ170-1453, Ⅳ324-783,
　331-881, 331-884, 331-885,
　331-886, 331-888,
　332-894, 332-895, 332-897,
　332-898, 332-903,
　333-907, 333-908, 334-928
『天に遊ぶ』… Ⅱ207-1841,
　Ⅳ343-1049, 354-1189
電気機関車 ………
　Ⅱ36-80, Ⅳ268-44
電車、列車のこと
　……………… Ⅱ211-1891
電信柱 ……… Ⅱ197-1745
電灯とリヤカー
　……………… Ⅱ161-1356
電話 ………… Ⅱ53-253
電話で取材 …… Ⅱ139-1136
電話のはなし … Ⅱ152-1271
電話はおそろしい
　……………… Ⅱ53-253
伝記と陰の部分
　……………… Ⅱ140-1140
伝説の脱獄囚
　―「破獄」（前）… Ⅱ201-1790
伝説の脱獄囚
　―「破獄」（後）… Ⅱ202-1797
店主 ………… Ⅱ188-1657
店主というもの
　……………… Ⅱ125-981
添乗員の旅 …… Ⅱ129-1020
顛覆 ………… Ⅱ50-213
臀部の記憶 …… Ⅱ140-1149
「展望」への信頼感
　……………… Ⅱ153-1280

【と】

ドアとノブ …… Ⅱ190-1671
ドアをしめる … Ⅱ162-1363

同級生交歓（開成中
　学）………… Ⅱ82-562
同級生交歓（学習院大
　学）………… Ⅱ117-893
同居 ………… Ⅱ192-1695
東京人の郷愁 … Ⅱ162-1362
東京タワー …… Ⅱ168-1432
『東京の下町』……
　Ⅱ134-1076, Ⅳ307-562,
　307-564, 307-567,
　307-568, 308-571, 309-584
『東京の戦争』……
　Ⅱ216-1941, Ⅳ365-1334,
　365-1340, 365-1345,
　366-1348, 367-1360,
　371-1419, 383-1585,
　383-1587, 383-1588,
　397-1811, 398-1814
東京の牧舎 …… Ⅱ194-1717
投資家たち …… Ⅱ45-172
投書 ………… Ⅱ223-2021
燈台もと暗し … Ⅱ124-969
動物園 ……… Ⅱ70-432
動物と私（波） … Ⅱ96-718
動物と私（波） … Ⅱ147-1224
『逃亡』 ……… Ⅱ63-364,
　Ⅳ274-131, 274-132,
　274-133, 285-273, 317-687,
　319-710, 366-1355
逃亡者の跡をたどっ
　て ………… Ⅱ143-1183
「逃亡者」の誘惑
　……………… Ⅱ167-1427
透明標本 ……… Ⅱ34-56,
　Ⅳ267-28, 267-29, 267-30,
　285-273, 290-341, 322-753,
　322-760, 399-1825
『透明標本』―吉村昭
　自選短篇集 … Ⅱ152-1269
「どうも」…… Ⅱ51-233
「どうも」ということ
　ば ………… Ⅱ51-233

遠い過去ではない
　―桜田門外の変―
　……………… Ⅱ175-1506
遠い火事 …… Ⅱ94-692
遠い幻影 …… Ⅱ200-1777,
　Ⅳ345-1078, 345-1079,
　345-1082, 346-1086,
　346-1090, 346-1095,
　346-1096, 346-1097
短篇集『遠い幻影』
　……………… Ⅱ200-1783,
　Ⅳ345-1079, 345-1082,
　346-1086, 346-1090,
　346-1092, 346-1093,
　346-1095, 346-1096,
　346-1097, 351-1152
遠い幻影（梅の蕾）
　……………… Ⅱ231-2108
遠い道程 …… Ⅱ151-1262
遠い日 ……… Ⅱ233-2137
『遠い日の戦争』… Ⅱ99-738,
　Ⅳ285-276, 285-277,
　285-278, 285-279,
　286-280, 286-282, 286-285,
　287-293, 287-294,
　287-295, 287-296, 287-297,
　287-299, 287-301,
　287-302, 287-303, 287-304,
　309-592, 312-621, 314-648
「遠い日の戦争」とマッ
　チ工場 …… Ⅱ147-1218
遠い日の夏の情景
　……………… Ⅱ163-1370
遠い星 ……… Ⅱ174-1490
都会 ………… Ⅱ206-1834,
　Ⅳ352-1171, 370-1410
都市再点検 吉祥寺
　……………… Ⅱ105-795
渡海免状 …… Ⅱ177-1530
とかくメダカは群れ
　たがる ……… Ⅱ46-179

443

研がれた角 ……… Ⅱ105-*801*, Ⅳ317-*695*
読経(風景) …… Ⅱ70-*437*
読経(天に遊ぶ)
　………… Ⅱ196-*1739*
読者からの指摘
　………… Ⅱ141-*1152*
読者からの手紙(蟹の
　つぶやき) … Ⅱ129-*1018*
読者からの手紙(サン
　ケイ) …… Ⅱ139-*1135*
読者からの手紙(春夏
　秋冬) …… Ⅱ181-*1571*
読者からの手紙(史実
　を歩く) … Ⅱ200-*1779*
読書と人間 …… Ⅱ168-*1439*
読書への回顧 … Ⅱ121-*936*
土偶 …… Ⅱ29-*8*, Ⅳ279-*197*
土中の世界 …… Ⅱ212-*1902*
特技 ………… Ⅱ119-*915*
独自の海洋文学
　………… Ⅱ218-*1966*
独自の視点で取材を
　………… Ⅱ218-*1960*
独身男性のほんとう
　の悩み ……… Ⅱ50-*214*
時計 ………… Ⅱ117-*894*,
　Ⅳ299-*452*, 299-*455*
床屋さん(実を申す
　と) ………… Ⅱ114-*865*
わたしの普段着
　床屋さん …… Ⅱ219-*1972*
年越しそば …… Ⅱ135-*1091*
図書館(群像) … Ⅱ112-*857*
図書館(書斎の窓)
　………… Ⅱ188-*1653*
図書館員の定年退職
　………… Ⅱ101-*758*
図書館長 ……… Ⅱ230-*2098*
図書券 ………… Ⅱ223-*2023*
綴じる ………… Ⅱ67-*410*
栃尾での昼食 … Ⅱ229-*2087*

とっておきの手紙
　………… Ⅱ128-*1007*
海馬 ……… Ⅱ146-*1210*,
　Ⅳ317-*695*, 318-*696*
短篇集『海馬』……
　Ⅱ148-*1226*, Ⅳ317-*695*,
　318-*696*, 318-*697*, 320-*725*
トド撃ちの名人たち
　………… Ⅱ145-*1206*
飛ぶ鳥跡をにごさず
　………… Ⅱ228-*2072*
苫前への五度目の旅
　………… Ⅱ143-*1181*
トラック旅行 … Ⅱ48-*201*
虎屋の羊羹 …… Ⅱ168-*1435*
鳥肌(箸袋から)
　………… Ⅱ176-*1518*
鳥肌(書斎の窓)
　………… Ⅱ184-*1612*
捕物とお巡りさん
　………… Ⅱ132-*1052*
取り寄せ物 …… Ⅱ129-*1024*
トンネルと幕 … Ⅱ195-*1729*
トンネルの話 … Ⅱ208-*1857*
トンネル屋 …… Ⅱ164-*1387*
蜻蛉 …………
　Ⅱ95-*700*, Ⅳ294-*386*,
　294-*388*, 294-*389*, 294-*390*,
　294-*391*, 294-*392*, 295-*400*
トンボ ………… Ⅱ234-*2149*

【な】

「内視鏡」日本人が開
　発 ………… Ⅱ152-*1275*
内藤さんのこと … Ⅱ88-*629*
直江津と人相書き
　………… Ⅱ232-*2114*
長いリヤカー … Ⅱ140-*1145*
長崎 ………… Ⅱ58-*310*

長崎
　〜心温まる地〜
　への旅 …… Ⅱ171-*1466*
長崎・思案橋、マツヤ
　万年筆病院の主人
　は買う人の筆圧を
　敏感に察知してす
　すめる …… Ⅱ205-*1826*
長崎・出島 …… Ⅱ88-*639*
長崎と小説家として
　の私 ……… Ⅱ201-*1789*
長崎と私 ……… Ⅱ209-*1865*
長崎の味 ……… Ⅱ187-*1646*
長崎のおたかちゃん
　………… Ⅱ226-*2050*
長崎はチンチン電車
　の展覧会 …… Ⅱ86-*606*
長崎半島でフグとカ
　マボコ ……… Ⅱ86-*608*
長崎奉行のこと
　………… Ⅱ222-*2010*
長崎文化 ……… Ⅱ55-*273*
長火鉢(酒) …… Ⅱ49-*208*
長火鉢(ウチのおたか
　ら) ……… Ⅱ127-*998*
長火鉢への郷愁 … Ⅱ49-*208*
長屋気分で可楽の「ら
　くだ」 ……… Ⅱ82-*565*
長與善郎『竹澤先生と
　云ふ人』 …… Ⅱ216-*1945*
中川五郎治 …… Ⅱ55-*270*
中川五郎治について
　―「北天の星」… Ⅱ108-*814*
中村清二博士の報告
　(談) ……… Ⅱ90-*652*
流しの歌手 …… Ⅱ236-*2170*
殴る白衣の天使 … Ⅱ65-*391*
なじみの店 …… Ⅱ232-*2125*
なぜ私は歴史小説を
　書くのか …… Ⅱ79-*523*
納得できないテレビ
　………… Ⅱ170-*1452*

夏祭り ……… Ⅱ125-977
「七十五度目の長崎行
　き」…………
　　Ⅱ137-1111, Ⅳ400-1836,
　　　400-1839, 400-1840
那覇市の理髪師
　………… Ⅱ165-1397
生ビール …… Ⅱ211-1893
「生麦事件」………
　　Ⅱ183-1607, Ⅳ349-1127,
　　　349-1131, 349-1132,
　　　349-1133, 349-1134,
　　　350-1138, 350-1141,
　　　350-1142, 350-1143,
　　　350-1144, 350-1146,
　　　350-1147, 350-1151,
　　　351-1153, 351-1156,
　　　352-1164, 352-1166,
　　　354-1186, 354-1187,
　　　355-1199, 356-1216,
　　　360-1276, 366-1355,
　　　382-1573, 399-1830
生麦事件と薩英戦争
　………… Ⅱ228-2070
「生麦事件」について
　………… Ⅱ206-1832
生麦事件の調査
　………… Ⅱ204-1816
並ぶ（割箸とフォー
　ク）……… Ⅱ141-1153
並ぶ（小説新潮）
　………… Ⅱ176-1515
男体・女体 …… Ⅱ89-650
なんでも食べる
　………… Ⅱ117-895
何とかしたい「結婚
　式」……… Ⅱ48-202

【に】

にがい思い出 … Ⅱ228-2073
苦手の店 ……… Ⅱ123-960
にぎりずし …… Ⅱ83-578
肉づきの良い女性
　………… Ⅱ155-1297
逃げる ……… Ⅱ132-1050
『ニコライ遭難』…
　　Ⅱ168-1438, Ⅳ329-855,
　　　329-856, 329-857, 329-858,
　　　329-860, 329-861,
　　　330-862, 330-864,
　　　330-865, 330-866,
　　　330-867, 330-870,
　　　330-873, 330-874, 331-878,
　　　331-889, 332-890,
　　　336-953, 342-1033,
　　　364-1327, 366-1355
『ニコライ遭難』大津
　事件を追う ‥ Ⅱ175-1501
虹 ‥ Ⅱ100-750, Ⅳ286-286,
　　　286-288, 286-290, 294-386,
　　　294-387, 294-388,
　　　294-389, 294-390, 294-391,
　　　294-392, 294-394, 295-400
『虹の翼』………
　　Ⅱ96-714, Ⅳ292-365,
　　　292-366, 292-367, 293-371,
　　　325-791, 352-1166,
　　　365-1342, 376-1488
二十五円 ……… Ⅱ167-1423
二宮忠八と飛行器
　………… Ⅱ112-852
20世紀日本の読書遍
　歴 ………… Ⅱ168-1430
「西」より「北」に親し
　み ………… Ⅱ216-1943
偽医者 ……… Ⅱ66-400

偽刑事 …………
　　Ⅱ204-1806, Ⅳ354-1189
偽者（書斎の窓）
　………… Ⅱ184-1608
偽者（卓上日記）
　………… Ⅱ200-1776
にせさつ事件 …… Ⅱ35-67
日米貿易摩擦はペリ
　ーの時にはじまっ
　た ………… Ⅱ140-1142
日露戦争 人情の跡
　………… Ⅱ230-2097
日暮里図書館と私
　………… Ⅱ175-1499
日暮里のお医者さん
　………… Ⅱ125-978
新田次郎さん … Ⅱ112-856
にっぽん斜覧13 ‥ Ⅱ85-599
にっぽん斜覧14 ‥ Ⅱ85-600
にっぽん斜覧15 ‥ Ⅱ85-601
にっぽん斜覧16 ‥ Ⅱ85-604
仁兵衛君 ……… Ⅱ232-2124
『日本医家伝』……
　　Ⅱ63-365, Ⅳ274-134,
　　　275-135, 275-136,
　　　275-138, 275-139, 319-710,
　　　368-1372, 372-1438
「日本医家伝」と岩本
　さん ……… Ⅱ167-1424
日本映画ベスト100
　………… Ⅱ148-1228
日本語の面白さ
　………… Ⅱ238-2185
日本最初の英語教師
　………… Ⅱ201-1787
日本酒は花盛り
　………… Ⅱ179-1550
日本の刑罰史 ‥‥ Ⅱ183-1601
「日本の作家」の横顔
　丹羽文雄 …… Ⅱ109-824
日本の風土 ……… Ⅱ63-366

445

にほん　　　　　　　Ⅶ　索　引

日本の夜明けと長崎
　………… Ⅱ181-1578
日本橋と原稿 … Ⅱ204-1810
『日本歴史文学館』33
　………… Ⅱ141-1154
入学祝い(箸袋から)
　………… Ⅱ162-1365
入学祝い(おしまいの
　ページで) … Ⅱ210-1878
ニュースの一画面か
　ら ……… Ⅱ34-51
尿の話 ……… Ⅱ51-230
鶏の鳴き声 … Ⅱ200-1775
庭の鼠 ……… Ⅱ221-2000
丹羽文雄氏の貌 ‥ Ⅱ60-325
丹羽文雄氏を悼む
　………… Ⅱ236-2163
人形に心あり …… Ⅱ31-32
『人間生活をむしばむ
　もの』 …… Ⅱ60-324
人間である故に……
　………… Ⅱ104-789
人間という動物
　………… Ⅱ118-896
人間の愚かさ
　………… Ⅱ105-802
人間の無気味さ ‥ Ⅱ44-162
人相 ……… Ⅱ193-1705
人相書き ……… Ⅱ208-1858
人相の話 ……… Ⅱ90-654
ニンニンゴーゴー
　………… Ⅱ220-1989

【ね】

猫 ………………… Ⅱ30-23
ねこは知っていた ‥ Ⅱ36-73
眠り酒 ……… Ⅱ196-1742
眠る人々 ……… Ⅱ196-1742
寝るのが惜しい ‥ Ⅱ88-633

年賀葉書 …… Ⅱ175-1504
年来の畏友 …… Ⅱ49-207

【の】

ノーサイド句会
　………… Ⅱ165-1402
ノーサイド句会
　………… Ⅱ178-1535
ノーベル賞 …… Ⅱ190-1672
ノーベル養鯉賞
　………… Ⅱ112-850
残されまして……
　………… Ⅱ122-947
「―のために」 … Ⅱ61-346
能登の岩海苔採り
　………… Ⅱ133-1067
能登の女たち … Ⅱ133-1067
咽喉もと過ぎれば
　………… Ⅱ130-1035
『蚤と爆弾』 … Ⅱ54-260,
　Ⅳ318-698, 318-708
飲み友達 ……
　Ⅱ161-1353, Ⅳ323-769,
　352-1172, 353-1177
乗組員の証言 裏付け
　られた …… Ⅱ178-1539
乗り物さまざま
　………… Ⅱ215-1925
乗り物への感謝
　………… Ⅱ227-2061
野呂運送店 …… Ⅱ194-1711
のろわれたT旅館 ‥ Ⅱ36-71
ノンキ ……… Ⅱ191-1685

【は】

「バーに行く」 ‥ Ⅱ211-1887

ハイ(暮しの手帖)
　………… Ⅱ72-457
ハイ(クレア) ‥ Ⅱ169-1450
煤煙 ……… Ⅱ142-1172,
　Ⅳ313-641, 313-644,
　319-713, 319-715, 319-722
ハイカン …… Ⅱ190-1673
灰皿 ……… Ⅱ175-1498
媒酌人(掌片シリー
　ズ) ……… Ⅱ37-84
媒酌人(箸袋から)
　………… Ⅱ178-1543
媒酌人(回り灯籠)
　………… Ⅱ233-2128
敗戦の年末、父の葬
　儀 ……… Ⅱ182-1587
「ハイッ」 …… Ⅱ43-145
梅毒 ………
　Ⅱ195-1725, Ⅳ354-1189
梅毒の話 …… Ⅱ233-2134
バウ・ミュー・クリニッ
　ク ……… Ⅱ52-236
白衣 ………
　Ⅱ31-34, Ⅳ265-10, 265-14
白衣の人 …… Ⅱ198-1762
『幕府軍艦「回転」始末』
　‥ Ⅱ152-1272, Ⅳ323-766,
　323-772, 323-773, 324-782
幕府軍艦とフランス
　人 ……… Ⅱ153-1283
幕府に殉じた医家
　………… Ⅱ236-2171
幕末 ……… Ⅱ215-1934
幕末、ロシア全権大
　使を感服させた日
　本人の理想衞川路
　聖護」の人格
　………… Ⅱ186-1636
禿頭に癌なし …… Ⅱ66-405
禿に癌なし …… Ⅱ66-405
馬券を買う …… Ⅱ106-804

446

『破獄』‥‥‥‥‥
　　Ⅱ121-*934*, Ⅳ299-*456*,
　299-*457*, 299-*458*, 299-*460*,
　　300-*461*, 300-*462*,
　300-*463*, 300-*466*, 300-*467*,
　　300-*468*, 300-*469*,
　300-*470*, 300-*471*, 300-*472*,
　　300-*474*, 301-*475*,
　301-*476*, 301-*477*, 301-*478*,
　　301-*479*, 301-*481*,
　304-*516*, 304-*525*, 304-*527*,
　　305-*532*, 305-*541*,
　306-*550*, 307-*557*, 308-*574*,
　　310-*601*, 316-*684*,
　317-*687*, 318-*698*, 318-*703*,
　　324-*783*, 332-*893*,
　　348-*1122*, 352-*1166*,
　　380-*1541*, 398-*1814*
「破獄」の史実調査
　‥‥‥‥‥‥‥ Ⅱ201-*1794*
「破獄」の取材で出会っ
　た人々 ‥‥ Ⅱ143-*1179*
『破獄』の筆をとるま
　で‥‥‥‥‥ Ⅱ128-*1008*
『破船』‥‥‥‥ Ⅱ113-*862*,
　　Ⅳ296-*411*, 296-*412*,
　296-*413*, 296-*415*, 296-*416*,
　　296-*417*, 296-*418*,
　296-*419*, 296-*420*, 296-*421*,
　　297-*422*, 297-*428*,
　306-*553*, 314-*647*, 318-*699*,
　　319-*710*, 326-*810*,
　337-*967*, 337-*970*, 338-*984*,
　　339-*998*, 341-*1016*,
　　352-*1166*, 357-*1240*
鋏 ‥‥‥‥ Ⅱ134-*1077*,
　　Ⅳ307-*565*, 316-*675*,
　316-*680*, 316-*683*, 317-*685*
橋 ‥‥‥‥‥‥ Ⅱ76-*497*,
　　Ⅳ279-*196*, 279-*200*
ハシカ ‥‥‥‥ Ⅱ147-*1222*

ハシカと親知らず
　‥‥‥‥‥‥‥ Ⅱ84-*593*
ハシカと義歯 ‥‥ Ⅱ92-*672*
初めて小説が載った
　頃 ‥‥‥‥ Ⅱ166-*1411*
初吹き込み ‥‥‥ Ⅱ74-*479*
初富士 ‥‥‥‥‥
　　Ⅱ102-*775*, Ⅳ319-*713*
初湯 ‥‥‥‥‥ Ⅱ123-*953*
走る朱の色 ‥‥ Ⅱ150-*1254*
バスとハイヤー
　‥‥‥‥‥‥‥ Ⅱ124-*964*
鯊釣り（文學界）‥‥
　　Ⅱ110-*833*, Ⅳ290-*339*,
　294-*387*, 294-*388*, 294-*389*,
　294-*391*, 294-*392*, 295-*400*
鯊釣り（中央公論）
　‥‥‥‥‥‥ Ⅱ142-*1169*
ハゼ釣り ‥‥‥ Ⅱ115-*880*
秦 佐八郎 ‥‥‥‥ Ⅱ53-*255*
果して戦争は終った
　か ‥‥‥‥‥ Ⅱ50-*222*
二十歳の原点 ‥‥ Ⅱ73-*464*
ハタハタ ‥‥‥ Ⅱ48-*197*,
　　Ⅳ274-*127*, 285-*273*
八丈島の玉石垣 ‥ Ⅱ84-*594*
八人の戦犯 ‥‥‥ Ⅱ104-*791*
抜刀 ‥‥‥‥‥‥ Ⅱ61-*347*
鳩 ‥‥ Ⅱ51-*229*, Ⅳ274-*127*
花 ‥‥‥‥‥‥ Ⅱ180-*1567*
花曇り ‥‥‥‥‥
　　Ⅱ127-*1004*, Ⅳ300-*473*
花、原野そして狐
　‥‥‥‥‥‥‥ Ⅱ84-*584*
花と石だたみの町
　‥‥‥‥‥‥‥ Ⅱ93-*684*
花火 ‥‥‥‥‥‥
　　Ⅱ163-*1374*, Ⅳ324-*790*
『花渡る海』 ‥‥‥
　　Ⅱ125-*984*, Ⅳ308-*575*,
　　308-*581*, 308-*582*,
　　312-*625*, 352-*1166*

パナマ帽 ‥‥‥ Ⅱ168-*1436*
母 ‥‥ Ⅱ45-*168*, Ⅳ273-*109*,
　　273-*110*, 299-*452*
母親 ‥‥‥‥‥ Ⅱ184-*1609*
母と子の絆 ‥‥ Ⅱ192-*1694*
母の遺した言葉
　‥‥‥‥‥‥‥ Ⅱ169-*1449*
母の日 ‥‥‥‥ Ⅱ216-*1938*
土生玄碩 ‥‥‥‥ Ⅱ58-*299*
浜千鳥 ‥‥‥‥ Ⅱ220-*1978*
破魔矢 ‥‥‥‥ Ⅱ96-*710*,
　　Ⅳ284-*260*, 284-*261*,
　284-*265*, 286-*283*, 286-*287*
歯みがき ‥‥‥ Ⅱ185-*1624*
早足 ‥‥‥‥‥ Ⅱ198-*1753*
早くてすみませんが
　‥‥‥‥‥‥‥ Ⅱ205-*1818*
早すぎること ‥‥ Ⅱ83-*567*
林氏の笑顔 ‥‥‥ Ⅱ218-*1962*
林芙美子の「骨」‥ Ⅱ69-*427*
パラシュート ‥‥‥
　　Ⅱ162-*1359*, Ⅳ324-*789*
腹巻き ‥‥‥‥ Ⅱ189-*1665*
磔 ‥‥ Ⅱ51-*228*, Ⅳ279-*198*
短篇集『磔』‥‥‥ Ⅱ80-*541*,
　　Ⅳ279-*198*, 280-*204*
針のメド ‥‥‥ Ⅱ227-*2062*
春の入院 ‥‥‥ Ⅱ125-*976*
春の雪 ‥‥‥‥‥ Ⅱ36-*76*
ハワイ奇襲艦隊を眼
　にした女性 ‥ Ⅱ164-*1388*
反権論者高山彦九郎
　‥‥‥‥‥‥‥ Ⅱ114-*869*
鞍馬事件と名馬男女
　の川 ‥‥‥‥ Ⅱ85-*597*
氾濫する悩みごと相
　談 ‥‥‥‥‥ Ⅱ52-*237*

【ひ】

被害広げた「大八車」
　……… Ⅱ210-1880
皮革の臭い …… Ⅱ220-1987
光ノ玉 ……… Ⅱ167-1422
光る雨 …………
　Ⅱ64-381, Ⅳ279-200
光る鱗 ……… Ⅱ72-459
光る干潟 …… Ⅱ205-1827
『光る壁画』 …… Ⅱ111-845,
　Ⅳ295-398, 295-399,
　295-402, 295-403,
　295-404, 295-406, 317-687,
　352-1166, 363-1308,
　365-1342, 366-1355
光る藻 …………
　Ⅱ176-1512, Ⅳ330-872,
　345-1079, 346-1086
ひきにげ犯人をさが
　せ ……… Ⅱ36-75
羆 … Ⅱ56-289, Ⅳ274-127
短篇集『羆』…… Ⅱ59-312,
　Ⅳ274-127, 352-1166
羆事件の苦前を訪れ
　て ……… Ⅱ93-686
羆について …… Ⅱ102-773
羆について
　─「熊撃ち」と「羆嵐」
　…………… Ⅱ102-773
「羆」ノート ─人間と
　土 ……… Ⅱ92-677
羆の夢 ……… Ⅱ92-677
尾行 ……… Ⅱ123-958
飛行機雲 …… Ⅱ129-1016,
　Ⅳ301-480, 316-675,
　316-680, 317-685, 317-688
「彦九郎山河」 ……
　Ⅱ177-1524, Ⅳ336-957,

　336-959, 337-960, 337-963,
　338-983, 350-1140
彦九郎山河の連載を
　終えて …… Ⅱ180-1563
『彦九郎山河』連載に
　あたって …… Ⅱ177-1523
『彦九郎山河』を書い
　て ……… Ⅱ182-1590
被災地の錦鯉 … Ⅱ234-2144
非情の系譜 ……… Ⅱ36-77
非常持ち出し … Ⅱ93-682
非凡な書き出し
　…………… Ⅱ142-1168
美人 ……… Ⅱ186-1637
微震、中震、強震
　…………… Ⅱ60-327
ひそかな楽しみ
　…………… Ⅱ213-1903
「常陸丸」と海辺の墓
　標 ……… Ⅱ87-625
否定できぬ一種の賭
　け ……… Ⅱ50-224
ビデオテープ … Ⅱ135-1083
人殺しの分母 … Ⅱ49-212
人それぞれの戦い
　…………… Ⅱ214-1923
人に見られる職業人
　…………… Ⅱ98-737
人の列 …… Ⅱ193-1702
ひとすじの煙 ……
　Ⅱ221-1998, Ⅳ370-1406
一つのことのみに
　…………… Ⅱ215-1935
一人旅 ……… Ⅱ215-1933
一人旅 ……… Ⅱ238-2192
一人で歩く … Ⅱ236-2164
一人の漂流民のこと
　…………… Ⅱ205-1824
随筆集『ひとり旅』
　…………… Ⅱ239-2201
ビニール傘 … Ⅱ169-1446
日の丸 ……… Ⅱ194-1712

火の見櫓と長火鉢
　…………… Ⅱ162-1368
碑文 ……… Ⅱ190-1668
姫路への旅 …… Ⅱ99-745
緋目高 ……… Ⅱ35-66
百円硬貨の町 … Ⅱ187-1647
百点句会 …… Ⅱ53-251
評『永遠の都』3 加賀
　乙彦 ……… Ⅱ195-1724
評(『真葛が原』推薦の
　言葉) ……… Ⅱ217-1948
病気あれこれ … Ⅱ162-1364
病気と戦争と……そ
　して食物 …… Ⅱ69-429
病気見舞い … Ⅱ223-2013
病気見舞と葬儀 ‥ Ⅱ70-433
病気も出会いもすべ
　て縁 ……… Ⅱ210-1875
表紙の筆蹟(凛乎)
　…………… Ⅱ70-438
表紙の筆蹟(雨過天
　青) ……… Ⅱ110-835
表紙の筆蹟(悠遠)
　…………… Ⅱ167-1420
表紙の筆蹟(原稿)
　…………… Ⅱ202-1802
表紙の筆蹟(わたしの
　普段着) …… Ⅱ238-2184
表情 ……… Ⅱ108-816
標本 …………
　Ⅱ135-1088, Ⅳ319-715,
　319-719, 366-1355
『漂流』…… Ⅱ80-539,
　Ⅳ281-226, 281-227,
　281-228, 282-234, 282-236,
　293-374, 299-451,
　312-625, 317-687, 324-783,
　343-1053, 352-1166,
　380-1537, 398-1814
「漂流」から始まった
　日本とロシアの交
　流 ……… Ⅱ238-2188

『漂流記の魅力』…
　　Ⅱ225-*2034*, Ⅳ375-*1469*,
　　375-*1470*, 375-*1475*
「漂流」ノート ―長平
　　と元日本兵　Ⅱ86-*610*
漂流民と兵庫 ……　Ⅱ222-*2012*
漂流民の足 ……　Ⅱ230-*2090*
漂流民の興味深い記
　　録 ………　Ⅱ217-*1953*
「漂流」を書き終えて
　　…………　Ⅱ84-*582*
平手打ち ……　Ⅱ153-*1278*
平手打ちを食わす勇
　　気 ………　Ⅱ48-*200*
鰭紙 …………
　　Ⅱ192-*1690*, Ⅳ354-*1189*
披露宴 …………　Ⅱ71-*450*
貧乏神 …………　Ⅱ219-*1968*

【ふ】

ファックス ……　Ⅱ199-*1769*
ファンとしてうれし
　　い ………　Ⅱ194-*1719*
不意の死 ………　Ⅱ119-*912*
不衛生な町、そして
　　清掃 ……　Ⅱ128-*1006*
不思議な行列 …　Ⅱ167-*1428*
不思議な世界 …　Ⅱ136-*1099*
不思議な旅 ……　Ⅱ168-*1433*
不思議な町 ……　Ⅱ228-*2077*
不釣合いなコーナー
　　…………　Ⅱ218-*1967*
不徳のいたすところ
　　（視点） ……　Ⅱ62-*362*
不徳のいたすところ
　　（食食食） ……　Ⅱ118-*902*
夫婦ゲンカ ……　Ⅱ59-*313*
夫婦同業のこと
　　…………　Ⅱ110-*844*

夫婦別姓 ……　Ⅱ220-*1979*
フェートン号事件
　　…………　Ⅱ82-*558*
フェリーでの出会い
　　…………　Ⅱ146-*1211*
『ふぉん・しいほると
　　の娘』 ………
　　Ⅱ81-*556*, Ⅳ284-*266*,
　　284-*267*, 285-*268*, 285-*269*,
　　285-*270*, 285-*274*,
　　286-*281*, 288-*312*, 288-*316*,
　　292-*359*, 299-*451*,
　　317-*687*, 318-*698*, 319-*710*,
　　324-*783*, 345-*1081*,
　　352-*1166*, 360-*1275*,
　　368-*1377*, 371-*1413*
ふぉん・しいほるとの
　　娘 あらすじ …　Ⅱ90-*656*
「ふぉん・しいほると」
　　ノート（一）史実と作
　　り話 ………　Ⅱ86-*609*
「ふぉん・しいほると」
　　ノート（二）イネの異
　　性関係 ……　Ⅱ94-*697*
「ふぉん・しいほると」
　　ノート（三）シーボル
　　トとしおその他
　　…………　Ⅱ93-*688*
深海正治 ……　Ⅱ182-*1584*
河豚 …………　Ⅱ181-*1579*
福井県と水戸浪士勢
　　…………　Ⅱ116-*881*
服喪の夏 ………
　　Ⅱ32-*42*, Ⅳ322-*760*
武士の情け ……　Ⅱ62-*354*
武士も斬りたくな
　　い!? ……　Ⅱ226-*2048*
無粋な男 ………　Ⅱ97-*727*
再び「海の祭礼」の利
　　尻島へ ……　Ⅱ143-*1174*
二つの顔 ………　Ⅱ92-*674*

二つの精神的季節
　　… Ⅱ46-*175*, Ⅳ276-*154*,
　　285-*273*, 319-*710*
二村定一と丸山定夫
　　…………　Ⅱ204-*1808*
二人 …………　Ⅱ223-*2019*
二人の床屋さん
　　…………　Ⅱ124-*965*
二日酔いの肩すかし
　　法 ………　Ⅱ73-*466*
豚肉を喜ぶ ……　Ⅱ81-*551*
ふた昔前の短篇
　　…………　Ⅱ148-*1235*
物故作家の手紙 ‥　Ⅱ63-*363*
太る ………　Ⅱ177-*1531*
船旅と蜜蜂 ……　Ⅱ121-*935*
船酔い ………　Ⅱ186-*1639*
フネの名産婆役 ‥　Ⅱ76-*500*
踏切 …………　Ⅱ84-*591*
冬の海 ―「鳥と毬藻」
　　余話 ……　Ⅱ105-*800*
『冬の海』―私の北海
　　道取材紀行 …　Ⅱ111-*849*
『冬の鷹』 ………
　　Ⅱ70-*435*, Ⅳ278-*182*,
　　278-*183*, 278-*187*,
　　278-*188*, 279-*190*, 279-*192*,
　　290-*341*, 316-*674*,
　　317-*687*, 320-*724*, 324-*783*,
　　350-*1139*, 352-*1166*
「冬の鷹」ノートから
　　（一）戦史小説
　　と歴史小説 ……　Ⅱ79-*523*
「冬の鷹」ノートから
　　（二）良沢のこ
　　と ………　Ⅱ87-*626*
冬の道 ………　Ⅱ124-*970*,
　　Ⅳ299-*452*, 299-*455*
冬の夜語り ……　Ⅱ170-*1458*
『プリズンの満月』‥
　　Ⅱ181-*1581*, Ⅳ335-*936*,
　　335-*937*, 335-*938*, 335-*939*,

449

335-940, 335-941,
335-942, 335-944, 335-945,
336-948, 336-949,
336-950, 336-951, 336-954,
336-955, 372-1438
「プリズンの満月」を
　書いて …… Ⅱ183-1605
古い伝統を守る良さ
　………… Ⅱ137-1103
「古い」の乱用をなげ
　く ………… Ⅱ46-180
古本通に聞く、目利
　きの主人のいる店
　………… Ⅱ215-1926
古本と青春時代 ‥ Ⅱ46-182
ふる里への旅 …… Ⅱ133-1062
風呂好き ……… Ⅱ114-870
プロベイヤー …… Ⅱ73-472
プロペラと箒星
　………… Ⅱ147-1221
プロボクサーの心理
　と生活 …… Ⅱ137-1106
『文学、内と外の思想』
　………… Ⅱ183-1597
文学作品というもの
　………… Ⅱ226-2044
「文学者」と丹羽先生
　………… Ⅱ133-1065
「文学者」との十五年
　間 ……… Ⅱ51-227
『文学者』の終刊 ‥ Ⅱ75-489
文学の陰湿部 …… Ⅱ31-33
文化の城 図書館
　………… Ⅱ206-1830
『文学のゆくえ』
　………… Ⅱ199-1766
文藝春秋読者賞 受賞
　のことば …… Ⅱ70-439
文豪の書簡 …… Ⅱ103-780
文章について …… Ⅱ43-149
文人、画人、彫刻家の
　話 ……… Ⅱ165-1394

文人俳句は"隠し妻"
　………… Ⅱ177-1521
文壇の電話番号 ‥ Ⅱ63-374
文筆家の書簡売買禁
　止を ……… Ⅱ62-348
墳墓の谷 ……… Ⅱ35-60

【へ】

平均寿命の話 …… Ⅱ89-644
『平家物語』 …… Ⅱ168-1434
平和への祈り …… Ⅱ127-995
ベイゴマ・凧その他
　………… Ⅱ130-1026
米飯とフォーク ‥ Ⅱ101-766
ベエ独楽と私 …… Ⅱ96-713
ヘッドライト …… Ⅱ34-55
ペテン ……… Ⅱ45-164
ペリー来航と鯨・石
　炭 ……… Ⅱ139-1129
編集後記（「学習院文
　芸」第六号） …… Ⅱ29-12
編集後記（「学習院文
　芸」第七号） …… Ⅱ29-14
編集後記（「赤繪」8号）
　………… Ⅱ30-16
編集後記（「赤繪」9号）
　………… Ⅱ30-19
編集後記（「赤繪」10
　号） ……… Ⅱ30-21
編輯後記（「炎舞」創刊
　号） ……… Ⅱ30-26
編集後記（「亜」第1輯）
　………… Ⅱ32-38
編集後記（「亜」第2輯）
　………… Ⅱ32-39
編集後記（「亜」第3輯）
　………… Ⅱ32-43
編集者への手紙 ―物
　悲しい納得 … Ⅱ53-250

便所の広さ …… Ⅱ161-1355
変人 ……… Ⅱ221-1993
変貌の傍観者 … Ⅱ150-1246
ベンチ ……… Ⅱ36-79

【ほ】

某月・某日 …… Ⅱ57-297
方言 ……… Ⅱ238-2189
放火犯人 …… Ⅱ35-62
放哉の島 …… Ⅱ135-1080
放送劇雑感 …… Ⅱ29-6
帽子 ……… Ⅱ79-527
短篇集『帽子』 … Ⅱ100-754
帽子と履物 …… Ⅱ161-1350
法師蟬 ……… Ⅱ170-1454
短篇集『法師蟬』 …
　Ⅱ174-1489, Ⅳ328-848,
　329-850, 329-851, 329-852
鳳仙花 ……… Ⅱ94-695,
　Ⅳ286-283, 286-287
包丁 ……… Ⅱ187-1645
豊漁と天災 …… Ⅱ64-376
ポーツマス会議
　………… Ⅱ229-2086
『ポーツマスの旗』 ‥
　Ⅱ108-821, Ⅳ289-331,
　290-333, 290-334, 290-336,
　290-338, 290-340,
　290-342, 291-348,
　292-358, 292-359, 292-360,
　295-401, 316-674,
　343-1044, 352-1166
ボートレース …… Ⅱ29-1
ホームを走る … Ⅱ163-1380
牧草に燦く結晶 ‥ Ⅱ84-585
『北天の星』 …… Ⅱ78-516,
　Ⅳ280-214, 280-215,
　281-216, 281-217, 281-218,

281-222, 281-223, 281-225, 299-451, 312-625, 324-783, 352-1166
北天の星 ―中川五郎治の事跡 ‥‥‥ Ⅱ122-952
「北天の星」ノート（一）江戸時代の抵抗者 ‥‥‥‥‥
　　　Ⅱ78-515, Ⅳ288-311
「北天の星」ノート（二）チウという也‥ Ⅱ80-540, Ⅳ288-311
「北天の星」ノート（三）丁髷とスキー‥ Ⅱ81-550, Ⅳ288-311
「北天の星」ノート（四）川尻浦の久蔵‥ Ⅱ101-763, Ⅳ288-311
北陸の女 ‥‥‥‥‥ Ⅱ113-863
北海道航路初乗船記
　　　‥‥‥‥‥ Ⅱ122-942
北海道月形町 ‥‥‥ Ⅱ131-1040
北海道苫前町 ‥‥‥ Ⅱ130-1036
北海道増毛町 ‥‥‥ Ⅱ131-1044
『保健同人』と私 ‥‥ Ⅱ112-855
母校「開成」魅力は今も ‥‥‥‥‥ Ⅱ225-2040
"歩行者天国"銀座を歩いて ‥‥‥ Ⅱ55-277
歩道橋 ‥‥‥‥‥ Ⅱ86-614
歩道橋への恨み ‥ Ⅱ55-275
星 ‥‥‥‥‥‥‥ Ⅱ37-90
星と葬礼 ‥‥‥‥ Ⅱ33-50, Ⅳ266-26, 267-37, 268-40, 268-42, 322-760, 398-1814
短篇集『星と葬礼』
　　　‥‥‥‥‥ Ⅱ95-705
星への旅（展望） ‥
　　Ⅱ38-98, Ⅳ269-55, 269-56, 269-57, 269-58, 269-59, 269-60, 270-72, 270-76, 270-81, 271-83, 276-154,

285-273, 290-341, 299-451, 312-621, 317-687, 319-710, 322-753, 322-760
星への旅（書斎の窓）
　　　‥‥‥‥‥ Ⅱ189-1664
短篇集『星への旅』‥
　　Ⅱ38-100, Ⅳ269-66, 270-76, 270-81, 271-83, 272-103, 276-158, 276-159, 280-210, 318-698, 370-1404
螢（月刊ペン） ‥‥ Ⅱ54-267
螢（文芸展望） ‥‥‥
　　Ⅱ77-508, Ⅳ279-196, 279-200, 279-202
短篇集『螢』 ‥‥‥‥
　　Ⅱ79-530, Ⅳ279-196, 279-200, 279-202
螢籠 ‥ Ⅱ54-267, Ⅳ289-328
螢の舞い ‥‥‥ Ⅱ114-871, Ⅳ295-397, 317-695
墓地と息子 ‥‥‥ Ⅱ63-375
墓地の賑い ‥‥‥‥
　　Ⅱ34-54, Ⅳ267-37, 268-41, 268-42, 268-43, 322-760
ポット ‥‥‥‥‥ Ⅱ185-1625
ホテル ‥‥‥‥‥ Ⅱ191-1679
ホテルと旅館 ‥ Ⅱ131-1038
ホテルへの忘れ物
　　　‥‥‥‥‥ Ⅱ229-2080
ボトルの隠語 ‥ Ⅱ235-2160
骨 ‥‥‥‥‥‥‥ Ⅱ31-36
骨との訣別 ‥‥‥ Ⅱ35-61
炎と桜の記憶 ‥‥ Ⅱ66-404
『炎のなかの休暇』‥
　　Ⅱ116-888, Ⅳ294-386, 294-387, 294-388, 294-389, 294-390, 294-391, 294-392, 294-394, 295-400, 295-405, 297-423, 317-687
ほのぼのした旅 ‥‥‥‥‥‥‥‥‥ Ⅱ175-1510

ほのぼのとした旅（望星） ‥‥‥‥ Ⅱ137-1105
ほのぼのとした旅（卓上日記） ‥‥ Ⅱ199-1768
ほんのりしたチチ
　　　‥‥‥‥‥ Ⅱ91-662
ほのぼのとした人の死 ‥‥‥‥‥ Ⅱ82-563
捕虜 ‥‥‥‥‥‥ Ⅱ62-360
ほんとうの歴史小説
　　　‥‥‥‥‥ Ⅱ208-1855
ぼんぼり ‥‥‥ Ⅱ203-1805

【ま】

舞い扇 ‥‥‥‥ Ⅱ165-1398
参ってマッ ‥‥ Ⅱ127-1001
毎日芸術賞を受賞して ‥‥‥‥‥ Ⅱ132-1054
マイベスト10と好きな映画人 ‥‥ Ⅱ149-1239
マイ・ヘルス ‥ Ⅱ131-1045
まえがき ‥‥‥‥ Ⅱ74-476
前野良澤 ‥‥‥‥ Ⅱ51-231
曲りくねった道
　　　‥‥‥‥ Ⅱ131-1046
マクドナルドの上陸地 ‥‥‥‥ Ⅱ143-1174
マクドナルドの顕彰碑 ‥‥‥‥ Ⅱ145-1201
またも海の小説
　　　‥‥‥‥ Ⅱ196-1737
まちがい電話 ‥ Ⅱ190-1675
町の映画館 ‥‥‥ Ⅱ125-985
町の映画館 ‥‥ Ⅱ165-1403
町の講演会 ‥‥ Ⅱ160-1345
町の正月 ‥‥‥ Ⅱ127-996
町の小説家 ‥‥ Ⅱ127-999
町の出来事 ‥‥ Ⅱ129-1023

『街のはなし』‥ II 188-1660,
　　IV 340-1006, 340-1009,
　　340-1012, 341-1015
松かざり ‥‥‥ II 172-1471
松本良順 ‥‥‥ II 56-281
マッチの話 ‥‥‥ II 109-831
真夏の旅 ‥‥‥ II 155-1296
真昼の花火 ‥‥‥ II 34-57
短篇集『真昼の花火』
　　‥‥‥‥ II 242-2214
眩い空と肉声 ‥‥ II 73-473
幻 ‥‥‥‥‥ II 160-1339
幻のラーメン ‥‥ II 187-1649
『間宮林蔵』‥‥ II 119-916,
　　IV 298-438, 298-439,
　　298-440, 298-441,
　　298-443, 298-444, 299-451,
　　352-1166, 378-1523
「間宮林蔵」執筆でお
　世話になった人々
　　‥‥‥‥ II 145-1196
間宮林蔵にいきつく
　まで ‥‥‥ II 145-1196
迷う道とうその面白
　さ ‥‥‥‥ II 34-53
マヨネーズ ‥‥‥ II 117-891
マヨネーズと雑煮
　　‥‥‥‥ II 117-891
マラソン ‥‥‥ II 186-1631
毬藻 ‥‥‥‥ II 93-681
回り燈籠 ‥‥‥ II 224-2026
随筆集『回り灯籠』
　　‥‥‥‥ II 239-2197
マンガ家族 ‥‥‥ II 56-280
マンガ雑誌 ‥‥‥ II 185-1628
満干に伴い流れる死
　体群 ‥‥‥‥ II 63-368
まんず ‥‥‥‥ II 189-1662
万年筆 ‥‥‥ II 196-1736
万年筆の葬送 ‥‥ II 223-2017
『万年筆の旅』作家の
　ノート II

　　　II 138-1119, IV 313-643
万引き ‥‥‥‥ II 165-1401

【み】

見えない読者 ‥‥ II 99-742
見えない橋 ‥‥ II 214-1920,
　　IV 369-1398, 370-1402,
　　370-1403, 370-1408,
　　370-1409, 370-1410
短篇集『見えない橋』
　　‥‥‥‥‥‥‥‥‥
　　II 220-1988, IV 370-1402,
　　370-1403, 370-1408,
　　370-1409, 370-1410
身構える ‥‥‥ II 104-782
身延線 ‥‥‥‥ II 40-112
味覚極楽 ‥‥‥ II 83-571
味噌漬 ‥‥‥‥ II 219-1974
「三笠」爆沈 ‥‥ II 181-1577
三島由紀夫と私
　　‥‥‥‥ II 212-1900
三日間の旅 ‥‥ II 41-122
蜜柑 ‥‥‥‥ II 118-899
密会 ‥‥‥‥ II 32-40
短篇集『密会』‥‥ II 61-337
『蜜蜂乱舞』
　　II 75-486, IV 312-622,
　　313-635, 316-674
「蜜蜂乱舞」に思いは
　せたフェリーでの
　出会い ‥‥‥ II 146-1211
未完の作品 ‥‥‥ II 225-2038
神輿 ‥‥‥‥ II 148-1236
湖のみえる風景
　　‥‥‥‥ II 109-830,
　　IV 334-920, 334-924
自ら法を破る政治家
　　‥‥‥‥ II 52-246

水鉄砲外科のこと ―
　中川五郎治につい
　て ‥‥‥‥ II 108-817
水鉄砲と浣腸 ‥‥ II 122-940
水の音 ‥‥‥‥ II 95-701
水の葬列 ‥‥‥ II 40-111,
　　IV 271-85, 271-86, 271-90,
　　272-95, 272-97, 276-154,
　　276-158, 280-210, 285-273
短篇集『水の葬列』
　　‥‥‥‥ II 41-117,
　　IV 272-95, 272-97
水の匂い ‥‥‥ II 50-219
水の墓標 ‥‥‥ II 35-60
水枕に入っていた遺
　書 ‥‥‥‥ II 136-1095
水を吸いつくした魔
　のトンネル ‥ II 139-1131
店じまい（週刊小説）
　　‥‥‥‥ II 80-535
店じまい（小説新潮）
　　‥‥‥‥ II 213-1906
道づれ ‥‥‥‥ II 234-2145
道を引返す ‥‥ II 122-941
みちのく旅情 ‥‥ II 59-320
緑色の記憶 ‥‥ II 100-747
緑色の瓶 ‥‥‥ II 171-1464
緑色の墓標 ‥‥ II 74-482
妙な友人 ‥‥‥ II 68-424
魅力の「古さ」を守って
　ほしい ‥‥‥ II 197-1752

【む】

無影燈 ‥ II 31-29, IV 265-14
無人島野村長平
　　‥‥‥‥ II 115-876
無題（蝶花樓花蝶の真
　打ち昇進
　口上書き）‥‥ II 125-979

無題(『消霧燈』評)‥ Ⅱ77-510
無題(推薦文：『星の
　王子の影とかたち
　と』)……… Ⅱ238-2186
無駄ナ抵抗ハ……
　…………… Ⅱ81-547
無名時代の私・遠い道
　程 ……… Ⅱ151-1262
昔の味・今の味 ‥ Ⅱ58-304
麦茶と色紙 ……Ⅱ143-1177
向う三軒両隣り
　…………… Ⅱ133-1068
武蔵竣工記念「香盒」
　について …… Ⅱ101-767
「武蔵」沈没50年
　…………… Ⅱ179-1552
『武蔵』と私 ……Ⅱ41-118
私の吉川英治
　「武蔵は……」
　…………… Ⅱ123-961
むだにお飾りはくぐ
　らない …… Ⅱ123-957
『陸奥爆沈』……Ⅱ54-264,
　Ⅳ273-120, 274-121,
　276-154, 317-687, 319-710,
　366-1355, 399-1830
胸打つ慰霊の踊り
　…………… Ⅱ93-686

【め】

眼(群像) ……Ⅱ78-517,
　Ⅳ279-196, 279-200
眼(季刊文科) ‥ Ⅱ187-1641,
　Ⅳ345-1082, 346-1086
銘記されるべき技術
　者の死 …… Ⅱ139-1124
銘木 ………Ⅱ193-1704
名刺(室内) ……Ⅱ95-703

名刺(書斎の窓)
　…………… Ⅱ186-1630
名人 ………Ⅱ151-1255
明治維新と幕吏
　…………… Ⅱ185-1627
目高の逞しさ …Ⅱ58-301
『めっちゃ医者伝』‥
　Ⅱ64-385, Ⅳ275-141,
　275-142, 275-143
メメズとミミズ
　…………… Ⅱ163-1372
めりーごーらうんど
　……………… Ⅱ38-96
メリーゴーラウンド
　……………… Ⅱ38-96
メロンと鳩 …… Ⅱ85-596,
　Ⅳ286-283, 286-287
短篇集『メロンと鳩』
　…… Ⅱ97-725, Ⅳ286-283,
　286-284, 286-287
メンチ、コロッケ
　…………… Ⅱ48-196

【も】

目撃者(小説現代)
　…………… Ⅱ40-116
目撃者(時のかたち)
　…………… Ⅱ215-1931
文字 ………… Ⅱ56-288
文字というもの ‥ Ⅱ56-288
「もしあのままだった
　ら作家になれなか
　った」 …… Ⅱ191-1676
もしかすると …Ⅱ60-331
もしもし …… Ⅱ184-1615
喪主 ………… Ⅱ32-44
喪中につき… Ⅱ53-254
持て余している性格
　…………… Ⅱ166-1409

元海軍大佐P氏のこ
　と ………… Ⅱ57-295
元警視総監の顔
　…………… Ⅱ199-1773
元横綱の眼 …… Ⅱ83-572
物売り ……Ⅱ126-990
物の呼び方 …Ⅱ151-1261
物干台、そして冬
　…………… Ⅱ160-1341
物忘れ(クレア)
　…………… Ⅱ173-1479
物忘れ(神戸新聞)
　…………… Ⅱ221-1996
森鷗外「高瀬船」
　…………… Ⅱ144-1189
森鷗外の「高瀬船」
　…………… Ⅱ144-1189
森鷗外「歴史其儘」
　…………… Ⅱ186-1640
森鷗外、「歴史其儘」の
　道 ………… Ⅱ138-1120

【や】

八百屋さん …… Ⅱ186-1634
八百屋の店主 ‥ Ⅱ154-1291
八木義徳アンケート
　…………… Ⅱ214-1917
屋形舟 ……Ⅱ146-1207,
　Ⅳ316-682, 317-689,
　319-713, 319-715, 319-717,
　319-718, 319-720, 319-722
夜間空襲 …… Ⅱ59-311
夜光虫 …… Ⅱ220-1982
役に立たぬ家庭医学
　書 ………… Ⅱ122-951
薬品と車 …… Ⅱ98-736
焼跡での情景 …Ⅱ160-1343
焼跡の徴兵検査 ‥ Ⅱ66-399
焼跡保存遊園地 ‥ Ⅱ50-218

野犬狩り ……… II 42-134
靖国神社 ……… II 50-217
やっと町を逃げ出す
　……………… II 59-311
谷中の墓地 …… II 72-458
谷中の墓地へ急ぐ
　……………… II 59-311
谷中墓地から戦火の
　町を眺めていた
　…………… II 225-2037
谷中の墓地 空襲の一
　夜 ………… II 229-2088
谷中 ふるさとへの回
　帰 ………… II 137-1113
柳多留 ………… II 71-446
柳多留と私 …… II 74-480
病は気から …… II 195-1728
山川方夫の遺作集
　……………… II 37-89
山下清作品展を観て
　……………… II 31-30
山の神様へ …… II 139-1134
『山本長官機撃墜さ
　る』 ……… II 148-1231
山本長官 戦死の秘話
　…………… II 235-2152
山脇東洋 ……… II 45-163
「闇」からの手紙 ‥ II 100-746
闇というもの … II 219-1973
闇と光 ………… II 192-1689
闇と星 ………… II 235-2159
闇にひらめく … II 99-741,
　IV 317-695, 352-1166
『闇の絵巻』 … II 144-1188
闇の絵巻を読む
　…………… II 136-1102
闇の中 ………… II 173-1482
闇の中からの声
　…………… II 146-1208
闇のなかの灯火
　…………… II 209-1871
闇の中の都電 … II 165-1400

『闇を裂く道』 ……
　II 137-1107, IV 311-617,
　312-623, 312-626, 312-627,
　312-630, 312-631, 313-637

【ゆ】

遺言状 ………… II 138-1122
U氏の趣味 …… II 61-339
憂鬱な思い出 … II 151-1260
友人の急死、通夜に
　胸熱く …… II 166-1415
ゆーっくり、ゆーっく
　り ………… II 91-667
優等賞状 ………
　II 29-11, IV 279-197
悠々自適の暮らしに
　…………… II 217-1949
「幽霊船」に残っていた
　航海日誌 … II 135-1079
歪んだ生活 …… II 213-1910
雪 ……… II 29-4, IV 279-197
「雪国」の町 …… II 218-1964
雪国の墓 ……… II 228-2071
雪、そして下田
　…………… II 175-1509
『雪の花』 …… II 64-385,
　IV 336-958, 347-1105,
　352-1166, 368-1377
雪の日 ………… II 90-653
雪の舞うふる里
　…………… II 225-2035
雪の夜 ………… II 84-589
雪柳 …………… II 226-2053
行倒れ、そして仇討
　…………… II 216-1937
行きつけの店
　テーラーエマ ‥ II 130-1033
湯沢の町の準町民
　…………… II 148-1233

指輪 ‥ II 95-704, IV 289-328
夢の鉄道 ………
　II 120-927, IV 296-414,
　　　　299-452, 299-455
夢を売る ……… II 60-328
許さぬ ………… II 59-314

【よ】

『夜明けの雷鳴』
　…………… II 201-1784,
　IV 356-1221, 356-1224,
　　357-1229, 357-1230,
　　359-1259, 398-1814
夜汽車 ………… II 171-1463
夜道と町医 …… II 66-408
夜の海 ………… II 60-333
夜の饗宴 ………
　II 36-72, IV 334-924
夜の銀座 ……… II 44-160
夜の銀座は精神病地
　帯だ ……… II 44-160
夜の道 …………
　II 30-18, IV 370-1408
夜の雪道 ……… II 218-1958
容器 …………… II 188-1658
洋食屋らしい洋食屋
　…………… II 120-928
洋船建造 ……… II 105-793
洋方女医楠本イネと
　娘高子 …… II 109-829
幼稚園 ………… II 115-873
養豚業 ………… II 208-1852
良き人良き酒 … II 143-1178
横綱 北の湖 …… II 133-1061
吉川英治文学賞
　受賞のことば(週刊現代)
　…………… II 104-787

吉川英治文学賞
　受賞のことば(現代)
　　‥‥‥‥‥‥ Ⅱ104-788
『吉村昭が語る林芙美
　子』‥‥‥‥ Ⅱ152-1274
『吉村昭が語る森鷗
　外』‥‥‥‥ Ⅱ152-1273
吉村昭さんと闇の絵
　巻を読む‥‥ Ⅱ136-1102
『吉村昭自選作品集』
　1 ‥‥‥‥‥ Ⅱ155-1301,
　　　Ⅳ322-753, 322-760
『吉村昭自選作品集』
　2 ‥‥‥‥‥ Ⅱ155-1303
『吉村昭自選作品集』
　3 ‥‥‥‥‥ Ⅱ156-1305
『吉村昭自選作品集』
　4 ‥‥‥‥‥ Ⅱ156-1307
『吉村昭自選作品集』
　5 ‥‥‥‥‥ Ⅱ156-1309
『吉村昭自選作品集』
　6 ‥‥‥‥‥ Ⅱ156-1311
『吉村昭自選作品集』
　7 ‥‥‥‥‥ Ⅱ157-1313
『吉村昭自選作品集』
　8 ‥‥‥‥‥ Ⅱ157-1315
『吉村昭自選作品集』
　9 ‥‥‥‥‥ Ⅱ157-1317
『吉村昭自選作品集』
　10 ‥‥‥‥‥ Ⅱ157-1319
『吉村昭自選作品集』
　11 ‥‥‥‥‥ Ⅱ157-1321
『吉村昭自選作品集』
　12 ‥‥‥‥‥ Ⅱ158-1323
『吉村昭自選作品集』
　13 ‥‥‥‥‥ Ⅱ158-1325
『吉村昭自選作品集』
　14 ‥‥‥‥‥ Ⅱ158-1327
『吉村昭自選作品集』
　15 ‥‥‥‥‥ Ⅱ158-1329
『吉村昭自選作品集』
　別巻 ‥‥‥‥ Ⅱ159-1331

『吉村昭自選短編集』
　‥‥‥‥‥‥‥ Ⅱ95-706
吉村昭と7人の女性
　‥‥‥‥‥‥‥ Ⅱ62-356
吉村昭 東京の下町
　‥‥‥‥‥‥ Ⅱ135-1085
『吉村昭と戦史の証言
　者たち』‥‥‥ Ⅱ73-469
近刊近況 吉村昭
　海馬　‥‥‥ Ⅱ148-1230
『吉村昭の平家物語』
　‥‥‥‥‥‥ Ⅱ168-1434
吉村昭 ふるさとを訪
　う ‥‥‥‥ Ⅱ208-1849
『吉村昭歴史小説集
　成』第一巻‥ Ⅱ241-2204
『吉村昭歴史小説集
　成』第二巻‥ Ⅱ241-2205
『吉村昭歴史小説集
　成』第三巻‥ Ⅱ241-2206
『吉村昭歴史小説集
　成』第四巻‥ Ⅱ241-2207
『吉村昭歴史小説集
　成』第五巻‥ Ⅱ241-2208
『吉村昭歴史小説集
　成』第六巻‥ Ⅱ241-2209
『吉村昭歴史小説集
　成』第七巻‥ Ⅱ241-2210
『吉村昭歴史小説集
　成』第八巻‥ Ⅱ241-2211
吉村 昭
　歴史小説の世界
　　—史実を歩く—
　‥‥‥‥‥‥ Ⅱ227-2063
吉行氏の作品との出
　会い ‥‥‥‥ Ⅱ63-372
予想された"第二の心
　臓"の死 ‥‥ Ⅱ51-226
予備校生 ‥‥‥ Ⅱ96-717
予防接種 ‥‥ Ⅱ217-1956
他処者 ‥‥‥ Ⅱ200-1774
読むのが恐い ‥ Ⅱ33-47

嫁にやる・もらう
　‥‥‥‥‥‥ Ⅱ115-874
四十歳は不惑か ‥ Ⅱ89-642
四十年ぶりの卒業証
　書 ‥‥‥‥ Ⅱ134-1073

【ら】

羅臼で聞いたトド撃
　ち名人たちの話
　‥‥‥‥‥‥ Ⅱ145-1206
落語家 ‥‥‥ Ⅱ132-1048
『落日の宴』‥‥‥
　　Ⅱ176-1516, Ⅳ324-783,
　338-974, 338-976, 338-977,
　338-978, 338-979,
　338-980, 338-982, 338-985,
　339-988, 339-989,
　339-990, 339-991, 339-992,
　339-995, 339-999,
　340-1001, 341-1023,
　349-1135, 352-1166,
　359-1264, 362-1301
「落日の宴」の主人公
　‥‥‥‥‥‥ Ⅱ185-1622
ラジオの波の音
　‥‥‥‥‥‥ Ⅱ232-2117
ラナルド・マクドナル
　ドと長崎 ‥‥ Ⅱ179-1553
「ら」抜き言葉と放送
　‥‥‥‥‥‥ Ⅱ178-1538
蘭学夢のあと ‥ Ⅱ80-542
蘭鋳 ‥ Ⅱ55-272, Ⅳ274-127
『乱世詩人伝』につい
　て(書評) ‥‥‥ Ⅱ35-68

455

【り】

理解の範囲 ‥‥‥ Ⅱ128-1010
力作ぞろいの候補作
　品 ‥‥‥‥‥‥ Ⅱ89-645
陸中海岸の岬 ‥‥ Ⅱ47-192
陸中海岸の明暗 ‥ Ⅱ44-155
陸橋と飛行機 ‥‥ Ⅱ41-126
離婚を喜ぶ ‥‥‥ Ⅱ152-1276
リヤカー ‥‥‥‥ Ⅱ222-2004
流域紀行 ―石狩川
　‥‥‥‥‥‥‥ Ⅱ69-431
流行について ‥‥ Ⅱ153-1284
「両親のこと、私の病
　気」 ‥‥‥‥‥ Ⅱ217-1951
良沢のこと ‥‥‥ Ⅱ87-626
緑雨(炎舞) ‥‥‥
　　　Ⅱ30-25, Ⅳ265-8
緑雨(文學界) ‥ Ⅱ137-1114,
　　Ⅳ309-587, 309-588,
　　309-589, 309-590, 319-715
緑藻の匂い ‥‥‥ Ⅱ87-624
『旅行鞄のなか』‥
　　Ⅱ149-1238, Ⅳ318-704,
　　　　318-706, 318-707
凛乎 ‥‥‥‥‥‥ Ⅱ206-1831
凛とした姿勢 ‥‥ Ⅱ138-1115
凛とした世界 ‥‥ Ⅱ197-1748
隣国アメリカ ‥‥ Ⅱ105-797

【れ】

霊柩車 ‥‥‥‥‥ Ⅱ40-110
『零式戦闘機』‥‥‥
　　Ⅱ43-143, Ⅳ289-330,
　　299-451, 316-674, 317-687,
　　　　318-698, 352-1166

「零式戦闘機」取材ノ
　ート ‥‥‥‥ Ⅱ62-361
レイタス(諸君!) ‥ Ⅱ56-279
レイタス(あすへの話
　題) ‥‥‥‥‥ Ⅱ58-306
歴史小説 ―余る話
　‥‥‥‥‥‥‥ Ⅱ222-2007
『歴史小説うらばな
　し』‥‥‥‥‥ Ⅱ148-1229
歴史小説うらばなし
　‥‥‥‥‥‥‥ Ⅱ153-1287
歴史小説うらばなし
　‥‥‥‥‥‥‥ Ⅱ180-1569
歴史小説からの脱出
　‥‥‥‥‥‥‥ Ⅱ191-1681
歴史小説と私 ‥‥ Ⅱ212-1899
歴史小説と史書
　‥‥‥‥‥‥‥ Ⅱ214-1916
歴史小説としての敵
　討 ‥‥‥‥‥ Ⅱ213-1911
歴史小説における史
　実 ～生麦事件とそ
　の歴史的意義
　‥‥‥‥‥‥‥ Ⅱ231-2103
歴史小説余話 ‥‥ Ⅱ177-1525
歴史小説余話 ‥‥ Ⅱ208-1850
歴史小説余話 ‥‥ Ⅱ209-1863
歴史小説余話 ‥‥ Ⅱ214-1918
歴史小説余話 ‥‥ Ⅱ226-2047
歴史小説余話‥‥医学
　を中心に ‥‥ Ⅱ207-1843
歴史小説余話 ～漂流
　について～ ‥ Ⅱ218-1961
歴史資料との出会
　‥‥‥‥‥‥‥ Ⅱ150-1252
歴史其儘 (一枚の写真)
　‥‥‥‥‥‥‥ Ⅱ133-1063
歴史という長い鎖
　‥‥‥‥‥‥‥ Ⅱ64-377
歴史に埋もれた種痘
　術 ‥‥‥‥‥ Ⅱ231-2105

『歴史の影絵』‥‥‥
　　Ⅱ116-887, Ⅳ294-393
歴史の襞 ‥‥‥‥ Ⅱ225-2042
歴史の町 ―宇和島
　‥‥‥‥‥‥‥ Ⅱ150-1248
歴史の村 ‥‥‥‥ Ⅱ187-1648
歴史は押しとどめら
　れない ‥‥‥ Ⅱ160-1338
歴史はくり返す
　‥‥‥‥‥‥‥ Ⅱ180-1566
対談集『歴史を記録す
　る』‥‥‥‥‥ Ⅱ240-2202
歴史を見た男を訪ね
　て ‥‥‥‥‥ Ⅱ208-1859
煉瓦塀 ‥‥‥‥‥
　Ⅱ37-85, Ⅳ268-45, 268-46,
　　268-47, 269-66, 271-83
連合艦隊出撃の日
　「大本営が震えた日」
　‥‥‥‥‥‥‥ Ⅱ103-776
連載「天狗争乱」を書
　き終えて ‥‥ Ⅱ175-1502
「連」と「櫂」‥‥ Ⅱ175-1507
レンズを意識 ‥‥ Ⅱ164-1393

【ろ】

老眼鏡 ‥‥‥‥‥ Ⅱ180-1558,
　　　Ⅳ334-920, 334-924
老女の眼 ‥‥‥‥ Ⅱ238-2183
老人と柵 ‥‥‥‥ Ⅱ76-501,
　　　Ⅳ279-196, 279-200
老人と鉄柵 ―閉塞意
　識への願望 ‥‥ Ⅱ67-412
ロウソク ‥‥‥‥ Ⅱ185-1619
六時十五分に帰宅す
　る夫 ‥‥‥‥ Ⅱ55-276
六尺ふんどし ‥‥ Ⅱ61-338
69 ‥‥‥‥‥‥‥ Ⅱ191-1683
露地 ‥‥‥‥‥‥ Ⅱ105-799

VII 索引　　　　わたし

ロシアから送還され
　た漂流民の興味深
　い記録 …… Ⅱ217-1953
ロシア軍人の墓
　………… Ⅱ110-836
ロシア皇太子襲撃事
　件・近代日本をつく
　った裁判 …… Ⅱ214-1919
ロシア皇太子と刺青
　………… Ⅱ195-1731
ロシア皇帝と龍
　………… Ⅱ174-1496
路上に寝る（新潮）
　………… Ⅱ75-490
路上に寝る（群像）
　………… Ⅱ99-739

【わ】

ワープロ …… Ⅱ191-1682
わが愛する歌 …… Ⅱ52-242
わが愛する町長崎
　………… Ⅱ58-310
わが愛しの錦鯉 … Ⅱ81-548
若い日の出逢い
　………… Ⅱ106-808
若き日の出逢い
　………… Ⅱ106-808
若気の至り …… Ⅱ152-1267
若さと才能 …… Ⅱ81-553
「若者の時代」は去っ
　た ……… Ⅱ52-240
わが沖縄 その原点と
　プロセス …… Ⅱ73-463
わが想い出の名画た
　ち ……… Ⅱ142-1171
『わが心の小説家た
　ち』 …………
　　Ⅱ207-1842, Ⅳ354-1185,
　　355-1200, 374-1457

わが青春 ……… Ⅱ54-259
わが東京 …… Ⅱ140-1138
わが家のすいとん
　………… Ⅱ114-868
わが家のビデオ
　………… Ⅱ148-1237
わずか130年前の事
　件 ……… Ⅱ160-1342
忘れがたい作品 小説
　「北天の星」を終え
　て ……… Ⅱ83-577
忘れられない眼 … Ⅱ42-130
忘れられぬ雪合戦
　………… Ⅱ153-1277
私がもっとも影響を
　受けた小説 …… Ⅱ64-383
私が「和田教授を告発
　する会」に入らない
　わけ …… Ⅱ57-290
私と浅草 ……… Ⅱ124-973
私と少年倶楽部 … Ⅱ84-587
私と書店 ……… Ⅱ87-619
私とスポーツ …… Ⅱ164-1390
私と鉄道 ……… Ⅱ69-430
私と北海道 …… Ⅱ153-1282
私と万年筆 …… Ⅱ178-1544
私と歴史小説 …… Ⅱ191-1687
私の愛蔵 凧と土鈴
　………… Ⅱ76-496
私の生きる意義
　………… Ⅱ183-1598
私の一冊 '84上半期
　………… Ⅱ129-1021
私の一冊 '84下半期
　………… Ⅱ132-1049
私の生れた家 …… Ⅱ77-511
私の海 ………… Ⅱ53-249
私の映画スター
　………… Ⅱ220-1984
私の開成時代（四）
　………… Ⅱ153-1281
私の学歴 ……… Ⅱ127-1003

私の仰臥漫録 … Ⅱ221-1999
私の近況 ……… Ⅱ56-286
私の結婚式 …… Ⅱ80-538
私の原点 ……… Ⅱ100-755
私の写真館 …… Ⅱ179-1555
私の小説と北海道
　………… Ⅱ237-2179
私の書斎 ……… Ⅱ55-269
私の処女作 …… Ⅱ96-712
私の好きな句 … Ⅱ195-1722
私の好きな酒と肴
　………… Ⅱ135-1090
私の好きな芭蕉の一
　句 ……… Ⅱ174-1488
『私の好きな悪い癖』
　………… Ⅱ212-1896,
　　Ⅳ377-1504, 378-1520
私の青春 ……… Ⅱ107-812
私の戦時体験 … Ⅱ116-886
私の「戦争」年譜
　………… Ⅱ216-1940
私の中学時代 … Ⅱ181-1580
私の転機 ……… Ⅱ133-1071
私の特技 ……… Ⅱ127-1000
私の中の戦中・戦後
　………… Ⅱ50-223
私の中の日本人 ―吉
　村隆策― …… Ⅱ82-564
私の初詣で …… Ⅱ166-1410
『私の引出し』 …… Ⅱ172-1472,
　　Ⅳ328-837, 328-838,
　　328-839, 328-843, 328-846
「私の秘密」 …… Ⅱ92-671
私のふるさと …… Ⅱ93-683
私のふる里 日暮里
　………… Ⅱ178-1533
私の文学的自伝
　（一）読書から習作へ
　………… Ⅱ155-1302
私の文学的自伝
　（二）大学文芸部時代
　………… Ⅱ155-1304

わたし	VII 索　引	
私の文学的自伝（三） 　大学中退、結婚、放 　浪 ………… II 156-1306 私の文学的自伝 　（四）同人雑誌と質店 　………… II 156-1308 私の文学的自伝（五） 　贋金づくり … II 156-1310 私の文学的自伝 　（六）「文学者」の復刊 　………… II 156-1312 私の文学的自伝（七） 　芥川賞候補 … II 157-1314 私の文学的自伝 　（八）二通の白い封筒 　………… II 157-1316 私の文学的自伝（九） 　睡眠五時間 … II 157-1318 私の文学的自伝 　（十）小説を観る眼 　………… II 157-1320 私の文学的自伝 　（十一）会社勤め 　………… II 157-1322	私の文学的自伝 　（十二）危機 ‥ II 158-1324 私の文学的自伝 　（十三）妻の受賞 　………… II 158-1326 私の文学的自伝 　（十四）「星への旅」 　と「戦艦武蔵」‥ II 158-1328 私の文学的自伝 　（十五）太宰治賞 　………… II 159-1330 『私の文学漂流』… 　II 170-1457, IV 327-822, 　327-824, 327-826, 327-827, 　327-828, 327-830, 　327-831, 327-833, 　327-834, 333-918, 　342-1028, 398-1814 私の部屋 ……… II 78-521 私の北海道体験 　………… II 153-1282 私の眼 ……… II 192-1693 わたしと古典 ─伊勢 　物語 ……… II 65-388 わたしと書物 … II 89-647	わたしの浅草 … II 100-752 わたしの朝・昼・晩メ 　シ ………… II 130-1031 わたしの創作ノート 　から ─シーボルト 　とその周辺─ ‥ II 96-715 わたしの朝食 … II 102-770 わたしの泣きどころ 　………… II 77-507 『わたしの普段着』 　………… II 237-2180 わたしの有縁血縁 　………… II 79-524 『わたしの流儀』… 　II 202-1803, IV 347-1106, 　347-1109, 348-1111, 　348-1118, 354-1197 笑い上戸 ……… II 39-105 笑う ………… II 103-777 悪い癖 ……… II 206-1840 悪くない文章感覚 　………… II 126-993 われ百姓の…… 　………… II 227-2058 われらが大地 … II 59-316

あとがきに代えて

　『人物書誌大系41　吉村昭』の刊行にあたり、一言ご挨拶申し上げたい。浅学、非才の身をも顧みず、歳月を重ねてようやく出版に漕ぎ着けることができた。

　吉村先生から亡くなられる直前にご懇篤なお言葉を賜ったことも、大きな励ましとなった。ご逝去後には令夫人で作家の津村節子先生に折に触れ温かい言葉とご指導をいただいたことも忘れ難いことである。津村先生のご縁でベテラン編集者の栗原正哉、天野敬子の両氏には専門家としての懇切なアドバイスをいただいた。

　またコマーシャルベースに乗りにくいこの種の本の出版の機会を与えてくれた日外アソシエーツ社に深甚の謝礼を申し上げたい。編集に当たっては尾崎稔、星野裕および岩崎奈菜の三氏に多大なるご協力をいただいた。

　「吉村昭研究会」の事務局長桑原文明氏その他の方々にも情報収集で大変お世話になった。

　この書誌が、吉村昭の愛読者、研究者等にいくらかでも参考になれば幸甚である。誤り、情報不足の絶無を期して努力したが、実際にはなお解決すべき点があろうかと危惧している。この書誌を踏み台としてより充実した研究・発表がなされることを期待する。

　　平成二十二年春

　　　　　　　　　　　　　　　　　　　　　　　　　木村　暢男

木村　暢男（きむら・のぶお）　吉村昭研究会会長
1937年大阪府出身。1963年大阪外国語大学イスパニヤ語学科
（現・大阪大学）卒業。近畿日本ツーリスト入社。主に国際部門、
秘書部門に勤務。
定年後、吉村昭に関する資料・著作の整理・研究を本格的に始める。
著書：『吉村昭年譜』を2000年より2006年まで、毎年増補・改訂し、
私家版で発行。

人物書誌大系41
吉村　昭

2010年3月25日　第1刷発行

編　者／木村暢男
発行者／大高利夫
発行所／日外アソシエーツ株式会社
　　　　〒143-8550 東京都大田区大森北1-23-8 第3下川ビル
　　　　電話(03)3763-5241(代表)　FAX(03)3764-0845
　　　　URL http://www.nichigai.co.jp/

発売元／株式会社紀伊國屋書店
　　　　〒163-8636 東京都新宿区新宿3-17-7
　　　　電話(03)3354-0131(代表)
　　　　ホールセール部(営業)　電話(03)6910-0519

© Nobuo KIMURA 2010
電算漢字処理／日外アソシエーツ株式会社
印刷・製本／株式会社平河工業社

不許複製・禁無断転載　　　　〈中性紙三菱クリームエレガ使用〉
〈落丁・乱丁本はお取り替えいたします〉
ISBN978-4-8169-2240-4　　　　Printed in Japan, 2010

『人物書誌大系』

刊行のことば

　歴史を動かし変革する原動力としての人間、その個々の問題を抜きにしては、真の歴史はあり得ない。そこに、伝記・評伝という人物研究の方法が一つの分野をなし、多くの人々の関心をよぶ所以がある。

　われわれが、特定の人物についての研究に着手しようとする際の手がかりは、対象人物の詳細な年譜・著作目録であり、次に参考文献であろう。この基礎資料によって、その生涯をたどることにより、はじめてその人物の輪郭を把握することが可能になる。

　しかし、これら個人書誌といわれる資料は、研究者の地道な努力・調査によりまとめられてはいるものの、単行書として刊行されているものはごく一部である。多くは図書の巻末、雑誌・紀要の中、あるいは私家版などさまざまな形で発表されており、それらを包括的に把え探索することが困難な状況にある。

　本シリーズ刊行の目的は、人文科学・社会科学・自然科学のあらゆる分野における個人書誌編纂の成果を公にすることであり、それをつうじ、より多様な人物研究の発展をうながすことにある。この計画の遂行は長期間にわたるであろうが、個人単位にまとめ逐次発行し集大成することにより、多くの人々にとって、有用なツールとして利用されることを念願する次第である。

1981年4月

　　　　　　　　　　　　　　　　　　　日外アソシエーツ

人物書誌大系シリーズ

1. 徳永 直　浦西和彦 編　定価3,990円(本体3,800円)
2. 檀 一雄　石川弘 編　定価2,625円(本体2,500円)
3. 幸徳 秋水　大野みち代 編　定価2,625円(本体2,500円)
4. 尾佐竹 猛　田熊渭津子 編　定価3,675円(本体3,500円)
5. 土岐 善麿　冷水茂太 編　定価3,360円(本体3,200円)
6. 長谷川如是閑　山領健二 編　定価8,085円(本体7,700円)
7. 太宰 治　山内祥史 編　〔オーダーメイド版〕
8. 高村光太郎　北川太一 編　〔オーダーメイド版〕
9. 武者小路実篤　渡辺貫二 編　〔オーダーメイド版〕
10. 丸山 薫　藤本寿彦 編　定価6,930円(本体6,600円)
11. 平林たい子　阿部浪子 編　定価7,245円(本体6,900円)
12. R.L.スティーヴンスン　田鍋幸信 編　定価7,350円(本体7,000円)
13. 谷沢 永一　浦西和彦 編　定価7,245円(本体6,900円)
14. 深田 久弥　堀込静香 編　定価9,345円(本体8,900円)
15. 金子 光晴　原満三寿 編　定価6,825円(本体6,500円)
16. 葉山 嘉樹　浦西和彦 編　〔オーダーメイド版〕
17. 山本周五郎　木村久邇典 編　〔オーダーメイド版〕
18. 柴田 南雄　国立音楽大学附属図書館柴田南雄書誌作成グループ 編　〔オーダーメイド版〕
19. 入野 義朗　国立音楽大学附属図書館入野義朗書誌作成グループ 編　定価9,660円(本体9,200円)
20. 折口 信夫　石内徹 編　定価13,860円(本体13,200円)
21. 武田麟太郎　浦西和彦, 児島千波 編　定価6,300円(本体6,000円)
22. 杉森 久英　渡辺美好 編　定価8,359円(本体7,961円)
23. 神西 清　石内徹 編　〔オーダーメイド版〕
24. 春山 行夫　中村洋子 編　定価12,233円(本体11,650円)
25. 賀川 豊彦　米沢和一郎 編　定価18,859円(本体17,961円)
26. 壺井 栄　鷺只雄 編　定価15,087円(本体14,369円)
27. 三枝 博音　飯田賢一 編　定価12,029円(本体11,456円)
28. 佐多 稲子　小林裕子 編　定価16,107円(本体15,340円)
29. ブロンテ姉妹　飯島朋子 編　〔オーダーメイド版〕
30. 福沢諭吉門下　丸山信 編　定価13,048円(本体12,427円)
31. 高田 三郎　国立音楽大学附属図書館高田三郎書誌作成グループ(市川利次・平尾民子) 編　定価15,087円(本体14,369円)
32. ジョージ・オーウェル　大石健太郎, 相良英明 編著　定価14,068円(本体13,398円)
33. 山田 太一　木村晃治 編　定価13,048円(本体12,427円)
34. 吉田 松陰　渡辺美好 編　定価15,750円(本体15,000円)
35. トニ・モリスン　大社淑子, 木内徹 編　定価9,975円(本体9,500円)
36. 寺田 寅彦　大森一彦 編　定価16,800円(本体16,000円)
37. 賀川豊彦II　米沢和一郎 編　定価19,950円(本体19,000円)
38. 倉橋由美子　田中絵美利・川島みどり 編　定価16,800円(本体16,000円)
39. シュンペーター　米川紀生 編　定価13,800円(本体13,143円)
40. 今 日出海　今まど子 編　定価14,910円(本体14,200円)

※〔オーダーメイド版〕についての詳細は、小社営業本部までお問い合わせください。

データベースカンパニー
日外アソシエーツ
〒143-8550　東京都大田区大森北1-23-8
TEL.(03)3763-5241　FAX.(03)3764-0845　http://www.nichigai.co.jp/